JN282284

二見文庫

真夜中を過ぎても

シャノン・マッケナ／松井里弥＝訳

Edge of Midnight
by
Shannon McKenna

真夜中を過ぎても

日本の読者の皆さまへ

はじめに、わたしの作品が日本でご好評をいただいていることにお礼を申しあげます。とても嬉しく、光栄に思います。皆さまおひとりおひとりに感謝を。

マクラウド兄弟シリーズは、わたしが心から大切にしている作品です。その理由のひとつは、思いがけずにできた物語だから。同シリーズとはまったくべつの小説を、まったくべつの登場人物たちで書いていたとき、『そのドアの向こうで』のヒーロー、セス・マッケイが頭のなかに飛びこんできました。わたしの創造力をかきたて、執筆中だった小説を押しのけて、セスとレインの物語に道を譲らせたのです。レインは今でもわたしのお気に入りのヒロインです。セスは最初からセスそのもので、わたしはただただ従うことしかできませんでした。

『そのドアの向こうで』を書き進めるうちに、わたしはコナー・マクラウドに興味をつのらせていきました。カリスマ的なマクラウド兄弟は、どんな過去と心の傷をかかえているのか。そして少しずつ、コナーが、かつてやむなく刑務所送りにした男の娘、エリンとともにくり広げる愛と救いの物語が形を成し、『影のなかの恋人』が生まれました。

それから、長男のデイビー・マクラウドが情熱に身をゆだねるときが来ました。神秘的でとらえどころがなく、誰にも打ち明けられない秘密を持つ女性、マーゴットと『運命に導かれて』のなかで出会いを果たします

そして、長いあいだお待たせしましたが、ショーンと昔の恋人のオリヴィア・エンディコットの物語がついに完成しました。この『真夜中を過ぎても』で、ショーンは双子の弟の死の恐ろしい真相に一歩近づき、ショーンとオリヴィアのふたりに襲いかかるいまわしい過去に立ち向かいます。

次回作は、コナーの元同僚、ニック・ワードの物語で、"*EXTREME DANGER*"という題名になります。その次の作品については、あえて詳細を伏せておきます。皆さまの驚きを損ないたくありませんし、著者のわたしにも、結末がどうなるかはわかりませんから！　ただし、ひとつだけ申しあげましょう。マクラウド兄弟の世界には、秘密の明かされていない登場人物たちがまだいて、大切な読者の皆さまはもとより、わたしも好奇心を満足させなくてはとうてい収まりません！

改めまして、このシリーズを温かく見守ってくださる皆さまに、謝意を捧げます。どうかこれからも、わたしの作品を楽しんでいただけますように。

愛をこめて

シャノン・マッケナ

登　場　人　物　紹　介

ショーン・マクラウド	マクラウド家の三男。 キックボクシングのインストラクター
リヴ(オリヴィア)・エンディコット	書店主
デイビー・マクラウド	マクラウド家の長男。 セキュリティ・コンサルト会社経営
コナー・マクラウド	マクラウド家の次男。元FBI捜査官
ケヴィン・マクラウド	ショーンの双子の弟
エリン	コナーの妻
マーゴット	デイビーの妻
エイモン・マクラウド	マクラウド兄弟の父
マイルズ・ダヴェンポート	バンドの音響係。シンディの友人
セス・マッケイ	デイビーとセキュリティ会社を経営
ニック・ワード	FBI捜査官
シンディ・リッグズ	エリンの妹
ジャヴィア	12歳の天才サックス奏者
バート・エンディコット	エンディコット建設会社の社長。 リヴの父
アメリア・エンディコット	リヴの母
ブレア・マッデン	エンディコット建設会社の副社長。 バートの右腕
タマラ	謎の女
ゴードン	殺し屋
クリストファー・オスターマン	脳科学者

プロローグ

ゴードンは録画したメロドラマをテレビで観ながら、仕事後に心を落ち着かせる儀式として、銃を手入れしていた。もっとも、今日の襲撃には銃を使わなかったが。目を閉じればすぐに、先ほどの光景がまぶたの裏に浮かぶ。ゴードンが一家心中に見せかけて殺したやつらの血まみれの死体。ささくれだった神経を鎮《しず》めようと思うなら、くだらないメロドラマに勝るものはない。

ストレスは職業病のようなものだ。いまいましいが、対処はできる。

今日の夜の報道番組は、心臓病の大家がストレスから神経を病み、美しい妻と幼い息子ふたりを殺《あや》め、そののちに自ら命を絶ったというニュースで騒がしかった。おぞましい事件だ。悲劇だ。ゴードンの目にすら涙がにじみかけた。

ただし、殺しの報酬の残り半分が銀行口座に入金されれば、涙などあっという間に乾くだろう。ゴードンはそう思い起こした。概《おおむ》ね、充実した一日だった。

ドラマの女優が涙ながらに妊娠を告げたところで、ゴードンはリモコンを取り、早送りのボタンを押して、地元のニュース番組が始まるところまで飛ばした。そこで、彼女を見た。まったくの偶然だ。

血の気を失うほどの衝撃に貫かれた。この整った顔だちを見たのは一度きり。ライフルに取りつけた暗視スコープで拡大された顔を見たきりだ。とろんと潤んだようなあの大きな瞳は脳裏に焼きついている。ゴードンの心臓は大きく鳴り響いた。

番組は当たり障りのない退屈なもので、由緒あるエンディコット・フォールズの街の再生計画を取りあげていた。生意気そうなコメンテイターが、ゴードンの捜し求めていた女に、その女が開いたブックカフェについてインタビューをしている。ゴードンは受話器を取って、電話をかけた。興奮で指が震えていた。

電話に出た男は挨拶も抜きに応じた。「なんだ?」

「例の女を見つけた」ゴードンは言った。「〝ミッドナイト・プロジェクト〟の汚点」

息をのむような間があいた。「本当にあの女か?」ときおりゴードンの雇い主となる男が尋ねた。「もう十五年もたっているんだぞ。あの女は当時まだ十代だった」

ゴードンはこの無礼な質問に答えなかった。「片付ける前に、あの女が何を知ってるか確かめておくか?」ようやく再会した女の豊満な体の線に視線を這《は》わせた。「おれが尋問してやるよ。追加料金なしで」

電話の向こうの男は鼻を鳴らした。「妙な気を起こすな。十五年越しの仕事だ。さっさと終わらせろ。まずは警察の目を引いておくんだな。脅迫状やら死んだ動物やらを送りつけて、それから殺せば、誰も驚かない」

ふん。仕事の手順を講釈するとは何さまのつもりだ。ゴードンは電話を切り、ビデオを巻き戻して、女の顔をつぶさにながめた。この顔を見てみろ。デイジーの花のように可憐《かれん》——傍目《はため》には。しかしゴードンは真の姿を知っている。この女は悪賢い。そして身勝手だ。ゴードンにどんなことをしたのか考えてみろ。ゴードンの前から姿を消した。十五年ものあいだ逃げつづけ、ゴードンの仕事の評判に大きな疵《きず》をつけた。猛りたつ炎のような怒りが体の内側から燃えあがった。ゴードンは焼けつく痛みに酔いしれた。あえて怒りの炎に身を投じた。この女を見ろ。悪い子だ。とても悪い子だ。十五年間、ゴードンをあざ笑っていたのだろう。ゴードンの鼻を明かした気で。ゴードンに勝ったつもりで。

勝ち誇っていられるのもいまのうちだ。この女は自分がどれほど大きな思い違いをしていたのか、これから身をもって知ることになる。

ゴードンはビデオを一時停止させて、画面に映った女の喉に指を置いた。浮ついた笑みをかたどるピンク色の唇をなぞり、みずみずしく温かい感触を想像した。テレビの画面の静電気で、指先がちりちりとうずく。

おもしろいことになりそうだ。

1

いく度となく現われるこの夢には、デジャヴすら覚える。双子の弟、ケヴィンが家の裏手の岩に座って、こちらを見ている。死ぬ直前の姿だ。二十一歳で、よく日に焼けて、膝上まで切ったジーンズを穿《は》き、ゴムぞうりをつっかけている。くすんだブロンドの髪はキッチンのハサミを使って自分で短く切ったものだ。頬にはえくぼが深く刻まれている。ショーンが一生聞くことのできないとっておきのジョークを隠しているような表情。

「おまえは死んだんだろ」ショーンは怒鳴った。「くだらない亡霊ごっこをやめて、おれをそっとしといてほしいっていうのは、無理な頼みか？　光のなかでもどこでも、行くべきところに行けよ。地上でぐずぐずしてるな！」

助けになりたいんだ。ケヴィンは穏やかに言った。人の厚意は素直に受け取るものだよ。さもなきゃ下に流されていくだけだぞ、兄弟。ザザー、ゴボゴボ、バイバイ。

「おまえは助けになんかなれない！」ショーンはわめいていた。「死んでるんだよ！　厚意どころか拷問だ！　まったく助けになっていない！　これからも助けになることは絶対にない！」

ケヴィンは邪険にされてもそしらぬ顔だ。かっかするのはやめるんだね。それでも、亡霊の声には、自分より短気な双子をいさめるときにいつも使っていたいらだちの口調がうかがわれた。**リヴの車をどうにかしなきゃいけないよ。彼女は**——

「リヴのことは忘れろ！　おれを苦しめるのはやめてくれ！　もう消えろ！」

消えろ……消えろ……消えろ……。この言葉を引きずって、意識は夢の世界から戻ってきた。しかし、耐えがたい夢から醒《さ》めたところで、耐えがたい現実が待ち受けているにすぎなかった。

ふたたび一から認識しなおさなければならない。初めて体験することのように。

ひとつ、またやりきれない一日が始まる。ふたつ、ケヴィンはまだ死んでいる。三つ、ケヴィンはこれからもずっと死んだままだ。永遠に。

双子の片割れが幽霊になって遊びにくるのをやめてくれれば、この事実ももっと受け入れやすくなるのだが。ケヴィンにそう説得しようとしても無駄だ。あの頑固者が。

重いまぶたの隙間から、光が目を突き刺そうとしている。ショーンは薄く目を開けてみた。見覚えのない部屋。ナイトテーブルの時計は十二時四十七分を示している。ズキズキする頭のなかで、脳がデータ処理を始めた。重苦しく冷たい現況がはじきだされた。

また失敗だ。八月十八日をカレンダーから消そうという毎年の努力は、報われた例《ためし》がない。それでも飽きもせずに同じことをくり返すのは、途方もなく楽天的なバカだからだろう。時計の表示が十二時四十八分に変わった。今日という忌まわしい日が終わるまで、あと十一時間と十二分。

寝返りを打ちかけたが、脚が誰かのすべらかな腿《もも》にぶつかった。しかし、この腿があの尻にその角度でつながるのは、解剖学上《かいぼう》ありえない。

ショーンはしょぼつく目の焦点を合わせた。ああ、なるほど。このベッドに横たわる女の脚はひとりぶんではない。ブラインド越しの光が縞《しま》模様に落ちているせいで、ほっそりとした肢体は誰が誰のものだか見分けづらくなっていた。

若い女ふたりが身を絡ませるように眠っていた。ブロンドとブルネット。形のいいケツがふたつ。どちらもアヒルの卵みたいに丸くて、なめらか。ブルネットのほうの顔は、長い髪で隠れていた。ブロンドのほうは枕の下に顔を入れ、そこから巻き毛をのぞかせている。

ショーンは手近の尻を撫でながら部屋を見まわし、最低限のマナーを守ってセックスしたという証拠を探した。一、二、三……ははは、四つ、コンドームの袋がナイトテーブルに散らばっていた。この眠り姫たちに、男として恥じない務めを果たしたようだ。ひと安心だ。

このあたりで、分断されていたデータのかけらが集まりはじめた。ステイシー。ブロンドのほうの名前はステイシーだ。ブルネットのほうはケンドラ。

ショーンはそろそろとベッドからおりた。よりそったふたつの尻がどれだけふっくらとしておいしそうでも、その持ち主たちを起こしたくなかった。今日は優しくすることも、愛想を振りまくこともできない。

女たちを見おろして、ゆうべこのふたりのどこに惹かれたのか、記憶を呼び覚まそうとした。たぶん、ブルネットのほうだ。思わずしゃぶりつきたくなるような腰のくびれを見ていると、これがリヴだと錯覚しそうになる。

リヴの尻をナマで見たことがあるわけではないが。聖母を仰ぐように、遠くからあがめていただけだ。もっとも、一度だけ、その秘所を指であがめたことはある。

あの暑い夏の夜、図書館の歴史コレクションの部屋のすみにリヴを押しつけ、スカートのなかに手を入れたときのことを考えると、ショーンのペニスはいつでも仔犬みたいに飛び跳ねた。しっとりとした肉が指に吸いつくような感触は忘れられない。柔らかい太腿が手を締めつける力も。絶頂に達したときのすがるような喘《あえ》ぎ声も。

いまでも古い本の匂いを嗅ぐだけで勃起する。

あの思い出は急斜面の坂のようなもので、ショーンはたちまちに転がり落ち、股間を石みたいに硬くして、追憶に浸ることになる。ショーンは張りだしたモノをさすった。ブルネットのほうの桃みたいな尻に目を据えた。コンドームをつけることをなかば本気で考えながら、目を閉じて、それから……。

やめろ。ショーンははっとして誘惑を振り払い、身をこわばらせた。大きなドラみたいに、頭のなかで戒《いまし》めの鐘が鳴り響いている。十五年たっても、まだあの女にわずらっているとは。

これほどみじめな気分でなければ、大笑いしているところだ。

脈打つこめかみを押さえて、リヴに対するいつもの言い訳を脳内に流しはじめた。リヴとの関係を断ったのは、リヴのためだった。さもなくば、ショーンは救いがたく愚かなことをしでかしていただろう。結婚を申しこむとか。言い換えれば、リヴ専用の玄関マットとして身を投げだすことだ。できることならいい子にしていようと懸命に努力はしているが、いつも最悪の形で失敗する。苦悩、絶望、屈辱、あれやこれや。お決まりの釈明には、自分でもいいかげん飽き飽きだ。

それでも、ショーンがリヴに失せろと言ったときに、あの目に浮んだ表情は、記憶に焼きついて消えない。毎夜どんな女のベッドで寝ていようとも、朝方に目を覚ませば、あのまなざしが脳裏によみがえった。そういうときには必ず、人生最大の失敗を噛みしめ、胸にぽっかりと穴が開いていることを実感した。あの失敗なしで、自分という人間を語れないことを痛感した。

ショーンはブルネットの女の魅惑的な尻に目を落とし、ため息をついた。自分のなかからリヴの存在を消すために、何百人もの女たちを抱いてきたはずだ。あまりうまくいっていないが、粘り強いのは唯一の長所だ。

それでも、自分の体を裏切っているような気がした。ゆうべあれだけテキーラを飲んだのだから、もう少し長く理性を失っていてもよさそうなものだが。〝薬局〟の力を借りて、頭をぶっ飛ばしておくべきだったのかもしれない。とはいえ、ドラッグはショーンの好みではなかった。売り手や買い手が取りつかれているようすを目の当たりにすると、それだけでダウナー系のおぞましい幻覚を見ている気分になった。アルコールでさえそれほど好きではない。ばつの悪い羽目に陥《おちい》るのが関の山だ。留置場や救急治療室で目覚めることは、ショーン本人にとってはたいした恥ではないが、兄たちがあわてふためく。兄たちもいまや品行方正な家庭人。地域社会の支柱だ。愛らしくまっとうな女性と神に誓って結婚した。いずれわらわらと子どもが生まれ、大家族になるだろう。

コナーとエリンはすでにその一歩を踏みだした。予定日まであと四カ月。こんにちは、赤ちゃん。こんにちは、ショーンおじさん。明るく、健全な人生。兄たちは、ショーンと同じくゆがんだパラレルワールドで生まれ育った過去を葬ってしまったかのようだ。いかれたエイモンの息子たちはどうした。

ショーンが直面しているのはこの新たな家族の現象だけではない。人のいい義理の姉たちが一団となってショーンの身を案じ、両腕を広げて仲間に入れようと心を砕いている。主よ、ショーンを救いたまえ。すばらしい女性たちだし、心配してくれるのはありがたいが、遠慮させてもらう。

ショーンのジーンズは、革のソファの上、色とりどりのランジェリーの下に脱ぎ捨てられていた。ジーンズに脚を入れると、またべつのコンドームの袋が床に落ちた。おもしろくもない思いで鼻を鳴らし、ポケットのなかをあらためた。

いつもどおり。どうやら、タクシー代として予備に取っておくはずだったぶんまで使って、この女の子たちにおごったようだ。つまり、どこともわからない場所から、歩いて帰らなければならないということだ。夜遊びにはときたまこうした重労働がついてくる。

トイレであとふたつコンドームの袋が見つかった。洗面の前でしたのか、シャワーを浴びながらしたのか、あるいはその両方か。小用を足しながらアルミの包みをながめ、水辺の戯れを思いだそうとした。自分が汚らわしい存在に思えた。

見知らぬ女たちとの3Pに倫理的な問題を感じているわけではない。むしろその逆だ。女の子は甘いお菓子のようなもの。たらふく食べたい。今日は気分が腐っているというだけだ。そしてくさくさした気分はいまから悪化の一途をたどる。

バスルームの鏡に映った顔はなじみ深いものにも、なじみのないものにも見えた。死んだ双子の兄弟のケヴィンがなったかもしれない顔。昔から一卵性双生児にしては似ていなかったが、ケヴィンの外見の特徴をあげれば、それはいまでもそのままショーンに当てはまる。筋骨たくましい体、いくつかの傷痕。くすんだブロンドのくせ毛。もっとも、髪は最近ぼさぼさに伸びてきた。瘦せた顔、無精ひげの生えた頰の片方だけに現われるえくぼは、ケヴィンと並べば左右対称になる。

ただし、今日こちらを見返す渋面にえくぼは浮かんでいない。目の下に紫がかったくまができていて、そのせいで緑色の瞳がやけに白っぽく見える。頰骨の下はげっそりとこけて、まるでその部分の肉を斧《おの》でそぎ落としたみたいだ。容赦ない明かりのなかで見ると、肌は灰色だった。ゾンビの顔色だ。ちびっ子がビビっておとなしくなる怪物の顔。

八月十八日に鏡をのぞけば、自分がどれだけケヴィンに似ているか考えずにいられない。同時に、どれだけ似ていないかを。

世知辛い世の中を十五年長く生きてきて、ショーンの顔だちは鋭く、険しくなった。目じりにはカラスの足跡がついている。口もとにもしわができはじめている。

年を追うごとに、類似点はますます少なくなっていくだろう。いつか腰が曲がり、歯が抜け、しわがれ声のじいさんになって、ケヴィンの短い一生の何倍もの寿命をまっとうするまで。ショーンには底知れぬ闇のような年月が口を開いて待っている。

洗面台の棚を引き開けて、なかにざっと目を走らせた。

エキセドリン。四粒出して、口に放り、嚙《か》み砕き、飲みこんだ。

身をかがめ、ズキズキするひたいを冷たい磁器の洗面台につけて、引きつった声で長々と罵《のの》りの言葉を吐いた。

もううんざりだ。いいかげんにしてくれ。時間が癒《いや》してくれるもんなんじゃないのか？　大陸移動みたいに、ゆっくりとでも移ろっていくのが自然なんじゃないのか？　ショーン自身も、やりすごそうとして力をつくしたが、この暗澹《あんたん》たる気分はハゲタカのようにまとわりつき、隙《すき》あらばショーンの目玉をえぐり、肉を食らおうとしている。いっそのこと仰向けで地に倒れ、旧知のハゲタカの好きにさせたくなることもあった。

こうして記念日が始まった。ショーンが排水溝に流される音とともに。

早いところここから出なくては。コーヒーにもおしゃべりにも付き合わず帰るのは失礼だが、昨夜の陽気なセックスマシーンが、陰気なゾンビに変身するところを見せるよりはましだろう。

おそるおそるわきの下の臭いを嗅ぎ、顔をしかめた。しかし、シャワーを借りるのはリスクが大きすぎる。コーヒーも。キッチンに鎮座するピカピカのコーヒーメーカーに羨望のまなざしを投げながらも、ショーンは諦《あきら》めをつけた。ミルの音で眠り姫たちを起こしてしまったら、どつぼにはまるだけだ。否が応でも笑みをこしらえ、おしゃべりをして、お世辞を言い、電話番号を教えなければならなくなる。無理だ。

そそくさとおもてに出ると、あたりは月並みな住宅街だった。金はない、財布もない。八月十八日前夜には、クレジットカードの一枚も持たず、住所の記載されたものは一切身につけず出かけることにしている。派手な照明、轟《とどろ》く音楽、セックス、ダンス、酒。意識の表層から離れないものを塗りつぶしてくれるなら、なんでもいい。

殴り合いも効き目があった。ショーンに喧嘩《けんか》を売ってくるような阿呆がいるなら、喜んで相手になった。

どちらに行っていいかさっぱりわからなかったので、ゆるやかなくだり坂の道を選んだ。のぼり坂を行けば鼓動があがるだろうし、いまでさえ、脈拍がひとつ打つたびに脳細胞を大木槌《きづち》で破壊されるような頭痛に悩まされている。

くだり坂。夢でケヴィンに叱責《しっせき》されたとおり、下に流されていくだけなのだろうか。夜遊び、セックス、殴り合い。今日みたいな日にはことさらに真実の姿がはっきりと見える。みぞおちに開いた穴から目をくらませるための、安っぽいごまかし。

ショーンの人生は欺瞞《ぎまん》そのものだ。

排水溝の穴はより大きく、渦巻く流れはより速くなって、ショーンをのみこもうとしている。落ちてしまえば、二度と這いあがれない。父は戻ってこられなかった。ケヴィンもだ。ふたりとも石のように転がり落ちていった。底までまっさかさまに。

バタン。車のドアの音が低く響いて、ショーンはぱっと振り向き、われ知らず防御の構えを取っていた。

セスのアバランチから兄たちがおりてくるのを見て、体の力が抜けた。セスもおりてきた。そして、助手席からはマイルズが。

ショーンの胃は沈みこんだ。偶然じゃない。待ち伏せされた。

男たちが目を見交わすようすに、ショーンは自分が六歳の子どもになったような気にさせられた。あるいは、「ショーンが正気を失ってるぞ、早く麻酔銃を持ってこい」とでも言われているような気分だ。

コナーとデイビーよりもよくショーンのことをわかってくれた人間は、今日からきっかり十五年前に死んだ。できることなら一分一秒単位で死亡時刻を割りだすところだが、特定は不可能だった。ハーゲンの渓谷に車でダイブしたケヴィンの死体は、誰のものだかわからないほど黒焦げになっていた。ケヴィンのピックアップトラックはガードレールに突っこみ、数秒とかからずに落下し、派手に爆発した。一巻の終わりだ。

唐突な幕切れに、ショーンはいまだに悩まされていた。

タイヤの跡から考えると、ピックアップはまっすぐにガードレールを突き抜けたようだ。ショーンは何度も何度も調べた。ケヴィンはブレーキすら踏んでいなかった。

ケヴィンのピックアップが落ちていく光景が、いま、デイビーとコナーの目にも映っているのがわかった。ショーンはあわてて目をそらした。耐えられない。共有などできない。慰めを与えることもできないし、これほど神経がピリピリしているときは慰めを受け取ることもできない。

ひとりで身を隠していたかった。どこかの下水溝にでも。

兄たちよりはセスとマイルズの顔を見ていたほうがまだ気が楽だ。ショーンはそちらに視線を向けた。「このふたりまで見世物に招待したのは誰だ?」

マイルズは肩をすくめたものの、気づかわしそうな顔をしている。セスの唇がゆがんで、温かみを欠いた笑みが浮んだ。「おれにも弟がいた。招待状は必要ないね」

やられた。言われるまでもないことだった。セスも弟を亡くしている。しかもまだ数年もたっていない。喪失感はショーンより生々しいはずだ。

すばらしい。腐った気分の種がもうひとつ。感謝するよ、みんな。

ショーンはセスから目をそらしたものの、誰の顔も見ることができず、セスの黒い車に視線を落ち着けた。「どうやっておれを見つけたんだ？　X線スペクトルか？」

「今回は監視させてもらったよ」コナーが言った。「見つからないように気をつけてね。悪酔いや乱痴気騒ぎでブタ箱に放りこまれた弟を引き取るのは、恥ずかしいからな」

「じゃあ、次はかまわなくていい」ショーンは頼みこむように言った。「ほっといてくれ」ポケットから携帯電話を取りだした。なかには携帯の電池で作動する発信機が仕込まれていた。そんなものを仕掛けるほど心配されていることに、ふだんなら、こそばゆくも温かい気持ちになっただろう。過保護はやめろとかなんとか言いつつも。

コナーもデイビーもセスも、家族全員に発信機をつけるのは当然だと思うくらい危険な冒険を体験してきている。

いつもなら、ショーンも納得する。もしあのときケヴィンが発信機をつけていたら、ショーンが助けてやれたかも——

だめだ。そんなことを考えるのはやめろ。ショーンは胸のうちで自分をいさめた。考えるな。

やり場のない怒りがこみあげる。鎖のかかったフェンスに携帯を投げつけた。携帯は軽い音をたてて、砕け散った。

「それは愚かで、無駄なことだぞ」むっつりとした声はデイビーのものだ。

ショーンはかまわずに歩きはじめた。兄たちとマイルズ、セスがついてくる。骨を追う犬みたいだ。追い払うには全員をぶちのめして、意識を失わせるしかないが、年上の男たち三人の強さはそれぞれがショーンとほぼ互角だ。マイルズでさえ、道場で鍛えるようになってからは昔ほどひよわではない。四人いっぺんに相手をするとなると……無理だ。痛めつけられるのはこっち、気を失うのはこっちだろう。

「おれたちもあいつの兄弟だった」デイビーは静かな調子で言った。

ショーンは息を吸った。「おれは自分のトラウマを人に押しつけるつもりはなかった。いまもない。兄貴たちのことは大事に思っているが、頼むから、失せろ」

一瞬の間があいた。「いいや」コナーは飾りのない言葉を返した。

「何度言われても同じだ」デイビーが言った。

ショーンは花壇を囲む低い壁に座り、火照った顔を両手にうずめた。「ここはどこだ?」

「オーバーン」デイビーが答えた。「ゆうべはおまえをつけてまわった」

「これまでのこともある」セスが言った。「今日は目を離さないよ」

ショーンは反感を声に出した。いまにもショーンが体をねじ曲げ、口から泡を吹くのを予想しているみたいじゃないか。

「さっき出てきたのは誰の家だ?」コナーが尋ねた。

ショーンは肩をすくめた。「女ふたり」つぶやくように答えた。「ブロンドとブルネット。いい体だった。〈ホール〉で知り合った。と思う」

「お盛んだな」デイビーの声には見くだすような調子がにじんでいて、それがさらにショーンをいらだたせた。

「非難するな」うなるように言った。「そりゃ毎晩、生涯の恋人を抱ける身分はいいだろうさ。コナーもセスも同じだ。そういう男はよろしくやってろよ。そうできないおれたち負け犬は、どうにかして夜をやりすごさなきゃならないんだよ」

「愛に飢えた男はみじめだな」デイビーが言った。マイルズが喉をつまらせるような音をたてた。コナーは口をおおい、そっぽを向いた。アバランチが脇によった。デイビーとコナーがショーンの両肘を取った。

ショーンはふたりの手を振り払い、自分で立ちあがった。「今日おれのタマを潰《つぶ》そうとするわけを訊いても?」

「答えてやりたいところだが、理由などない」デイビーが言った。「おまえのタマを潰すのはただの習慣だ。口の減らないチビ助め」

チビなものか。ショーンはどちらの兄にも劣らず背が高いし、コナーよりも体つきはごつい。しかし、言い返す気力はなかった。のろのろとアバランチの後部座席に乗りこんだ。片側からコナーが、もう片側からマイルズが乗って、逃げられないように閉じこめる。セスが車を発進させた。

「仕事を入れられるか?」セスが尋ねた。「暇そうだ」

ショーンはうめいた。ショーンはフリーランスのボディガードとして、セスとデイビーが最近たちあげたセキュリティ・コンサルタント会社〈セイフガード〉からときおり仕事を引き受けている。声がかかるのはたいてい、ふたりが不穏な事件を手がけているときだ。

今日のショーンにはつゆほどの興味も湧かなかった。

「誰も引き受けたがらないボディガードの仕事か？　自意識過剰のバカのお守りをする気にも、大金持ちの奥さまの荷物持ちをする気にもなれないね。おれはリストからはずしてくれ。永久に」

「ボディガードの仕事じゃない」コナーが言った。「〈セイフガード〉の仕事でもないんだ。おれ個人の仕事。いま、薄気味悪い事件に絡んでいる。鳥肌ものの事件だ。〈ケイブ〉から協力の要請があったんだよ。おまえなら興味を持つんじゃないかと思ってね」

コナーはさまざまな司法機関の相談役のような仕事をしていて、確かにショーンはそちらの仕事には怖いもの見たさにも似た気持ちで惹かれることが多い。

ショーンはすぐに折れて出た。「薄気味悪いってどんなふうに？」

「数学や化学の天才が好物の連続殺人犯を追っている」

「へえ」ショーンはまばたきした。「そりゃ不気味だ」

「ああ。四カ月間で犠牲者は六人。全員が大学生くらいの年齢で、男も女もいる。六人とも死体で発見された。クラブで遊んだ帰りに麻薬の過剰摂取で死んだように偽装されているが、クラブのなかで被害者を見た者はいない。数学やコンピューター、機械工学に才能がある人間ばかりだ。全員、脳に不可解な損傷を受けている。六人とも天涯孤独で、家族がいない。犯人は厳しい条件をつけて被害者を選んでいる」

ショーンは考えをめぐらせた。「性的暴行を受けた形跡は？」

「女の死体には、性行為をおこなったばかりという証拠があったが、犯人は用心深くて、D

NAを取れるものはまったく残っていない。男をヤる趣味はないようだ。マイルズにはもう協力を頼んである。おまえにも手を貸してもらえれば助かる」

兄が以前所属していたFBIの諜報部門〈ケイブ〉に対して、ショーンは不信感を持っていた。コナーが一度ならず〈ケイブ〉のせいで死にかけたことがあるからだ。

「どうしておれが手を貸せると思うんだ?」ショーンは低い声で言った。

「阿呆のふりをするな」コナーが言った。「おまえは腕がたつ。自暴自棄になっていないときはな。それに、あー、仕事があれば気を紛らわせることもできる」

「ふうん」ショーンはのろのろと言った。「それじゃあ、これは、お情けってやつだ」

「うるさいぞ」コナーは苦々しい口調で返した。「人をいらいらさせるのはやめろ」

「お互いさまだろ」ショーンは言った。「自分のゆがんだ対処法を人に押しつけないでくれ。スーパーマンのマントはおれがはおっても、地面に引きずるだけだ。おれはおれのやり方で気を紛らわせるさ。かわい子ちゃんふたりと抱き合うほうが好みだね。軽薄な蝶《ちょう》、それがおれだ」

「おまえのことは生まれたときから知ってるんだ」コナーはうんざりとした声で言った。

「ごまかそうとしても無駄だ」ひどい傷痕の残る手で顔をぬぐう。例の死ぬような体験でつけたものだ。心ならずも、ショーンは兄がやりきれない気分でいることを感じとった。しかし、頭から締めだした。兄の気分など知りたくなかった。

ショーンはかぶりを振った。「気持ちはありがたいけどね、金には困っていないよ。おれにはおれの商売があって、それなりに忙しい。司法機関に協力するのは、お遊びじゃできない仕事だろ」

「事実、お遊びじゃできない仕事だ、怠け者め」コナーがお説教を始める。「本物の仕事をすれば、おまえもそれに集中できる。おまえがすべきなのは本物の仕事であって、遊び半分の商売じゃない……最近はまたどんな道楽に手を染めた？　くだらないアクション映画のコンサルタントか？　いいかげんにしてくれ」

生活手段に対する意見の相違は根が深く、ショーンはとうの昔にわかってもらうことを諦めていた。「遊び半分の道楽だろうがなんだろうが、実入りはいい」ショーンはぶつぶつとこぼした。「おれは忙しいし、いつも遊んでるわけじゃないし、法も犯してないし、金をせがんでるわけでもない。これ以上おれに何を望む？」

「おまえにじゃない。おまえのためにだ」デイビーが首をまわして、切れるような鋭い視線を据えた。「金の問題でもない。自己憐憫《れんびん》に浸るよりましなことに目を向けさせたいんだ」

ショーンは座席にどさりと頭をもたせ、手をかざして光をさえぎった。家に送ってもらうのに、血の代償を払わねばならないとは。

経験から、お説教のこの段階で反論しても無駄だとわかっていた。何を言おうとも、兄たちは言葉という棍棒《こんぼう》を振るいつづけ、ショーンがひくひくと痙攣《けいれん》する血だらけの肉塊と化すまでやめない。いまはまだ序の口だ。

しゃべらせておいて、隙を見て逃げだすのが一番だった。

「おまえは低いほうに流されている。おれたちは指をくわえてそれをながめているのに飽きた」デイビーは話しつづけていた。

流されている。ショーンの背筋が粟《あわ》だった。

「その言葉を聞くとはおかしなもんだ」ショーンは言った。「鳥肌がたったよ。ゆうべ、ケヴィンから同じ言葉を聞かされたばかりだ」

コナーが大きく息を吸った。「おまえがそういうことをすると、たまらない気持ちになる」

その口調にはっとしてショーンは物思いから醒めた。「ん？　おれが何をしたって？」

「ケヴィンがまだ生きているような話し方をすることだ」デイビーが重々しく答えた。「頼むから、やめてくれ。おれたちのケツの座りが悪くなる」

気づまりな沈黙が続いた。ショーンは深いため息をついた。

「いいかい、ケヴィンが死んだことはわかっている」冷静な口ぶりを崩さずに言った。「幻聴を聞いてるわけじゃない。おれは誰かに狙われてるなんて妄想にとらわれていない。車で崖に飛びこむつもりもない。みんな、気を楽に持てよ。な？」

「じゃあ、ゆうべまた例の夢を見たんだな？」コナーが問いただした。

ショーンは鼻白んだ。何年か前にケヴィンの夢のことをコナーに打ち明けたのだが、後悔することしきりだ。コナーは青くなってデイビーに注進し、あれやこれやでひと騒動持ちあがった。

とはいえ、夢に取りつかれているのは本当だ。ケヴィンはくり返し夢に出てきて、自分は頭がおかしくなったわけじゃないと主張する。自殺なんかしていないと。リヴはまだ危険にさらされていると。そしてこの隠蔽《いんぺい》工作に引っかかるなら、ショーンはタマなしで、血のめぐりの悪い大バカ野郎だと。**スケッチブックを調べろ。**ケヴィンはそう言いつのった。**証拠**

はそこにある。目を開け。役たたずめ。

しかし、スケッチブックはすみからすみまで調べた。一枚ずつばらし、あらゆる角度から検討した。証拠も何もまったく出てこなかった。

そもそも証拠などないからだ。ケヴィンは心の病気だった。親父のように。悪党、隠蔽工作、リヴの身に迫る危機——すべて妄想だ。痛ましい事実として、コナーとデイビーはいつしかそう結論づけていた。ケヴィンのスケッチブックに記されていた言葉は、晩年の父親の妄言とあまりに似通っていた。ショーンは父の妄想じみたふるまいを兄たちほどはっきり覚えているわけではないが、記憶があるにはある。

しかし、兄たちの結論を受け入れるには時間がかかった。心の底では、いまでも受け入れられていないのかもしれない。そして兄たちはショーンも双子の弟と同様に正気を失っているのではないかと心配している。それが正しいのかもしれない。誰にわかる？　それでもかまわなかった。

夢を止めることはできない。殴られても蹴《け》られても、信じられないものは信じられない。双子の弟が、助けを求めることもなく、自ら命を断ったなどということを、事実としてのみこむのは不可能だ。ケヴィンは最後の最後でリヴにスケッチブックを託したが、もう手遅れだった。

「ケヴィンの夢はいまでもたまに見ている」ショーンは静かな声で言った。「もうたいした問題じゃない。すっかり慣れたよ。だから心配するな」

それっきり五人とも口を開かず、重い沈黙に包まれたまま、車はショーンのコンドミニアムに到着した。ショーンは目を閉じていたが、まぶたの裏にはさまざまな像が去来していた。絡み合う体、明滅するライト、ベッドで眠る女たち。コナーの言っていた連続殺人犯が、人食い鬼のように橋の下にひそみ、数学の天才たちを朝食がわりに食らっている姿。

それから、とどめの一撃。ショーンがけっして逃れられない光景だ。

リヴがショーンを見つめている。ショックと悲しみに灰色の目を見開いて。十五年前の今日。悪夢のような人生が始まった日に。

リヴはケヴィンに出くわしたあと、あわてて留置場にやってきた。涙ぐんでいたのは、両親によってむりやりボストン行きの飛行機に乗せられようとしていたから。バートとアメリアのエンディコット夫妻が、娘をどうやってショーンから引き離そうかと画策しているあいだ、ショーンは泥酔者用の留置場に放りこまれていた。

しかし、そんな手間をかける必要はなかったのだ。エンディコット夫妻のかわりに、運命がリヴとショーンの仲を引き裂いた。

警官はケヴィンのスケッチブックの持ちこみを許さなかったが、リヴはケヴィンが伝言を記した部分だけ破り、ブラジャーのなかに忍ばせていた。伝言は父の暗号のひとつで書かれていた。ショーンはそうした数々の暗号を母国語のように読むことができる。

〝ミッドナイト・プロジェクト〟がおれを殺そうとしている。やつらはリヴを目撃した。やつらに見つかったら、リヴも殺される。今日じゅうにリヴを街の外に逃がさなければ、一巻の終わりだ。試練の道を行け。証拠のビデオテープはＥＦＰＶにある。ＨＣで鳥を数えてB六三の裏を探せ。

ショーンは一言一句を信じた。少なくとも、理解できるところは。信じないわけがあるか？　なにせ、エイモン・マクラウドの家で育ったのだ。あの男はいつ何時《なんどき》も敵に狙われていると信じていた。命がつきるまで。ショーンたちは父の言う悪党をつねに警戒して生きてきた。それでなくとも、ケヴィンがショーンを誤った方向に導いたことは一度もない。ケヴィンはその生涯で、一度も嘘をついたことがなかった。聡明で、勇敢で、岩のようにゆるぎのない男。ショーンの錨《いかり》だった。

試練の道を行け。これは父のキャッチフレーズだ。男たるもの、たとえ辛くても、すべきことはしなければならない。リヴの命が危険にさらされている。リヴを街から逃がさなくてはならない。もし本当のことを伝えて、リヴが抵抗し、街に残ると言い張り、その結果、命を失ったら、それはショーンの落ち度だ。ヤワな道を選んだせい。試練の道を進まなかったせいだ。

だから、すべきことをした。銃の引き金に手をかけるようにたやすかった。

ケヴィンのメモをポケットに突っこんだ。感情を排し、冷たい目つきをした。

「ベイビー、ひと言いいかい？　おれたちの仲はうまくいかない」ショーンは言った。「縁がなかったと思ってくれ。な？　ボストンに行け。もう二度と会いたくない」

リヴは戸惑いの表情を浮かべた。ショーンはにべもない口調でくり返した。聞いたとおりだよ。もう会いたくない。お別れだ。

リヴはまごつき、ためらいがちに言った。「でも――わたし、あなたはてっきり――」

「その気があると思った？　まあね。三百ドルも賭《か》けてた。だが、気軽な関係にしておきたかった。本気になられちゃ困る。初体験は大学生の坊やとでもすませろよ。おれは相手をしてやれない」

リヴはぽかんと口を開けていた。「三百ドル……？」

「工事現場の連中と賭けたんだよ。おれは連中に進展を報告していた。こと細かに」卑しい笑い声をあげた。「でも、ちんたらしてて、らちが明かないからさ、もう飽きた」

「あ、飽きた？」リヴは小さくつぶやいた。

ショーンは身を乗りだし、リヴの目をのぞきこんだ。「おれはおまえを愛していない。わかったか？　おれはどこぞのお嬢さまに束縛されたくない。パパとママはおまえを東部にやりたがってるんだろ？　好都合だ。行けよ。失せろ」

ショーンは待った。リヴは凍りついていた。ショーンは深呼吸して気力をかき集め、手榴弾《しゅりゅうだん》のように言葉を投げつけた。「消えろ、リヴ。失せろ！」

これでうまくいった。リヴは消えた。その晩のうちにボストンへ旅だっていった。

あれ以来、ショーンはツケを払いつづけている。ショーンには過失を犯した外科医の気持ちがよくわかった。誤って患者の目や肺や腎臓を切り取ってしまい、新聞沙汰にされ、人生を棒に振った哀れな医者の気持ちが。

セスがコンドミニアムの前の角に車を停め、自分の携帯電話を取りだして、ショーンの顔の前にぶらさげた。「ほら」

ショーンは携帯を手で払った。「いらない。そんなもの——」

「持っておけ」セスがすごんだ。「殴ってでも持たせるぞ」

ショーンはため息をついて、携帯をポケットに入れた。

「短い紐《ひも》を引いたやつが、真夜中までこいつの子守りをすること」デイビーは大きなこぶしを突きだした。手のなかに紐を四本握っている。

「おい、やめてくれ」ショーンは抵抗を試みた。「おれには子守りなんて——」

「黙ってろ」デイビーはドスをきかせた。紐を一本引く——長い。次にコナー。長い。セスとマイルズは同時に引いた。

マイルズが諦めのため息をついた。短い紐を引き当てたのはマイルズだ。

「おめでとう。うってつけの仕事だな」セスが言った。

「おれの面目は丸つぶれじゃないか」ショーンがこぼした。

「そりゃ気の毒に。いやなら、毎年おれたちの手をわずらわせるのをやめてくれよ」

ショーンは目を閉じた。まぶたの重さで眼球が脈打つようだ。頭のなかが、血痕みたいな赤い色に染まっていく。それから真ん中に黒い色がにじみ、広がって、赤い色を塗りつぶしていった。そして、また赤。ふたたび黒。鼓動は手に負えず、ドラムのビートさながらに鳴り響いている。そのすべての背後にあるのは、ケヴィンのピックアップ。底のない谷に落ちつづけている。

マイルズはドアを開けて、車からおりた。ショーンはあとに続いた。

「そういえば、昨日エリンが超音波検査を受けたんだ」コナーが唐突に切りだした。

「へえ？」ショーンはお愛想に尋ねた。「順調なんだろ？」

「ああ、母子ともに申し分ない。男の子だよ」コナーは言った。

「あー、うん……よかった。おめでとう」もっと言葉を重ねなければならないような気がしたものの、心は白い空みたいにからっぽだった。

「ケヴィンと名づけるつもりだ」コナーは言い足した。

何かに凄まじい力で喉を絞めつけられるような衝撃を受けた。

コナーがショーンの肩に手を置いた。「運が変わるきっかけになるかもしれない」兄の声は真剣そのものだった。「災いを転じて福となすような。運がいい方向に転べば、おまえもいつか誰かを救えるかもしれない。それに勝るものはない。大きな埋め合わせになる」

「そうか？　でもそのあとは？　興奮が去ったあとは？」

コナーは口ごもった。「もう一度、最初からやり直しだ」

ショーンは鼻を鳴らした。「だよな」ぽつりとつぶやいた。「永遠には続かないものだよな？」

「ああ」コナーは認めた。「だが、何もないよりましだ。それに永遠に続くものなんかあるか？」

ショーンは考えこんだ。「無意味だし、疲れそうだな」

兄はショーンの言葉を否定しなかった。顔をこわばらせ、そっぽを向いただけだ。ショーンはドアを閉めた。車は走り去っていった。

2

ショーンとマイルズは見つめ合った。マイルズはむっつりと結んでいた口を、おもむろに開いた。「何も言うなよ。無駄だから」

ショーンは内心でうめいた。こいつにはずいぶん肩入れしている。マイルズはいいやつだし、いい友人だ。コンピューターのプログラミングだのなんだの、ショーンの頭がパンクしてしまうようなこととなれば、これほど役にたつ男もいない。マクラウド兄弟のマスコットを務めるようになってから二年、マイルズは頼りになる一面を何度となく見せてきた。それでも、いまのショーンは誰かの兄貴にも恋愛相談員にもチアリーダーにもファッション指導員にもなれる気分ではなかった。

「なあ。おれがおまえを大事にしてるのは知ってるよな？　だが、いまは連れはほしくない」声に疲労がにじんでいた。「だから、どっか行ってくれ。黙って消えてくれ。またな」

「だめだね」マイルズは眉ひとつ動かさなかった。

ショーンは歯を食いしばっているせいで頭痛がさらにひどくなっていることに気づいた。意識的にあごの力をゆるめた。「わかった。違う言い方をさせてもらう。消えろ。さもないと、顔の形が変わることになるぞ」

マイルズは感銘を受けたようすもない。「あんたをひとり残していって、今夜何か面倒を起こされたら、ぼくの頭はデイビーとコナーとセスにちぎり取られて、杭《くい》にぶっ刺される。あんたはひとり。あっちは三人。考えるまでもない」

ショーンはコンドミニアムの階段をのぼりはじめた。一歩ごとに、頭蓋骨《ずがい》をハンマーで叩かれているようだ。「面倒なんか起こさない。そんな気力がない」

「目に入らないようにするよ」マイルズがうしろからついてくる。「ぼくなんかいないものと思っていい。そういうのには慣れてる。過去どれくらい女の子に縁がなかったか見てよ。ほら、透明人間みたいなもんだ」

ショーンはマイルズを目で咎《とが》めて、鍵を開けた。「女運をあげたかったら、そういうことは言うな」習慣から、兄貴役についていた。「そういうことを考えるのもやめろ。それは死の接吻だぞ」

「だろうね」マイルズはいなすように言った。「ところで、頼みがあるんだ」

ショーンは勢いよくドアを開けた。「今日は頼みをきける気分じゃない」

「あんたには貸しがある」マイルズも部屋に入った。「大きな貸しが」

ショーンはくるりと振り返って、脚を広げ、殺すぞという視線でにらみつけ、マイルズを二歩さがらせた。「どんな頼みだ、マイルズ」

マイルズは大きく息を吸ってから言った。「エンディコット・フォールズまで車で送ってほしい」

ショーンはあまりの皮肉に笑っていた。ぐらぐらとゆれる気持ちをのみこんだ。そうしなければ、キッチンで暴れだしてしまいそうだった。「そりゃ無理だ。おれはあの街が嫌いでね。とくに今日は大嫌いだ」

「あんたが丸ひと月もロスに行っているあいだ、あんたのかわりに木曜のキックボクシングのクラスを教えてあげた」マイルズは貸しを指摘した。「ウィルスに感染してシステムダウンしたパソコンを三日もかけて直してあげた。ただで」

「わかったよ。そもそも、あんな古臭い街になんの用があるんだよ？」マイルズに暗い疑いの視線を投げた。「まさかシンディがバンドのイベントであっちにいるんじゃないよな？頼むからいまだに――」

「まったく違う。シンディのことは完全に諦めたよ」マイルズは石のように硬い声で言った。「たしかにシンディはあっちにいるけど、ひどい疫病みたいに避けて、顔を合わせないようにしてる」

ショーンは納得しなかった。マイルズはマクラウド兄弟と知り合う前から、シンディ・リッグズにぞっこんだった。シンディは、コナーの妻、エリンの色っぽい妹だ。去年の夏、コナーたちの結婚式で、マイルズはシンディからこっぴどい目にあわされ、ようやく脈がないことを悟ったらしいが、それで気分がさっぱりしたというようすはない。その逆だ。あれからずっと落ちこんでいる。

「今晩、〈ロック・ボトム・ロードハウス〉で〈ハウリング・ファーボールズ〉の音響と照明のオペレーターをするんだ」マイルズが言った。「それに明日から〈エンディコット・フォールズ武術アカデミー〉で空手の指導アシスタントに就くことになった」

ショーンは目を丸くした。「嘘だろ。じゃあ、何か、もう指導員の資格を取ったのか?」

「まさか。先月、初めて黒帯の昇段試験に合格したんだ。型も褒めてもらった」マイルズの声にはプライドが満ちあふれていた。「デイビーがエンディコット・フォールズで道場を開いている男にぼくを紹介してくれてね。正規の指導員が膝の手術を受けて休んでいるあいだ、臨時で手伝うだけだから……たいしたことじゃない」

「たいしたもんだよ」ショーンは言った。「すごいじゃないか。やったな」

「それに、うちの家族がこないだ車を買ったんだ。古いフォードをおさがりでもらえることになっている。貸しを盾に運転手役を迫るのもこれが最後だよ」

「それだけでも送ってやる理由になるな」ショーンは苦りきった口調で言った。「言うな。当ててやる。九〇年代初期のフォードだろ?」

マイルズは警戒の表情を見せた。「だから?　それが何?」

「色はベージュだな?　ゲロみたいな色のベージュだってことに左のタマを賭けてもいい」

マイルズは弁解するように肩をすくめた。「だったら何?」

「時代遅れ」ショーンは言った。「透明人間が乗るための透明の車。もっと男らしい車に乗らないとだめだ」

「走ればいいよ」マイルズはぼやいた。「おまけに無料。あんたが車を男のアクセサリーみたいに考えてるのは知ってるけどさ、バスに乗るよりましだろ」

「似たようなもんだ」ショーンは不満たっぷりに言った。「コナーの連続殺人犯の事件に協力してるんじゃなかったのか」

「するよ。ハイテク要員として。ぼくはそっちから攻める」

ショーンはうなり声で答えて、冷蔵庫からビールを二本出した。一本をマイルズに手渡してから、自分のぶんをひと息で半分ほど飲み干した。「ったく、ひどい気分だ」留守番電話の赤いライトがしつこく点滅している。ショーンは再生ボタンを押して、外の世界が自分に何を求めているのか確認した。

最初の二件は仕事関係の電話だった。ひとつ目は、数週間前に終わったコンサルタントの仕事の請求書について。ふたつ目は、イラクに派兵された兵士たちの映画を撮ろうとしているインディペンデントの監督から。ショーンは二件とも飛ばした。頭の回線がつながったあとに対応すればいい。

三件目の留守電を聞いて、ショーンはボトルを口につけたまま、その場で固まった。

「よお、ケアリー・ストラットンだ。携帯にかけたんだがな。つながらなかった。おまえの長年の想い人の情報がインターネットで引っかかった。オリヴィア・エンディコットが不運に見舞われてるぞ。ああ、そうそう、彼女は引っ越した。いまはワシントン州のエンディコット・フォールズにいる。そっちからめちゃめちゃ近いんじゃないか？　チャンスだぜ、兄弟。行動を起こすんだ。遠くからこそこそ情報を集めるのはおまえさんの健康に悪い。それがおれの家賃になるとしてもだ。URLはメールで送った。これはサービスにしてやるよ。また連絡する。じゃあな」

ショーンは立ちつくしていた。呆然と、口を半開きにして。

「ショーン？」マイルズがおずおずと言った。「ビールをこぼしてるよ」

その声にびくっとして、ショーンはあわててビールを縦に直した。息ができなかった。つばを飲もうとした。喉はからからに渇ききっていた。砂漠みたいに。

リヴ。エンディコット・フォールズに戻ってきている。電話の私立探偵から最後に仕入れた情報では、リヴはオハイオ州シンシナティにいて、図書館で司書の職に就いていた。ケアリー・ストラットンから最後に写真が送られてきたのは十二月だ。望遠レンズで撮られた白黒の写真。アパートメントから出てくるリヴ。犬を撫でながらほほ笑むリヴ。郵便受けから手紙を出すリヴ。波打つ髪は光のようで、ジプシー風の模様の長いスカートは風にあおられている。社交界で取りすましている母親、アメリア・エンディコットはあのヒッピーみたいなロングスカートに怖気《おぞけ》をふるうだろう。

つまり、リヴはまだ反抗を続けているということだ。ありがたい。

最新の写真とお気に入りの写真はひとつにまとめて、パソコンの上の棚においてある。いつでも手に取れるように。

どれもこれもはしが折れて、ふちはぼろぼろだ。

こぼれたビールに足をすべらせながらも、ショーンはパソコンのある部屋に駆けこみ、ケアリーのメールを開き、リンク先をクリックした。ひと言残らず読んだ。それからもう一度読み返した。本当だ。リヴの書店が放火の被害にあった。ショーンの両手は震えていた。

「ふうん、その人がそうなんだ」

マイルズの静かな声にショーンは飛びあがった。いることを忘れていた。「は？　その人がなんだって？」

「パソコンのファイルにその人について膨大な量の資料を貯めているよね」マイルズが言った。「あんたが絶対に四日以上はひとりの女の子と付き合おうとしない理由かな」

「おまえがおれのファイルの何を知ってるんだよ?」ショーンは声を張りあげた。「おれの個人的なファイルをあさっていいなんて許可した覚えはないぞ!」

マイルズは背の高い体をもう一脚のパソコン用の椅子に押しこめ、長いあいだ放置されている仔犬みたいな目をショーンに向けた。「あんたのパソコンがシステムダウンしたとき、ぼくが三日もかけてデータを修復しようとしたの、覚えてない?」

「そうだった」ショーンは震える手で顔をおおった。「いっそ殺してくれ」

マイルズは咳払いをした。「ええと、コンピューターの医者に隠しごとはできないものだよ」本当にすまなそうな口ぶりだ。「ごめん」

ショーンは画面を見つめた。顔が火照っている。長年リヴに監視をつけていることは、誰ひとり知るはずのない秘密だった。人知れずかかえている持病みたいなもので、診察には耐えられない。誰にも見られたくなかった。兄たちはもちろんだが、自分でもこの病を直視することはなかった。

「いままで何も言わなかったじゃないか」ショーンはぼそぼそとつぶやいた。

マイルズは肩をすくめた。「ぼくには人に後ろ指をさす資格はないよ。不思議な感じはしたけどね。あんたにもそういうところがあるとは知らなかったから。女にいかれるってことだけど」

ショーンは耳をふさぎたくなった。「おれはいかれてなんかいない。シンディが投げキッスしている動画をスクリーンセーバーに使うのと似たりよったりだ」歯を食いしばるようにして言った。「女にいかれてるのはおまえのほうだろ」

「あのスクリーンセーバーは捨てたよ」マイルズはうろたえずに返した。「いまは渡り鳥の群れを使っている。気持ちが安らぐね」

ショーンは口笛を吹いた。「ふん、それじゃあ下半身の刺激にはならない。安らぎは、おまえに必要なものじゃない。おまえに必要なのは――」

「男らしく奮いたつこと。聞いたよ、もう何百回も」マイルズはいらだちをあらわにした。「それで、その人は誰なのさ？」

ショーンは熱い顔を両手にうずめた。「地元出身の女だよ」力なく答えた。「われらが街の創始者で、あの有名なオーガスタス・エンディコットの直系の子孫。孫娘の孫に当たるんだっけな。図書館の前に開拓者たちの銅像が立っているのを知ってるか？　ケツにライフルを突き刺したみたいに背の高い男の像がそれだ」

「へええ」マイルズは感心したように言った。「あれが先祖？　じゃあ、あのでっかい建設会社の跡取りだとか？　バート・エンディコットは実質的に街を丸ごと所有してるようなもんだよ。で、持ってないものは、建てる」

「言われなくても知ってるさ」ショーンはそっけなく言った。

マイルズはショーンをまじまじと見つめ、それから前かがみになって、黒い目をなかば閉じ、考えこむような顔つきをした。「なるほどね。あんたがそんなふうなのは彼女が原因なんだね？」

ショーンはマイルズに目をすがめた。「そんなふう?」

マイルズはまぶたを開いた。「生きてりゃなんでもいいってふうに、ヤりまくってること」

ショーンはむっとした。「生きてりゃなんでもいいってわけじゃない」堂々と言い放った。

「おれには確固たる基準がある。骨格のある生物なのが条件だ。脊椎動物が好みだね。爬《は》虫《ちゅう》類はごめんだ。絶対に」

「これだからな」マイルズは口をとがらせた。「人間専門のたらしって意味だよ」

ショーンはマイルズに計るようなまなざしを向けた。マイルズはマクラウド兄弟とつるむようになってからずいぶん変わった。二年前、シンディを当時のゲスな彼氏から助けるために、〈アリー・キャット・クラブ〉で殴り合いの洗礼を受けて以来、武術の厳しい稽古に耐えてきたことの成果も現われている。

あの晩、マイルズはぼろぼろにされたが、マクラウド兄弟みたいに闘えるようになりたいという強い意欲を燃やした。いきなり無理な注文だが、それでもここまでの進歩はたいしたものだ。何せ黒帯だ。マクラウド兄弟はよってたかってマイルズの猫背を直した。デイビーはウエイトリフティングをさせて、ひょろ長い手足と薄い胸板に筋肉をつけさせた。マイルズはドリトスとコーラばかりでなく、まともな食事を取るようになり、そのおかげでもう栄養不足の吸血鬼みたいには見えない。ショーンが口酸っぱく身だしなみを注意してきたことも実を結ぼうとしている。まだとうていお洒落とは言えないが、Tシャツは清潔で、青白い顔にばさっとかかっていたべとついた髪は、いまや櫛《くし》でつややかに整えられ、うしろにひとつで結んである。おかしな丸眼鏡は捨てたし、あの眼鏡がないと大きな鉤鼻《かぎばな》も欠点には見えなくなった。抗生物質を飲んでにきびを治したことには、目を見張るほどの効果があった。すべすべの肌とはいかないが、それがかえって野性的な印象を与えている。そこに仔犬のようなつぶらな瞳と、たくましい二頭筋を足せば……大変身。まったく悪くない。もう少し表情が明るくなって、もっと頻繁に笑顔を見せるようになれば、まるでがっつかずとも、女のほうからつばをつけたくなるような男だと言っても過言ではない。もう時間の問題だろう。この男は噴火寸前の火山だ。

「空手を教えることになったのは男女混合クラスだよ。「子どもクラス？」ショーンは尋ねた。

マイルズは鼻を鳴らした。「子どもクラスだよ。四歳から十二歳まで」

ショーンは肩をすくめた。「セクシーで男に飢えたシングルマザーはどこにでもいるもんだ」

「あんたはびっくりするかもしれないけどね、世のなかには、セックスにありつくこと以外の目的で行動する人間もいるんだよ」

ショーンは目を見開いてみせた。「本当に？　しかし、二十五歳の健康な青年からそんなセリフを聞くと心配になるね。体が悪いのか、頭の病気か、隠れホモか、嘘つきかのどれかだ」

「おれは隠れ――」

「ホモじゃない。よく知ってるよ」ショーンは言葉を引き取った。「おれと知り合ったときにはもうシンディにいかれていた。それに体の調子は悪くなさそうだ。となると、頭の病気か嘘をついているのか。好きなほうを選べよ。どっちでも信じる」

マイルズは口もとをこわばらせた。「シンディのことは完全に吹っ切った。この先一生、彼女の名前につきまとわれるのはごめんだね。いいかい？」

ショーンはしまったというように顔をしかめた。またやりすぎてしまった。ツラの皮の厚い兄たちとやり合うことに慣れているせいだ。三人の弟分のマイルズには、マクラウド流のからかいがきついこともある。「もっともな言いぶんだ。悪かったよ」

「で、話を戻すけど、車で送ってくれるのかな？」マイルズは小賢しいまなざしをちらりとよこした。「あの女性の書店のようすを見なきゃ気がすまないんじゃないの？」

ショーンは苦々しい思いで鼻を鳴らした。人の弱みにつけこむちゃっかり屋め。パソコンの画面に向き直って、もう一度記事を読んだ。

もちろん、行けない。それほどバカではないし、それほどマゾでもない。

だが、リヴの名を見聞きしたせいで、胸のなかで何かが目を覚まし、ざわざわと音をたてて動きはじめていた。こういう胸のざわめきを感じるのは久方ぶりだ。おそらくはあのとき以来……。

最後にリヴに会ったとき以来？　やめてくれ。まずは落ち着け。

そんなことを認める前に、人生のほかの山場を逐一あげて、ひとつひとつ丹念に検討するべきだ。哀れにもほどがある。

それでも。いま、リヴはどんな女になっただろう？

ただし、この身を焼くほどの好奇心は一方的なものだ。それどころか、リヴはショーンを心底憎んでいるはずだ。リヴにとって、ショーンはこの宇宙のありとあらゆる悪を象徴するような存在なのだから。それで当然だ。そして、リヴ・エンディコットに蔑《さげす》まれ、拒まれ、見くだされ、とにもかくにも否定されるのは……最悪だ。

掃除機で吸いこまれる塵《ちり》みたいな気分になるだろう。

3

何よりも精神的にこたえたのは、白いユリの花束だった。面と向かって鼻で笑われたにも等しい行為だ。つばを吐かれたも同然だ。

リヴは両のこぶしを握りしめて、息をしようとした。腹筋が硬くこわばっていて、意識的に力を抜かなくては、肺を広げることもできなかった。先ほど飲んだコーヒーが胃のなかで渦を巻き、いまにも逆流しようとしている。こらえないほうがいいのかもしれないけれども、吐いたら否応なしに涙が出るし、書店に火を点けた放火魔は、この瞬間にもどこかから双眼鏡でようすをうかがっているに違いない。ひとりほくそ笑んで。ご褒美の骨によだれをたらすように。ティラノサウルスみたいに、冷たく小さな爬虫類の目をリヴに据えて。

リヴは周囲の建物をながめまわした。煙で輪郭がぼやけて見える。どこかの窓から、犯人がこちらをうかがっていてもおかしくない。ならば、小さな女の子みたいにめそめそしているところは見せたくない。

Tーレックスは正面玄関の前に灯油缶を残し、その上に花束を置いていた。犯罪を隠すつもりはないという意思表示。手紙までそえられていた。『オリヴィアへ、愛をこめて。おまえのよく知る者より』という文面が印刷されていた。これまで送られてきたEメールと同じ書体だった。リヴが無視しようとしていたメールと。

どうやら、T-レックスは無視されたことが気に食わなかったらしい。

ならば思惑どおりだ。リヴはもはや無関心を決めこめなかった。T-レックスが求めているのが大きな反応なら、大成功だ。犯罪現場を損なったことには警察からお小言をくらった。けれども、花束を引きちぎり、地に叩き捨てて、踏みつぶし、腹の底から悲鳴をあげたとき、リヴは指紋やら何やら捜査の手がかりになるもののことなど、まったく考えられなかった。ちょっとした見ものだっただろう。両親は体裁が悪いと思うはずだ。

かまうものか。完璧な人間などいない。

リヴは腹に力をこめて息を吐きだした。心のなかはかき乱れ、ものに執着しないことは美徳だという陳腐な慰めがぐるぐるとまわっている。すべてのものは消滅する運命にあるとかなんとか。最近、セルフヘルプやスピリチュアル関連、ニューエイジのコーナーに仕入れた本の受け売りだ。こういうたわ言満載の本がよく売れる。そう思うと、リヴは誰かを殴りたくなった。生涯の夢の残がいを目の当たりにしているとき、浮世離れしたきれいごとなんか信じられる?

これをむなしく感じないほど進化した人間ではない。

リヴは憤慨していた。こんなことをした男を痛めつけてやりたかった。拷問にかけたかった。延々と。そいつの両親が出会ったことを呪うほどに。

たとえば蜘蛛《くも》を見つけたとき、それがたとえ大きくて毛むくじゃらの不気味なやつでも、殺すのは忍びないと思って庭に逃がしてやるような女が、ここまで怒っているのだ。

そして、悲しかった。この店に一身を捧げてきた。すべてをそそぎ、それ以上のものを費やした。これまでの人生で、どんなことにおいても、ここまで熱を入れたことはなかった。

唯一の例外をのぞいて。頭のなかのコメンテイターが口を挟んだ。

ちょっと、やめてよ。いま、ショーン・マクラウドのことを考えるわけにはいかない。災いに心を乱すのは、一度にひとつで充分。

心を千々に乱して、リヴは足を引きずるように灰のなかを進んでいった。犯人は誰？　なぜリヴを標的に？　人に恨まれる覚えはない。譲歩の達人といえば、リヴのことだ。優しく、明るい女性。因果応報の法則は働かないの？　この世のことわりはどこに行ったの？　リヴが発注したニューエイジ関連本のまやかしで、頭に羽が生えたのだろうか。あるいは、過去に大罪を犯したのだろうか。きっと破滅の道を生きてきたに違いない。ドラキュラ伯爵なみの。うちなるドラキュラがいるのなら、犯人の男を捕まえ、そいつの睾丸《たま》を切り取って、料理してやりたかった。さあ、できた。はい、口を開けて、あーん。

もしリヴが犯人に負けなければだけど。八月の日差しを受け、いまだに火をくすぶらせる瓦礫《がれき》から立ちのぼる熱にさらされながらも、リヴは震えていた。

すすだらけの手で涙をぬぐい、猛然とまばたきをしてから、焼け跡を見つめた。何カ月もの苦労が灰になった。

夢を叶えて、天にも昇る気持ちだった。ようやく故郷に帰ってこられたのも嬉しかった。〈ブックス・アンド・ブルー〉はリヴの赤ちゃんだ。リヴが企画し、リヴが投資し、リヴがリスクを負った。哀れにも火葬に付された赤ちゃん。

放火されたのが夜でよかった。火の手はよそにまでまわらなかった。従業員は誰もいなかった。怪我人は出なかった。リヴは何度となくそう自分に言い聞かせた。

肩に手を置かれて、リヴは飛びあがった。「くよくよしなくていい」よく知った声。「たいした被害ではないね。保険をかけていたのだろう？」

ブレア・マッデン。エンディコット建設会社の副社長で、リヴの父親の右腕だ。ブレアはもともと気の利いた人間ではないけれども、それにしてもこれはぶしつけだ。

リヴは振り返った。「なんですって？　たいした被害じゃない？　くよくよするな？」

「ぼくが言いたいのは、やり直しができるということだ」ブレアはむきだしの汚れた肩から手を離し、ぴしっと折り目のついた小麦色のズボンでこっそり手のひらをぬぐった。「公共の文化施設だったわけでもあるまいし。客観的に対処すべきだね」

「リヴ？　まああっ、なんてことかしら。まだここにいたの？」

リヴは母親の甲高い声に身をすくめた。アメリア・エンディコットが、通りの角にエンジンをかけっぱなしで停めさせたベンツからおりて、サンダルを汚さないよう気をつけながら、ちょこまかと気取って歩いてくる。「人目につきやすい場所にいてはいけません！」リヴを叱《しか》りつける。

「片がついたら、行くから」リヴは言った。

母の口調は羽をふくらませた雌鶏《めんどり》を思わせた。「そうでしょうとも」母親は言った。「いつもそう。常識などどこ吹く風。自分流を押しとおすばかりで」

「そうね」リヴは小さくつぶやいた。「いつもどおりね」

母に歯向かうには、不屈の精神が必要だった。この女性は、子どもを監督するように育て、毎日の服から、学校、友だちにいたるまで選んできた。

唯一の例外は、忘れられないあの夏のこと。

そう、確かに。母はリヴが親の言うことを聞かなければどんな目にあうかという悪例として、何年間もショーンを引き合いに出した。こればかりは、リヴにも反論の余地がなかった。いまでもあの夏のことでは胸が痛む。

それでも、リヴは長い年月をかけ、娘は自分で自分のことに判断をくだせる大人なのだと、両親に受け入れさせた。そこに、灯油缶を持ったT－レックスが入りこんできた。そのとたん、両親はふたたび、娘を箱入りにして窒息させるのが当然だという大義名分を得た気になっているようだ。リヴを大きなシルクのリボンで結ぼうとしている。オリヴィア・エンディコットは家名を継ぐべきお嬢さま。ただし、一、体重をあと七キロ落とし、二、まともな靴を履き、三、品のいい服を着て、四、ブレア・マッデンと結婚し、五、エンディコット建設会社で働くなら。

折悪しく、ブレアがリヴの肩を抱こうとした。リヴは反射的に飛びのいていた。

ブレアは憮然《ぶぜん》として胸もとで腕を組んだ。「きみの力になりたいだけだ」冷たい声で言う。「なのにきみは子どもじみたまねをして。嫌みな態度を取って」

お気づきじゃないかもしれないけど、いまはちょっと気落ちしてるの。リヴは皮肉な言葉をのみこんだ。「ごめんなさい、ブレア」リヴは言った。「でも、いま人にさわられるのは耐えられないの」

母親はリヴの体に目を走らせ、口もとを引きしめた。「そんな格好で人前に出るなんて信じられないわ」

リヴはぶかぶかのズボンとしわだらけのタンクトップを見おろした。火事の知らせを受けたあと、寝間着がわりの服を着替える暇も惜しんで駆けつけた。二十歳のころでさえ、この格好を堂々とできるほどおなかは引っこんでいなかったのだから、三十二歳のいまでは言わずもがなだ。ブラジャーもつけていない。ふん。独立戦争の兵士みたいに、ブラを肩に担いだっていい。それに、ズボンは……大きなお尻には目を向けないほうがよさそう。

けれども、小言を受けて、リヴはつんとあごをあげた。「まともな格好よ」口をとがらせた。「隠すべきところは隠れてる。わたしのパジャマ姿を見て卒倒する人なんていませんとりわけブレアは。リヴは言い足したくなるのを我慢した。この数年、ブレアは冗談めかしながらもなかば本気で、運命に逆らわず自分と結婚しろと迫っている。リヴも寂しいときには少しだけ心が動くことがあった。ブレアは頭がよく、悪い人ではないし、働き者だ。そうなったら、両親は喜びのあまり泡を吹くだろう。それに、もしかしたら似合いの夫婦になれるかもしれない。

でも、ふたりのあいだに情熱はなかった。ただの一片も。

もちろん、リヴにとって〝情熱〟の定義は、ほとんどショーン・マクラウドとの思い出のみに基づくものだ。とはいえ、激しく、目がくらむような情熱があったというのも、リヴの思いこみかもしれない。なにせ当時は十八歳だった。

リヴはつばを飲もうとしたけれど、こみあげる涙と煙で喉がいがいがしてできなかった。情熱のない結婚をすれば、安定した生活が送れるかもしれない。情熱を傾けたすえに、どんな痛手を受けることになるのか知りたければ、いま、瓦礫に目をやればそれですむ。

「みっともないまねはおやめなさい」アメリアは言った。「家で待っていますから、地に足がついたら、帰っていらっしゃい」ふたたび気取った歩き方で車に戻っていった。

「ぼくが送る」ブレアが言った。「どこへ行くにも付きそいが必要だとわかっているだろうね？　まずは荷物をまとめなさい」

ブレアの表情を見て、リヴはふいになぜプロポーズを断りつづけているのか思い起こした。人を見くだすような尊大な態度にはちっともそそられない。

「荷物？」リヴは尋ねた。「なぜ荷物をまとめなきゃならないの？　どこに行くのよ？」

「いまの家で寝起きはできないだろう、リヴ」ブレアは噛んで含めるように言った。「辺鄙《へんぴ》な場所だし、警報装置すらついていない。エンディコット邸で暮らすんだ。ぼくたちが監視できるところに。バートはもう警備会社に連絡して、きみに二十四時間のボディガードをつける手配をすませている」

「ボディガード？」煙に喉をやられて、声はがらがらだった。

「当然だろう」ブレアは肩をいからせる。「これからはぼくたちの行動を逐一バートと警察に知らせる。後生だから、ぼくの目の届くところにいてくれ」

リヴは寒々しい目をブレアに向けた。ボディガード？　二十四時間の？

両親は昼も夜もリヴを監視できるというわけだ。エンディコット家にふさわしい生活をするようにあれこれ口を出すつもりだろう。いますぐミイラになって自分に防腐処置を施し、みんなの手間を省いてやったほうがましだ。

「やあ、リヴ」低い男の声が背後から聞こえた。

嘘でしょ。この声は知っている。リヴは振り向けなかった。筋肉はぴくりとも動かなかった。ロッククライミングをしたときみたいだ。切りたった崖の途中で下を見おろしたとたん、指が痺《しび》れ、体が動かなくなった。骨という骨がぐにゃりと溶けていくようだ。心のなかはどこまでも空っぽ。

もう一度声が聞こえることはなかった。ストレスのせいで幻聴を聞いたのかも。確かめる方法はひとつ。だから、動きなさい。

リヴは筋肉に命令をくだし、振り返った。

たいへん。本当にショーンだ。体のなかがよじれるようだった。いまにも気を失いそう。ひと目見るだけで、こんなふうになるなんて。でも、ショーンの存在感は圧倒的だ。まわりの空気に電気が通っているみたい。ものすごく背が高い。信じられないくらい……大きい。十五年前、この人はこんなに大きかった?

リヴ自身はいまほど大きくなかった。蜘蛛が噛むように、心の声が胸を刺した。書店を焼かれ、夢が破れ、T-レックスに悩まされながらも、お尻の大きさを気にしているのだから、われながらたいしたものだ。

それにタンクトップ一枚では、胸のゆれのひとつも隠せない。胸も昔より多少大きくなったけど、そう……垂れてもいる。おまけに、このズボンは両側にポケットがついていて、ただでさえ大きなお尻をさらに大きく見せる、血も涙もないデザインだ。

リヴはしゃべろうとしたけれど、煙のせいで声がかれていた。咳をしてから、もう一度試みた。「久しぶりね」軋《きし》んだ声が出た。

こんな姿は見られたくなかった。傷つき、絶望した姿は。これでは最後に会ったときのリヴとほとんど同じだ。あのとき、焼きつくされ、廃墟《はいきよ》と化したのはリヴの心だった。そして火を点けた放火魔はショーンだった。

ふたりは見つめ合った。リヴの頭は真っ白で、何を取りつくろうこともできなかった。

エンディコット・フォールズに戻ると決めたあと、ショーンに出くわすことは何度となく思い描いてきた。でも、想像のなかでは、リヴはもっと痩せていた。矯正ブラで胸を高く持ちあげているはずだった。女らしいひらひらの白いスカートと、フリルをあしらったブラウスを着て、あくまで上品にほんのわずかに胸の谷間をのぞかせて。いまさら惜しくなっても、わたしは高嶺《たかね》の花よ。これが言外に匂わせるメッセージだ。

混み合った書店で、忙しく、緊張感を持って、生き生きと働いているところを見せるはずだった。ゆるりとまとめあげた髪。巧みなナチュラルメイク。華奢《きやしや》な金のイヤリング。多忙で、幸せで、満ち足りた生活を送るリヴ！

「ショーンってどなた？」リヴは言う。それから、ビール腹とか何かショーンの精彩を失わせたものの背後にかつての姿を見いだし、目を見開く。「まあ！　いやだわ、ごめんなさい。あなただってまったくわからなかった！」そして、にこやかにこう言うのだ。「お元気だった？」

いまの状況はそのシナリオとはほど遠い。リヴの視線はさがってはあがり、目の前の男が少女時代の思い出のショーンと同一人物だと確かめようとしている。かつてのショーンはえくぼを浮かべ、あでやかにほほ笑む男だった。獲物を狙ってうろつくしなやかな豹《ひょう》を思わせた。危うい男の性的魅力を具現化したような存在だった。

みずみずしく、輝かしかった青年は、渋く、どこか超然とした男に成長していた。色あせたジーンズと緑色のTシャツが引きたてる体は、すらりとして、力強く、リヴの記憶よりもたくましく、がっしりして見えた。顔つきはどことなくいかめしくなっていた。長めの髪は、熱い風に吹かれて乱れ、顔にかかっている。焼けた毛の先が太陽の光できらめく。耳もとではダイヤモンドのピアスが七色の輝きを放っている。

目つきは鋭く、翳《かげ》があった。茶化したところはない。えくぼもない。白い歯を光らせる笑顔もない。気難しく、豪胆に見えた。精彩を失うなんてとんでもない。

尖ったナイフみたいにキレがある。

急に息がつまって、リヴはあわてて涙をぬぐい、うつむいてから、震える息で呼吸を戻した。

ああ、いやになる。ショーンは本能的にドラマティックな登場の仕方を心得ているようだ。わざとかどうかはともかく、効果はばつぐんだ。リヴは前世紀の醸造所を書店に改装した。その黒焦げになったアーチ型の門を背景に立つショーンは絵になった。

門のうしろから斜めに差しこむ日の光を受け、大きくうねる煙に縁取られたショーンは、ステージに立つロックスターみたいだ。熱狂的なファンの歓声を当然のごとく受け止めるようすが目に浮かぶ。そのショーンにほほ笑みかけられ、リヴはぞくぞくする胸を隠すように腕を組んだ。ううん、ロックスターみたいじゃない。

　堕ちた天使、地獄の門の番人と言ったほうがふさわしい。

「ここで何をしてるの？」思わず言っていた。「街から離れたとばかり思っていた。みんながそう言って――」その言葉がどれだけのことを明かすかに気づいて、口をつぐんだ。

　ショーンの目に、おもしろがるような表情がまたたいた。「兄貴たちとおれは、親父の昔の家を維持するために、ごくまれにブラッフスで週末をすごすことはあるが、いまは全員がシアトル近辺に住んでいる」ためらうような間があいた。「だから心配しなくていい」

「あら、心配なんかしてません」決まりが悪くて、きつい口調になってしまった。「じゃあ、野次馬に来たの？　ひどいありさまでしょう？」

　ショーンはまわりを見渡した。「ああ、確かに」

「さぞご満足でしょうね」言ったとたんに後悔した。ひとつ言葉を発するたびに追いこまれていく。

　ショーンは目をぱちくりさせた。「まさか」穏やかな声で言う。「きみには最高の幸せをいつも願っている」

　背骨がかたかたと崩れ落ちていくかのようだった。鼻持ちならないったら。あれだけひどいことを言ったあとで、大きな顔をして現われ、リヴのほうが悪いことをしているような気にさせるなんて。「それはご親切に」リヴは硬い声で言った。「感動ものだけど、あなたがここで何をしているかの説明にはなってないわ」

ショーンは胸もとで腕を組んだ。そのバネのような腕を見つめずにいるには、意志の力を総動員させなければならなかった。長い指、美しい手も。Tシャツの袖《そで》を膨らませている二の腕の筋肉も。「火事のニュースを聞いたんだ」ショーンは嫌みに取り合わず言った。「きみが無事かどうか確かめたかった」

リヴは不適切な喉の震えをのみこんだ。

「この場所は……」手振りでまわりを示した。「ここは、真新しくて、すてきな、美しい書店だったの。知ってた？」

「ああ」ショーンは顔を曇らせた。「知ってたよ」

「どこかの下劣な男が店を燃やした」リヴは言った。「放火よ」

ショーンはうなずいた。「ひどい話だ。犯人に心当たりは——？」

「ない」喉のわななきを抑えられなくなってきた。「でも、T-レックスじゃないかと思う。わたしにEメールを送りつけてくる変態」

ショーンは目をすがめた。「T-レックス？　Eメールってなんだ？」

「数週間前から、おかしなEメールが来るようになったの」リヴは弱々しい声で説明した。

「その送り主を便宜的にT-レックスと呼んでるだけ。内容は、愛の告白だったり、わたしが着ているものの感想だったり。見張られてるのよ。すぐ近くから」

「Eメールのことは警察に話したんだろう？」ショーンは尋ねた。

「もちろん」リヴは答えた。「でも、警察に何ができる？　脅しの文句が書かれているわけではないんですもの。ただ、ちょっと、気味が悪いだけで」

「そいつは今日は何かメッセージを残したか？」ショーンが強い口調で尋ねた。

リヴは思わず笑いだしたものの、ヒステリックな調子を帯びる前に笑いを引っこめた。

「ええ、あったわ。今日のものには、わたしがT－レックスの情熱の炎に焼かれるだろうって書いてあった。それから……信じられる？　すぐにひとつになれるだろうですって。わたしたちの愛は爆発寸前だそうよ。甘ったるい詩を気取った文体で、鳥肌ものよ」

ショーンは野生動物のうなり声みたいな音をたてた。リヴの産毛を逆だたせる。「その変態のはらわたを引きずりだしてやりたい」

リヴは息をのみ、それからはっとして口を閉じた。「あの……ありがとう、ショーン。すてきなイメージを頭に植えつけてくれて」

「ごめん」ショーンはつぶやいた。「こっちに戻ってきて長いのかい？」

「数カ月ね。古い醸造所を買ってからずっとよ。店を開いてからはまだ六週間しかたっていなかった」また声が震えはじめた。「うまくいっていたのに。立地がよかった。学生がよく集まったし、芸術センターでは創作のワークショップも開いたし、由緒ある街として観光客を集める再生計画もたちあがっていた。店は成功するはずだった。自信があった」

「おれもそう思う」ショーンが言った。「いまから店を開いてもうまくいくと思う」

ショーンは気休めを言ってくれているだけだろうけど、リヴは一度話しはじめたら止まらなかった。プライドなんかどうでもよくなっていた。「ずっと夢だった。子どものころから、ずっと夢見てきたのよ」ほとんど喧嘩腰の口調だった。「昔から本屋が大好きだった。おとぎの国。お菓子の山。わたしにとってはお菓子屋さんみたいなものだった」

「やりたいことがわかっているのはラッキーだよ」ショーンが言った。「運がいい」

「運がいい？」苦い笑い声は、自分の耳にも痛々しかった。周囲を見まわした。「もしもし？　このありさまで、運がいい？」

「きみなら乗り越えられる」ショーンが言う。「灯油缶ひとつで押しつぶされるような人間じゃないだろ、リヴ。映画のフィルムが一時的に途切れたようなものだ」

無意識のうちに、背筋を伸ばし、顔をあげ、胸いっぱいに息を吸いこんでいた。ショーンの言葉が気力と自尊心をかきたててくれた。その感情にじっくり目を向けることはあえてしなかった。握りつぶしてしまうかもしれないから。でも、いまは救いになるものならなんにでもしがみついていたかった。「改装は自分で手がけたところも多かったのよ」急いで言葉を継いだ。「大工仕事を学んだの。大きな工具だって扱えるわ。本当よ、ちゃんと使いこなせた」

「すごいな」ショーンは感心したように目を見開いた。

「ええ、うちの家族はかんかんだった。それに、カフェを併設したの。設備を整えて、本を発注して。夢見心地だった。借金まみれだから、浮かれている場合じゃないんだけど、それでもかまわなかった。嬉しくて仕方がなかったの」

「最高だね」ショーンは優しく言った。

「児童書のコーナーの壁には自分で絵を描いたのよ。知ってた？　あら、知ってるはずないわよね。いやだわ、バカな質問して」

この時点ではもうリヴの話は支離滅裂に近かったけれども、ショーンは眉ひとつひそめず、落ち着いた表情で耳を傾けていた。リヴはごしごしと目をこすった。「自画自賛だけど、かなりうまくできたの」震える声で続けた。「おとぎ話の場面を絵に描いたのよ。そりゃあ、わたしはレオナルド・ダ・ヴィンチではないけれど、でも、あの壁の絵は悪くなかった。なかなかの出来だった」

「きっときれいだったんだろうね。見られなくて残念だよ」

ああ、ショーンの言葉は聞きたくてたまらなかったことそのものだ。

両親はこの最悪の事態にもあまり驚いていないようだった。両親の善意の忠告を無視したのだから、何を期待していたの？　ふたりともつま先を鳴らし、最初からリヴが失敗するのを待っていた。

ほんのわずかにでも掛け値なしの同情をよせられたら、粉々に砕けてしまう。

リヴは片手で顔をおおい、もう片方の手をポケットに入れてティッシュを探した。手にふれるのはすでにぐしょ濡れになったものばかりだ。もうっ。

いつまででもこうして話していられた。不注意な事業主への訓話。身から出た錆《さび》なのだろうか。いまはどうでもよかった。

ショーンの温かい手がためらいがちにリヴの肩に乗った。慈《いつく》しむような慰めで、体じゅうの神経がざわめき、ついに涙は止めどもなくあふれだした。逃げだしたくなるほどぎょっとしたのは確かだ。指の隙間からショーンを見あげた。「まさかと思うけど、ティッシュ持ってない？　顔がぐしょぐしょ」

「すまない」ショーンは無念でならないというように言った。「携帯用ティッシュを持ち歩くような男じゃないんだ」

「いいのよ」リヴはつぶやいた。とはいえ、顔を拭くのに、これほど丈が短く、ぴっちりしたTシャツを使ったら、ブラをつけていない胸をショーン・マクラウドとエンディコット・フォールズの商店街にさらしてしまう。でも、自らさらし者になって、野次馬たちに今日のお楽しみのオチをつけてあげて悪いわけがある？　どうせ今日はそんな日だ。

リヴはまばたきをして、焦点を合わせ、目の前の光景に息をのんだ。なんてこと。ショーン・マクラウドがTシャツを脱ぎはじめている。公衆の面前で。さらし者がどうとかまったく考えずに。

「ちょっと、なんのつもり？」リヴは小声でたしなめた。

ショーンは途中で動きを止めた。伸縮性のあるTシャツをたくしあげ、厚く、広く、引き締まった胸をあらわにして。

思わず目を見張るながめ。きゅっとすぼまった茶色の乳首が、硬そうな胸筋を飾っている。ふわふわでブロンズ色の胸毛は割れた腹まで伸び、腰で履いたジーンズの下に消えていく。黄金の肌の下で、腹部の筋肉が上下している。わき腹にはぎざぎざの傷痕が白っぽく光っている。リヴは視線を引きはがした。

「清潔だよ」ショーンは真剣な口調で言った。「乾燥機から出したばかり。おれはシャワーを浴びて、いい匂いのするものを体に塗りつけてきた」腕時計に目を落とす。「まだ三時間しかたっていない。ハンカチのかわりに使いなよ。ほら。お願いだ」

自分の体が人をどきっとさせることに気づいていないような口ぶり。リヴは泣きじゃくるのも忘れて見入っているというのに。悔しいけれど、脱いでくれたかいはあった。「あなたのTシャツを何かのかわりに使ったりしません」

「ほとんどのあいだ、エアコンのきいた車のなかにいたから、そんなに汗もかいていない」シャツを一気に脱いで、リヴに差しだす。「気高いお姫さまの鼻にはふさわしくないだろうが、捧げられるものはこれしかないんだ」

だめ。ここで笑って、ショーンに得点を稼がせてはだめ。

「ほら」ショーンがうながす。「ここにチーンとやってくれ。おれが淑女のためにTシャツを犠牲にしなかったなんて噂《うわさ》がたっちゃかなわない」

ショーンはTシャツをリヴの手に押しこんだ。リヴがそれを握りしめると、油っぽくて黒い染みがついた。シャツは柔らかく、信じられないくらい温かかった。森林のような香りが漂ってくる。たまらず喉で笑ったら、さらに激しく鼻水が流れはじめた。「あなたのせいで、顔がますますひどくなったわ!」リヴはTシャツをショーンの胸もとにつき返した。「もっとひどくなる前に、それを着てちょうだい」

ショーンはゆうゆうとTシャツを着直した。言うまでもなく、前面に黒い手の跡がついていた。まるでリヴがTシャツの胸ぐらをつかんだみたいだ。ショーンは手の跡を見つめた。顔に浮かんだ笑みを見て、リヴはつま先をもぞもぞと動かした。

「わたしを泣きやませるためにはなんでもするのね?」リヴは責めるように言った。

「いいや。泣かれてもおれは困らない」ショーンは言った。「ただし、いったん笑わせたら、もう一度笑わせずにいられない。自分でもどうにもならない。強迫観念みたいなものかな」

「あなたの強迫観念の話なんか聞きたくありません。わたしには大きすぎる情報よ」リヴは盛大に洟《はな》をすすり、手で顔をぬぐった。「シャツを汚してごめんなさい」

ショーンは黒い汚れをそっと撫でた。「いいよ。こいつは二度と洗わない。額縁に入れて飾ると思う」

リヴの息が止まった。指の先からショーンをうかがった。ショーンのまなざしはまっすぐで、リヴの想いも、考えも、記憶も、夢も見通されそうだ。そして、ショーンは何か計り知れない結論を導きだしたような表情を見せた。それによって、どんな奔放なふるまいも許されたとでもいうように、唇が笑みをかたどる。

「きみが工具を使っているところを想像すると、ひどくそそられる」ショーンが言った。

「そ――そんなことを言うなんて信じられない」リヴは口ごもった。

「おれみたいな分際で?」ショーンは言った。「きみは気高いお嬢さま、エンディコット・フォールズのお姫さまだもんな。あえてちょっかいを出すやつなんていないって?」

そのとおりだ。いけないと思ったときにはもう唇を舐めていた。「あなたは分際がどうなんて気にしたことないでしょう」

ショーンは肩をすくめた。「まあね。心の目にきみの姿が映るんだ。慣れた手つきで、力強く、のこぎりを扱っている姿。圧巻だね。筋肉が張りつめている。汗がしたたり落ちる。おがくずが舞う。金属音が鳴り響く」

「もうっ、くだらないこと言わないで」リヴは言った。「いますぐやめて」

「叱りつけてくれ。おれを言いなりにしてくれ」ショーンの目がきらめく。「うっとりするね」

リヴはまた顔をおおった。「そろそろ人を困らせるのはやめて」ネジがはずれたように止まらないクスクス笑いのなかから、声を絞りだした。

「まだだめだ。おれは膝をついて、冷たいビールを差しだす。きみはビールの瓶をあおる。水滴がこぼれて、鎖骨に溜まり、さらに下へ流れていく。そこでおれはこうべを垂れて――慈悲を請うんだ」

リヴはショーンの甘い言葉の魅力と、それに屈して自分がショーンの望みどおりにしてきたことを思いだしていた。でも、最後には、ショーンは何も望まなくなった。リヴを望まなくなったのだ。

リヴは一線を引いた。甘い言葉の罠《わな》にかかるのはごめんだ。

「それで」努めて明るく言った。「ご兄弟もみなさんお元気？」

誘惑に全力をあげていたところから、退屈な世間話に引き戻されて、ショーンは一瞬ぽかんとした。唇がゆがむ。「ああ、元気だよ。デイビーとコナーはいい奥さんに恵まれた。コナーのとこにはもうすぐ子どもが生まれる」

「おめでとう。ケヴィンは？　ケヴィンもすてきな奥さんに恵まれた？」

ショーンの顔がこわばった。目に浮かんだ冷たい閃光《せんこう》が、リヴの背筋を凍らせた。「いや」ショーンが言った。「ケヴィンのことを聞いていないのか？」

リヴの胃は沈みこんだ。「何を？　聞いておくようなことがあるの？」

ショーンの喉ぼとけが動いた。「ケヴィンは死んだ。トラックで崖から落ちて」リヴの目をのぞきこむ。「まったく知らなかったのか?」

しゃべろうとしても声にならなかった。何度目かでようやく声帯が働いた。「ええ」ささやくように言った。「あの晩のうちにここを去ったの。ボストン行きの飛行機に乗せられて。そのことは誰も教えてくれなかった」

「そうだろうとも」ショーンは言った。「なんできみから聞かなかった?」

その言葉は胸に突き刺さった。リヴが気にかけなかったからだとほのめかしているけど、フェアじゃない。

でも、ショーンの目には苦痛が宿っていた。その喪失感を目前にしているのに、言葉じりをとらえて腹をたてるのは愚劣だ。「お気の毒に。ケヴィンは特別な人だった」

ショーンは無言で首を傾け、リヴのお悔やみを受け入れた。

リヴは大きく息を吸ってから、次の質問を口にした。「それで、その……」

「自殺だったか?」ショーンはあごを突きだした。「みんなはそう言っている。誰にわかる?」

「でも、ケヴィンがわたしに言っていたことは? 誰かに殺されるって」

ショーンは一瞬の間を置いた。「それが本当だという証拠は見つからなかった」

リヴは頭のなかを整理した。「それじゃまるで……ケヴィンが……」

「ああ。いかれた妄想。迫害コンプレックス。親父と同じくね。なんにしても、それが公式の見解だ」

その口ぶりに苦々しいものを聞き取って、リヴはひるまずに質問を重ねた。「あなたの見解は？」

「おれの考えなんかものの数にも入れてもらえない。胸にしまってあるよ」

言うべき言葉が見つからなかった。言いたいことはたくさんあったけれど、どれもこれも的はずれな気がした。心のままに動いたら、首に抱きつき、こんなことをリヴなしで耐えたなんて大馬鹿だと叫んでしまいそうだ。

本当にバカなんだから。リヴの喉はこぶしのようにこわばっている。

「何ごとだ？」ブレアが警戒心もあらわに駆けよってきた。「リヴ！　どうした？　泣いていたような顔だ。この男が何か――」

「涙ぐんでいるのは」リヴはあわてて口を挟んだ。「煙のせい」

ブレアはリヴにハンカチを手渡した。ひと息ついて顔をあげたとき、ショーンとブレアは不思議なくらい敵意をむきだしにしてにらみ合っていた。

「ここに顔を出せるほど神経が太いとは驚いたな」ブレアが言った。

ショーンの眉があがった。「リヴが無事かどうか確かめたかったんだ」

「リヴは大丈夫だ」ブレアは冷たく言い放った。「ぼくたちで面倒を見る」

「なら、こいつの有能な手にゆだねるとするか」ショーンはリヴに言った。「じゃあな、お姫さま」ひとつうなずき、きびすを返して、立ち去っていった。

古い西部劇の一場面みたいに。肩幅の広い男が、夕日のなかに消えていくみたいに。去っていくショーンの背中を見つめて、リヴは根拠もなく見捨てられたような気分になっていた。

4

一歩前に出したら、また一歩。クールにきめろ。振り返るな。

いま振り返ったら、嘘つきのマッデンの鼻をぶっつぶすことになる。それから、リヴをさらって洞窟《どうくつ》に連れこむ。ショーンは電話ボックスに危うく正面衝突しかけた。頭は真っ白で、手は震え、胃は引っくり返っている。

マッデンの独占的な態度を受けて、ショーンはあの偉そうな男の頭に石で穴を開けてやりたくなった。独りよがりの虫けらには、リヴ・エンディコットと同じ空気を吸う資格はない。ショーンにもその資格はないが、なんにせよ、ブレア・マッデンなどクソ食らえだ。

やれやれ。昔の怒りは忘れたと思っていたが。結局のところ、かつてショーンを追い払おうとしたマッデンの下手な試みは、ショーンが直面した重大な問題の前ではものの数にも入らなかったのだから。あれは特大の悲劇だった。小さなことなどすべてかすんでしまった。そして、マッデンは小さな存在だ。逃げまどうゴキブリみたいに。

われを失うな。衝動を抑えろ。行動には結果がつきまとう。

父と兄たちの厳しい教えが棍棒で脳を打ちつけるように何度も何度も現われ、頭のなかで不協和音となって鳴り響いていた。

おい、おれだって努力してる。衝動を抑えられるようになった。ただし、リヴのこととなれば話はべつだ。男の自制心には限界ってものがある。あの大きな灰色の瞳に小生意気な表情が浮かぶのを見たとたん、ショーンはうなりをあげる原始人に変身した。

原始人の女性みたいにセクシーな姿のせいかもしれない。ぼさぼさの髪、すすで汚れた顔。そして、どこからどう見ても、下着をつけていなかった。

その姿に及ぼされた影響を鎮めるには、服を引き裂き、毛皮の敷物に押し倒し、野獣のようにリヴを奪うしかない。

ともあれ、無事でよかった。たいした女性だ。〝女の子〟という言葉は軽薄すぎる。世界は女の子でいっぱいだ。ショーンの手帳はその電話番号でいっぱいだ。〝女の子〟というのは、ひとつのカテゴリー、ひとつの概念にすぎない。いわば消耗品だ。

〝女性〟という言葉はまた意味合いが違う。この言葉はショーンの口を満たした。丸くて、柔らかくて、謎めいている。かけがえのない存在。大人になり、たおやかに咲いたリヴ。

写真は山ほど持っているが、リヴは冬のあいだはぶかぶかのセーターにロングスカート、夏のあいだはゆったりとしたワンピースを着ていることが多かった。ああいう体つきになっていようとは、この目で見るまでは信じられなかった。乳房はたわわにゆれていた。そして、あの尻。ウエストから尻にかけた腰のくびれは、たまらない。十五年前にもリヴは完璧だと思っていたが、その後、神は本気を出したようだ。チョコレートを塗りたくり、ホイップクリームを盛り、ナッツを散らして。

あんな薄い服では、震えのひとつ、ゆれのひとつまで手に取るようにわかってしまう。街の半分の人間が見物に来たのも無理はない。こと女となれば、ショーンはどんなタイプが相手でも等しく狼《おおかみ》と化した。どんな肌の色でも、どんな体形でも、おいしくいただいたものだ。ただし、とりわけ好みなのは、豊満な曲線美だ。

とはいえ、リヴの魅力は女性の美という範疇《はんちゅう》に収まらなかった。目を奪われるほど美しいが、見た目だけの問題ではない。威厳と自尊心がにじみでている。高貴な雰囲気をまとっている。生まれながらの気品を感じる。ゲスな野郎には手の届かない女性。ショーンは犬ころにでもなったような気分だった。あの優美な脚を舐めるには値しないのに、舐めたくてたまらず、よだれを垂らしている。仔犬みたいに飛び跳ね、舌を突きだしている。リヴがほほ笑んでくれるならどんなことでもする。それより、喉の奥からたちのぼるような笑いを引きだせればもっといい。ああいう笑いを勝ち取ることは、宝くじを当てるにも等しかった。今日は何度かその恩恵に与《あずか》った。いまでもまだ勝利の余韻に浸っている。

そう、ショーンの甘い言葉はまだリヴの頬をピンク色に染めあげ、あの美貌をポンッとはじけさせることができる。クスクスと軽やかに笑わせることができる。言葉だけで、あのお姫さまを熱くさせ、興奮させるのは、ものすごい快感だ。

しかしこれは諸刃《もろは》の剣《つるぎ》だった。熱くなった股間を隠すコートも箱もかばんもないときはとくに。ショーンは初めてリヴを目にしたときから、まったく同じ問題をかかえつづけている。当時、ショーンは工事現場で働いていた。社長の娘が通りかかれば、作業員は全員が手を止め、ぼうっと見入ったものだ。ふわふわしたスカート、品のいいブラウスの下でゆれる乳房、黒く波打つ髪、伏し目がちな視線。ほんのり薔薇《ばら》色に染まり、輝かんばかりの肌。化粧っけはない。そんなものは必要ない。

全身が〝処女〟だと叫んでいた。かぐわしく、あどけなく、みずみずしい処女。自分が男に及ぼす影響力を理解していない。現場の男どもがあごからよだれをぬぐっていることにも気づいていなかった。ふわりと舞いおりただけ。べつの星に。

あのとき、ショーンは上半身が裸で、身につけていたのはブーツと擦りきれたジーンズと安全帽だけだった。汗だくで、山羊みたいな悪臭を放っていたはずだ。ばっちり勃《た》っていた股間を隠すすべはなかったが、かまわなかった。ショーンのことなどリヴの目には映っていなかったのだから。

華奢なサンダルがセメントの埃《ほこり》に小さな足跡を残した。

最初はゲームのように思っていた。雲の上の天使に、ぼろぼろの男を気づかせられればそれでよかった。その気持ちはあっという間により熱く、より狂おしいものに膨らんだ。おれをほしいと思わせたい。森のなかにさらいたい。マツの葉とユリのベッドに押し倒し、パンティをはぎ取り、肌を舐めまわして性感をそそり、リヴのほうから花を散らしてくれと請わせたい。

そして、ショーンはその願いを聞き入れる。そうできたら、死んでもいい。

恋に落ちたのだと悟った瞬間、この欲望はさらに加速した。

ケヴィンはショーンがリヴみたいな少女を追いまわしていると知って、かんかんに怒った。セックスフレンドになるような子じゃないぞ。そうお説教されたものだ。傷つけるようなまねはやめろ。

傷つけない。ショーンは心配顔の双子にきっぱりと言った。リヴを傷つけるなんてとんでもない。リヴをあがめている。ダイヤモンドを買うために貯金を始めたほどだ。ケヴィンのことを考えたら、今朝の夢がよみがえった。リヴの車をどうにかしなきゃいけないよ。ケヴィンはそう言っていた。

おかしな言葉だ。ショーンはリヴがどんな車に乗っているかも知らない。リヴにケヴィンのことを訊かれたときはぎょっとした。一瞬、ケヴィンが死んでいないような気になった。あの悲劇が起こっていないような気に。

ケヴィンが博士号を取得し、著名な科学者になり、論文を発表し、賞を受け、驚くような発明を成して特許を取り、恋に落ち、結婚し、子どもに恵まれる。ケヴィンの仮想の人生がまたたく間に、ザザーッと音をたてて、頭のなかに流れていった。

現実がそれを押しのけたときの痛みは耐えがたかった。

ショーンの胃に開いた下水溝は噴火口ほどの大きさに広がった。どこかに移動しなければ。エンディコット・フォールズの繁華街で泣きじゃくることは、ショーンにとっては地獄絵図そのものだ。

昔から、感情をのみこむことが苦手だった。男たるもの自制心を持つべしというのは、デイビーのスローガンだ。ケヴィンは軽やかにそれをやってのけた。デイビーの場合はもっと重苦しく、親父に似ている。ケヴィンは禅の坊さんみたいに超然としていた。穏やかな湖の水面《みなも》みたいに。円熟味すら感じた。

ああ、ケヴィンに会いたくてたまらない。喉に真っ赤な石炭がつまっているようだった。

ショーンは歯を食いしばり、トラックを停めてあるほうに駆けだした。もうだめだ。マイルズも大人だ。置いていっても自分でなんとかするだろう。

リヴの車をどうにかしなきゃいけないよ。

夢のなかで、ケヴィンが言いたいことを言い終える前にさえぎったことを後悔していた。何かを聞き逃した。何かが心に引っかかっている。

わたしたちの愛は爆発寸前だそうよ。

Tーレックスの手紙を見れたらいいんだが。Eメールも。

余計な世話を焼くな。警察は総力をあげるだろう。リヴの家族はうなるほど金を持っている。誰もがよってたかってリヴ姫を守るはずだ。

しかし、何かがまずいという感覚は腫れあがり、より大きく、よりしつこくショーンの神経に食らいついていた。蟻《あり》が頭のなかでのたくり、嚙みつくようだ。Tーレックスはなんて言っていた？　情熱の炎に焼かれる？　愛は爆発寸前？

ショーンはあのとき、ハーゲンの渓谷の底で、トラックの残がいを何時間も見つめた。むりやり引き離されるまで。

爆発寸前。この言葉が掘削用ドリルみたいに鳴り響いている。双子の弟の死体は黒焦げだった。炭化していた。

「ショーン！　どうだった？」

ショーンは蜂《はち》に刺されたようにびくっとしたが、マイルズに声をかけられただけだった。コンピューターの店から出てきて、大きな目を好奇心で輝かせている。「あの人に会えた？

なんて言ってた？　あんたを見て驚いてた？」

体のなかにつのる重圧が大きくて、ショーンは口をきけなかった。腰を折り、胃のなかの噴火口のあたりを手で押さえた。

「なあ、どうしたんだよ？」マイルズがショーンの肩をつかむ。「具合が悪い？」

コーヒーと菓子パンを戻してしまいそうだった。〈エンディコット・フォールズ・ファイン・アンティーク・アンド・コレクティブルス〉のゼラニウムの上に。世間の評判を取り戻すのにどれほど長い道のりが待っていることか。

爆発寸前。

ショーンは煙が立ちのぼるほうに目をすがめた。リヴの優美な姿に視線は釘づけになった。ブレア・マッデンが胸を膨らませて、付きそっている。

リヴの車。炎に焼かれる。爆発寸前。

リヴとブレアは足早におんぼろのピックアップトラックのほうへ向かっている。マッデンみたいな気取り屋なら、これ見よがしの車に乗るだろう。ということは、リヴの車だ。

カチッ。パズルが一枚の絵に収まった。パニックがバネみたいに突きあげる。

ショーンは足にロケット弾をつけているかのように走った。自分が怒声をあげていることにはほとんど気づかなかった。ワープをするように、戦闘中の兵士のように、必死で走った。まわりの人たちがぎょっとして飛びのく。マッデンはフロントガラスの向こうから目をぎょろつかせた。リヴは目を丸くしている。

「その車からおりろ！」ショーンは怒鳴った。「離れろ！」

すでに片足をかけていたリヴは、その状態で凍りついた。マッデンはドアをロックして、助手席のほうに身を乗りだし、リヴの手首をつかんで車に乗せようとした。くそったれ。ショーンは運転席側の窓を飛び蹴りで粉々に砕いた。ロックを解除し、マッデンを引きずりだした。

マッデンは熱いアスファルトに体を打ちつけてうめいた。リヴは〈トリンケット・トローヴ・ギフト・エンポリウム〉という雑貨店のショーウィンドウに背がぶつかるまであとずさりした。

「離れろ！」ショーンはリヴと、目に入る限りすべての人間に向かって怒鳴りつけた。「さがれ！　もっと遠くに！　とっととしろ！」

誰もが従った。大声で吼《ほ》える異常者のそばにいたがる人間はいない。

鍵はイグニッションに差してあった。ショーンはボンネットを開けた。ちょっとした振動で爆破する可能性もあったが、ショーンはその危険を負わなければならない。本当のことを言っても誰も信じないだろう。それは苦い経験から身に沁《し》みてわかっている。

そもそも、自分でも本当のことだとは確信できない。それでも、これほど直感が強ければ、ピカピカのエンディコット・フォールズのショッピング・タウンにクソをぶちまけるようなまねをするほかになかった。

トヨタのエンジンをながめ、見知った形の爆発物がないか目で探したが、爆弾というものは途方もなく多数の型があり、新しい型は飽くことなく生まれ、おまけにショーンはトヨタの古いエンジンを整備したことすらない。ショーンのケツを吹き飛ばすワイヤーが飛びでていたとしても、それと判別できない。こうしてながめていても埒《らち》が明かない。ショーンは膝をつき、仰向けになってピックアップトラックの下にもぐりこんだ。キーチェーンにつけているペンライトのスイッチを入れた。ざっと見渡す。

これだという確信で体じゅうがざわついた。動力伝達経路にワイヤーがくりつけてある。ありきたりの爆弾。その気になって探せばすぐに見つかる。だが、わざわざ探すやつがいるか？ ショーンはそっとそのあたりをつついた。あった。プラスチック爆弾のかたまりが、ガソリンタンクと車体のあいだにくっついている。マッデンがほんの数センチでも車を動かせば、駆動軸が仕掛けを引き、そしてドッカーンだ。ショーンは震える息を吐いた。緊張状態が限界にきていた。

日に焼けたアスファルトの臭いが鼻をくすぐった。背中がすれて痛くなってきた。ショーンはトラックの腹にへばりついている破壊装置を見つめた。悪性の腫瘍《しゅよう》みたいだ。言い得て妙だ。

体をゆすり、トヨタの下から這いでた。何度か目をこすって、ようやく目の前にいるのがトム・ローク巡査だとわかった。この十五年でたっぷりと肉をつけたが、顔ににじむ敵意は変わらない。

ショーンは責める気になれなかった。法の番人の顔を殴り、当人の手錠で拘束するのは褒められた行為とは言えない。もっと荒れていたころでさえ、それくらいのことはわかった。

それも結局は無駄になった。ケヴィンを救うには遅すぎたのだから。

「ミスター・マクラウド、エンディコット嬢の車を破壊するとはいったい何ごとかご説明願いますかね」砂利のようながらがら声ですごむ。

「爆発物の存在を確認していたんだよ」ショーンは答えた。

ロークはぽかんとした。「あ？」

ショーンは体を起こした。「ご自分の目でどうぞ」車の下を指し示した。「ガソリンタンクのあたりにプラスチック爆弾がある。駆動軸のまわりにワイヤー。おとりかもしれないが。犯人が見張っていて、リモコンで爆発させるという可能性もある」

「冗談を言うな」ロークの顔は奇妙な紫色に染まっていった。

「だったらよかったんだが。このあたり一帯から人を避難させることを勧めるね」

ロークはベルトから無線機を引っぱりだした。ショーンは振り返り、リヴが通りに立っているのを目に留めた。車から近すぎる。マイルズもだ。目を丸くして、声もだせない。

「リモコンで爆発？」リヴは惚《ほう》けたように言った。「それって……爆弾？　わたしの車に？でも今朝はこの車に乗ってきたのよ。朝の五時にここに駐車した。それからずっとここに、人目のあるところに停めておいたのに。いったいどうやって――」

「いいから車から離れろ、リヴ。おまえもだ、マイルズ。早く！」親父の命令口調が自分の口から出るのはおかしな気分だ。しかしリヴにはさしたる効果がなかった。まばたきひとつしなかった。ショーンはリヴを方向転換させ、押しやった。

「その手を離せ」マッデンだ。声は震え、うわずっていた。顔は汗で濡れている。マッデンはショーンの腕をつかんだ。

ショーンはマッデンのこともリヴたちのほうに引っぱった。「争うのはかまわないが、爆発の届かないところでしょう」

「きみがどうやって爆弾のことを知ったのか不思議だよ、マクラウド」

ショーンの胃がねじれた。すでに多くの人間がそのことで不愉快な推測を始めているだろう。〝そういう気がしたから〟というのは、スケープゴートを求めているやつらには通用しないが、ショーンはスケープゴートにしたところで手に負えない人間だと思い知らせてやるつもりだ。

気を引きしめた。「直感がしたんだ」

「ほほう」マッデンの声は嘲笑《ちょうしょう》で彩《いろど》られていた。「直感ね。ずいぶんタイミングがいいことだ。やけに詳しいようだから、きみが自分でその爆弾とやらを取りはずさないのには、驚きを禁じえないよ」

「おれでもできるかもしれないが、やらない」ショーンは感情を排して言った。「道具も支援もなしじゃね。誰かの命がかかっているような状況なら覚悟を決めるが、選択の余地があるなら、爆発物処理班を呼ぶ」

パトカーが集まりはじめていた。周囲の建物からはわらわらと人が出てきて、逃げまどっていく。マイルズは背を丸めて携帯電話を握りしめ、兄たちにべらべらと事情をしゃべっている。それから、ロークとそのほかにふたりの警官が、足並みをそろえ、毅然《きぜん》とした態度でこちらに歩いてきた。その目に浮かんでいる意図は見まちがえようがない。ふん。ご用ってわけか。

最終的に、今日は牢屋で過ごすことになりそうだ。

さすがは八月十八日。絶対に期待を裏切らない。

「痛くなる？」

オスターマン博士は少女を安心させるように肩を抱き、専用の検査室にうながした。明かりを点け、ビデオカメラの電源を入れた。「まるで。X－Cog10はきみの神経を活性化させ、電流の刺激によって、脳の一部の血液の循環速度を高めるだけだからね」すらすらと嘘をついた。

ケイトリンの目は興味深そうに見開いた。「クールね」

オスターマンは愛想よくほほ笑んだ。「基本的には、すでに顕在化しつつある脳の潜在能力を引きだそうという試みだ」

ケイトリンは厭世《えんせい》的な笑みを返してきた。「脳の力を高めるドラッグなら山ほど出まわっているわよ。わたしもずいぶん試したわ」

オスターマンは喉の奥で笑った。「だろうね。だがわたしの試みはより系統だったものだ。ゆくゆくは知的障害の治療や、学習能力の向上に寄与するのが望みだし、究極的には人類の進化に貢献したいと思っている」

「すごい」ケイトリンは目を丸くしてささやいた。

オスターマンの頭に、リスクを冒すだけの価値があるだろうかという疑いが走った。ケイトリンの事前検査の結果は、合格ラインぎりぎりだった。ふつうの十代に比べれば秀でているし、芸術方面での才能はたいしたものだが、オスターマンの基準からすればおおよそ凡庸だ。メリットは、家庭環境が完璧なこと。里親制度の申し子だ。素行に問題があり、ドラッグに手を染めていて、行方不明になってもあれこれ嗅ぎまわる親はいない。それにオスターマンは適当な被験者を待ちわびていた。潤沢な研究費を失いたくなければ、ヘリックス・グループに結果を見せなければならない。金になることが明白だという証拠を。

オスターマンはケイトリンの顔をあげさせ、愛らしい骨格をながめた。いつでもびっくりしているような大きな茶色の目。香りつきのリップグロスでつやめく唇。

「きみは特別な人間だ、ケイトリン」オスターマンは穏やかに言った。「このプロジェクトは重大なものだ。きみほど信頼できる人はいない。わかるね？」

ケイトリンはまぶしい明かりのなかでまばたきした。「え、ええ」

オスターマンは親指で頬をなぞった。「かわいい子だ」

大きな目がさらに大きくなった。オスターマンはゆっくりと手を引いた。「すまない、ケイトリン」そっとささやく。「こんなことを言うべきではなかった」

ケイトリンの目に涙が光る。「いいんです。その、嬉しいわ」

ああ、女の子を相手にするのは心地よいものだ。オスターマンの求める家庭環境と人並みならぬ才能を持つ女の子を見つけるのは困難極まりないが、いったん見つけたあとの扱いやすさはその困難を打ち消して余る。きみは美しい、特別な人間だと言うだけで、話はまとまる。どれほど頭がいいかは関係ない。女の子というものはもろく、愛と自己肯定に飢えている。

そして、これまで骨を折り、何度も失敗を重ねたすえに、オスターマンの大切なX－Co

gの神経作用は、知性の高い女の被験者で最も高く、最も長く効果を発揮することがわかったのだ。

ケイトリンはオスターマンに目をしばたたいた。「あなた、いい体してるわね」恥ずかしそうに言う。「おじさんのわりには」誘いをかけているのは目つきにもはっきりと現われていた。

オスターマンはつかの間、誘惑に乗ることを考慮した。こうした少女たちは使い捨ての運命にあるから、悪影響を及ぼす心配はない。仕事と結婚した身として、オスターマンは性生活を単純明快にしておくことを好んだ。

しかし、突いたり喘いだりの行為は、しばらくたてば単調なくり返しにすぎなくなる。そして体液の交換は不衛生だ。

なんだかんだ言っても、心の情熱に従うのが一番だ。

オスターマンはケイトリンの頰を撫でた。「仕事が先、遊びはあとだ。席に着いて」

ケイトリンは検査台にのぼった。オスターマンは手首の拘束具を手早く留めた。「ちょっと！」ケイトリンは身をよじっている。「何これ？　縛りつけるなんて言ってなかったじゃない！」

「これがふつうの手順でね」オスターマンはなだめて、足首にも拘束具を締めた。ゴムの留め具を頭につけてから、X－Cog用ヘルメットをかぶせ、位置を調整した。「落ち着いて。きみは最高だ」

この子の唇は本当にきれいだ。オスターマンは後悔の念とともにそう思った。ケイトリンは不安そうに質問をまくしたてていたが、もはや答える気はなかった。一大実験に備え、すでにケイトリンの数キロ上方に飛んでいたからだ。

ケイトリンもめぐり合わせがよければ、美しい女性に成長しただろうに。しかしもう傷物だ。オスターマンがこの子の人生に意味を与えてやったとも言えよう。そうでなければ、無意味な生を送ったに違いない。ところが、こうして研究の役にたった。ひいては全人類のためになる。そして、医師、正確には医学博士、クリストファー・オスターマンのためになった。ケイトリンの腕に針を刺し、テープで留めて、点滴を落としはじめた。マスターヘルメットをかぶった。あとは観察し、願いをかけるだけだ。

「変態野郎が」低くしゃがれた声が背後から聞こえた。

オスターマンは飛びあがり、ぱっと振り返った。深々と息を吐いた。ゴードンだ。ペットとして飼っている殺し屋であり、掃除人であり、雑用係だ。

ペットというのは正確は表現ではないかもしれない。ゴードンを手のうちに置いておくのは、虎の尾をつかんでいるようなものだった。しっかりと尾を握ってはいる。しかしゴードンもまたオスターマンの尾を同じだけがっしり握っているのが実情だ。

結果的に離れられない仲になってしまったことが不愉快でならない。

「そんなふうにこっそりと近づくな」オスターマンは叱りつけた。

「おめえが電話に出ないからだよ。どうせこの倒錯の遊技場で、女の子とお医者さんごっこをしてると思ったんだ」ゴードンは言った。

オスターマンはため息をつき、無礼な言葉を聞き流した。「この前の電話で言っていた仕事はもう片づいたのか？」

「あれね」ゴードンは口をとがらせた。「新しい展開があった」

オスターマンは両のこぶしを握りしめて待った。「それで？」

「ケヴィン・マクラウドの兄弟があの女と接触した」

まじまじとゴードンを見つめた。「接触したとはどういう意味だ？　おまえはあの女を殺したのだろう？　どうやって死体と接触する？」

「あの仕事はまだ終えていない」ゴードンが言った。「今日あの女の書店でマクラウドとあの女が話をした。おれがゆうべ焼き払ってやったから、元書店だな」

「焼いた？」オスターマンはぽかんと口を開けていた。「とうとう正気を失ったか？」

「ストーカーの演出をしろってってめえが言ったんだろ？」ゴードンがむっつりと答える。

「命令に従ってやったんだぞ、クリス」

「わたしが考えていたのは、脅迫めいた手紙や猫の死体のプレゼントといった手段だ！」

「脅迫の手紙と猫の死体じゃあ、自殺には見せかけられねえよ」ゴードンが言いたてた。

「もっと自然な展開が必要だ。暴力的な行為をエスカレートさせていけば筋が通るだろ。おれを信じろ。おれは自分がどんだけ異常かちゃんとわかってるよ」

「そうだろうとも」オスターマンはこぼした。

「偉そうな口の利き方には気をつけな。言ったとおり、マクラウドはあの女と接触を持った。それで、おれが仕掛けた爆弾が爆発する前に、あの女を車から遠ざけやがった」

「爆弾？」オスターマンの声の調子が跳ねあがった。「なんの爆弾だ？」

「おれが取りつけたセムテックス爆弾だよ。心配すんな。知識をひけらかすようなまねはしちゃいない。インターネットにアクセスできるなら、どんなバカでも作れる代物だ。誰も彼もが火事に夢中になっているあいだに、今朝、最後の仕掛けをつけたんだ」

オスターマンの心臓は激しく打ちつけていた。「騒ぎを起こさずに殺す予定だっただろう！ ショッピングエリアで爆弾騒ぎ？ おまえはプロだと思っていたがな！」

ゴードンは傷ついた顔をしてみせた。「既成概念を捨ててみろよ、クリス。おれがなりすましてるストーカーは注目を浴びたいんだ。それで空虚な心を埋める。でかい行動を起こせばそれだけ、いかれるほど愛してる女が感心すると思ってるんだ」

「異常者を演じたからといって、言い訳には――」

「おれは役になりきって、そいつの声に従ってる」ゴードンはいかにも楽しそうに説明した。「そうすれば、ひとつひとつの犯罪に統一性が生まれるだろ。おめえのお友だちのゴードンの特徴は一切残さないまま。事実、特徴がないのがおれの特徴だ」

「おまえの犯罪哲学は以前にも聞いた。それでこの件に警察の捜査の手が伸びないとは限らない！」オスターマンは息巻いていた。「わたしは残りの人生を刑務所で過ごすなどまっぴらだぞ！」

「おやおや、刑務所もそれほど悪くないぜ？ おめえのそのかわいい顔だちなら、えらく人気者になれるさ」

オスターマンは息もつけないほど怒っていた。「暴力の禁断症状をなくしたいという欲求でも示しているのか？ これはおまえが助けを求める叫びか、ゴードン？」

「まさか」歯を見せてにやつくゴードンの笑顔は躁病《そうびょう》的だった。「何をしたって中毒症状は治まらねえよ。おれはそいつのために生きてんだ」

「警察沙汰になったら、ヘリックス社の援助は受けられんぞ」

ゴードンは平然と肩をすくめた。「あんたはあんたの仕事、おれはおれの仕事をする。マクラウドの話に戻すと、〝ミッドナイト・プロジェクト〟のころにおれが言ったとおり――」

「その名前を口にするな」オスターマンは言葉をもみ消すように口を挟んだ。

ゴードンは目をぐるりとまわした。「おれが言ったとおり、ショーン・マクラウドを優先的に抑えておけば――」

「無駄に死体の山を高くしたくなかったからだ」オスターマンはうなるように言った。

「あんたは間の悪いときにくそまじめなところを見せるんだよな」ゴードンは不満そうだ。

「あの女は情報を渡し、雲隠れした」

「ならば、なぜわたしたちを追ってこない？　この十五年間、なんの音沙汰もなかった」オスターマンは言い返した。「このままやり過ごせたかもしれないのに、書店を燃やしたら注意を引くだろう。そんなことも思いつかなかったか？」

「ああ、そうだ。たまたまね」ゴードンは咳払いして、タイルの床に痰《たん》を吐きだした。「マクラウドはおれたちを追ってくる。あいつはおれの爆弾に感《や》づいた。あいつは知ってるよ、クリス。問題は、困ったことになる前に、いますぐ殺るかどうかだ」

オスターマンは汚らしい黄色い痰を見つめ、ゴードンを殺す方法に頭をめぐらせた。自ら手をくだすのは好まないが、もう手に負えなくなってきている。

とはいえ、その先また新たに誰かを仕込まなければならないと思うと、考えただけで気が重かった。

「女のほうは、殺す前にじっくり質問してやらないとな」ゴードンはつくづくと言った。ケイトリンに目を走らせる。「女といえば、こいつを捨てるのもおれに任せるかい？　おれの目にはもうゴミに見えるが」

しまった、ケイトリンのことをすっかり忘れていた。振り返ったとたん、ゴードンが言ったとおり、接続に失敗したことを悟った。

拘束具を引きちぎらんばかりに体を引きつらせ、ぴくぴくと痙攣していた。破れた血管が白目を真っ赤に染めている。声はまったくたてていないものの、悲鳴をあげているかのように口を大きく開いている。幻覚を見ていることは間違いない。X－Cogは運動機能を麻痺《まひ》させるが、副作用がそのほかの機能まで焦げつかせてしまった。あるいは、電流の刺激が強すぎたのかもしれない。次の被験者にはレベルをさげるように気をつけなければ。

オスターマンは目をそらした。無言で悲鳴をあげつづける顔は不気味だった。

「なかなかのおっぱい」ゴードンは歌うように言って、乳房をもてあそびはじめた。

「やめろ」オスターマンはぴしりと命じた。「マクラウドのところに戻れ。それから、あの女だ。頼むから、手早く殺して、けりをつけてくれ」

「それじゃあ、割り増し料金のことを話しておこうか。その前に、そのいかれたヘルメットを取れよ」

オスターマンはマスターヘルメットをはずし、つややかで豊かな黒髪を丁寧にうしろに撫でつけた。「おまえにはすでにひと財産払っている」

「マクラウドはリスクが高い。元特殊部隊員だぞ。おまけに、元FBIの兄貴がひとり、現職の私立探偵の兄貴がひとり。マクラウドをやったらあの兄貴たちが黙っちゃいないだろう。おれはよその土地に逃げるはめになるかもしれない。それには金がいる」

オスターマンはゴードンが自分の人生から永遠に消えるという夢に焦れた。「いくらほしい？」

ゴードンは値段を提示した。オスターマンはぎょっとしてゴードンを見つめた。

「ほかのやつに頼んでもいいんだぜ」ゴードンはあざけった。「好きにしろよ。この件から足を洗えりゃおれも幸せだ。おめえにはいらいらさせられるからな、クリス」

「高すぎる」つっけんどんに言ったが、頭のなかでは、負債を清算し、あれを振り替え、これを書き換えたらどうだろうかと計算していた。

「こんだけの資金源があれば払えるだろ。それに、ヘリックスの大物たちのちっぽけな頭を悩ましたくないよな？　おれたちだけの話にしとこうぜ」ケイトリンにあごをしゃくる。

「こいつの片付けはおれが引き受けるかい？」

「ああ、その顔を見るのはいやになった。ヘロインとフェンタニールの混合剤を作って、捨てる前に注射する。車のトランクでは窒息死させるな。科学捜査班にまわされたら疑いを招く」

「死ぬまで見届けたほうがいいんじゃねえの」ゴードンが忠告した。「救急治療室で死なれても困るだろ」

「それは気にしなくていい」オスターマンはつまみをさげていった。「脳の損傷が大きくて、医者に自分の名前を言うこともできないだろう」

ゴードンは小さく口笛を吹いた。「それこそ冷酷だね」

注射器に麻薬をつめているあいだ、背後がやけに静かなのが気になった。振り返ってみると、ゴードンはケイトリンのシャツの下をのぞきこんでいた。

「なぜそんなことをする?」オスターマンは切りつけるように言った。「悪趣味だぞ」

「なぜ人は行動を起こすか? なぜ犬はてめえのタマを舐めるか? そうできるからだよ、クリス。そうできるからだ」

オスターマンは怖気をふるった。「おまえはけだものだな」

「だったら肉のかたまりを投げてよこしてくれよ」ケイトリンの股間に手を伸ばし、そのとたん声をあげて手を引っこめた。「うげっ。漏らしてやんの。おれは貨物口にヴァンをまわしてくる。死体袋ないか? トランクをおしっこで汚されるのはごめんだぜ」

「死体袋もそろそろ切れる。大量に買うわけにもいかんしな」オスターマンは言った。

「ああ、人生は厳しいよな? そりゃあれか、あんたお得意の受動攻撃性の頼み方で、おれに死体袋をもっと調達しろって言ってんのか?」

ふたりは口喧嘩を続けながら部屋から出ていき、ドアはばたんと閉じた。残されたのは、X‐Cog NG‐4の被験者を映すビデオカメラ。手をぴんと伸ばし、かかとを打ち鳴らし、大きく口を開けたまま固まった顔で、永久に声にならない悲鳴をあげつづける女の姿だった。

5

ガシャン。バタン。キッチンの食器棚の戸が打ちつけられ、閉じる間もなくまた開いた。ショーンは怪物に魅せられるように、父の古い家のほの暗いキッチンで、兄がえらい勢いで動きまわっているのを見ていた。

「おれさ、なんでこんなに怒られてるのか、わかんないんだけど」もの悲しそうに言った。「おれは何も悪いことはしてない」一瞬の間をあけた。「まだ」

デイビーはうなるような声をたてた。それからギーッという音とともに、取っ手が片方はずれた引き出しを丸ごと引き抜き、その中身を見つめた。輪ゴムや釘、そのほかこまごまとした日用品が床に散らばる。そしてデイビーは引き出しを放り捨てた。

「ふん」ぶつぶつとこぼす。「こんなに怒っていなけりゃ、笑うとこだ」

エンディコット・ブラッフスに日が沈んでからもうだいぶたつ。灯油ランプはまだ点けていない。いまのデイビーの機嫌を考えれば、灯油ランプは点けないままでいたほうがいいかもしれない。

影が部屋をのみこんでいた。西の空からは光のショーをながめられる。茜《あかね》色が桃色に、やがて藤色に、そして鮮やかな藍《あい》色に移ろっていく。宵の明星が現われる。そう――親父の天文学講座を正確に覚えているとすれば、あれは金星だ。

しかし、デイビーは夕暮れを楽しむ気分ではないようだ。ふたたび食器棚に襲いかかり、またべつの取っ手をはずしてしまった。「くそっ」小さくつぶやく。「腐ってて役にもたたない」反対側の壁に取っ手を投げつけた。

ガッシャーン。取っ手は絵に当たった。ガラスが割れる音にショーンは身をすくめた。

これは気が気じゃない。デイビーは日頃、病的なほど感情を抑えている男だ。唯一にして大きな例外は、新妻のマーゴットに対する愛情。ふだんなら、デイビーが癇癪《かんしゃく》を起こすには、天変地異にも等しい感情のゆれが必要だ。

デイビーはまだ食器棚をあさっている。「このあたりにスコッチのボトルがあるはずだ。おまえが飲み干して、かわりを補充し忘れたんじゃなければな」

「まさか。おれは銃を頭に突きつけられたって、あんなものは飲まない。いいかげん落ち着いてくれないかな？　こっちまでいらいらする」

「おれがおまえをいらいらさせる？」デイビーは回転して、ゆれるドアに蹴りを入れた。グシャッ。蝶番《ちょうつがい》がねじれ、片側がゆがんで、ドアは棚からぶらさがった。「おまえを保釈させてやったのはおれだぞ。なのに、おれがおまえをいらいらさせる？」

「厳密には、兄貴はおれを釈放させてないだろ」ショーンは指摘した。「おれは逮捕されたわけじゃないからだよ！　そもそもおれは――」

「そうだ、尋問室に居座って、車に仕掛けられた爆弾の技術的な構造について、地元の警官と楽しくおしゃべりしていただけだよな。警官の全員がおまえを社会のつまはじき者だとみなしている。ほとんどが、ロークと同じように、おまえに個人的な恨みを――」

「おれのせいじゃない！」ショーンは言葉をさえぎった。

「言葉を覚えはじめたときからおまえはその言い訳を使いつづけている！」

「それでも、たまには正当性がある」ショーンは頑固に言い張った。「ともかく、兄貴はおれを釈放させていない。保釈金はかからなかったんだから。そもそも兄貴たち全員がゆうべのおれのアリバイを証明できるだろ。だから大騒ぎする理由は――」

「ないか？　ゆうべは運がよかっただけだろう？　おまえがふらふらしているせいで、兄弟そろっておまえのあとをつけ、飲みすぎたり、売春婦を引っかけたりしたあとで、自分を傷つけやしないか確認しなきゃならないのがまともか？」

「ひどい！　あんまりだ！　あの子たちは売春婦じゃない！　パーッと騒ぎたかっただけだろ。ふたりともいい女で、かわいくて、性に開放的で――」

「黙れ」デイビーは怒鳴った。「おれたちがつけていなかったら、どうなっていたか考えてみろ。八月十八日の朝にどこにいたのか言ってみたまえ、マクラウドくん。えー、はい、おまわりさん、ぼくは酔っ払って、〈ホール〉で知り合った女の子ふたりと3Pしましたが、彼女たちの名前は覚えていません。いいケツをしていました。フェラも上手でしたよ」

「おれは彼女たちの名前をちゃんと覚えてる！」ショーンは一瞬頭をめぐらした。「まあ、苗字はわからないか」訂正するように言った。

デイビーは逆上した種馬みたいに鼻を鳴らし、壁を蹴りあげた。

「四六時中おれをつけてなきゃいけないわけじゃないだろ」ショーンは反論を試みた。「ふだんのおれはまっとうな市民だよ。ただ、八月の――」

「十八日。そうだな。あの日のことを思いだせるなら、よく考えろ。おまえの双子の弟がトラックごと炎に焼かれた記念日が今日だってことを、誰もがはっきり記憶していなけりゃ気がすまないか？」

ショーンは息をつめて座っていた。「そんなことはないと思う」しぶしぶと認めた。

デイビーは両のこぶしを食器棚に叩きつけた。「おれのスコッチはどこだ？」

ショーンはいらだちのため息をついて立ちあがった。プロパン式の冷蔵庫の上というどこからでも見える場所にあるのを目に留めて、兄に手渡した。

デイビーは栓を引き開け、グラスにどぼどぼとついだ。一気に飲み干して、椅子に身を沈める。椅子は体重で軋んだ。

重苦しい沈黙が落ちた。デイビーは重苦しい沈黙の達人だ。ショーンは違う。いつもなら、活気があって賑《にぎ》やかなほうが好きだ。しかし今日は疲れすぎていて、ぼうっと暗闇を見つめているほうが楽だった。

やがて沈黙を破る際にも、よく言葉を選んだ。「過去のおれのバカげたふるまいについては、もう充分にお説教を食らったよな」ショーンは言った。「また一から聞くのはいやだよ」

「いや」デイビーはもう一杯ついだ。「新しいバカげたおこないが山ほどある。前回も、おまえはリヴ・エンディコットの半径百メートル以内に足を踏み入れたという罪で、牢屋にぶちこまれるはめになった。この楽しい事実はおまえの頭に思い浮かばなかったか？」

「今回はおれが近づかなかったら、リヴもマッデンも成層圏の藻屑《もくず》と消えていたし、ヘトリンケット・トローヴ・ギフト・エンポリウム〉の跡地にはクレーターがあいていた」ショーンは言った。「そんなことにならなくて嬉しいよ」

「要点はそこじゃない」デイビーはつぶやいた。

「じゃあなんだよ。頼むから、教えてくれ」

「つまり、おまえはまた同じことをくり返してる。信じられないほど最悪の瞬間と最悪の場所を選んで、そこに首を突っこむ。動きがありそうなところに身を投じるのは、退屈だからか、誰かにけしかけられたか、女の子をモノにしたいときだ。あるいは、クソみたいな気分で、感情をコントロールできないとき。おまえは後先を考えない。デジャヴを感じるよ。このことは前にも話した」

「何度もね」ショーンは諦めの声で同意した。「お説教第九百六十七番。衝動を抑えよ。その三、行動には結果がつきまとう」

「何に一番腹がたつかわかるか？」

ショーンは尻ごみした。「あー……いや、言ってくれ、デイビー。わかるか自信がない」

「元凶がおまえの下半身だってことだ！」デイビーは叫んだ。「命の危険が迫っているときでもパンツをあげておけないから、留置場に閉じこめられ、おまえが地獄の炎で焼かれるのを楽しみにしてるようなやつらに囲まれることになるんだ。毎回、毎回」

「おれはどうしたらいいんだよ？　鞭《むち》打たれた犬みたいにしっぽを垂れてろ？」ショーンは両手をあげて降参のポーズを取った。「おれだって、どうしてこう何度も警察の世話になるのかわからないよ。お近づきになりたいなんて思っていないのに」

デイビーは鼻を鳴らした。「ふん。見当もつかないか。奨学金の資格を失って退学になったときと同じだな。なぜか？　学部長のかわいい奥さんをたぶらかしたからだ。結果を考えない。未来を考えない。脳を休ませたまま、下半身の声に従うからそうなる」

ショーンはもぞもぞと体を動かした。「あっちから誘ってきたんだ」小さな声で言った。

「ああ、だが、いつもいつも女から誘われるわけじゃないだろ。それに、縛りつけられたわけじゃないはずだ」

ショーンは詳しい記憶を呼び起こそうとした。「そう言われて思いだしたけど、あの人はそっちのほうじゃかなり進んでてね。クローゼットいっぱいに楽しいオモチャが――」

「そこまでだ、口の減らないガキめ。おまえのたわ言を聞く気分じゃない」

「そんな気分だったことは一度だってないだろ？　おれはあの人を責めないよ。まだまだ若くてセクシーなのに、眉にふけをためてるような物理オタクと結婚したのが運のつきだな。あの人にとって、おれは生きたオモチャみたいなものだった。何せオモチャの扱いにかけては――」

「にやついた顔をするな。さもないとおれがこぶしでその顔の形を変えてやるぞ」

ショーンは両手に顔をうずめた。こんなにいきりたっているデイビーをつついても、ろくなことがないのに、しゃべりだしたら止まらない。自分でもどうにもならない。立ちあがって、冷蔵庫をのぞきこんだ。前回来たときにビールを残していったのなら儲《もう》けものだ。

よし、あった。瓶のふたをひねり、西の窓辺に行って飲んだ。やきもきしているデイビーをテーブルに残して。夕暮れの明かりはもう消えていて、藤色がくすんだ灰色にのまれ、藍色に変わっていくところだった。家の前に広がる空き地で草がゆれ、その先ではマツとモミの森がうっそうとそびえている。

窓の外をながめていると、子どものころにベッドに入ったあとのことを思いだした。親父に言われたとおり、おもてに敵が潜んでいると思いこみ、怖くて震えていたものだ。今夜は本物の怪物がいて、野放しになっている。リヴを狙う怪物が。幽霊にふれられたかのように、ショーンの首筋が粟だった。

幽霊は本当にいるのかもしれない。

今日はケヴィンがショーンを助けてくれた。なぜか、そのことでかえって寂しい気持ちになった。ただし、デイビーにこの話をしないほうがいいことはわかっている。

「ストーカーがリヴに送ったEメールを読みたいな」ショーンはひとりごちた。

デイビーはテーブルに突っ伏し、ざらついた木の天板にひたいを打ちつけた。「ほらな? いつもこうやって始まる」

「メールの文面に〝爆発〟って言葉を使っていたんだ。それでおれは爆弾だってぴんときた。ほかのメールも見たい。印象をつかんでおきたい」

「おまえは警官じゃない」デイビーが言った。「リヴのボディガードでもない。恋人でもないぞ。彼女につきまといたいからって、あの一家の問題に首を突っこんだり、体のほかの部位を突っこんだりする権利はない」

ショーンはビールを飲み干し、空き瓶をゴミ箱に放り捨てた。「兄貴とコナーは今朝、自己犠牲の精神でおれをつけまわしただろ。おれも人のためになることに興味を持ったのに、兄貴たちはまた大騒ぎするんだからな。兄貴たちを喜ばせることはできないよ。そんなこと、考えないほうがまだましかもしれない。ところで、発信機をひとセットまだ持ってる?」

デイビーの顔は疑いでこわばっている。「なぜだ?」

「リヴを追跡しないと。ストーカーが捕まるまでは、二十四時間、四人態勢の警護が必要だ。リヴの家族は信用できない」

「エンディコット邸のドアをノックする?」デイビーが言った。「警護の提案をする? どれだけ温かく迎えてくれるか見ものだ」

ショーンはキッチンのなかをうろついた。「発信機を持ってる?」もう一度尋ねた。

「エンディコット家の人間はおまえの姿を見たとたん、警察を呼ぶぞ」

ショーンは肩をすくめた。「おれの姿を見るとは限らないだろ?」

「悪夢がよみがえるようだ」デイビーはまたテーブルにひたいを打ちつけた。「弟がこの郡で一番の金持ちの男の家に忍びこみ、その鼻先で、娘を誘惑しようとしている」

「おれはリヴを誘惑するつもりはない」ショーンはむっつりと言った。「できるもんなら、正面玄関から入って、母親の目の前でリヴと話すさ。だが、おれはあの一家から忌むべき下水の汚物だと思われてる」

「違うね。精神を病んで、タガがはずれた、忌むべき下水の汚物だと思われているんだ」デイビーが訂正した。「もし見つかったら、おまえは終わりだ」

「発信機を持ってないなら、いますぐそう言ってくれよ。持ってるなら、おれにがなりたてるのはやめて、とっとと渡してくれ」

デイビーは立ちあがり、椅子を蹴り倒して、キッチンのテーブルの横に置いてあったバッグを持ってきた。小さな厚紙でいっぱいのジップロックの袋を取りだす。厚紙のひとつひとつに無線の発信機がついていた。

デイビーは発信機をテーブルに広げた。「ほら。好きなだけ持っていけ」

「恩に着るよ」

「おまえが刑務所に入らなくてすむのかどうかわかるまでは、礼なんか言うな」ひとつながりになったアルミの包みを発信機の上に放る。「こいつも持ってけ」

ショーンはコンドームを見つめた。「なあ、勘違いしてるって。リヴとヤる予定はない。ただ身の安全を――」

「予定？　ないに決まってる。おまえは予定をたてた試しがない。予定をたてるという能力が脳から欠如してるんだ」

「いいかげん怒るぞ」ショーンは言った。「頭の悪い両親を持ったせいで、リヴがストーカーの手にかかるっていう事態を防ぎたいだけだよ」

「いいから持ってけ」デイビーの声はかすれていた。「責任感を持てとは言わない。絶対に無理だからだ。おれは現実を直視しろと言っている。おまえのことはわかってる、ショーン。おまえが女の寝室に忍びこんだら、その女とヤることになる。数学的な確率で、はっきりしている」

ショーンはげんなりして兄を見つめた。「落ち着けよ、デイビー。怖くなってきた」

デイビーの渋面は変わらなかった。「ポケットに入れておけ」

ショーンはいくつも連なったコンドームをたたんで、ジーンズのポケットに入れた。「それで兄貴の気がすむなら。ほら、入れたよ。落ち着いたか？」

デイビーは背を見せ、こぶしを握って、暗闇のなかに立ちつくしている。

ショーンは闇にまぎれた兄の背中に目を凝らした。「へんな感じだな」ぽつりと言った。「いつもなら、おれが取り乱していて、兄貴とコナーがなだめ役だ。何があった？」

影になった部屋でデイビーの目もとが光った。「今日という日はおれとコナーにとっても辛いんだと思ったことはないのか？」

ショーンは息を止めて、よじれた胃をもとに戻そうとした。「わかったよ。ごめん。そのことに関しちゃ、おれは役にたてない」

デイビーは乾いた笑い声をあげた。「たってるさ。おまえのあとを追いまわして、おまえが死んだり、怪我をしたり、捕まったり、とにかく何かバカなことをしでかさないように努めることほど気が紛れるものがあるか？　嘆く暇もない」

「それもひとつの見方かもしれないけど」ショーンは半信半疑で言った。「なあ、低血糖か何かか？　なんか食ったほうがいい。適当に作ってやりたいが、兄貴がキッチンをめちゃくちゃにしちゃったからな。帰りにハンバーガーでも食いなよ。それともマーゴットが夕食を用意して待ってる？」

「いや」デイビーの声はうつろだった。「おれは今夜、あー、ここに泊まる」

ショーンは凍りついた。兄の言葉を頭のなかで再生し、さらにもう一度再生した。「その必要もないのにわざわざ、マーゴットの体から一ミリ以上離れて寝るってことか？　どうしたんだよ？」

デイビーの肩があがり、それからさがった。

「何があったんだ？」ショーンは引かなかった。「どうしたっていうんだよ。これまで生きてきて、マーゴットとの出会いは兄貴にとって最高の出来事だろ。まさかそれを台無しにしたなんて言うなよ。喧嘩か？　追いだされたのか？　兄貴は何をしたんだ？」

「何も」デイビーはぶっきらぼうに言った。「追いだされたわけでもない。おまえには関係ない。おれたちは、その、ちょっと距離を置くことにした」

いまやショーンは本気で驚いていた。ふだんデイビーをマーゴットのそばから引き離すには、バールと特大のかなてこ二丁が必要だ。マクラウド家の人間が恋をするとなったら、とことん恋をするのだ。

「距離を置くなんて、バカげた考えだ」ショーンは言った。「女と距離を置いたら、ひどい目にあうぞ」

「おまえに何がわかる？」デイビーは言い返した。「結婚したこともないのに、口を挟むな」

ショーンはその言葉には答えなかった。「それで、マーゴットは兄貴の何に怒ってるんだよ？」

デイビーは両手をあげた。「確かに、マーゴットはおれに腹をたてている」

「なんで？　兄貴が話さないなら、おれが自分でマーゴットに電話して訊く」

「おい、やめろ。頼むからやめてくれ」デイビーはあわてて言った。

「じゃあ言えよ。ほら。吐いちまえ」

デイビーは途方に暮れた顔で口ごもった。「おれは、その……できないから……マーゴットが怒ったのは、おれができないせいで……」デイビーの声はしぼむように途切れた。

ショーンは困惑して兄に目をすがめた。「できないって何が？」

デイビーは椅子にどさりと座り直した。どう話していいのかわからないようだ。

ショーンは恐怖で真っ青になって、デイビーを見つめた。「おい、まさか。セックスの話か？　セックスができない？　マーゴットはどんな男も夢見るような女だぞ？　本当にどうしたんだよ？　病気か？」

「いや」デイビーは吐きだすように答えた。「ただ、ちょっと、マーゴットが……遅れてるだけだ」

ショーンは兄のぐったりとした姿に目を据え、暗闇のなかでその表情を読み取ろうとした。

「遅れてる？」訊き返した。「何が？」

「神に授かったちっぽけな頭を使って考えろ」デイビーはうなるように言った。

ショーンは言われたとおりに考え、あっと息をのんだ。「ああ！　わかった！　その、月のものが遅れてるってこと？」

デイビーはうんざりとしたため息をついた。「そうだ。まだ確かじゃないそうだが。ふだんから周期が不安定らしいから。ただ、こんなに遅れてるのは初めてだと言っていた」

「うーん、そんなことを教えてもらっても困るよ。義理の姉の生殖機能の周期をおれが知ったところで――」

「少しは大人になれ」デイビーは怒鳴った。「おまえが訊いたんだ」

「うん、そうだったね」ショーンはなだめるように言った。「すまない。それで、ほら、テストとか何かできないのか？　兄貴もどっちつかずじゃ辛いだろうし」

「まだだ」デイビーの声はこわばっている。「何やら複雑怪奇な理由で、一定の日にテストしないと正確な結果が得られないそうだ。説明してもらったんだが、詳しいことは忘れた」

「なるほど」ショーンはあらためてこの知らせを嚙みしめた。「ええと、それで？　おれは魔よけのおまじないをしなきゃなんないのか？　いい知らせじゃない？　新しいケヴィンのいとこ。いいじゃないか。いとこ同士、仔犬みたいにじゃれつける」

デイビーはうなずいた。「ああ」小声でそっと言う。「うん、いい知らせだ。すばらしい。最高だ。ただ、おれは……できない」

「妊娠してるかもしれないから、妻とセックスができない？　そりゃあちょっと古臭いよ」

「マーゴットもそう考えている」デイビーは何か見えないものにしがみつくように、テーブルの上で手を握りしめ、その手にじっと視線をそそいでいる。

「母さんのときとはまったく違うだろ」ショーンはおそるおそる言ってみた。「ここで親父と暮らすってことは、何百年も昔の生活をするようなもんなんだから。でも、マーゴットは二十一世紀の医療の恩恵に与れるし、大病院で診察を受けることも――」

「わかってる」デイビーは張りつめた声でさえぎった。「よくわかってる」

デイビーは目を閉じていたが、ショーンには兄が何を見ているのか想像がついた。一メートルの雪でタイヤを空回転させたトラックのなか、子宮外妊娠による出血で死にかけている母の姿だ。父は血を止めようとしていた。十歳のデイビーが車を運転していた。正確には、運転しようとしていた。

ショーン、ケヴィン、コナーの三人は家をおおう雪のなかから、トラックを見つめていた。ショーンは四歳だった。何か恐ろしいことが起ころうとしていることは理解できる年齢だ。最も古い記憶のひとつ。一番古くはないのかもしれない。なぜなら、ショーンは母のことを覚えているから。心の奥の明かりのような存在として。あるいは、記憶があるということを覚えていると言ったほうがいいかもしれない。ショーンは身を切るような感情を振り払った。

「統計を考えろよ。現代の女性は——」

「統計のこともわかっている」デイビーは言った。「自分でも調べたし、マーゴットからも教わった。説教されて、叱られて、泣き叫ばれた」

「あー……うん」ショーンはつぶやいた。

「マーゴットは……」デイビーは目をこすった。「マーゴットはおれが喜ぶものだと思っていたと言った。おれも、喜ぶものだと思っていたよ。だが、昼食を戻しかけた」

「それはまた」ショーンは小声で言った。「おおごとだ」

「ああ、なんとでも言ってくれ。あれ以来、おれは息ができない」ごくりとつばをのむ。

「目を閉じれば、血が見える」

ショーンは口笛を吹いた。「いたた。それじゃあセックスできないっていうのもわかってきたよ」

「笑いごとじゃない」デイビーは吼えた。

「おれが冗談を言ってるように見えるか?」ショーンは兄の肩に手をふれた。鉄線みたいに硬く、迫りくる危機に備えて電流を流すかのように殺気だっている。自分を傷つける前に、頭を冷やしてやらなければならない。

もしくは、かけがえのないものを壊すという最悪の事態に至る前に。

堅物の兄がようやく女に気を許し、幸せをつかむところを見て、ショーンは胸を撫でおろしたものだ。デイビーはマーゴットを心の底から愛している。のぼせあがっていると言ってもいい。おおよそ苦い思いばかりの人生で、やっと楽しむことができるようになったのだ。

それをデイビー本人に壊させるわけにはいかない。

ショーンは胸もとで腕を組み、対策を考えた。

「なぜこんなに動揺するのかわからない」デイビーは弱りきっている。「さんざん励んでいることを考えれば、もっと早く起こらなかったのが不思議なくらいだ」

「励んでいた、だろ」ショーンは言い直してやった。「過去のことだ。今後、兄貴が励むことはないんだから。ポコチンにさよならのキスをしろよ。もう二度とセックスできないんだろ」

デイビーは目をすがめ、弟をにらみつけた。「おれをおちょくるな、ショーン」

「そんなつもりはない」ショーンはきっぱりと言った。「マーゴットも、誰もおちょくらないさ。おホモだちになっちまったやつのことなんか哀れすぎてね。嫁さんを放っておいて、セックスもしてやれないで、干からびさせるなんて。もったいない。マーゴットも気の毒に」

「マーゴットに対して薄汚い口をきくな」

「あんなにいい女をひとりで眠らせるなんてまぬけもいいとこだ。男ならマーゴットを見るだけでむらむらするもんなのにさ。距離を置くなんて言ってるようじゃ、マーゴットがまともにセックスできるほかの男を見つけるのも時間の問題——うわ！」

バンッ。ショーンは壁に叩きつけられた。デイビーの二の腕がショーンの気管を押さえこんでいる。よし。ショーンは空気を求めてもがいた。うまくいった。グリズリーをつついて穴蔵から引きずりだした。あとは、殺されずにすますだけだ。

「おまえの問題が何かわかるか？」デイビーは吐き捨てるように言った。「黙るべきときに黙っていられないことだ。そろそろ学べ。その口を……閉じさせて……やる」

ショーンは不敵な笑みを浮かべてみせた。「やってみろよ、とんま」声を絞りだした。「外でやろうぜ。これ以上キッチンをめちゃくちゃにしたくない」

デイビーは腕を引いた。ショーンの足が床についた。

喉をさすりながら、ショーンはデイビーのあとについておもてに出た。そのとたん、デイビーのブーツが鼻先をかすめ、空を切った。

はは ん。これだよ。野蛮な喜びが体を貫く。自分と同じくらい危ない人間と、ルール無用で闘う。セックスよりいい。

もしかしたら。ショーンはその判断を一時保留にした。何せ、お姫さまとはまだそこまでいっていない。デイビーはフットボール選手みたいに突っこんできた。デイビーは本能のままに体当たりをくらわせ、殴りつけ、ショーンの攻撃をかわす。怒りに顔をゆがめたさまは、まるで狂戦士だ。ショーンが当てたパンチなど痛くも痒《かゆ》くもないようだ。ショーンは連続で飛び蹴りを食らわせて、デイビーをあとずさりさせ、何十年も前に父が庭に水を引くために掘った溝のほうへ追いつめた。デイビーは足を取られ、バランスを取り戻すまでの一瞬、無防備に股を開いた。

蹴りを入れるのは簡単だったが、ショーンは引いた。兄のタマを潰《つぶ》すのは本意ではない。

デイビーはショーンの足を払い、うつ伏せで地面に倒した。「いまのはなんだ?」大声を張りあげる。「思いあがるな! あと一度でも遠慮なんかしたら、頭蓋骨に穴を開けてやる」

「じゃあタマを潰せって言うのかよ?」ショーンはデイビーのわき腹に肘を入れた。「カストラートになって、人工授精でもするか? マーゴットのために遠慮したんだ」

デイビーは野生の動物のように吼え、ショーンにつかみかかり、腹這いのまま地面に打ちつけた。片腕をうしろにねじり、筋肉の量でショーンを圧倒させる。ショーンも筋肉のかたまりだが、デイビーは体重で十キロ近く勝っている。バッファローも顔負けだ。

泥だらけの草に顔を押しつけられて、ショーンは息をしようともがいた。「おれが言いたいのは、女性は子どもを産むようにできてるってことだよ」さらに高く腕をねじりあげられて喘いだ。「多産って言葉を辞書で引けよ。きっとマーゴットの絵が載ってる。頼むからマーゴットを見てみろ。出産の喜びを示す歩く広告塔だ。あの柔らかそうな胸、丸みのある腰つき。よだれものだ。ぜひ次の世代を作ってほしい」

ドスッ。くそっ、これはきく。「黙れと言っただろう」デイビーが言った。

「できない」ショーンは草と泥を口から吐きだして言った。「そういう気質なんだ。なあ、マーゴットが双子を妊娠したらどうする? そういうのって家系じゃないかな?」

ドスッ。まるで拷問だ。ショーンは悲鳴をこらえた。

「舌を嚙みきっちまえ」デイビーがすごんだ。「一卵性双生児は突然変異だ。遺伝的なものじゃない」

「へえ」ショーンは言って、咳きこんだ。「でもほかの種類の双子を授かるかもしれないよな。そうなったら、忙しくて、こんなふうに癇癪を起こす暇もなくなる」

デイビーの体が震えはじめた。無言の、なすすべのないわななきだ。ショーンは息をつき、ゆっくりと体の力を抜いていった。最悪のときは過ぎた。

兄のこぶしが解けた。ショーンはねじあげられていた腕を取り戻して、うめきながらデイビーの重い体を押しのけた。

デイビーは仰向けに転がり、両手で顔をおおった。ショーンはそっと背を向けて、待った。マッチョでバカな兄が呪いを断ち切るのを邪魔することはできない。

ようやく体を起こしたあとも、デイビーはショーンの顔を見ようとしなかった。地に座りこんで、背を丸め、肩で息をしている。「あいつには恐れ入るよ」ぽつりとつぶやいた。「あの男の度胸ときたら、信じられるか？」

ショーンはきょとんとした。「あの男？　誰の話だ？」

「親父」デイビーの声はほとんど聞こえないほど小さかった。「こんな辺鄙なところで、子どもを全員取りあげた。たったひとりで。ここにはろくな道もない。電話もない。双子も出産させた」身震いする。「想像してみろ。恐れ入るよ」

ショーンは汚れたシャツから泥と草を払いながら、どっちつかずの声をたてた。「できることなら、想像なんかしたくないね」

デイビーはひたいから汗をぬぐい、いかめしい顔つきで、影になった山を見つめている。

「それほどの責任を自分で負わなければならないとしたら、体じゅうの骨を折ったほうがましだ」

ショーンは立ちあがり、首をまわし、痛むところを探して撫でさすった。「ふたつ覚えておけよ。ひとつ、親父は頭がおかしかった。お袋を悪の組織から守っているつもりだった。ふたつ、親父は自信過剰の阿呆だった。なんにでも対処できると思いこんでいた」

「あいつは間違っていた」デイビーは暗い声で言った。

「そうだ、間違っていた。だが、兄貴の頭はおかしくない。自信過剰の阿呆でもない。とりあえず、いつでもそうじゃないと言っておくか。もうひとつ、マーゴットはしっかりした女だ。兄貴は世界全体が自分の肩にかかっていると思ってる。が、そうじゃない。わかったか？」

デイビーはうなずき、よろめきながら腰をあげた。「ああ」小さくつぶやいた。

ショーンは手を伸ばして、デイビーの肩に置いた。兄は石炭みたいに熱く、汗でぐっしょり濡れ、まだ少し震えていたが、電流が流れるような殺気は消えていた。「それで？」ショーンはうながした。

デイビーはショーンに警戒の視線を投げた。

「息ができるようになった？」

デイビーはしっかりとうなずいた。

「よし」ショーンは兄を押しやって、よろめかせた。「じゃあ、家に帰って嫁さんを抱きな。タマなしのオカマちゃん」

デイビーはショーンの足をすくい、尻もちをつかせた。「おまえの番になったらどうなるか楽しみだ」

トラックに乗りこむ前に振り返り、厳しい目つきでショーンをにらみつけた。「もし今晩何か問題を起こしたら、おまえの腕をもいで、踏み潰してやるからな」

ショーンはにっと笑った。「おれも愛してるよ、兄貴」ほがらかに応じた。「運転には気をつけろよ」

家からくだるジグザグの坂道に沿って、兄のトラックのテールランプがゆれ、やがて消えるまで見つめていた。おまえの番になったらどうなるか楽しみだ。この言葉が胸の真ん中あたりでつかえている。

そんな番は来ない。おまえが王朝を築くのが楽しみだと言われたも同然だ。相手は？　クラブで出会うウサギちゃん？　ステイシーとかケンドラみたいな？

デイビーもコナーも、ショーンが遊びでしか女と付き合わないことをしょっちゅう非難している。まるで赤ん坊をかごに入れて、車のてっぺんに乗せたことを忘れ、そのまま高速道路を走ったと責めるような口ぶりで。仮想の子どもに謝れと言いたそうな口調で。どこかで生まれているかもしれない子どもを、おざなりにしているとでもいうように。

兄ふたりはきちんとした機関で精子を保存している。ショーンも医者のところに行って、遺伝子プールに自分の分身を供給するべきなのだろうか。それで、その件にはけりをつける。

永遠に。
そう思うとなぜか、ひどく気が滅入った。

6

キケンな魔女：誰かいる？

マイルズはチャットルームのウィンドウをながめ、先ほど入力した発言を確認した。誰も食いついてこない。ほかのパソコンに目を向けた。マイルズはいくつものチャットルームに別々のメールアドレスで登録し、それぞれに違った人格を作って参加している。いまのところ疑わしそうなやつは現われていないが、まだ始めたばかりだ。

ネットで遊んで、本当に金を払ってもらえることに、マイルズはいまだに驚いていた。コナーの連続殺人事件の捜査で、ハイテク要員として雇われ、こうしているあいだにも請求できる額は増えていく。仕事は、理系のオタクが集まる複数のチャットルームに複数の人格で出入りすること。

〝キケンな魔女〟、別名ミーナは、一番食いつきがいいエサだった。オタクたちの注目の的だ。マイルズは今夜、〝マインドメルド〟の接触を待っていた。ミーナをうまく2ショットチャットに誘いこんだ唯一の相手だ。「きみのことをもっとよく知りたい」といういかにもな態度で、子ども時代のことをあれこれと尋ねられた。マイルズはなかなかいいできだと自負する自己嫌悪の口調で、不幸な生いたちをたっぷりと教えてやった。母は麻薬に溺《おぼ》れ、父は仕事をしない。おばあちゃんに育ててもらったけれど、そのおばあちゃんももう死んでしまって、めそめそ、めそめそ……おばあちゃんの遺産で大学に通えることになって……その他もろもろ。マイルズはこういう社会工学の仕事に向いているかもしれない。〝マインドメルド〟は本名はジャレドだと明かした。どうやら下心がありそうだ。

匂う。車のなかのすかしっ屁《ぺ》みたいに。

マイルズは柔らかな青白い光を放つモニターから目を離した。ふたたびこの地下のねぐらにこもっていると、妙に気がふさいだ。マクラウド兄弟にケツを蹴飛ばされて、マイルズはとうとうシアトルに部屋を借り、ひとり暮らしを始めた。ガレージの上の部屋にすぎないが、自立してよかったと思う。とはいえ、実家の地下室があいているのに、二カ月間だけエンディコット・フォールズに部屋を借りるのもばかばかしい。燃やすほど金があるわけではないのだから。

問題は、ここにいるとどこを見ても、長いあいだ惚れていた〝言わずもがなの誰かさん〟のことを思いだしてしまうことだ。この穴蔵で何年も、彼女のサックスのテープを聞いて過ごしてきた。写真をつなぎ合わせて作ったビデオを観て。いやらしい妄想にふけって。シンディが神の啓示を受け、マイルズのことを、いつでも利用できる便利な脳みそ以上の存在として接してくれることを夢見て。マイルズはシンディがほかの男と遊びまわっているあいだに、宿題をすませておいてくれる外付けハードディスクのような存在だった。シンディが遊んでいることはこの目で見るまでもなかった。マイルズが追いかけたところで、シンディの前にはほかの男たちが列をなしているに決まっている。マイルズの道は炎でさえぎられていた。

画面が点滅した。先ほどの発言に誰かが返事をしている。マイルズはさっとパソコンの前に戻り、がたがたする回転椅子に座った。よし。マインドメルドだ。

キケンな魔女はまだいるかな
マイルズはキーボードを叩きはじめた。いるわよ
例の抽象画は気に入ってもらえた?

ジャレドがミーナに送ってきた抽象画は、聴覚フィルターを用いて周波数の振幅特性を現わしたものだった。マイルズはそれが愛情表現か、あるいは何かのテストだと直感した。どちらなのか暴いてやる。ノートをつかみ、返信を始めた。ええ、気に入ったけれど、聴覚フィルターに問題があって。周波数を人間の耳では聞こえない範囲までさげなければ、ノッチ雑音マスキングデータに適合させられなかったの。フィルターの領域を変えて試す時間はなくて――

マイルズの両手がカタカタとキーボードを鳴らす。もしジャレドが単なるオタクで、セックスや自己確認を求めているだけなら、知識をひけらかすような女には恐れをなして逃げだすだろう。それなら、もうジャレドに時間を割かずにすむ。しかし、もしジャレドが殺人鬼なら、舌なめずりをして次の行動を起こしてくるはずだ。そうすれば、コナーに賃金を請求しはじめることができるだろう。まずは少しでも成果をあげたかった。

ばつの悪い話だが、マイルズはつねに、マクラウド家の男たちに自分を認めさせたいという気持ちをかかえていた。三人とも何をしてもうまくやってのける。そんな男たちとつるん

でいれば、劣等感を覚えずにいられない。それでも歯を食いしばって耐え、付き合いを続けてきたのは、一部では、マクラウド家の常識はずれの常識を学びたかったから。大部分は、三人が好きだからだ。

それでも。セスも含め、ひとりひとりがどんなことも解決するスーパーマンで、セックスの化身で、忍者を名乗れるほど喧嘩が強い。コナーの捜査に貢献できたら胸がすくだろう。マイルズの助力で殺人鬼を捕まえられれば痛快だ。きっと大きな自信になる。

「マイルズ」

背後から聞こえた小さな声に、マイルズは椅子から十センチも飛びあがった。胸を高鳴らせて振り返った。一瞬のうちに殺人鬼も、ジャレドも、ミーナも、マクラウド兄弟も頭のなかから完全に消え去った。

「ったく」マイルズは大きく息をついた。「シンディ。ここで何をしているんだい?」

シンディはぎこちない笑みを浮かべて立っていた。階上のキッチンから漏れる明かりを背に受け、顔はパソコンの画面の青白い光に照らされている。レースアップの赤い服は、ブラジャーの必要などないということをひけらかしている。

「ここにいるっておばさんから聞いたの」シンディは言った。「それにエリンからは、車の爆弾のこととか、警察のこととか、ショーンのこととか全部聞いた。大騒ぎだったのね」

「まあね」声がしゃがれていた。マイルズは咳払いをした。「あー、うん、緊迫した雰囲気だった」

シンディは顔をしかめた。「マクラウド家の人たちは、ごく単純なことでも、生死をかけたドラマに変えちゃうんだから」

マイルズはどっちつかずの曖昧《あいまい》な返事をした。

シンディは引き締まった尻を作業机のはしにちょこんと乗せた。色あせたジーンズから、日に焼けてなめらかな腹がのぞいている。へそにはシルバーのボディピアスが光る。シンディがうしろに振り返れば、ウエストのすぐ上には、ケルトの飾り細工の模様を彫ったタトゥが見えるはずだ。ちょうどお尻の割れ目を指すような形だった。そんなことをせずともそこには充分注目が集まるというのに。マイルズは座ったまま身じろぎした。足を組み、不可避の反応を隠した。

「眼鏡をかけてないのね」シンディがマイルズの顔をつくづくと見て言った。「コンタクトにしたの？」

「いや、何カ月か前にレーザー手術を受けた」

「えっ。びっくり」シンディは途方に暮れたように両手を組み、指をねじった。雰囲気が違う。顔にはそばかすが見え、髪はポニーテールにまとめてある。目もとが疲れている。どうせ遊びすぎだろう。化粧はしていない。ごてごてと塗りたくるよりも、素顔のほうが十倍もかわいかった。

「それで？」シンディは両手をあげて、明るく言った。「どうしてた？　ここで何をしてるの？　この街には飽きたんだとばかり思ってた」

「きみはなんでも知ってるものだと思ってたけどね」

「やだな、マイルズ」シンディはかぼそい声で言った。「そんな言い方しないで」

マイルズは肩をすくめ、しぶしぶ話しはじめた。「芸術センターの近くで、空手のクラスを教えることになったんだよ」

「わあ！」シンディは目を丸くした。「かっこいい！」

「ライブの音響も引き受けているし。〈ロック・ボトム〉で今夜、〈ハウリング・ファーボールズ〉のPAをやる」つっけんどんな口調のまま話した。

「ほんと？〈ハウリング・ファーボールズ〉の連中なら知ってる。行こうかな。あ、そうそう、〈ルーマーズ〉も来週ライブがあるんだけど、いまの音響の男がひどいのよ。できればマイルズに――」

「断る」マイルズはそっけなく言った。「〈ルーマーズ〉の音響はもうやりたくない」

シンディがサックスで参加しているバンド、〈悪い噂《ヴィシャス・ルーマーズ》〉の音響をマイルズは何年も無料で引き受けてきた。シンディを見ていたくて。シンディのそばにいたくて。とんだマヌケだ。

シンディはおなかをかばうように腕を組んだ。緊張したときの癖だ。「そっか。えっと……それじゃ、わたし、今夜は〈ファーボールズ〉のライブを見に行かないほうがいいかもしれないね」

シンディはマイルズが頼むから来てくれと言うのを待っている。マイルズは人形のように座ったまま、シンディを待たせた。待つのがどんな気分かわからせた。マイルズは何年もシンディに待たされたのだ。

「オーケー」シンディは言った。「わたしにも想像力はある。でも、何年も友だちだったよしみで、世間話をするふりくらいできるんじゃないかな。ほら、こんなふうに。やあ、シンディ、久しぶり。最近どうしてた？　久しぶりね、マイルズ。こっちはまったく変わんなくていやんなっちゃう。音楽のワークショップで慌《あわただ》しくって。それに、〈コーヒー・シャック〉でバイトを始めたの。だから、アイス・メキシカン・モカを飲みたくなったら、いつでもよって。トッピングのアイスクリームをひとつおまけしてあげる。うん、行くよ、シンディ。おまけを期待してるよ。ええ、マイルズ、待ってるわ。〈ルーマーズ〉の話ならいくらでもある。ライブをしたり、結婚式で演奏したり。そうそう、九月に家を出ることにしたのよ」

「へえ？」マイルズは沈黙の誓いを破った。「そのラッキーな男は誰だい？」

シンディは舌で上唇を舐めた。このしぐさを見るたび、マイルズは欲望でおかしくなりかける。「えっと……そんな男はいない。いま、決まった人はいないの」

「そりゃ緊急事態だ」苦々しくつぶやいた。

「シェアハウスよ。メリッサとトリッシュと一緒に住むの。グリーンウッドで」

「それで、ママはローンのほかにシンディの家賃まで払うことになるのかい？」

シンディは悲しそうな顔をした。「誰にも家賃を払ってもらったりしないわよ。なんのためにあくせく働いてると思ってるの。やめてよ、マイルズ」

「マセラッティとコカインを山ほど持った男を引っかけて、そいつの愛人にでもなったのかと思ったんだよ」マイルズは言った。

シンディの頬がみるみる染まっていく。「ひどい」小さな声でつぶやく。「いまのはずいぶん冷たいし、汚らわしい」

　これがマイルズ・ダヴェンポートだ。氷山のように冷たい。ひりたての犬のクソみたいに汚らわしい。マイルズはシンディをねめつけ、暴言を取り消さなかった。

「エリンの結婚式でのこと、まだ怒ってるの？」シンディの声はこわばっている。「一年も前のことよ！　そろそろ許してくれてもいいでしょ！」

「怒ってない」マイルズは嘘をついた。「それほど興味がなくなったってだけだよ。それに、悪いんだけど、いまはただネットで遊んでるんじゃなくて、仕事をしているから」

　シンディは怒りの涙を手の甲でぬぐい、きびすを返した。「あっそ」つぶやくように言う。「勝手にすれば。さよなら、マイルズ」

　泣かせたことでいたたまれなくなってしまった。「シンディ」マイルズは引き止めた。「待って」

　シンディは戸口で足を止めた。「何よ？」小さな涙声。

「何がほしいんだ？」マイルズはげんなりした思いで尋ねた。「試験勉強を手伝ってほしい？　引っ越しに男手が必要？　いったいなんの用だった？」

　シンディはくすんと鼻を鳴らした。「お願いごとがあって来たんじゃないわ。気の置けない付き合いが懐かしくなっただけ。一緒に『宇宙空母ギャラクティカ』でも観ようかと思って。また友だちに戻れない？」

　マイルズはごくりとつばを飲んだ。そりゃあ、自分を崇拝し、犬みたいによだれを垂らして、なんでも言うことを聞く奴隷のことは惜しいだろう。恋しくなったのもうなずける。マイルズのほうは、シンディが恋しかった。

それでも、もうシンディを崇拝するわけにはいかない。心が粉々に砕けてしまう。

「DVDのコピーを焼いてやるよ。一緒にドラマを観る暇はないんだ。ぼくにも生活がある」棚に手をかけた。「『宇宙空母ギャラクティカ』？『セレニティー』も観るかい？映画版なら持ってる」

シンディは顔をしかめた。「わたしが言いたいのはそういうことじゃない。はぐらかさないで」

マイルズは両手をあげた。「じゃあ、どうしたら役にたてるのかわからないね」涙でまつげをきらめかせたシンディは、たまらなくかわいかった。

シンディはパソコンの画面を見てまばたきした。「誰とチャットしてるの？」

「ああ、これ」マイルズは振り返り、顔を曇らせた。

忙しそうだから、また今度とジャレドが書いていた。

「しまった」マイルズはうめいた。「逃がした。ったくもう！」

「逃がしたって誰を？」シンディの潤んだ瞳は、好奇心で輝いている。

「仕事だよ。コナーから頼まれた。詳しいことはしゃべっちゃいけないんだ」

「いいじゃない」シンディは画面をのぞきこんだ。「並行圧縮ガンマチャープ・フィルターの増幅と不均衡を比較の対象にすれば……ええっ？　マイルズ、この工学博士とコナーになんの関係があるの？」

「何も。科学の得意な人間ばかり殺している殺人鬼がいるんだ」マイルズは事情を明かした。

「ぼくは被害者に似た境遇の架空の人格をいくつも作った。それで、ネットの世界で犯人を釣りあげようとしている」

「おっかない」シンディは目をすがめて画面の文字を読んだ。「キケンな魔女？　それって、女の子のふりをしてるってこと？　やだ、マイルズ。変態っぽい」

マイルズの頬が火照った。「仕事のうちだよ。このジャレドって男はミーナに食いつきがいいんだ。次のアプローチがあるかと期待していたんだけど、逃した」

「ごめんなさい」シンディはマイルズを横目で見てから、画面に目を戻した。「プロフィール。ミーナ。どこから思いついたの？」

「ドラキュラの小説から。ぼくたちは吸血鬼狩りをしている。テレビドラマのセクシーな女の子のヴァンパイアとは違う。血を吸いつくして、死体を蹴り捨てるようなやつだ」

シンディは身震いした。「不気味。なんだか陰湿ね」

「連続殺人犯を追うんだから、それで当たり前」マイルズは言い放った。「不気味なのがいやなら、ぼくのダンジョンから出ていけばいいだろ」

シンディは身をかがめ、身体的特徴の項目を読みはじめた。「身長百六十三センチ」声を小さくして読みあげる。「目は茶色、髪は長くて、黒。バストサイズ？」マイルズは適当にBカップと記した。そして、その他の項目にはこう打った。おへそにピアス。

「ふうん」シンディがつぶやく。「これって、その……基本的に、あなたはわたしだって、その男に言ってるの？」

マイルズは勢いよく椅子を引いた。背がうしろの机に大きな音をたててぶつかった。シンディは目を見開いて、飛びのいた。

「そこが、むかつくところだよ、シンディ」マイルズは低い声で言った。「きみは何もかも自分に結びつけて考える。だが、そうじゃない。いいね？　そのタトゥ入りのケツをどかして、ぼくの前から消えてくれ」

シンディは悲鳴のような声をあげ、駆けだしていった。

マイルズはキーボードの上に頭を落とし、思いつく限りの罵詈雑言《ばりぞうごん》を吐いた。

下半身をなだめる役にはたたなかった。


「名前を変える？　逃げる？　血迷ったことを言わないでちょうだい！　もう降参したの？　プライドはどこに行ったのかしら？　誇りは？」

甲高い母親の声がリヴの頭に響いた。アメリア・エンディコットに論理を説くのは最高の状況でも難しいし、いまは最高とはほど遠い。「プライドの問題ではないの」リヴは言った。「わたしはただ――」

「エンディコット家の人間はこそこそと逃げ隠れしません！　誇りを持ちなさい！　家族の犠牲によって、大きな恩恵を受けていることに感謝すべきです！　図書館の前のオーガスタス・エンディコット像の前に行って、偉大な先祖のおかげでどれだけの幸運を授かったか、あらためて思い起こしていらっしゃい！」

それで、T－レックスにおあつらえ向きのチャンスを与えるのね。あそこなら、狙撃用ライフルで頭を打ち抜くのは簡単だ。リヴは充血した目を閉じて、母の怒りの表情をさえぎった。いまは何よりも逃げだしたかった。静かで、心休まる場所に隠れたかった。

「エンディコット家の人間だという誇りはあるわ、お母さん」リヴはうんざりとして言った。「でもいまはおかしな男がわたしを殺そうとしている。わたしは死にたくない。それだけよ」

「芝居がかったまねはやめなさい」アメリア・エンディコットはぴしゃりと言った。「あたくしが娘の身を案じていないとでも言いたいの？　あなたが生まれたときからずっと、正しい判断をくだせるよう手を貸そうとしてきたのに、一度でも聞き入れたことがあって？」

リヴは大きく息を吐き、ゆっくりと吸いこんだ。「今回はわたしのせいじゃないわ」小石のように、言葉がぽろりと唇から落ちてしまった。

「『わたしのせいじゃない』などと言ってもしかたがないでしょう。自分の姿をごらんなさい！」母は手振りで食堂の壁の鏡を示した。

リヴはそちらを見て、そのとたんに見たことを後悔した。髪はぐしゃぐしゃで、目のまわりはくぼみ、唇は真っ青、そして顔じゅうがすすだらけ。ディケンズの小説に出てくる煙突掃除人みたいだ。もはや手に負えくなっている乳房はべつとして。これもまた、アメリア・エンディコットが娘に腹をたてていることのひとつ。この何年も、はしたなくはずむ乳房を整形手術で小さくしろと娘を説得しようとしている。そんな痛そうなことは、もちろん却下だ。

父が気まずそうな視線をよこした。「もう部屋にさがって休んだほうがいいかもしれないね」あやすように、小さな声で言う。「今日はたいへんな一日だった」

「娘にとって最良のことを望んでいるだけ」アメリアはいまにも泣きそうだ。「昔から、あたくしの願いはそれだけ」

「わかってるわ」リヴは、母と口論になるたびタンク車のように押しよせる疲労感に負けまいとして、言った。「警察の女性の話では、危険な相手に狙われている場合、名前を変えて、人生を一から始めることも可能――」

「不可能です」アメリアはきっぱりと言った。「うちの子には不可能よ。政界やビジネス界で著名な方やその家族は、厳重な警備のなかで生活をしているものです。自分の立場を心得て、それにふさわしい生活を送っているのよ！」

リヴはため息をついた。「でも、わたしは――」

「あなたのお父さまとあたくしは、二十四時間態勢の護衛を雇って、あなたがエンディコット家の人間としてまともな生活を送ることを強く願っています！」

リヴはふたたび試みた。「でも、わたしは――」

「弱気な言葉は聞きたくありません」母親はリヴを牽制《けんせい》した。「言うまでもなく、書店を開くなどというお遊びはもうやめなくてはね。人目にさらされるも同然なのだから。図書館の仕事も同じ。そもそもどうしてああいう埃だらけでかび臭い仕事をしたいのかが理解できないわ。とはいえ、それももう過去のこと。未来に目を向けましょう！」

「でも、わたしはほかの仕事には就けないわ」リヴは食いさがった。「文学と図書館学の教育しか受けていないし、その関連の仕事ばかりしてきたんだから」

「学生時代からずっとあたくしが勧めてきた仕事をすればよろしい」母は勝ち誇ったように宣言した。「エンディコット建設会社の広報部に入りなさい！　勤務地は好きな場所を選べるわよ。シアトル、オリンピア、サンフランシスコ、ポートランド、スポーカン。勤務地といっても、最近は名目上のものにすぎませんからね。いまのビデオ会議の技術があれば、自宅にいながら働くこともできるわ。あなたの創意と想像力はたいしたものよ、リヴ。司書や店員では才能の無駄。こうなって、かえってよかったのかもしれないわね」

リヴは歯ぎしりした。「広報なんて、わたしにはとても――」

「くだらないことを言ってはいけません。あなたには才能があるのよ。それに、何よりすばらしいのは、どこで働こうとも、エンディコット建設会社の警備に守られること！　あたくしたちがどれだけ安心できるか想像してごらんなさい！　銀行の金庫に預けるよりも安全な環境で、あなたが毎日無事に過ごせると把握していられるのですから！」

リヴは鼻白んだ。「エンディコット建設会社で働いたら、おかしくなってしまうわ」

「自分を疑うのはやめなさい！　あたくしたちは信じていますよ！　誰を信じているかって？　このアメリア・エンディコットが大昔から信じて疑わないのは、娘の本来の姿。当の本人に、その姿を理解させることはどうしてもできないけれども。ともかく、あなたがどの土地を選ぼうとも、あたくしたちが警備の厳重なコンドミニアムを見つけてあげますからね」たたみかけるように言う。「ハイキングやジョギングは諦《あきら》めなければならないけれど、エクササイズは室内でもできるでしょう。食料や日用品は配達させれば……」

母のおしゃべりは耳を素通りして、遠くでかすむ雑音のようにしか聞こえなくなった。ガラスの鐘の下にひとりで立っているようなものだ。リヴは、母がシアトルの別邸に飾っているアンティークの人形のコレクションのことを考えた。人形たちはそれぞれきちんと立たされ、陶磁器に色をつけた顔に完璧な笑みを浮かべている。愛らしく、自らの運命に甘んじ、人を喜ばせるという存在意義にけっして不満を述べない人形。

何度となく母親を落胆させるのは辛いものだ。これほど強い流れに延々と逆らいつづけることにも疲れている。でも、今回、押し流されれば、行き着く先は死の滝だ。

リヴはこの先の人生を想像した。ハイキングにふらりと出かけて、山をながめることもできない。霧の漂う海岸で散歩して、波がカモメの足跡をさらうようすを見つめることもできない。マツ林のなかに建つリヴのあばら屋で、夜ごとアームチェアに身を落ち着け、大好きなファンタジーやSFやロマンスの小説を読むこともできない。カタログと首っ引きで、どの本を仕入れようかと悩むこともない。数々の箱を開いて、真新しい本を取りだし、手の切れるようなページをめくって、あとでどれを読もうかと選ぶこともない。〝お話の時間〟に、目をきらめかせた子どもたちを相手に、本を読み聞かせてあげることもない。

何もない。無菌室のようなコンドミニアムに閉じこめられ、モルモットみたいに生きる。地下のトレーニングルームで、ベルトの上を走る。ストッキングとハイヒールとかっちりしたスーツに体を押しこむ。運転手付きの車で職場と家を往復するだけの退屈な生活。銀行の金庫とはよく言ったものだ。リヴは震えあがった。

「……せめて人の話は集中して聞きなさい、リヴ!　あたくしの言うことが聞こえていないの?」

「ごめんなさい」リヴはつぶやいた。「ちょっとぼうっとしていたみたい」

「よくお聞きなさい」母はぴしりと言った。「お父さまとあたくしは、あなたとブレアの婚約発表をすることに決めました」

ぼうっとしている場合ではなくなった。リヴはまじまじと両親を見つめた。「婚約？　なんの話をしているの？」

「ぼくも急ぎたくはないんだ、リヴ」ブレアが生真面目な口調で言った。「きみがまだ迷っていて、先延ばしにしたいと思っていることはわかっているし、ぼくもその気持ちは尊重したい。婚約といっても、対外的な効果を狙ったものだよ」ブレアはリヴの手を取り、騎士を気取って手の甲にキスをした。「いまのところは」すまして言い足す。

「例のマクラウドの狙いがわかったのですから、早く手を打たないと」母が言った。「細かいところはあとで決めればいいわ」

リヴは目をぱちくりさせた。「狙い？　ショーンが今回のこととなんの関係があるの？」

ブレアと母は目を見交わした。「あなたにはまったく思いつきもしなかったということかしら？」母は哀れむように言った。「あたくしたちは、ストーカーの正体をとうに見極めましたよ。リヴ、目を覚ましなさい」

リヴは驚きのあまり大声で笑いだし、とたんに喉をつまらせて咳きこんだ。「ショーンがストーカーだと思っているの？」ようやく息をついて言った。「ばかばかしいにもほどがあるわ！」

ブレアの顔がこわばり、人を見くだすような偉ぶった表情が浮かぶ。ブレアの婚約者になるという楽な道に転げ落ちかけるたび、リヴをかならず思いとどまらせるのはこの表情だ。

「前例がある」ブレアは硬い声で言った。「あいつの父親は重度の精神病だった。双子の弟は自殺している。本人も情緒不安定だ。爆発物を取り扱う訓練を受けている。軍務の経験もある。おれはあいつと同じ学校に通っていたんだ、リヴ。どんなことをしでかすのかよく知っている。あいつは六年生のとき、職員用のトイレに爆弾を仕掛けた。更生はまったく望めなかったね。喧嘩ばかりして、生意気な口ばかりきいて。教師たちもさじを投げていた」

「あの、ブレア？　些細《ささい》なことでしょう。十二歳だったのよ」代償は大きいとわかっていながらも、皮肉な調子を声から消すことができなかった。

すぐさま、母親がわざとらしく悲嘆の声をあげた。「また始まったわ。いつまでもあの男を弁護して。昔とまったく同じ。あなたには学習能力というものがないのよ」

「現実を見ましょうよ」リヴは全員の注意をうながして、ひとりひとりの顔を見ていった。「ショーン・マクラウドは今日、わたしの命を救ってくれた。あなたの命もね、ブレア」

父親が身をかがめ、苦しそうにうめいて、自分の胸もとをつかんだ。アメリアがただちに夫のかたわらに飛んでいき、いかにも心配そうに声をかける。

このわざとらしいお芝居は以前にも見せられたことがあったので、リヴは取り合わず、ブレアに向き直った。「ショーンがあんなことをわたしにするとは絶対に信じられないわ」

「そうだろうとも」ブレアは言った。「きみは人のいい面しか見ない。日常の生活においては、大いにけっこうだ。しかし、この件は日常とは言えない。ショーン・マクラウドは異常だ。あいつの家族は異常だ。きみに起こったことは異常だ。これだけ常軌を逸したことが重なれば、答えはおのずと見えてくるんじゃないのか？」

いいえ。まるっきり。リヴは首を振った。「あなたの理屈には納得できないわ、ブレア。どうしてショーンはわたしたちが車に乗るのを止めたの？」

「きみに強い印象を残すためだよ。きみを助けるという手柄をたてたかったからだ。感謝されたいというわけだ。何もかも、きみを弱い立場に追いこむために企んだことだ。わからないのか？　どこからどう見ても明白じゃないか」

ブレアがこういう顔つきをしているときには、何を言っても無駄だ。ショーンがリヴに印象を残したいのなら、何も爆弾を仕掛ける必要はない。手招きして、ほほ笑むだけでこと足りる。

そんな必要すらないだろう。ショーンにはカリスマ的な存在感がある。女たちがハエみたいに落ちていくさまを見るがいい。リヴ自身がその筆頭だ。

Tーレックスの正体が誰であれ、そいつの心のなかには死んで腐ったようなところがある。最近、リヴは放火や暗殺、シリアルキラーについての短期講座を受けて、そうした人間がたいていは孤独で、社会的な落伍者だということを学んだばかりだ。人付き合いの能力も、女性と関係を持つ器量もない男たちだ。

ショーン・マクラウドは女性と関係を持つのになんの問題もかかえていない。むしろ、群がる女たちを追い払わなければ、息もつけないほどだろう。人付き合いのほうも同じだ。あの男は電話越しにもリヴをそそのかし、何度も絶頂を迎えさせることができるのだから。確かに変わった人だけど、心が腐って死んでいるようなところはない。

とはいえ、いま、目の前に並んでいる面々にこうした考えを話しても、賛同を得られることはないだろう。リヴは話を変えた。「ケヴィン・マクラウドが自殺したって、どうして誰も教えてくれなかったの？」

両親とブレアはばつが悪そうに顔を見合わせた。

「教えても意味がないと思ったから」母親が言った。

リヴは母をにらみつけた。「ケヴィンは友だちだったわ」声を抑えて言った。

「友だちだなんて、言うにこと欠いて」アメリアは苦りきった顔で言った。「ケヴィンは精神を病んでいて、人に危害を加える可能性があったのかもしれないのですよ。手遅れになるまで助けを得られなかったことは悲劇ね。家族は気の毒に思うけれども、あたくしがケヴィンよりも娘のことをまず第一に案じるのは当然でしょう。きっぱりと縁を切らせたかったから、不運なマクラウド家の息子たちに起こった悲惨なできごとを教えても、あなたのためにならないし、混乱させるだけだと思ったのよ」

リヴは両手の指をねじり合わせた。灰で白っぽく汚れた手は冷たく、じとっと湿っていた。目に涙がにじむ。母が正しいのかもしれないけれども、そう認めるのは難しかった。

最後に会ったとき、ケヴィン・マクラウドは汗びっしょりで、血走った目をして、自分を殺そうとしている人間がいると訴えていた。当時、ケヴィンが精神を病んでいるなどとは思いもよらなかった。あのときは心底怖かった。ケヴィンは例の暗号のメモを書きなぐり、スケッチブックをリヴに押しつけ、それをショーンに渡して逃げなければ、リヴも殺されると言った。

結局のところ、リヴは逃げた。ケヴィンの言葉には信憑《しんぴょう》性があった。

かわいそうなケヴィン。あんなにいい人だったのに。そのうえおもしろくて、頭がよかった。ショーンは双子の弟の才能と知性をたいそう自慢にしていた。

そう思い起こすと、リヴの胸は痛んだ。そして、胸が痛むといえば、同じ日に、牢屋に入れられたショーンと交わした身の毛もよだつような五分間の会話のことだ。あの五分が、リヴの無垢《むく》な少女時代に幕を引き、人生をまっぷたつに切り裂いた。

リヴはうつむいて両手を見つめた。煙のせいで、ひどい臭いをしていることに気づいた。震える膝を押して、立ちあがった。「シャワーを浴びるわ」

「そうなさい」アメリアが言った。「あなたはただ心を落ち着けていればいいのよ。あたくしたちがすべて面倒を見てあげますからね。パメラにサンドウィッチでも届けさせましょうか？」

食べ物のことを考えただけで、胃がよじれた。

「何もいらないわ」リヴは言った。「ありがとう。おやすみなさい」

重い体を引きずるようにして階段をのぼり、寝室に向かった。ふらつくほど疲れているのに、心はどこかそわそわと興奮している。

ショーンが色目を使ってきたから？　やめて。あの人は視界に入った女全員に色目を使うのよ。ショーンは根っからそういう人間だ。リヴに好意があるわけではない。

そうだとしても、ショーンのことを考えていたほうがずっと気が楽だった。家族が用意しようとしているタール坑《こう》みたいな生活のことや、書店が瓦礫《がれき》と化したことを考えるよりも。あるいは、T－レックスがこの暗闇のどこかでリヴに思いをよせていると考えるよりも。

リヴは身震いした。T－レックスの邪念は汚水の湖のように、リヴの意識を浸そうとしている。唯一、それに対抗できるのは、ショーン・マクラウドもリヴに思いをよせていると想像することだった。

これで五分五分。これでようやく息をつくことができる。もちろん、ごまかしの心理だ。ショーンがリヴを気にかけていないことはわかっている。でも、だから何？　ごまかしでも役にたつなら、利用するまでだ。

暗い部屋でスーツケースにつまずき、転びかけたものの、電気を点けることはためらった。悪意のある人間がおもてに潜んでいるかもしれないのに、この部屋に人がいることを知らせるのは気が進まない。ベッドがある続き部屋のほうの明かりを点け、ドアを数センチ開けておくことにした。細い線のような明かりだけでも充分だ。

ベッドに浅く腰をかけ、体をふたつに折って、野暮ったいパジャマがわりのズボンに顔をつけた。なんとも情けなく、お粗末だけど、リヴはいまだにこの強迫観念から抜けだせていないようだ。精神分析医に何千ドルも費やして、なんとしても家族に反旗を翻《ひるがえ》さなければならないという結論を出したのは、とうの昔のことだ。それがどうだろう。この年になってまだ反抗を続けなければならないとは。

こういうごたごたから気をそらすには、頭のなかで夢の男にお出まし願うのが一番だ。あの思わず目を見張るような体、温かい唇、器用な指先を夢想するのに勝ることはない。過去も、プライドも、忌々《いまいま》しい家名も忘れられる。

皮肉なものだ。ふたりの関係は一カ月と続かなかった。セックスすらしていない。ショーンは電話越しにリヴの体を汗ばむほど火照らせただけだ。ショーンはふたりが最終的に何をするのか話した。両手で、舌で、何をするのか。あの男らしい体で何をするのか。リヴはベッドにいて、頬を真っ赤に染め、胸を焦がす思いで言葉を失っていた。ショーンは電話ボックスにいて、硬貨を次々に投じながら、あの声でリヴを撫でまわし、まさぐった。言葉でリヴを苛《さいな》んだ。

のちに性的経験を積むと、ショーンの約束がいかに途方もないかがわかった。結局ふたりは何もせず、リヴは現実に幻滅することになった。

あの夏、リヴは十八を迎えるところだった。私立のエリート校を次々に渡り歩かせられたせいで、この街に同年代の友だちはひとりもいなかった。内気で、自分の殻に閉じこもりがちだった。幼いころから変わらずに続けられたのは読書だけだ。本がリヴの避難所だった――ショーンに出会うまでは。

始まりは夏期講習だった。リヴは高校三年の化学の授業でCプラスの評価を受け、全体として平均以上だった成績に汚点をつけた。母は学校を脅し、リヴが夏期講習を受ければ、成績に加味するという約束を取りつけた。

すでに希望の大学には入学を許可されていたし、化学には深い興味もなかったから、時間の無駄だ。でも、母にとってはそうではなかった。Cプラスという成績は道徳的には落第と同義で、健全なしつけによって矯正されなければならないものだった。

母は、シェーファー講堂にどんな種類のトラブルが迷いこんでくるのか、想像もしていなかった。健全なしつけもかたなしだ。

講堂はほとんどがらがらだった。生徒の大半はエンディコット・フォールズに泳ぎに行ってしまったようだ。しかし、リヴは講習に出席して、従順にノートを取っていた。授業は驚くほどおもしろかった。講師の大学院生のおかげだ。ケヴィン・マクラウドというのが講師の名前だ。背が高く、痩せ型で、つんつんに跳ねたブロンドの髪が印象的な男だった。化学のことを話すときは、目が緑色の閃光のように輝いた。その熱意がリヴにも伝染した。

しばらくして、講堂のドアが軋みながら開いた。リヴはそちらに目を向け、そのとたん、カーボン構造のことは頭から消えた。真面目に取っていたノートもそこで終わった。

戸口の男は、人里に現われた野生の豹《ひょう》みたいに場違いだった。豊かなブロンドの髪。袖なしのデニムのワークシャツからのぞくたくましい腕と広い肩。講師の双子の兄弟だということはあとから知った。講師は言った。「おれの授業に遅れてくるなよ、この悪ガキ」

驚きの声や忍び笑いが講堂に広がった。豹みたいな闖入《ちんにゅう》者はひるまなかった。「堅苦しいこと言うなよ、このオタク」

講師は顔をしかめて、授業に戻った。豹男は振り返って、講堂を見渡した。リヴと目が合った。

リヴはうつむいた。顔は真っ赤で、心臓はドキドキしている。男は講堂のうしろのほうに歩いてきた。リヴと同じ列に入り、席のあいだを縫って近づいてくる。リヴは髪で顔を隠した。ほとんどが空席なのに、男はリヴの隣に座ろうとしていた。リヴはパラレルワールドに入りこんでいた。世界が引っくり返る。時間が逆行する。豚が空を飛ぶ。

「ここ、あいてる？」男の声は低く、なめらかだった。

ここのほかに九十も空席があるでしょ。こう答えていれば、十五年もこの男に取りつかれ、後悔に苦しむことはなかっただろう。でも、リヴはそう答えなかった。

ぎこちなく首を縦に振った。自分の運命を決めてしまった。

男は猫みたいにしなやかな動きで椅子に腰をおろした。肩が広くて、ひとつの席に与えられた空間に収まりきらない。

むきだしの腕がリヴの腕にふれた。この人は……ものすごく刺激的だ。腕には筋肉が盛りあがり、日に焼けて白っぽくなった毛が光っている。腕がふれ合ったところは焼けつくように熱く、リヴはそこを意識せずにいられなかった。全身の神経がそこを中心につながっていた。

男はハーブのシャンプーの香りがした。ジーンズの腿《もも》に置かれた手は大きく、ごつごつしていて、切り傷とインクの染みがついている。

こういうことは生まれて初めてだった。リヴは髪が顔にかかるようにして、心を震わせながら、顔を向けずに横目で見られるだけのものをじっくりと見つめた。穴の開いたジーンズ、つま先を銀色のダクトテープで修理してあるブーツ。授業が終わった。講堂は生徒たちが椅子を引いたり、しゃべったりするざわめきに包まれた。こんなにすてきな人がリヴを選ぶはずがない。何か落とし穴があるはずだ。リヴはそう思うことにした。

そのとき、男がリヴの髪を払って、顔をのぞきこんだ。

リヴは犬にしか聞こえないような甲高い声をたてた。髪の一本一本が、神経の通った感覚器官に変身したかのようだ。熱いさざめきと冷たいさざめきが、先を争うように全身の肌に広がっていく。

男は好奇の目でリヴの顔を見つめる。リヴは身動きもできず、惚けたように口を開けていた。体が震える。数秒が過ぎた。

「きれいだ」男はささやいた。

それだけで、リヴは落ちた。この男のものになった。心も魂もとらわれた。

リヴは涙をぬぐって、ベッドから立ちあがった。灰だらけの汚い服をその場に脱ぎ捨て、スーツケースを開き、汚れないように指先でつまんでクリーム色のシルクのローブを取りだした。言うまでもなく、ショーンのTシャツにべったりとついた手形のことを思いだした。

どうしようもない。いつものことだ。どんなこともショーンにつながってしまう。際限なくくり返されるこの連鎖反応から抜けられない。再会したせいで、あの夏、ショーンによって引き起こされた思いが鮮やかによみがえった。自信があふれ、絆《きずな》を感じ、天の恵みを強く意識した。望んで叶わないことは何もないと思った。ショーンの存在自体がその証拠だから。

なんてうぶだったのだろう。なんて愚かだったのだろう。

ショーンとの関係が終わったあと、唯一あのころに近い高揚感を得たのは、いよいよ書店を開こうと決意したときだ。最悪。それももう終わった。蜃気楼《しんきろう》のようなものだったのかもしれない。脳内麻薬が見せた幻覚。

リヴは青白くやつれた顔と魔女みたいにぼさぼさの髪を見つめた。今日、このとおりのひどい姿がショーンの目にも映ったわけだ。

でも、そんなこと……関係……ない。まるっきり。もう忘れたい。永遠に。熱いシャワーで洗い流してしまいたい。

そして、リヴはシャワーで身を清め、タオルで体を包んで、ドアを開け——悲鳴をあげかけたけれども、肺に息を吸いこむことができなかった。

ショーン・マクラウドがベッドに座っていた。

7

目の前でドアを叩きつけるように閉められて、ショーンは顔をしかめた。まずかったかな。しかし、いい面を見れば、リヴがシャワーを浴びていたことは幸い中の幸いで、そのおかげでリヴの持ち物にくまなく発信機をつけることができた。今夜のショーンはマクラウド流の哲学を信奉している。まずは発信機をつけ、あとで謝ること。どうつくろえば、リヴがバスルームから出てきたときにアドレナリンの大量噴出を防いでやれるか、ずっと考えていた。すっ裸だと指摘するなどもってのほかなのはわかっている。残念ながら、いい考えが浮かぶ前に時間切れとなった。脳の回路はショートしていた。

ふたたびドアが大きく開いて、リヴが勢いよく出てきた。もうタオル一枚の姿ではない。露出度の高いローブをしっかりと体に巻きつけている。そのため、硬くなった乳首の形がはっきりとわかった。ああ、リヴはきれいだ。つんとあごをあげるこの小生意気なしぐさが大好きだ。

「あなたのせいで心臓発作を起こしかけたわ」傲然《ごうぜん》と冷たく言い放つ。「気でもふれたの？　ここで何をしているの？　どうやって忍びこんだの？」

ショーンは鼻を鳴らした。「きみの母親がおれをすんなり通してくれるとでも？」

「質問に質問で答えないで。人をバカにしているし、不愉快だわ。何が目的なの、ショーン。わたしは悲鳴をあげて助けを求めるべき？」

「頼むからやめてくれ」ショーンは笑みを引っこめた。「きみの電話番号を知らなかった。もしきみの両親に見つかったら、鎖でぐるぐる巻きにされて湖に沈められるだろうから、忍びこむしかなかったんだよ。怖がらせて悪かった」

「どうやって入ったのよ？」ショーンの前をすり抜けるようにして横切り、スーツケースのなかを引っかきまわして、櫛《くし》を取りだした。「おもてには警官がいたはず。そこらじゅうに警報装置がつけてあると思う。そういうことを、あれこれしてもらっているんじゃなければ、自分の家に帰りたいくらいなのに」

ショーンは肩をすくめた。「警官には見つからなかった。生け垣に沿って移動して、屋根の高さまで成長しているカエデの木に登った。屋根裏の窓から入った。言っとくが、そこには警報はついていなかった。腹這《はらば》いで屋根裏を通って、落とし戸から洗濯室におりたあと……ここにいる。楽勝だ」

「大胆不敵ね」リヴは髪に力ずくで櫛をとおそうとした。

「きみが両親の庇護《ひご》のもとで、どれだけ安全に暮らせるのか確かめたかったんだよ」

ショーンはリヴを見つめていた。そのせいでリヴがそわそわしているのはわかったが、目を離せなかった。リヴはローブの前をさらにきつくかき合わせた。薄いシルクが、神々しいまでの体をいっそう引きたてていることに気づいていないようだ。リヴの白い喉がごくりと鳴った。

「それで？」リヴは先をうながした。「あなたのお見たては？　わたしは安全に暮らせるのかしら？」

「まるっきり」ショーンはにべもない口調で言った。「もしT－レックスにおれの十分の一でも行動力があれば、おれのかわりにいまここに座っていてもおかしくない。これは確実に言えることだ。誰かがきみの家族にそう教えてやらなきゃならない。その誰かは、おれじゃないほうがいいだろうな」

「ええ。みんな、先入観を持っているから」リヴは素直に認めた。「でも、車に乗るのをあなたに止めてもらわなければ、わたしはもう死んでいた」

「そのとおりだ」謙遜《けんそん》はしなかった。「あれで多少は点が稼げたかな？」

「誰から？」リヴの笑い声はうわずっていた。「うちの母？」

「きみの母親のことなんか、おれにはどうでもいい。おれが気にかけているのは、きみだけだ」

リヴは皮肉でショーンを退けた。「光栄だわ」続けて言う。「でも、点を稼ぐといっても、あなたの出発点はマイナスですからね」

ショーンは唇をゆがめ、温かみに欠ける笑みを浮かべた。「まだゼロにも満たないのか？」

リヴはまたもつれた髪をむりやり櫛でほぐそうとしている。「さあ。なぜあなたがここにいるのか、望みはなんなのか、どうしてこんな手間をかけるのか、さっぱりわからないもの。ゼロになったらどうするの？　白紙状態に戻すってこと？　過去に何もなかったみたいに？　悪いけど、そんなふりはできないわ」

ショーンはゆっくりと首を振った。「そんなふりをしてほしいんじゃない」

ふたりは見つめ合い、やがてリヴが視線を落とした。絡まった髪にふたたび櫛を入れようとする。指先が震えていた。

つまり、平常心ではないということだ。怒っているが、無関心ではない。ショーンの胸に一条の光が差しこんだ。心に火がついたようだ。ショーンはリヴから目を引き離した。ジーンズのポケットに入れたコンドームの束が腿に当たっている。Ｔ－レックス。ここにはT－レックスのことを話しに来たはずだ。

「それで、犯人の心当たりは？」ショーンは切りだした。「ストーカーってのはたいてい被害者の知り合いだ」

「ええ、それは知っているわ」リヴはかぼそい声で言った。「でも、見当もつかないの」

「嫉妬心の強い元恋人は？」

リヴは首を振った。「ひとりもいない」

「きみと付き合っていた男が嫉妬心を燃やさないとは思えないね、お姫さま」

この言葉は宙に漂った。リヴはあごをあげた。「なら、あなたも嫉妬しているのかしら、ショーン？」

ショーンは興奮の炎を腹に収めた。「それは、おれも元恋人だとみなしてもらえるってこと？　おれも数に入っている？　光栄だよ」

リヴの視線は突き刺すようだ。「はぐらかさないで」

ショーンは大きく息を吸い、ふうっと吐きだした。「きみの書店を燃やし、車に爆弾を仕掛けたのがおれかどうか、遠まわしに訊いているのか？　ぼんくらどもが、きみにそう吹きこんだ？」

リヴは口を開いたものの、言葉は出てこなかった。

「疑いがあるなら、おれの兄貴たちが証人になる」ショーンは言った。「だが、たとえ気がおかしくなるほど嫉妬していたとしても、おれはきみに危害を加えないよ、リヴ。きみだけじゃなく、罪もない人間を襲うことはない。絶対に。そこははっきりさせたい」

リヴはショーンの目を見つめ、うなずいた。「はっきりした」

「おれを信じる？」ショーンには自信がなかった。

「信じる」

ショーンはようやく心のなかで何かがほぐれたとでもいうように、ぎこちなく息を吐いた。

「それでも、どうして爆弾のことがわかったのかは知りたいわ」リヴは言った。

ショーンはうつむき、毛足の長いピンク色の絨毯《じゅうたん》を見つめた。「きっと変だと思うよ」

「話してみて」

雲をつかむような話をどう説明すればうまく伝わるのか、しばらく頭をひねった。「そういう……予感がしたんだ。戦闘態勢に入っていると、警戒信号が働く。首筋が総毛だって、タマがむずむずする。そういうときは、何も考えず、本能に従うように訓練を受けている。理性が入りこむ隙を持たせたら、うまくいかない」

リヴは薄い眉をよせた。「それって、直感みたいなもの？」

「そうとも言える」ショーンは答えた。「親父に育てられたから、身についたものかもしれないな。親父の心の病のことは知ってるだろ？」

「ええ、わたしが聞いた話では――」

「タガがはずれてるって？ そのとおりだ。親父の目から見たこの世界は、危険に満ちていた。どこだろうと、地雷原の可能性がある。ペンも、釘の入れ物も、牛乳のパックも、どんなものも、偽装された爆弾かもしれない。そういう男と暮らすのは、精神的に疲れるものだよ」

「それは、その――」リヴは口ごもった。「そういう生活をしていたら、物の見方が――」

「そう、物の見方はゆがむ」ショーンは言葉を引き取り、こともなげに言った。「兄貴たちもおれも、ほかに基準となるような生活を知らなかった。親父の〝敵〟はどんな木の陰にも潜んでいた」一瞬黙りこんで、考えた。「だが、いま振り返ってみると、そんなに現実とかけ離れていなかったのかもしれないな。T－レックスのことを考えてみろ。何があるかわかったものか」

リヴは動揺していた。「疑うようなことを言ってごめんなさい」

「きみに罪悪感を持たせたくて話してるわけじゃない」ショーンはいらいらと言った。「一連の根拠を示そうとしているだけだ。手紙もその一部だ。T－レックスはきみを情熱の炎で焼きたいと書いていただろ？ 〝爆発〟という言葉も使った。そう聞いて、おれはケヴィンのトラックが爆発したことを連想して、それでさらにゆうべの夢を思いだしたんだ。ケヴィンが出てきて、きみの車のことを心配していた」

リヴは奇妙にも嬉しそうな顔をした。「わたしの車を？ ケヴィンが？ 本当？」

「ああ。それで、きみとマッデンが車のほうに歩いて行ったときに、すべてがひとつにつながったんだ。手紙、爆発、夢」両手をあげた。「というわけで、おれの複雑怪奇な精神構造はさらけだした」

考えこむようなまなざしを据えられて、ショーンは落ち着きを失った。「これじゃあ、おれもおかしいと言われてもしょうがないよな？」

「あなたがおかしいなんて思っていないわ」リヴは言った。「仮におかしかったとしても、わたしにとっては幸運だったのよ。そうでなければ、わたしは粉々に吹き飛んでいたんですもの。だから、ありがとう」

「感謝なんかいらないよ。おれには選択の余地がなかった」

リヴは困惑したようだ。「どういう意味？」

ショーンは肩をすくめた。「言葉どおりの意味だよ。なんのほのめかしもない。気が進まなくても、するしかないことだったから、感謝は無用だ」

リヴは胸もとで腕を組んだ。その腕の下がどれほど柔らかく、瑞々《みずみず》しく、熱くて、女らしい甘い香りを放っているのか、ショーンはそのことを考えないように必死で気をそらさなければならなくなった。懸命に、思考をもとの話に戻した。

「T－レックスのEメールを見せてもらえないかな」

リヴは目をすがめた。「なぜ？」

一瞬、答えにつまったが、ありのままの理由を話して悪いわけがない。「興味があるから。きみに被害を受けさせたくないから。気になってしかたがなくて、いてもたってもいられないから」

「ええと、そうね、そういうことなら」リヴはつぶやいた。

スーツケースからノートパソコンを出し、座って、前かがみでキーボードを打ちはじめた。スクリーンの明かりがリヴの顔を照らす。もの柔らかで、愛らしい顔に、真剣そのものの表情が浮かんでいる。リヴはちらりと笑みを見せてから、開いたままのパソコンをショーンの膝に乗せた。「フォルダにまとめておいたの。九通あるわ」

日付はすべてこの三週間以内のものだ。ショーンはクリックして、古いほうから順に読んでいった。リヴが言ったとおりの内容だった。甘ったるい詩を気取った文体。鳥肌がたつような、狂信的な愛の告白。リヴの肉体的な魅力をことこまかに書き連ね、服装や日常生活にまで言及している。最後の三通では、性的なほのめかしが一通ごとにあからさまになっていた。読むあいだ、ショーンは歯を食いしばっていた。こいつは虫けら以下の変質者だ。

ショーンはうなずき、ノートパソコンを閉じて、リヴに返した。

「それで？　どう思う？」パソコンを片付けながら、リヴが尋ねた。

「手の込んだ作り物っていう印象だな」ショーンは答えた。「お手本にそって書いたような感じがする」

「放火と爆弾は作りごとじゃないわ」

「ああ、確かにそうだ」ショーンは言った。「見せてくれてありがとう」

「本当にちらっと見ただけね」リヴの声にはかすかになじるような響きがあった。「二分もかかっていないんじゃない？」

「見たものを写真みたいに記憶に焼きつけることができるんだ」ショーンは言った。「あとで記憶を引っぱりだして、ひと晩かけてじっくり読むこともできる」薄暗い部屋を見渡し、ナイトテーブルの上にあった化学の参考書に目を留めた。ぱらぱらとめくった。「これはまた、過去がよみがえったみたいだ。確かきみはこいつが大嫌いだったと思うけど」

「大嫌いだったわ。好きになれたのは、あなたの弟さんが説明してくれたときだけ」

ショーンはうなずいた。「うん、ケヴィンはこれをおもしろいものに変えることにかけては天才だった。何しろ、二年で学位を取ったんだ。夜に働かなくてもよかったら、もっと早く取れただろう。論文も書きはじめていて、あのころは――」ふいに言葉を切り、つばを飲んだ。「いや、すまない、忘れてくれ」

「あなたもとても頭がよかったわ」リヴはいたたまれない沈黙を破るために、口を開いた。「教科書すら必要なかった」

短く笑ったら、焼けるような喉の痛みが増した。「あんなものが八十ドルもしたんだぜ。図書館で一度読めばすむのに、わざわざ買わなくてもいいだろ？」

「授業中はノートも取っていなかったのに、どんなことも忘れなかった」リヴは言った。「わたし、それが羨ましくて仕方がなかったわ」

ショーンは参考書を閉じた。「おれたち兄弟は、一度聞いたことは忘れないよう親父に叩きこまれた。親父にとっては、メモを取るなんていうのは精神がたるんでいる証拠だった」

「ええっ？」リヴは小さく声をあげた。「それは厳しすぎるわ」

「厳しかったよ。うん、エイモン・マクラウドの人物像にふさわしい言葉だ。記憶術の極意は、情報が頭に入ってくるのと同時に、選り分けること。大事な情報だけを系統だててまとめる。そうじゃないものはがらくただ」ショーンはいったん間を置いた。「がらくたは捨てる。だが、大事なことははっきりと覚えている」

　ショーンの口調の変化を聞きつけ、リヴの目に警戒の表情が浮かぶ。「あらそう？　じゃあ、大事なことってどんなこと？」櫛を取って、またもや絡まった髪に突き刺そうとする。

　力ずくで髪をとかすのを見て、ショーンは身をすくめた。「頼むから、それはやめてくれ。櫛を貸してみな」リヴの手から櫛をもぎ取り、リヴが取り返そうとしても、手の届かないところに掲げた。

　リヴは飛びかかってきた。「ショーン、ふざけないで――」

「座って」ショーンは命じた。「ベッドに」取っ組み合いになったところでショーンが負けるはずもなく、すぐにリヴはベッドに座らされ、そのうしろに座ったショーンから腿で挟まれる格好になった。ショーンは髪をひと房取って、すきはじめた。「どこまで話したっけ？そうだ、記憶に値するほど大事なことは何か、忘れてもいいほどささいなことは何かって話だった」

　この体勢はなまなましかった。腿の内側が、シルクに包まれた腰に当たっている。ふれたところから、なめらかな感触と、体の熱が伝わってくる。ショーンの体はさざめくようだった。

「ショーン」リヴは小声で言った。「この座り方、落ち着かないわ」

「髪は落ち着く」ショーンはきっぱりと言った。「肩の力を抜いて、ほんの数分、おれにき

み の侍女のまねごとをさせてくれ。騒ぐようなことじゃない」

リヴは口をつぐんだ。ショーンは長い髪をひと房ゆっくりと持ちあげ、小さなもつれを丹念にといて、上から下までするりと櫛が通るようにした。手に持っていた髪を肩の前に広げ、べつのひと房を取りあげて、辛抱強く、丁寧に、時間はいくらでもあるとでもいうようにすいていった。できる限り長く時間をかけた。

「そう、それで、記憶に値するくらい大事なことは何？」リヴは気持ちを切り替えるように、歯切れのいい口調で話をもとに戻した。

ショーンはつややかに流れる髪をまた肩の前に広げて、手入れを待つべつの房を取った。

「きみだ」ショーンは言った。

たいへん。夜中にこっそりとふけってきた夢想が現実になったみたい。ショーンが寝室に現われ、リヴが大事だと言う。でも、この死ぬほど危険な甘言に引っかかるわけにはいかない。

「もうっ、やめて」声が震えていた。「離して。髪なんてもういいから」

リヴは立ちあがろうとしたけれど、腰を抱きとめられた。「おれは何もかも覚えている」ショーンが言う。「初めてきみを見た瞬間から。服装、髪型、シャンプーの香り。何もかも。立体的に、感覚的に、過去のものとは思えないほど鮮明に。振り払えないんだ」

リヴは身をよじり、ショーンを目でいさめた。「いいかげんにして、ショーン。魂胆はお見通しよ。その手には乗りませんからね」

「建設現場で初めてきみを見た日、きみは白いブラウスを着ていた」ショーンは穏やかに言った。「スカートは青。髪を腰のあたりまで長く伸ばしていた」

「建設現場?」リヴは眉をひそめた。「あなたと初めて会ったのはシェーファー講堂よ。ケヴィンの夏期講習で」

「おれはその前にきみを見ていた」ショーンは言った。濡れた髪にゆるゆると櫛を通す。その一回一回が、愛撫に等しかった。「現場の男どもはこぞって、社長のかわいいお嬢さんのことを噂したもんだよ。こっちの学校に戻ってきたってね。それで、ある日、きみはパパと一緒に建設現場にやってきた。きみは、おれたち哀れな野郎どもがじっと見つめていることにも気づかなかった。おれたちは膝に舌を垂らさんばかりだったのに」

リヴは脳みそを絞って、記憶をたぐった。「嘘でしょう」

「本当だ」ショーンが言った。「きみは遠くに視線をさまよわせて、ふわりと漂うように通りすぎていった。陶器でできたお姫さまのお通りだ。見ることはできるが、ふれることはできない」

「わたし、陶器なんかじゃないわ」リヴは小さくつぶやいた。

「知ってる。おれは、きみがどれだけ温かくて柔らかいか、よく知っている」櫛をベッドに放り、指で髪を撫でて、肩に広げる。「うしろ暗い秘密を打ち明けようか」そっとささやいた。「おれは有機化学を学ぶためにケヴィンの授業を聴講したわけじゃない。あの分野は十二のころまでには学んでいた。きみに会いたくて行ったんだ、リヴ」

総力をあげて女を口説く気でいるときのショーン・マクラウドには、逆らいがたいものがある。リヴは何か気をそらせるもの、横槍を入れられるものを必死で探した。「六年生のとき、職員用のトイレに爆弾を仕掛けたのは本当なの？」

ショーンは凍りつき、それから体を震わせて笑いはじめた。「驚いたな。過去の亡霊のなかでも、よりによってそれが現われるとは思ってもみなかった。誰に聞いた？　おべっか使いのブレア・マッデンか？　あいつは昔からちくり屋だったよ」

「ごまかさないで、きちんと答えて」リヴは取りすまして言った。

「まいったね。ミルクセーキのストローにほんのちょっぴり火薬をつめて、ダクトテープで導火線をつけただけの代物だよ。爆弾なんてたいそうなものじゃない。それを仕掛けた個室のドアはワイヤーでくくりつけて、誰にも使えないようにした。ただ、ハリスが午後のクソをひりだしに向かったときに、こっそり忍びこんで、導火線に火を点けたんだ。少し懲らしめたかっただけで、ケツを吹き飛ばしたいわけじゃなかったからね」

リヴは振り返って、ショーンの顔を見た。「どうしてそんなことをしたの？」

ショーンは肩をすくめた。「ハリスに怒っていたから。ケヴィンが数学のテストでことごとく満点を取った。ハリスはカンニングだと言って責めた。算数レベルのテストなんか、ケヴィンなら目をつぶってても解けるのに。あのころ、ケヴィンはもう理論物理学の勉強をしてたんだぜ。独学でね」

「なるほどね」リヴはつぶやいた。

「ハリスはケヴィンを吊るしあげた。それでおれは頭にきたんだ」

ショーンは手を止めることなく、ゆっくりと髪を毛先まで撫でおろしていた。リヴがもう一度振り返ったとき、ショーンは手に取った髪を唇につけていた。「おっと」ささやくように言う。「すまない」

リヴは顔をそむけ、こみあげる笑いをこらえた。こんなの、おかしい。今日、死にかけたというのに、この男のせいで思春期の女の子みたいな態度を取ってしまう。

ショーンと一緒にいると、簡単に笑みがこぼれる。それがこの人の大きな魅力だ。そして、大きかろうが小さかろうが、この人はどこを取っても魅力的だ。

あのころ、リヴはとても内気だった。男の子に対してばかりではない。誰に対してもそうだった。でも、ショーンがあまりにすてきで、いつでもぼうっと見とれてしまうという最初の状態を抜けだすと、今度は一緒にいるのが楽しくて楽しくて仕方がなくなった。無理解の壁に阻まれて思い悩むようなことはなかった。自分の言ったことがばらばらにされ、組み替えられて、ほかの人の意図どおりに受け取られるなどということもなかった。ショーンはリヴの話に耳を傾け、リヴの言ったことを考え、まともに返事をしてくれた。

ショーンの前では無理をしなくてよかった。それが嬉しくてたまらなかった。魔法にでもかかったようだった。

いまも変わらない。憎たらしいけど、変わらない。過去から学ばない者は、過去の過ちをくり返す。少なくとも、そう何度も自分に言い聞かせなければならなかった。

リヴは気持ちを引きしめた。「いまの状況がどんなにおかしいかわからない？　あなたは最後に会ったとき、あんなことを言ったのに、わたしを口説こうとしているのよ？」

ショーンは手を止め、体を硬くこわばらせた。「いや、正直に言って――」おずおずと口を開く。「きみのそばにいるのが楽しい」

「なら、あのときの会話は、記憶しなくていいことにしたがらくたなのね?」喉がわなない
ているのがわかって、ぞっとした。

ショーンは答えなかった。火照った顔がリヴの肩に乗った。「覚えてる」ショーンは言った。「すまなかった」

「すまなかった?」リヴはショーンの膝を押し広げて立ちあがり、背を向けたままローブの乱れを直し、表情の乱れをもつくろった。「あなた、二重人格なんだわ。ひとりは優しくて無邪気なショーン、もうひとりは残酷で人でなしのショーン。女を夢中にさせておいて、捨てたあと、あわてふためくようすを見るのは楽しい? 密かに女性を憎んでいるとか?」

「違う」口もとがみじめそうにゆがんでいる。「断じて違う。理由があったんだ」ましてやきみを憎むなんてもってのほかだ。あのときのことは申し訳なかった。理由があったんだ。

どんな理由にせよ、そう言われたことで、リヴはますます激昂した。「ずいぶんおかしなことを言うのね。ビルのてっぺんから人を突き落としておいて、階段を駆けおり、全身骨折の死体にこう言うの。『ごめん、でも理由があったんだ』」

「リヴ、おれは——」

「理由はわかっているわ。わたしみたいにうっとうしい女から、つきまとわれるのがいやになったのよね。なら、なぜここにいるの? わたしはあのころと同じつまらない人間よ。年を食って、太っただけ。昔のわたしにうんざりしたのなら、いまのわたしにもすぐ飽きるって、あらかじめ教えて差しあげるわ」

「きみに飽きたんじゃない」ショーンは言った。

「ということは、わたしより刺激的な人に出会ったの？　わたしよりセックスのうまい人？　それでわたしを追い払うのにああいう言い方を――」

「違う」ショーンはさえぎった。「そうじゃないんだ。頼むよ、一からやり直せないか？」

「いいえ、ショーン。やり直せないわ」リヴはきびすを返し、ドアに向かったけれど、ノブを握ったところでつかまった。うしろから腰に手をまわされ、ショーンの体に引きよせられた。

「だめだ、待ってくれ」ショーンが懇願する。「ほんの少しだけ、リヴ。お願いだ」

リヴは悲鳴をあげようとして、息を大きく吸いこんだ。手で口をふさがれる。手に嚙みつき、身をよじった。「シーッ」ショーンは小声でたしなめる。「怒るのは当然だ。嚙んでもいい、蹴ってもいい。ただ、きみの母親とおれを対決させないでほしい」

リヴは心ならずもくぐもった笑いを漏らしていた。ショーンはそろそろと手をどける。

「母と対決したくないなら、うちに忍びこまないで」リヴは言った。「怪しまれてもしかたがないくらい上手な手口ですもの。もしかして、いまの職業は夜盗？」

「まさか。信じてもらえないかもしれないが、住居侵入はしょっちゅうやってることじゃないんだ。この家に押し入ったのは、ここにきみがいたからだ」

ショーンはひざまずいた。リヴはショーンのいたずらな目の輝きに警戒して、一歩さがった。「今度はいったい何をしているのよ？」

「慈悲をこいねがっている。威圧的にならず、受け入れてもらえるように努力している。おれはずいぶん背が高いからね。落ち着かない？」すり膝で近づいてくる。

「そのとおりよ」リヴはあとずさりを続けたものの、しまいには背が壁に当たってしまった。

「それに、膝をついたからって、害がないようには見えないわ。バカみたいに見える」

ショーンはにっと笑った。「いいね。バカみたいに見えるなら、それを大いに活用するまでだ」

「わたしは釣られないわよ」リヴは言った。「ピエロのまねごとをしても無駄。わたしは惹かれない。わかった？　わたしは、惹かれません」

ショーンは膝をついたまま、どんどん近づいてくる。「シルクのローブに身を包んだ無慈悲な美女に責められるのは、この十五年で一、二を争うほど楽しいことだ」

「やめて！　こんなふうにふたりで話していること自体、信じられない。いまからでも、寝室に武器を持った侵入者がいるって悲鳴をあげるべきね」

ショーンは目をぱちくりさせてリヴを見つめた。「どうしておれが武器を持ってるとわかる？」

「あら、当て推量よ？　そういうタイプの人だと思ったから」

「そうか？　まあ、正解だ。なのにおれときたら、ふつうの人間のふりがうまくできてると思っていたんだからな。ふだんは持ち歩かない。無駄に緊張を強いられる。だが今日は、爆弾やら得体の知れない犯人やらですでに緊張していたから、頼りの相棒、ルガーのＳＰ１０１と一緒だ」ジーンズの裾《すそ》をあげ、くるぶしのホルスターに収まったリボルバーを見せた。

「反対側の足にはナイフを携帯している。何より、おれの手足そのものを凶器として使える。武器に抵抗があるなら、手足にしとくよ」

「もうっ、ちょっと待ってよ」リヴはぶつぶつと言った。「手足が凶器だなんて」

「法的な許可はきちんと受けてるよ」ショーンは安心させるように言った。

「男らしい武器を見せびらかして、わたしを感心させたいの？」

ショーンはやんわりと喉で笑った。「どうかな。そういうのに惹かれる？　きみはどんなところに弱い？　その能力を伸ばすようにするから、教えてくれ」

「一生に一度でいいから、あなたが大人として行動したら、さぞかし感心するでしょうね」リヴはぴしりと切り返した。「といっても、もし本当になったら、感心はしないわ。驚愕《きょうがく》する」

ショーンの笑みが消えていった。リヴを見つめ、立ちあがる。「大人はどんな行動を取るんだ？」ショーンは尋ねた。「おれみたいな未熟なピエロには難問だ。そもそも立派な大人なら、きみに近づかないんだろうな。ここですでに失敗だ。次善の策は、おれが忍びこんだ屋根裏を逆戻りして、見つからないように出て行くこと。しっぽを巻いて逃げだすわけだ。それがきみの望みか？」

リヴは口を開き、そのとおりだと言おうとした。なのに、言葉が形にならなかった。呟きこみ、もう一度、口を開いた。「わたしに罪悪感を植えつけないで」リヴは言った。「卑《ひ》怯《きょう》よ」

「黙って聞いてくれ。おれはこれから、人生で初めて、そしておそらくはこれで最後になるだろうが、大人として行動しようとしている。まばたきもするな。見逃すぞ」

「ふざけるのはやめてって――」

「だから、やめようとしている」語気を強める。「だが、きみの力が必要だ。おれのような阿呆にも理解できるように、はっきりと、わかりやすく言ってくれ。いいか、こうだ。わたしの寝室から出て行って、ショーン、そして寿命がつきるまで、二度と顔を見せないで」リヴはふいにつまった喉を鳴らし、つばを飲んだ。「そうしたら、出て行くの？」

「そうしたら、出て行く」

数秒が過ぎた。ショーンは目をそらさず、待っている。リヴは話すことも、動くこともできなかった。数秒が、数分までにつのった。

「言わないんだな、お姫さま」ショーンは挑むように言った。

憎たらしい。真っ赤に火照ったリヴの顔がわななきはじめた。くしゃりとゆがむ前に、両手で顔をおおった。ショーンは動じるふうもなく、リヴが泣くのをながめている。リヴには耐えられなかった。ふたたびショーンに背を向けた。

「長引けば長引くほど、頭がこんがらがってくる」ショーンは低い声で言った。「おれを混乱させるのは危険だよ。誰に聞いても同意するはず」

リヴはかぶりを振った。「もうやめて。あなた、サディストだわ」

「出だしとしては上々だが、おれが言ってほしい言葉はそれじゃない。言ってくれ。追いだすならさっさと追いだしてくれ。待たされるのは地獄だ」

「地獄に堕ちなさいよ、ショーン・マクラウド」爆発するように、言葉がほとばしった。

「それでいい」まるでほほ笑んでいるような口ぶり。「ひと息にやってくれ」

「やめて」締めつけられるような胸の痛みをこらえて、リヴは言葉を絞りだした。「わたしをなぶるのはやめて。苦しめないで」

「そんなつもりじゃない」けげんそうな口調。「話したかっただけだ。Tｰレックスのメールを見たかった。きみを笑わせてあげたかった。ひどい一日だったから。泣かせるつもりなんかまったくない」うしろからショーンの手が肩に乗って、リヴの体を震わせる。「追いだしたくないのなら、きみはおれに何を望む？」

「わざわざ訊く必要がある？」口をついて出た言葉の苦々しい響きには、リヴが自分でも意識していなかった感情がこもっていた。「わたしがほしいものは手に入らない。あなたがそう教えてくれたのよ」

「そうか？」ショーンは濡れた髪を首筋の真ん中でかき分け、うなじに唇をつけた。「それは悪かった。でも、知ってるかい、リヴ？」

「何を？」リヴはささやき声で言った。

もう一度、うなじに唇をつける。「ときには、ほしいものが手に入ることもある」

体じゅうが波打つようだ。柔らかく熱い唇を、敏感な首筋に押し当てられ、軽く歯をたてられたとき、リヴは吐息を漏らしそうになっていた。

「いいえ、手に入れられないわ」声もゆらいでいた。「代償が大きすぎるから」

「ときには、それに見合うこともある」歯の先が肌をかすめ、そこを唇がなぞっていく。夢見心地のキス。

「好きにさわらせているなんて、わたし、どうかしたんだわ」リヴはささやいた。

「ああ」ショーンは追い風を起こす。「どうかするほど熱くなっている。この首筋の産毛がうずを巻くように生えているのが好きだ。下のほうのほくろは、四時のしるしのようだ。あまりにきれいで、見ているだけでたまらなくなる」

リヴは笑いと涙の両方で体をゆすっていた。「現実を見て」

「おれは現実を見ている。ほくろのひとつひとつまで完璧に覚えられる」肩に指をすべらせ、シルクにそっと円を描く。「なんなら、試してみればいい。おれはきみの肩と背中のほくろの位置を覚えて、地図にする。あとから見比べよう」

「ええ、そうね」リヴはつぶやいた。「よこしまな芸はお手の物だって、よく知っているわ」

ショーンの唇が肩の上にかかり、息が肌に流れる。「おれはきみの左足に恋い焦がれている。親指のちょうど付け根のところだ。そこに何度も何度も、きみが笑い転げるまでキスをする。それから、口を上に這わせていく。ゆっくりと」

リヴは閉じていた目を開いた。バスルームのドアが大きく開いている。鏡は蒸気におおわれ、てっぺんから雫《しずく》がいく筋か流れ落ちていた。暗がりに立つふたりは縞《しま》の模様をつけられて、非現実的な姿で映っている。

鏡越しにリヴを見つめるショーンの瞳は燃えるようだ。リヴは目を見開き、恐怖にも似た表情を浮かべていた。頬は赤く染まり、上気している。ローブの腰紐《ひも》がゆるむ。いたずら好きの妖精がほどいているみたいだ。

リヴはその手を止めることができなかった。

8

腰紐はほどけ、腰をすべり、さらりと小さな音をたてて足もとに落ちた。ローブが、ほんの数センチだけ開いた。つややかで、淡い色合いの二枚の布のあいだから、影になったリヴの体がわずかにのぞいている。

何をしているの、前を閉めなさい。頭のなかで、叱責《しっせき》の声が小さく響いた。そのぺらぺらのものをしっかりと閉じて、言うべきことを言ってこの男を追いだしなさい。どんな価値があろうとも、代償は大きい。大きすぎる。

お小言は意識の裏に後退し、意味のわからない雑音になって消えていった。意識のおもてにあるのは、鏡の水滴が次々にしたたり、曇った表面を流れ落ちるにつれ、しだいにあらわになっていくふたりの姿だ。

ふたりとも動いていないのに、ローブはさらに少しだけ開いていた。うしろに立つショーンも、鏡越しにリヴの裸を見ることができる。つんと立った乳首が薄いシルクに当たっていた。胸の谷間も、ずっしりとした乳房の曲線も、丸いおなかも、おへそも、すべてさらけだされている。下に目を向ければ、黒っぽい毛が見える。

見られてもかまわなかった。ショーンにそんな権利があるかのように。むしろ見てもらいたいと思っているかのように。何年も何年もこのときを待っていたとでもいうように。ショーンに見られ、ふれられたい。ショーンに奪われたい。

静寂と暗闇が呪文をつむぎ、ふたりを包む。やがてそれは濃霧のように絡みつき、思考も恐れも疑いもおおい隠した。ただ、感情だけが残った。野性的な、荒々しい感情が雪崩《なだれ》を打ち、ふくらみ、手に負えないほどの力を持って、リヴをのみこもうとしている。鏡のなかでショーンの視線にとらわれて、じわじわと心に沁みこんでいた現実感がふいにはっきりと形を成した。

ありえないことが、考えられないことが、これから起ころうとしている。リヴは本当にそれをしようとしている。ショーンはリヴを誘惑し、リヴはショーンがそうすることを許している。ショーンの手がふわりとあがって、リヴの顔にふれた。頬を包む。すでに赤かった顔がなおも火照った。リヴはその手に顔をあずけ、かわいがってもらうことを喜ぶ猫のように、手のひらに頬をすりつけた。

そういう自分に驚いていた。ここまで自滅的で愚かなことができるとは想像もしなかったけれども、そうしたいという強い思いに駆られていた。

どうしていけないの？　いけないわけがある？

考える間もなく、決断をくだしていた。そうよ。つかの間の夢をとことん楽しめばいい。恋や愛を期待するほど浅はかではない。

一夜の熱いセックス。これだけひどい目にあったのだから、お楽しみにふける資格はある。

ショーンは耳の形をなぞり、穴にそっと指を入れて、ピリピリしていた神経に喜びのさざ波を送った。

ショーンは頰にかかっていた髪を撫でるように払った。リヴは唇を舐めた。息が荒くなってきた。ショーンは唇にふれ、固唾《かたず》をのむような沈黙のなか、おもむろに手を動かす。厳かに、神秘と魔法を求めて占い盤の上に手を掲げるように。

指先があごをたどり、壊れやすい物の形を確かめるように喉にくだっていく。脈拍の速さに気づいたのか、ふと動きを止め、それから鎖骨の上のくぼみを埋めた。ショーンの手つきはうやうやしかった。ふれるかふれないかくらいの密やかなさわり方——それなのに、リヴはその手の感触以外は何も感じられなくなっていた。ショーンの手がふれたところから熱く燃えたち、白熱の光のあとを残していくかのようだ。手は容赦なくさがっていき、胸もとで止まった。心臓は肋骨を打ちつけている。息が乱れる。ショーンは怒りと疑いの地雷のあいだを縫《ぬ》って歩いているようなものだった。でも、足取りはしっかりとしている。ローブを開くことすらしなかった。ローブのふちをつまみもしないし、つかみもしない。ただただ指をおろしていく。リヴがみずから開くことを確信しているのだ。

日の光を受けてつぼみを開く花のように。

手はさらにくだって、おへそのまわりに円を描いた。ショーンは深く息を吸い、手をさげつづけ、そこで少しだけためらった。もどかしい一瞬ののち、指が陰毛の先をかすめた。じれったいほどかすかにふれただけなのに、リヴの体じゅうに興奮が走った。

手の動きが止まった。しるしを待っている。ショーンは待っている。筋肉を引きつらせ、勃起したものをリヴの体に押し当てて。しるしを待っている。

リヴは喘《あえ》ぎ、降伏の震えとともに脚を開いた。

ショーンは勝利の声を低く漏らした。そのうなり声が、リヴの首筋を粟《あわ》だてた。指が、濡れた花びらをなぞり、そっと押し分け、その奥にするりと入ってきた。

信じられないほど強烈な感覚だった。膝が笑い、体から力が抜ける。すかさずショーンが腰を抱きとめ、リヴの背をぴったりと胸によせた。「大丈夫。力を抜いていい。おれが支える」

体が震え、ゆれたせいで、ローブの前が大きく開き、すべてをショーンの目にさらしていた。大きすぎる乳房も、ぽってりとしたおなかも、肉のついた腰も。ショーンの歯が首に沈んだ。うめき声は肌から伝わってきた。ショーンはツボを心得ていた。リヴはひどく高ぶっていた。熱くとろけ、うねり、どくどくと脈打つようだ。小さなひだがショーンの手を締めつけ、抑えようもなく沸きたつ。太腿に力がこもったかと思うと抜けていく。ショーンはクリトリスに渦を描き、指を躍らせ、リヴを快楽の頂へと押しあげていった。後戻りのできない無二の瞬間へと。足がすくむようなその瞬間を越え、リヴはまっさかさまに落ちて、それから……ああっ。

大きな波が砕けて浜に押しよせ、きらめく砂を洗い、泡だてるように、快感はいつまでもいつまでも引かなかった。余波は体じゅうに、指先からつま先までに広がっていく。リヴは汗ばみ、肩で息をして、糸の切れた操り人形のように、ショーンの腕のなかにぐったりと身をあずけていた。

しばらくしてから、ようやく目を開けてみると、鏡のなかの自分はまるで別人だった。顔は上気して、目はとろんと潤んでいる。輝かんばかりのショーンの腕がリヴの体を抱き、髪がその腕にかかっている。ショーンの手はまだ腿のあいだにあった。

過去の恋人たちとの行為では、長い時間をかけ、苦労して導かなければ絶頂を迎えられないのがいつものことだった。しかも、その道のりは険しく、たどり着けるという保証もなく、ふつうの男はそれだけの忍耐力を持ち合わせていない。

それでもかまわなかった。リヴはいつしか諦めていた。セックスで大事なのは、よりそい、愛を交わすことであって、オーガズムを得ることではない。ひとりで飛ぶときに埋め合わせができる。バイブレーターを使って、それから言うまでもなく、ショーンのことを夢想しながら。

だから、これは宇宙が引っくり返るような衝撃だった。感動していた。

「立てるか？」ショーンはリヴの首に鼻をすりよせながら言った。

硬いものが背に当たっている。腕で肋骨を締めつけられるようで、肺が膨らまず、リヴは浅く荒い息をすることしかできなかった。膝を閉じた。筋肉を引きつらせながらも、腕から力を抜けないショーンのようすに、差し迫ったものを感じた。

「すごい」ショーンはリヴのなかから指を抜き、顔の前に掲げた。指の付け根から舐めあげる。「最高の味だ。食べたくてたまらない」

「いいわ」リヴは身をよじって体の向きを変え、ベルトのバックルをつかんだ。正気に返る前に、早くすませてしまいたかった。「なら、食べて」

リヴがベルトに手こずるあいだ、ショーンは奇妙にもなすがままの状態で、戸惑いの色さえ見せて立っていた。ようやくバックルがはずれたとき、ショーンはリヴの腕をつかんでやめさせた。「ちょっと待った。続ける前に、あー、はっきりさせておきたいことがある。あのとき、牢屋で、なぜきみにあんなことを言ったのか話したい。理由は説明できるから──」

「いいえ」リヴはさえぎった。「やめて。お願い。聞きたくない」

怒りに任せてぐいっとベルトを引っぱると、ショーンは小さな驚きの声をあげてリヴのほうによろめいた。「でも、大事なことなんだ」

「いいえ、大事じゃないわ。わたしには興味がないこと」リヴは言った。「気にもしていない。だから、いまこの瞬間を台無しにしないで。わたしの望みを叶えて。夢を見させて」

ショーンはたしなめるように言った。「夢じゃないよ、リヴ」

「わたしにとっては、夢よ。嘘をつかれるのも、バカにされるのももうたくさん。誰からも、二度とそんな目にあわされたくない。わかった？ 現実には、難題ばかりかかえているのよ、ショーン。わたしの人生はめちゃくちゃ。仕事は暗礁に乗りあげた。一歩外に出れば、わたしを殺そうとしている男がうろついている。十五年前にあなたの心で何が起こっていたかなんて、いまさら聞いても無意味だし、興味もないわ」

「だが、きみが考えているようなことじゃないんだ」ショーンは言いつのった。「おれがああ言ったのは──」

「どうしてああいうふうに言って、わたしを傷つけなければならなかったなんて、知りたくないの。あれを許せるほどの理由があるとは思えない。もう一度、あんなふうに傷つけられるのはいや。わたしの望みは、ただ……」リヴは言葉をにごした。

「おれとヤること」ショーンがきっぱりと締めくくった。「それ以上は望まないんだな」

その言葉があまりにちぐはぐに思えて、リヴは笑い声をあげていた。「それ以上ってどういう意味？　それ以上に、何か望みようがある？」大きく開いたローブをさっと閉じた。「気を悪くしないで。利用されることで、あなたの繊細な感受性が損なうなら、股間のものはしまったまま出ていって」

リヴは牢屋でのショーンの恐ろしい変わりようをまざまざと思い返していた。瞳の温かさはろうそくの火のようにかき消えて、緑色の目は魂の抜けたガラス球みたいだった。そういうショーンの表情にたじろいだ。

閉じた膝に力を入れて、よろめかないように努めた。

「わかった」緊張の一瞬のあと、ショーンが言った。「決めたよ」

「そう？」リヴは腰紐をぎゅっと結んだ。「それで？」

「ここに残って、きみに奉仕する」ショーンは言った。「こんな状態では帰れない。鉄の釘みたいに硬くなってるんじゃ、怪我をしかねない」

リヴはもはやまったく息ができなくなっていた。例のよそよそしい顔つきをしたショーンは怖かった。性的なエネルギーはどくどくと噴きだしてくるようだ。

ショーンはシャツを頭から脱ぎ、床に放り投げた。かがんで、足首のホルスターをはずし、もう片方の脚のふくらはぎからナイフも取りはずす。靴を脱ぎ捨てる。身のこなしは素早く、淡々としていた。

言葉のひとつ、しぐさのひとつににじんでいた甘い誘惑の色はすっかり消え去った。ビジネスライクに徹している。リヴの胃は疑いでねじれた。

ショーンはジーンズをおろし、足を抜いて、蹴るようにわきにどかした。下着はつけていなかった。脚を広げ、挑むようにリヴの前に立つ。股間のものは突きでている。うっすらと浮かべた笑みに、優しさはなかった。「もっと近くで見るか？　虫歯をチェックしたり、ペニスの大きさを測ったり。おれが基準を満たしているかどうか確認するか？」

ふん。そんな必要はないとわかっているくせに。皮肉な言葉にはそれなりの返答をするべきだけど、リヴは何も思いつかなかった。まじまじと見つめることしかできなかった。

息をのんではだめ。ショーンをいい気にさせてはだめ。頭のなかでたしなめの声が小さく響いたけれども、役にたたなかった。リヴは言葉を失っていた。

目を奪われずにいられない。大きくて太いものがもじゃもじゃのブロンズの毛から飛びだしている。硬い筋肉で盛りあがった腿は、毛でおおわれている。ペニスの根元で、網のような血管が脈打っている。かさの張った先端は赤黒い。切れ目から雫が垂れて、きらめいている。ショーンはそれを握り、ざらざらとした手でさすった。リヴはこんなに大きなものを見たことがなかった。いままでで最大のものでも、これには遠く及ばない。

「それで？　ご意見は？」ショーンが尋ねた。「おれは合格？」

「もうっ、くだらないことを言っていないで、することをしてよ」リヴは震える声を絞りだした。

「いいとも。話すことなど何もないって言うんなら、さっさとしよう」ショーンが近づいてきたので、リヴはとっさにあとずさりして、膝の裏をベッドのマットレスにぶつけ、思わず座っていた。

ショーンが迫ってくる。熱い体から、汗と、かぐわしい男の匂いと、石けんかコロンのかすかな香りがたちのぼっている。両手をつかまれて、リヴは小さな悲鳴をあげた。ショーンはリヴの手をペニスに導き、前後に撫でさせた。

「ほら」ショーンが言った。「仲良くなりなよ」

すごい。熱くて、硬い。それなのにさわり心地はとてもなめらかだ。冷たい手のひらから脈が伝わってくる。指先で鼓動を感じられる。

先端からさらに雫がしたたり、リヴの手に落ちると、ショーンは自分の手でリヴの手を包んだ。「握って」ショーンが言った。「もっと強く」

「でも、わたし——わたし、あんまり——」

「自分の股間をさわって、手を濡らすんだ。それをおれのモノに塗って、すべりやすくしてくれ。そのユリのように白いお姫さまの手が、高貴なあそこのジュースでおれを濡らすところを見たい。贅沢《ぜいたく》だろ」

「お姫さまがどうこう言うのをやめてくれない？」リヴは熱く濡れたところに指をつけた。

「いやだね」ショーンはひざまずき、腿を開かせる。「それじゃだめだ。こうするんだよ」

リヴはあっと息をのんだ。ゆっくりと、奥まで、指を二本入れられて、リヴは身をくねらせ、喘いだ。ショーンはそっと指を曲げ、柔らかなひだに押し当て、円を描く。そこが熱くなり、熱はどんどん広がって、ついにはすべてを包みこんだ。体の芯に泉が湧きあがったように、快感が止めどもなくあふれてくる。

リヴは息を切らし、体をかがめて、ショーンの汗ばんだ肩に手をついた。顔についた髪はなめらかで、いい香りがする。リヴはショーンの香りを吸いこんだ。

「ああ」ショーンはつぶやいた。「驚きだね。すごく熱い。きみが絞りだしたジュースでおれの手はびしょ濡れだ。たまらない」

「そんなに？」リヴは驚いて顔をあげた。

ショーンは濡れた手を抜いて、勝ち誇った笑みを浮かべ、自分のモノをさすった。すぐに、油を塗ったようにつやめきだす。「魔法のジュースだ。釘でも打てるくらいに硬くなった。握ってくれ、リヴ。強く握るんだ」

ショーンはリヴの手でゆっくりと何度もペニスを愛撫させた。やがてふたたびミルクのような雫が垂れた。リヴの目の前でペニスがゆれる。ショーンはリヴの頭のうしろに手をそえ、そっと前に押しだし、目で問いかけた。

リヴはたじろぎ、小声で笑いを漏らした。「まさかわたしに……無理よ！　こんなに大きなものは口に入らないわ！」

「それでもかまわない」ショーンは言った。「キスして。味わってくれ。契約のしるしだ」

頭のうしろで髪を撫で、リヴの目をじっと見つめる。リヴはショーンの意思の力を浴びて、磁石のように引きつけられていくのを感じた。手に力をこめた。大きく膨らんだペニスは、熱く輝く電球みたいだ。リヴにふれてほしいとせがんでいる。

ショーンはリヴの手の動きにあわせて素直に身を乗りだした。荒い息の音が聞こえる。

リヴはペニスの先に唇をつけた。小さな切れ目をちろりと舐めた。雫を舌ですくい取る。ショーンはうめいた。リヴはかすかな塩気を味わった。そう、ショーンの体からも魔法のジュースがにじんでいる。

大胆になって、リヴは舌でショーンに襲いかかった。かさに唇をつけ、その裏の敏感なところに舌を這わせ、なめらかな皮を舐めあげて、鉄みたいな味をすすった。リヴの髪をつかむショーンの手に力がこもる。

ショーンは髪をうしろに引いて、リヴの口を離させた。「いったん待ってくれ」息を切らして言う。「おれも務めを果たさないと。あとでおれが疲れたときに、好きなだけしゃぶっていいから。なんにしても、そのほうが口にも収まりやすい」

「でも、そのときはわたしも疲れてる」リヴは不満を漏らした。

「それはきみの問題で、おれには関係ない」リヴをベッドに押し倒す。「いまは、きみの番だ」

「わたしの番って、何が？」たくましい胸に両手を当てて、ショーンを止めようとした。古い傷痕がぎざぎざのしわになっているのがわかった。

「自分でさわって。きみがイくところをもう一度見たい。あれは最高だ」

両膝を押し広げられ、そこにショーンの視線を受けて、リヴはさらされていることを強く意識した。「きみがどうやってするのか、見せてくれ」

リヴはごくりとつばを飲み、唇を噛んでから言った。「でも、わたし、こういうふうにはしない」

「そう？　じゃあ、どうやってするんだい？」

リヴはこのことを人に話すのは生まれて初めてだと気づいた。

「脚を閉じてするの」正直に言った。「ぎゅっと閉じて。だから、ほかの方法でできるかどうか――」

「おれが手伝ったら？」ショーンはリヴの手を取って、股間に導いた。「きみは指をなかに入れる。同時におれがクリトリスをいじる。ふたりで、きみをてっぺんまで連れていく」

リヴはとろとろに濡れたところにするりと指を差し入れ、仰向けで、影になった天井を見つめた。ショーンはリヴの脚をさらに開かせて、その中心に口をつけた。

シルクのような舌の感触を受けて、両脚がゆれる。ショーンの髪が腿をくすぐり、無精ひげがちくちくと肌を刺し、熱い唇がクリトリスに吸いつく。舌で転がし、しゃぶり、舐めまわす。リヴは感覚に押し流され、もう何をされているのか頭では認識できなかった。次々に爆発するような快感に、リヴは砕け散った。そのようすを、ショーンは熱のこもったまなざしで、満足そうに見ている。そうして見つめられているせいで、リヴはひどく無防備になった気がした。顔が火照り、わななき、その震えは胸に広がっていった。

いつしかすすり泣いていたけれども、ショーンは萎《な》えたようすを見せなかった。それどころか、リヴがまばたきをして目の焦点をあわせたとき、ショーンはリヴにまたがって、硬いままのペニスをおなかに乗せていた。待ち構えている。

「ごめんなさい」リヴはささやいた。「泣くつもりじゃなかったんだけど」

「気にするな」ショーンは言った。「イくときに泣く女の子はけっこう多い」

この言葉に、リヴはかっとなった。ショーンを押しのけようとしたけれども、ショーンはかえってのしかかり、リヴをベッドに押さえつけた。「急にどうしたんだ？」

「泣く女の子はけっこう多いですって？　統計が取れるくらい大勢の女と寝てきたってこと？」

「なんでそれが気にさわる？　きみはおれの体だけが目当てなんだろ？　おれが何人抱いてこようが、なんの関係がある？」

リヴはショーンの胸を強く小突いた。「ひとまとめに分類されるのはいや。ショーンと寝た女っていう大きなカテゴリーのなかで、F－12bみたいに番号を振られて、イくときに泣く女のグループに振り分けられるのよね。あなたが落としたほかの女たちとひとくくりにされるのはごめんだわ。どいて！」

「感情は抜きにして、ことをすませたいんだと思っていたけど」

「そういうわけにはいかないみたい」リヴは言った。「驚きよね。わかったら、どいて」

ショーンは転がるように離れ、リヴは急いで起きあがり、座ったまま体にローブを巻きつけた。「時間切れ」リヴは言った。「こんなこと、やっぱりうまくいかない。いい気分になるどころか、ますますみじめになりそう。でも、いまはこれ以上ひどい気分には耐えられそうにない」

「うまくいかない？」ショーンは疑わしそうに言った。「めちゃくちゃにイったくせに」

「それだけではなくて、もっと複雑なの」リヴはベッドから飛びおりて、ローブの腰紐を結んだ。「その気にさせておいて途中でやめるのは申し訳ないけど、でも――」

「やめられるもんか。だめだ。おれはどこにも行かない」ショーンはリヴをつかみ、壁に押しつけた。「まだ帰らない」

リヴはショーンの目を見つめた。そのまわりで視界はぼんやりとかすみ、壁紙の牡丹《ぼたん》の柄が夢のなかのようにゆらいでいる。鼓動は強く打ちつけている。怯《おび》えと、高ぶりと、怒りのすべてを感じた。ショーンはローブを開き、乳房を包んで、下半分の曲線を指でなぞった。かがんで、乳首を口にふくむ。ざらついた舌は飢えていた。

それから両手でリヴの頬を包み、汗で濡れた髪を顔から払った。「おれは二度ときみを傷つけない。わかるだろ？」

リヴは、数えきれないほどの夜、明け方まで泣きつづけたことを思いだした。何年も、役にたたないセラピーに通いつづけたことを考えた。「よりによってあなたが、わたしにそんなことを言うなんて、神経を疑うわ」噛みつくように言った。「あなたには見当もつかないでしょうね。バカにするのもいいかげんに――」

ショーンは有無を言わさずにキスをして、言葉をさえぎった。しかし、その荒々しさはすぐに甘くとろけ、やがてふたりは無我夢中で舌を絡ませ、しっかりと体をよせ合った。ふたりとも、相手を罰したいと思いながら、お互いに溺れたいとも感じていた。

唇を離した。「おれを追い払おうとしても、もう遅い」ショーンが言った。「後戻りできる地点はもう越えてしまった。そう、三度のオーガズムの前あたりかな？」

「強引に押しきろうとするのはやめてよ、野蛮人！」

「だったらどうする？　ママとパパを呼ぶ？　それともおべっか使いのブレア・マッデンに

助けてもらうか？　なぜ裸で、顔を真っ赤にして、膝まで愛液で濡れているのか、どう説明するのか見ものだね」

「いいかげんにして、ショーン――」

「おれがこうしていたらどうかな――」膝をつきながら、胸に、おなかに、キスの雨を降らせていく。「ひざまずいて、お姫さまのジュースをもっと舐めていたら」

リヴはもがいたけれども、ショーンは腰をしっかりとつかみ、股間に顔を押しつけ、長い舌で花びらをかき分けて、むさぼりはじめた。「やめて」リヴは懇願した。「もうこれ以上は無理よ」

ショーンは顔をあげた。「これ以上イけないっていうなら、いつでもおれの顔を蹴りあげればいいさ。完璧な体勢だろ」

リヴは必死に身をよじってショーンの手から離れ、その拍子に大きくよろめいた。ショーンはリヴを支えようとして手を伸ばす。そして、ふたりともドレッサーにぶつかり、電気スタンドのコードにつまずいた。ショーンもリヴも電気スタンドもぐらつき、ふさふさのピンクの絨毯に倒れた。

リヴは熱く大きな体にのしかかられていた。ショーンの体は鉄のように硬くて、重くて、巨大で、乱れた心を表わすかのように波打っていた。「ふうっ。大丈夫か？」息をはずませて尋ねる。「怪我は？」

リヴはショーンの胸を押した。「ものすごく重いし、ぺちゃんこに押しつぶされそうだし、あなたは身勝手で、ろくでもない男だけど、それ以外は大丈夫よ」

ショーンはリヴの胸から体を浮かせたものの、まだ動けないように床に押しつけたまま、髪を取っ組み合いでベッドから転がり落ちていた枕をつかんだ。それをリヴの頭の下に入れ、髪をすくって、枕の上に広げる。リヴの顔に、おでこに、頰に、首にキスをする。

「きみを傷つけたくはなかった」ショーンはささやいた。「本当だ。心からそう思っていた」

なら、どうして傷つけたの？　無言の問いがふたりのあいだでこだました。

ショーンはジーンズを手で探って、ポケットからコンドームを出した。歯で包みを開け、物慣れた手つきで装着する。リヴは処女の生贄《いけにえ》になったような気分だった。絹でおおわれた祭壇で体を広げ、官能的で無慈悲な半神半人に身を捧げようとしているみたいだ。

息が苦しく、体は否応なしに震えている。ぐっと押し入られた瞬間、電気のようなショックを受けて、リヴは大きく喘いだ。ショーンは腰をくねらせ、そっと入口を開いていく。リヴもショーンを受け入れようと身をよじり、物欲しげな泣き声が漏れないように、唇を嚙んだ。

ショーンはリヴの目をじっと見つめて、体を沈めた。その大きさが、体の内側で感じられた。これは……すごい。リヴはショーンの腕に強く爪を食いこませた。

トン、トン、トン。「リヴ？」母の険しい声がした。「物音が聞こえたわ。大丈夫？」トン、トン、トン。「リヴ？」

ショーンは凍りついていた。やがて、声を忍ばせた笑いで体が震えだした。「ああ、リヴ」小声でからかうように、耳もとでささやく。「大丈夫かい？」

リヴの体も笑いで震えていた。後戻りできない地点とはまさにこのことだ。そして、リヴがしっかりしなくては、選択権が手のうちからすべり落ちてしまう。それも、最悪の形で。

「ええと、お母さん、大丈夫よ」リヴはドアのほうに声をあげた。「ノックの音が聞こえなかったみたい。スーツケースを動かしていて、電気スタンドを倒してしまったの。心配させてごめんなさい。もう寝るわ」

「誰かと話していたようだけど」母は疑わしそうに言った。

「ええ。その、携帯でアリソンと話していたの」

「そう。入ってもいいかしら？　話があるの」

リヴの爪がショーンの肩に食いこんだ。「ええと……いま、はしたない格好をしているから。これからシャワーを浴びるところなの。話はあとでもいい？」

母はいらだちの声をあげた。「まあ、いいでしょう。明日は朝五時に目覚ましをかけなさい。ボディガードの面接をしますからね。おやすみなさい」

「わかったわ」リヴは言った。「おやすみなさい」

足音が遠ざかっていく。リヴは目をぎゅっと閉じていた。歯が鳴りだしそうだ。ショーンの唇がリヴの口を開き、舌の先を舌につけた。リヴはショーンの胸に両手を走らせて、その曲線やくぼみや荒い胸毛、そして乳首をまさぐった。空気が肌にまとわりつくようだ。熱く火照った脚のあいだで、ショーンの鼓動を感じた。

「やれやれ」ショーンはつぶやいた。「きみが煮えきらない態度を取るから、ひやひやしたよ」

リヴはぱっと目を開いた。「煮えきらない態度なんて取っていません！」

「そうか？」ショーンのささやきには挑発的な調子がにじんでいる。「まずはおれがきみを指でヤって、それからきみがおれのものをキャンディみたいに舐めて、そのうえおれの腕のなかで泣いて、さらにおれがきみのあそこを舐めたのに、きみはおれに出ていけと言ったんだぞ。こうして合体できたのは奇跡的だ。めまいがするよ」

さらに奥まで押し入られて、リヴは大きく息をのんだ。「こんなときにもふざけたことを言えるなんて信じられない。ああ、もう、いや」

「痛い？」体で息をしながらも、ショーンは動きを止めた。

「当然でしょう」リヴはつぶやいた。「巨大なんだから。いつものことよね。あなたにかかったら、なんだって荒唐無稽《こうとうむけい》なんだから、これもそうで当たり前」

ショーンは吹きだし、笑いをこらえて胸を膨らませた。「ペニスが荒唐無稽だと言われたのは初めてだと思う。こいつは気にしないだろうが。このピンク色の花がぐっしょり濡れているところにもぐりこむことを、何年も夢見てきて、それがようやく叶った。もっと仲良くさせてやってもいいか？」

リヴはうなずいた。今度はさっきよりもすっと入ってきた。リヴの体も、もっともっとというようにのたうっている。ショーンの体重が軽くなった。リヴは目を閉じていたけれども、カチッと音がして、まぶたに光が当たるのがわかった。「目を開けて」ショーンが言った。

リヴは目を開いた。床に倒れたピンクの絹のランプが、薔薇《ばら》色の光を丸く投げかけている。ショーンはベッドからもうひとつ枕を取って、リヴの背の下に入れた。

リヴは視線をさげ、その光景に目を見張った。つやめく男の象徴が、リヴの体のなかにゆうゆうと消えていく。リヴはショーンにおおわれていた。大きく開いた脚のあいだでは、黒い毛の上を、もっと明るい色の毛がこすっていく。ショーンは奥深くまで突き通し、腰をゆらし、くねらせた。目はぎらついている。

お互いに求め合う気持ちの強さに耐えきれず、リヴはまた目を閉じた。

ショーンはリヴの頭に両手をそえ、こぶしで髪を握った。「おれのものが入っていくところを見ていてほしい。どんなに小さなことも逃さずに覚えていてほしい」

リヴはショーンの手を引っぱり、胸を叩いた。「髪を離して。原始人みたいなやり方には我慢できないわ。すぐにやめて」

「ああ、いいね」ショーンは低い声で言った。「やってるあいだに叱《しか》りつけられるのはたまらない。どんどん罵《ののし》ってくれ。いくら聞いても聞き足りない」

リヴは胸毛に指を絡ませて、ぐっと引っぱった。

ショーンは喘いだ。「おい」リヴの腕を取って、枕の両側で押さえつける。「そりゃないよ、お姫さま。いまのは汚いぞ」

リヴはショーンの目をじっと見つめた。「あなたが始めたのよ。自業自得だわ。わざとわたしを怒らせたんだから。まるでいじめっ子ね」

ふたりとも息を切らして、見つめ合った。手に負えない力に——欲望の力に流されるのが怖かった。お互いに煽《あお》り合っているようなものだ。どちらも引くに引けなくなっていた。

リヴはショーンの腰に脚を巻きつけ、足首を組んで、体を押しつけた。硬い肉の棍棒《こんぼう》を奥深くにはめ入れた。

ショーンはリヴの手を離し、体をかきいだいて、強く抱きしめた。ひと突きごとに、リヴの乳房がゆれる。リヴは全身をこわばらせ、背をのけぞらせて、ショーンを迎え撃つように腰を押しつけた。驚異的だった。痛かったけれども、気にしなかった。リヴは歯と爪と喘ぎ声でショーンをたきつけ、さらに多くをせがんだ。

いつしかふたりは横向きになり、やがてショーンを下にしてリヴがまたがり、そしてまたショーンがリヴを組み敷いた。体位は関係なかった。もはや何をもってしても、この猛々しいリズムや、肉と肉をぶつけ合うような勢いを止めることはできない。ピンク色の絨毯の上で、ふたりは縦横無尽に体を重ねた。互いをとらえた。快感がつのり、ふくらみ……衝撃波のように炸裂《さくれつ》した。

リヴは、星が散りばめられた暗闇のなかを、舞いあがっていった。やがて、ふんわりと漂いはじめてからも、きらめく喜びは、魂の真ん中から広がって、止めどもなくさざめいた。星空へと果てなく広がっていった。

9

たまげた。

地震のような衝撃が股間の中心からほとばしり、脳天を貫いた。ショーンはイって、イって、イった。噴火するマグマのごとく、延々と止まらず、最後の一滴まで出しつくした。自衛本能のようなものが働いて、どうにかリヴの口を手でふさぐことができた。それで助かった。リヴはイくときに叫ぶタイプだった。

リヴはまだすすり泣き、喘ぎ声をあげ、かわいらしく身をくねらせている。どこを取っても柔らかく、たおやかで、それでいて力強い。

どこか奥深くから爆発するようなオーガズムは、ショーンを吹き飛ばした。本来なら、恍《こう》惚《こつ》としていていいはずだ。気をゆるめ、惚《ほう》けた笑みを浮かべて、夢うつつの状態に浸っているはずだ。

しかし、そうはならなかった。最悪の気分だった。頭はめまぐるしく回転していて、しかも考えはまとまらなかった。さっきまでなかばわれを忘れて、何も考えずに肉欲にふけっていたのに。頭ではなく、本能と衝動に従っていた。

ところが、いまや、思考が働きはじめ、ハンマーみたいに頭を打ちつけている。リヴは、ショーンが足もとにひれ伏し、永遠に奉仕することを望んでいない。懺悔《ざんげ》も、弁明も、言い訳も聞きたがらなかった。リヴがほしがっているのは、熱く濡れるまであそこを舐め、しかるのちに、でかいものを突っこんでヤりまくれる男だ。夢みたいな筋書き。罪悪感抜きで、しかもあと腐れなく、燃えあがるようなセックスができる。どんな男でも、当人が認めようと認めまいと、一度は夢見る話だ。

ならどうして、最悪の気分が手を替え品を替え、あらゆる形で襲ってくるんだ？

ショーンは、まだ湿っていて冷たく、かぐわしいリヴの髪に顔をつけた。リヴの顔は見られなかった。

きまりが悪かった。これほど荒っぽく女を抱いたことはなく、たとえそうしてほしいと頼まれても、断るのが常だった。理性とともに、体そのものを奪われたような気分だ。

大きく深呼吸して、顔をあげた。リヴは何度かまばたきをして、とろんとした目を開いた。底知れぬ灰色の瞳は、藍色で縁取られ、ところどころが金色に輝いている。黒いまつげはくるりと上を向いている。しかし、リヴはショーンを見ていなかった。

何キロも遠く離れたところにいる。何光年も遠くに。そう思うと、ショーンの胸は締めつけられた。

気力を奮いたたせて体を起こし、震える手足を押して膝をついた。「あれほどの大声で叫ぶとはね」濡れた髪を手ですくいあげた。宵闇の色を映した絹のような髪は、ひんやりとして、指のあいだからこぼれ落ちていく。

リヴは赤い唇を舐め、しっとりとつやめかせた。小さな爪をショーンの腕に食いこませ、股のあいだのふんわりとした草むらをショーンの股間にすりつけた。ショーンは本能的に、リヴの動きに応じて腰を押しさげていた。

「自分では聞こえなかったわ」かすれた声でおずおずと言う。「あなた、「誰にも聞こえなかったことを祈るよ」

リヴはまだ大きく膨らんだものがゆっくりと引き抜かれていくさまを見つめた。「あなた、まだ達していないのに」

「いや、達した」ショーンは言った。「きみと一緒に。感じなかった?」

「感じたと思ったけど」リヴは言った。「でも、まだ――」

「硬い」ショーンは言葉を引きとった。「かちかちだ。きみがあんまりきれいだから、そそられてるんだ」

リヴはショーンに脚を巻きつけた。ショーンは大きく息を吸って、自制心をかき集めた。

「もう一回ヤりたいなら、新しいコンドームをつけないと。こいつはきっとすぐはずれる。何せ、一リットルも出したから」

リヴは驚きの笑い声をあげた。「やあね。大げさなんだから。正直に言ってよ」

「正直に言ってる」きつく締まったリヴの体のなかにコンドームが残されないよう、押さえながら引き抜いた。目の前に広がる光景は、まさにショーンが妄想してきた夢の世界そのものだ。リヴが床に身を横たえ、白く柔らかな脚を広げている。長細く開いた割れ目はピンク色で、黒い毛に映え、ふっくらとして濡れた花びらは深紅に染まって、南国の花のように開いている。理性を奪うながめだ。

「それで？　もう一回する？　もっとほしいんだな？」強い口調で言った。

リヴは横向きになって、胸もとに腿をよせ、膝をかかえた。「もう一回したら、死んじゃうかもしれない」

「かもな」ショーンはうなずいた。「だが、やってみなきゃわかんないだろ」

リヴは目を閉じて、小さな笑いで体をゆらした。

ショーンの目はリヴの体に釘づけになった。どこを見ても魅了された。手を伸ばして、ふれて、引きよせたかった。抱きしめたかった。影になったくぼみが好きだ。むせかえるような女の匂いも。濃密な味わいも、とろりとした感触も。驚くほどなめらかで、いかにも女らしい肌合いも。ショーンのペニスは待ちきれないようすでひくついていた。

しっかりしろ。ショーンは自分をいさめ、コンドームをはずして、口を結んだ。「どこかにこれを捨てられるか？」

リヴはローブをまとって、スーツケースの前にひざをつき、しばらくのあいだ中身をあさって、ビニールの袋を取りだした。

それをショーンに渡す。ショーンは礼がわりにうなずいて、コンドームを落とし、袋をしばって、リヴが差しだしたゴミ箱のなかに捨てた。慎み深いやりとり。よかったらどうぞ。ありがとう。バーベキューでもしているみたいだ。紙皿を捨てさせてもらっているとしてもおかしくないような雰囲気。

ついさっきまで、床を転げまわり、無我夢中でセックスしていたのが嘘みたいだ。

リヴはショーンの体を見つめ、手を伸ばして、盛りあがった傷痕のひとつに指先でこわごわとふれた。「これはどうしたの？」

この質問にはことさらにいらだちを感じた。「ああ、ソマリアの武器商人と不運な誤解があった結果だよ」

リヴは目をぱちくりさせた。「まさか。冗談よね？」

「冗談を言う必要があるか？ こんなことをネタにしてたちの悪い作り話はしない。なかったことにしてくださいと神に頼みたいくらいだ。死ぬほど痛かった。本気でむかつく。完治するまでにはとんでもなく時間がかかった」

「ショーン」リヴは言った。「あなた、いままでいったい何をして生きてきたの？」

リヴを見つめるうちに、胸に何かがこみあげてきた。リヴとよりそい、何時間もおしゃべりすることを想像した。現実離れした数々の冒険を話すことを思い描いた。積もる話は十五年ぶんもある。

しかし、リヴの好奇心は、ショーンがいつも引っかけるような女たちのそれと変わらない。〝その傷、どうしたの？〟言外の意味ははっきりしている。〝もう一回ヤる前に、あなたがどれだけ危険な男か教えてくれたら、ますます興奮しちゃう〟

そんなふうに思われるのは気に入らなかった。「傷のことは訊くな」

リヴはショーンの口調にたじろいだ。「興味を持ってごめんなさい」冷ややかに言う。「詮《せん》索《さく》するつもりではなかったの」

「腹をたててるわけじゃないよ。銃で撃たれた傷の話なんかしたら、気分が萎えるだろ。これだけ股間を硬くしているときに考えたいことじゃないってだけだ」

リヴは勃起したものに視線を落とした。ショーンはそれを自分でぐいっとつかんで、握った。亀頭は突きでて、全体はさらに大きく、硬く、赤黒くなって、期待で打ち震えんばかりだ。先端から物欲しげに雫が垂れる。

リヴは頬を赤らめた。ショーンの興奮が伝わって、全身に血が駆けめぐったかのようだ。

ショーンはリヴをつかみ、支柱式のアンティークのベッドにうつ伏せに押し倒し、ピンクと白のレースで縁取られたクッションの山に顔をつけさせた。

「おれはひと晩じゅうでもできるよ、リヴ。比喩《ひゆ》的に言ってるんじゃない」ショーンは言った。「何をしてほしいか教えてくれれば、おれはなんでもする。ただし、早く言ってくれ」

リヴは首を振った。髪がサテンのクッションに当たって、かすかな音をたてる。「こんなのおかしいわ」リヴは小声で言った。「わたしは何も知らない。目隠しして飛んでいるようなもの。あなたのことを何も知らない」

「これからわかる」ショーンの声はかすれていた。「すぐにわかる」あとずさりするようにベッドからおりて膝をつき、リヴの腰を引きよせて、尻を突きあげるような格好にさせた。尻を包んでいたシルクのローブをめくりあげた。

リヴは身をよじって抵抗し、ショーンの手から逃れようとしたが、ショーンはさっと引き戻した。「ほらほら、おとなしくして」なだめるように言った。「見させてくれ。おれはもうそこにキスをした。舐めまわした。突っこんだ。ちょっと見るくらい、いいだろ?」

リヴは引きつった笑い声をあげた。「見るだけじゃすまないくせに」

「当然だろ? きみだって、見るだけですませてほしいとは思っていない」ショーンはリヴの尻をつかんだ。丸くて、しっとりと熱く、花びらみたいになめらかで、扇情的な女の匂いがたちのぼっている。

「きみは完璧だ」ショーンはたまらずにつぶやいた。

「やあね。こんなに大きなお尻は完璧とはほど遠いわ」

ショーンは目をぱちくりさせた。最高のお尻をしていると本人が気づいていないはずがない。どんな男でも、リヴの姿を目にすれば、よだれを垂らし、舌なめずりすることを知らないのか？

「見たこともないほどゴージャスな尻だよ」ショーンは言った。「なめらかで、白くて。最高の曲線美だ。おまけにこのかわいらしいくぼみときたら」細いくぼみに指を走らせた。

「それに、きみのあそこは世界クラスだ」

「経験豊富ですこと」リヴはとげとげしい口ぶりで言った。

ショーンはその言葉を完全に無視することにした。連鎖的に思いつくことを口にしても、ろくなところに行き着かないからだ。気が散るし、そがれる。ショーンは花弁のあいだに指を二本入れ、それからゆっくりとなかに差しこんだ。

リヴが喘ぐ。ショーンも大きく息を吐いていた。なまめかしく、熱く濡れ、しなやかで、そして心地よい。ぷっくりと膨れて、つるつるのサテンのクッションがいくつも重なったかのように、強い圧力を生みだしている。ショーンのペニスは、早くもぐりこみたくてたまらないというようにゆれていた。リヴの内側の筋肉は否応なしにショーンの手を締めつける。

リヴは両手で上掛けを握り、クッションに顔をうずめた。

「おれはきみのことをわかっているよ、リヴ」ショーンは言った。「たくさんのことがわかる。秘密にしているところも。いやらしいところも。たぶんきみが自分で気づいていないところもね」

「うぬぼれるのはやめて」リヴは息を切らして言った。「あ……ああっ」

「そこがセックスの不思議なところだ」ショーンはしみじみと言って、親指でクリトリスを撫でまわした。「本質的なことまでわかる。ふだんは奥深くに秘めていて、名づけようもないものでも。だが、こういう燃えるようなセックスは、そういったものもさらけだすんだ。きみの名もない秘密のすべてに、おれが名前をつけてやろうか?」

「わたしがあなたの秘密に名前をつけられることも、わかっているでしょうね」リヴの声は興奮でうわずっていた。「諸刃《もろは》の剣《つるぎ》よ」

リヴの言葉に真理を突かれ、一瞬、ショーンの頭のなかは真っ白になった。すぐに気を取り直して、さらに踏みこんだ。「たとえば、いまの状況。おれがここに忍びこんで、床でくんずほぐれつしているあいだ、家族が下の階で小指をたてて紅茶を飲んでいるという状況に、きみはそそられる」

リヴは声を荒らげた。「いいかげんにしないと怒るわよ、ショーン」

「だろうね。だが、いま、きみはおれの手でイきかけている」ショーンはリヴの背に歯をたてた。「きみはおれから卑猥《ひわい》なことを言われるのが好きなんだよ。今度、時間貸しのホテルに行こう。ほかの客が壁を叩いて、猥褻《わいせつ》なことを叫ぶのを聞きながら、建物がゆれるくらいにヤりまくろう。興奮するだろ? おれみたいなろくでなしと、そういういかがわしい場所にしけこむんだ」

リヴはショーンに肘鉄を食わせた。ショーンが思わずうめくほど強く。「離して！」

「いやだね」ショーンは言った。「おれは反抗的なんだ。この上品ぶったベッドを見ていると、ここできみの両手両脚を広げさせて、支柱に縛りつけたくなる。しかし、今夜はやめておこう。きみは声が大きすぎる。叫び声で屋根が落ちかねない」

「そういうことにはついていけない」リヴの声は震えていた。「SMごっこは趣味じゃないわ。ああいう変態行為には虫唾《むしず》が走るの。だから、諦めてちょうだい」

「なるほど、だから、ちょっとそういう話をほのめかしただけで、きみのあそこはおれの指を締めつけているんだな」ショーンはリヴの背中を舐めた。「セックスの最中に嘘をつこうとしても無駄だよ、お姫さま」

「本気で言ってるのよ、ショーン」リヴは体をひねって振り返り、ショーンをにらみつけた。

「そういうのはやめて」

「心配するな。もし行きすぎたら、舌でなだめてやるから。このおいしいピンクの花びらなら何時間でもしゃぶっていられる。きみが身悶えするまで。何度も何度もイって、疲れきるまで。魔法のジュースはいくら飲んでも飲み足りない。ジュース中毒だ。もうやめろと蹴《け》り飛ばされるまで舐めつづけたい」

ショーンはジーンズを手探りしながらも、リヴのなかから指を抜かずに愛撫を続けた。やがてリヴは体を震わせ、抵抗するのをやめた。ショーンはコンドームの包みを歯で開けてつけた。

「してほしいことがある」ショーンは言った。

リヴはぎくりとして、振り返った。「何？」

ショーンは疑うような口調を笑い飛ばした。「本格的な変態行為じゃないよ。さっき、自分でするときはぎゅっと脚を閉じるって言ってただろ。想像しただけでぞくぞくする。おれのためにやってほしい。感じたいんだ」

「感じる？」リヴは振り返って、顔をしかめた。「どうやって？」

ショーンは言葉で答えるかわりに、はちきれそうなペニスの先を濡れた入口に押し入れ、抵抗力を感じるところまで差しこんだ。

「こうやって」ショーンはささやいた。「内側から感じたい。締めつけてくれ」

「んっ、あ……」リヴの声がいったん途切れた。両手は関節が白くなるほど強く上掛けを握りしめている。「ああっ」

「すごくきつい。脚を広げて、もっと奥までおれを受け入れてくれ。それから、もう一度閉じるんだ。できるだけ力を入れて締めつけろ。おれに感じさせてほしい」

リヴはためらったものの、そろそろと脚を開いていった。ショーンはわれを忘れて、すぐにでも爆発してしまいそうだった。この体勢、このながめ。桃みたいな尻を見ながら、悩ましく誘うようにつやめくピンク色の秘部に突っこんでいるのだ。ショーンはゆっくりと奥まで入れようとしたが、リヴのほうが尻を突きだしてきた。なまめかしく腰を振り、そのたびに小さく喘ぐ。ショーンは何もせず、ただ自制心を失わないようにじっと耐えているだけでよかった。やがて奥深くに達したあとは、リヴの鼓動ひとつごとにペニスをぎゅっと抱きしめられるような感覚に陥った。

ショーンはリヴの脚を閉めさせて、自分の腿でリヴの腿を挟んだ。

「始めてくれ」ショーンはかすれた声で言った。「おれはのんびり楽しませてもらう」

とはいえ、女の肉でわしづかみにされて、受身でいるのは拷問だった。リヴがひとりでするときと同じように股間をまさぐるあいだ、弾力のある肉はペニスをくるんで伸縮する。こたえられないくらいエロティックだ。絶頂が近づいてくると、リヴは背をのけぞらせ、びくっと体を引きつらせて震えはじめた。ショーンはリヴが小刻みにクリトリスをさするその振動をペニスで感じた。ぴったりと閉じた腿の脈に合わせて、強く引き絞られるようだ。ショーンの体も興奮で震えだした。

リヴが乱れた上掛けに口を押し当てて悲鳴を殺し、絶頂に達したとき、ショーンも危うく引きずりこまれそうになった。オーガズムの余波はなかなか鎮まらなかったが、やがて落ち着き、リヴはベッドにくずおれた。言葉もなく、肩で息をして、顔を真っ赤に染めている。開いた唇は髪で半分隠れていた。

髪は乾いて、くしゃくしゃに絡まっていた。ショーンは髪を顔から払ったが、リヴは無言で抵抗して、汗のにじんだ顔を上掛けで隠そうとした。

ショーンはリヴのあごに手をかけ、自分のほうに顔を向けさせた。「おれから隠れようとするな」うっかり口をついて出たのは粗野な命令の言葉だった。リヴはむっとしただろうが、文句を言う力も残っていないようだ。ショーンは身をかがめ、ローブをめくって、美しい背中の汗を舌でぬぐった。階下からテレビの音が聞こえてくる。セックスの音を隠してくれるだろう。運がよければ。

リヴは肺に少しでも空気を入れようとするように、小さく身じろぎした。「あなた、まだイってないわ」

「ああ。いつでもイけるが、もう一度、初めからきみを抱きたい」

リヴはさっと視線をよこした。「ショーン、あなたって欲ばりな人ね」

「おれに情けをかけてくれるかい?」ショーンは尋ねた。「それとも、欲求不満のまま追いだして、おれが偉そうだったことを罰する?」

「嫌みなことを言うのはやめて。かえってそうしたくなるわ。あと一度でもふざけたことを言ったら、わたし……あ……ああっ……」

ショーンはゆっくりとペニスを引き抜き、体をかがめて、とろりとしたジュースの源泉を舐めまわした。

リヴはあっと息をのみ、身をこわばらせる。「いったい何をするの――ショーン、やめなさい!」

「叱らないでくれ」ショーンは懇願するように言った。「残酷なお姫さまだな。おれはきみの望みどおりになんでもする。だから、中途半端な状態で放りださないでくれ。麗しき姫、ご慈悲を――」

「やめて!」リヴはショーンを振りほどこうとした。

ショーンはにっと笑ってみせた。リヴの目がきらめく。悪ふざけの常習犯として、ショーンにはリヴが笑いをこらえているのがわかった。どんな場合でも、これはいい兆候だ。

「それで?」ショーンはしおらしく尋ねた。

リヴは目をそらし、頰を赤く染めた。「どうやってしたいの?」

「きみの好きなように。四つん這いになって、うしろからでも。壁に背をつけて、立ったままでも。ロデオで雄牛を操るように、おれに乗ってくれてもいい。お望みのまま。女性の好みが優先だ」

「膝から力が抜けていて、アクロバティックなことはできそうもないわ」リヴははにかむように答えた。

ショーンは手を差しだした。「なら、ベッドに仰向けになるといい」

リヴは素直に手を取って、立ちあがった。「ふつうすぎて、退屈しない?」

ショーンは心配そうな口調に、笑い声をあげた。「生まれてこのかた、いまほど退屈とほど遠い気分だったことはないよ」心からの言葉だった。

リヴは自信のなさそうな顔のままベッドに座った。

「ベッドのはしに座って」ショーンは言った。「おれは立ったままがいい」

リヴがうなずき、前に出てから、ショーンは枕の山にリヴをそっと押し倒した。リヴは一瞬、ためらいのそぶりを見せた。ショーンはリブが自ら招くのを待った。リヴは目を閉じ、赤く色づいた柔らかな下唇を嚙んだ。

やがてリヴが脚を開いたときには、ふたりともほっと息をついた。

はじめはゆるやかだった。何かの儀式を執りおこなうように、ひそやかで、厳《おごそ》か。リヴはとてつもなくきれいだった。体の曲線も、きらきらとした目も。ショーンはさらに大きく膝を開かせて、黒い巻き毛と、鮮やかな色の秘部を見つめた。「下の唇を開いて」声はかすれ、口のなかはからからだ。

リヴは両手で開いた。濡れたひだを押し分けるようにペニスを押し入れたとき、ショーンが思わず漏らした声は、全身を貫いて響いた。「ひりひりする?」ここまで来て気を変えられたら、いっそ死んだほうがましだと思いながらも、ショーンは尋ねた。「やさしくしたほうがいい?」

「ええと……そうだけど、そうじゃない」リヴは答えた。

ショーンは凍りついた。「え? どういう意味だ?」

「確かにひりひりするけれど」リヴの声はうわずっていた。「やさしくしなくていいって意味」

ショーンはその言葉を信じて、一気に奥まで貫いた。

ああ、いい。リヴはショーンの分身を一センチたりとも余さずに包みこんでくれる。めったにないことだ。すごく気持ちがいい。分身全体が豪奢《ごうしゃ》なさやに収まって、抱きしめられ、愛撫され、締めつけられ、愛されるようだ。

リヴはショーンの腰をつかみ、もっと奥へと誘う。ここでまたショーンは理性を失い、野獣と化した。リヴの快感や、感じやすいところを突くための挿入の角度などは頭になかった。ただやみくもに腰を振った。

何度も、何度も。ベッドが軋《きし》み、振動した。叩きつけるように突くたびに、リヴの乳房がゆれる。長年培《つちか》ってきたセックスのテクニックは、霞《かすみ》と消えていた。ショーンは野生に帰っていた。

げんこつが喉につまり、心臓を圧迫しているが、それはどんどん膨らみつづけて、到底のみこめないような大きさになった。そして、すべてがはじけ飛んだ。ふわりと漂いながら現実に戻ってくるとき、ケヴィンの顔が見えた。何かおもしろいことがあったとでもいうように、ほほ笑んでいた。

しかし、現実はおもしろいどころではない。

リヴは両腕でショーンの背を抱いていた。柔らかい手がショーンをなだめている。汗にまみれ、肩で息をする愛の奴隷を、お姫さまがぽん、ぽん、ぽんとそっと叩いてねぎらっている。なかなかいいセックスだったわ。いい子ね。でも、もう用はすんだ。バイバイ。またね。

これでは本当に下半身でしかものを考えられず、姫の足もとにひれ伏し、慈悲と情けを乞うだけの存在に成りさがってしまう。

ショーンは喉のわななきをどうにかこらえた。体を起こし、リヴには目もくれずに背を向けた。ごみ箱からビニール袋を取りだし、そのなかにコンドームを捨てるあいだ、リヴがうしろでもじもじと身じろぎしている音が聞こえた。

「ショーン？　その……大丈夫？」小さな声で尋ねる。

ショーンは肩をすくめた。「大丈夫に決まってるだろ」声はこわばっていた。「きみは申し分のない相手だったよ」バスルームに逃げこみ、火照った顔に水をかけ、情けないことに最悪のタイミングで目ににじみかけていた涙を洗い流した。

気を取り直してから、ベッドルームに戻った。リヴのほうを見ないように気をつけて、ジーンズを穿《は》いた。ナイフと銃を装着する。靴を履き、シャツを着るあいだ、ひと言も口をきかず、目を一切向けなかった。リヴは静かに立ちあがり、ローブの前をしっかりと合わせた。「ショーン?」声はさらに小さくなっていた。

ショーンは無視して、リヴの携帯電話をドレッサーから取りあげた。

「何をしているの?」リヴが尋ねた。

「おれの番号を登録している」ショーンは答えた。「またその気になったら、時間と場所をメールしてくれればいい。駆けつけるよ。準備万端で」

「どうしてそんなに冷たくするの?」リヴはかぼそい声で言った。

ショーンは眉をひそめ、リヴをちらりと見た。「どうしてって、燃えるようなセックスだけじゃ不満か?」

「わたしはそういうつもりでは……ああ、わかったわ。あなた、また変身したのね。いまは残酷な人でなしのショーンなんでしょう?」

ショーンは肩をすくめた。「どっちのショーンだろうと、きみを前にすればおれの股間はいつでも硬くなる。おれに連絡が取りたくなったら、携帯の電話帳から〝大人のオモチャ〟を探してくれ」携帯電話をドレッサーに放り、部屋のドアを大きく開けた。右に行けば、三階に続く階段がある。そこから屋根裏を這い、窓から出て、木を伝っておりる。忍びこんだのと同じルートだ。

左に行けば、大階段があり、玄関広間におりられる。ショーンは左に向かった。

リヴがあわてて部屋から飛びだしてきた。「ちょっと! どういうつもり?」小声で嚙みつくように言う。「気でもふれたの?」

「なぜ止める? いまきみの両親に殺されるなら本望だよ。だいたい、這って出ていくんじゃ品に欠けるからね。おやすみ、お姫さま」

ちょうどそのとき、アメリア・エンディコットが階段をあがってきた。クソにも劣るブレア・マッデンと小声で何かを話しながら。げっ。

ショーンの舌は口蓋《こうがい》に張りついた。正面玄関から出てやろうという衝動に従ったことを、いまさらながら取り消したくなった。

こうなってみると、這って出ていくというのはすばらしい考えだ。

リヴの母親は、ショーンがわざと大きくたてていた足音に振り返り、甲高い悲鳴をあげた。真っ赤な薄い唇にさっと手を当てる。

ブレアは飛びあがり、アメリアの前に出て、カエルみたいに胸を膨らませた。「どうやって侵入した? リヴに何をした?」

「べつに何も」ショーンの背後からリヴは落ち着いた声で言った。「わたしは大丈夫よ」

お姫さまが哀れんでくださったわけか。ショーンは一度だけ振り返って、リヴを見ることを自分に許した。リヴはまだひらひらの色っぽいローブを着て、頬を赤らめ、しっとりと輝いているように見えた。最高のセックスで満たされたばかりの女のように。

こういうリヴの姿が、ブレア・マッデンの目にふれるのは気に食わない。

「この家の警備を試してたんだよ」ショーンは答えた。「言うまでもなく、失格だ」ポケットに手を入れ、メモを取りだした。「この地域の警備会社から一流どころをリストにしておいた。担当者個人の携帯電話番号もわかる。すぐにでも連絡が取れる。おれの名前を出してくれればいい」

「余計なお節介を感謝するよ」ブレアは勢いよくドアを引き開けた。ショーンはブレアをにらみつけ、急ぐそぶりも見せず階段に足を踏みだした。ブレア・マッデンは顔の筋肉を引きつらせて、じりじりとあとずさりしている。

「おもてで警察が待っているぞ、マクラウド」

ショーンは大きなしわがれ声のほうに振り返った。バート・エンディコットがずんぐりと丸い顔をまだらに赤く染めて、戸口に立っていた。

バートと争ってもしかたがない。あの毒グモみたいな女と、この気取った威張り屋のあいだに、どうしたらこういうすばらしいお姫さまが生まれるのか。今後、遺伝子の神秘がどれだけ解き明かされようと、それだけは永遠の謎として残るだろう。

「わかっていますよ」ショーンは言った。「入ってくるときに見ましたからね。しかし、おれはもう帰るところです。そういうわけで、おやすみ、みなさん」

「そこでそのまま待っていてもよろしくてよ。不法侵入罪で訴えます」アメリア・エンディコットの口調は辛辣《しんらつ》そのものだった。

「いいえ」リヴの口調は柔らかかったが、断固とした響きがあった。「不法侵入ではないわ。わたしが招いたの。警察にもそう言ってくれてかまわない」

全員が恐怖の視線をリヴに向けた。ショーンはリヴが気の毒になった。リヴは体を抱くように胸もとで腕を組み、毅然《きぜん》として視線を返した。

すごいな。ショーンは恥じ入るような気持ちになった。この女性には本物の品位がある。

「婚約者のいる身としては、褒められたことではありませんよ」アメリアは大声で言った。

「喜ばしい話をもうショーンの耳に入れたのでしょうね？」

ショーンはアメリアをまじまじと見つめた。肺は一瞬で凍りついていた。

リヴは目をぱちくりさせている。「でも、わたし——わたしはまだ——」

「ほらほら」ブレアが口を挟んだ。「いつまでも秘密にしておけることではないだろう」

「秋口で考えていますの」アメリアが言った。「当然ながら、このおぞましい事件の進展によっては時期を変えなければならないかもしれませんけど。ひどい話ですこと」

ショーンが声帯の機能を取り戻すまでに、一瞬の間があいた。「ああ、うん」皿のように大きく見開いているリヴの灰色の目をのぞきこんだ。「そういう大事な話が、もっと早く……あー、旧交を温める前に出なかったのは驚きだな」

「でも、わたしは——」

「この話になるとリヴは照れてしまって」アメリアがさえぎった。「とはいえ、こういう辛い時期に、みんなが喜べるようなことがあるのはありがたいかぎりですわ。ねえ？」

「まあ、たしかに」ショーンはぼそぼそとつぶやいた。「うん、よかった。幸せにな。身辺には気をつけろよ、お姫さま」

ショーンは正面玄関からおもてに出た。呆然としたまま門に向かって私道を歩いた。門のところで警察が車を停めて見張りについていたため、そこで呼び止められ、事情を説明させられた。これには骨が折れた。頭がまともに働いていなかったからだ。リヴのことしか考えられなかった。

婚約。悪夢だ。

しばらくしてからマッデンが出てきて、警察の尋問をやめさせ、ショーンを解放した。早くショーンを屋敷から追い払うためだ。乙にすましたヒキガエルめ。

鉄製のものものしい門が開いた。ショーンは放心状態で、自分の車を停めているところに向かった。ショーンはデイビーが前もって咎《とが》めたことを、ひとつ残らずやってのけた。不法侵入、追跡装置の取りつけ、軽率なセックス。エンディコット家の人間に発信機を見つけられたら、本気で訴えられるだろう。財布、スーツケース、バッグ。リヴのサンダルのかかとに切れ目を入れ、そこに仕込むことさえした。よくよく調べれば、出どころが〈セーフガード〉だということはばれてしまう。つまり、セスとデイビーを道連れにする可能性もある。電力のないところに取りつけたから、発信機は長くはもたない。自分の自由を失い、兄の仕事の信用をがた落ちにさせる危険を冒しても、できるのは一日かそこらリヴを追跡することだけだ。

いや、かつて覚えがないほど激しいセックスで、ぶっ飛ぶことはできた。

ショーンは暗闇のなかでよろめいた。肩や尻の引っかき傷に手を這わせた。〝もっともっと〟のしるしだ。快感にわれを失った女のしるし。

男の勲章のようなものだ。むしろ、いずれ消えてしまうのが悲しい。

明日、エンディコット家の人間は、ショーンにもT－レックスにも見つからないところにリヴを連れていくだろう。そして、世界は真っ暗になる。

先ほど登録したショーンの番号に、リヴが電話をかけてくれば話はべつだが。

ショーンは暗い夜道で足を止め、マツの木とモミの木の枝をゆらす涼しい風を受けて、そのことを考えた。

ブレア・マッデンの婚約者とヤる。それが、ついさっきショーンがしたことだ。現実と向き合わなければならない。ショーンは、近い将来、リヴが浮気の証拠をシャワーで洗い流して家に帰ることを想像した。秘密の恋人としてショーンと関係を続けても、リヴは家に帰ればベッドで妻の務めを果たさなければならない。胃がよじれるようだ。絶対に耐えられない。婚約しているのだから、リヴはもうあの男とヤったかもしれない。すぐさまショーンの想像力は、あのつまらないヒキガエルがリヴの体をむさぼっている光景をフル３Ｄで描きだした。リヴが体を許しているさまを。むしろ喜んで身を任せているさまを。

想像するんじゃなかった。ショーンは路肩の排水溝に身をかがめ、胃液も出なくなるまで吐いた。こぶしを握りしめ、目に涙を浮かべて。いまいましい。ショーンは融通の利く男だが、こういう心の曲芸はレパートリーにない。

しかも、偽善的だ。リヴが誰と寝ようが、ショーンにはそのことで苦しむ資格などない。テキーラでべろべろになって、〈ホール〉で引っかけた女の子ふたり組を相手に、六個――か七個のコンドームを費やすような男だ。

ただし、公平かつ率直に言わせてもらえれば、ショーンは誰かと結婚の約束をしながら、ほかの女の子たちとヤりまくっていたわけではない。

今夜、リヴに対していだいたような想いを、ほかのどんな女にも持ってやれなかったと思うと、胸が痛んだ。片思いは辛いものだ。女に心をよせられた経験は数多くある。自慢するような気持ちにはなれなかった。

ショーンを好いてくれた女の子たちのひとり、サンドラは、ワシントン大学の大学院で臨床心理学を学んでいた。ぽっちゃりとした体形、ふわふわの金髪、いかにも秀才らしいべっ甲の眼鏡、それにきれいなピンク色の乳首が特徴的な子だった。サンドラは病理学的な視点からショーンの精神状態を説明し、評判のいいセラピストの電話番号と、支援グループのリストと、セックス依存症を治すための十二段階の回復プログラムを教えてくれた。

どれもこれも、初めからショーンにくたばれと言っているようなものだ。くたばって当然だ。サンドラの提案はすべて筋が通るものだが、それでも、ショーンの場合、まったく役にたたないことはわかっていた。何をしても変わらない。何かに駆りたてられるようにセックスがしたくなり、女の子にアプローチをかけ、落とす。愛想は振りまくもののの、いったんそうなったら長続きはしなかった。セックスでは安全面に気を使い、情熱をこめ、たっぷりと時間をかけた。最低限、ベッドのなかで女の子たちにつくしたことは断言できる。

しかし、関係が一週間以上続くことはめったになかった。たいていはそこまでもたなかった。

ある意味では、ステイシーやケンドラといった一夜限りの女たちも含め、ショーンは全員に好意を持っていた。女はショーンの慰みものではないということはわかっている。相手の感情を傷つけるのは忍びない。ときおり、意志の力で相手の女をひとりに決め、その子の非現実的な夢を叶えてやれたらどんなに幸せだろうかと夢想することもあった。ショーンをよく笑わせてくれる女の子を選ぶ。その子にいろいろな約束をする。死ぬ気でそれを守る。単純明快。だろ?

いま、身近にいる男たちがしているのは、まさにそういうことだろ?

違うね。そのまねごとをする誘惑に駆られるたび、何かがショーンを押し留めた。不幸に終わるような予感がした。兄貴たちとその伴侶たちが、あふれんばかりの愛のなかにどっぷりとつかっているのを目の当たりにしているからかもしれない。

歯がむずむずするが、正直に言えば、楽しそうに見えることもある。心を許し合っているように見える。人を欺《あざむ》く必要なんかまるでないとでもいうように。

いままで関係を持った女の子全員に、それぞれがどれほど美しいか、本人が納得するまで教えてあげたかった。ショーン自身も含め、犬ころのように価値のない男とは無縁の人生を送って当然なのだとわかってもらいたい。それでも、ショーンは胃に巣くうようなうずきにあらがえなかった。押さえつけることも、払いのけることも、無視することもできなかった。

苦痛の種をかかえているようなものだ。苦痛に感じるのも当たり前だ。

うずきを感じたら最後、芽が出るのに時間はかからず、ショーンの命運は決まる。もしもこのことを突きつめて考えたり、罪悪感やら意地やら孤独やらそういったことをぐずぐずとつつきはじめれば、症状はいっそうひどくなり、手に負えないほど悪化する。どうにもならない。まるでアリ地獄だ。

そのときそのときの女の子をどれほど気に入ろうと、セックスがどれほど楽しかろうと、違うめぐり合わせをどれほど強く願おうと、まるで関係ない。

気の滅入るシナリオをなぜ何度もくり返さなければならないのか、自分でも不思議だった。セックスは好きだが、レンガの壁にぶち当たるのはいやでたまらない。何せ、女の子たちと出会う前から、終わることがわかっているのだ。

だが、今夜は違った。リヴの部屋で起こったのは、一度も読んだことのないシナリオだった。まるでハラハラドキドキ、手に汗握る映画だ。目をつぶれば、裸のリヴの姿が見える。指先にはまだリヴの香りが残っている。リヴは自動誘導装置みたいなもので、ショーンはその周波数を受信するようにできている。X線の機能など必要ない。占い棒で水脈を探るように、ペニスが指し示すほうに進めばいい。

背中がぞくりとした。幽霊の手で撫でられて、寒気が走ったような感覚だ。ショーンはじっとして、耳をすました。その場でゆっくりと三百六十度回転する。しかし、この暗さではまるで視界がきかなかった。

鳥肌がたっていた。脈拍は一気にあがっている。エンディコット家を見おろす丘で、銃を持った人間が身を伏せているとすれば、この広い道路に立っているショーンは格好の標的だ。赤外線スコープをつけていればだが。

いや、これは、気のふれた親父、エイモンの異常な警戒心が発動しただけだ。親父の頭のなかで一生静まることのなかったくだらない警告を、生まれたときから聞かされつづけたせいだ。それはわかっているが、だとしても、本能と訓練の両方が一緒になって発する声はあまりに大きく、とうてい逆らえなかった。

ショーンは路肩の向こうに肩から飛びこみ、砂利の斜面をすべりおりた。自分のたてた砂《すな》埃《ぼこり》に咳きこみながらも、衝撃を和らげるために両腕を広げて、やぶのなかに突っこんだ。バキバキと音をたて、小枝に引っかかれ、顔をはたかれ、最後は尻もちをついた。

かつては川だったところにたどり着き、そこに停めておいた真新しいピカピカのジープ・ラングラーを見たときはほっとした。パラノイアの血を引いていると不便で仕方がない。

ショーンはブラッフスの家に戻ってすぐにコンピューターとX線スペクトルプログラムを立ちあげ、発信機の識別コードを入力した。

モニターに地図が広がった。いくつものアイコンがエンディコット邸の位置で重なり合って、明滅している。ショーンの胸が締めつけられた。まずはこれをどうにかして治めなければならない。

一、リヴは毒ヘビと婚約していて、近く結婚する予定だ。二、リヴがショーンと寝たのは遊びであり、それもたまたまその気になったからにすぎない。三、リヴが聞く耳を持たない以上、過去の償いをすることはできない。四、リヴはショーンが守ることも手を貸すことも求めていない。五、リヴは屋敷から離れようとしている。

ショーンはここに座って、チカチカする点がモニターから消えていくのをながめるだけ。いや、そうだろうか。汗ばんで震える手をパソコンのマウスに乗せ、じっと座ったままでいなければならない理由はない。

誰かがこのごたごたをきれいに片付けなければ、いつまでたってもリヴはこの街に戻ってこられないし、書店の再建もできない。そして、ショーンには容疑がかかっているのだから、事件を解決することは自分のためにもなる。首を突っこんでしかるべき正当な理由だ。あるいは、体のべつの部位を突っこむ理由か。ショーンはデイビーのお説教を思いだして、むせかけた。悪いな、兄貴。

文書作成ソフトをたちあげ、ストーカーからのEメールの記憶を引っぱりだして、書き起こしていった。仕事にかかると、とたんに気分がよくなった。T－レックスの身柄を手土産にエンディコット邸を訪ねたら、さぞや胸がすくだろう。のたうち、わめき散らす人でなしの首根っこを抑える。植民地時代風のポーチに叩きつける。ドスン。ほら、みなさん。おれの無実を証明するちょっとした証拠ですよ。

自分を笑うべきだろう。飼い主に忠実な猟犬が、死んだウサギを取ってきて、足もとに差しだすのと同じだ。しっぽを振り、飛び跳ね、頭を撫でてもらえるのを期待する犬ころ。恋に溺れたまぬけだ。

10

ゴードンはスコープから目を離し、いらだってライフルの鼻先を振った。いったいなんなんだ？　運に恵まれ、最小限のリスクで仕事をすませられる可能性が急上昇して、ほくそ笑んだばかりだというのに。呼吸をゆっくりと整え、心の奥底がしんと静まりかえるまで気持ちを落ち着けて、引き金に指をかけ、あと一歩であの厄介な男の頭を吹き飛ばすところだった。その瞬間、マクラウドが足を止めたため、狙いがゆらいだ。もう一度視界にとらえたとき、あの男は丘を見あげ、ゴードンのほうにまっすぐ目を向けていた。らんらんと輝く目はまるで狼《おおかみ》のようだった。

それから、あの男は消えた。スコープのなかで残像が消えては現われる。これでゴードンはあわててしまった。月のない夜、木々におおわれてなだらかにくだる丘の斜面がふたりを隔てていてもなお、マクラウドはこちらの存在を嗅ぎつけた。あの男が死肉と化したら、ゴードンはさぞかしほっとするだろう。

殺しのチャンスを鼻先で奪われたようなものなのだ。腹だたしい。準備万端で臨んだのに、弾をぶちこむ相手がいない。射精寸前で女が消えるようなものだ。ゴードンは自分の皮肉に忍び笑いを漏らした。車のエンジン音が聞こえた。ヘッドライトの明かりが木々を照らし、坂道をのぼっていく。テールランプが角を曲がり、見えなくなった。

これでよかったのかもしれない。いまここであの男を殺すというのは、とっさに決めたことで、利点も多いが難点も多い。銃声がおまわりたちの耳に入れば、応援部隊を呼ばれてしまう。つまり、マクラウドのぐちゃぐちゃの頭蓋骨を記録的なスピードで処理しなければならないということだ。車が通りませんようにと願い、道路に残ったくずは運の悪いシカが片付けてくれますようにと願いながら。しかも、マクラウドの車を見つけて、始末しなければならない。衝動的な行為を邪魔されてよかったのだろう。

マクラウドが門から出てくるまで、ゴードンは狙撃用ライフルでおまわりたちを処刑し、エンディコット邸に正面から押し入って、屋敷内の人間全員に弾を浴びせるという計画を頭のなかでもてあそんでいた。そのあとでショーン・マクラウドを殺し、誰にも見つからないところに死体を隠して、警察には当然の推理をさせる。なぜマクラウドが唐突に正気を失ったのか、飽きるまで考えさせてやる。これこそ、プロの仕事のお手本のようなものだ。

今夜、この計画はさらに強固なものとなった。おそらく、マクラウドはオリヴィアをヤっただろう。オリヴィアの穴という穴から、マクラウドのDNAが出てくるはずだ。

そう考えたとたん、ゴードンの股間のものがいきりたった。あの女は、求められれば誰にでも股を開く雌ブタだ。大量殺人となれば、マスコミの関心を集めるため、クリスは縮みあがっていた。だが、あの小心者のタマはゴードンがしっかりと握っている。

この計画で唯一問題なのは、オリヴィアのお仕置きができないことだ。ゴードンをあざむいたことの罰を受けさせたいが、うまく計画に沿うような筋書きが思いつかない。

ゴードンは股間の膨らみに手を置いた。じっくり考えれば、皆殺しの前にまずはオリヴィアを誘拐すべき理由に思い当たるだろう。しかし、一物がこれほど硬くなっているときには、よく頭がまわらないものだ。

解決策として、ゴードンはズボンの前を開けた。

ハァハァと息をしながら、自慰にふけった。全裸のオリヴィアが両手両膝をつき、喘ぎ、身をくねらせている姿を想像した。ここでこんなことをしているとクリスが知ったら、お遊びもたいがいにしろと言うだろう。だからなんだ？　遊んだからどうした？　人生はそのためにある。

お楽しみにふけること。遊べるときには遊べ。意気地のないおまわりどもが、いつか勇気を出してゴードンをつかまえ、自由を奪うまで。

三対の目ににらまれて、リヴは裸をさらしているような気分になった。

「バート？　ブレア？」母の声はうつろだった。「少し席をはずしてくださる？　オリヴィアとふたりだけで話したいことがありますから」

ブレアは足を踏み鳴らして去っていった。父はそのあとに続き、肩越しに振り返って、毒を含んだ視線をリヴに投げつけた。リヴは両腕で自分の体を抱き、母が階段をのぼってくるのを待った。母は娘の体に目を走らせ、唇をゆがめた。

「なんてこと」母は言った。「彼と寝たのね？」

リヴは口を開いたものの、何も言わずに閉じた。何を言っても、リヴを攻撃する材料として使われるだけだろう。沈黙が最善の防護壁だけれど、最善とはいえ壁は脆《もろ》い。

アメリアは手を振りかざし、リヴの頬を力いっぱい張り飛ばした。

リヴの首がまわった。じんじんするあごに手を当てると当時に、目に涙があふれてきた。

「愚かなことを」母親は刺すような口調で言った。

ええ、そうね。それは反論できない。リヴは心のなかでそう答え、こみあげてきたヒステリックな笑いを抑えこんだ。

「何年もこのチャンスを待っていたのね？　あの人間のクズと関係を持って、身を貶《おとし》め、そのことであたくしがいやな思いをするのを待っていたのでしょう？　こそこそと会うことは、今日の午後に決めたのかしら？　あたくしたちの目を盗んで？」

「いいえ」リヴは簡潔に答えた。

「信じられません」母の目は涙で濡れていた。「ブレアのような男性はなかなかいないのよ。長年、あなたを待ってくれているというのに」

「待ってくれと頼んだ覚えはないわ」リヴは穏やかに言った。

母はその言葉を払いのけるように手を振った。「これから待っていてくれるかどうかは、甚《はなは》だ疑問です。あたくしは嫌悪感でいっぱいよ、リヴ。あまりに低俗で、あまりに下劣な行為です」

リヴは両腕できつく体を抱きしめた。「そんなふうに思わせてごめんなさい」

「あの男は最初から毒でしたよ」母は怒りもあらわに言う。「あの男と知り合った夏から、あなたは気難しく、反抗的になってしまった。まるで人が違ったように！」

そう、客観的に見ても、それははっきりしている。あの夏、リヴの心に意思というものが芽生えた。危うく手遅れになるところだった。

「でも、これほどのことは予想もしなかった。ここまで行きすぎたことをするとは、夢にも思わなかった。あたくしたちの家でそんなことをするなんて。お父さまとあたくしとブレアが階下にいるところで。あたくしたちは、あなたの身を守るために知恵を絞り合っていたのですよ」アメリアは顔をあげ、完璧なメイクを損なわないように、慎重に涙をぬぐった。「こんな子が自分の娘だとは信じられない」

この言葉は、鉄のドアが叩きつけられたように重く響いた。

「わたしもよ」リヴは声を荒らげずに返した。

アメリアはまた手をあげたものの、リヴは母の筋張った手首をつかんで止めた。「二度と殴らないで」リヴは言った。「今度はやり返すわ」

アメリアはぐっと手を引いて、手首を離させた。「殴られたも同然よ、リヴ」小さな声は涙でかすれ、くぐもっている。「殴られたも同然」

母は階段のてっぺんできびすを返し、体を支えるように、手すりをしっかりとつかんだ。それから背筋を伸ばし、階段をおりはじめた。

「明日は六時に出られるようにしておくこと」有無を言わせない口調で申し渡す。「たとえ顔につばを吐きかけられても、あたくしたちはあなたのために、できる限りのことをします」

リヴはふらふらと廊下を渡り、部屋に戻った。ただでさえめちゃくちゃな人生に、さらにひどいことになる余地があったとは、思いもよらなかったけれども、弱点と泣きどころは次から次に出てくるものだ。それでも足りなければ、母とショーンが探しだして、そこにつけこんでくれる。

ローブを脱ぎ捨てた。自分の裸が鏡に映っているのに目を留め、ふと思いたって、初めて見るような目で自分の体をながめてみた。

客観的に見るのはたぶん本当に初めてだ。いつも自己批判のベールを通して見ていたから。胸は大きすぎて、邪魔なくらい。おなかはちっとも平らじゃない。腰は張っている。そのうえ、このお尻ときたら。見るのもいや。

でも、ショーンの熱烈な賛美の言葉は本物だった。偽りは一切なかった。ショーンの熱意は、全身の細胞ひとつひとつで感じられた。

リヴは鏡に映った体を見た。興奮の余韻で生き生きとして、途方もない快感の名残りでまだはちきれそうだ。悪くなかった。きれいに見える。太っているというよりも、肉感的に見える。こういう女を抱くために、男がフェンスを越え、警報装置を無力化して、木によじのぼり、不法侵入の罪を犯してまで部屋に忍びこむのもおかしくないように思えた。

いますぐショーンに電話をかけて、婚約は家族が勝手に決めたことだと説明したくなったけれども、そこまでの勇気は出なかった。

きみが婚約してようがしていまいが、おれが気にするわけないだろ、お姫さま。おれになんの関係がある？　こう言われるのがおちだ。耐えられない。

リヴは身震いした。今夜、そんなことを言われたら、二度と立ち直れない。

腿のあいだに手を当てた。体の奥の敏感なところはひりひりしているし、脚を大きく広げたせいで、腿のあたりが筋肉痛になりそうだ。大学時代、処女を失ったときでさえ、これほど圧倒されはしなかった。

そう、初体験でさえ、比べ物にならない。リヴの体はまだ充電が切れていないらしく、ちりちりしている。ショーンのことを考え、腿をすり合わせるだけで、泡だつ水がほとばしるように、快感が体じゅうに走る。腿からつま先まで、喜びのさざ波が伝っていく。リヴは震える息を吐いた。

腿の奥に手を入れた。電気みたいなショーンの存在を背後に感じて、自分の秘部にさわるのは、驚くような体験だった。ショーンの熱い体がリヴをおおう。ショーンの声がエロティックな言葉を耳もとでささやく。それから、あの巨大なペニスを押し入れられ、奥まで満たされたときは、ショーンの鼓動を子宮で感じることができた。

その記憶がよみがえった瞬間、リヴは絶頂を迎えた。われに返ったときには、床にへたりこんでいた。あの男のことを思いだすだけで、膝ががくがくする。

リヴの妄想にはいつもショーンが登場するけれども、筋書きは決まっている。ホテルかどこかで熱く体を重ね、リヴの魅力でショーンをとりこにする――妄想なんだからいいでしょう？

それから、シャワーを浴びて、ショーンがベッドに寝そべり、舌なめずりする前で、凝《こ》った下着を悠々とつけ直す。てきぱきと、それでいてなまめかしくボタンをかけ、ジッパーをあげて、服を身につける。唇に紅を差し、髪を払う。バッグを肩にかける。明るく、他人行儀な笑みを浮かべて、ひらひらと手を振る。「じゃあね」ことさらにこやかに言う。「バイバイ」

妄想のなかでは、ショーンは行かないでくれと懇願する。次にいつ会えるのか知りたがる。リヴは肩をすくめる。冷たいリヴ。「わたしの気分しだいね」容赦なく答える。「電話はしないで。わたしからかける……その気になったら」

バタン。すがりつかんばかりのショーンの鼻先で、ドアが閉まる。

こういうホテルの一幕には、たくさんのバリエーションがあるけれど、重要な要素は、この残酷なまでの力関係だ。それだけはいつも変わらない。

リヴは喉のわななきを鎮めるようにつばを飲んだ。もしも現実にホテルで逢瀬《おうせ》を重ねるようになれば、ベッドに横たわり、相手のとりこになって、着替えを見つめるのはリヴのほうだろう。次にいつ会えるのか教えてほしいとすがりつくのは、リヴのほうだ。

何度同じ目にあえば気がすむの？　リヴはどうにか立ちあがり、自分の姿を見つめた。体じゅうにセックスのあとが残っている。ほとんど見えないけれども、よく目を凝らせば、顔も胸もショーンのひげがすれて赤くなっているのがわかるし、唇はキスで赤く膨らんでいる。腰のあたりには、挿入のあいだショーンがリヴを支えていたときの手のあとが薄くついている。顔はピンクに染まっている。ただし、母の平手打ちであごについた赤くまだらな手形を隠すほどではない。

やれやれ。今日という一日が、目に見える形で体じゅうにあとを残したみたいだ。山場の連続。

リヴは髪を巻きあげた。もう一度シャワーを浴びよう。危ない男と〝食うか食われるか〟のセックスに溺《おぼ》れる？　切羽つまった問題を山ほどかかえているのだから、もうけっこう。何者かがリヴを殺そうとしている。少しは先のことを見通せるようにならなければ。リヴは石けんで体を洗いながら、現在の状況をつくづく考えた。ショーンに出会った夏から、リヴが反抗的になったのは本当だ。ショーンのほうから近づいてきて、リヴをけしかけた。それから、牢屋でのあの豹変《ひょうへん》ぶり。以来、あれが感情の予防接種のような役割を果たしてきた。人を怒らせたらどうしようという恐れが消えた。そんなことは、恐怖でもなんでもなくなった。最悪の経験をしたのだから、臆病になることも、卑屈になることもなくて当然でしょう？　人のご機嫌うかがいはもうまっぴら。

あれから、好きに生きるようになった。自分の興味のある授業を受け、自分の希望どおりの学科を専攻し、自分の志望する仕事に就いた。母は、この変身後の、不可解なほど気難しいリヴに対してヒステリックに狼狽《ろうばい》した。リヴは学資の援助さえ断って、家族の支配を断ち切ろうとした。でも、これは期待はずれに終わった。

生活の糧《かて》を自分で稼ぐようになって、リヴはようやく完全に自立した。豆とラーメンしか食べられなくても、安物しか買えなくても、息をつくことはできる。母は娘を愛そうとしているけれども、愛情が機能するのは、服従という燃料が投下された場合だけだ。従属を拒むことは、母の愛を拒むのと同じ。それ以外の形はない。悲劇的な袋小路だ。

熱いシャワーを浴びながらいつしかしゃくりあげていて、リヴはぎょっとした。母に受け入れてもらうことなど、とっくの昔に諦めたものだと思っていた。悲しみはまだ巣くっているのかもしれない。これからも消えてなくなることはないのかもしれない。

リヴはひとりぼっちだ。驚くことではない。ずいぶん昔からそうだった。ひとりで殺人者から逃げたことがないだけだ。

ぞっとする。〝豪華なかごにとらわれた寂しい小鳥〟になったほうがいくぶんかましに思える。いくぶんか。とはいえ、リヴはほとんどお金を持っていない。クレジットカードはすべて限度額いっぱいだ。貯金は全額、〈ブックス・アンド・ブルー〉につぎこんだ。車は証拠として警察に押さえられている。

宝石をいくつか持っているので、それを質に入れることはできる。避暑地にでも逃げようか。ウエイトレスになって、チップで稼ぐ。落ち着いたら警察に連絡を取って、相談に乗ってもらう。リヴみたいな立場の人間に手を貸してくれる団体もあるはず。

行動を起こすなら、いますぐだ。リヴは寝室のドアを開けて、耳をすました。階下で物音がする。まだ早い。

リヴは何度も荷物をつめ直した。一番悩んだのは、まだ読んでいない大事な本をどうするかだ。最終的に、ジーンズと何枚かの下着を出してスペースをあけ、本をすべて入れた。譲れないものは譲れない。

リヴは着替えと荷造りをすませ、緊張でそわそわしながら、ナイトテーブルの小さな時計を見つめ、午前四時まで待った。

リヴが選んだ服装は、ジーンズに、みっともないサンダル。シンプルなブラウス。書置きには推敲《すいこう》を重ね、謝罪と釈明の言葉を残した。

時計の針が四時を指した。これまでの生活に別れを告げる時間だ。

リヴは廊下をのぞいた。静まり返っている。

荷を積みすぎたロバみたいに、バッグをぶらさげ、ノートパソコンをかかえ、リュックを背負い、スーツケースを引きずって、よろめきながら階段をおりた。けっこうな物音をたてたけれども、誰かが飛びだしてきてリヴを止めることはなかった。

心のどこかで、止めてもらうことを望んでいたようだ。

裏口にいったん荷物を置いて、両親のボルボの合鍵を盗んだ。空港の長期貸しの駐車場に停めて、郵便で鍵を返せばいいだろう。あとは、敷地のおもてと裏の両方で見張りについている警察の目をどうごまかすか。リヴを守ろうとしてくれているのに申し訳ないけれども、仕方がない。

リヴは心のなかで警察に謝った。

ボルボは川岸の車庫に停めてあり、運よく、生け垣や木の陰に身を隠してそこまで行くのは簡単だった。母の監視の目を逃れるために、子どものころから何度となくくり返してきたことだ。そこまで行けば、誰かに見られる心配はまずない。

警報装置を解除して、外に出たとたんに怖気《おじけ》づいた。午前四時は気持ちのいい時間ではない。茂みや低木は、飢えた獣が身を伏せ、大挙して待ち構えている姿に見えた。リヴはあわてて足を速めた。未来永劫許されないような、とてつもなく悪いことをしている気分になった。

やっとのことで車庫にたどり着き、戸を開けた。エンジンをかけ、ヘッドライトを消し、月明かりを頼りにゆっくりと走らせて道路に出た。最初のカーブに差しかかったところで速度をあげ、頭のなかでこれからの計画をたてた。まずは最寄りの銀行によって、ATMで残高すべてを引きだし、すぐに高速道路に向かって——

危ない！　リヴは急ブレーキをかけた。あと数センチで、泥だらけの黒いジープにぶつかるところだった。カーブのすぐ先で、ジープが細い二車線道路を横にふさいでいたのだ。ああ、そんな。ひどくまずいことになりそう。

神経という神経が恐怖にざわめき、頭のなかでは、思慮の浅さと、認識の甘さを知らしめる理解の光が——

影が飛びかかってきた。ガシャン！　四角い鉄のようなものが窓を砕き、粉々になったガラスが膝に降りそそぐ。どうしようどうしよう、銃だ。そう叫ぶ声がどこか遠くのほうで聞こえた。

黒い手袋をした大きな手がロックをはずし、ドアを開け、リヴを車から引きずりだして、アスファルトの道路に放り投げた。

そいつはリヴのそばで身をかがめた。黒いマスクには不ぞろいな穴がふたつ開いていて、そこから大きく見開いた目がのぞいている。顔は隠れていても、笑っているのはわかった。

「オリヴィア」ねっとりとした声でささやく。「ようやく会えた」

何かの布でリヴの鼻をおおった。リヴの意識はどことも知れないところへ消えていった。

空はぼこぼこの雲におおわれて、どんよりとしている。雷が轟《とどろ》き、ショーンの首筋を粟だたせる。ケヴィンは定位置の岩に座っているが、笑ってはいない。髪はほぼまっすぐにたっている。上半身が裸なのはいつもどおりで、がっしりとした筋肉をさらしているが、寒さで鳥肌が浮きでていた。

ショーンはお定まりの説教を食らう前に、口を切った。

「それで？　おれは言われたとおりにケツをあげた。満足か？」

ケヴィンの目は憂いを帯びている。「まだだ。今度はもっと早くしろ」

「早く何をするんだよ？」

ケヴィンは顔をしかめて眉を片方あげた。「ケツをあげるんだ」

そして、両腕を掲げた。手首にプラスチックの手錠がかかっている。プラスチックが食いこみ、肌を切っていた。手首から血が流れ、細長い小川のように太い腕を伝って、肘からしたたり落ちる。

ショーンはびくっとして目を覚まし、コーヒーカップを倒した。書斎を見まわす。明かりは、方眼の地図を映すX線スペクトルプログラムのモニターだけだ。冷たくなったコーヒーは膝にもこぼれていた。怒りに任せて、勢いよく回転椅子を引いた。「ケヴィンのやつめ」ぶつぶつと言った。「汚い手を使いやがって」

発信機の書類をこぼれたコーヒーから押しのけているとき、モニターの明滅が目に入った。アイコンが動いている。

そして、止まった。ショーンはコーヒーを拭くのも、ケヴィンに文句を言うのも、自分を哀れむのもやめていた。息も止まっていた。

あの車が止まる理由がない。エンディコット邸の私道から、千五百メートルしか離れていない。あのあたりには信号はない。十字路もない。よその家の私道とぶつかる場所でもない。わき道はあるが、大昔の伐採道路で、谷底につながっているだけだ。

アドレナリンが大量に噴出して、体じゅうを駆けめぐった。

いくつか重なったアイコンから、ひとつだけ離れて動きはじめた。ショーンは電話をつかみ、デイビーの番号にかけた。

「ショーン？　なんの用だ？」デイビーの声は不機嫌だったが、はっきりしていた。デイビーはいつでも目覚めがいい。眠そうな女の声が何かつぶやいた。

つまり、デイビーはまた奥さんと寝るようになったわけだ。多少なりともうまくいっていることがあるのはありがたい。「ベッドから出ろ」ショーンはぶっきらぼうに言った。「おれの車にはX線スペクトルのモニターを積んでいないんだ。だから、そっちでおれの位置を確認してほしい」

「なぜ？　何ごとだ？　どういうわけで――」

「ゆうべ発信機をつけた。リヴに」焦りで声が荒くなった。「発信機群はシェーファー・クリーク道の見通しの悪いカーブのところで止まった。そのうちのひとつが離れて、渓谷に向かって動いている」

デイビーは慎重な態度を取った。「ほかに筋の通った理由はないのか？　どうやらおまえは性急に結論を出したようだが」

「は？　リヴが朝の四時に、パパの家から二キロと離れていないところに車を停めて、森のなかに入って用を足すとでも？　ふざけるな！　コンピューターはすぐに使えるか？」

「わかった、わかった。落ち着け。立ちあげているところだ」

「識別コードを言うぞ？　ああ、まずい。アイコンの動きが速くなった。車に乗せられたんだ。古い伐採道路に入った。犯人の男はオフロードの車で移動しているのかもしれない。識別コードを打ちこめるか？　ぐずぐず電話をしている場合じゃないんだ！　すぐに行かないと！　おれの携帯はブラッフスの反対側に出るまでしばらく繋がらなくなる」

「コードを言え」デイビーはそっけなく言った。

ショーンは動いているアイコンの番号を読みあげた。「携帯型の受信機はあるが、おれがシェーファー渓谷に着くころには、リヴはもう受信圏外に出ているだろう」

「あのあたりは未開の土地だ」デイビーが言った。「犯人はロング・プレーリーに出るか、あるいは左に曲がってオレム湖を目指すしかないだろう。よし、リヴの発信機をとらえた。時速二十五キロで南に向かっている」デイビーはいったん口をつぐんだ。「これは……一刻を争う」

「そのとおりだ」ショーンは携帯を持ったまま家の外に駆けだし、ジープに乗りこんだ。タイヤが砂利を吐き、車は道路に飛びだした。「もう切るぞ。電話を頼む」

「なんの電話だ？」

「頼むよ、デイビー。何もかも言わなきゃならないのか？　リヴの家族、市警、州警察、州軍にまでかけろ！」

「落ち着け」デイビーはなだめた。「いまから手の内を明かす必要があるのか？　まずはアイコンが残っているところに行って、まったくの勘違いじゃないことを確認しろ。刑務所までおまえの面会に行くのはごめんだ」

「おれが刑務所入りになったからって、誰が気にするんだよ？」ショーンは怒鳴った。「リヴの命がかかってるんだ！」

「おれが気にする」デイビーはむっつりと言った。「腹だたしいが、気にかけているんだ。現場に着くまで待て。リヴは南に向かっている。もしこのアイコンの車に乗っているなら。着いたら、連絡しろ」

　こんなときに限って軍務で培《つちか》った冷静さを生かせないとはいまいましい。戦場では、銃弾が飛びはじめたとたん、完全に冷静になれたものだ。生きるか死ぬかを心配しなければ、人の集中力は驚くべき範囲まで広がる。しかし、今回はそうはいかない。危ういのはリヴの命だ。

　気持ちを落ち着かせるには、この犬のクソみたいな状況を自分の手で切り裂くしかない。

　道路の上をすべらせるように車を飛ばした。渓谷の道でタイヤを軋ませながら停止し、車から飛びだした。路肩に駆けよった。

　みぞおちにこぶしが沈むような光景だった。黒いセダンが、道から落ちて谷底の木にぶつかり、鼻先をつぶしていた。ショーンは道の向こうに飛びこみ、砂利の斜面をすべりおり、やみくもに茂みをかき分けて、車のほうに進んだ。腹の底から、獣のようなうなり声をあげていた。黒焦げのケヴィンの姿、炎に包まれてゆがむ黒い金属が目に浮かぶ――

だめだ。まだ正気を失うわけにはいかない。最悪の事態を確認するまでは。

車に近づき、なかを覗《のぞ》いた。

空っぽ。死体も、血もない。リヴのバッグの中身が後部座席に散らばっているだけ。ショーンは子どものように泣きだしていた。

涙をぬぐい、デイビーの番号にかけてから、すべりやすい斜面を必死に這いのぼった。

「どうだ?」デイビーが尋ねた。「結果は?」

ショーンは道によじのぼり、車に飛びこんだ。「電話しろ。何者かがリヴの車を谷に落とした。リヴは消えた。アイコンの現在地は?」

「オレム湖に向かっている。時速二十五キロを崩さずに移動中だ」

坂道をのぼりきったところで、谷底に向かう未舗装の伐採道路に入った。「電話だ、デイビー。もしおれが犯人にやられたら、あとは任せるから、警察やら何やらに協力してリヴを探してくれ」

「くだらないことを言うな!」デイビーは怒鳴った。「武装しているだろうな?」

「万全ではない。残念だが、それでも行くしかない」ショーンはアクセルを踏んだ。


ガン、ガン、ガン、ガン。「起きな、お人形ちゃん」

何かを打つ音と目覚めをうながす声で、リヴはゆっくりと意識を取り戻した。目を開けるのが怖かった。何かいまわしいものがリヴを待っている。それがうずくまっていることがわかった。リヴに飛びかかろうと身構えている。

目を開いたとたん、記憶がよみがえり、それとともに身の毛のよだつ恐怖も戻ってきた。リヴは歯を食いしばって、すすり泣きをこらえた。

手首がひりひりする。工業用のゴミ袋を閉じるのに使うような、硬いプラスチックのひも状のもので縛られていた。口はテープでおおわれている。しゃべることも、叫ぶこともできず、息をするのも辛い。

暗かった。ごく淡い光は、小さな汚れた窓からうっすらと差しこんでいる。粗い板張りにあいたギザギザの穴からも光が漏れていた。何かが腐ったような臭気とカビと真新しい防水シートの臭いが鼻をついた。

「予定どおりだ」耳ざわりな声が言った。

リヴははっとして首をまわし、目を見開いて、マスクをかぶった悪夢がのしかかっているのを見つめた。地に倒れていても、スカンクみたいなマスクの臭いが嗅ぎとれた。ごついハンマーを持っている。

男はリヴにかがみこみ、ハンマーを振りかざして、リヴの上のほうの壁を打ちつけた。ガンッ。リヴは身をよじってそちらを見あげた。釘だ。いい兆候のはずがない。

「これでいい。さあ、おめえを所定の位置に着かせてやるからな」縛った手首をつかみ、リヴの肩をはずしそうな勢いで引きあげて、壁に背を叩きつけ、腕をあげさせて、木の壁に打ちこんだ太い釘に、プラスチックの手錠を引っかけた。

「いまはじっとしていたほうがいいぞ、お人形ちゃん。じゃないと、指をぐしゃぐしゃにしちまうからな」

ガンッ。男がもう一度ハンマーを振り、釘の頭をフックの形に曲げるあいだ、リヴは身をすくめないようにこらえた。

男はあぐらをかいて、リヴのすぐそばに座った。こちらが現実離れした感覚に陥るほど、ゆったりと構え、くつろいだようすだ。リヴの脚を軽く叩き、手袋を取った。

「マスクをしていると怖すぎるかな？」男はマスクをはぎとった。「これでいいか？だめ、よくない。顔を見せたうえでリヴを解放することなんてありえないのだから、まるでよくない。頭がガンガンと響き、胃がよじれた。なんの薬品を嗅がされたのかわからないけれど、その鉄のような苦い味が口に残っている。

見たことのない男だった。四十代なかばで、マンガの悪役みたいに胸が膨らんでいる。肩も腕も筋肉もりもりで、腹には脂肪がついている。黒いTシャツは小さすぎて、はじけそうだ。顔は、若いころにはそれなりに男前だったことをうかがわせるものの、いまは醜く崩れ、目の下はたるみ、肌にはあばたができて、顔全体が赤らんでいる。目つきは舐めるようで、リヴは体を丸めたくなった。

「いやはや、かわい子ちゃん」ブラウスを押しあげ、熱くこわばった肌に指でふれた。奇妙な形のナイフを取りだす。ぬめぬめした唇が広がり、大きな歯がのぞいた。「まずは話をしなくちゃならない」世間話でも始めそうな口調だった。リヴは男を見つめ、まばたきをした。

男は笑った。「おっと。細かいことをすっかり忘れていた」リヴの口をおおっているテープをつまみ、引きはがした。

からからの喉に空気が押しよせて、リヴは咳きこんだ。かぼそく、甲高く、震えた声はほとんど自分のものとは思えなかった。「あなたは誰？」

「質問をするのはおれだ」ナイフの切っ先をリヴの顔につけ、頬骨をうっすらとなぞる。

リヴは催眠術にかかったように、ナイフを見つめていた。チクチクする。必死に考えた。

リヴが知っていることで、この男が興味を持ちそうなのは？　リヴはただの司書だ。未来の書店経営者だ。何をどう答えれば、命を永らえ、助けを待つ時間を稼ぐことができる？

そう、わかっている。破滅の運命を導いたのは自分だ。不在に気づかれない時刻を選んで出てきたのだから、誰かが警報を鳴らしてくれるまで何時間かかってもおかしくない。「何が目的？　Eメールを送ってきたのはあなた？　わたしの店を燃やしたのは？　爆弾を仕掛けたのは？」

「もちろん、おれだ。そこまで深くおめえを愛する男がほかにいるか？」陽気に歌うように節をつけて答える。「悲鳴をあげても無駄だぞ。数キロ四方、人っ子ひとりいないからな」

「わたしを見張っていたの？」リヴはつばを飲もうとした。「今朝も？」

「何週間もずっと見ていたよ」男は言った。「ちょろいもんだった。おまえがこそこそした女でよかった。たったひとりで忍びでてくるとはね。バカなオリヴィア。おれはすべての車の座席に圧力スイッチを仕掛けておいた。おまえが車に乗った瞬間、そうとわかった。な、おれは何もかも考えている。それだけ情が深いからだ」気さくな口調とは大きくかけ離れて、言っていることは支離滅裂だ。「いいか、お人形ちゃん。話は早くすませたい。情熱的に体を重ねるのを夢見てきたのに、その時間がなくなっちゃ困る」リヴが体をよじって逃れようとすると、男は喉の奥で笑った。「簡単に落ちないほうが燃える」

「何が知りたいの?」リヴは小声で尋ねた。

男はナイフの先を耳の下に当てた。リヴは凍りつき、ナイフを見つめた。「テープはどこだ?」男は尋ねた。

リヴは完全に虚をつかれて、まばたきした。「テープ?」

ナイフが肌に食いこむ。血が一滴、首に伝った。熱い血のしずくが、じりじりと落ちていく。「知らないふりは、おめえのためにならない」

「本当に、なんの話かわからないわ」

男は大げさにため息をついた。「マクラウドから何を聞いたのか話せ。ノートのことも。なかに何が書かれていたのか、どこにあるのか」

「マクラウド? ショーンとはこの十五年間、一度も会っていなかったし、それにショーンは――」

バシッ。強く顔をはたかれた。耳鳴りがする。「ショーンじゃねえよ。もう片方だ。兄弟のほう。頭の鈍いふりはやめろ。怒るぞ。いまは優しくしてやってるんだ。おれを怒らせたら後悔するだろうな。それは信用してくれていい」

「兄弟のことはよく知らないわ! デイビーもコナーもショーンより年上だし、わたしがショーンと付き合っていたころ、ふたりはもう街を出ていて、当時でもわたしは――」

バシッ、バシッ。平手と手の甲で連続して殴られ、リヴの頭は左右にゆれた。目から涙があふれてくる。「そのふたりでもねえな」まやかしの愛想は声から消えていた。「もうひとりいるだろ」

リヴはぎゅっと目をつぶった。「それは……ショーンの双子の兄弟のこと？　まさか、ケヴィン？」言葉がつまった。「でも、ケ――ケヴィンは死んでいるのよ」

「双子？」ナイフが離れた。「あいつらが双子？」

「え――ええ」歯が鳴っている。「一卵性」

「ほう。おもしろい。双子にしては似てねえな」

男が喜ぶ情報を与えられて、リヴはわずかにほっとしたものの、猶予は短かった。

「ケヴィン・マクラウドは、テープの隠し場所をおめえに教えた」男は言った。「おれはライフルのスコープでおめえの姿をとらえていた。あの野郎がノートを渡すのを見た。おれは人の顔は忘れないんだ。美人となりゃなおさらだ」

男の言葉で、リヴの心の目をおおっていた雲が吹き飛び、視界は三百六十度開けた。恐ろしい意味を悟っていた。「なんてことなの」リヴはつぶやいた。「十五年前のことを話しているのね？　ケヴィンが誰かに追われて、命を狙われているって……あれはすべて本当だったの？」

「本当なのはてめえがよく知っているだろうが」男は怒鳴った。「おれたちにはおめえの名前がわからなかった。わかっていたら、おれがとっくに始末していた。おまけに、ケヴィンの野郎はとにかく頑《かたく》なで、ひと言も情報を漏らさなかった。おれたちが何をしようともな。しかも、おれたちは独創的だった。あのガキにどれだけとんでもないことをしてやったか、おめえに言っても信じられないだろうさ」

男の言葉から引き起こされた想像で、リヴの心は恐怖に縮こまった。「ケヴィンを拷問したの？」リヴは小声で言った。「ああ、神さま」

　男はわざとらしくお辞儀をして見せた。「このおれが《セ・モア》。最近になって、おめえをテレビで見た。本屋のことでインタビューを受けただろ？　ずいぶん堂々としたもんだったな？　おれが諦めたと思ってたんだろうさ」

「そんな」リヴは途方に暮れてつぶやいた。

　男はナイフの先でブラウスのボタンを引きちぎっていった。ボタンははずれ、ブラウスが開いた。「あいつは例のテープをどこに隠した？」

「わ——わたしはテープのことなんかまったく知らない——」

「耳から始めよう」ナイフが耳たぶの下にもぐりこむ。「お楽しみの前におまえを血だらけにするのは気が進まないが、意地を張るなら——」

「違う！　本当よ！　わたしは図書館の外でケヴィンに呼び止められただけ」リヴは震え声で言った。

「何を聞いた？」

　リヴは目をきつく閉じて、懸命に記憶をたぐった。「ケヴィンは……何者かに殺されそうだって言っていた。誰なのかは言わなかった」

「あいつがおめえに渡したノートは？　ノートをどうした？」

　リヴはためらった。純然たる恐怖で、体はがたがたと震えている。

「指紋やらDNAやらが残る心配はないんだ」男はのん気とも言える口調でつぶやいた。

「おめえの死体が見つかることはないからだ。どれだけ汚れてもいいように、防水シートを敷いてある。終わったら、おめえの残がいをそれで包めばいい。地中深く、虫がうようよしている穴に埋めてやる。準備万端だ」

リヴは本当のことを教えるせいで、ショーンが死ぬような結果になりませんようにと必死に願った。「兄弟に渡せと言われたの」ほとんど聞こえないほどの声だった。

「そのとおりにしたのか？」

ナイフが首に当たらない範囲で、うなずいた。

「あのノートのことを教えろ、オリヴィア。なかには何が書いてあった？」

「スケッチ」甲高い声が出た。「ぱらぱらと見ただけなの。風景画だったと思う。動物や鳥の絵もあったかも」

「文章は？」

「兄弟宛ての伝言を書いていた」リヴはそう認めた。

「内容は？」あたりの柔らかな口調がかえって恐ろしい。涙があふれた。涙を我慢できない自分が情けなかった。リヴは言葉を絞りだした。「暗号みたいなおかしな文章だったから。テープのことは何も知らない。神に誓って、本当よ」

「なるほど」

耐えがたい沈黙が続いた。リヴは目を閉じて、ナイフで何かおぞましいことをされるのを覚悟し、その瞬間を待った。

「なあ」男はもの思いから醒めたように、声をかけた。

リヴはおそるおそる目をうっすらと開けた。

「おめえを信じようか」不思議そうに言う。「いや、信じる。かわいそうに、運がなかったんだな。この件は本当に何ひとつ知らないんだろ? おれときたら、ここまで手間をかけて、金を使って、顔までさらして。収穫は何もなしかよ」

リヴの歯が鳴りはじめた。男の顔に広がったいまわしい笑みは、リヴの心の奥底に沈んでいた希望を、浮かばせる間もなく消し去るものだった。

「気の毒だが、いつまでもこうしちゃいられない」残念そうな顔を作る。「もうおまえは知りすぎている。個人的な恨みはねえよ、お人形ちゃん。快感のなかで最後のときを迎えられるように努力してやる」ブラウスを引き裂いた。残っていたボタンがはじけ飛び、防水シートにパラパラと落ちる。ブラウスは破り取られ、わずかな布地を残すのみとなった。ブラジャーをつなぎとめていた紐《ひも》も、ナイフで切られた。

「裸の女を見るのは大好きだ。飽きることがない」男はほがらかに言う。ジーンズのウェストに手をかけ、ボタンに取りかかる。

リヴは悲鳴をあげはじめた。釘をつかみ、手のひらにすっぽりと入るように握った。そして、あらん限りの力で引っぱった。

11

見つけた。ショーンは湖のまわりを移動して、携帯受信機にリヴからの信号をとらえた。岸に沿って進んだのは、自然の隠れ蓑《みの》を当てにしたからだ。こいつはいかれたストーカーなどではない。待ち伏せができるほどの時間があり、電子機器の知識があり、爆発物の扱いに慣れている人間。しかもこのあたり一帯の地理を調べるという手間までかけている。プロだ。このことは、ショーンの心の扉をいくつもこじ開けた。差し当たりの正気を保っていたいなら、閉じたままにしておいたほうがいい扉だ。

〝ミッドナイト・プロジェクト〟がおれを殺そうとしている。やつらはリヴを目撃した。やつらに見つかったら、リヴも殺される。今日じゅうにリヴを街の外に逃がさなければ、一巻の終わりだ。

リヴがT－レックスのようなやからに目をつけられたのは、マクラウド家の人間と関わったからだとしか考えられない。一家の男たちを絶え間なく襲ういつものてんやわんやだ。こういうことのために、親父は息子たちを生後まもなくから仕込んだのだろうか。

オレム湖は夜明けの光でピンク色に輝き、水面に風を走らせてさざ波を立てている。この小さな自然の湖は、氷のように冷たく、澄んだ青緑色の水をたたえている。猟や釣りの季節に使われる小屋は、数えるほどしかない。

モニターは左に進めと告げている。ショーンはサイドブレーキをかけて、車から飛びおり、草地を踏み潰《つぶ》したような細い跡をたどって、高くそびえる森に向かった。途中でジープを発見した。ナンバープレートは泥のはねで読みとれなかった。人の通った痕跡は岩の壁で途切れていた。小屋は下草で隠れ、ほとんど見えなかった。荒れ果て、壁は腐り、屋根はかろうじてついている状態だ。黒い花崗岩の低い崖のはしに建ち、緑や黄やオレンジ色の苔《こけ》でおおわれ、同じく苔むした巨木に囲まれている。

何年も、もしかすると何十年も使われていなかった小屋だろう。発信機がなければ、ショーンは絶対にリヴを見つけられなかった。誰にも見つけられなかった。

もし、リヴがまだ生きていれば。

ショーンは胃につのる恐怖を追いやった。Tｰレックスがすぐにリヴを殺すつもりなら、シエーファー渓谷で始末していてもおかしくなかった。

ショーンの心に迷いが生じた。コナーとデイビーは、ショーンが結果を考えないで行動することをしょっちゅうなじる。それでどつぼにはまるのが自分ひとりなら、いっこうにかまわないが、今回、被害をこうむるのはリヴだ。警察はあとどれくらいで到着するだろうか。応援を待ったほうが、リヴのためになるだろうか。

〝ローンレンジャー〟を気取ってひとりで乗めば、リヴに死の運命をもたらしてしまうかもしれないが、逆に、応援を待つことが裏目に出る可能性もある。もしもリヴの最期に立ち会うはめになったら、その光景は目に焼きつくだろう。自分がもっと素早く、賢く行動していたらリヴを救えたはずだと、一生後悔しながら生きることになる。ショーンの頭の奥で、ケヴィンのトラックが何度となく落ちていくのと同じだ。ふたたびそんな体験をするのは耐えられない。

自分が死んだほうがましだ。

デイビーとセスとコナーがうしろについていてくれたら、どんなに助かったことか。あるいは、ヘッケラー&コッホの機関銃かシグのライフルを持っていたら。スタームルガーの銃も殺傷力は高いが、五発しか弾がないので、これは万が一のときのための武器だ。

しかし、ブラッフスの家はほとんどいつも無人だから、そこに火器を置かないというのは兄弟で決めたことだった。

本能に従うのではなく、頭でものを考えろ。叱咤《しった》の声が頭に響いているおかげで、無鉄砲に突撃せずにすんでいる。

しかし、考えても、妙案などまるで浮かばなかった。

小屋のほうから悲鳴が聞こえてきたとたん、ショーンは弾丸のように飛びだしていた。役たたずの頭などどうでもいい。

本能に従うのが一番得意なのだから、そうするまでだ。

斜面に足場が組んであり、小屋はその上に建っているので、窓は高く、そこからなかをのぞくことはできなかった。

ショーンは斜面に身を伏せ、ドアのほうに向かった。トゲのような蔦《つた》や、斜面に生えた苔をかき分けて進んだ。

ドアにはゆがんだ掛け金がついていて、そこに錆《さ》びた南京錠がぶらさがっていた。ショーンはドアを押した。蝶番《ちょうつがい》が軋む。こっそり忍びこむには、その音は大きすぎた。

薄暗く、かび臭い部屋のなか、真っ黒につやめく防水シートのうえで、ふたりの人間が揉《も》み合っていた。ドアの音を聞きつけて、男のほうが素早く首をめぐらせた。ブルドッグのような顔に、青い瞳、目のまわりは白っぽく膨らんでいる。男はリヴに襲いかかろうとしていた。男の巨体の向こうで、リヴのジーンズの脚がばたばたと動いているのが見えた。

やばい。リヴがすぐそばにいては、銃で撃つことはできない。T－レックスが体ごと振返った。銃だ。銃が火を噴き、弾は壁やドアに当たった。ショーンはかがみ、頭を引っこめ、転がった。髪や袖を銃弾がかすめる。一発は背中に白熱の線を走らせた。汚れた窓が粉々に割れる。

ショーンが立ちあがったとき、男はリヴの頭に銃口を突きつけていた。リヴのあごの下には男の腕がかかっている。両手は前で縛られていた。上半身は裸だ。首の横から腰のあたりまで血が流れている。白い肌に比べて、異様なほど鮮やかな色に見えた。

「銃を捨てろ。さもなきゃこいつの頭を吹き飛ばすぞ」男は言った。

脳をフル回転させてほかに策がないか考えたものの、何も思い浮かばず、最後にはテレパシーでデイビーとコナーに詫びながら、指を一本ずつ開き、銃を落とした。

兄たちにまた辛い思いをさせるのは心苦しかったが、ふたりには妻がいて、家庭がある。

きっと乗り越えられる。それにショーンはケヴィンが死んだときから、ただ無為に時間をすごし、双子の弟と運命をともにするときを待っていたようなものだ。

「銃を蹴って、こっちによこせ」男は命じた。

銃は小さく音をたてて、汚れたボロボロのリノリウムの床をすべっていった。ショーンはそろそろと立ちあがろうとした。

「膝をついてろ、ボケ。両手は頭のうしろだ」

「すぐにでも警察が来る」あげかけた腰をおろしてひざまずき、ショーンは言った。「リヴの靴から、無線信号が発信されている。見たいか？」

「ああ、そうだろうとも」男は言った。「発信機をつけているのも当然。警察がもうすぐ来るのも当然」甲高い笑いを漏らす。「さてと、どうしようか。おめえの腹を撃って、出血多量で死ぬようにするか？　それとも、脊髄を痛めつけて、全身麻痺《まひ》の状態で残していくか？　野生の獣のために、ドアを開けておくべきかな。自分が食物連鎖の一部になるところを目撃できるぜ」銃をおろし、リヴの喉から胸もとへと銃口をすべらせる。「どこから始めたらいいやら。おれはこの女を食いつくしたいんだ」

　リヴは男に嚙みつかれ、じんじんする傷を舐められて、悲鳴をあげた。壁から引き抜いた釘を握ったものの、冷たい銃はむきだしの体からまた上のほうに戻ってきた。銃口はあごの下にもぐりこむ。痛いくらい強く押しつけられた。

「十五年前から、このときを楽しみにしていた」T-レックスは言った。銃であごをあげさせ、リヴの唇を奪う。分厚い舌をねじこまれた。口のなかに自分の血の味が広がって、リヴは戻しそうになった。

「そいつを始末したらすぐに、銃はしまうつもりだ、お人形ちゃん」T－レックスは言葉を継いだ。「ナイフのほうが好みだ。そのほうが長く楽しめるからな」

その言葉の意味は間違えようはない。

怪物の手にかかって、長い時間いたぶられて死ぬのはいやだ。頭を撃たれて、さっさと死んだほうがまし――それに、ショーンに反撃のチャンスを与えられるかもしれない。ショーンは生き残るチャンスを得て当然だ。感動的だった。可能性も希望も見込みもまったくない状況で、リヴを助けに来てくれた。

リヴは大きく体を振った。首の血と汗で滑って、銃口が上を向く。リヴは縛られた手をひねり、当てずっぽうながらもT－レックスの顔をめがけて、指のあいだからのぞかせた釘を突きあげ、同時にT－レックスの手首に嚙みついた。釘は、脂ぎった肌を切りつけた。

T－レックスは悲鳴をあげた。銃が鳴って、リヴに耳鳴りを起こす。

T－レックスはリヴを振り払おうとしている。この男の肌はぬるぬるする。血は鉄みたいな味がして、温かかった。筋肉にも腱《けん》にも力が入っているのが、歯から伝わってくる。

また銃が火を噴いた。リヴにはもう銃声は聞こえなかった。ただ、発砲の衝撃が、揉み合うふたりの体に響いた。T－レックスは銃口をリヴの頭に向けようとしている。リヴの口のはしに指を引っかけている。いまにもあごがはずれるかと思うほどの力だ。もはや嚙むのをやめたいと思っても、リヴは口から指を離すことができなかった。凶暴なピットブルがくつわをはめさせられているようなものだ。

リヴは目を開けた。ショーンのブーツがリヴの鼻先をよぎり、Tーレックスの手に命中した。

Tーレックスもリヴも壁にぶつかり、そこでようやくあごが自由になった。銃は壁に当たって、床に落ちた。

リヴも同時に床に倒れた。


Tーレックスが巨大な膝を振りあげる。ショーンは股間への蹴りと、こめかみへの素早いジャブをかろうじてかわした。つまり、こいつは筋肉で体を飾るためにせっせとジムに通うナルシストじゃないってわけだ。驚くほど敏捷《びんしょう》だった。らんらんとした目の輝きからは薬物の影響がうかがわれる。なんの薬にせよ、効果はあるようだ。

男は咆哮《ほうこう》をあげながら、突進してきて、疾風のようなキックやパンチをくりだす。新たな攻撃のたびショーンに血が飛び散るが、Tーレックスは痛みを感じていないようだった。ショーンは部屋の角に追いこまれた。ショーンの蹴りがTーレックスの顔に沈んだ。当然、Tーレックスは体を折ったが、すぐに腕を振り、ショーンの首に突きを食らわせようとした。ショーンは攻撃をさえぎり、Tーレックスの手首をつかんでひねりあげた。Tーレックスは腱がねじれていることも感じていない。ふたりで組み合うように小屋の裏に移動しながら、ショーンは奇妙にも客観的に、こいつの息は臭いと思っていた。うげ。この男は歯にフロスをかけたほうがいい。ふたりは体をゆらし、脚を広げ、互いに相手を転ばそうとしていた。

裏口のテラスに続くゆがんだドアへ飛びこむ。錆《さ》びた蝶番を引きはがし、ドアごとテラスに倒れた。割れた窓ガラスのかけらが体の下でチクチクする。ふたりが倒れた衝撃で、腐ったテラスの床がゆらぎ、たわんだ。

運よく、ぎりぎりでテラスから落ちずにすんだ。

T－レックスの顔はもうほとんど人間のものに見えなかった。ショーンは鎖骨へのチョップを腕で受けた。T－レックスが大きな手をショーンの首にまわす。取っ組み合いはレスリングの様相を帯びてきた。男の眉のあいだから落ちた汗が、ショーンの目を刺す。ショーンは首に力をこめて耐え、自由になった手で、T－レックスの縁の白い目にげんこを食らわせた。

T－レックスがばっと身を引いたので、ショーンのこぶしは喉に当たり、体格に勝る男の太い首をゆらした。これで集中力が切れてもよさそうなものなのに、ショーンが横転して体を起こし、膝を立てる前に、T－レックスは襲いかかってきて、ショーンをいびつなテラスの手すりに叩きつけた。木の手すりはひび割れ、ゆがみ、ついには折れた。釘は長いあいだ身を宿してきたところからはがされるたびに、金切り声をあげる。テラスが傾いた。何もかもがもろくて、つかまれるものはない。ショーンはテラスのはしから落ちた。

落下には時間がかかったが、崖は直立ではなかったので、ショーンの体ははずみ、花崗岩の表面をすべり落ちるような格好になった。膝を曲げ、脚から着地できたのは運がよかった。地に着いたあと、ショーンは横に転がり、うつ伏せの状態で止まった。鼻のすぐ先では、クリスタルのような水が色とりどりの小石を洗っていた。

ショーンは両手両足をつき、体を起こした。T－レックスは一緒に落ちていない。テラスの残がいは四十五度の角度でぶらさがり、木のくずが小石の岸に散らばっている。T－レックスは崖の途中のやぶに引っかかったようで、すでに小屋のほうに這いあがろうとしていた。

ショーンは目の色を変えてあたりを見まわした。三方を岩に囲まれた入り江に閉じこめられていた。崖をおおっている葉は鋭く、小屋が建っているところまでのぼるには、どれだけ必死になっても十分はかかるだろう。一方で、T－レックスはあと二、三分で小屋に着きそうだ。ショーンはナイフを出した。難しい角度だが、試す価値はある。投げた。

ナイフはT－レックスの尻に突き刺さった。

T－レックスは悲鳴をあげ、多少はすべり落ちたが、途中で持ちこたえた。手をうしろに伸ばし、ナイフを引き抜く。「新しいナイフをありがとよ、クソ野郎。このナイフで、おめえの恋人がどんな目にあうのか、楽しみにしてな」

手首を縛られたまま、その手首を縛っているプラスチックの紐を切るには、冷静な頭と震えていない手が必要だ。いまのリヴはどちらも持ち合わせていなかった。T－レックスのナイフはいたずらに切れ味がよく、リヴはすでにいくつも切り傷を作っていた。このままでは切り傷ぐらいではすまず、手首の血管を切ってしまうかもしれない。それが心配なわけではなかった。手首を切って死ぬことは、最悪の事態にはほど遠い。

戸口の踏み段にナイフの柄を置き、できるだけ刃が動かないように膝で押さえて、手首の紐を切ろうとしていた。腿《もも》がわなないている。指は血ですべった。ナイフもすべり、刃の向きはくるくると変わる。自暴自棄な笑いで体が震えた。もっと体重が重かったらと本気で願ったのは、生まれて初めてだ。

うまく切れる角度を見つけた。紐はパチンと切れて、手が自由になった。ためらう間もなく小屋のなかに飛びこみ、銃を探して這《は》いまわった。

頭はズキズキ、目はチカチカしているし、銃声のせいで耳が聞こえず、小屋のなかはしんとしていて、水のなかに潜っているときのような、非現実的な感覚に陥っていた。汚い床を手探りする。銃、銃。ぐしゃぐしゃになった防水シートの下に、ショーンの銃を見つけた。T－レックスの銃は黄色く変色した新聞紙の山の下にあった。一度に使えるのは一丁だけだから、ショーンの銃はジーンズのうしろに突っこみ、うっかりお尻を撃ってしまわないように祈り、もう一丁の銃を震える手で握りしめた。

これが必要になったときに、きちんと使えるかどうか自信がなかった。かじかんだ指先は言うことを聞きそうになかった。

「ただいま、お人形ちゃん」

どこか遠くのほうから、T－レックスのねっとりとした小さな声が、わんわんと響く耳のなかに届いた。リヴは銃を振りまわした。胃のなかに沈み、気を失わせそうなほどの恐怖を、ありったけの力で抑えた。ああ、どうしよう。ショーン。

T－レックスはまったく定まらない銃口を見た。てらてらと光る分厚い唇を舐め、笑みを浮かべる。顔半分は血で染まっていて、白目はますます白く、ぎらついて見え、まるで正気を失った獣のようだった。

ナイフを掲げる。ショーンのナイフだ。先端から血が一滴落ちた。

T－レックスはリヴの視線を追い、大声で笑って空気を震わせた。「そう、おめえの恋人と遊んでやったんだ。それから、喉をかき切った。あいつの悲鳴が聞こえなかったか？　あいつにどんな最期を迎えさせたか、教えてやろうか？」

「わたしから離れて」リヴの声はT－レックスの声よりもさらに遠くから聞こえるようだった。「一歩でも近づかないで。頭を吹き飛ばすわよ」

「へえ？　そいつはベレッタのPXストーム。男の銃だ。そんなもんぶっ放したら、そのユリみたいな白い手は折れちまうよ。おめえのようなセックス人形向きの銃じゃない。ゲームオーバーだ」

戸口から小屋のなかに入ってくる。リヴは思わずあとずさりをしていた。大失敗。T－レックスのしたり顔にさらに大きく笑みが広がる。

「本気よ」リヴは震える声で言った。「撃ち殺してやるから」

「いいや、できないね。おめえがいい子ちゃんだからだ。おれに面倒をかけさせるはずがない。おめえはこれまでの人生で、誰にも面倒をかけたことがないんだろうな」

「これからは違う」リヴは喉につまった岩をのみこんだ。「いくらでも面倒をかける」

血まみれの大きな手がこちらに伸びてくる。「おれを怒らせないほうがいい」T－レックスは小声で言った。「優しく愛してほしいだろ？　パパのところにおいで。金髪の坊やを忘れさせてやる」

ショーンのことにふれたのは間違いだった。シャボン玉がはじけるように、T－レックスの呪文が解けた。リヴは手を伸ばし、引き金を絞った。バンッ。銃声は、何キロも先から聞こえるかのようだ。反動で両腕が高くあがり、リヴは重い銃を持ったまま、あやうく引っくり返るところだった。

ドアにギザギザの穴が開いていた。

Tーレックスは飛びあがった。「おい!」

リヴは狙いを定めた。「当たれ」ふたたび引き金を絞った。ドアにはめこまれたガラスが飛び散った。「愛してなんかほしくない。憎まれたい。あんたみたいなクズのことは、わたしも憎いから」一歩前に出て、もう一発撃った。

弾はあとずさりするTーレックスのうしろの壁に当たった。

Tーレックスはあっけにとられ、泡を食った目つきで、よろめきながらドアの外に出ていった。敵が逃げだしたことで、闘争本能に火がつき、リヴはとっさにあとを追っていた。よろよろと走りだし、悲しみと怒りの叫びをあげて、やみくもに撃った。敵は体を傾け、片足を引きずって、ひょこひょこと走っている。リヴの撃った弾はあちこちに飛んでいった。自制心も、銃の腕前もなかった。理性を失い、ただ本能のままに動いていた。

ショーンを傷つけた人でなしを、引き裂いてやる。

モミの木立にジープが停めてあった。Tーレックスはそれをめがけて走り、なかに飛びこんだ。エンジンが息を吹き返す。リヴは車に撃ち、うしろの窓を砕いて、甲高い勝利の声をあげた。ジープはバックで発進して、でこぼこの地面で跳ねあがり、それからリヴのほうに走ってきた。リヴは横に飛びのき、一段低くなったところに頭からダイブして、尖《とが》った葉の茂みのなかに身を伏せた。ジープは大昔の道路に乗りあげた。リヴはあとを追った。ジープはカーブの向こうに消え、エンジン音が小さくなっていく。リヴは引き金を引くことを止めることができなかった。カチッ、カチッというむなしい音だけが響いている。

「弾は空っぽだよ、リヴ」

リヴは喘ぐような悲鳴をあげて、振り返った。

ショーン。死んでいない。そこに立っている。全身血だらけで、髪は泥と葉で汚れているけれども、生きている。五体満足で。

ぞくりとした感覚がよぎった。緊張の連続でおかしくなったのかもしれない。このショーンは、リヴの願望が見せた幻覚かもしれない。リヴは目に涙をためて、ショーンを見つめた。

「あなたなのね」小さくつぶやいた。

ショーンは眉をひそめる。「ほかに誰が現われると思うんだ?」

リヴは片手で口をおおった。喜びが胸いっぱいに広がる。幻覚なら、こんなに荒っぽい口はきかない。本物だ。正真正銘の、憎たらしいショーンだ。「死んでしまったのかと思っていたの」言葉が堰《せき》を切ったようにあふれた。「T-レックスがあなたを拷問したと言っていたから。おまけに――」

「おれも、きみがあいつの手に落ちたかと思っていた」大きく息を吸いこむ。「やれやれだ。寿命が縮んだよ」身をかがめ、膝に手をついて、肩で息をした。「銃をこっちに向けるのをやめてくれるかい? 空《から》なのはわかっているが、落ち着かない」

リヴはまだそれを握っているのを忘れていた。銃は指先からすべって、マツの葉の厚い絨《じゅう》毯《たん》に落ちた。ジーンズのうしろから、ショーンのリボルバーを引き抜き、差しだした。ショーンは銃を受け取り、手を伸ばして、Tーレックスの銃も拾った。肩も腕も背中も血だらけなのにリヴが気づいたのはそのときだ。

「たいへん」小声でささやく。「怪我をしている」

ショーンは何かを払うように手を振った。「格闘技ごっこで悪ノリしただけだ」

「血が出てる」リヴは言いつのった。「それもたくさん。なのに、なんでもないって言うの?」

ショーンは肩をすくめた。「Tーレックスがおれたちにしようとしていたことに比べれば、デビュー前の女優みたいにまっさらだよ」

リヴは体をふたつに折って、両手に顔をうずめ、静かに泣き崩れた。

「すまない」ショーンは口調をやわらげた。「思いださせるつもりはなかった」

「あなたのせいじゃないわ」リヴは体を起こして、顔をぬぐった。「あなたは人の不意をつくことが多いっていうだけ」

「さっきはかっこよかったよ。木々のあいだを走り抜けて、胸をゆらして、銃をぶっ放して……すごかった。ああいうのがきっと流行する」

またリヴの全身が震えはじめた。「お願い、やめて」リヴは言った。「笑わせないで。絶対よ。一度でも笑ったら、粉々に砕けそう」

「でも、本当のことだ」リヴの背中にそっと手を当てる。「勇敢だった。目を見張ったね。顔に釘を刺して、噛みついて、銃を撃って。きみはおれの女神だ。だろ?」

「まさか」本気であがめるような口調に、リヴは恥じ入って顔を真っ赤にした。その前には罠《わな》にかかったネズミみたいに震えあがって、命乞いをしていたのだから、褒《ほ》めてもらう資格はない。「一発も当てられなかった」

「あいつは命からがら逃げていった」ショーンは言った。「おれはそこまでできなかった。きみの勝ちだ。怒らせちゃまずいってこともよくわかった」

「あら、怒っていたわよ」リヴの声は震えていた。「いまも怒ってる。あなたが聞かないだけ」

ショーンは言葉にならない声をたてて、リヴをかきいだいた。

ふたりの心臓が太鼓のように響き合う。ショーンは両手でリヴの髪をぎゅっとつかんだ。

「一日じゅうでも抱きしめていたいが、あの男が戻ってくる」ショーンは言った。「あいつがきみに何を求めているのかわからないが、とにかくここを離れたほうが——」

「わたしにはわかる」言葉が口をついて出ていた。「あの男がケヴィンを殺したの」

ショーンは手を離し、呆然としてリヴを見つめた。世界がぐにゃりとゆがみ、まわりだし、ショーンにめまいを起こさせた。

ケヴィン。言われるまでもない。

「あいつはケヴィンのことを聞きたがった」リヴは息をつく間も惜しむようにしゃべった。「テープはどこにあるのかって質問された。どういう意味だかさっぱりわからないけれど。わたしがずっと隠れていたと思っていたみたい。それは本当よね。ケヴィンは自殺したんじゃないわ。あいつに殺されたのよ。でも、犯人はあいつだけじゃない。あいつは『おれたち』って言ってたから、たぶんほかにも仲間がいると思う」

テープ。証拠はあのスケッチブックのなかにある。あそこにすべての答えがある。なんてマヌケだったんだ。

夢のなかのケヴィンの声が聞こえる。何かを待つようなまなざしが見える。ケヴィンは頭の鈍い双子の兄弟が、ヒントを読みとって、真相解明に乗りだすのを待っていたのだ。矛盾しているが、リヴの言葉はショーンの頭を大混乱に陥《おとしい》れ、それと同時に、最初からわかっていたことを裏づけた。パズルのピースが密かにはまった。

しかし、この矛盾に、ショーンの胸は引き裂かれた。心のなかでも、一番強く、一番まともなところでは、ケヴィンは正気だったとわかっていたのに、そこに目をつぶり、鍵をかけてしまっていたのだ。残りの無価値なゴミが、これまでショーン・マクラウドとして通ってきた人間だ。

怒りでめまいがした。敵は弟を殺し、ショーンの頭のなかをかき乱した。ケヴィンの思い出に泥を塗った。ショーンの人生に爪あとを残した。ショーンのすべての言動も、ショーンの存在そのものも、爪にえぐられている。毎朝、何かが間違っているような最低の気分で目を覚ますのも、そのせいだ。

そのうえ、やつらはリヴを傷つけようとした。ショーンのこぶしに力が入り、関節が白くなった。リヴの口はまだ動いていたが、言葉は耳に入ってこなかった。滝をくぐった直後みたいに、耳鳴りがしている。

しかし、ケヴィンを殺した犯人たちへの怒りは、自分自身への怒りとは比べものにならなかった。なぜ諦《あきら》めたのか。なぜ騙《だま》されたのか。救いようのないバカだ。

腕時計から泥をぬぐった。死にたくなければ、頭をはっきりさせておかなければならない。あの小屋についてから十分足らず。デイビーが警察に電話をかけてから、おそらくまだ三十分以内だ。

ポケットから携帯電話を出して、壊れていないことに驚いた。電池のふたを開け、発信機を取って、放り捨てた。コナーとデイビーは腹をたてるだろうが、いったんは呼んだ警察からいまは逃れたいというジレンマを解決するには、こうするしかない。

「体の手当ては必要か？」何をしゃべっていたかはわからないが、ショーンはぞんざいな質問でリヴの言葉をさえぎった。「ひどい傷はあるか？」

リヴは目をぱちくりさせた。「ええと……それはまだ考えていなかった」

ショーンはリヴの両手を取った。血はもう固まっている。髪をあげて、嚙まれたところと、耳の下の刺し傷を確認した。こちらも血は止まっていたものの、それでも多少は心配だった。T－レックスのワニみたいな口は毒にまみれているに違いない。「とりあえずは大丈夫そうだ」ショーンは言った。「おれを驚かせるようなことはないな？　気が遠くなりそうか？　寒気は？　震えは？」

リヴは首を横に振った。

「よし。出発だ」片腕でリヴをかかえ、かたわらにぴったりとつけて、足を引きずりながらも小走りで、なかば力ずくでリヴを急きたてた。

「その……警察を待たなくていいの？」

「いいんだ。こっちは命がかかっている。何か問題があるのか？」

リヴは思案顔になった。「問題というほどではないけれど。できれば、警察に助言を仰ぎたいわ」

「助言をもらう時間はない」ショーンはラングラーのドアを開けた。リヴをなかに押しこむ。後部座席に手を伸ばし、そこに転がっていた水のボトルを取った。「これで体をすぐとい」

リヴはありがたく受け取って、水を手に取り、体にかけた。ショーンはリヴの右のサンダルを脱がせた。底の先のほうをはがして、細いワイヤーと回路が合わさったものを取りだした。

リヴはまばたきをした。「ええっ？」

「そう、追跡用発信機。それに、そう、おれがそこに仕込んだ」森のなかにそれを放った。

「お叱りの言葉があるなら、どうぞ。甘んじよう」

リヴは警戒の表情で、下唇を噛んだ。「いまはやめておくわ」

「賢いね」サンダルの残がいを返した。リヴは底がはがれて壊れたサンダルを両手で持ち、あきれた顔を見せている。

ショーンは助手席側のドアを閉め、運転席側に走った。「いまのおれたちは格好の標的だ」

ショーンは言って、エンジンをかけた。「悠長に警察を待っている場合じゃない。いまT－レックスを蹴散らせるものは、三五七マグナム弾が五発しかないんだ。やつはたぶん、道路の先で待ち伏せして、おれたちを狙い撃つつもりだろう。あるいはあっちから狙うか」上方の岩を指差した。「それか、あっち」湖に接した花崗岩の壁を指した。「死体はもうたくさんだ。あいつにきみを殺させたくない。死体はうんざりなんだ。わかったか？」

「わかったわ」リヴはなだめるような声を出した。「わたしも殺されたくない。ただ……道路で待ち伏せされているなら、警察と一緒に帰ったほうが安全じゃない？」

「道路は使わない」道に開いた大きな穴を避けて、スピードをあげた。車はガタガタとゆれた。

リヴは目をまん丸にしてショーンを見た。「ええと、なんですって？」

「道じゃないところを走る。ロング・プレーリーを突っ切って、バーント・リッジ・ロードに出る。そこからガーニアー・クリークを目指し、タガートに向かう。心配するな。この車なら耐えられる。T－レックスのジープにもその耐性はあるが、おれたちのルートを予想していないことを願うしかない」

「あなたがそういうなら」リヴの声は消え入りそうだ。「じゃあ、隠れるのね？」

「敵の正体がわかるまでは。ケヴィンは頭が切れた。敵はそのケヴィンを殺して、おれたちを欺いた。どんな連中かわからないが、見くびらないほうがいい」

「でも、警察が――」

「警察はケヴィンを助けられなかった。おれを助けてくれるとは思えないね。頭をさげろ」

ショーンはリヴが横向きに寝そべるような格好になるまで頭を押しさげてから、デイビーの携帯に電話をかけた。

「どうだ？」前置きなしの怒鳴り声。

「おれたちはふたりとも無事だ。だが、どじを踏んだ。火器を充分にそろえるまでは、犯人と顔を合わせたくない。発信機は捨てた」

「なんだって？　正気か？」

「リヴの家族に無事を伝えてくれ」ショーンは言った。「兄貴も気をつけろ。コナーもだ。マーゴットとエリンから目を離すな。敵は、ケヴィンを殺した男たちだ。おれたちのことはすべて知られている」電話を切って、今度はマイルズにかけた。「ショーンだ。そっちからかけ直してくれ。盗聴防止機を用意しろ」

「盗聴防止機？　いきなりなんだよ？　何があった？」

「言われたとおりにしろ」電話を切り、あごと肩のあいだで挟んで、ハンドルをつかみ、でこぼこのこぶを避けた。数秒で電話が鳴った。

「手を貸してくれ」ショーンはマイルズに言った。「まだ〈ロック・ボトム〉にいるのか？」

「うん」マイルズは答えた。「音響システムをちょうど片づけたところだよ。どうして？」

「まわりに立ち聞きしているようなやつはいないな？」ショーンは強い口調で言った。

「マクラウド家お得意のパラノイアごっこかい？」

「無駄口はよせ。人に聞かれないところまで移動しろ。例の時代遅れの車に乗ってきているな？」

「うん、まあね」マイルズが言った。「それが何？」

「貸してくれ」ショーンは言った。

「幻聴かな？　あんたがゲロ色で、みっともなくて、男らしさがかけらもない鉄くずに進ん

「で乗りたがる?」

「冗談じゃないんだ。ほんの数分前に殺されかけた。姿を消したい」

「ああ、なるほどね」マイルズの口調は皮肉たっぷりだ。「姿を消すには、目に見えない魔法の車に乗るのがぴったりだもんな？」

「そのとおり」今度はくぼみを避けた。

「デイビーとコナーのときみたいに、セスに頼んで偽《にせ》の身分証を作ってもらえないのかい？　そうすれば、偽の名前でレンタカーを借りられるだろ？　どうしてぼくがいつまでも車なしの生活を我慢しなくちゃならないんだよ？」

ショーンは歯ぎしりをした。「レンタカーの店はあと三時間は開かない。おれは血まみれで、車には裸の女性を乗せている」

「まさか！」マイルズは息をのみ、感嘆の声をあげた。「裸？　本当に？　知り合いの女性？　あんたが首ったけになってる人？　驚いたね。なんで裸なの？」

マイルズならこの状況の肝を取りちがえても不思議ではない。ショーンの責任だ。女に縁がない男、あるいは、あったとしても何年も女とご無沙汰の男に、裸の女などと口走ったのだから。

「説明している時間はない」ショーンは切りつけるように言った。「〈ロンリー・ヴァレー・モーター・ロッジ〉はわかるか？　ショッピングセンターの裏だ。そこに部屋を取ってくれ。トラック運転手相手の宿だから、この時間でも従業員は誰かが起きている。現金はあるか？」

「二十四時間営業のコンビニに行けば、多少はおろせるよ」マイルズはいつもの辛抱強い口調に戻っていた。

「おろせ。裏口に面した部屋を取ってくれ。誰にも言うなよ。ほかに必要なのは、消毒薬、包帯、メディカルテープ。それと、Tシャツを何枚か」

「了解」マイルズは言った。「じゃあ、あとで」

裸の女というひと言で、男が立ちあがり、昼夜を問わずに行動を起こすのには驚きだ。

ショーンはアクセルを踏んだ。車は渓谷の底から上り坂をのぼり切り、ロング・プレーリーの平原に沿って走る道路に出た。夜明けの光が雲を照らして、地平線の上をピンクの濃淡に染めあげている。

バイバイ、道路。「しっかりつかまってろよ」ショーンはラングラー・ルビコンの鼻先を九十度まわして、腰までの高さの草がゆれる草原に飛びこんだ。

跳ねあがり、ぐらぐらと傾く車のなかで、リヴはドアのハンドルをつかみ、ダッシュボードに手をついて体を支えた。ショーンの顔は集中力で張りつめている。木立や低木を避け、ときおり草に埋もれ、ところどころに転がる大きな岩に車体をすりながら、でこぼこの土地を突っ切るあいだ、必死に耐えた。

両腕が肩からはずれそうだ。

やっとのことで道路に出た。草地に細長い線が二本走っているだけのこの道が、バーント・リッジ・ロードだ。ジープには天井が付けてあったけれども、窓は開いていて、涼しい風が吹きこんでくる。

リヴは身震いした。胸にも肩にも鳥肌がたっている。ショーンがリヴの体に目を走らせる。リヴははずむ乳房を隠すように腕を組み、笑いだしそうになった。あれほどの目にあったのに、こんなささいなことを恥ずかしがっているなんて。どうかしている。

考えをまとめようとした。百万もの質問がわれ先に争って口から出ようとしている。「それで、手がかりはまったく見つからなかったの？ ケヴィンのことだけど」

道は泥から砂利道に変わり、そしてようやく舗装されたところに出た。流れる景色のなかに、農場や民家や郵便ポストが見えてきた。

「ケヴィンがきみに渡したものだけだ」ショーンは言った。「あのメモだけ」

「あそこには何が書かれていたの？」リヴは尋ねた。「ずっと気になっていたのよ」

ショーンの表情はそっけなかった。「ひとつずつ片付けよう。まずは体を隠せ。きみは服を着ていても男の目を引きやすいが、トップレスとなればなおさらだ」

リヴは頬をはたかれたような気分で背を丸め、髪を広げて体を隠した。

車は町のなかでも、よりさびれたほう、うらぶれたほうに向かい、ガタガタと車体を振動させて線路を渡り、モーテルの駐車場に入った。すぐそばの立体交差の高速道路から、車が行き交ううなりが聞こえてくる。「さてと」ショーンが言った。「おれはきみを誘拐したわけじゃない。家に帰って、標的のしるしを胸に描きたいなら、好きにしていい。帰したくはないが、止めもしない」

リヴはうなずいたものの、本当はそんなことを言ってほしくなかった。Tｰレックスとの遭遇のあとで、生死を賭けた決断をそう簡単にくだせるものではない。洪水に流されてしまったほうがずっと気が楽だ。その洪水がショーンなら。

「守ってくれるフィアンセもいるしな」ショーンは言い足した。

リヴが脈絡をつかむのに数秒かかった。「ええっ、まさか！　ブレアはフィアンセではありません。母が嘘をついただけ。あなたを追い返すためにね。ちゃんと説明したかったのに、さっさと帰ってしまうんですもの！」

モーテルの一室のドアが大きく開いた。腹を突きだし、あごひげを生やした男がふらりと出てきて、ジーンズをぐいっと引きあげ、股間を掻いた。リヴはすがりつくようにショーンのシャツをつかんでいた。「あわてるな」ショーンは小声で言う。「しかし、トップレスでも不自然じゃないように見せないと。いい方法はひとつしか思いつかない」ショーンはリヴのもつれた髪に手を差し入れ、唇で唇をおおった。

これはただのお芝居。われを忘れてはだめ。

リヴの頭のなかでは叱責の声が響いたけれども、耳を傾けるのは難しかった。何層にも重なった保護膜ははがされ、その芯にある打ち震えるような欲求にさらされた。ショーンの唇は熱く、柔らかく、貪欲《どんよく》だった。リヴもまたショーンにしがみつき、夢中で唇をむさぼっていた。

誰かが車体をたたき、リヴはびくっとして身をすくめた。「ヒョーッ！　やるねえ、にいちゃん！　朝っぱらからついてんな！」

ショーンは窓の外に手を突きだして、親指をあげてみせた。

座席で腰を前にすべらせ、リヴを体の上に引きよせる。ふたりは唇を離した。はじけるような音がリヴの体に響き渡る。ショーンは焼けつくように熱く、感情をたぎらせていた。リヴがケヴィンのことを明かしてからずっと、ショーンは氷の鎧《よろい》をまとっていたのだ。キスがそれを溶かした。いまショーンの瞳に宿っているのは、恐怖と紙一重の表情だ。

リヴはショーンを慰めたかったけれども、意味のある言葉は思い浮かばなかった。キスだけが、口で言いたかったことをかわりに伝えてくれる。

ショーンはリヴの首筋に手をそえて、もっと近くへとうながした。リヴの直感は、この無言のいざないが、ゆうべの痴態と空騒ぎよりもよほど危険だと告げていた。掛け値なしの甘い罠だ。胸を引き裂かれ、そこからとろりと流れた思いに、みずから溺れてしまいそうだ。それでもかまわなかった。リヴはうながされるままに、求められたものを差しだした。唇が重なったとき、ショーンはすすり泣きにも似た、声にならない音をたてた。

神聖なまでの口づけだった。ふたりとも、相手が煙と消えるのを恐れるように、目を開いたままでいた。妙《たえ》なる、甘美なキス。奇跡の花が開き、輝かんばかりに咲き誇る。欲に負けたら呪文が解けてしまいそうだった。ふたりは感嘆の思いを深めながら、この魔法をそっと唇で封じこめようとした。息をするのも怖かった。

リヴはこれまで、キスがうまいなどとうぬぼれたことは一度もなかったけれど、いまこの瞬間に、キスのなんたるかをのみこんだ。神髄を垣間見た。テクニックでも経験でもない。生まれつき感度がいいかどうかも関係ない。想いを心の奥深くからあふれさせることだ。リヴはショーンにふれたかった。ショーンの熱で焼きつくされたかった。その頬にざらめみたいに散った、飴《あめ》色に輝くひげを感じたかった。

リヴのありったけのやさしさを捧げたい。

駐車場にいた男にもうひとり仲間が加わった。ふたりそろって大声でわめき、卑しい笑いをあげ、下品な言葉ではやしたてている。

まるっきり気にならなかった。遠くで吠える犬と同じだ。

リヴは汗ばんだ手でショーンのシャツをつかんだ。ショーンはリヴの背中をつかんだ。唇も舌も溶け合う。問いかけ、答えを求める。許しを請い、贖《あがな》いを欲する。すべてを得るには狂乱のキスを何年もつづけなければならないだろう。何年も命がけで愛し合わなくては、痛みを癒すことはできない。

ふたりともその足がかりを探していた。第一歩を踏みだすのに、いまに勝るときはない。

リヴはショーンの腿をつかんでいた。ショーンはその手を取った。引きあげて、股間の膨らみに乗せる。

ふたりの視線が絡み合った。ショーンはみずからの体を差しだし、無言でリヴの体を求めている。

自分がどんな枠組みのなかにいるのか、リヴにはわからなかった。わからなくてもいい。ショーンになら、何をされてもいい。この駐車場で、しきりにはやしたてる観客がいても。ショーンの服をはぎとって、堂々たるペニスをつかみ、手からこぼれんばかりの大きさと、熱さと硬さ、そしてその皮のスエードみたいななめらかさを感じたかった。太く浮きでた紫色の血管を舐めたい。しゃぶりつくしたい。ショーンの膝にまたがって、奪いたい。それから、四つん這いになって、うしろから奪われたい。どうしても。いますぐに。リヴはベルトのバックルに手を伸ばした。

「ちょっとの時間でも無駄にしないんだね」かすかにからかうような低い声がした。

ショーンは飛びあがり、リヴのひたいにひたいをぶつけた。「チッ」舌打ちしてから、リヴの頭を撫でる。「ごめんよ」

ジープのそばに若い男が立っていた。うんざりとした表情の目は黒っぽく、鼻は一度見たら忘れられそうもないほど長く、髪は黒くつやめき、はらりと顔にかかっている。好奇心を隠そうともせずに、リヴをまじまじと見つめる。リヴは顔を真っ赤に染めた。

12

「勘弁してくれよ、マイルズ」ショーンはぐったりとよりかかっていた座席から、あわてて体を起こし、ひたいをさすった。「おれに心臓発作を起こさせる気か」

「あんたがここに来いって言ったんじゃないか」マイルズは口をとがらせた。「あんたが頼んで、あんたが脅して、あんたがぼくに罪悪感を植えつけた。命がかかってるなんて言ってさ」

ショーンはひたいのこぶを撫で、下半身に集中していた血液を脳に返そうとした。せめて、最低限の機能は取り戻したい。「嘘じゃない」うなるように言った。「おまえが来るタイミングがちょっと悪かっただけだ」

マイルズは口もとをゆるめたが、笑みはすぐに消えた。「今度、朝の五時にケツを叩かれて、とてつもなく厄介で面倒な頼みごとをされたときは、セックスの邪魔をしないように気をつけるよ」車のなかをのぞきこみ、リヴにおずおずとした笑みを向ける。「どうも」問いかけるようにショーンをちらりと見た。「それで、その、この人がそうなのかな?」

「そうだ」ショーンは答えた。「今朝、誘拐されたんだ。おれは靴に仕込んだ発信機を追って、オレム湖まで救出に向かった。間一髪だった」

「それがトラウマにならずにすんでよかったね。あんたのリビドーに悪い影響が出なかったことは、ぼくも本当に嬉しいよ」

ショーンはいらだちもあらわにうめいた。「やめろ、マイルズ。そうじゃないんだ。ああしていれば、半裸でいるところを人に見られてもおかしくないだろ」

「なるほどね」マイルズは冷ややかに言った。「犯人はやっつけたのかい?」

ショーンは顔をしかめた。「逃がした。いや、逃げたのはおれたちのほうかな。このラウンドで優勢を勝ち取ったかどうかはわからない。おい、マイルズ。男を見せろ。こちらのレディにシャツを貸して差しあげろ。何もかもおれが指示しなきゃならないのか?」

マイルズはぶかぶかの灰色のシャツを見おろした。「ああ、うん、そうだね」手早くボタンをはずし、細身の黒いTシャツ姿になって、窓からリヴにシャツを渡した。「煙草臭いと思う」すまなそうに言った。「さっきまでアシッド・パンクのバンドのPAをやってたんだ。堕落したやつらでね、あいつら、ステージとステージのあいだはひと晩じゅうふかしていたから。臭くてごめん」

「いいのよ。ありがとう」リヴはシャツで体をくるんだ。

マイルズは、ヘラみたいに大きなプラスチックのピンクのプレートを掲げ、その先についている鍵をゆらした。「ご案内をお望みで?」

「ああ、頼む」ショーンは言った。駐車場に目を走らせる。腹の出た男とその相棒は、それぞれのトラックに乗って走り去っていた。駐車場は空っぽで、人っ子ひとりいない。ショーンはジープから飛びおり、後部座席にまわって、T－レックスのベレッタをダッフルバッグに押し入れ、そのほかにも、逃亡のあいだに多少なりとも役だちそうなものはすべてつめこんだ。

リヴと連れだってマイルズのあとに続いた。案内されたのは、横長に広く背の低い建物の角の部屋だった。マイルズはドアを開け、わざとらしく片腕を広げて、部屋のなかにふたりをうながした。

部屋は狭く、古びていて、埃とカビとヤニの臭いがした。ショーンはもっといい宿を選ばなかったことを悔やんだ。つまらない後悔を押しこめ、ドアを閉めて、鍵とボルト錠をかけた。ここは、身を隠し、傷の手当てをするための穴蔵だ。運がよければ、ほかにもおいしい使い道はあるが。

マイルズは車の鍵を取りだして、ショーンに放った。「ほら。ショーン・マクラウドともあろうものが、あんなへなちょこな車に乗るとはこの世の誰も信じないってのが、あんたのもくろみだろ?」

「そんなようなものだ」ショーンは言った。「それから、このことは誰にも言うな。おれが持っている発信機は捨てる。追跡は断ち切る。いいな?」

マイルズは眉をひそめた。「コナーやセスやデイビーに嘘をつけなんて頼まないでくれよ。あの三人は読心術の達人だ」

「三人にはすぐに連絡するから」ショーンは安心させるように言った。

「うちの両親になんて言い訳しようか、困ってるんだよ」マイルズはむっつりと言った。

「たった十時間前に車をもらったばかりなんだぞ」

「かわいい女の子に貸したって言えばいい」ショーンは入れ知恵した。「哀れな目で見られるかもしれないが、真実味はある。というよりも、本当のことだ」リヴをちらりと見た。「これは彼女のためだからな」

マイルズはため息をついた。「重々承知だよ。性欲こそ宇宙のエネルギー源。ショーン・マクラウド信条だ」

いつもならこういう冷やかしなど気にも留めないのだが、今日は胸に突き刺さった。不安になって、リヴに視線を投げた。リヴはまるでこちらに目を向けようとせず、ベッドのはしに浅く腰かけて、見るからに硬く体をこわばらせている。髪はカーテンみたいに顔をおおい、口もとは引きつっている。まずい。

「おれにつっかかるな」脅しをきかせて言った。「朝っぱらからひどい目にあったんだ」

「こっちは徹夜だよ」マイルズは答えた。「おまけに、これから二時間も歩いて帰らなきゃならない。しかも、エンディコット・フォールズまではほとんどのぼり坂だ。あんたは手間のかかる友だちだよ」

「手間がかかるのは、性能がいいからだ」ショーンはしたり顔で言った。「フェラーリを考えてみろ。サラブレッドの馬を。戦闘機を」

「へえ。たいしたもんだ」マイルズは苦りきった口調で言った。「でもぼくは足で歩いて帰るんだ。超高速の乗り物のことをあれこれ言われるのは苦痛だね」

「おい、そんなに腐るなよ」ショーンは眉をひそめた。「この借りは返すって。絶対だ。もしおれが殺されたら、ジープ・ラングラーをやるよ。悪くないだろ？」マイルズのぼろぼろのジーンズとくすんだ色のスニーカーに目を落とした。「おれの服もやる」

マイルズは顔をゆがめた。「そんなこと言うなよ！　そこまでまずい状況なのか？」

「ああ。今朝の誘拐犯は頭がいかれている。たわごとはさておき、おまえを巻きこんだことはすまないと思っている。ほかに誰に電話していいかわからなかったんだ。徒歩で帰すことも謝るよ。だが、おれのジープを使わせるわけにはいかない。冗談じゃなく、狙い撃ちされる。目だちすぎる。あれに乗るのは死神にキスするようなもんだ」

「いいよ」マイルズのどこか超然とした態度は、デイビーに学んだからこそ身につけたものだ。「ヒッチハイクする。運がよければ、帰ってから、生卵をふたつほど飲みこむ時間はある。そうしたら、初めて空手の指導に挑むのにも、元気いっぱいさ。チェックアウトは明日の十一時。ATMで三百ドルおろしてきた。頼まれたものも買ってきたよ。これがお釣り」しわだらけの紙幣の束と紙袋を渡す。「車の燃料は満タン。ジープをどこかに移しておいてやろうか？」

ショーンはポケットから鍵を出して、マイルズに渡した。「ドラッグストアの〈バイマート〉の駐車場に乗り捨ててくれ。おりたら、すぐに離れろ。それから、マイルズ。鳴りを潜めてろよ。これはなかったことにしろ。おまえはおれに会ってない」

「わかったよ」マイルズの視線はショーンの血だらけの顔と胸にさまよった。「ひどいな。あんたにそれだけの怪我をさせられるやつなら、ぼくなんかひとたまりもないよ。まだ死にたくないぞ」

「わかってくれたか」ショーンは言った。「言い訳は思いついたか？」

「ぼくは車をキーラに貸した。〈ハウリング・ファーボールズ〉のコーラスのかわいい女の子だ」マイルズは言った。「アソコにボディピアスをしてる」

ショーンはマイルズの肩に手を置いた。「いいぞ」ふいに言葉を切り、眉をよせた。「どうしてアソコにピアスをしてるって知ってるんだ?」

マイルズは悲痛な顔を見せた。「本人から聞いた」

ショーンは目を伏せた。「あー、それじゃあ、その子とは……」

「何もない」悲しげに言う。「女の子たちはぼくにいろいろ話したがるんだよ。とんでもない話までね。『ああ、マイルズ、聞いてちょうだい。あたしの彼氏もあなたみたいだったらいいのに。でも、彼がしたがることといえば、セックス、セックス、セックス』まあ、こんな調子でさ。ぼくはいつもいつもそんな目にあってるんだ」

「そりゃひどい」ショーンは不憫《ふびん》に思って、しみじみと言った。

「人には皆、それぞれの試練があるものだよ。ほかのことはさておき、今日、ぼくは誰にも殺されかけていない」マイルズは哲学めいた指摘をした。両手をポケットにつっこみ、鍵を鳴らす。「うん、じゃあ、そろそろ行くよ。何がどうなってるのか、ちゃんと教えてくれよな? なんだかひどくぞっとしてきたよ」

「連絡する」ショーンは約束した。マイルズの心配そうな顔を見ていると、強く抱きしめて、髪をくしゃくしゃに撫でてやりたくなった。どうにかその衝動をこらえた。マイルズはいまようやく、気骨のある男に変貌を遂げ、男の誇りを身につけつつあるところだ。ガキ扱いしてその邪魔をしたくなかった。

マイルズは挨拶がわりにリヴにうなずいた。リヴもうなずき返す。「シャツをありがとう」小さな声で言った。

ショーンはボルト錠を開けてやった。「助かったよ」

マイルズはにっと笑った。「お安いごようさ」

ショーンはドアを細く開いて、マイルズがジープに乗りこむのを見守った。胃に穴が開きそうだ。小さなショッピングセンターを横切れば、二分で〈バイマート〉の駐車場まで着くが、かわいい弟分に、あの人殺しどもから目をつけられる危険を冒させているのかと思うと、たまらない気持ちになった。マイルズは頭がいいし、潜在能力も高いが、T－レックスみたいなヤク中のゴリラにかかったら、自分の血の海で泳ぐことになる。しかも、意識を失わせてもらえないまま……そんなことになったら、ショーンの頭のネジは最後の一本まで抜け落ちるだろう。

ドアを閉めた。ボルト錠と鍵とチェーンをしっかりとかける。やることはやった。うじうじしても仕方がない。車から持ってきたバッグのポケットを開き、偵察機器の試作品をかきまわし、そのうちからふたつ取りあげた。セスお手製の携帯型警報器で、ドアと窓に張りつけておける。充分とは言えないが、これだけでも、もしものときには何分の一秒かを稼ぐことができる。最悪の場合には、そのわずかな時間が生死を分けるものだ。

警報器をつけ終えてから、振り返ると、リヴはマイルズが持ってきた袋の中身をあけていた。救急用具、石けん、シャンプー、櫛《くし》、XXLのTシャツが三枚。申し分ない。食べ物も入っていた。ショーンはそこまで頭がまわっていなかったのに。栄養食品のシリアルバー、チョコレート、サーディンの缶詰、リッツのクラッカー、胡椒《こしょう》をまぶしたビーフジャーキー。コンビニ食のごちそうだ。マイルズは安物のサングラスと野球帽までふたりぶん入れていた。すばらしい。顔を隠すのに役だつ。

感謝の気持ちは、リヴが野球帽を掲げて見せたときに消えてなくなった。ひとつには女の絵が描いてある。ピンクのTバックしか着けていないケツを突きだし、肩越しに振り返って、色っぽい顔を見せている女の絵。つばにはピンク色の飾り文字で、〝プッシー・キャット〟と刺繍《ししゅう》されていた。

もうひとつの野球帽にはシンプルに白い文字で、〝セックス・マシーン〟とだけでかでかと書かれている。

小賢しいやつめ。

それから、リヴはコンドームの箱を持ちあげた。ショーンは思わず赤面していた。「おれはそんなものを買ってこいとは言っていない！」

「言う必要はないでしょ」とリヴ。「彼、あなたのことをよく知ってるようだから。ショーン・マクラウド信条がなんですって？　性欲こそ宇宙のエネルギー源？」

「今度会ったら、あいつの歯の形を変えてやる」ショーンはうなるように言った。

リヴの顔つきから判断すると、このおかげで、本来なら盛大に声をあげ、ベッドを軋ませ、壁をゆらしておこなうはずだったセックスの祭典は、中止になったようだ。

かえってよかったのかもしれない。キスだけでも、ショーンは危うく泣きじゃくり、永遠に愛してくれとこいねがいそうになったのだから。いまリヴを抱いたら、どれほど尋常ではない事態に見舞われるのか、考えたくもなかった。そのうえいまは、穴と見れば突っこむ女たらしのブタだと思われているのだから。

そう考えて、熱しすぎたフライパンみたいに、ショーンの顔からボッと火が出た。あのキスのなごりで、ショーンはそわそわと落ち着かない気分だった。ドアを蹴り飛ばし、壁をこぶしで突き破りたい。シャワーを浴びて、そこで一発抜いて、リヴ獰猛《どうもう》な野獣をおとなしには凶暴な獣の調教くさせておいたほうがいいかもしれない。今朝のことを考えれば、リヴには凶暴な獣の調教に手を貸す余裕などないだろう。

ショーンは泥と血で汚れたシャツを脱ぎ、床に放り捨てた。かがんで、靴も脱いだ。ルガーを引き抜き、いつもの習慣でシリンダーの確認をする。弾は装塡《そうてん》ずみだ。撃鉄を起こしてからリヴの手に持たせた。リヴは不安そうに目を見開き、ショーンを見あげた。「どうして?」

「シャワーを浴びる」ショーンは答えた。「傷口を消毒する前に泥を流したい。きみが見張り番だ」

ショーンがホルスターとナイフの鞘《さや》をはずしたとき、リヴが早口で言った。「でも、使い方も知らないわ」

「ベレッタは使えただろ」ショーンは言った。「ちゃんと撃てた」

「でも……」リヴの声はしぼむように途切れた。「ちょっと度を越していない? だって、マイルズのほかには誰もわたしたちがここにいるのを知らないんでしょう?」

「ああ。度を越している。この件そのものが異様なんだ。湖畔で、Tｰレックスとおれたちとのあいだに起こったこともそうだ。ほかに質問は？」

ショーンはパンツをおろした。リヴがまだ何かを言おうとしていたとしても、そうすれば言葉をのむだろうと踏んだからだ。ペニスは女たらしの不名誉を喜ぶように飛びだし、亀頭を熟れたプラムのようにふくらませていた。おまけに、先っぽから雫《しずく》を垂らしている。

「ショーン」リヴが言った。「度を越すといえば、このことじゃないかしら」

「過度という道こそ英知の宮殿に通ずる、とウィリアム・ブレイクも言っている」捨て台詞を吐いて、大またでバスルームに向かい、ユニットバスのなかに入ってシャワーの湯を出し、我慢できるかぎり温度をあげた。

大小すべての傷がヒリヒリする。鞭を打たれているかのようだ。歯を食いしばって、安っぽい匂いの石けんに手を伸ばした。

石けんで体を洗い、流し、もう一度洗い、流して、泥と血が足もとで渦巻き、排水溝に吸いこまれていくのをながめた。はちきれそうなペニスを泡だらけの手で握ったが、外にいるリヴのことが気になって仕方がなかった。銃を持つ手はきっと震えている。ショーンがここでマスをかくあいだ、リヴは無防備なままだ。

ショーンは泡をすすいで、タオルを取った。ほころびだらけのタオルはほとんどすぐに、ピンク色に薄まった血で染まった。

バスルームから出ると、リヴは大きく安堵《あんど》の息を吐いた。ずっと息を止めていたかのようだ。それから、ふと目を落とした。ショーンはリヴの視線を追った。まるでショーンの股間の状態を——そう、見るまでもない。もちろんまだ立っている。

リヴの手から銃を取った。「シャワーを浴びてくるといい」

「ねえ、傷だらけよ」リヴは言った。「手当てを――」

「まずはシャワーだ。さっぱりするよ」ショーンは言った。「そのあとなら、いくらでもナイチンゲールごっこをしてもいいから」リヴはバスルームに飛んでいった。ショーンは包帯とメディカルテープの包みを開けた。傷のほとんどは、T - レックスとの取っ組み合いのすえ、テラスから落ちたときについたものだ。砕け散ったガラスの上に倒れ、湖の岸辺まで花崗岩の崖を転がり落ちたのだ。銃弾も一、二発、肌をかすめていた。運がよかった。体じゅうから血がにじみでているが、それでも、運がよかった。

いい香りの湯気で満ちたバスルームから、リヴが出てきた。ちらりと目を落とし、頬を上気させ、豊満な体を包むぼろぼろの小さなタオルを引っぱる。濡れた髪はもつれ、絡まっていた。リヴがどう思っていようと、ショーンが櫛をとおすつもりだ。リヴの髪をとかすと、心が落ち着いた。

「レディーファースト」ショーンは言った。「こっちに来て、傷を見せてごらん」

「あら、だめよ。わたしは怪我なんてほとんど――」

「いいからこっちに来るんだ」

ショーンの強い口調にリヴは飛びあがり、顔をしかめた。「ひどい傷はないのよ。あなたの怪我のほうがよっぽどひどい」

その言葉を無視して、ショーンは手に抗生物質の軟膏《なんこう》を取り、リヴのすり傷や切り傷に塗りはじめた。それから、手首の手錠のあとに。耳の下の傷と噛みあとに。両腕の打ち身はあざになりそうだ。氷を頼んでおけばよかった。痛みがやわらぐように両手で撫でてやることしかできない。最もひどい傷は、リヴの頭のなかに刻まれている。悪夢、不安。屈辱、恐怖。心の傷は何よりも治りにくい。ショーンにはよくわかった。リヴがそんな経験をせずにすめばよかったのだが。

しかし、リヴは想像よりはるかに強かった。勇敢な女神だ。

「おれが見逃したところは？」ショーンは尋ねた。

リヴは赤い顔で首を振った。

「もっとよく確認しないと」ショーンはタオルをほどかせた。リヴは抵抗してタオルで体を隠そうとしたが、ショーンは力ずくで引きはがした。しっとりとした肌に手を這わせる。一瞬、リヴの裸に見とれ、それから筋書きを思いだした。「あー……まずは肋骨から」ショーンは言った。

リヴは目をぎゅっと閉じ、ショーンは乳房にふれた。あの虫けらが強くつねった指のあとが赤く残っていた。

T－レックスはこれだけでも万死に値する。ただ殺すだけでは飽き足らない。

リヴにうしろを向かせて、まだ雫のしたたる髪を持ちあげ、首筋から背中、そして腰まで指を走らせた。髪から落ちた水滴はなだらかに肌をすべって、尻のくぼみに落ちていく。腿には小さなあざがいくつもできていた。ショーンは自分がつけたものだと気づいた。

欲望とうしろめたさで、ショーンの顔が火照った。リヴの背後でひざまずいた。「これはおれがつけたんだな？」

リヴは無言でうなずいた。

「すまない」ショーンは言った。「傷つけるつもりじゃなかった」

「いいの」リヴの声は震えていた。「気にならなかったから。あのときは」

ショーンは腿のあいだに手をすべり入れ、隠された柔らかな花びらにそっとふれた。あざのひとつひとつにキスをしていった。そしてまた初めからひとつずつ。ショーンの手のなかで、リヴが身じろぎした。

「わたしにも、ええと、あなたの傷や怪我の手当てをさせてもらいたいんだけど」息を切らし、声をゆらして言った。

「お好きにどうぞ」ショーンはベッドに腰かけ、リヴがタオルを巻き直そうとしたのを見たとたん、ぐっとタオルを握って奪い取った。

「だめだ」ショーンは言った。「裸で」

リヴはかすれた笑い声をあげた。こらえ切れずに漏らすようなこの笑い方が愛しかった。

「手当てとは関係ないみたいだけど。どういう効果があるのかわからないわ」

「癒しの効果がある」ショーンはきっぱりと言った。「効き目の大きさにはきっと驚くよ」

「でしょうね」リヴはつぶやいた。「わたし、もう驚いているもの」

リヴは背中から始めた。ショーンは視界のはしでリヴをとらえ、肌のなめらかさに舌を巻いた。キスしたくなるほどすべすべで、赤ん坊みたいにきめが細かい。リヴが脱脂綿やガーゼで傷を押さえ、ゆるく包帯を巻くあいだ、ショーンは痛みをほとんど感じなかった。「本当なら救急治療室に行かなければならないほどの傷よ」リヴが言った。「縫《ぬ》ったほうがいいと思う。とても深い傷もあるから」

「いや」ショーンは言った。「心配いらない。治りは早いほうなんだ」

「傷痕になるわ」眉をひそめて言う。

ショーンは鼻を鳴らした。「なら、一生付き合っていくさ」

ひんやりとして、柔らかな手がショーンをそっと撫でる。「全身傷だらけ、あざだらけになってしまったわね」心から気づかうような声。それが耳に心地よかった。

「二日ばかりは痛むだろうな」ショーンは言った。「T－レックスにやられたものも、兄貴との喧嘩で食らったものも――」

「お兄さん？　何があったの？」

「ゆうべ取っ組み合いの喧嘩をしたんだ」ショーンは正直に言った。

リヴは興味津々のようすでショーンの顔をのぞきこむ。「本当？　どうして？」

「長くて退屈な話だよ。ここで話せるほどいまは血のめぐりがよくない」あいまいにごまかした。「傷のいくつかはきみがつけたんだが」

脱脂綿をふるっていた手が動きを止めた。「わたし？」

ショックでうわずった声を聞いて、ショーンは笑った。「そう。きみ」穏やかに言った。「きみは激しい女だからね。五体満足でいられて、おれはラッキーだよ」

リヴはベッドからすべりおりて、つんとあごをあげた。「まずは手当てをすませるわ」

ゆっくりと、ぶれのない手つきで、頬の傷や唇が切れたところに取りかかった。真剣なまなざしで、抗生物質入りの軟膏を軽く叩くように塗っていく。白衣の天使ならぬ裸の天使、リヴ。張りのある乳房がショーンの目の前にあった。丸々として、熟れた桃みたいだ。思わずもぎたくなるほど柔らかそうで、すぼまった乳首でさえふっくらとして見える。シリコンで作った球体とは似て非なるものだ。

とはいえ、乳首にこだわりがあるわけではない。そう、どんな乳首も大好きだ。外科手術で際だたせたものでさえ好きだった。色も形も多種多様なれど、乳首はすべからく賛美されるべきだ。

しかし、神の手による完璧な乳首にめぐりあったら、それはもうひざまずいて崇めるしかない。あるいは、いまの場合、リヴを抱きよせて、その柔らかな果肉に顔をうずめ、理性を忘れてむしゃぶりつくか。ショーンは乳首に頰をすりつけ、それから、口にふくんだ。

リヴは腕のなかで背をのけぞらせた。「ショーン！　まだ終わっていないのよ！」

「まだ？」体を起こして、口をぬぐった。「悪いね」

リヴは目の前で膝をついた。すばらしい趣向がショーンの頭に渦巻いた。リヴは腿に長々と走った切り傷に軟膏をつけはじめた。がっかりだ。ふん。好きにしろ。

リヴはガーゼで指先をぬぐい、生真面目な目つきでショーンを見あげた。ショーンが耳をふさぎたくなるようなことを言いそうな表情だ。

たとえば、つきまとうのをやめろとか。

ショーンは目に見えない箱のなかに性器を閉じこめたつもりで、リヴに手を出さないよう必死に耐えた。なんといってもリヴは今朝襲われたばかりだ。それなのに、ショーンはチャイルドシートに乗せられたガキみたいに、おっぱいを求めてべそをかいている。

「なんだ?」予想以上にかすれた声が出てきた。「とっとと言ってくれ」

リヴは身をかがめ、これが現実のことなのかとショーンに考えさせる隙も与えずに、熱い口でペニスをくわえた。

熱く湿った口が上下に動いて、ショーンに淫《みだ》らな喜びを与え、包みこむ。ショーンは息を切らし、顔を真っ赤にして、言葉を失っていた。いつでも気がきいて、口がうまくて、一夜の相手にはうってつけの男が。女の子たちをその気にさせたり、なだめてやったり、元気を与えたり、満足させたりしてきたこのショーン・マクラウドが。

逆の立場になってみると、ただただ頭は空っぽで、言葉もなく喘《あえ》ぎながら、何か気のきかないことや荒っぽいことをしないように自分を抑え、リヴが気を変えてしまわないよう願うことしかできなかった。

やるせないほどゆるやかな出だしだった。まるでショーンの大きさに慣れようとするかのように。リヴは亀頭を舐め、つややかに濡らして、ショーンにどんなことをしようかもくろんでいる。考えがまとまるのに長くはかからなかった。淫らでなまめかしいセクシーな女に変身して、あのひんやりとした柔らかな手を使い、ショーンの巨根をもてあそぶ。

ペニスをしごきながら、まさかそこまでは入らないだろうと思うほど奥までくわえ、舌で円を描いて舐めながら、唇をすぼめて引き抜いていく。そしてもう一度、するりと沈め、ゆうゆうと吸いあげ、てらてらとしたペニスにピンク色の唇を広げる。頬をしっとりと上気させ、瞳孔の開いた瞳を潤ませて、さらにもう一度、熱く濡れた口を引きあげ——そう、何度も、何度も、何度も。お願いだ、このまま永遠に続けてほしい。

しかし、長く持つ気はしなかった。ショーンははじけ飛びそうになっていた。だめと言われても我慢できるかどうか自信はないが、一応訊いておいたほうがいいだろう。

「口のなかでイってもいいか？」

リヴはまた恍惚《こうこつ》の波動を与えてから、うなずき、ペニスの先を頬にすりつけた。「一滴も逃さないわ」

「本当に口のなかに出しても……うっ」

またくわえられて、言葉が途切れた。

ショーンは身を乗りだして、かぐわしいシャンプーの香りを吸いこんだ。快感の震えがたちのぼる。リヴはうまかった。爆発の寸前まで持っていって、そこで手綱を締める。それから、指先で玉を撫ではじめた。軽くくすぐるように。花びら。蝶々《ちょうちょう》の羽。そんな感触だ。なんにしても気持ちがいい。

ショーンの体のなかで、野生の馬の群れが駆けだし、荒野に足音を轟かせた。首をあげ、鼻を鳴らして。ナイフみたいに鋭い蹄《ひづめ》で泥を蹴り飛ばして。ショーンは待ち構えていた。体は鉄のケーブルのように硬く張りつめている。リヴの口で打ち倒されるのを待った。そして、そのときが来た。

しばらくしてから、ショーンはまばたきをしながら目を開いた。ベッドに仰向けに倒れていた。箱やチューブやプラスチックの容器が当たって、体に痛みが戻ってきた。

バスルームで水が流れる音が聞こえる。手足は鉛みたいだ。ベッドがゆれた。まわりの箱やら何やらが消えて、リヴがかたわらに座った。マットレスがたわんで、力の抜けたショーンの首はごろりと横向きになった。リヴはマイルズの差し入れの櫛を取って、髪をとかしはじめた。十六世紀の絵画みたいだ。雪のように白い肌の女神が身づくろいをしている。

「それはおれの役目だ」ショーンは穏やかに言った。「やめろ。おれがする」

リヴの口もとがほころんだ。「どうせまたくしゃくしゃになるもの。そのときにしてもらう」

ショーンは納得して引きさがり、ぐったりと横たわったまま、リヴの美しさに見入った。空っぽになって、ふんわりと浮かぶような感覚が心地いい。しかし、その感覚は長く続かなかった。怒りと、重苦しい気分と、この一件全体の不可解な謎に対するもどかしさが、早々と心に押しよせる。ケヴィン、T－レックス、リヴ。

耐えられなかった。そして、ショーンの心をそのことから引きはがせるほどの力を持つものは、この世にひとつしかない。ショーンはベッドからすべりおり、ひざまずいて、リヴの真っ白な腿に手をかけた。

リヴはまばたいた。「ショーン？」

「見せてくれ」ショーンは懇願した。「どうしてもほしい。きみがほしい」

リヴは櫛を置いて、手でショーンの頰にふれた。リヴは小さなため息のような音をたてたものの、ショーンが脚を開かせても抵抗しなかった。

きれいだ。秘密の入口は細長く、ピンク色で、二枚の花びらはなめらかにつやめいている。ふっくらとした唇が張りだしているようだ。なまめかしく、しどけなく膨らんでいる。そして、ぐっしょりと濡れていた。ショーンをしゃぶったことで興奮したのだ。すばらしい。ショーンはつばを飲んだ。ペニスは跳ね起き、新たな冒険に乗りだす気力をみなぎらせている。果てたのはついさっきだというのに。十分もたっていないだろう？

信じられない。途方もなく性欲が強いのはたしかだが、それにしたって限度はある。ただし、リヴが相手の場合、その限度すらなくなるようだ。

リヴは手をおろして花びらを開き、二本の指でクリトリスを挟んで、むきだしにした。ピンク色で、硬くて、つやめいている。ショーンはそこに口をつけ、そっと舐めた。刺激が強すぎたのか、リヴはびくっとしていやがるそぶりを見せた。ショーンはことさら柔らかに、かすめるように舐め、唇でしゃぶり、舌をちろちろと震わせた。

それから、力をこめ、入口から奥まで突き入れた。今度はリヴがベッドに仰向けに倒れ、惜しみない口の奉仕を受ける番だった。

ショーンはリヴを高く高く押しあげ、引きおろした。先ほどのリヴと同じく、何度も、何度も。ふたたびリヴが絶頂に向かってのぼりはじめたとき、ショーンはなかに指を二本入れ、すぐ内側に、リヴをとろけさせるスポットを見つけて、そこをまさぐりながら、舌で小刻みに揺れ動かして、クリトリスをくすぐった。イった瞬間、リヴの顔に閃光《せんこう》がはじけたかのようだった。身悶えして、体の内側からショーンの指を締めつけた。リヴの喜びで、ショーンの心は満たされ、同時に、飽くなき欲望はさらに高まった。

ショーンはコンドームに手を伸ばした。

13

何が怒りの引き金になったのか、リヴにもわからなかった。したいことをして当然だとでもいうようなショーンの態度かもしれない。ショーンは上掛けをはぎ取り、マイルズが買ってきたものを床に落として、リヴの両わきをつかみ、ベッドの真ん中に放った。脚を大きく開かせて、リヴにおおいかぶさる。

「ちょっと!」リヴはショーンの胸を小突いた。「していいって言ってないわよ!」

ショーンはすでにコンドームをつけた大きなペニスをリヴの入口につけ、押しこもうとしていた。「たしかに」とショーン。「言われていない。だから?」

「だから? やめてよ!」

「いやだ」ぐっと押し入れ、奥まで突き刺す。リヴは息をのむほど大きく、熱く、太いもので貫かれ、くしゃくしゃの寝具に押しつけられた。ショーンの胸が乳房にあたり、のしかかってくる。

ショーンは有無を言わさずに腰を振り、巨大なものを突き入れ、引き抜き、リヴの体を熱くかき乱した。強く、重く突かれて、リヴはベッドの上のほうに押しやられていった。頭がヘッドボードに当たったので、手をついて支えなければならなくなった。「やめて」リヴは噛みつくように言って、体をゆすり、くねらせた。「わたしから出ていって。あなたのせいで、おかしくなりそう」

「ああ、わかってる」ショーンが言った。「嬉しいだろ？」

ゆったりと落ち着いた態度。腹がたつ。リヴはヘッドボードから手を離して、ショーンの頬を引っぱたいた。

ショーンはリヴの腕を取って、胸もとで押さえつけ、またゆうゆうと腰を振った。「いったいどうしたんだよ？」なじるように言う。「体位か？　上に乗りたい？」

「違う！」リヴは叫んだ。「あなたの顔つきが気に入らないのよ！」

ショーンはぎょっとして、動くのをやめ、眉をひそめてリヴを見おろした。「それは、厳しい要求だな」ためらいがちに言った。「自分がどんな顔つきをしているのかもわからないよ。顔より心重視の人間だからね」

「利いたふうな口を叩かないで」リヴの声はわなないていた。「〝抱く権利がある〟っていう顔つきよ。Tーレックスから助けたんだから、わたしをヤるのは神に与えられた権利だとでもいうような顔。いつでも、どこでも、どんなふうにも、あなたの好きなようにね。わかる？」

ショーンは驚愕《きょうがく》の表情を浮かべて、すぐに退いた。「まいったな」リヴを抱きしめたまま、そのかたわらに横たわった。「あいつのことを思いださせるつもりじゃなかったんだ。すまない」

リヴの顔はくしゃりとゆがんだ。両手でおおった。

ショーンは首をかがめ、頬をすりよせ、許しを請うように、リヴの顔に何度も優しくキスをする。ふたりはそのまま長いあいだ、無言でよりそっていた。しばらくしてから、リヴの口からようやく言葉が出てきた。

「あいつはわたしを切り刻もうとしていたの」小声でつぶやいた。「恐ろしいことをしようとしていた。それから、わたしの死体を土に埋めるって言っていた」

ショーンはリヴの体に腕をまわした。「ああ、だがそうはならなかった。きみが強くて、勇敢で、素早かったからだ。あいつはおれが叩き潰す。信じてくれ。みすみすあいつを近づけさせてすまなかった。同じ空気を吸わせてすまなかった」

「いいえ」リヴは大きくかぶりを振った。「映画のヒロインみたいに仕たてあげないで。わたしがいま生きているのは、あなたが来てくれたから。わたしがよくやったとか、賢かったからとか、勇敢だったからではない。謙遜でもなんでもないわ」

ショーンはリヴの髪をいじった。「違うね。おれは、きみが頭に銃を突きつけられていながらも、あいつに噛みついたのを見た。おれをごまかそうとしても、そうはいかない」

「よく説明するから聞いて」リヴの震え声はとうとう涙声になった。「わたし、怖くて怖くて、何もかもしゃべったの。何もかもよ。わかる？　ケヴィンのスケッチブックをあなたに渡したって、あいつに教えたの。そのせいで、あなたが殺されるかもしれないのに」

ショーンはリヴの手を顔から離させて、真剣な表情で涙に濡れた目を見つめた。「いいかい、拷問を受ければ、誰だってなんでもしゃべる。おれの口をよく見て。誰でもだ。人間は、そういう苦痛に耐えられるようにできていない。罪の意識なんか感じる必要はない。時間の無駄だ」

リヴは手を引き離して、もう一度顔をおおい、首を振った。

「以前そういう目にあったとき、おれも屈した」ショーンは言った。「一秒とたたないうちにね」

リヴはぱっと体を起こし、肘をついた。「あなたが？　どうして？　どんな状況で？」

「ほら、これ」ショーンは腕をあげ、わき腹にいくつもついた白い傷痕を指した。「シエラレオネ共和国にいたときのことだ。ダイヤモンド鉱の警備をしていた。敵国の将軍がいて、そいつが……まあ、簡単に言うと、これは電線でつけられたものだ」

リヴは息をのんだ。「ひどい。たいへんな目にあったのね」

「あれは最低だった」ショーンは率直に言った。「じつのところ、おれは根性がなくてね。すぐにママって泣きだした。痛いのは大嫌いなんだ」

とんでもなく勇ましいところを目の当たりにしたあとだけに、この言葉は皮肉で、リヴは目に涙をためながらも、体を震わせて笑いはじめた。

「やれやれ。体にも心にも苦痛を受けたっていう悲惨な話を、きみに楽しんでもらえて嬉しいよ」ショーンはそっけなく言った。

「もうっ、やあね」リヴは笑いで息を切らして言った。

ショーンの笑みが目もとにセクシーなしわを作った。「そのほうがずっといい」ショーンは言った。「好きなだけ叱ってくれ。元気が出るような気がする」

リヴはまた笑ったものの、すぐに涙もあふれだした。うつ伏せになって、シーツに顔をうずめた。感情の嵐に揉まれたようで、ぐったりしていたけれども、多少は気分が晴れた。リヴは顔をあげた。

ショーンの目に燃える憤怒の表情が、リヴの骨にまで寒気を走らせた。

「おれはあのサディストの虫けらを追いつめて、この手で引き裂き、きみの敵を討つ」抑揚のない声で言う。

リヴはぎょっとした。「ええと、それは、私的制裁にならない？」

「なるね」ショーンは両の眉をあげた。「だから？」

「文明社会では、禁止されていることよ」リヴは言った。

ショーンは仰向けになって、頭のうしろでたくましい腕を組んだ。「人権を重んじる社会が、おれを重んじてくれるなら、おれも社会の掟《おきて》を重んじるけどね」

リヴはそのことを考えてみた。「あいつはわたしの手で殺してやりたいわ」

ショーンは警戒の目つきで、リヴに視線を流した。「うーん。悪いが、それは約束できない。成り行きを見てみよう。いいね？」

リヴは鼻を鳴らした。「成り行きなんか待っていたら、お尻に火がついちゃうわよ」

ショーンはリヴの尻を撫でた。「最高の尻にね」

「セックスでごまかそうとしないで」唐突な怒りに駆られて、リヴはショーンにつかみかかり、顔をぶとうとした。

ショーンは最初の一撃も、そのあとにくりだされた攻撃も、やすやすとかわした。リヴはまったく敵わないもどかしさで逆上して、ショーンに飛びかかった。

それでも、ベッドに押さえつけられ、のたうつことしかできなくなってしまった。

「おれに戦い方を習いたいのか？　本気で？」

「そうよ！」リヴは叫んで、もがいた。「いいから早く離してよ！」

「戦い方の習得には時間がかかる」ショーンは釘を刺した。「それに、おれは厳しいぞ。やるなら徹底的にやる。マイルズに教えたようにね。おれがあいつを鍛えた。おれと兄貴たちが」

リヴはショーンの重い体をどかせようとした。「離してって言ってるの！」

「男と戦うとき、きみはいつでも不利な立場に立たされることになる」ショーンはかまわずに言葉を継ぐ。「いくら訓練を積もうと、どれほど技術があがろうと。生物学的な問題だ。筋肉の量と、上半身の力の強さが違う。それでも、ひとつだけ約束できるのは、訓練しないよりはしたほうが、勝てるチャンスが多くなることだ」

リヴは息を切らして、体の力を抜いた。いらだちの涙が流れ落ちた。「ええ」そう言って、ごくりとつばを飲んだ。「ええ、勝てるチャンスがほしい」

「契約成立だ」

「銃とナイフの使い方も教えて」リヴは言い足した。

ショーンはかすかに驚きの表情を見せた。「あー、うん。きみがそう言うなら」

「爆弾もよ。爆弾の扱いに慣れているって聞いたわ。あなたが知っていることはすべて、わたしも知りたい。すべて」

ショーンは目を丸くしてリヴを見つめた。「おっかないな」

「それでいいわ。おっかなくなりたい」ショーンの股間に目を落とした。「恐怖は性欲に影響を与えないようね」

ショーンも目を落とした。「たしかに」納得して言う。「で、そろそろヤってほしくなったかな、リヴ？」

リヴはショーンの顔を見あげ、手を引き抜こうとしたものの、無駄だった。まだベッドに押さえつけられている。「いいえ」きっぱりと答えた。「わたしがあなたをヤりたい」

「ええと……具体的にはどういう意味だ？」

「立場を変えたいのよ！」リヴは叫んだ。「押さえつけられたり、つつきまわされたりするのはもううんざり。あなたをベッドに押し倒して、どっちが主導権を握っているのかわからせたいわ。少しはおとなしく人の言うことを聞けるように、体で教えてやりたい！」

ショーンは困惑顔だ。「男役をしたいってことか？」

「言葉どおりにとらえないで」リヴはぼやいた。

「デカくていかめしいディルドを腰に巻きつけて、おれを四つん這いにさせて――」

「違う！」リヴは顔を真っ赤にして、肘をついて体を起こした。「そんなわけないでしょう。変態行為は好きじゃないって言ったはずよ。もうっ」

「具体的にどういうことなのか、はっきりさせようとしただけだよ」痩せた頬にえくぼがちらつく。「ついさっき、きみは人殺しをしたいと言い、爆弾の作り方を習いたがった。それに比べれば、ディルドをつけることくらいおかしくないだろ？」

「からかうのはやめて」リヴはぴしゃりと言った。「どうせあなたにはそういう経験もあるんでしょうけど」

「いや」ショーンは否定した。「おれは自分が上になるほうが好きだからね。だが、きみが相手となれば、こだわらない。かわりばんこにしよう。きみみたいな気高いセックスの女神にになら、おれは服従する。毎回じゃないかもしれないし、それほど長い時間は無理かもしれないが……たまには」

「ええと、なるほど」リヴの顔は火が出たように熱かった。

「きみのためならどんな苦労も惜しまない」甘い口調で言う。「力をつくすよ。言い換えれば、きみにつくす」

リヴは吹きだし、体を震わせてくすくすと笑いはじめた。「ありがとう。そこまでの申し出に応じられるかどうかは疑問だけど、気持ちは嬉しいわ」

「ただし、手荒なまねはやめてくれよ、お姫さま。優しく、な？ ゆるやかに頼む」ショーンは横目でリヴをちらりと見た。「痛いのは嫌いだって、さっきも言っただろ？」

「もうっ、いつまでもふざけて」リヴは枕をつかみ、ショーンにぶつけた。

ショーンは枕をもぎとった。「問題はいまだ」

「どうしていまが問題なの？」リヴは取り返そうとしたけれど、できなかった。

「あの取っ組み合いと、おしゃぶり大会と、このおかしな話をしたせいで、おれはすぐにも爆発しそうだ。しかも服従できる気分じゃない。まるっきり。きみがおれをヤりたいのはわかったが、まずはおれがきみをヤりたい。それに、おれのほうが体がデカい」ショーンはリヴをうつ伏せに引っくり返した。「だから、ここは折れてくれ」

リヴは身をよじった。「ずるい！」

ショーンは脚を開かせ、ペニスを押し当て、奥まで一気に貫いた。「ずるくない」ショーンは言った。「腰を振って、おれを押し返してみればいい。きっと楽しい」

リヴはそのとおりにした。たしかに楽しかった。ショーンは深く、激しく突く。リヴはショーンを迎え撃ち、火照った顔を枕に強く当てて、突かれるたびに口から飛びでる叫びを押し殺した。

秘所に隠れた快楽のつぼみが花開き、ひと突きごとにより鮮やかに色づいていく。リヴはお尻を突きだしてショーンを迎え入れ、いただきにのぼっていった。

絶頂はいつまでも続き、リヴを芯からゆさぶった。際限なく全身が痙攣《けいれん》するあいだ、ショーンは鼻で耳もとをくすぐっていた。「試したいことがある」そっとささやく。

リヴはほとんど振り返ることもできなかった。「何？」

「おれにもいままで経験がないこと」するりとペニスを抜き、リヴを仰向けにさせて、体を起こさせた。ぐったりとした人形同然のリヴを起こすのはたやすくなかった。

「ほら、起きて」ショーンは甘い声を出した。「ちょっとしたことだよ。ほんのお遊びだ」

リヴは目をすがめ、疑わしげな視線を向けた。「あなたにも経験がないようなことを、わたしが喜んでするとと思う？」

「きみが言ったことで思いついたんだよ。主導権を握って、おれが人のことを聞くように、体で教えたいって言っただろ。ただ、これを試すには、コンドームを取らなきゃならない。が、おれたちはまだそういう話をしていない」

「どういう話？　あら、待って。つまり――」

「セイフ・セックスの話」ショーンは言葉を引き取った。「そこをすませてしまおう。おれがセックスに積極的な生活を送っていたのは否定しない」

「そうでしょうとも」リヴは不快感もあらわに言い捨てた。

「だが、セイフ・セックスはつねに心がけてきた。誓って、コンドームは毎回つけていた。絶対に。ゴムなしでしたことはない。注射針を使ったドラッグの経験もない。同性愛を試したことも一度もない。ＨＩＶの検査ではいつも陰性だし、そのほか、性病で引っかかったこともない。それに、きみのなかでイくのを求めているわけでも――」

「じゃあ、何を求めているの？」リヴは問いかけた。

「まずはこの話しにくい話からすませて、それから、エロティックな楽しいお遊びに移るとしよう。さて、きみが話す番だ」

「わたしは問題ないわよ」リヴは言った。「この二年、誰ともしていなかったから。でも、年に一度は健康診断を受けて、そのときに血液検査もしてもらっている。陰性よ」

「よかった」ショーンはコンドームを取って、ベッドのわきのゴミ箱に捨てた。「じゃあ、まずはさっきみたいに、最高のながめを披露してもらいたい。あそこに手を当てて、指でクリトリスを挟んで、押しあげるんだ」

　リヴは笑いをこらえて、言われたとおりにした。「それで？　どうするの？」

「クリトリスっていうのは退化したペニスみたいなものだろ？」ショーンは言った。「で、きみのクリトリスはいま勃起している。だから、それでおれをヤってくれ」

リヴがまだ理解できずにいると、ショーンは長いペニスを手で握り、かさの高い亀頭の部分だけ、こぶしから出るようにした。先端の切れ目から、雫が垂れ、輝いている。

すでに火照って、汗ばんでいたリヴの顔も首もさらに赤くなり、汗が噴きだした。リヴはつばを飲み、気持ちを落ち着けようとした。「どうしてこれが退化したペニスだなんて思うの？」問いただした。「それはあなたの見方でしょう？　観点を変えれば、あなたのほうが、ばかばかしいほど肥大したクリトリスを股間にぶらさげているとも取れるわね」

喜びの笑みがゆっくりとショーンの顔に広がっていく。「つまり、これからレズビアンのセックスを真似できるってことか？　いいね。女の子同士か——うん、嫌いじゃない」

「下種《げす》なこと言わないで。あなたがこれまでどれほど堕落した女たらしだったかなんて、聞きたくない。殴りたくなるから」

ショーンは目を見開いた。「いいよ。叱ってくれ」つぶやくように言う。「どっちが主導権を握っているのかわからせてほしいね。少しはおとなしくなるように、体で教えてくれ」リヴのあいているほうの手をつかみ、太いペニスを握らせ、上にすべらせ、降伏のしるしとして大げさに息をついた。「さあ、おれをしつけてくれ」

リヴはペニスの先をクリトリスに押しつけ、内側にすりつけた。

ふたりとも息をのんだ。ほんのわずかな動きだったのに。ひどく淫らだ。感覚は研ぎすまされている。ふたりとも体を震わせていた。耐えられないほど刺激が強くて、ショーンはうめき、肩をわななかせている。これが気に入ったようだ。リヴも同じだった。亀頭をまわすように、強くクリトリスに押しつけた。快感が渦を巻き、高まり、一点に凝縮されていく。

ショーンは汗で濡れたひたいをリヴのひたいにつけた。笑いと興奮で体をゆらしている。

「イかせてくれ」小さくささやく。

リヴにも笑いがこみあげ、それと同時、オーガズムが手足の指の先にまで波を起こした。ショーンはリヴのもう片方の手もつかみ、両手でペニスを握らせ、その上から自分の手を重ねて、強く握った。精液がほとばしり、ふたりの手に、リヴの胸に、おなかにかかった。ショーンは熱いひたいをリヴの肩にもたせて、激しく震えている。

とろりとした液体は肌を焼きそうに熱かった。リヴはそれを見おろして、指先で白いしずくにふれた。感動を覚えていた。

いままで、リヴにとっては、精液はセックスにつきものの滑稽《こっけい》な副産物だった。ネバネバ、ベトベトしたやっかいなもの。いつもはコンドームのなかに収まっているから、都合よく忘れることができるけれど。

今回はまったく違った。これはショーンの体の捧げものだ。命のあかしとして、情熱と欲望の祭壇に献上されたものだ。魔法の液体。

リヴはショーンの精液で満たされたかった。腿に流れでていく感触を味わいたかった。そして、ショーンの子どもを宿したかった。

書店の瓦礫《がれき》に立つショーンと再会して以来、リヴはまっさかさまに落ちつづけているようなものだ。胸は痛み、心は引き裂かれている。ショーンは手のひと振りで、リヴを滅ぼすことができる。

ショーンは顔をあげた。リヴは涙のたまった目を合わせないようにした。ショーンの目を見られなかった。ショーンのこぶしの下から両手を離して、のそのそとベッドからおりた。

「洗わないと」つぶやくように言った。

シャワーカーテンを開けたとき、すぐ外でショーンが待っていた。リヴの意気地は溶け落ち、突き刺すような視線に視線を返すことはできなかった。バスタブから出て、ショーンを見ることなく、そのわきをすり抜けようとした。

「いったいなんなんだ、リヴ」ショーンはリヴの体を自分に向けさせ、唇をふさいだ。

一方的なキスだったけれども、すぐにリヴの欲求も燃えあがった。ショーンにしがみつき、夢中でキスをした。ショーンは唇を離した。

「いまみたいなことをするな。おれを粉々にしておいて、突き放すようなまねはするな」

「ゆうべ自分がわたしに何をしたと思っているの？」リヴは声を荒らげて言い返した。

「取引きしよう。きみがおれにそういうことをしなければ、おれももう二度としない」

それほど単純なことじゃない。リヴはそう叫びたかった。

「キスをしたら、取引き成立だ。おれの目を見ろ、リヴ。それから、キスしてくれ」

「いましたばかりよ」リヴは言った。「たっぷりと」

「あれは取引き前だった」ショーンのもの柔らかで、無防備な口ぶりに、リヴは胸を締めつけられた。どうしてもあらがえない。

リヴは熱くチクチクした頬を両手で包み、爪先立ちになって、唇にそっとキスをした。

「約束？」ショーンの声はかすれていた。

「約束」リヴは安心させるように言った。

ショーンはリヴをうながしてバスルームから出ると、ベッドに横たわって、両腕を広げた。そのなかにくるまれるのは心地よく、願ってもないことだった。リヴはショーンの胸に顔をつけ、低い心臓の音に耳を傾けて、心をなだめた。

いつしか眠っていたようだ。暴力沙汰とセックスのせいか、奇妙な光景が次から次へと頭のなかに押しよせていた。目を覚ますと、ショーンがこちらを見つめていた。その表情にはっとして、たちまちに眠気が消えた。「何？　どうしたの？」

「T‐レックスがきみに言ったことをすべて教えてくれ、リヴ」ショーンは抑えた声で言った。「思いださせて悪いが、聞いておかなければならない」

リヴは目を閉じて、会話の順序と正確な言葉を思いだそうとした。「十五年前のあの日、わたしがケヴィンと会ったところをライフルのスコープで見たと言われたわ」リヴは話しはじめた。「その後、書店を開いたときのテレビのインタビューでわたしに気づいた。それで、わたしを見つけた。ケヴィンがわたしにスケッチブックを預けたところも見ていたと言っていた。T‐レックスはテープのことを知りたがっていた。なんのテープなの？」

ショーンは首を振った。「ケヴィンはテープのことを伝言に書いていた。それ以上の情報も、暗号としてスケッチブックのなかに隠されているはずだが、ケヴィンの暗号は巧妙すぎた。おれたちには解けなかった。解こうとはしたんだが。何カ月も」

「あのスケッチブックはいまどこにあるの？」リヴは尋ねた。

ショーンは仰向けになった。「兄貴たちはスケッチブックをばらして、絵を額に入れた。ケヴィンの最後のスケッチをないがしろにできないって、デイビーが言ってね。おれは一枚も持っていない。兄貴たちの家に行ったときも、あのスケッチを見るのは耐えられなかった。兄貴たちはおれより作りが強靭《きようじん》だ」

リヴはショーンの引き締まったおなかにキスをした。「あなたも強靭よ」

ショーンはうめくように言った。「きみもデイビーに会ったらわかる。強靭のお手本みたいなもんだ」

リヴは眉をよせた。「あなたのあざの原因になったお兄さんね?」

「ああ、兄貴を責めないでやってくれ。おれがわざと怒らせたんだ」ショーンはぼんやりと言った。「デイビーは厄介な男でね。まあ、マクラウドの人間は全員がそうだが。でも、デイビーはたいしたやつなんだ。きみもきっと気に入る。それから、デイビーの奥さん、マーゴットは最高だ。マーゴットのことは、きっと大好きになる。コナーの奥さん、エリンも同じだ。みんなにきみを会わせるのが待ちきれないな」

この言葉で、リヴの胸はじんと温かくなった。

「もう一度訊くが、ケヴィンはきみに正確にはなんて言った?」ショーンが尋ねた。

「話せることはあまり多くないの」後悔の気持ちが声に出ていた。「誰かに追われている。自分を殺そうとしている男たちがいる。ケヴィンは例の暗号文をスケッチブックに書いて、それから、あなたのところに持っていけって言った。あなたにスケッチブックを渡したら、わたしも死ぬ気で逃げろって。わたしも狙われるからって。本当に怖かった」リヴは肩をすくめた。「それだけ。もっと話せることがあればよかったのに」

ショーンはうなずいた。情報を脳が嚙み砕くあいだ、ショーンは遠い目をしていた。

「ケヴィンの伝言にはなんて書いてあったの?」リヴは尋ねた。「十五年のあいだ、ずっと気になっていたのよ」

ショーンは目をそらした。気力を奮い起こすように、大きく息をつく。「あの夜のうちにきみが身を隠さなければ、きみが殺されると書いてあった」

よそのほうを向いたショーンの顔を、リヴはまじまじと見つめた。沈黙が膨らみ、徐々にショーンの言葉の意味が形を成してきた。「ちょっと待って。あなたがわたしにひどいことを言ったのは、わたしを逃がすため? わざとあんなことを言ったの? わたしを守るために?」

ショーンはうなずいた。リヴはベッドからおりて立ちあがったものの、脚に力が入らず、へたりこんでしまいそうだった。見知らぬ人を見るような思いで、ショーンを見つめた。

「まさか」声は震えていた。「冗談でしょう?」

ショーンは首を横に振った。

怒りと悲しみがショーンの心のなかで蒸気のように噴きだした。わななく口を手でおおった。「最低な人ね! どうしてそんなことができたの?」

「わからない」ショーンの声は抑揚を欠いていた。「いまでもわからない。身を切られるような思いだった」

リヴはショーンに襲いかかり、頬を張り飛ばした。ショーンは身じろぎもしなかった。

「十五年間、おれはあれをただの妄想だと思っていた」ショーンは言った。「だが、もしあのときああしていなかったら、きみはもうTーレックスに殺されていたとわかった。きみはいま生きている。だろ？　それだけが救いだよ。おれは正しいことをしたんだ」

「正しいこと？」怒りのあまり、声がかすれていた。「ほんの一瞬でも、わたしに事情を説明しようとは思わなかったわけ？　わたしを信用しようとは？　その石頭に少しでもよぎらなかったの？」

ショーンは首を振った。「きみは逆らっただろう。おれを牢屋に残して、自分だけ去ろうとはしなかったはずだ。おれを信じない可能性もあった。だから、心を鬼にした。だが、きみを傷つけたことはやりきれなかった」

「心を鬼にして、わたしの感情を粉々に砕いたのよね」甲高く、ヒステリックな笑いが口から飛びだした。「びっくり。冷静沈着とはこのことね」

「確実にきみをあの晩の飛行機に乗せるには、そうするしかなかった」ショーンは言った。

「おれは留置場にいたんだ、リヴ。きみを守ることができなかった。誰かに助けを求めることもできなかった。デイビーはイラクにいた。コナーはどこかで張りこみ中だった。ケヴィンは窮地に立たされていた。警察はすでにおれにはかんかんだった。おれは、しなければならないことをしたんだ。そして、この十五年でいま初めて、あの決断に意味があったと思えるようになった」

リヴは片手を顔に押しつけた。そうしなければ、首が落ちてしまいそうな気がした。「そのあとわたしに連絡を取ろうとは思わなかったの？」小声で尋ねた。

「毎日毎日、一分に一回思っていただけだよ」ショーンは声を荒らげた。「最初のうちは、きみの安全のためには近づかないほうがいいだろうと思った。謎を解こうとしていたあいだは。だが、謎を解くのを諦めて、ケヴィンの頭がおかしくなっただけだと自分を納得させるまでに、長いあいだもがくことになった。そのあと、きみの行方を追ったが、きみはヨーロッパにいた。やがておれは軍に入隊することになった。除隊後にまたきみを探した。一度だけ、きみを見たよ。当時の恋人と一緒にいた。ボストンで」

「嘘でしょう?」リヴは両手で顔をおおい、かぶりを振った。

「しばらくはきみのまわりをうろついていた。それこそストーカーみたいに」ショーンは続けて言った。「だが、そんな自分が恥ずかしくなって、立ち去った」

「直接わたしに連絡を取ることはせずにね」リヴはつぶやいた。

ショーンは首を振った。「いけないことのように思っていたんだ。もう何年もたっていたから、いきなり現われたら、きみもとまどっただろう。きみの生活を混乱させたくなかった。きみが怒っているのはわかっていた。おれを憎んでいたことは。おれがしたことの理由を説明したら、さらに憎しみが増すことも。正しいことをしただなんて、お笑いだとね」

リヴは喉のわななきを静めることができなかった。「生まれてからずっと、わたしは両親の言いなりで生きてきた。あなたに出会って、やっとまともに向き合ってくれる人とめぐりあえたと思ったのよ。皮肉よね。嘘をついて人を操ることにかけては、あなた、うちの母と互角だわ」

「そこまで怒らせて悪かったな」ショーンの口調にはとげがあった。「おれが言ったおぞましい言葉が本当じゃないとわかったら、きみは喜ぶかと思っていたが」

「ああ、あれね」リヴは苦痛と皮肉の笑いで体をゆらした。「建設現場の人たちと賭けをしていたとか？　口からでまかせだったの？　わたしの処女を奪う過程が退屈だとか？」リヴは電話の受話器を取って、外線のボタンを押した。

ショーンは受話器をリヴの手からもぎ取った。「いったいどこに電話をかけようとしている？」大声を出す。

「タクシーよ」リヴも大声で返した。「出ていく。もう我慢できない」

ショーンは受話器を電話に叩き戻し、リヴをベッドに押し倒した。「ああいうことをしたのは、きみを愛していたからだ。それもなんの意味もないって言うのか？」

リヴは震えながら、獰猛《どうもう》な目でにらみ返した。「あなたに愛されるのがああいうことにつながるなら、受け入れられるかどうかわからない」小声で言った。

ショーンも張りつめた顔で体を震わせている。「だめだ。きみはおれに冷たくしないと約束した。約束は守ってもらう。それぐらいの義理はあるだろ」

こんな要求はのめない。バカみたいな約束で縛られたくない。感情は感情、怒りは怒りだ。過去を変えることはできない。「わたしを押し倒してどうするつもり？」リヴは声のゆれを抑えて、なるべく強い口調で尋ねた。「セックスを武器に、わたしの気持ちをむりやり怒りから引き離す？」

「セックスを武器にするよりいい考えは浮かばないな」ショーンは言った。「効果はあるか？　あるならどんなこともする」

ショーンの体から略奪者の精気がほとばしるようで、リヴの心に残っていた勇気は根こそぎのみこまれた。

「試してみよう」ショーンはリヴの脚を開き、柔らかな門にペニスを押しつけ、奥深く突き入れた。「効き目は？」

リヴは涙でくしゃくしゃになった顔をそむけたけれども、体は否応なく、本能的にショーンに応えていた。ショーンを受け入れ、求め、締めつけている。

「効き目があることを実感できるよ」ショーンは耳もとでささやく。

リヴは乱れたシーツの上でかぶりを振った。叫びだしたかったけれども、喉の震えが大きくて声が出なかった。強く、リズミカルに突かれて、早くも快感がつのっている。ほどなくマグマは噴火して、うしろ暗いゆがんだ快感がリヴの体に流れていった。

われに返ったとき、肺が機能していないことに気づいた。ショーンの大きな体が、リヴの体を押しつぶしていた。

リヴはショーンを叩いた。「空気」声を振り絞った。「息ができない」

ショーンは転がってリヴの上からどいた。ふたりの体がくっついていたところに汗が噴きだしていて、そこに当たった空気がひんやりと感じられる。リヴは力なく体を起こし、脚のあいだに手を伸ばした。

驚いた。これはひどい。びしょ濡れだ。ふたりはコンドームを使わなかった。

正確に言えば、ショーンがコンドームをつけなかった。リヴには文句を言う隙もなかったのだから。

ショーンはリヴに不安そうな視線を向けた。すぐに目をそらす。「われを忘れていた。自分でもどうしてかわからないが……最低だ」ショーンの声には戸惑いがにじんでいた。

リヴはベッドからおりて、生理が終わってからどれくらいたっているのか必死で思いだそうとした。長いあいだセックスに縁のない生活を送っていたから、周期を気にかけることをやめていた。ちょうど真ん中くらいだ。まさに危険日。ついていない。リヴの人生に影を落とす不安定な要素がまたひとつ。

大きな手がうしろからわきにふれたかと思うと、ひょいと抱きあげられた。リヴは驚いて悲鳴をあげかけたけれども、ショーンは子どもを抱っこするように軽々と、たくましい胸にリヴを抱きしめた。バスタブに座らせ、シャワーヘッドを取って、お湯を出す。リヴの脚を開かせて、石けんの泡をたてた。謝罪を態度で表わしている。リヴはショーンのつむじを見つめ、優しくなだめるような手に身をゆだねた。「どう考えていいかわからないの」ぽつりと言った。「十五年間、何もなかった。人生の夢が砕けて、あなたがどこからともなく現われて、激しい感情をぶつけてくる。どう感じていいかわからない」

「おれもだよ」ショーンは唯一まだ使っていなかったハンドタオルで水気をふいた。「おれはきみに刷りこみでもされたんじゃないかと思うよ。ほら、犬のなかにはひとりの人間に忠実なやつがいるだろ？　忠犬ってやつが」

リヴは鼻を鳴らした。「たしかに、あなたには雄犬みたいな特徴がたくさんあるけれど」

「どんな？」ショーンはにっと笑った。「誠実とか？　愛情深いとか？　献身的な勇気とか？」

そう、どれも正解。「でも、あなたが刷りこまれてるとは思わないわ」リヴは切りつけるように言った。「わたしなんかいなくても大丈夫そうよ」

「ほかの女たちと寝ていたから？」ショーンの声がこわばり、手の動きが止まった。「おれたちのあいだで起こっていることが、おれにとって大事じゃないとでも思うのか？　世界が引っくり返っているのに」

「ピルは飲んでいないの」リヴは唐突に言った。「妊娠してもおかしくない」

ショーンはリヴの両手にキスをした。「どういうわけか、そう聞いてもおれは怖くないね」

リヴは手を引き抜き、そのまま顔をおおった。「バカなこと言わないで。無責任よ。頭がどうにかなりそう」

「すまない」ショーンは言った。「きみのこととなると、おれの脳みそはどろどろになる」

「へえ。わたしが男性にそれほど大きな影響を与えられるなんて、心が躍るわ。最悪のタイミングだとは思わないの？　つわりに苦しみながら、血に飢えた人殺しから逃げろって？　わくわくしちゃう」

「何か食べたら、もっと理性的に話し合えるんじゃないかな」ショーンは言った。「モーニングアフターピルを飲むっていう手もある。だが、いまはきみもへとへとだろう。まずは栄養を取ろう」

最初のひと口は目がまわりそうなほどおいしかった。ただのハニーナッツ味のシリアル・バーなのに、至福の味がした。クラッカーにピーナッツバターを塗ったものも、オイルサーディンも、生温かいコーラさえも。ふたりはベッドにあぐらをかいて座って、飢えた狼《おおかみ》みたいにがつがつと食べた。

「こんなジャンクフードにがっついているなんて信じられない」リヴは言った。「ものすごくおいしい」

「コンビニ製のフルコースだな」ショーンはまたクラッカーにピーナッツバターを塗って、リヴに渡した。「多彩な人生を送りたかったら、ずっとおれと一緒にいればいい」

「ところで、これからどうするの？」リヴは尋ねた。「永遠にクラッカーを食べて、セックスをしまくっているわけにはいかないでしょう？」

「そうできればいいんだが」ショーンは熱を入れて言った。「だが、おれたちをかくまってくれる友人がいる。彼女に今夜遅くに行くと約束をした」

リヴは顔をこわばらせ、そんな自分に腹をたてた。「彼女？」

ショーンは身を守るように両手をあげた。「前の恋人じゃない。神に誓って本当だ。タマラとどうこうなろうなんて、夢にも思わないよ。タマラには、おれでも怖気づく。なんていうか、ひどく変わった友人なんだ」

「怖気づく？　あなたが？」リヴは鼻を鳴らした。「やあね。真面目に話してよ」

「じつを言うと、おれは意気地なしなんだ」ショーンは言った。

「へえ。意気地なしのわりにはずいぶんたくましいこと」顔をしかめた。「変わっているってどういうこと？」

「会わなきゃわからないよ。言葉では言い表わせない」

「いいけど」リヴは言った。「まずは両親に連絡を取りたいわ」

「デイビーに頼んだ。きみの無事は伝わっている」ショーンは言った。

リヴは吹きだし、乾いた笑い声をあげた。「あの、だめよ、ショーン。あなたと一緒にいるのを知っているってことでしょう？」はっきりと言った。「両親は、わたしが無事だとは思っていない」

ショーンはリヴに携帯電話を渡した。「どうぞ。かける勇気があるならね」

リヴは大きく息をつき、エンディコット邸の番号にかけた。一回目の呼出音でつながった。

「もしもし？」

「お母さん？」リヴは言った。「リヴよ。わたし――」

「ああっ、リヴ。あなた、いったいどうしたの？　どこにいるの？」

「ショーンと一緒なの」なだめるように言った。「大丈夫。わたしは無事よ」

「なぜあたくしにこんな思いをさせるの？　いますぐ帰ってきなさい！」

「ええと、それが……できないの。しばらく身を隠すわ。わたし――」

「警察があなたから話を聞きたいと言っているのよ、リヴ！　その男は危険です！」

はん。ここ最近で、リヴにとっては、危険という言葉の定義は大きく変わってしまった。

「誤解よ」リヴは説明した。「ショーンはわたしを助けてくれたの」

「あたくしを苦しめようとしているの、リヴ？」母は涙声で言った。「どれほどあたくしを苦しめたら気がすむの？　いつ終わりが来るの？　いつ？」

リヴは残りすべての言葉をのみこんだ。言っても意味がない。聞いてもらえないのだから。

「お父さんにもよろしく」リヴは言った。「じゃあね、お母さん。また連絡する」

「リヴ！　いけません！　切らないで――」

ピッ。リヴは通話を切って、手のなかの携帯電話を見つめた。空っぽになった気分だ。枯れ葉みたいに吹き飛ばされそうだった。

「これで」小さくつぶやいた。「義務は果たしたわ。そのかいがあったかどうかはともかく」

電話をおろした。ショーンは不思議な道具でいっぱいの、大きなカーキ色のダッフルバッグのなかをかきまわしている。「話しておかなければならないことがあるの」リヴは言った。「あなたには辛い話だけど」

ショーンは一瞬じっと動きを止め、マットレスの両側をつかんで、体を起こした。「なんだ？」身構えるように言う。

「拷問を受ければ、誰でもなんでもしゃべるって言ったわよね？」

ショーンは同意のしるしにうなずき、話の続きを待った。

「あれは必ずしも本当ではないの」喉につまった硬い石を飲みくだそうとした。「T-レックスの話では……ケヴィンは何ひとつ明かさなかった。テープの隠し場所も、スケッチブックの行方も。わたしの身元も。T-レックスたちにどんなことをされても、ケヴィンは何も言わなかった。だから……わたしはケヴィンにも命を救ってもらったの」

ショーンは顔をそむけた。立ちあがり、ベッドをまわった。リヴに背を向けて座り、前かがみになって、両手で顔をおおった。

リヴはベッドを這ってショーンのそばにより、背中から抱きしめた。

ふたりは長いあいだそのままよりそって、夜が来るのを待った。

14

「じっとしていろ」オスターマンは怒鳴った。「おまえがくねくね動かなければ、いまごろはとっくに終わっているぞ。阿呆め」

嫌悪感に鼻の穴を膨らませて、ゴードンの毛だらけの尻にできた刺し傷に、脱脂綿で薬をつけた。この男の体は臭い。すえたような悪臭がする。こういう体の接触には吐き気を催す。だからこそ、医学を修めることを諦めて、純粋な研究の分野に進んだ。それなら、不快な臭いに我慢することはほとんどないから。

有名な外科医になれたら、その権力を存分に楽しめただろうが、人体というのはおぞましいものだ。ゴードンみたいな汗臭い獣の体はなおさらだ。いやでいやでたまらない。

「もっと麻酔をかけろよ、このサディストが」ゴードンが吼《ほ》えた。

オスターマンはその言葉を無視した。ゴードンの背中の刺し傷にも、頬にギザギザについた切り傷にも、手首の嚙みあとにも、しかるべき手当てを施したが、優しくはしなかった。バカめ。へまをしてくれたものだ。オスターマンの金で雇われているくせに。いや、訂正だ。法外な、途方もない大金で、雇われているくせに。オスターマンは針を突き刺した。

「いてえな!」ゴードンは大声をあげた。

「声を落とせ。何年も経験を積んだプロが、丸腰の司書に打ち負かされるとはどういうことだ。まったくもって驚きだ」

「言っただろ。あのアマがおれの顔を刺して、手に嚙みついてるあいだに、ショーン・マクラウドがおれの銃を蹴り落としたんだよ！」

「言い訳は聞きたくない」オスターマンはいらだって言った。「なぜあのふたりが死んでいないのか、理解できないだけだ」

「おれだってわからねえよ」ゴードンの声にもいらだちが表われている。「あの道を見おろせる岩の上で待ってたんだ。そこで仕留めるつもりだったが、あいつらは来なかった。あの道はガーニアー・クリークで行き止まりだ。確認した。あの渓谷から出るにはあの道を通るしかない。道のないところを通ったんだろうな。それか、もしかすると――」

「事前にすべてそういったことを想定しておくのも仕事のうちだ。わたしはそれに金を払っている」オスターマンはかんかんに腹をたてていた。「眉間を撃てばそれですんだだろう」

「それじゃあ、ストーカーの筋書きに合わねえだろ」ゴードンはむっつりと言った。「これが、プロの考え方だ。眉間を撃つんじゃ、性的倒錯者らしくない」

「ああ、その役割には簡単に同調できるのだろうね？　お楽しみにふけるためなら、いくらでもこじつけを並べたてるときた。標的をさらう前に、薬も使っただろう？　臭いでわかるぞ」

「頭をはっきりさせておきたかったんだよ」ゴードンはつぶやいた。「だから、ZX‐44を少し」

「あれはストレス過多の場合に、気分を高揚させるために服用するものだ」オスターマンは嫌みを言った。「それが、睡眠薬を飲んだ程度の結果しかあげられないとは」

「まさかマクラウドがどこからともなく現われるとは――」

「まるで考えていなかった」オスターマンはなるべく息をしないようにこらえて、手早く綿棒を当て、包帯を巻いた。「おまえはしばらく前から、考えるということをやめている。退化だ。そうなっては、われわれの契約も無効だ」

「ごちゃごちゃうるせえぞ、クリス」ゴードンは首をまわした。目は充血して、唇は腫《は》れあがっている。顔には冷や汗が噴きだしていた。「契約解除を考え直す理由は山ほどある。ほとんどは、おれが言うまでもないことだ。たとえば、そのかわいい顔なら、おめえは刑務所で人気者になれるってこととかな」

「わたしを告発すれば、おまえも道連れだろう」オスターマンの体は緊張でこわばっていた。悪夢が現実になりかけている。悪臭を放つ殺し屋に弱みを握られているのだ。

言葉にならないほどの怒りがこみあげた。これまでずっと人類の進歩に多大な貢献をなし、私生活を犠牲にして、人間の生活の向上のために全力で研究に打ちこんできた。そういう才能ある科学者たる自分がなぜこんな下劣な男と付き合わなければならない？　こんな不潔な男と。

オスターマンは気を引きしめた。「筋の通らないことを言っても――」

「だが、何より大切な理由で、おめえがまだ知らねえことがあるんだ」ねっとりとした声で、遠まわしに切りだす。

オスターマンは話を聞く覚悟を決めた。「どんなことだ?」

「前におめえがこう言ってたのを聞いたことがある。あの台にケヴィンを縛りつけていた四日間の検査で、おめえの残りの研究人生を全部合わせたよりも大きな成果があがったってな。あとにも先にもあれだけ大きな成果はないって」

「それがいまの話とどういう関係が——」

「最も有望な研究成果。最も革新的な商品の具体的な骨子」ゴードンの笑みは、血の染みた頬のガーゼで引きつれたかのように固まった。「それに、生まれてこのかた、あの発達しすぎの脳をさんざんもてあそんでいたときほど、楽しかった経験はないだろ? おめえは夢中になっていた。名器を手に入れた音楽家みたいによ」

「要点をはっきりさせて、さっさと話を終わらせろ」オスターマンはうなるように言った。

「ひとつ」ゴードンは太い指を一本あげた。「お楽しみにふけるのがどうのとおめえに言う資格はない。ふたつ」もう一本、指をあげる。「ショーン・マクラウドを殺せとがなる前にもう一度考えてみろ。あいつはケヴィンの一卵性双生児だ」

オスターマンの肺で息が凍りついた。「一卵性……」

「そうだ」ゴードンの唇が片方だけあがって、不気味な笑みを作る。「これでもまだ、あいつの頭を撃てって言うのか? おめえが遊ぶ前に、あいつの脳がぐちゃぐちゃになってもいいのか? よく考えろよ、クリス。てめえが大好きだったおもちゃと遺伝子レベルでそっくり同じものが手に入るんだぜ」

オスターマンはゴードンを見つめた。手にじっとりと汗をかいていた。「ケヴィンに双子の兄弟がいるとなぜ教えなかった？」

ゴードンは肩をすくめた。「いままで知らなかったからだよ。それほど似てねえしな。学校では、ショーンはケヴィンの陰に隠れていた。ケヴィンは飛び級を続け、ショーンは放校処分を受けつづけていた。あいつらが双子だってわかったのは、あの女に聞いたからだ。おれの死亡記事コレクションで確認したら――」

「死亡記事をPDAに集めるのは、おぞましく、偏執的で、野蛮な趣味だ」オスターマンはゴードンをさえぎった。「危険でもある」

「承知の上よ」ゴードンは頑として言葉を続けた。「死亡記事によると、ケヴィンの遺族は兄弟たちで、デイビー・マクラウドが当時二十七歳、コナー・マクラウドが二十五歳、そして、ショーン・マクラウドが二十一歳。ケヴィンと同じ年だ。写真も収めてあるから、見てみろよ。よく見れば、双子だってわかる」

オスターマンは壁を見つめた。性欲のように強烈な興奮が腹に渦を巻いていた。「あいつは生かしておけ」しゃがれ声で言った。

オスターマンはゴードンの勝利の笑みを背中で感じた。

「いいとも」ゴードンは喉を鳴らすように言った。「マクラウドを縛りつけて、好きなだけいかがわしい遊びにふければいい。おれは女のほうで楽しませてもらう。全員が気持ちのいい思いをする。契約続行だな？」

オスターマンは短くうなずいた。口のなかにあふれたつばを飲みこんだ。待ちきれない思いで、体が震えていた。

「助っ人が必要になる」ゴードンは言った。

「そうだろうとも。おまえひとりでは手に余るのは明らかだからな」

ゴードンはオスターマンをにらみつけた。「人目を引かずにかたをつけたいんだと思っていたが」おもむろに言った。「おめえの関わりがばれねえように。ヘリックス社の軟弱なお偉方の関わりがばれねえように。あの馬鹿力とおれの一対一の対決が望みなら、そうするが。だが、おめえとおれは一蓮托生《いちれんたくしょう》だ。あの男はひどく厄介だよ。おまけにもう警戒している」

「必要なら誰でも雇えばいい」オスターマンは吐き捨てるように言った。「ただし、羽目をはずすな」

「見張り役の人間がほしい。マクラウド兄弟は監視に気づくだろうが、エンディコットの人間はぼんくらばかりだ。あの家の電話に盗聴器をつけて……」

ゴードンはべらべらとしゃべっていたが、オスターマンはもう聞いていなかった。ケヴィン・マクラウドの脳に没頭したあのすばらしい四日間の思い出に浸っていた。あのときは、検査対象を傷つけてはならないという足かせがなかった。ゴードンの策のおかげで、あの若い男は公的には死んでいたからだ。そよ風に流される遺灰だ。

つまり、検査台に縛られたあの不幸な人間は、完全に、髪の一本にいたるまで、クリストファー・オスターマンのものだった。

あのときの気分は何ものにも替えがたい。絶対的な力と不可侵の自由。至福だ。

あの体験をもう一度味わうために努力を重ねてきた。が、まったく実らなかった。あそこまで性能の高い脳を見つけることはできなかった。

危険はある。ゴードンは異常者だ。事態は手に負えなくなってきている。オスターマンは人生をかけて築きあげてきたものを賭けようとしている。

しかし、この誘惑にはどうあってもあらがえなかった。


「どこが悪いのかさっぱりわかんない」シンディは自宅録音のテープを早送りにして、ゆがんだ音が最後まで続くのか確認した。続いている。シンディはうめきたくなるのを我慢した。「水のなかで演奏してるみたいだ」ジャヴィアはむっつりと言った。「こんなテープは送れない。大笑いされるだけだよ」

シンディにも否定できなかった。このテープの音は確かにひどい。

それでも、どうしてもジャヴィアを〝ヤングアーティスツ・オールスター・ジャズ・プログラム〟に合格させたかった。ジャヴィアはまだ十二歳なのに、奨学金くらいやすやすと勝ち取れる腕前だ。天才的なサックスを吹く。

レコーディングがうまくいかないのはジャヴィアのせいではなかった。シンディのマイクが最低で、防音環境が最低で、録音機材が最低だから。言うまでもなく、シンディの録り方もよくないのかもしれない。まともなマイクと防音室とデジタル録音機器が必要だ。その使い方をよく知っている人も。要は、マイルズが必要だ。

でも、マイルズに頼むのはどうかしている。何しろ、頭の空っぽな男好きとしか思われていないことが、はっきりしたのだから。

「もっといい機材で録音できないか、まわりに聞いてみる」シンディは努めて明るく言った。

「それで録り直してみましょ。だからがっかりしないで」

「だめだよ。応募は明日の消印までって書いてあったもん」ジャヴィアはしょげかえっていた。「でも、がんばってくれてありがと。あとはもうしょうがないよ」ジャヴィアがよこしたほほ笑みに、シンディは胸を突かれた。ジャヴィアは期待はずれに終わることの多い人生を送ってきたから、今回のことも大人びた態度で受け入れるのだろう。シンディは自分が恥ずかしくなった。十歳も年上なのに。ジャヴィアの十倍もわがままに生きてきた。

「それこそだめよ。まだ諦めないで。音の魔術師みたいな友だちがいるの。手を貸してくれるかどうか頼んでみる」シンディは思わず約束していた。

ジャヴィアは〝無駄だと思うけど〟とでも言いたげに肩をすくめ、サックスをばらして、内側が赤い毛羽でおおわれたケースに大切に収めた。

シンディはこの子に奨学金を取らせてあげたくてたまらなくなった。ジャヴィアとはワークショップが始まってすぐに仲良くなった。ジャヴィアは、喧嘩を理由に追いだされそうになっていた。でも、シンディがジャヴィアからじっくり事情を聞いた結果、ブラスセクションのお坊ちゃんたちが、ジャヴィアをいじめていたことがわかった。理由は、ジャヴィアの父親が刑務所に入っているから。

「ほんとに？　うちの父親もそうよ」そのときシンディは言った。「最低最悪ってこのことよね？」

「嘘つけ！」ジャヴィアは目をすがめた。潤んだ茶色の目は、からかわれることを極度に警戒していた。ジャヴィアは言った。「じゃあ、刑期がどれくらいか言ってみろよ」

「終身刑」この言葉を口にすると、いまだに喉がぎゅっと締めつけられるようだ。もう何年もたつのに、パパが刑務所にいるという現実とうまく折り合えなかった。

「仮釈放は?」

シンディは首を振った。「万が一にもないわね。がっちり食らったから」

「何をしたんだよ?」ジャヴィアは問いただした。

「殺人。ほかにも罪状はあるけど、一番大きいのはそれ」

これで、ジャヴィアはすっかり感服してしまった。「すげえや」声をひそめて言う。「負けたよ。うちのは麻薬を売っただけだもん」

こうして、シンディはわずかながらもジャヴィアよりひとつ上の立場に出た。それから、ブラスセクションを率いているマイクにきつく言い含め、事態は収拾した。シンディはこっそり、ワークショップ本来の規定の二倍のレッスンをジャヴィアに受けさせた。骨を折るのは苦ではなかった。ジャヴィアはまだ楽譜を読むのはうまくないかもしれないけれど、それが何? ジャヴィアの即興演奏に、シンディはぶっとんだ。

ジャヴィアのために、プロ仕様の中古サックスを手に入れてあげたことには、自分でも満足している。おっぱいと戯れのクスクス笑いで情報を集め、楽器店、〈ダグズ・ミュージック〉のダギーを遠まわしに脅迫した。バチュラー・パーティで独身最後の夜をいかにえげつなく過ごしたか、また誰と過ごしたか、シンディがばっちりつかんでいることを、ダギーにわからせた。花嫁のトリッシュはまったく知らない。そして、何が自分のためになるのかをダギーがわきまえるなら、シンディも知らなかったことにする。

シンディは悪いことをしたのかもしれないけれども、ジャヴィアはめでたくいい楽器を手に入れた。トリッシュは何も知らず、幸せに生きていけるし、ダギーはブーブーうるさいブタ野郎なんだから、口にリンゴをつめこまれて、弱火でじっくり焼かれるのがお似合いだ。ほら、丸く収まった。

ジャヴィアはあの奨学金を受けて当然だ。録音に手を貸してくれる人間を、一から探す時間はない。マイルズしかいない。マイルズが教えているという道場はすぐ近くで、いまは夕方。ちょうどクラスの時間だ。ちょっとよって、マイルズから首をもぎ取られないかどうか運を賭けてみよう。

マイルズの〝嫌いな人間リスト〟に入ってしまったことは、本当に困りものだ。

シンディは自転車に乗って、書店の焼け跡のそばを駆け抜けた。いまだにたちのぼる煙におおわれている。気が滅入った。エンディコット・フォールズにはいい本屋が必要だった。あの書店は、現実とは思えないくらいすてきだった。典型的。

気が滅入るといえば。最近やりきれないと思うことのなかでも、大部分を占めるのはマイルズだ。マイルズにきっぱりと拒絶されたことは、なかなか認められなかった。ずっと仲がよかったのに。マイルズはシンディの恥ずかしい秘密も、めちゃくちゃやってきたことも、すべて知っていて、それでも受け入れてくれた。

いままでは。それが一転、ばっさりと切られてしまった。

マイルズが自分に思いをよせていることは、もちろんわかっていた。でも、どうすればよかったの？　シンディのほうからそそのかしたことはない。マイルズはタイプじゃないし、性別を越えた友だちになりたいってことは、最初からはっきりさせていた。

浅はかだと言われようとも、こと恋愛やセックスとなれば、背が高くて、顔がよくて、たくましい男が好き。たとえば……まあ、それでもうさんざん痛い目を見てるけど。

とにかく、やるせない。これからも、悩みとか、こんなおかしなことが起こったとか、そういう話をマイルズに聞いてもらいたかった。マイルズの皮肉たっぷりで、しゃれのめした意見が聞けないのは悲しかった。マイルズとくだらないことを言い合えない人生は味気ない。おまけに、マイルズはものすごく頭がいい。バカみたいに頭がよくて、必要以上に有能な親友がいるのは、便利なことこのうえなかった。自分が〝できる女〟になったみたいだった。しかも、努力も手間もかけずに。考えてみれば、すごいことだ。

マイルズにもまだ未練があることが、せめてもの救い。そうじゃなければ、シンディをモデルにして例のミーナのプロフィールを作るはずがないでしょ？

それで、いいことを思いついた。ジャヴィアの音源の録音を手伝ってもらうお礼として、シンディにもできることがある。もう一方的にお願いごとをするつもりはない。

とりあえず、マイルズの辛辣な言葉で傷ついた心が癒えるまでは。どうせ誰かの愛人だなどと言われたのだ。そんなことはないのに。

あれはきつかった。一日十八時間、何カ月も働いて、ドラッグをやめ、九月にシアトルに引っ越すために一も二もなく貯金して保証金を貯めたのに。マイルズはまだ、シンディのことを、どんな男でもわずかなコカインで買える女だと思っている。いやになっちゃう。

マイルズの新しい車が道場の外に停まっていないか探してみたものの、見つからなかった。

シンディは階段を駆けあがり、むっとした汗の臭いに迎えられて、鼻にしわをよせた。空手の稽古の最中だった。ガラス窓からのぞきこむと、白い空手着姿の子どもたちが、矢継ぎ早に突きや蹴りをくりだしているのが見えた。

ドアを開けて、戸口にもたれかかった。マイルズは部屋のはしにいた。緑の帯を締めた子どもの体勢を直してやっているようだ。子どもの膝を叩いて大またに立たせ、腕を引いて前に出させ、上腕のうしろをつついて上にあげさせ、何かを言って子どもを笑わせる。手を肩の高さにあげて、そちらにあごをしゃくる。それを合図に、子どもは片脚を大きくうしろに振ってから、マイルズの手を蹴った。何度も何度も。毎回当たるとは限らず、はずすこともあった。それから、ふたりは横からの蹴りを試し、前からの蹴りを試し、またうしろからの蹴りの練習に戻った。

シンディは目をぱちくりさせていた。この前の暗い地下室では、マイルズがどれほどの変貌を遂げたのか、よくつかめていなかったようだ。髪をひとつに結んでいる。眼鏡はかけていない。子どもににっと笑って、何か激励の言葉をかけている。シンディがよく知っていて、大好きだった、バンパイア風ゴシック調のオタクには見えなかった。いまのマイルズは、そう、キュートだ。腰には黒い帯を巻いている。びっくり。予想以上の大変身。

マイルズは回転して蹴りを入れた。トンッ。ごく軽く子どもの胸に足の指を当てる。シンディはど素人だけど、まるで舞うような動きに見えた。

それから、予想どおり、大惨事が起こった。マイルズはシンディの姿を目に留め、死ぬほど驚いたような顔で二度見して、ちょうどそのとき、子どもが脚を振りあげた。

バシッ。子どもの足はマイルズの顔に直撃した。マイルズは尻もちをついた。そこかしこで驚きの声があがる。大勢が駆けつけた。マイルズの鼻から血がどばどば流れて、空手着を汚していく。

シンディもぎょっとしてマイルズのところに走った。「たいへん！　マイルズ？　大丈夫？」

「靴のまま畳にあがるな、シンディ」鼻血でくぐもっていても、マイルズの口調は刃《やいば》みたいに鋭かった。

シンディはしゅんとして引きさがり、ドアのところで待った。みんながマイルズのまわりに集まっている。誰かがタオルを持ってきた。マイルズはちらちらとシンディを見ている。でも、その視線に温かみはなかった。

ああ、もう。もうっ。どうしてやることなすことこうなるの？　わたし、何かの呪いにでもかかっているわけ？

マイルズは立ちあがり、大またでこちらに向かってきた。うんざりしたように舌打ちして、血のついた空手着を脱ぎながら。「ここで何をしているんだよ、シンディ？」

「あの……わたし……」マイルズの裸の上半身を目の当たりにして、言葉を失っていた。すごい。マイルズは、なんていうか、筋骨隆々としていた。大きくて、分厚い。女が爪をたてるのにちょうどいい具合の三角筋。盛りあがった胸筋。引き締まっているとはまさにこのこと。マイルズにうしろを向かせたくなった。背中の筋肉を見てみたい。お尻を見たい。

ううん、だめ。いまの状況では少々高望みだ。

「なあ、シンディ?」マイルズは水を向けた。「聞いてるかい? なぜここにいる?」

シンディはなすすべもなく口をぱくぱくさせた。打ちあげられた魚みたいに。

「指導初日のぼくの印象を忘れられないものにするように、手伝いにきてくれたとか?」マイルズの口調は皮肉たっぷりだ。「感謝するよ、シンディ。おかげでぼくの信頼性はぐっとあがった」

「わざとじゃないでしょ! わたしはそこに立っていただけ!」

「ああ、それで充分だよ」マイルズは顔からタオルを取り、血の染みを見て渋面を作った。

「やれやれ。氷がいるな」

「もらってこようか?」シンディは名誉挽回のチャンスに飛びついた。

「いや。それより、なんでここにいるかを話してほしいね。こっちだ」

マイルズはシンディの腕を取り、ウエイトリフティングの道具でいっぱいの部屋に引きたてていった。ドアを閉めて、鼻にタオルを押し当てた。「それで? 話をどうぞ」

「そんなふうににらみつけられてると、話しづらいんだけど」

マイルズはあきれた顔をしてみせる。「にらみつけるっていうのは、十二歳の子どもに鼻の骨を折られそうになった男のデフォルトでね。で、やっぱり何か頼みごとを思いついたとか?」

シンディは歯ぎしりしてから、口を切った。「じつは、そうなの」まずは認めた。「でも、わたしのためじゃないのよ。ジャヴィアのため。彼は――」

「断る」マイルズのまなざしがさらに険しくなる。「いまは恋人はいないって言っていたと思ったけどね。なんにしても、きみの恋人の世話をしてやる気はない」

「ジャヴィアは十二歳よ！」シンディはぴしゃりと言った。「ワークショップで受け持っている生徒なの。あの子に、オーディション用のまともなテープを作ってあげたい。〝オールスター・ジャズ・プログラム〟に応募しようとしているの。どうしても奨学金を――」

「お涙頂戴だな」マイルズがタオルで顔をおおったので、また引き締まった体で目の保養をすることができた。上腕の筋肉は理想的だ。さわってみたくて、指先がチリチリした。

「ただで音響の仕事をするのはやめようと思ってるんだ」マイルズは続けて言った。「四六時中、バンドの友だちの頼みを聞いてやっているから、ぼくは貧乏なんだ。どこかで線を引かないと。というわけで、引き受けられないね」

「お願い」シンディは甘えた声を出した。「わたしのことを気色悪いと思ってるのはわかるけど、わたしのために頼んでいるんじゃないの。ジャヴィアはすごく才能があるのよ。あの子のおじさんのボリヴァはコールファックス・ビルの用務員をしていて、その縁で、あの子にはいままで一年くらい、わたしが無料でレッスンをしてあげている。あの子の父親は刑務所に入っていて、母親は――」

「母親のことなんか聞きたくない」マイルズがさえぎった。「家族を食べさせるために昼も夜も工場で働いていても、ほかにもうひとり病弱な息子がいても、ぼくには関係ない」

「録音は三十分もかからないわ」シンディは猫なで声で言った。「いつでも都合がいいときに、あなたの家に行くから――明日、郵便局が閉まる前の時間なら。ジャヴィアは本当にすごくいい子なの。運を開くきっかけに恵まれてもいいと思う」

「ぼくもそんなふうに突破口を開きたいもんだよ」マイルズは哀れっぽく言った。

「そう、突破口といえば」シンディはおなかのあたりで腕を組んで、胃ではためく緊張を抑えようとした。「ひとつ思いついたことがある。例のマインドメルドがミーナに会いたがったら、どうするの？」

マイルズは顔を曇らせた。「いまからそこまで心配しても仕方ない。それに、きみには関係ない」

マイルズの焦げ茶色の目に燃えあがった怒りの炎にぞっとして、シンディはあとずさりした。「でも、わたしはゆうべ考えてみたの。ミーナのプロフィールは、その、わたしにそっくりだって」

「いいかげんにしろよ、シンディ。前にも言ったとおり――」

「最後まで聞いてよ！」シンディは両手をあげた。「ご対面を仕掛けることになったら、わたしを使えるって考えたの」

マイルズは目をぱちくりさせた。「きみを使う」呆然とくり返す。

「そのとおり！」努めて明るく、頼りがいのありそうな笑みを作った。「餌として。ほら、申し分ないでしょ。喜んで協力する」

マイルズは一分近く黙りこんだあと、血のついた唇を開いた。「頭がどうかしたのか？」いきなり怒鳴った。

シンディはびくっとした。マイルズの語気の強さに驚いていた。「えっと……」

「それがどんなに危険なことか想像できないのか？　相手は連続殺人犯かもしれないってわ

かってるか？」

「わかるけど」おそるおそる言った。「でも、だから？　そういう犯人をつかまえるのに、危険はつきものでしょ？　わたしだって覚悟の上よ。わたしが考えたのは――」

「考えるな、シンディ」マイルズはわめいた。「考えてくれないほうが助かる」

「でも、やっぱりいいアイデアだと思う」言い訳するようにつぶやいた。

「いいアイデアじゃない。最悪だ。こう言ったらなんだけど、ぼくはミーナを物理の天才のように見せかけている。ミーナの頭脳で、あの男を眩惑《げんわく》するんだ。それがあの殺人鬼の好みだからだ。わかったかい？」

シンディは真っ赤に火照った頬に両手を当てた。「わたしじゃ頭が足りないって言いたいのね？」

マイルズは苦しそうな顔をした。「ぼくが言ったんじゃない。きみが言ったんだ。きみはすごいサックスを吹く。ぼくは音響理論を延々と語れる。人それぞれの能力だよ」

「慰めなんかいらない」シンディはぴしりと言ったものの、鼻水が出そうになっていた。

「へりくだってみせるのはやめて。だいたい、そういう殺人者たちだって、どれだけ頭がいいっていうの？　それほど頭がよくないから捕まるんでしょ？　それに、悪い男と付き合うことにかけては、わたしは誰にも負けないわよ」

「このことは誰にも言うな」マイルズの声は鉄のように硬い。

「心配しないで。それくらいわかってる」目に涙がにじんできたけれど、しゃべりつづけた。

「あなたがコナーの〝男の仕事〟のことを、わたしみたいな小娘に話したのは、マクラウド兄弟には絶対にばれないから」

「自分を哀れむのはやめろ、シンディ。悪い癖だ」

「お説教しないで！」大声で言い返した。「もう友だちじゃないっていうなら、お説教する権利だってない」手の甲で涙をぬぐい、憤然として洟《はな》をすすった。「わかった。わたしのことも、わたしのバカみたいなアイデアのことも忘れていい。あなたを雇って、ジャヴィアのテープを録ってもらう。いくらほしいの?」

マイルズは喉でうめいた。「やめてくれよ、シンディ」

「本気よ。少しは貯金があるの。時間いくらで請求して。ただ、ジャヴィアには言わないでね。気まずい思いをするだろうから」

「きみに悩まされるのはもうたくさんなんだよ」マイルズが言った。

「悩ませてないでしょ！」シンディは叫んだ。「引き受けてもらうにはどうしたらいいの？わたしにどうしてほしい？　フェラチオ？」

一瞬、何が起こったのかわからなかった。シンディは部屋の真ん中で立ったまま、しゃべっていたはずだ。次の瞬間、シンディの背中は壁にぴったりとついて、マイルズの驚くほど硬い体で押しつぶされそうになっていた。

息ができない。苦しい。びっくりした……それに、怖い。

「ぼくに向かって、そういう冗談は二度と口にするな」マイルズは言った。

マイルズの嚙みつくようなささやき声で、シンディの背中に寒気が走った。喉から、錆びた蝶番《ちょうつがい》が鳴るような音が漏れた。とりとめもないことが頭によぎる。マイルズの息はいい匂いだとか。唇の形がセクシーだとか。マイルズの鼻は巨大だとか。

いや、マイルズの鼻は前から並はずれていた。

「二度と言うな」マイルズは語調をやわらげてくり返した。「おもしろくない。ちっとも。いいね？」

シンディは唇を舐めて、うなずいた。「ごめん」口に出しても謝った。

それなのに、マイルズは離してくれなかった。そのままそびえ立つように迫っている。

マイルズはものすごく背が高い。でも、以前はそびえるようには見えなかった。これも気の持ちようなのだろう。マクラウドの男たちは全員が、ひとり残らず、立つとなればそびえ立つ。マイルズはその技術をマクラウド兄弟から習得したに違いない。

しかも、自分のものにしている。シンディがマイルズの顔を見るには、首が痛いくらい見あげなければならなかった。それに、こんなふうに精気がほとばしるような雰囲気を、マイルズから感じたことは一度もなかった。股間のふくらみから熱気がたちのぼるようだ。シンディはちらりと視線を落として、悲鳴をあげそうになった。昔から大きい鼻についてよく言われるジョークはきっと本当だ。マイルズは巨根だった。

火山を内に秘めているかのようだ。かつてのオタクの親友は、シンディを見おろしている。いまにもキスしそうな雰囲気で。

そしてほんの一瞬、シンディはキスしてほしいと思っていた。

そのとき、マイルズは一歩さがり、視線をはずし、呪文を解いた。「ごめん」そっぽを向く。「怖がらせるようなことをして」

シンディの心臓はドキドキしていた。膝はガクガクしている。「何言ってるのよ。怖がってなんかいない」嘘をついた。

「レコーディングをしてあげるから、その子を連れて明日正午に家に来るといい。遅れるなよ。忙しいから」ドアを大きく開けて、しっかりとした足取りで出ていった。

なるほど。背中の筋肉も、しゃぶりつきたくなるくらいだとわかった。そしてお尻も、想像どおりにすばらしかった。

15

見た目が醜悪だというばかりでなく、この時代遅れの車はガタガタで、しょっちゅう咳きこんでいるような代物《しろもの》だった。ショーンはうまくなだめてスピードをあげようとしたが、時速九十五キロを越したとき、前輪が横にぶれはじめた。

ショーンは速度を落とし、小声で悪態をついた。タマラのところにたどり着くまで、予想以上に時間がかかりそうだ。つけられていないという自信はあったが、安全な場所に着くまでは、最低限の睡眠も取れない。セスとレインがストーン・アイランドに身を落ち着けたあと、タマラの城はまさに難攻不落の要塞《ようさい》となった。セスが自ら、タマラのために防備を強化したのだ。軍事施設も顔負けのハイテク仕様、パラノイアの芸術作品。いまのショーンたちには願ってもないものだ。

「いまのは何語？」リヴが尋ねた。

ショーンはリヴが起きていることに驚き、横目で助手席を見て、つい先ほど口から出ていた下品な悪態を短期記憶箱から引っぱりだした。「クロアチア語」ショーンは言った。「といっても、方言だ」

「どういう意味だったの？」

ショーンはためらった。「あー、この車に向けた言ったんだ」ごまかすことにした。

「そう?」リヴは無邪気に言う。「それで、意味は?」柔らかな声は眠たげにかすれているものの、好奇心に満ちていた。返事を待っている。

ショーンはため息をついた。「この車のクズを最後に整備したやつの母親と、ばあさんと、ひいばあさんは無残に純潔を散らされたに違いないっていうような意味」

リヴはショーンが大好きなあのくぐもった笑いで喉を鳴らした。「ひどい」小声で言う。

「かわいそうなおばあさんたち。自分たちのせいじゃないのに」

「ああ、そのとおり。おれが最低なんだ」ショーンは苦々しく言った。

「どこでクロアチア語を覚えたの?」

ショーンは落ち着かない気持ちになって、また助手席にちらりと視線を飛ばしたが、車内は暗く、リヴの大きすぎるTシャツが白っぽくぼんやりと浮かんでいる姿しか見えなかった。車に乗って数分と待たずに、お姫さまが疲労で倒れるように眠りこんだとき、かわいそうには思ったが、ほっと息をつく気持ちもあった。これからどうするのか、リヴには休息が必要だ。そしてショーンには考える時間が必要だった。まず、その措置を講じる時間だ。

ショーンの考えごとはまだすんでいないが、リヴはうたた寝をすませ、すっきりとして、口数も多く、たわいもないことを詮索《せんさく》するだけの元気が戻っていた。好奇心を持たせたのはショーンの責任だ。

「陸軍で」ショーンは答えた。「レンジャー部隊にいたときに。任務期間の大半はバルカン半島ですごしたからね。陸軍を除隊したあとも、東ヨーロッパやアフリカを放浪した。軍のつてで請け負い仕事をしながら。金はよかった。当時のおれの気分にも合っていた」

「請け負い仕事？」かすかに警戒するように尋ねる。

「傭兵だよ」ショーンは言った。

これでリヴは黙りこんだ。おそらくはショーンのことを金で雇われる殺し屋のように思っているのだろう。ある意味では、自分でもそのとおりだと思う。立場が変われば、ものの見方も変わる。人生とはそういうものだ。定義づけも、正当化も難しい。

「驚いた」力ない声で言う。「それは、その、すごく危険な仕事だったのでしょうね？」

「ああ。仕事の依頼は多かった。その土地その土地の言葉を覚えるのが早かったからだ。クロアチア語のほかにも、ペルシア語、アラビア語をいくつか、イラン語、それにまずまずのフランス語、あとは、きみが聞いたこともないような土地の方言も数多く話せる。例の記憶術は聴覚にも応用できるんだ。正しく脳を機能させればね」

「すごい」リヴはささやいた。「すばらしい能力ね。わたしにもできればいいのに」

ショーンはリヴに視線を飛ばした。「なぜできないんだ？」

リヴは鼻で笑った。「現実を見て」

「いや、本当に」ショーンは言いつのった。「ちょっとしたこつがあるだけだよ。おれたちは親父に習った。やる気になれば覚えられる。たいしたことじゃない。誰にでもできる」

「へえ、そう」リヴの声には皮肉がにじんでいた。「こう言ってはなんだけど、ショーン、いまあなたが説明してくれたことは、まるでふつうじゃない。他人《ひと》の目から見ると、そういうのは天才って言うのよ」

「ふつうじゃないってところは正解かな」ショーンは言った。「兄貴たちの言葉を聞かせたいよ。兄貴たちはおれのことを、大馬鹿の権化《ごんげ》だと思ってる。熊のダンスみたいな曲芸はできるくせに、警察ともめずにいる方法がわからない。この事実から、おれの知能はどれくらいのレベルだと考えればいい？」

リヴは顔をおおった。こらえきれない笑い声が漏れる。リヴから笑いを引きだすと、胸が温かくなる。たとえ自分を道化役に貶《おとし》めても。

「それからずっと、その、請け負いの仕事をしているの？」笑いが収まったあとで、リヴが尋ねた。

「いや。ずいぶん前に燃えつきた。ケヴィンが死んだあと——」ショーンは言い直した。「——ケヴィンが殺されたあと、しばらくのあいだ、おれは自分の生死を気にしなかった。だが、また気にかけるようになったんだ。危険な環境に身を置いていれば、いくら運のいい人間でも、いつかは運がつきる。そうでなくても、ああいう生活は気が滅入る。自分で自分に鉛玉を食らわしてもおかしくなかった。そうすれば、地獄のような光景を見るたびに目を閉じなくてもすむからな」

「たいへんだったのね」リヴは小声で言った。「辛い話をさせてごめんなさい」

「ダイヤモンド鉱の話をしたのを覚えてるか？　電線で拷問を受けた話だ。あれが決め手になった。この傷も、あのときに受けたものだ」わき腹に手を当てた。痛みの記憶でじくじくとうずくようだ。「そのあと、虫が袖のなかにもぐりこんでくるようなところで、ずいぶん長いあいだ寝たきりで過ごし、おれの人生がどれくらいめちゃくちゃなのかじっくり考えた。

そろそろ立て直す頃合だと決心した」

リヴは黙って、ショーンの言ったことに思いをめぐらせているようだったが、ショーンがまだ解放されないのは明らかだった。好奇心の強い女と一緒に車で長旅をするのは考えものだ。椅子に鎖で縛りつけられているようなものだ。

「わたしたちが出会ったあの夏、あなた、大学に再入学するための学費を貯めていたわよね」慎重に切りだす。

そして、おれはその資金を残らずきみに贈る宝石につぎこんだ。

危うく口がすべりそうになったが、すんでのところで言葉をのみこんだ。リヴを悩ませる必要はない。ショーンは耳につけた小さな宝石に手をふれ、くるくるとまわした。緊張したときの癖だ。

加工する金ができるとすぐにピアスに作り替え、それ以来ずっとつけている。理由は考えたことがなかった。マゾヒズムかもしれない。女に深入りするなという戒めかもしれない。あるいは、その両方が合わさったひねくれた思いからだろうか。

ただのうぬぼれた孔雀《くじゃく》だという可能性もある。ダイヤモンドは鋭利に見えて、そこが気に入ったし、しゃれの通じない兄貴たちが泡を食ったのも気に入った。デイビーとコナーをからかうことは、わが人生の喜びだ。ふたりはこのダイヤモンドを女々しさの表われだとみなした。ばかばかしい。あれじゃあ、まるで気難しい偏屈者のエイモンが乗り移ったみたいだ。死んだ父の亡霊から、ファッションのことまであれこれ言われるのはごめんだ。

父の亡霊はもう充分にショーンの人生に影を投げている。

「そう、工業化学の勉強をしたがっていたわよね。その後……」リヴの声はしぼんだ。

「いいや、リヴ」ショーンは穏やかに答えた。「大学には戻らなかった」

しばしためらったあとに言う。「あなたを批判するとか、そういう意味で訊いたんじゃないのよ」

「うん。あの夏に多くのことが変わったからね。じつを言うと、工業化学のことなんかすっかり忘れてしまったんだ。頭にもほとんどよぎらなかった」

「残念ね」リヴは静かに言った。

「いいんだ」ショーンは言った。「おれは後悔していない。いま振り返ってみれば、学者の世界もシンクタンクも、おれみたいな遊び好きには向かなかったよ。おれはアドレナリン中毒者だからね」

リヴは両手を組んでぎゅっと握った。「本当に残念ね」もう一度言う。

ショーンは困惑の視線を向けた。「今度は何を嘆いているんだ?」

リヴは肩をすくめた。「何もかも。十五年前に起こったこと。それがあなたの人生に与えた影響。それから、今日起こったことも」

「ああ、そっちか」ショーンは言った。「おれのためなら、嘆いてくれなくていい。前より気が楽になった。ケヴィンの頭がおかしくなったというよりは、殺されたというほうが受け入れやすい。責めるべき人間がいるなら、そいつを追いつめて、殺すことができる。そのほうがましだ。ずいぶんましだ」

「そう」リヴは疑わしそうにつぶやく。「あなたが言うなら、そうなんでしょうね」

ショーンは自分のゆがんだ人間性から話をそらすことにした。「それで、この十五年、きみはどうしてた？」

リヴは小さく笑った。「あなたの十五年に比べたら、何もないに等しいわ」

「そう言うなよ」とショーン。「話してくれ」

リヴは顔をあげた。「ごくふつうの、退屈な、ありきたりの生活。大学に行った。留学した。芸術と建築と文学を学んだ。フランス語とイタリア語を覚えようとした。それほど上達しなかったけど。大学院に進んで、図書館学を修めた。司書としていろいろなところで働いたわ。それから、一念発起して書店の経営を手がけた。あとは、ご存知のとおり」

「きみの家族は、一族の会社に入れたがったんじゃないのか」

「ええ、そうよ。とくに母は躍起《やっき》になっていた。母との対立でかなりエネルギーを無駄にしているわね。わたしの人生で一番大きな闘いはそれだけど、悲しすぎるし、話しても退屈なだけ。だから、わたしの話はこれでおしまい。ラクダに乗って砂漠を越えたこともないし、剣を交えて戦ったこともないし、ダイヤモンド鉱の警備についたことも、軍務について厳しい司令官にしごかれたこともない。平凡で、おもしろみのない人生よ」

ショーンは銃創を撫でた。「よかった」ショーンは言った。

「ええ、でも少し単調だったわ。昨日までは。ほとんど決まりきった生活。休みの日には、本を読んで、買い物に行って、洗濯をして、公共料金を支払う。映画はたくさん観るわね。それに、ガーデニングが好き。パッチワークのキルトを集めている。よくパンを焼いたり、ジャムを作ったりする。家庭的な生活が性に合うの」

ショーンはその光景を想像した。気の置けない雑然としたキッチンで、リヴとおしゃべりしながら料理を作る。リヴのとなりで、コレクションのキルトにくるまって眠る。リヴのソファでリヴ手作りのパンとジャムを一緒に食べる。

ガーデニングは？　うーん。デッキチェアに寝そべって、冷たいビールをやりながら、庭にいるリヴをながめているほうがいい。トマトにかがみこんで、ぴっちりしたジーンズにつつまれた尻を突きだしている姿を。うん、悪くない。

「最高の生活だ」声に憧れをにじませて言った。「今度家に行ってもいい？」

リヴは肺から息をすべて吹きだすような音をたてた。「やめて、ショーン。あなたからそういうことを言われると、何をどう考えていいのかわからなくなるの」

「おれは単純な人間だよ」ショーンは言った。「言葉どおりにとらえてもらっていい」

「単純？」リヴの声が震えはじめる。「そうでしょうとも。あなたの単純な性格がわたしの人生にどんな影響を及ぼしたか考えてみてよ。わたし、何年もセラピーに通ったのよ」

これには戸惑った。リヴは精神的に問題がありそうには見えない。「きみが？　どうして？」

「あなたのことを考えるのをやめたかったから」リヴは力強く言った。

ふたりともまっすぐに前を向いて、狭い高速道路の真ん中の黄色いラインが、カーブに合わせて右に左に曲がり、また右に曲がるのを見つめた。

「効果はあったか？」ショーンは落ち着いた声で尋ねた。

リヴは首を振った。「いいえ」ささやき声で答える。

「おれもだよ」ショーンは告白した。

「そのことは考えたくない」リヴの声に涙がにじむ。「いまここで何が起こっているのか考えましょうよ。わたしはあなたに誘拐されたわけではない。そう言ったわよね？　なら、いまのわたしたちの状態は？　わたし、あなたと逃避行中なのかしら？」

ふいに気分が明るくなった。「いいね」

「わたしをどうするつもりなの？」リヴは重ねて尋ねる。

「ものすごく楽しいことなら、すぐに思いつく」

「やめて」リヴはぴしりと言った。「たまには真面目になって」

「きみを守る」断固たる決意の言葉が出てきた。

「それはありがたいけど、ショーン、見返りは？　プロのボディガードを雇おうと思ったら、一時間に二百ドルもかかるのよ。でも、わたしは何も持っていない。逆さに振っても、何も出てこないわ。焼け落ちた書店と巨額のローンがあるだけ。いつかは保険金が入るけど、それまでは――」

「べつにいいよ」ショーンは言った。

「大金持ちの両親が助けてくれるとは思わないで」リヴは声を震わせた。「きっと勘当《かんどう》されるから。遺言状からも名前を消されるでしょうね」

「よかった」小さな声ながらもきっぱりと言った。「そう聞いて嬉しいよ」

「そう？　本当に？　でもわたしはどうやって恩に報いればいいの？」

「体で報いてくれればいい」即答した。「それも一時間二百ドルとしたら、一日で四千八百ドルだよ、お姫さま。大きな恩恵だ」

リヴは手で口をおおってくすくすと笑った。「ふざけないで」

「おれはいつでも待ち構えているからね。きみの命を守っていないときは、ずっとベッドで絡み合ってすごす。きっと重労働になる」

「いままでだってそうよ」リヴは切り返した。「そのあとは歩くのもたいへん」

「悪いね」ショーンはおとなしく言った。「冗談はさておき、おれは一時間二百ドルの金なんかいらない。おれがボディガードを買ってでるのは、きみがお姫さまだから。守られるべき人だから。無理にセックスしなくてもいい。おれに金を払う必要はない。きみがしなければならないのは、生きること。それだけでおれには充分だ」

リヴは目に涙をきらめかせて、ショーンを見つめていた。涙をぬぐい、顔をそむける。深い沈黙が落ちた。

「そう言ってもらえるのはとても光栄だわ」やがて、リヴはかしこまって言った。「でも、お金の話を出したのは現実的ではなかった。もっと実践的な計画を立てないと」

「ちゃんと考えてるから、心配するな。さて、すまないが、そろそろ運転に集中させてくれ。気を抜くと、タマラの要塞の入口を見落としてしまう」

石橋を越えたら、四つ目のカーブ。場所ははっきりと覚えているが、それでも石橋でいったん停車して、カーブを数えながら走り、四つ目のところで車を左に回転させて、斜面をくだり、狭い塹壕《ざんごう》に入って、またのぼり、ただの藪《やぶ》に見えるようなところに突入した。茂みは車体を撫で、ひっかいた。そうして、なだらかな丘をのぼった。

藪を抜けたら、空き地に出る。その先は納屋の壁で阻まれて行き止まりになっている。朽ちかかった屋根は苔《こけ》で緑色に染まり、大きな穴がいくつも開いている。おんぼろ車がガタンとゆれて、金属のようなものを乗り越えた。前方で何かがさっと動いて止まり、それからすぐに、のこぎりの歯のような装置が首をもたげ、前のタイヤをパンクさせられる位置まで立ちあがった。

「何、これ」リヴは悲鳴をあげた。

「やめろ、タマラ」ショーンは嚙みつくように言った。「鼻持ちならない女だな。おれを脅かすためにやってるんだよ。この鉄クズにタイヤ交換なんかしてやりたくないぞ」

のこぎり型の装置はゆっくり、堂々と、また地中にもぐっていった。「ありがとよ。寛大なことで」

細く赤い光線が現われ、軽く旋回してから、まずはショーンの顔、次にリヴの顔を差した。ショーンの顔に戻り、そこに留まる。ショーンは親指を鼻に当て、残りの指をひらめかせて、舌を出した。「そう、おれだよ、タマラ」ショーンは言った。「何がほしい？　ＤＮＡのサンプルか？」

低いうなりとともに、納屋の壁が四つに割れて開き、その先の森に続く道をあらわにした。

「嘘みたい」リヴは言った。「こんなのを見るのは、生まれて初めて」

ショーンは鼻を鳴らした。「ああ、ディズニーランドみたいだろ。だが、タマラは燃やして捨てるほど金を持ってるんだ」アクセルを踏んで、納屋を抜けた。緑深い森の道は曲がりくねり、やがてジグザグの山道になって、頂上まで続く。

「右側を見おろしてごらん」ショーンが言った。

リヴは言われたとおりに右を見て、あっと声をあげた。道の右側は崖で、真下は海岸だった。その先には太平洋の大海原が広がり、月明かりに照らされている。月は、風でゆがんだ発育不全の木々に影を作らせていた。千切れ雲が空を流れていく。白く泡だつ波は横一線に押しよせて、切りたつ黒い岩に当たって砕け、きらめく広い砂浜を洗う。冷たく、もの悲しく、心が痛むような光景だけど、美しかった。

「タマラの要塞は頂上に建っている」ショーンは解説した。「建築学に基づいてカムフラージュされている。なかに入るまで、そこに建物があることもわからない」

「007の映画みたい」リヴは不安そうな声を出した。

「いや、真骨頂はこれからだよ」ショーンは断言した。「タマラ本人が悪役のボンドガールみたいなんだ。こっちが油断していると、うしろ宙返りをして、形のいい脚で人の首の骨を折るような女だ」

リヴはうろたえてショーンを見つめた。「なんだか怖い」

「いやいや、最高に楽しい女だよ。ただ絶対に気が抜けないっていうだけで。タマラは……まあ、会えばわかる」

「いったい何者なの？」リヴは強い口調で尋ねた。「何をしている人なの？　会えばわかる、会えばわかるって、それぱっかりじゃおかしくなりそう。いますぐ教えて！」

「それが、謎なんだ」ショーンは途方に暮れた表情で言った。「出し惜しみしているんじゃない。おれたちもあまりよく知らないんだ。訊くのが怖いというか。タマラがしてきたことをすべて知る人間はいない。法を犯していたことだけはたしかだ。家のなかを見てみれば、それがいま役にたつことはわかると思う」

「どうやって知り合ったの？　まさかあなたも……？」

「まさか」ショーンはあわてて言った。「おれは清廉潔白だ。自分からごたごたを求める必要はない。ごたごたのほうからこっちに来て、それを片付けるのに手一杯だからね」

「だから、どうやって知り合ったの？」リヴは引きさがらなかった。

「最初に知り合ったのは兄のコナーで、二年ほど前のことだ。当時、タマラはいかれた大金持ちの愛人だった。その大金持ちっていうのが、コナーの恋人のエリンを殺そうとしていたんだよ。エリンはいまはコナーの奥さんだ。ともかく、そのうちに、タマラもその大金持ちを殺そうとしていたことがわかった。が、そいつはひと筋縄ではいかないやつでね。タマラとコナーが手を組むことになった」

「殺伐《さつばつ》としてるわね」リヴはつぶやいた。「それから？　実行したの？」

「実行って何を？」

「大金持ちを殺したのかってこと」リヴはいらいらと言った。

「ああ、うん、厳密には実行していない。大金持ちを殺したのはエリンだ」

リヴは目を丸くした。「エリンも女兵士みたいなタイプで、形のいい脚で人の首の骨を折るような人だっていうの？」

「いいや。エリンは物腰穏やかな古代文明マニアで、蝿も殺せないような優しい人だよ。だが、あの極悪人に対しては、鉄器時代のケルト文化の剣で喉をひと突きさ」ショーンは誇らしげに言った。「どこもかしこも血だらけ。あの壁を見せたかったよ。現実じゃないようだった」

「見ずにすんでありがたいわ」リヴはそっけなく言った。

「まあ、そもそも大金持ちのほうがエリンのことを苦しめて、殺そうとしていたんだから」ショーンは言い訳をするように付け足した。「それから、コナーとタマラが大金持ちの側近たちを撃ちまくった。激しい戦いだった」

リヴは首を振った。「劣等感を覚えそう」

「どうして？　きみが今朝T-レックスにしたこととたいして違わない」

リヴは大声で笑いだした。「違うわよ。エリンはその大金持ちを殺した。ところが、T-レックスはまだ好きに動きまわっている」

「くよくよするなよ。訓練を積めば、戦い方もうまくなる」ショーンはリヴを励ました。「あいつをぶっ叩く機会はまた来るさ」

「楽しみね」リヴはぼそぼそとつぶやいた。

ショーンは話を進めた。「そういうわけで、おれたちとタマラには戦友の絆《きずな》が生まれた。タマラはコナーとエリンの結婚式ではブライドメイドを務めたんだ。そのとき、デイビーの奥さんのマーゴットに髪飾りを渡した。催眠剤を噴射できるように仕掛けをほどこしたやつだ。それが、マーゴットの命を救った。マーゴットは、インフルエンザのワクチンを売っていた頭のおかしい科学者からストーカー行為を受けていて……」ショーンの声は消え入った。そっぽを向いたリヴの顔に、不安そうな視線を投げる。「こういう話はまた今度にしたほうがいいかもな」

「気にしないで」リヴの声はうつろだった。「これからご厄介になる女性が、筋金入りの犯罪者だとわかって、むしろ心強いわ」

「いまは違う」ショーンはすぐに否定した。「隠退した元犯罪者といったほうが正しい。いまは要塞にこもっているよ。奇妙な宝石のデザインをしている」

「へえ。パッチワークが得意なおばあさんみたいに邪気がないんでしょうね」

「特別な人間なんだよ、おれたちのタマラは。ただし、なるべく怒らせないように気をつけること」ショーンは忠告した。「さてと、ガレージを隠している宇宙時代の偽装装置を見てみようか」

「ガレージなんてどこにあるの?」

リヴはあんぐりと口を開けた。山の斜面が裂けて、藪や苔や岩がすべらかに開いて、奥のガレージをあらわにした。「すごい」リヴはつぶやいた。「夢でも見ているみたい」

「ああ」ショーンは言って、ヘッドライトを消した。「心配しなくていい。タマラはなぜかおれたちを好いてくれている。だから、まだおれたちを殺さずにいるんじゃないかな」

リヴは目を見開き、ガレージの奥の壁を見つめた。赤い光が壁の一部を長方形に囲むさまに、目が釘づけになっていた。光があふれ、真っ赤な細長い線を、つやめく石細工の床に映している。すらりとした人影が現われた。うしろから照らされた光で、印象的なシルエットが浮かびあがった。腰を横に突きだして、戸口にもたれかかっている。片方の手には銃が無造作に握られていた。もう片方の手が、煙草を口もとに運ぶ。ミュージカルのオープニングシーンみたいだ。

リヴは深呼吸して、車のドアを大きく開いた。次から次へと新たな試練に挑んでいるようなものだ。お次は、悪役のボンドガールとおしゃべりすること。

ショーンがするりとリヴの腰を抱いた。「緊張しなくていい」耳もとでささやく。「その銃はなんだよ、タマラ」一転、強い口調で言う。「気楽にいこうぜ」

「わたしが気楽に構える日は、わたしが殺される日よ」タマラの声は低く、ハスキーだった。「あなたの顔は知っているけれど、彼女の顔は知らないからね。わたしの経験からすると、彼女があなたのわき腹に銃を突きつけていてもおかしくない」

「わたしにはそんな経験はありません」リヴはきっぱりと言った。

「そのようね」タマラはまた大きく煙草を吸い、ふらりとふたりのほうに近づいてきた。けだるく腰をゆらし、リヴの顔には光が当たるように、自分は影に隠れるように。「あらあら。ひどいありさまね。明日は朝一番で買い物に行かなくては」リヴのぶかぶかのTシャツをつかみ、ひねって、リヴの体形を浮き彫りにする。「いいおっぱいね。アンダー80のEカップ、服のサイズは……十三号?」

リヴは飛びのいた。鳥肌がたっていた。「ご親切に。でもおかまいなく。自分でどうにかするわ」

タマラはまた煙草を吸った。「わたしはね、あなたみたいにきれいなお嬢さんが、そういう格好をしているのを許さないの。犯罪よ。ついてきなさい。その靴は脱いで」

リヴは敷居をまたぎ、壊れたサンダルを脱いだ。「家のなかは靴を脱ぐ決まりなの?」

「家のなかに醜い靴を入れない決まりよ」タマラは涼やかに言った。

ショーンはくぐもった笑い声をあげ、顔をそむけた。リヴはあとで非礼のつぐないをさせることを胸に誓った。血でつぐなってもらおう。

「お言葉ですけど、わたしは命を狙われて逃げてきたのよ」リヴは思いきって言った。「生きるか死ぬかの問題を考えなければならないときに、見た目のことなんて——」

「命を狙われて逃げているなら、なおのこと、最高の装いを心がけなさい、お嬢ちゃん」タマラは銃をジーンズのうしろに突っこみ、手ぶりでふたりに先に行けと示した。「本当よ。わたしが経験から学んだこと」

リヴはタマラが警報装置の解除番号を打ちこむのをながめた。

「茶色の髪と黄色の目をしているところは初めて見たな」ショーンが言った。

「楽しめるうちに楽しむ」タマラが言う。「もう一度見ることはないかもね」

タマラは細身で、筋肉質で、それでいて曲線美も持ち合わせているという見事な体形で、リヴは引け目を感じずにいられなかった。神さまは不公平だ。茶色の髪は編んであって、細いお下げがすっきりとしたあごのラインを縁取っている。そして、思わず見惚れるほど美しい顔だち。リヴはこれほどの美人を見たことがなかった。造りのひとつひとつが完璧だ。高い頬骨、ふっくらとした唇、まっすぐに通った鼻。目は大きく、ぱっちりとしている。金褐色の瞳、くるんとカールしたまつげ、細い翼のような眉毛。目の下にはくまができていたけれども、ほかの女についていればやつれて見えるものが、タマラについていると、印象深く神秘的な効果をあげていた。

色あせたローウエストのリーバイスと丈の短いタンクトップを着て、引き締まったおなかを数センチのぞかせている。ノーメイク。はだし。アクセサリーはひとつだけで、金色の角の形をしたピアスを片方の耳たぶに突き刺している。先が尖っていて、牙みたいだ。抱きつきでもしたら、頸動脈《けいどうみゃく》を刺され、出血多量で死んでしまいそうだった。もしかすると、そのためのものなのかもしれない。

リヴは自分がデブで、薄汚い女になった気分だった。女として負けている。目を離すこともできない。

タマラはそんな視線を気にも留めなかった。慣れているのだろう。ふたりを広大なキッチンに追いたて、天井の電気を点けた。照明は明るく、数えきれないほどたくさんのピカピカのキッチン用品に反射した。リヴはまばたきをした。タマラはショーンにあでやかな笑みを投げかけた。「明日の朝一番で、お兄さんたちがあなたをいじめに来るわ」

ショーンはうめいた。「勘弁してくれ。タマラ、誰にもばらすなと——」

「ばらすまでもなかった。あなたがここに身を隠そうとすることは、どんなバカにでも見当がつけられる。ほかのバカがわたしの存在に感づいていないことを願いましょう」

ショーンもタマラに劣らず、こぼれるような笑みを投げ返した。「おれたちだけだ」

「つけられていないわね？」

「ああ」ふたりの視線がぶつかる。縄張り争いをする狼みたいだ。

「はん」タマラはつぶやいた。「さて、こちらにいらっしゃい」リヴの腕をつかみ、大きなカウンターの前のスツールに座らせた。

キッチンは堂々たるものだった。調理スペースには黒く光る大理石がどこまでも広がり、輝く銀色の電化製品が延々と並びたち、同じく銀色の巨大な冷蔵庫がどんと構えている。プロのシェフもうらやむようなナイフのコレクション、底が銅の鍋が何列も並ぶ棚。ショールームみたいだ。一度も使われたことがないのは明らかだった。

タマラは冷蔵庫を開けて、透明のプラスチックの箱と皮下注射器を取りだした。「備えあれば憂いなし」

リヴは目をぱちくりさせた。「それは——ちょっと！」大声をあげ、もがいたものの、タマラはもうTシャツを頭から脱がせ、放り捨てていた。リヴはスツールからおりようとしたけれども、タマラに肩を押さえられた。

「なんのつもり？　やめてくださる？」リヴは声を引きつらせた。「Tシャツを返して！」

タマラは完璧な形の眉をひそめた。「切り傷と噛み傷を負ったとショーンから聞いているわ。見てみないと。抗生物質へのアレルギーは？」

「ありません！」リヴはショーンをにらみつけたけれど、ショーンは謝るように肩をすくめるばかりだ。役たたず。「人から服をはぎ取られるのはもうたくさん。今日一日で一生分の辱《はずかし》めを受けたわ。失礼よ！」

タマラは噛み傷を調べた。赤く、ひりひりしている。「でもあなたは立派な胸を持っている。背を伸ばして、見せつけてやりなさい」リヴの腕に脱脂綿で消毒薬を塗り、ひと言もなく、注射針を突き刺した。

「痛い！」反射的に引こうとした腕は、タマラにしっかりと押さえつけられていた。「だいたい、何をしているの？　それは何？」

「抗菌効果のある抗生物質」タマラは言った。「人間の嚙み傷は悪化することがあるから」スツールを回転させ、もう片方の腕も消毒する。

「ねえ、待って。今度は何を――」

「破傷風の追加免疫。最後に予防接種を受けたのは？」

「ええと……」リヴは口ごもり、思いだそうとした。

「なら、必要ね」ブスッ。

焼けるような痛みに、リヴは悲鳴をこらえた。大きな蜂に刺されたみたいだ。でも、それに文句を言うのは厚かましい気がした。

タマラは三本目の注射を取りあげた。「レイプされた？」コーヒーにミルクを入れるかどうか尋ねるような、そっけない口調だった。

T－レックスにのしかかられたときの光景が頭をよぎって、リヴは息をのんだ。「いいえ。危なかったけど、されなかった」

タマラは、よくやったというようにショーンにちらりと目を向けた。「よかった」

「それは、なんの薬なの？」リヴはおそるおそる尋ねた。

「液体のモーニングアフターピル」タマラは言った。「必要かしら？　あなたはなんといっても、性欲過多でアドレナリン中毒のゴリラと丸一日すごしたのだから。ゴリラが自制心を身につけたとも思えない。必要なら、遠慮なく言って」

「おい、タマラ」ショーンがぼやいた。「いまのは撤回してくれないか？」

「絶対にいや」タマラは鈴を振るような口調で言った。

「処方箋がなければ買えない薬じゃないの?」リヴは尋ねた。

タマラはぱっと顔をほころばせ、まぶしいほど白い歯を見せた。「まあ。本気で言っているの? かわいいお嬢さんね、ショーン。どこで見つけたの?」

ショーンは肩をすくめた。「エンディコット・フォールズだよ。よりによって」

タマラはリヴの顔の前で指を鳴らした。「それで? 打つ?」

ショーンはまた両肩を大きくあげて、無言で「きみに任せる」と伝えた。リヴは一秒半だけ考えた。「いいえ」静かに言った。万が一の場合には、ショーンと話し合えばいい。人生を左右する話し合いを。

タマラは目を見開いた。チェストをかきまわし、ひとつながりになったコンドームを取りだす。「必要ないかもしれないけれども、女の恋心を踏みにじるものではないという戒めとして、受け取っておきなさい」ショーンに放った。

ショーンは片手でキャッチした。「誰も彼もがおれにコンドームを投げてよこすのにはうんざりだよ」うなるように言う。「人に世話を焼かれなくても、自分で用意できる」

「でも、使わないのよね?」タマラの声は砂糖みたいに甘かった。

「余計なことに首を突っこむなよ、タマラ」

「あら、突っこむつもりはなかったのよ。あなたからの電話があるまでは。わたしの助けがほしいなら、わたしの性格にも我慢することね。さあ、シャツを脱ぎなさい。坊やの番よ」

「おれ?」ショーンは気分をそこねたように訊き返した。「なぜ? おれは誰にも嚙みつかれていない。感染症の心配もない。かかっているなら、もう自分でわかるころだ。だから、おれの心配は——」

「そこまで」タマラの声は断固としていた。「彼女が受けたなら、あなたも受ける」

ショーンはシャツを脱ぎながら、よどみない口調で言葉を吐きだした。

「わたしのことなら好きなように侮辱してかまわない」タマラが言う。「でも、もう一度わたしの母と祖母を中傷したら、はらわたを引きずりだして、首に巻きつけ、蝶々結びにしてやるわ。理解できて？」

ショーンは驚きで目を丸くした。「クロアチア語を話せるのか？」

注射器から空気を抜くタマラの顔は、まるで氷の仮面だった。「思いこみは命取りになるわよ。ましてや、あなたみたいに汚らわしくて口の悪い低能の野良犬にとっては」

「いや、悪かったよ」ショーンはしゅんとして言った。「口癖みたいなもんで」

タマラはショーンの腕を消毒して、注射針を突き刺した。

ショーンは声をうわずらせた。「おい！　取り消す。おれは悪くない。ちっとも悪くない」

「泣き虫」タマラはもう片方の腕にも消毒と注射を施した。

「魔女」ショーンは声をあげた。

タマラは何か不可解な言葉で応じた。ショーンも何かを言い返す。ふたりの舌戦は速度も声量も増し、熱を帯びる。それぞれがリヴの聞いたこともない言葉をくりだしている。

「うるさい！」リヴは怒鳴った。

ふたりともぎょっとして口をつぐみ、リヴを見つめた。リヴはTシャツを拾って、着直した。「自慢合戦はやめて」ぴしりと言った。「いらいらするわ」

「ごめん」ショーンはタマラのほうを向いた。「でも、ヤギとヤりまくる怠け者のラクダっていうのは、初めて聞いたな。あれはトルコ語？」

「ええ。わたしはコルシカ方言の藪のなかのヒツジをたとえたものが気に入ったわ」かすかに感服の色をにじませて言う。「ひどく遠まわしなのに、とても猥褻《わいせつ》」

ショーンは考えこむようにタマラを見つめた。しばらく見つめつづけるうちに、笑みは消えていった。「本当のところ、あんたはどこから来たんだ、タマラ」

燦然《さんぜん》と輝く笑みは、何ひとつ明かさない。「どこでもないところよ」

タマラは巨大な冷蔵庫のドアを開けた。ミネラルウォーターと大きな箱しか入っていない。

「今日のディナーよ。部屋を用意しておいたから、そこに持っていって食べて。わたしは今夜は食べ物の匂いに耐えられそうにないの」

ショーンは眉をひそめた。「何も食べないのか？　顔色がくすんでいるぞ」

タマラの目が燃えあがった。「女に対するいつもの安っぽい気づかいはどうしたのかしら」

「それに、ずいぶん痩せた」ショーンは食いさがった。「そんなに体重を落としたらまずいだろ。目の下にはくまができている。病気にでもかかってるのか？」

「さっき、余計なことに首を突っこむなと言ったのは誰？」

ショーンは箱を取りあげた。「わかったよ」ぼそりと言う。「夕食をごちそうになる」

タマラはうんざりしたようにあごをしゃくった。「それを持って、部屋にさがって。今夜のあなたはわずらわしいわ。部屋は北の塔よ。行き方はわかるわね」

リヴは小走りでショーンを追った。今日のタマラでも顔色がくすんでいるというのなら、最高の状態を見るのは恐ろしいような気がした。

16

タマラはどこかおかしい。いつもよりとげとげしいというわけではないが、ようすがへんだ。つまり、いつもとは違った意味でへんだ。その雰囲気を表わすのに、〝かよわい〟という言葉が浮かびかけた。そんなことを本人に言おうものなら、延々と苦しめられたすえに、おぞましい死に方をさせられることになるだろうが。男があの女とかかわるとき、タマを刈り取られたくなかったら、よくよく気を配らなくてはならない。

それでも。タマラは痩せすぎだ。くまができていた。頬骨の下はげっそりとこけて、体は筋肉と骨を残すばかり。こめかみに浮きでた青い血管の網が、健康的だとは思えない。誰かが探りを入れて、大丈夫かどうか確かめたほうがいい。マーゴットかエリンになら頼めるだろうか。意気地なしと言われても仕方がないが、自分の手に余ることはわかっている。

リヴは無言のまま、ショーンのうしろからはだしでついてくる。長い階段をのぼり、いくつもの廊下と薄暗い部屋の迷宮を抜けて、北の塔に入った。「すごいわ」リヴは四方をながめまわして、小さく声をあげた。「本当にお城みたい。ここにひとりで住んでいるのかしら？」

ショーンは鼻を鳴らした。「タマラと一緒に暮らせる人間がいると思うか？」

「ええと、その、どうかしらね。強烈な人だから」

「百も承知だよ。しかも、あれが、お気に入りの人間に対する接し方なんだ。タマラに嫌われたらどうなることか、想像してみなよ」

リヴは鼻白んだ。「ううん、やめておく」

ふたりは塔のらせん階段をのぼりはじめた。リヴは踊り場に出るたびに足を止めて、ながめに感嘆した。きっとこの塔も、外からは見えないようにカムフラージュされているのだろう。カッコイイ。いくつもの屋敷で育った〝お姫さま〟のリヴでさえ、タマラの規格外の隠れ家には感じ入っているようだ。

ショーン自身はある程度大人になるまで、屋内トイレとも会釈する程度の間柄という環境で育ったため、タマラの要塞には度肝を抜かれたものだ。

いまのショーンが金銭的に困っているわけではない。それなりに稼いでいる。大きなコンドミニアムで申し分のない生活を送っている。程度の問題だ。

北の塔の上部は八角形の吹き抜けの部屋で、そこだけでもアパート一棟がまるごと入るくらい広かった。いくつものダイヤモンド型の窓から月明かりがそそぎこんでいる。部屋のなかにもらせん階段があり、その上はベッドルームがわりの広々としたロフトになっている。

ショーンは壁の燭台《しょくだい》型のランプを点けた。柔らかな明かりが部屋を照らして、内装をあらわにした。亜麻色の羽目板、荒い織りのベージュの絨毯《じゅうたん》、テレビやＡＶ機器などを載せた巨大なキャビネット、そのまわりを囲むオフホワイトのビロードのソファや椅子、贅沢《ぜいたく》なバーコーナー。八角形の壁の一面はキッチンで、その手前がダイニング用のスペースだ。

リヴはぽかんと口を開け、ぐるりと回転して部屋をながめた。「ここが客室?」

「――のひとつ」ショーンは箱を置いた。「東の塔はタマラの仕事場だ。しかし、西と南にも塔があるし、そのほかにも部屋はたくさんある」箱のふたを開け、食べ物を取りだしながら、それぞれのラベルを読みあげていった。「チキンのセサミソース、サーモンのグリル、ポークのロースト、フィレミニョン、野菜とヴィネガーとベーコンの煮こみ、ギリシア風サラダ、レバノン風サラダ、ポテトサラダ、サワードーのロールパン、アスパラガスのキッシュ、アーティチョークのロースト、スタッフド・マッシュルーム三種のチーズがけ、チョコレート・ガナッシュ、ネクタリン、ハネーデューメロン、パイナップル。それから、ああ、タマラ」ショーンは好きな銘柄のビールの六缶パックを取りだした。「破傷風の注射をされたことも許せそうだよ」

「あなたが言ったとおりの人だったわ」リヴはチキンの包みを開けて、嬉しそうに匂いを嗅いだ。「彼女が口を開くたびに、あなたは不利な立場に置かれる」

「たしかに。だが、本気でタマラには負けると思うのは銃撃戦のときだね」ショーンはリヴに椅子を引き、ビールを二本開けて、箱から皿を出した。「さあ、お待たせ。明日などないかのようにガツガツ食らおう」

ふたりはごちそうに取りかかった。言葉にならない賞賛の声をときおりあげるだけで、ほとんど会話はなかった。

食べ物が半分ほど消えたとき、リヴはひと息ついた。「クラッカーやオイルサーディンをのぞけば、この二日間でこれが初めての食事よ。わたしはダイエットのために食事を抜くような人間ではないのに。その正反対」

「よかった」ショーンは言った。「誰もそんなことするべきじゃない」

「でも、タマラを見たあとは、十日間くらいパンと水だけで過ごしたくなったけど」

ショーンは目をぱちくりさせた。「冗談だろ。なぜ？」

リヴは肩をもぞもぞと動かし、視線をそらした。きまりが悪そうに頬を染めている。「タマラがすばらしいプロポーションをしていたから」小声で答えた。

ショーンは目を大きく見開いた。ショーンの基準からすれば、リヴは最高の女だ。どこかしこも薔薇《ばら》色で、肉感的で、女らしい。ピンク色のペディキュアで塗られた足の爪までも。

ショーンはビールを掲げ、豊満な体を持つ女たちへの賛美をこめて、無言で乾杯した。

「たっぷり召しあがれ《ボナペティ》」簡潔に言った。「きみはちょうどいいままが、惚れ惚れするくらい美しい。ほんのわずかでも痩せてほしくない。本気で言ってるんだぞ。針金みたいな体形や骨がごつごつした体は好きじゃない。おれはきみが好きだ」

「ふうん。そこまで言ってくれるなんて、思いやりがあるのね」ぼそぼそという。

信じていない。突然、ショーンはどうしても理解させたいという思いに駆られた。「本気だ」重ねて言った。「おれはきみの体が好きだ。食べごろの果物みたいだ。両手いっぱいにつかめる大きな乳房が好きだ。柔らかくはずむところが好きだ。見るたびにキスしたくなる白い腿《もも》も。膝に浮かぶかわいいえくぼも。全部大好きだ。タマラなんか、きみとは比べものにならない」

「まさか。逆にわたしなんか足もとにも及ばない」苦々しい口調で言う。

「いや。そりゃあタマラは美人だが、痩せすぎだ。心配になる。医者に診てもらうとか、栄養飲料を飲むとか、煙草をやめるとか、何かしたほうがいいんじゃないか。それに、女としてはおれの好みじゃない。タマラは鉄でできているみたいだ。鉄が相手じゃ、その気になれない。四六時中、死闘をくり広げるのもごめんだね。少しのあいだなら楽しいが、疲れる。おれは恋人タイプの人間であって、戦士タイプの人間じゃない。よりそったり、いちゃついたり、抱き合ったりするのが好きなんだ。誰がタマラとよりそって眠れる?」

「言いたいことはわかるわ」遠慮がちな笑みがリヴの目に灯った。

ショーンはここぞとばかりに早口でまくしたてた。「おれはタマラと殴り合うよりも、美しい女性と踊っていたい。具体的には、きみと踊りたい」闇夜のような色のチョコレート・ガナッシュをフォークに刺したまま、テーブルに身を乗りだして、気持ちを強調した。

今度はリヴもショーンの言うことを信じたようで、低く喉を鳴らして謝意を示し、ショーンの背中をぞくぞくさせた。温かい舌で舐められたみたいだ。「きみを押し倒したい」正直に打ち明けた。「つかまえて、舐めまわして、抱きしめたい。きみはたおやかで、柔らかくて、なまめかしい。おれはそのふっくらした薔薇色の尻をさわるのが好きだ。きみの乳房にキスするのが好きだ。それから、締まりのいい——」

「そこまで」リヴの声には強い命令の響きがあった。「食事時には向かない話題だわ。わたしは食事に集中したい。以上」

ショーンは従った。ふたりは緊張感に満ちた沈黙のなかで夕食を終えた。

そのあと、それぞれが椅子にもたれた。気恥ずかしさと沈黙を持て余していた。豪勢な客間は、薄汚れたホテルの部屋よりもうまく人を抑制する。

 ショーンはリヴを見つめずにいられなかった。リヴは目をそらしたが、ショーンの視線を意識していることは伝わってきた。横顔を見つめつづけた。

リヴは十代のころよりさらに美しくなった。ショーンは胸のなかでそう結論づけた。顔だちはよりくっきりとして、申し分ない。上品で、華やか。ショーンは椅子に座ったまま身じろぎした。「そのTシャツ姿もかわいいよ」思いきって沈黙を破った。

リヴは例のごとくクスクスと笑った。

「いいとも」ショーンは軽い調子で言った。「Tシャツを着ていない姿はもっといい。脱ぎなよ」

リヴは警戒の表情を見せたが、ショーンには、エネルギーがうなりはじめるのがわかった。リヴは体力も気力も使い果たしたはずだが……それでも、そそられている。

「もちろん冗談よね」リヴの声は硬く、険しかった。「この二十四時間で、過去三年をひっくるめたぶんよりたくさんセックスしたわ。わたしが一日四千八百ドルの仕事を今夜から始められると思わないで。睡眠を取りたいの」

ショーンは、これで落ちない女はいないと自負する誘惑の笑みを投げかけた。リヴはふんと鼻を鳴らして立ちあがり、髪をうしろに払った。わき目もふらずバスルームに向かい、なかに消えた。ショーンの内なる性欲過多のゴリラは休むことを知らず、立ちあがって、リヴのあとを追った。

ショーンは自分を止められなかった。どうしたらいい？　あのお姫さまに心底熱をあげている。ひと目見た瞬間からべた惚れだった。日給四千八百ドルなどとくだらないことを言ったものだ。ショーンのほうが大金を払ってでも、リヴのボディガードになりたい。リヴ専用の小間使いにもマッサージ師にもスタイリストにもコメディアンにも性奴隷にもなりたい。なんならアイロンだってかける。ショーンは自分のシャツをぱりっとさせておくのが好きだから、気が進まないこともない。まあ、自慢できるような特技でもないが。

しかし、それがリヴのそばにいる口実になるのなら、リヴの下着にだってアイロンをかけよう。荷物を持ち、靴を磨き、足を舐めよう。アソコも舐めよう。

薄い安物の白いTシャツに、リヴの乳首が浮きでているのを見るだけで、手に汗がにじんだ。それでふと思い当たったことがある。この二日間、あれやこれやがあったせいで、あの乳房がブラジャーのたぐいで拘束されているところを、ショーンはまだ見ていない。束縛されることなく、横にゆれ、縦にはずむところしか見ていない。感動的だ。

ほかの女だったら、ショーンの欲望に火を点けるために、わざとやっているのかと思うところだ。リヴの場合、わざとだろうとそうでなかろうと関係ないが。どちらにしても、欲望には火が点きっぱなしだ。

リヴの髪に手を差し入れて持ちあげ、あの流れるような首のラインを見たい。大きな灰色の目をショーンに向けさせたい。あの瞳に飛びこみ、奥まで潜りたい。高いところから、深い水のなかに落ちるように。神秘の別世界を泳ぎたい。

リヴの視点から、あらゆることを見てみたかった。あらゆることに対するリヴの考えを知りたかった。リヴの心のなかに入りたい。このことが牽引車のようにショーンを引きつけた。

ショーンはバスルームのドアにもたれて、耳をすました。水の音、トイレを流す音。盗み聞きをするのは変態行為か？　きっとそうだ。どうかしている。だが、それも気にかからないほど焦れていた。

突然、ドアが開き、リヴはショーンが戸口に立っているのを見て短く悲鳴をあげた。まだ顔をタオルでふいている途中で、しっとりと上気し、耳のまわりの髪は濡れて顔に張りついている。スイカズラとペパーミントの香りがした。ジーンズは腕にかかっていて、洗濯ずみの下着はシャワー室に干してあった。つまり、ペラペラのTシャツの下は素っ裸というわけだ。

ショーンのペニスは、期待でなかば頭をもたげた状態からすっくと立ちあがり、いまにも飛びたちそうに宙を指した。

「こんなところでこそこそと何をしているの？」リヴはなじるように言った。

ショーンはあけすけな事実を述べた。「きみから離れていられない」

リヴは美しい目を細くすがめる。きびすを返し、らせん階段のほうに突き進んでいった。

ショーンは猟犬みたいに、二歩うしろからついていった。

階段の下でリヴは振り返り、さっと手を振って、先にのぼれとしぐさで示した。「そういう顔をしているあいだは、わたしのうしろから階段をのぼらせたりしませんからね」

「喜んで先にのぼるよ。おれの尻なら、好きなだけ揉《も》んでくれ」階段をのぼり、わざとらしくケツを振って、爆笑というご褒美をもらうことができた。

「真面目に」リヴは言った。「今夜はセックス禁止」

ショーンはシャツを脱ぎ、伸びをしたりかがんだりして肉体美をひけらかした。あのクスクス笑いが聞こえてくるまで続けた。「襲いかからないって約束するよ」ショーンは言った。「ただし、きみのほうから襲ってくれって頼むことまではやめられないね」

「わたしに襲われるのを待ってても無駄よ」リヴは大きなキングサイズのベッドをまわり、栗色のシュニール織りのカバーをはがし、シーツに身をすべらせ、上掛けを引いてあごの下にたくしこんだ。「わたしは休みたいの」

ショーンはジーンズを脱ぎ、蹴《け》り捨て、裸でベッドに横たわった。ペニスはそそりたち、腹に鼓動を伝えている。

「隣で寝ている裸の男なんていないふりをするってわけか。こっちはきみの胸がゆれるのを一日じゅう見ていたせいで、ガチガチに硬くなって、痛いくらいだっていうのにさ」

「性欲を満足させる機会はたくさんあったでしょう。あれだけセックスしまくったら、ふつうの男性なら昏睡状態に陥っているはずよ」

「おれはふつうじゃないんだ」ショーンは言った。

「だと思った」リヴは切り返した。「お医者さんに診てもらったほうがいいかもしれないわね」

「もっと手早くて楽しい解決法を知ってる」

リヴはショーンの股間にちらりと視線を飛ばした。ショーンはそれをしごいてみせた。自分の手で、荒っぽく、野獣をたきつける。

リヴは寝返りを打ち、うつ伏せになって枕に顔をうずめた。「もう無視することにする」

くぐもった声で宣言した。「おやすみなさい、ショーン」

「寝るのはかまわないが」ショーンも上掛けの下にすべりこんだ。「おれが夢想するのは止められないぞ。妄想は大の得意だ。この十五年間続けてきたんだから」

その言葉で、リヴはぱっと顔をあげた。「あらそう?」疑わしそうに言う。「いかれた大金持ちとか、テロリストとか、頭のおかしい科学者とか、敵国の将軍とか、銃撃戦なんかを片付ける合い間に、わたしのことを夢想する時間があったとでも? 女性の大群が列をなしてあなたのベッドを通り抜けていったのは言うまでもないわね」

「それでも、おれの夢の世界では、いつでもきみが一番上にいる」ショーンは熱っぽく言った。「歴史コレクションの部屋にいた日のことを覚えているか?」

リヴは口のなかで何かつぶやいたが、ショーンには聞き取れなかった。同意の返事だと思うことにした。「古い本の背表紙を思い起こすだけで、おれはあの日のあの場所に戻ることができる」ショーンはうっとりと言った。「股間を硬くして。きみのとろとろのあそこに指を入れて。きみがイくのを感じた」

リヴは何も言わなかった。

「おれが押せば押すほど、きみは熱くなった」

リヴは顔を枕に戻し、強く押しつけた。

「挑発的なことを耳もとでささやくと、きみはいつも顔を赤くした」声を低くして、甘く歌うように言った。「こっちを向いてごらん、リヴ。顔を見せてくれ。もう頬を染めている?」

リヴは顔を隠したまま、激しくかぶりをふった。「ちっとも」

「あのときまで、純粋なお姫さまにいやらしいことを吹きこんだやつは誰もいなかったはず。だろ？　だが、おれはどうしても口を閉じていられないたちでね」

「それはいやというほどわかる」声はくぐもっていたが、笑いで震えていたことで、ショーンは安心した。希望を持って先を続けた。

「電話でよく話したことを覚えているか？　電話中、おれはいつもきみに自分で自分のあそこにさわってくれと頼んだ。きみの返事はいつもこうだ。いや、いや、いや、そんなことしたくない。だめ、だめ、だめ、できない。しかし、おれは考えていた。もしかしたら……ひょっとして、きみが嘘をついていたんじゃないかと」ひと呼吸置いた。「どうかな？」

　リヴは無言だった。勝利の笑みがひとりでにショーンの顔に浮かんだ。ショーンはそれを抑えようとした。うぬぼれるにはまだ早い。

「そう考えていたからこそ」言葉を継いだ。「あれは拷問だった。公衆電話のボックスにひとりでいて、まわりの人間からは丸見えだから、自分の股間に手を伸ばすこともできない。頭のなかは妄想でいっぱいなのに。電話を肩に乗せ、きみはレースであふれた乙女のベッドに横たわっている。白い腿を大きく開いて。おれの欲望に耳を傾けている。おれがどれくらいきみにふれたいか、舐めたいか、しゃぶりたいか。きみのなかに入りたいか」

　上掛けの下で、リヴは落ち着かないようすで体をゆらしていた。ショーンはそちらににじりよった。

「おれは、きみが自分でパンティのなかに手を入れているところを想像した」続けて言った。「濡れて熱くなったあそこにさわっているところを。地獄の責め苦だったよ」

リヴはうなずいたが、まだ顔は見せない。

「教えてくれ。あそこに指を入れて、それがおれだと想像したことは？」

リヴは顔をあげて、もつれた髪のベールの奥からショーンを見て、心ならずも浮かんだ笑みで目をきらめかせた。「あるわ」

「本当に？」さらに近くによって、スイカズラの香りを嗅いだ。「きわめてプライベートな質問をしてもいいかな？」

リヴはこみあげる笑いを抑えられなかったようだ。「さっきのはそうじゃなかったの？」

ショーンはその言葉にかかずらうことなく、知りたくてたまらなかったことを追求した。

「いままで、その、大人のおもちゃを使いながら、おれのことを想像したことはある？」

リヴは答えをためらった。「あなたには関係ありません」とりすまして言う。

ショーンはリヴが頬を染め、目を泳がせるようすをながめた。「イエスという意味だな」小声で言った。「いやはや。いまのはおれの心を吹っ飛ばしたよ。しかし、きみがアダルトショップに入って、そういうものを買っているところはどうも想像が――」

「そういうことじゃないの」リヴが言葉をさえぎった。「ジョークとしてプレゼントされたものよ。何人かの女友だちから。前に、わたしの〝処女返り〟のパーティを開いたことがあるの。丸一年の禁欲生活を祝って」

ショーンはその事実にたじろいだ。一年？　大問題だ。

「フローズン・ダイキリで乾杯して、エロをネタにしたペストリーをつまみに、いままで知り合った男全員をこきおろしたの」リヴは言った。「あなたも含めてよ、もちろん。というよりも、三杯目のダイキリを飲んだあとは、あなたのことばかりべらべらべらべらしゃべっていたわ」

「名前を出してもらって光栄だよ」ショーンは重々しく言った。「それで、その、おもちゃは具体的にはバイブレーター？」

リヴは声を殺して笑った。「当然でしょ」

ショーンは感嘆して目を見張った。「で、それを使った？」

「それも当たり前」リヴは顔をしかめた。「ずいぶんご無沙汰だったんだから」

ショーンはこの告白を頭に収めようとした。しかし収まりきらないうちに、すぐその場で達してしまいそうになったので、暴走ぎみのペニスを、抑制の意味で強く握りしめ、数回の深呼吸と筋肉の力でこらえた。バイブレーターを使っていけない遊びにふけるリヴ。その姿が頭をよぎると、ひたいから汗が噴きだした。そして、こう尋ねずにいられなかった。「おれと比べてどう？」

「あなたとバイブレーターを比べて？」リヴは大声で笑いはじめた。「やあね。あなたのよりずっと小さいから安心して。まあ、問題もずっと少ないけど」

「問題が少ない？」ショーンは顔をしかめた。「どういう意味だ？」

リヴは鼻を鳴らした。「使い終わったら、スイッチを切って、石けんで洗って、すすいで、箱のなかに戻せばいいっていう意味。バイブレーターはわたしのことを追いまわしたり、果てのないセックス・マラソンをさせるよう仕向けたりしないわ」

「なるほど」ショーンはもう一度、深呼吸作戦を試した。下腹部全体に力をこめ、うずくペニスを力いっぱい握る。「姫？　このごたごたが片づいて、少し落ち着いたら……一緒にそれを使ってみてもいいか？」

リヴはぎょっとして、また大笑いを始めた。「どうして？　あなたの体にぶらさがっているものだけでも、わたしの手には余るくらいよ！」

「きみが自分でそれを使っているところを見たい」ショーンは願望を打ち明けた。「想像するだけで、このシーツにぶちまけそうなんだ」

リヴはうめくような声で言った。「困った人ね。あなたをその気にさせせないものはないのかしら？」

「しょうがないだろ」ショーンは枕に頭を落とした。「きみがひとり遊びをしているところを想像すると、たまらくなる。ものすごくセクシーだ」

「それくらいにして。度を越さないで」

ショーンはリヴの髪の香りを嗅ぎ、ひと房持ちあげて、頬が真っ赤になっているのを見た。効果てきめん。「リヴ？」ささやきかけた。「いま、自分でさわりたくなっている？」

リヴは震える息を吐いて、首を振った。

「そのあとおれとセックスしろと言ってるわけじゃない」ショーンは猫なで声を出した。「おれが勝って、きみが負けるというわけでもない。喜びのため。きみに気持ちよくなってほしい。きみが喜んでいるとおれも嬉しい。きみがチョコレートを食べるとき、笑うとき、イくときはおれも嬉しい。おれも幸せな気分になれる」

リヴは身じろぎした。その体にすりよって、腕をかけると、緊張と震えのなかに欲求がわなないているのがわかった。

「ほら、脚のあいだに手をそえて」ショーンはうながして、柔らかな声で首筋をくすぐった。「おれにも見えないから。上掛けで隠れている。誰にも見られずに、こっそりとできる。さあ、自分に喜びを与えるんだ」

リヴが絶頂に達するまでに長い時間がかかった。オーガズムを得ようと励み、のぼりつめていくあいだ、リヴを支え、抱きしめているのはたしかに嬉しかったが、美しい肢体に快感が駆けめぐるのを肌で感じながら、その外側に置かれているのは辛かった。辛抱強く待つのは。

ようやくリヴが頂上を越えた。リヴの体じゅうに喜びがほとばしり、反射して、ショーンの体をナイフのように切り裂いた。ショーンは大きく喘いだ。

毎回、ショーンは同じ間違いを犯し、回数を重ねるごとに、その間違いはより大きく、より手に負えなくなっていく。リヴを抱くたびに、ショーンは自分が仕掛けた誘惑の罠《わな》にはまり、深く、さらに深く、自ら作りだした渦に引きこまれてしまう。

ショーンはリヴの髪に顔をうずめ、かき分けて、汗のにじんだ肌に唇をつけた。舌の先で舐めて、塩辛さと甘さを味わう。そういうことができるのは、もの慣れた言葉で女を誘いこむ男を演じているからだ。その仮面の下には、必死にリヴにしがみつこうとしている男がいる。もしもすげなく捨てられたら、粉々に砕けてしまうだろう。

「リヴ」ショーンは言った。「おれがほしくなった?」

隠したくても、声には飢餓《きが》感が表われていた。それが恥ずかしかった。あれだけべらべらとしゃべって、結局は懇願するのだから。

リヴはうなずいた。ショーンは安堵《あんど》で泣きじゃくってしまいそうだった。「おれがほしいと言ってくれ」強い調子で言った。「口に出して言ってほしい。どうしても聞きたい」

リヴは振り返って、ショーンを見た。目に涙がたまっていた。「あなたがほしい」飾りのない言葉だった。

ショーンは上掛けをつかみ、リヴの足もとまで引きはがした。Tシャツはめくれあがり、見事な尻をあらわにしている。それを頭のほうまでめくり、髪と顔をくぐらせて脱がせ、放り投げた。「仰向けになる?」

リヴは首を振り、シーツに顔を押しつけた。ショーンは肉感的な尻を見おろした。息が荒くなる。いいとも。この体勢で文句はない。

枕の下を探り、そこに忍ばせておいたコンドームを取って、震える手で装着した。リヴのうしろで膝をつき、なめらかな尻を撫で、腿のあいだに手をそっとすべりこませた。リヴは自ら脚を開いてショーンを招き、吐息とともに尻を突きだす。ショーンはふっくらとしたピンクのひだを開いた。すべりをよくするために、愛液をそこに塗ると、リヴはびくっと体を震わせた。

ペニスがビロードのひだに押し入り、ぐっと突き刺したときには、ふたりともうめき声をあげた。ショーンは両手をベッドについて、腰を振りはじめた。リヴのために、優しく時間をかけてやりたかったが、気持ちとは裏腹にリズムは速度を増していった。ショーンをたきつけたのはリヴだ。尻を突きあげ、もっと深く、もっと強くと無言で要求している。

ショーンはその求めに応えた。そうするよりほかに、なすすべがなかった。「こんなことはほかにはない」ショーンはつぶやいた。「きみは世界で唯一無二の存在だよ、お姫さま」

リヴはその言葉をあざ笑った。強く突かれるたびに喘ぎながら、きれぎれの笑い声をあげる。「大げさよ。この体勢だとお互いが誰だかわからなくてもおかしくない。あなたはアッティラ王かもしれない。わたしはソフィア・ローレンかもしれない」

この嫌みが無防備だった心に突き刺さり、ショーンはかっとなった。リヴの首に腕をまわし、頭をうしろにそらさせた。「どんな体勢だろうと関係ない。おれはいま自分が誰を抱いているのか、はっきりとわかっている。きみの汗の味を知っている。魔法のジュースの味も。髪の匂いも。尻や腰や背骨の曲線は目に焼きついている。ほくろのひとつひとつも。たとえば、ここ――」肩にキスをした。「それから、ここにひとつ、ここに三つ。きみの尻にどんなふうにくぼみができるのかも――」

「わかった。わかったから、頭を引っぱるのはやめて」

リヴの声は苦しげで、震えていたものの、うろたえてはいなかった。ショーンは力を抜いたが、手荒く扱われることでリヴが興奮しているのを感じ取って、腕は放さなかった。円を描くようにペニスをまわしはじめた。「きみもおれをよく知っている」ショーンは言った。「過去の男たちとおれを間違えることは絶対にない。だろ?」

リヴは何か言おうとして、声をつまらせた。無言でうなずく。

「この体位が好きなんだろう? ペニスの頭でこのあたりを撫でると、きみのあそこがひくつくからわかるんだ」

「ショーン……」リヴは震えるこぶしでシーツをぎゅっと握っている。「おれを引っぱるようだ。出ていくなと懇願しているみたいだ。性感帯を刺激されつづけて、イくまで……そう。それだ」

リヴはわなないていた。ショーンは目をきつく閉じて、小刻みに振動するさざ波に引きこまれそうになりながらも、どうにか自分はイかないようにこらえた。リヴの顔をこちらのほうに向かせた。「きみはもう陶器の人形みたいには見えない」ショーンは言った。「汗びっしょりで、ぐったりとして、かぐわしい。その薔薇色の肌がおれの正気を奪う」

「もう正気は失ってるくせに」リヴはそう言ったものの、ショーンがまた腰を振りはじめると、むせぶような音をたて、喘ぎ声をあげた。ショーンは髪に鼻をすりつけ、湿ったスイカズラの匂いを深く吸いこんだ。肩のあいだにうっすらと浮かんだ汗を舌でぬぐう。

ショーンは昔から女の子の心を読むのがうまく、どうすれば興奮させられるかはだいたい直感でわかった。十三歳のころからのベテランだ。だが、それが諸刃の剣になることはなかった。しかし、リヴのクリトリスを愛撫することは、自分のペニスを握るようなものだった。こうして腰を振るたびに、お互いが強い喜びを感じている。

ショーンはふたたびリヴをいただきに押しあげたが、ショーンもまた、深淵のふちから落ちかけていた。リヴはショーンの手をつかみ、全身の動きで、いただきを越えさせてほしいと訴えている。

「仰向けに」ショーンは言った。

リヴはびくっとして、振り返った。「なぜ?」

「キスしたい」ショーンは答えた。「きみの目を見たい」

リヴはためらったが、ショーンは柔らかい鞘《さや》から身を引き抜き、リヴを転がして仰向けにさせた。あらためて膝をつき、すべらかに、ひと息に、奥まで貫き、ふたたびリヴの喉から喘ぎ声を引きだした。

「あと一回」ショーンは言った。「あと一回で、おれもきみと一緒にイく」

顔をおおっていた両手を引きはがし、両腕を大きく広げさせた。強制ではない。少しうながしただけで、リヴは抵抗をやめ、官能に導かれるように自ら腕を広げた。これで、胸も喉もショーンの前に無防備にさらされることになった。胸と胸を重ね、心と心を重ねる。ダムの決壊、間欠泉の噴出。

喜びが轟《とどろ》き、溶け合ったふたりの体を駆けていった。

その後のショーンは抜け殻だった。かろうじてコンドームを始末し、乱れて湿ったシーツに這い戻った。

リヴを誰にも渡したくないという思いで、強く抱きしめた。リヴにも劣らず疲れているし、もしかするとリヴよりも疲労は大きいかもしれないが、扇みたいなまつげが薔薇色の頬に休らうさまを見つめずにいられなかった。リヴの美しさに魅入られていた。この奇跡がいつか自分の手からこぼれ落ちていくことを恐れていた。

何かまぬけなことをして、T－レックスに出し抜かれ、リヴを失ってしまうかもしれない。そして、単にT－レックスを殺すだけでは、黒幕を見つけだすことはできない。殺し屋などいくらでもいるのだから、ショーンが何人片付けようと、かわりを雇ってくるだろう。

このごたごたを収めるのに、どこから手をつけていいのかもわからなかった。十五年前、なんの成果もあげられなかったのだ。いまは当てがさらに少なくなっている。

それに、謎が解けたとしても、このお姫さまとその後も一緒にいられる保証はまったくない。殺し屋の助けなど借りずとも、ショーンが自分で台無しにしてしまう可能性は大いにある。

これまで何度となくへまをしでかしてきた。子どものころは、止めどもないおしゃべりと、ばかげたまねに傾ける情熱と、脳みそを吹き飛ばす衝動の数々で、よくエイモンを怒らせたものだ。しかし、父からどれほど厳しい罰を食らおうと、落ち着きも、口を閉じるすべも、分別も身につかなかった。結局、ショーンは壁にぶつかりつづけることになった。

デイビーとコナーはショーンを愛してくれるが、あのふたりはいつもぴりぴりして、ショーンが何かとんでもないことをしでかすのではないかと警戒している。自分を傷つけるとか、他人を傷つけるとか。ショーンにとって、一緒にいても構えずにすむ相手、肩の力を抜いていられる相手、ショーンをいらだたせず、火に油をそそぐような態度を取らない人間は、ケヴィンだけだった。それに、リヴだ。短いながらも、夢のような時間のなかで、リヴはそういう存在になった。しかし、その後、ケヴィンもリヴも消えた。

ショーンはひとりの人間と深く付き合うことなく生きてきた。まずは父の精神状態の悪化、それから最低のパブリックスクール。カリキュラムは冗談としか思えなかった。権力者におもねて、面倒を起こさずにいることを学ばせようとしていたようだが、やはりショーンには身につかなかった。どうあがいても、ぶち壊しにしてしまう。大学も同じだ。学部長の奥さんと何度か昼さがりの情事を楽しんだせいで、奨学金の資格を失った。

それから、リヴに出会った。この出会いは、とても自然で、とても大切で、このうえなく正しいことだと感じた。しかしそれも、ショーンが自分の手で壊す運命に見舞われるまでのことだった。

そして、ケヴィンの死。嘘を真実だとして受け入れたことで、ショーンはべつの人間になった。心のなかの暗いところに、金属の箱がある。もともとのショーンは、十五年間その箱のなかに入っていた。呪いにかかったようなものだ。

だが、呪いは解けた。箱は開いた。ショーンは混乱して、途方に暮れている。解放されて、死ぬほどびびっている。しかし、リヴがいる。リヴを必要とする気持ちは、これまで誰にも感じたことがないほど強いものだ。だからこそ、リヴに見切りをつけられるのが怖い。

きっと耐えられない。もうすでに、ひとりの人間の人生にしては多すぎるほど多くを失い、充分すぎるほど苦しみ、さんざんな目にあってきた。

今度リヴを失ったら、それがとどめの一撃になるだろう。

17

リヴはこの夢から醒《さ》めたくなかった。神経のひとつひとつにキスをされ、愛撫を受けて、官能に酔いしれていた。蜜のようにとろりとした愉悦の海のなかで泳いでいるようなものだ。でも、何かがリヴの目覚めをうながしている。絡みつくような音、せつなげな喘ぎ声だ。自分の喉から漏れている声だった。リヴは目を開き、朝日にまばたいた。すごく温かいのは、たくましい男の体に抱きしめられているからだ。リヴの脚は軽く開き、ショーンの魔法の手がそのあいだで動いていた。何本もの指が湿った音をたてて、そこをさすり、かきまわし、撫でている。リヴはびしょ濡れで、身悶えしていた。

まさか、また？　おかしいにもほどがある。正気の沙汰じゃない。

ショーンはリヴの目を見てほほ笑んだ。「眠り姫」そっとささやく。

笑顔のショーンはうっとりするほどの美男子だ。その笑顔がまぶしくて、ついついほほ笑み返すと、ショーンはリヴを仰向けにして、するりと入ってきた。ゆっくりと押し広げられるのを阻むように、内側の筋肉が打ち震えている。セックスに不慣れなのに、いきなり回数を重ねたせいで、あそこはひりひりしているけれども、リヴはもう高まっていて、気にならなかった。ショーンはリヴを腕にかきいだき、しっかりと目を合わせて動いている。射抜くような視線は、何かを伝えたがっているように見えた。

リヴは両腕も両脚もショーンに巻きつけて、一緒に動き、耳を傾けた。

官能の雲に浮かび、天上の調べを聞きながら、ゆるやかに踊るようだった。ショーンがキスを始めた。温かくて柔らかな唇でそのかすようにリヴの唇を開き、探り、求める。舌の動きがペニスの動きと共鳴する。リヴはいままでこれほどの生気を得たことはなかった。体のなかに自己の存在をくっきりと感じる。その感覚があざやかすぎて怖いくらいだ。何もかもが鮮明だった。うねりをあげる快感の波に乗り、ショーンと一緒にゆれた。終わらせたくなかったけれども、脚のあいだでちらついていた熱は、どんどん大きくなり、輝き、膨らみ、ついには爆発した。快感の波がリヴをさらう。漂いながら戻ってきたとき、ショーンがまだ硬いままなかにいることに気づいた。リヴは目をぱちくりさせた。「ええと、まだイっていない？」

「数えきれないくらいのオーガズムがあったよ」リヴのあごにキスして、首を鼻先でくすぐる。「射精していないだけだ」

リヴは小首をかしげた。「しなくていいの？」

「絶対に射精すべしという決まりはないね」穏やかな声で、おどけたように言う。「それに、ゴムをつけていない」

「ああ、そう」リヴはつぶやいた。「でも、男性が射精せずにイくことができるなんて知らなかった。熊のダンスみたいな曲芸ってこういうこと？」

ショーンは褒め言葉と受け取って、にっと笑った。「そう思ってくれていい。こつは、気の操り方にあるんだ。あとは呼吸を整えて、しかるべき筋肉をしかるべきときに動かせばい い。集中力があればできる曲芸だ」

「それに、訓練も。でしょ？」リヴの声にはわずかにとげがあった。「どうせ、一日も欠かさず何年も訓練しなければならないのよね？」

ショーンは警戒の視線を投げた。「こういう話をしようとすると、いつも食ってかかってくるな。叩かれるのがいやになってきたよ」

リヴの体のなかからそろそろと出て、快感をこらえるように長々と息を吸い、仰向けに倒れた。ペニスは硬いまま、おなかの上に立っている。リヴのジュースで濡れて、つやめいている。

リヴは当惑して、ショーンを見つめた。「そんな状態で放っておけるの？」

ショーンの目はいたずらっぽく光った。「もっとほしい？」

「遠慮しとく」リヴはあわてて言った。「わたしはいまのところ、へとへと。でも、あなたは、その、疲れていないみたい。ちっとも」

ショーンはこの状況を大いに楽しんでいた。「仕方ないさ」何気なく言う。ペニスを撫でて、その手を顔にあげ、匂いを嗅ぐ。「きみの匂いを嗅ぐとつばがたまる。きみを食べてもいいか？」

「え……でも……」リヴは長いあいだショーンの顔を見つめ、衝動に身を任せることにした。

「もっといい考えがあるわ」

寝返りを打って、手を伸ばし、太いペニスをつかんで、口にふくんだ。ショーンの潮の味とともに、リヴ自身の味もした。ショーンはうめき、身震いした。「ああっ、リヴ」

リヴはなだめるような言葉をもごもごと言い、唇と舌を使った愛撫を始めた。

この大きさの男にフェラチオをするのはけっして楽なことではない。しかも、リヴのあごはT－レックスとの闘犬ごっこでまだひりついている。でも、かまわなかった。こうしたいのだから。リヴはショーンを喜ばせること、どうしようもない快感で身悶えするような状態に追いこむことに飢えていた。

一度でいいから、セックスでショーンの優位を勝ち取ってみたい。

しかし、ショーンはあっさりとそれを受け渡した。受身に転じ、いつものように官能に身を投じる。リヴのほうに体を丸め、髪をつかみ、背中に手をそえ、言葉にならないうめき声で謝意を示している。

リヴがひと息ついて、あごを休めるために口を離したとき、ショーンが手を伸ばして頬にふれてきた。「疲れたら、やめていいんだよ」優しく言う。

リヴはミルクを絞るように、両手で握り、口もとをゆるめた。「日給四千八百ドルの仕事をまっとうしたいなら、早く取りかからないとね」

ショーンは咳きこむように笑ったものの、またリヴの頬に手をそえて、顔をあげさせた。

「あれはジョークだってわかってるだろ？」不安そうに目を曇らせる。「しつこいようだが、もしいやだったら、やめていいんだよ。わかったね？」

「え、ええ」リヴは口ごもった。「つまり、あなたはしてほしくない……？」

「まさか」言葉が飛びでてきた。「してほしい。ひざまずいて足を舐めて懇願したいくらいだ。だが、いつどれぐらいするかは、きみが決めてくれ。いいね？」

「ええ。ありがとう」リヴはおとなしく言った。「じゃあ、続けてもいい？」

ショーンは問いかけを無視して、指先でリヴの頬を撫でている。「この関係を大事にしたい」ショーンは言った。「ぶち壊したくないんだ」

不安をたたえた真剣なまなざしに、リヴの胸はいっぱいになった。「そんなことにはならない」リヴは言った。「本当よ。ならない」

それから、さっきの続きをしようとしたものの、ショーンはリヴを押さえつけ、自分の体をまわして、シックスナインの体勢を取った。

「待ちきれない」ショーンが言った。「おれにも食べさせてくれ」

リヴの腿を押し開き、その真ん中に口をつけた。

最初、リヴは固まっていた。シックスナインは得意ではない。オーラルセックスには集中力が必要なのに、男とプレッツェルみたいに絡み合って、股間に顔をうずめられ、舐められ、つつかれているときに、自分も……ううん、だめ。リヴの考えでは、適切なフェラチオというものは、高級なスポーツカーを運転したり、切れ味の鋭いナイフで野菜を切ったりするときと同じように、気を散らさずにおこなうべきものだ。

でも、セックスにおいてリヴが当たり前だと思っていたことは、相手がショーンとなると、ことごとくくつがえされる。今度も同じで、女が数回にわたるオーガズムでぐったりとして、ほとんど骨抜きになっているときには、プレッツェルの体勢も申し分ないことがわかった。それにショーンの舌はリヴをすくいあげ、なぶり、くすぐり、的をはずすことなく恍惚《こうこつ》を呼び起こしている。

とびきりの体験だった。とろけるようで、心地よくて、夢うつつ。お互いに官能をかきたて、舌と口でむさぼり、それぞれの愛撫に溺《おぼ》れ、相手の喜びで自分の喜びを高める。やがてふたりは溶け合い、輝くひとつの肉体と化した。ショーンの硬さとリヴの柔らかさ、ざらざらした荒さとなめらかさが重なり、言葉にならない秘密の欲求を満たしていく。ふたりはともに波のいただきにのぼり、真っ白な泡に砕け散った。

リヴはしばらく動くことができず、温かな男の匂いを吸いこんでいた。部屋はしだいに明るさを増していく。たくましい腿の毛をいじっていたとき、おかしな形の小さな傷のようなものに気づいた。顔を近づけて見ると、タトゥだった。腿に小さく彫られているのは、にじんでゆがんだ文字。ショーン。

リヴはそれを指でなぞった。「自分で彫ったの？　プロのタトゥには見えないわ」

ショーンはうなるような声を漏らした。「いや、親父にやられた。八つのときだ。熱した針とボールペンで。スコッチが消毒がわりだ」

リヴは凍りついた。腿に当てた手に力がこもる。「八歳？」

「ああ。親父はおれとケヴィンが仕掛けたいたずらに激怒していてね。あのころのおれたちは本当に見分けがつかなかったから、それを冗談に利用したんだ。だが、親父は冗談のわからない人間だった。精神を病んだ人間の第一の症状はそれなんじゃないかと思うよ。まあ、それで、親父はおれたちにしるしをつけることにした。ケヴィンが最初に犠牲になった。おれは自分に何が待ち受けているのか目の当たりにして、森に逃げたんだ。何日か見つからずにすんだが、最後にはわざとつかまった。腹が減ったからだ」

「なんてこと」リヴはおののき、しるしを指で撫でた。「ショーン、それはひどいわ。かわいそうに」

ショーンは落ち着かないようすを見せた。「もっとひどい目にもあったよ。おれの名前がこれ以上長くなかったことが救いだな。ケヴィンはあだ名の〝ケヴ〟ですんだから、短かった。ともかくも、タトゥーを入れたいっていう衝動がすっかり治ったのは確かだよ」思案顔でしばし口をつぐむ。「もしかすると、それでスコッチが嫌いなのかもしれない」考えるように言い足した。「匂いだけでも吐き気がするんだ」

その告白が、子ども時代のことをどれだけ明かしているか、本人は気づいているのだろうか。リヴには、森に隠れた少年のショーンの姿が目に見えるようだった。おなかをすかせて、怖がっている。リヴの胸は痛んだけれど、同情を見せても、ショーンにいたたまれない思いをさせるだけだという気がした。

リヴはすりより、薄いタトゥにそっとキスをした。これだけ痛ましく、これだけ暗い過去があってもなお、ショーンが光を失っていないことが嬉しかった。

あらゆることに反して、ショーンはいまも明るく輝いている。

「あらあら、むつまじいわね。お互いの性器を嗅ぎ合って。仔犬みたい」

涼やかな声が階段のほうから聞こえて、ふたりは飛びあがった。リヴはあわてて上掛けを引きあげ、裸の体を隠した。顔から火が出そうだ。

ショーンは体を起こして、にらみつけた。「なんのつもりだ、タマラ。ノックぐらいできるだろ」

「ノックなんかして何が楽しいの?」タマラは頭と肩だけ階段の上にのぞかせていた。空気の匂いを嗅ぐ。「なるほど。せっせといそしんでいたようね」

「失せろ、タマラ」ショーンはどなった。「下で待ってろ」

タマラは笑って、階段の下に消えた。「いつからそんなに堅苦しくなったの?」階下から歌いあげるように言う。「わたしの情報網によれば、あなたは見られることも好きなはずだけど」

「その情報網とやらが間違ってるんだよ」ショーンはジーンズを穿《は》いてから、タマラのあとを追ってドスドスとらせん階段をおりていった。

リヴも急いでTシャツを着た。下も穿きたかったけれども、ないものはない。かまうものかという気持ちで階段をおりはじめた。

タマラは小さなお尻をソファにちょこんと乗せていた。煙草に火を点ける。今日の装いは黒いジーンズに、かっちりとした銀のブラウス。まとめ髪は無造作なようにも、非の打ちどころがないようにも見えた。タマラは煙草を深く吸いこみ、ショーンがゆうべのディナーの残りものをあさるのを見て、嫌悪感もあらわに鼻の穴を膨らませた。

「この時間から、にんにく臭くなりたいの?」華奢《きゃしゃ》な体を震わせる。「やめてよ」

「何かがおれに告げるんだ。あんたがおれたちにコーヒーとクロワッサンを用意してくれる可能性はないってね」ショーンはそう言って、フィレミニョンをひと切れ、口に放った。

タマラの口から煙草をもぎ取り、露骨に顔をしかめる。「これはなんだ、タマラ。あんたの朝食か？」空《から》になったレバノン風サラダの容器でもみ消した。「飢え死にしようとしてるのか？」サワードーのロールパンを取ってバターを塗り、差しだした。「パンくらい食ってくれよ」

タマラは身をよじった。「炭水化物。いやよ。うるさい真似をしないで」

「なんで？」ショーンはパンにかぶりついた。「そっちが無作法な態度を取って、プライバシーを無視して、不意打ちをかけるなら、おれもお返しをするまでだよ」

タマラは鼻を鳴らした。「それがあなたの感謝の仕方なの。わたしは早起きして、朝のうちに買い物に行ってきたのよ。あなたのお友だちのために」目をあげて、リヴに視線を走らせる。「目覚めのセックスの効果で――」それでよろしいというような口調。「唇が赤く、ふっくらとしている。化粧品も買ってきたけど、ほとんど必要ないわね。あなたの新しい服はあちらよ。楽しんで」

タマラはドアのそばのショッピングバッグの一団を指差した。

リヴは困惑して、つかの間言葉を失った。「あの……ありがとう」

「いいのよ」タマラは肩をすくめた。「楽しくないことなら、わざわざしないから。ショッピングは気分をほぐすものよ。人が支払ってくれるときはなおさら。それで思いだした」クレジットカードのレシートの束をジーンズのポケットから取りだし、ショーンに突きつけた。「これは、あなたのものでいいんでしょうね」タマラは言う。「立て替えておいたから、そのうちに返してちょうだい」

ショーンはレシートを受け取って、しげしげとながめた。ぽかんと口を開いた。「信じられない。どんな服を買ったんだ？　金の布でできてるのか？」

「みっともないことを言うのはやめなさい」タマラは叱《しか》りつけた。「男らしさはどうしたの？　自分の女にまともな服を買ってあげることもできないの？」

ショーンはレシートを次々に調べていった。「男らしいかどうかの問題じゃないだろ」ショーンは言った。「おれが金持ちかどうかの問題だ」

「嘘つき」タマラは舌打ちした。「ひとりの女と長く付き合ったことがないから、服を買ってあげる義務もなかっただけ」リヴにちらりと目をやる。「そろそろ慣れておいたほうがいいわね」

「そんなことに慣れてもらわなくてけっこうです」リヴは口を挟んだ。「男性に服を買ってもらう必要はありません。心配しないで、ショーン。わたしが返すから。保険金がおりたらすぐに――」

「そこまで！」タマラの声には有無を言わせない響きがあった。「いまはしつけの時間よ、お嬢ちゃん。甘やかしてはだめ」

「でも、わたし、べつに人に服を買ってもらわなくても――」

「それに、この贅沢なお坊ちゃんはつねに流行のファッションで身を固めているの。プラダ、ドルチェ&ガッバーナ、アルマーニ。そのクラスより下の服を着ているのは見たことがないわ。あれは特注、これは革製ってね」

「おれがどんなものを着てたってかまわないだろ」ショーンはうめいた。

「それから、お金がないなんていうたわごとも信じてはだめ」タマラの目がきらめく。「わたしはショーンの所得申告と投資ポートフォリオを見たことがあるの。それに、賃貸不動産の収入――」

「おい！」ショーンは憤慨していた。「なぜあんたがおれの個人情報を知ってるんだよ？」

「鈍いことを言わないで」タマラは呆《あき》れ顔で言い返した。「現代の電子化世界では、個人情報の保護なんてまやかしよ。それに、わたしは興味を持った人のことはかならず調べるの」新しく煙草を引き抜いて、火を点けた。「おまけに、あなたのおもちゃのことには、まだふれていない」タマラは続けて言った。「バイク、ジェットスキー、ボート、ハンググライダー、ダイビングの用具。わたしの事業に参加していたら、もっとお金持ちになっていたでしょうに。でも、彼女にまともな服を買ってあげるだけの余裕はあるわ。それは確実よ」

ショーンはきまりが悪そうに、リヴのほうをうかがった。リヴは笑いをこらえた。ショーンはわざとらしくレシートをめくっていった。「ひとつの店で八百ドル？〈メリンダズ・インティメイト〉って何屋だ？」

「彼女にはセクシーな下着が必要でしょう？」

ショーンは顔を輝かせた。ショッピングバッグのほうに突進し、がさがさとあさって、色つきの薄い布が顔をのぞかせているピンクの袋を見つけた。

ショーンは両手を袋のなかに突っこんだ。手を引き抜くと、小さくて繊細な作りの下着がいくつも釣りあがった。アンティークのレースがふんだんに施された象牙色のビスチェ。ハーフカップの黒いブラジャー、おそろいのパンティ。パールピンクのベビードール。ショーンは顔をあげて、リヴを見た。「すばらしい」うやうやしく言う。「最高の投資だ、タマラ。

一ペニーも惜しくない」

タマラは鼻を鳴らした。「これだから男って。意外性のかけらもない。悲しいくらいだわ」

ショーンは薄い緑色のシルクのショートパンツを、うっとりと頬にすりつけた。「おれには何も買ってきてくれなかったんだろうね？」

タマラは煙草の煙を盛大にふかし、美しい金色の目を細くすがめた。「ええ。あなたなんかよりも、彼女に刺激されたの。あなたはきちんと自分で自分の買い物ができるわよね、坊や」

「だと思った」ショーンは諦《あきら》め顔で言った。「おれに情けをかけるくらいなら、眉間を撃ち抜かれたほうがましだと思ってるんだろ？」

「あなたはわたしのシーツに体液をぶちまけて、わたしを侮辱して、わたしに迷惑をかけている。それを我慢してあげているのに、まだ情けがないとでも？」タマラはリヴに向き直った。「試着をするにも、その状態ではだめよ。まずはシャワーを浴びていらっしゃい。このピエロの兄弟がもうすぐ顔を出すわ。だから急いで」

タマラはドアをパタンと閉めて、出ていった。ショーンは首を振った。「きみをここに連れてくるべきじゃなかった」ぼそぼそと言う。「あの女からこれほどストレスをかけられるんじゃ、わりに合わない」慰めを求めるように、またピンクのショッピングバッグに手を伸ばす。慰めはすぐに、ピンク色のサテンが黒いリボンで縁取られたパンティの形で現われた。

「これはこれは。股に穴が開いている」ショーンは三角形の布に細く入った切れこみに指をかけた。「今日はこれを穿いてくれ」

リヴは意思の力で笑いを抑えた。「いったいどうしてわたしがそんなものを？」

ショーンは無邪気そうにまばたきする。「突発的なセックスに備えて。ほら、車のボンネットにかがみこんでヤったり、洗濯中に洗濯機に腰をかけてヤったり、公共施設のトイレで立ったままヤったりするかもしれないだろ」

リヴは取り合わないのが最善策だと判断した。「洋服代はわたしが払うわ」

ショーンはまさかというように手を振った。「いいんだよ。おれの男らしさがどうというのを置いておいても、きみにとってはフェアじゃない。きみはタマラに五千ドルもかけて服を買ってこいとは頼んでないんだから。タマラがおれのタマを潰すためにしたことだ。だから、これはおれとタマラの問題だ。それに、タマラは女の子がしゃれめかしているのを見るのが好きなんだよ。もしかするとタマラは両刀遣いなんじゃないかと思うね」

「五千ドル？」リヴの頭はその金額に唖然《あぜん》としていた。

「正確には、それ以上だ」ショーンは苦難を静かに受け入れる殉教者の口調で言った。「でも、いいんだよ。朝一でそんな金額を聞かされて、ちょっと驚いただけだ。六十部屋をかかえる豪邸から、召使いを数人追いださなきゃならないかもしれないが。純金のバスタブも売り払うよ。ダイヤモンド付きのプラチナの爪切りで爪を切るのもやめる。たいしたことじゃない」

「一秒でいいから冗談をやめて、真面目に話して」リヴは言った。「ねえ、どうやって生計をたてているの？」

ショーンは力なく肩をすくめた。「あれを少し、これを少し」

「はぐらかさないで」リヴはぴしりと言った。

「はぐらかしていない」ショーンは言いつのった。「本当にちょこちょこといろいろなことをしてきたんだ。飽きっぽくてね。何かを始めて、それが遊びよりも仕事の色が濃くなってきたと感じたら、次に移る」

「それはラッキーね」リヴはそういうフットワークの軽い生き方を想像しようとしたものの、なかなか思い浮かばなかった。「それで、贅沢する余裕はあるのね？」

ショーンは恥ずかしそうな顔をした。「ああ。タマラが言ったとおり、投資収入がいくらかある。兄のデイビーが金融関係に強くてね。何年も前から、おれにかわってうまく運用してくれているんだ。このところ、おれは戦争映画のコンサルタントをしている。兄貴たちはそんなものは気軽なお遊びだと言うし、事実そうかもしれないが、おれはもう重苦しいことは一生ぶん経験している。だから、どんなことも気軽に考えたい」

「わたしたちの関係も？」リヴは訊かずにいられなかった。

ショーンの目から笑みが消えた。「いいや」手を伸ばし、リヴの手首をつかむ。階段の途中にいたリヴは、残りの数段をよろめくようにおりて、ショーンの前に立った。

ショーンはTシャツを頭から脱がせ、唇を求めた。ゆっくりと、独占欲もあらわにキスをする。「きみのことになれば、おれは死ぬほど真剣だ」切れ目の入った下着をリヴの手に押しつけ、握らせる。「今日はおれのためにこれを穿いてくれ。きみを見るたびに、おれはその穴に指を入れることを考える。きみはきっと濡れている。あとで、ふたりきりになれたときには、もう待ちかねた状態だから、おれはきみをその気にさせるために宙返りしたり側転したりする必要がない。すぐに押し倒して、きみに乗ることができる」

リヴはあとずさりして、手を引き抜いた。「シャワーを浴びるわ」

ショーンは堕天使のとろけるような笑みをよこした。「一緒に入っても？」ジーンズの一番上のボタンをはずす。ジーンズは勃起したものでぴんと張っていた。

「だめに決まってます」リヴはバスルームに飛びこんで、ドアに鍵をかけ、へなへなとバスタブのふちに座って、息を整えようとした。

いつになったらショーンに慣れるの？　精神的なショックを受けて、嚙みつかれて、殴られて、お金も仕事もなくて、命の危険が迫っていることがまるでかすんでしまう。ショーンから耳もとでささやかれるだけで、リヴの頭は吹き飛び、欲望のかたまりと化す。否応なしに、せつないくらいに、ショーンを求めてしまう。

ピンクと黒のサテンの小さな布が指のあいだからのぞいていた。リヴはシャワーのほうに目をやり、くしゃくしゃの綿のパンツが干してあるのを見て、顔を膝にうずめて肩を震わせた。ショーンが心を占めているのは、ありがたいことなのかもしれない。

ショーンのことで頭がいっぱいで、絶叫したくなるようなパニックを忘れていられるから。

リヴはシャワーのあと、味も素っ気もないパンツを穿いて、鏡を見つめた。命を狙われている、逃げているならなおのこと、最高の装いを心がけなさい。

リヴはパンツを脱いだ。ピンクと黒のほうを穿いた。

あらあら。これは……大胆だ。ゆっくりと息をして、ためらいがちにドアに向かった。リヴはひとりでいることに慣れきっていた。いま、ショーンから強い興味を持たれることを、どう受け止めていいのかわからず、途方に暮れている状態だ。リヴの夢想のなかのショーンは、リヴをこんなふうにおどおどさせない。現実のショーンは生意気で、突飛で、並はずれている。ものすごく楽しい。ショーンの前でもよろけることなく、赤面することもなく着替える方法を学ぶべきだろう。そうでなければ、いつでも押し倒され、この穴の開いたパンティの性能を試すことになってしまう。

リヴはおずおずとショッピングバッグのほうに歩いていった。ショーンは目を細めてこちらを見ている。視線の強さに耐えかねて、リヴは倒れこむように椅子に腰かけた。袋のなかをかきまわして、パンティとおそろいのブラジャーを見つけた。ふたつ目の袋にはジーンズが入っていた。三つ目にはさまざまなトップス。リヴは適当にひとつつかんだ。

「ミニスカートは入っていないのか？」ショーンの声は絹のようだ。

「まさか」リヴは言った。「わたしの脚はミニスカート向きじゃないわ。それに、もしミニスカートが似合ったとしても、いやよ。切れ目の入ったパンティを穿いているときにスカートなんて。困ったことになるだけ。いまでさえ充分に困っているのに」

「だが、ジーンズじゃあ、パンティの目的にそぐわないだろ？」

「ふたをするの」リヴはぴしりと言った。

ショーンは喉の奥で笑った。「ふたを取れってこと？」

「いいえ、違います。セックスはもういいでしょ。これはただのジーンズ。わたしの股間のことから気持ちを切り離して、あなたも着替えて」

「でも、きみの股間は気持ちがいいんだよ」ショーンはすれ違いざまにリヴの濡れた髪を撫でた。「今日もあでやかだね、お姫さま」

ショーンはバスルームに消え、リヴはほっとして大きく息を吐いた。

ジーンズのサイズはぴったりだった。赤いカシュクールのカットソーも。セクシーで、体に張りつくようなのに、下品ではない。値札を見て、リヴは過呼吸になりかけた。

ショッピングバッグの中身をあらためていって、サンダルを見つけた。化粧品も。リヴはふだんはほとんどノーメイクだけど、いまや日常は現実離れしたことの連続なのだから、手に入れられるだけの力が必要だ。T－レックスをやっつけろ。リヴは赤茶色のチークをはたき、香りつきの漆黒のマスカラを塗った。

ショーンが出てくるころには、リヴは準備と心構えをすっかり整えていた。

ショーンは腕を差しだした。「おいで。家族に紹介する」

キッチンのドアに近づいたとき、男たちの低い声が轟いてきた。タマラのハスキーな声が、レーザー光線のように男たちの声を切り裂く。

「……警官を、わたしの家に？　バカで、身勝手で、不届きにもほどがあるわ！」

「おれはふつうの警官じゃないよ」男の声のひとつが、なだめるように言う。「何も悪意を持っているわけでも——」

「もちろん、あなたはふつうじゃないわ。警官にまともな人間はいない」タマラは怒鳴った。

「頼むよ、タマラ。そうピリピリするな。おれだって以前は警官だっただろ？」

「あなたは特例よ」タマラは吐きだすように言った。「第一にコナー・マクラウドという人間で、第二に警官だった。でもこの能無しは二年前にあなたを殺しかけたのよ。そういう男をわたしの家に連れてきた？　あなたに学習能力はないの？」

気まずい沈黙が落ちた。リヴとショーンはキッチンの外で足を止め、顔を見合わせた。

「ああ」最初の男の声が穏やかに言った。「おれは能無しだが、正しいことをしている。ここに来たのは、手を貸したいからだ」

「嘘つき。なぜここに来たのかはわかっている。ゾグロに近づくために、わたしがあなたに手を貸すだろうという幻想をいまだにいだいているからよ。そうでしょう？」

今度は、恥じ入っている証《あかし》のような沈黙が流れた。

「諦めなさい」タマラが言った。「今後あなたが彼に捕まって、特製の万力でタマを挟まれたとき、睾丸が潰れる前に、彼にわたしの居場所を教えないと言える？」

「おれは捕まらない」男は頑として言った。

タマラは外国語で何かを言いはじめた。激怒しているように聞こえる。リヴは目を見開いて、ショーンに視線で問いかけた。

「カート・ノヴァクの話を覚えているか？　いかれた大金持ちの話をしただろ？」ショーンは声を落として言った。「ヴァディム・ゾグロは、ノヴァクのビジネス・パートナーだった。ロシアのマフィアだ。たちの悪い男だよ。そいつとノヴァクの父親、このふたりが、タマラの偏執症の理由だ。タマラはカートを裏切ったから、ゾグロとパパ・ノヴァクはタマラを細切れにしたがっている。ニックはパパ・ノヴァクとゾグロを捕まえたがっている。デイビーの結婚式以来、ニックはタマラから内部情報を引きだそうと躍起になっているんだ。タマラはそれでいらついているわけだ。おれにはタマラを責められないね。あのロシアのマフィアたちは血も涙もない極悪人だから」

「もういや」リヴは両手で顔をおおった。「あなたたちはどうかしているわ」

「おれのせいじゃない」ショーンは心外だとばかりに言った。「なんと言ってもヴァディム・ゾグロは――」

「ヴァディム・ゾグロの話は聞きたくない」リヴはさえぎった。「頭のおかしな殺人者は一度にひとりでたくさん」

ふたりのひそひそ話をタマラが聞きつけたようだ。両開きのドアが大きく開いた。「恋人たちがようやく服を着てお目見えよ！　とくとごらんあれ。こちらの美女こそ、われらが移り気なショーンの心を射止めて、はや――三日間？　記録的ね？」

リヴは目をぱちくりさせた。唐突にスポットライトを浴び、いかめしい四人の男たちの目にさらされているみたいだ。そのうちふたりは、外見からショーンの兄弟だとわかった。どちらもすごく背が高くて、どちらもものすごく男前だ。ふたりとも淡い緑色の輝く目をしている。あとふたりは黒みがかった髪で、同じく大柄だ。ひとりは荒っぽい雰囲気で、無精ひげを生やし、波打つ茶色の髪を長く垂らし、たくましい肩をタトゥで飾っている。もうひとりの特徴はさらに黒っぽい髪と、褐色の肌と、きらめく黒い目と、笑顔――この男はリヴをながめ、ゆっくりと笑みを広げて、白い歯を見せた。

「いいね」リヴの胸を見つめて言う。

「よだれを拭けよ、セス」ショーンはそっけなく言った。

「仕方ないでしょう？　彼女がおいしそうなんだから」タマラは自慢するように言った。

「この砂時計みたいな曲線を愛でずにいられる？　言っておくと、服装はわたしの趣味よ。ホルターネックの赤いドレス姿を見るのは待ち切れないわ、ハニー。あれを着て道路に立ったら、交通事故頻発は確実ね」

「三日間だって？」セスは感銘を受けているようだ。「ショーンにしては長い付き合いだ。こいつはフライドポテトでも食うように女をつまむからな。ふたりでも三人でも同時に。それで、もう彼女にプロポーズしたのか？」

「あなたには関係ありません」リヴはできるだけとげとげしく、できるだけ重みのある声で割りこんだ。

セスははっとしたようだ。男たちは意味ありげに目を見交わした。ショーンが咳払いをした。「さてと。くすんだブロンドの髪のふたりが兄弟だよ。髪の短いのがデイビー、長いほうがコナー」

ふたりは重々しくうなずいた。リヴもうなずき返した。

「よだれを垂らしたエロ男がセス・マッケイ。デイビーのビジネス・パートナーだ。それから、タトゥを入れたガラの悪いろくでなしがニック。こいつは――」

「ＦＢＩ。招かれざる客よ」タマラが割って入り、すごむように声を荒らげた。「客でもないわ。そして、生きてここから出ることもない」

「頭を冷やせって。おれたちだってこいつが殺されるのを黙って見すごせないよ、タマラ」コナーは穏やかになだめるように言った。「昔の同僚だ。殺されちゃ困る。それに、こいつもたまには多少役だつこともあるんだ」

「そう、なら殺さないわ。脳に大きな損傷を受けてもらう。回復不可能な脳損傷をね」タマラはショーンに向き合った。「この人たち、監視カメラの前を通るときは、後部座席に彼を隠していたのよ！」

ショーンの口は笑みをこらえてゆがんだ。「それはひどいね」

「熱探知カメラを設置するわ」タマラは頭から湯気をたてている。怒りの視線をセスに向けた。「あなたのカタログには高性能のものが載っているでしょうね？」

「売れ筋だよ」セスは楽しそうに答えた。「ひと財産かかるが」

「詳細をメールで送って。値段を確かめるわ。それから、プライバシーの侵害に対する謝罪として、半額にすること」

セスの笑顔が崩れた。「おいおい、タマラ。しゃれにならない」

「話を始める前に、朝食だ」デイビーがきびきびと言った。

「ここをなんだと思っているの？　食堂？」タマラはまた煙草に火を点けた。「朝食の材料なんてないわよ。食べたいなら、町におりて。戻ってこなければさらにいいわね。あなたたちうすのろには愛想がつきたわ。さよなら」

デイビーはドアのそばの床に置いてある大きな箱を指差した。「食べ物を買ってきた」どことなく得意そうに言った。

タマラはバーカウンターのスチールに力なく腰をおろし、黒い大理石のカウンターにひたいをつけた。「こんなに汚らしいろくでなしの集団は何年も前に撃ち殺しておくべきだった。その機会はあったのに」

「手遅れだ」コナーはバターを力強くカウンターに置いた。

タマラは顔をあげた。「何ごとも遅すぎることはない」脅すように言う。

リヴはせっせと働く男たちの真ん中に座り、ショーンはみんなにいままでの大冒険をかいつまんで話した。ハムがフライパンでじゅうじゅうと音をたて、ふわふわのおいしそうなスクランブルエッグが鍋いっぱいにできあがる。トーストパン、ベーグル、バターとジャムが現われた。オレンジジュース。コーヒー。タマラの顔にかすかに浮かんだ嫌悪感からすると、このキッチンがこれほど乱れたのは初めてなのだろう。

デイビーは皿に食べ物を盛って、タマラの前に叩きおろした。「食え」

タマラは〝ふざけたまねをするな〟という視線を向け、大きく煙を吹きだした。「空腹ではないわ」むっつりと言う。

「おれの知ったことか」デイビーは言った。「とにかく食え。最後に会ったときから七キロは痩せたな。栄養不足だ」

タマラは皿を押しのけた。「わたしに指図しないで」

「おれたちがしなければ、誰がする？」鉄でも切れそうな声だった。「この家を見る限り、あんたに食えと言うような人間はほかにはいない」

タマラは眉をひそめた。「それがなんなの？」

「だから、そう言うのはおれたちの役目だ」皿を押し戻す。「そもそも、おれたちをここに呼びたくないなら、近づけることさえしなかったはずだ。だから、おれたちには付き合ってもらうぞ」

「その浅はかな決断を考え直しているところよ」タマラは苦々しく言った。

「けっこう。こいつを食いながら考え直せばいい」

タマラは三角に切ったトーストをつまみ、ため息をつき、はしっこをかじった。

みんながたらふく食べて、それから皿を片付け、新たにコーヒーを淹《い》れ、そして全員でテーブルについた。

「さて」ショーンが言った。「出発点として思いつくのはあのスケッチブックだけなんだよ。だから兄貴たちの家の壁から例のスケッチをはがしてこなけりゃならない」

「おれたちのほうがリードしてるな」コナーはぼろぼろの厚紙のファイルを取りだした。「こいつをひと晩じゅう調べた。おまえも存分に頭をかかえてくれ」

リヴがファイルを自分のほうに引いた。指先がチリチリしている。奇妙な謎を解く鍵が、この何枚かの紙のどこかに隠れている。

すべて、ペンやインクの繊細な線で簡単に書かれたスケッチだった。風景や動物の絵。湖、その上を飛ぶガンの群れ。ワシ、フクロウ、カモメ、池で泳ぐカモ。スケッチとスケッチのあいだにケヴィンの暗号のメモが挟んであった。十五年前にリヴの目の前で書いたものだ。あのときリヴがブラジャーのなかにつめこんだせいで、しわになっている。

「誰かもともとの並び順を覚えている?」リヴは尋ねた。

ショーンは手でそっと円を描くようにスケッチをテーブルに広げ、それから順番のとおりに拾いあげていった。重ね直したものをリヴの手に渡す。「何度も悪いんだが、もう一度だけ、あの日ケヴィンがきみに言ったことを教えてくれ」

リヴはため息をついて、暗号のメモを見つめた。「あのときわたしは図書館から出てきたところだった。シャクナゲの茂みのほうから、ケヴィンがわたしを呼ぶ声が聞こえた」事実に沿って話しはじめた。「最初、声をかけられたことはなんとも思わなかった。ケヴィンとばったり会うことはしょっちゅうだったから。でも近づいてみると、ケヴィンは――」

「ちょっと待った」ショーンはさえぎった。「なんでケヴィンとしょっちゅう出くわしていたんだ？」

「平日の午後は、毎日二時間、図書館でボランティアをしていたからよ」リヴは答えた。「覚えてない？」

「それは覚えているが、ケヴィンは図書館に通ってたわけじゃないだろ」

「ケヴィンが仕事に行くところをよく見かけたの」リヴは説明した。「ケヴィンは毎日同じ時間にあのあたりを通っていた。偶然、それがわたしのボランティアの時間と一緒だったのね」

ふいに落ちた沈黙は緊迫感に満ちていた。リヴは息を凝らした。テーブルを囲む面々に目を移す。「何？　わたし、何かおかしなことを言った？」

「仕事？」デイビーは抑えた声で言った。「仕事とはどういう意味だ？」

「あの……実験みたいな仕事」リヴは口ごもった。「覚えていないの？」

兄弟たちは厳しい表情で顔を見合わせた。

「あの夏、ケヴィンは論文のための研究に励んでいた」ショーンが言った。「おれたちが知る限り、なんの仕事にも就いていなかった。夏期講習で化学を教えることを言っているんならべつだが」

リヴは首を振った。「いいえ、何かほかのことよ。ケヴィンが参加していた実験」リヴは言った。「一回ごとにお金をもらえるって。一度、話を聞いたことがあるの。脳の機能とか、認知力とか、そういう実験」

「どこで?」コナーが尋ねた。

リヴは緊張してつばを飲んだ。「コールファックス・ビル。公共図書館の先のほうよ」

「コールファックス・ビルなら知っている」コナーが言った。「音楽施設が入っている。エリンと一緒にシンディのコンサートを見にいったことがある」

「ほかに何か覚えているか?」デイビーが言った。「どんなことでもいい」

リヴは目をきつく閉じて、記憶をあさった。のろのろと首を振った。「そのことを誰も知らないなんて、考えもしなかったの。そうじゃなければ、もっと早く教えていたんだけど」小声で言った。「ごめんなさい」

「気にするな」ショーンが言った。「いまわかっただけでも大進歩だ」

みんなが黙って考えこんだ。しばらくして沈黙を破ったのはデイビーだった。「これはドアかもしれないな」

リヴはきょとんとしてデイビーを見た。「なんのドア?」

「おれたちはこれまで、壁に頭をぶつけていた。これはドアだ。鍵はかかっているし、その向こうには何もないかもしれない。だが、ドアだ」

「じゃあ、ダイナマイトでぶっ飛ばそうぜ」とショーン。

「おれはもっと巧妙な方法を勧める」デイビーは冷ややかに言った。「マイルズがエンディコット・フォールズにいる。あいつに頼んで、聞きこみを――」

「だめだ」ショーンはさえぎった。「マイルズは巻きこみたくない」

コナーは不満そうに言った。「あいつはもういくらか経験を積んでいる。頭がよくて、やる気満々で、すでにかかわっている。おまけに例の化学の教授の講義を受けていたと思う。なんて教授だったか……ベック？」

「だめだ」ショーンは語気を荒らげて言った。「あいつはハッキングができる。それだけだ。聞きこみしているのを感づかれたらどうするんだ。T－レックスならマイルズをあっさり殺すだろう」

「殺すといえば、おれたちでおまえのコンドミニアムに侵入して、武器をいくつか持ってきてやったぞ」コナーが言った。

「それはありがたい」ショーンは熱をこめて言った。「そうそう、ニック、T－レックスのベレッタから指紋を採れるか？」

「比較のためにおまえの指紋が必要だが、採ったことがあったか？」

「いや、じつはT－レックスの銃を握って、弾を空《から》にしたのはリヴなんだ。だからリヴの指紋も必要だ」

今度の沈黙を破ったのは、タマラが漏らした賞賛の忍び笑いだ。

デイビーが咳払いして、探るような視線をリヴに向けた。「言われてみれば、おまえより彼女のほうが怪我が少ないな」

「T－レックスだってずいぶんひどいありさまのはずだよ」ショーンは弁解がましく言った。

「正規の病院に行くくらいひどい怪我か？」

「いや、おれたちと同じ程度だ」ショーンは答えた。「多少縫《ぬ》えば、もとどおりだろう。あいつの怪我は、おれがナイフでケツを刺してやったときの傷と、手首の嚙み傷と――」

「おまえが男を嚙んだ？」コナーはしかめ面を作った。

「おれじゃない」ショーンはリヴのほうにあごをしゃくった。「彼女だ。錆びた釘でやつの頰を切りつけたのも彼女。言っとくけど、危険な女性だぞ」

「それは、そいつを撃ちまくって弾をからにしたあと？」ニックが尋ねた。

「前だ」ショーンは誇らしげにほほ笑んだ。「彼女を敵にまわすなよ」

「でも、はずしたわ」リヴは口を挟んだ。「あさっての方向に。だから、なんの役にもたたなかったの」

「とんでもない」タマラが軽やかに言った。「あなたに必要なのは、自分に合った銃だけよ」

18

「どういう意味だよ？　なんでだめなんだ？」

マイルズは電話に向かって声を張りあげていた。腹だちまぎれに地下室の染みだらけの壁を足で押して、車輪付きのデスクチェアに座ったまま、ガタガタとコンクリートの床を渡った。

「だめなものはだめだ」コナーの声は断固としていた。「ショーンはおまえの身を案じて――」

「ショーンはぼくを洟《はな》たれのガキだと思っているんだ。人質を助けるとか、ヘリコプターから飛びおりるとか、そういう話じゃないだろ！　太っちょのベック教授に、ケヴィンがコールファックス・ビルで何をしていたか訊くだけだ！　ぼくはあいつの授業で、Aの成績だった。だから、あのでかいケツにどうキスすれば、あいつが喜ぶか知ってる。この〝ミッドナイト・プロジェクト〟とやらのことをあいつに漏らしたくらいで、どんな災難に見舞われる？」

コナーは鼻を鳴らした。「じゃあ、あれこれ訊くのを、どう言い訳するつもりだ？」

「ケヴィンの研究ノートを見つけたって言えばいい」マイルズはとっさに思いついたことを

言った。「ケヴィンが論文を書くためにおこなっていた研究をいくつか再構築したいってね」

「体重百キロ以上のゴリラが、昨日、ショーンの彼女の耳にナイフを突きつけて、おまえがベックに訊こうとしていることときわめて近い質問をしたそうだ」コナーが言った。「あのビルの当時の所有者を調べろ。それだけだ。この件には警戒が必要だと覚えておけ。わかったか?」

マイルズは盛大にため息をついた。「ああ、わかったよ」マイルズは言った。「あんたたちみんなが、ぼくを役たたずの赤ちゃんだと思っていることがわかった。もううんざりだ」

「違う、そうじゃない。そんなふうに思わせたなら悪かった」コナーの声は穏やかだった。

「もう一件のほうはどうだ?」

「順調だよ」マイルズはぶすっとして言った。「ジャレドはミーナに会いたがってるけど、ミーナのほうは、リアルで会うのは危険だから、その前にもっとよく知り合いたいってことにしている。前にひどい目にあってるから、慎重なんだ。内気な性格だし。ゆうべのチャットの記録を写してメールで送った。読んだ?」

「いや、ゆうべはデイビーのところにいて、こっちの件にかかりきりになっていた」

マイルズは鼻先で笑いそうになった。これだからマクラウドの人間は。弟を殺した人間を調べることを〝こっちの件〟ひと言ですます。

「じゃあな、マイルズ」コナーが言った。「気をつけろよ。いいな?」

「気をつける必要はないだろ?」マイルズは苦々しく言った。「おれは仲間はずれなんだから」受話器を叩きつけて電話を切った。

「あらら、今日はずいぶんご機嫌ななめね」

マイルズはギャッと声をあげて振り返った。シンディが戸口にもたれていた。ホットパンツ姿で、よく日に焼けた肌をさらし、どこまでも伸びたきれいな脚をひけらかしている。ピンクのホルタートップは、つんと上向いた小ぶりの乳房のショーケースだ。髪はおろしていて、つややかに背中に流れている。まさに、ホットな美人。

マイルズの口のなかはからからだった。「頼むから、ノックぐらいしてくれないか?」

「したかったけど、ドアが開いていたんだもの」シンディは言った。「おばさんは、下におりていいって言ってくれたし。わたしのことは嫌いになったって、おばさんに言っておいてよ。わたしがまだあなたの親友だって思ってるみたいだから」

ひょろっとした体に黒い巻き毛、大きな黒い目の少年が、シンディのうしろから顔をのぞかせた。「ジャヴィアよ」シンディが紹介して、なかに引き入れる。

「ああ、うん」しまった。コナーとの電話に熱くなって、昨日シンディの強硬な態度に負けたことをすっかり忘れていた。マイルズは手振りでふたりを部屋の奥に招いた。「座ってなよ」むすっとして言った。「準備するから」

「あのさ、ええと、喧嘩でもしたの?」ジャヴィアが尋ねた。

マイルズは腫れてじんじんと痛む鼻にふれた。これだけ鼻が膨れていたら、相当おっかなく見えるだろう。マイルズは機材をあさって、ケーブルとマイクとDATを取りだした。

「まあ、そう思ってくれてもいいけど」小声で言った。

「さっきの電話でのとてつもなくいらいらした口調からすると、相手はマクラウド兄弟の誰かね？」シンディが尋ねた。

マイルズは鼻を鳴らした。「どれくらい前から立ち聞きしてたんだ？」

「よりによってマクラウドの誰かが、どうして、〝ポーキー・ピッグ〟教授から何かを聞きだそうとしているのか。そう不思議に思うくらい前よ」シンディは言った。

マイルズは内心でうめいた。「その話はあとにできないか？」

「いいけど」シンディはつぶやいた。「じゃあ、始めましょ。サックスを出して、ジャヴィア。マイルズが準備をしているあいだに、リードを慣らしておくといいわ」

レコーディングには手間がかからなかった。この少年の実力は、マイルズも認めざるを得なかった。シンディの指示で、少年はメジャーとマイナーのスケールをそれぞれいくつか吹いた。それから、応募者全員に課せられた曲をいくつか。その最後の曲で、少年は即興を織り交ぜた。一時間足らずのうちに、マイルズはできのいいデモCDにジャヴィアの名前と応募番号を書いていた。「グッドラック。受かるといいな」

ジャヴィアはCDをサックスのケースにしまって、満面に笑みを浮かべ、白くて大きくて歯並びの悪い歯を見せた。「ありがと！」それから、シンディに抱きついた。「すぐにこれを郵便局に出しにいくよ」

「郵便代、持ってる？」シンディはジャヴィアのうしろ姿に声をかけた。

ジャヴィアは顔をしかめた。「もちろん。じゃあまたワークショップで！」

ふたりは少年のスニーカーがばたばたと階段をのぼっていく音を聞いた。マイルズはちらりとシンディを見やり、すぐに目をそらした。こんな笑顔を見るのは耐えられない。

「録音してくれてありがとう」シンディが言った。「あの子の実力なら、奨学金をもらえて当然なの。手を貸してくれて本当に助かった」

マイルズは肩をすくめた。「たいしたことじゃないさ。でも、ええと、シンディ？　今日のうちにやっておきたい仕事がたまっているし、あとで道場にも顔を出したいから、その――」

「早く出ていって、わたしのウサちゃんのしっぽは誰かほかの男の前で振れって？」

マイルズは顔をしかめた。シンディは帰るそぶりも見せない。「ねえ、家のまわりにおばさんのフォードが見当たらないんだけど」シンディは言った。「あなたがもらったものだと思ってた」

「あー、うん、あれは何日かキーラに貸してるんだ。〈ファーボールズ〉のコーラスの女の子、知ってるだろ？　ピアスだらけの子だよ」

シンディは一瞬ぽかんとして、それから目をすがめた。「それはまるっきり嘘よ。キーラは昨日、ネバダ州リノ行きの飛行機に乗って、妹に会いにいった。あなたに車は借りていない」いったん言葉を切って、上下の唇を歯で挟む。「なら、誰が借りている？」

「きみにはなんの――」

「関係もない。ええ、そうね。ショーンに貸したんでしょ？　コナーが昨日、大騒ぎをしてたってエリンから聞いた。あれは、ショーンがあなたの車に乗って、みんなの目をくらましたからなのね？」

「いいや」マイルズは歯ぎしりする思いで嘘をついた。「はずれだよ。見当違いだ」

「だから、あなたの顔はそんなに真っ赤で、わたしの顔を見られないのよね」シンディは伸びをした。小ぶりの乳房がホルタートップに浮き彫りになり、長い髪の先端が腰のくびれのタトゥをくすぐる。「それで、ケヴィンとコールファックス・ビルとポーキーがどうしたの?」

「人の話を盗み聞きするもんじゃない」

「わざとじゃないでしょ。なんにしても、エリンから少しは聞いてるし。だから、ショーン・マクラウドの偏執症が悪化したのは知ってるの。双子の弟はやっぱり殺されたんだって騒いでるらしいじゃない?」

「昨日のショーンを見たら、偏執症なんて言えないさ」マイルズは声を荒らげた。「あのショーンがぼろぼろにやられてたんだぞ。彼女のほうは危うく殺されかけ——」声がしぼんだ。シンディの勝ち誇った目つきを見て、胃が重くなる。ついつい釣られて、秘密をしゃべってしまった。

女にいいようにあしらわれるマヌケだ。

ため息をついた。「なんでもない」げんなりした気分で言った。「おとなしく帰ってくれないかな?」

「いいわよ。じゃあ、こういう話もしたくないってことね? マクラウドの威張り屋たちは、ケヴィン・マクラウドがコールファックスで何をしていたのか、ポーキーから聞きだしたいくせに、あなたを子ども扱いして、その役目を任せてくれない。バカなガキ扱いして、仲間に入れてくれない。それをどう思ったのかも、話したくないのね?」

マイルズもそれを話したいことはしぶしぶ認めた。「いらいらして頭がおかしくなりそうだよ」うなるように言った。

シンディの目つきが共感するようにやわらいだ。「どういう気持ちかよくわかる」シンディは言った。「あの男たちにはいつもそういう気分にさせられるもの」

マイルズの心の一部が、シンディの思いどおりに仲良く気持ちを分かち合うことをいやがった。べつの一部は、シンディが落としたものならパンくずでも拾いたいと必死で訴えている。だめだ。この心を引き裂かれるような思いには、もう見切りをつけたんだ。

「ぼくときみでは状況がちょっと違うと思うね」そっけなく言った。

シンディの顔から笑みが消えた。「どこが違うっていうの？　わたしは本当にバカなガキで、あなたは違うってこと？」

マイルズは椅子を回転させた。「ぼくはきみの頼みごとを聞いた。いつもの〝かわいそうなわたし〟の話で、それを後悔させないでくれ。もう聞き飽きた」

背後の沈黙はいつまでも続き、マイルズの首筋がチクチクしてきた。

「おかしいわよね。ポーキーとマクラウド兄弟に何かひとつでもつながりがあるとは思えない」シンディは穏やかに言った。「よだれを垂らしたスケベじじいよ。ケヴィンはあいつと知り合いだったの？」

「ケヴィンは夏期講習でベックのかわりに講師を務めていた」マイルズはこわばった声で答えた。「コナーの話では、講義やら授業やら何からすべてケヴィンが教えたそうだ。ベックは上前をはねて、その金でバケーションにお出かけさ」

「いかにもポーキーらしい。あいつの研究室に行ったときの話はしたことあった？　わたし、中間試験を自宅でできるレポート形式にしてほしくて——」

「そうすればぼくに手伝わせられるから？」

シンディはマイルズの横槍を無視した。「そこで、あいつが何をしたと思う？」

「シンディ、頼むよ。仕事に戻りたいんだ」

「あいつは、わたしの顔つきを見れば肩が凝っていることがわかるって言ったの。そして、マッサージを始めた。こんなふうに」

シンディはマイルズの背後に立って、肩を撫ではじめた。シンディの優しい手つきに、全神経が沸きたつ。快感で全身がぞくぞくする。あのブタがピンク色のぽっちゃりとした手に汗をにじませて、シンディの肌にさわったかと思うと吐き気がこみあげるのに。

シンディの両手が胸にすべりおりてきた。「それから、こうやって手をおろそうとしたのよ。こっそり、じりじりと、でも確実にわたしの胸に向かって。そのとき、取引きを持ちかけられているんだって気づいた。わたしがパンツをおろして、机にかがみこめば、中間試験でAの成績がもらえるんだってね」

喉が締めつけられるようだったが、それでも質問は飛びだした。「それで、そうした？」

シンディの両手に力がこもり、マイルズのTシャツに爪が食いこむ。「しなかったわ、マイルズ。中間試験は落としたけどね」シンディは言った。「はっきり言って、言語道断よ。わたしは化学となったら、犬並みかもしれないけど、娼婦じゃない」

シンディは椅子を回転させ、マイルズが抵抗する間もなく、あの完璧な脚を広げ、マイルズの膝にまたがって座った。

マイルズは凍りついた。自分の両手をどうしていいかわからなかった。死ぬほど怖かった。そして、気絶してしまいそうなほど興奮していた。

シンディは小刻みに体をゆすって、完璧な尻をマイルズの股間に近づける。マイルズは体をそらそうとしたが、シンディはさらにもたれかかってきた。男をそそのかすような、蜜とバニラの香りからは逃げられない。「怖がらないで」シンディは言った。「噛みついたりしないから」

ああ、そうだろうとも。「どうしたんだよ、シンディ。ドラッグをやってるのか？」マイルズは問いただした。

シンディは笑った。「今朝〈コーヒー・シャック〉でモカジャバを大量に飲んだだけ。ねえ、でも本当にへんな気分なの。おかしいみたい。何をしてもかまわないっていうか。言いたいことを言う。やりたいことをやる。それの何がいけないの？」

「たいへんだ」マイルズは心底怯《おび》えていた。躁《そう》状態のシンディは危険だ。シンディのウェストをつかみ、そのとたんにぱっと離した。真っ赤な石炭にふれてしまったかのように。シンディの肌は熱く、ベルベットみたいになめらかだった。「シンディ――」

「シーッ」マイルズの口に指を当て、それから、所在なげにはためいていた手を取って、自分の首筋に運ぶ。シンディはマイルズの指をホルタートップのリボンにかけさせ、そして、秘密めかした、危険な、悩殺の笑みを浮かべた。マイルズの不道徳な夢のなかでも、最高に淫《みだ》らなもののなかで見たのと同じ笑みだ。

シンディはマイルズの指に自分の指を絡め、リボンを引っぱらせた。結び目がほどける。

リボンの部分はすべり落ち、シンディの胸で止まった。シンディがほっそりとした体をゆすと、布は腹まで落ちて、乳房をあらわにした。

マイルズが夢想したとおりだった。いや、それをしのいでいた。三角形のあとがついたクリーム色のなめらかな肌と、喉や肩のよく焼けた肌の対比。マイルズはすくんでいた。大きく口を開けて見つめていた。それくらい、シンディはきれいだった。

「さわって」シンディはマイルズをうながした。

マイルズはかぶりを振った。体じゅうの組織という組織が非常事態を告げている。喉は震え、目はジンジンしている。のたくる尻の重みで、股間のものは発射寸前だ。しかし、シンディは拒絶を受け入れない。マイルズの手をつかみ、その手のひらを乳房に押しつけた。マイルズは息をのんだ。柔らかい。玉のような肌。真っ白だ。硬いつぼみが手のひらをくすぐる。シンディの香りで、マイルズはくらくらした。

シンディはマイルズの首に両腕を巻きつけ、顔を引きよせた。マイルズもシンディの体を引きつけ、乳房に顔をうずめ、頰をすりつけた。キスをして、舐める。ずっとこうしたかった。熱く焼けた剣で胸をえぐられるような思いをしてもなお、こうしたかった。

こんなことは、遅かれ早かれ打ち切られてしまうに違いない。おそらくは〝早かれ〟のほうだ。もっとありうるのは、いますぐ。マイルズは経験ゼロ、テクニックゼロだ。しかし、シンディはそれほどがっかりしていないようだった。頰を上気させ、マイルズの股間に股間を押しつけ、積極的に腰をまわしている。やがて身をこわばらせ、それから全身を小刻みに震わせて、せつなげな声をあげた。

マイルズは鼻をすりよせ、シンディの汗の味を記憶した。今後のために。また邪険にされたときのために。

怒りと悲しみの奥から、疑いがたちのぼった。「なぜこんなことをするんだ？」声の震えを抑えられなかった。

シンディは顔をあげた。高ぶっているせいで、目は燃えるようだ。「なぜしちゃいけないの？　わたしには失うものは何もない。あなたとの友情を壊すことを心配する必要もないでしょ？　もう壊れてるんだから。ちょっといちゃつくことの何が悪いの？」

マイルズはシンディを膝から押しのけた。シンディは立ちあがり、裸体をひけらかした。

「それで、マイルズ？」あざけるように尋ねる。「わたしとイケナイことをしたくない？　わたしはあなたにむらむらしてるの。ぶちこまずに追い返すのは意地悪よ」

「出ていってくれ、シンディ」声のわななきはさらにひどくなっていた。

「わたしがここのテーブルに座ってもいいわね」椅子のはしに腰を乗せ、脚を開いてレースのパンティを見せつける。「このテーブルはちょうどいい高さよ。それとも、その椅子に座ってしてもいい。馬乗りになるのは大好き。わたしが壁に手をついて、お尻を突きだしてもいいのよ。こんなふうに」壁に向かって、実演する。

マイルズは首を振った。シンディはあざ笑った。「嘘つき。ねえ、きれいに脱毛してあるの、見たくない？　女友だちが、下の毛をハート型に整えてくれたの。見たい？」ホットパンツのウェストに手をかける。

「出てけ！」マイルズは怒鳴り、椅子を蹴って立ちあがった。

「あなたのアレをたしかめるまでは、いや」マイルズのスエットパンツの腰のゴムをつかみ、ぐっと引きおろした。ペニスが飛びだし、上下に大きくゆれる。

シンディは唇をすぼめ、無音の口笛を吹いた。「すっごい。何年ものあいだ、こんなに大きくて、猥褻なものをジーンズに隠していたの？」

ペニスをつかみ、しごきはじめる。マイルズは震える肺に空気を送ろうとして喘《あえ》いだ。

「ぼくにそういう冗談を言うなと――」

「誰が冗談を言ってる？」膝をつき、マイルズを口にふくんだ。マイルズはヒッと息を吸いこんだ。ほとんど空気は入ってこなかったが、どのみち息は止まった。

長くは持たなかった。ねっとりと絡みつく唇が何度か上下に動き、からかうような舌で何度か舐めまわされただけで、土砂は崩れ、地はゆれ動き、地殻変動級の大爆発が起きて、マグマが噴きだした。まだ立っていられるのが驚きだった。

シンディは口をぬぐい、目をあげた。虚をつかれたようだ。

「んんん、びっくり」そっとささやく。「爆発みたいだった」

マイルズはスエットパンツを引きあげた。顔をそむける。

「童貞なのね？」シンディは尋ねた。「前から気になってたの」

そのとおりだ。が、そんなことをシンディに認められるものか。認めたらどうなっていたか、目に浮かぶようだ。シンディは女に飢えたかわいそうなマイルズのことを心配する。姉のような気持ちで、マイルズに童貞を捨てさせるために、身持ちの悪い女友だちのなかからお相手を探そうとする。誰が相手だろうと、お情けのセックスには変わりない。

目に涙がにじんできた。「哀れみはいらない。頼むからひとりにしてくれ」

シンディは立ちあがった。「哀れみなんかかけてない。哀れむ価値もないからよ。あなたのためにこういうことをしたと思わないで。あなたみたいに底意地の悪い人には、そんな価値はないんだから」

「じゃあ、なぜしたんだ？」マイルズは尋ねた。答えを聞いたら後悔するとわかっているのに。シンディはそっけなく肩をすくめ、その動きで乳房が小さくゆれた。

「したい気分だったから。わたしがどんなにわがままな女か、よく知ってるでしょ。じゃあね、マイルズ。一生さよなら」シンディはきびすを返した。階段につながるドアが大きな音をたてて閉じた。

マイルズはどさりと椅子に座り、泣き崩れた。

シンディはキッチンを駆け抜けた。マイルズのママに呼び止められたけれども、聞こえないふりをした。言葉が出るとは思えなかった。どうにもならないほど激しく泣きじゃくっていた。骨の奥から震えがたちのぼっていた。

さっきのは本当にへんだった。異様だった。どうしてあんなことをしたんだろう。でも、マイルズを誘惑したいという衝動はものすごく強かった。ものすごく悪いことだとわかっていたのに。

自転車をつかみ、またがった。よろめき、ふらつきながら、熱い涙をぬぐった。マイルズの味がまだ口に残っている。水を飲みたくてたまらなかったけれども、マイルズのママに水を一杯くださいと頼むのは無理だった。ありがとうございます、ダヴェンポートさん。ほら、アレを飲みこんだあとがどんな感じだかおわかりでしょう？

本当にむらむらしていた。股が自転車のサドルにすれて、ぞくぞくする。あのとき、マイルズにホットパンツを引きおろされ、種馬みたいに大きな最高クラスのモノをぶちこまれることを、本気で願っていた。たとえば……比べられる人がいる？　エンディコット・フォールズ最大の秘密は、マイルズ・ダヴェンポートのぶかぶかのズボンのなかに隠されていたのだ。

どうして、こんなことを続けているのだろう？　マイルズに身を投げだし、また友だちになってほしいと何度もすがっている。突き放されるたび、駄々っ子みたいに食ってかかる。懲《こ》らしめられてもへこたれない。でも、今回の離れ業《わざ》は強く頭に焼きついたはずだ。マイルズはこれからシンディのことを考えるたび、今日のことを思いだす。そうそうは忘れられないだろう。

シンディは自嘲の笑みを浮かべ、できるだけ目を大きく開いて、涙で濡れた顔を乾かそうとした。

みんなからビッチ扱いされるのはもううんざり。そりゃあ、姉のエリンみたいに天才の頭脳を持ってるわけじゃないけれど、学校の成績はつねに上位一〇パーセント以内に入っていた。

エリンやマイルズと同じ〝金の卵〟クラスには入れないかもしれないけど、だからといって〝腐った野菜〟クラスの人間でもない。

〝キュートでセクシーなわたし〟に見せているのは、それが楽しくてやめられなかったから。でも、誰に見せるっていうんだろう。次から次に悪い男と付き合って、そのうちのひとりには危うく命を奪われかけた。元親友には心底嫌われている……口のなかでイかせたときでさえも。

そう、キュートでいることは人生に大きな影響を及ぼしてきた――悪い意味で。

もう少し地味にしたほうがいいのかもしれない。べっ甲の眼鏡、ぶかぶかのセーター、アーミーブーツ。ノーメイク。それならいっそのこと、髪も剃《そ》って、スキンヘッドにしても同じだ。

でも、地味にすることを考えると不安になった。男の子たちから関心を持たれなくなったら、何を目標にすればいいの？　というより、わたしの存在意義って？

多くはない。どこにでもいる女の子だ。現実には特別じゃない。現実には輝いていない。

マイルズならきっと、〝かわいそうなわたし〟をまた始めたと言うだろう。シンディは洟《はな》をすすりながら、皮肉な笑いを漏らした。サックスがあるのはありがたい。たったひとつだけでも、カッコよくできることがある。これは現実で、シンディだけのものだ。

長い下り坂を走って、エッジウッド・サークルに入った。エンディコット・フォールズのなかでも超お金持ちが集まる区域だ。シンディはよく手入れされたヴィクトリアン様式のお屋敷の横を流した。これは大学の学長の家で、シンディのバンド、〈ヴィシャス・ルーマーズ〉はここのレセプションで何度か演奏したことがある。まだマイルズが音響をしてくれていた懐かしいあのころに。マイルズがまだシンディを好いていてくれたころに。

マイルズが関わっている秘密の仕事のことは気になって仕方がなかった。もともとマイルズはゴスが大好きな人間だから、奇怪で不気味な雰囲気のものには目がない。そして、マクラウドの男たちがいつもの非現実的な大冒険に乗りだすときには、きまって不気味な雰囲気がつきまとう。

マクラウドたちが、ポーキーへの質問をマイルズに禁じたのは本当におかしい。マイルズがシンディを引きこもうとしないのは、とても残念だ。シンディならマイルズの秘密兵器になれるのに。肌に張りつけるタイプのシリコン製のブラで胸をよせてあげて、マイクロミニのスカートを穿けば、あのスケベじじいから何でも聞きだせるだろう。あの手の男は、バカ女が大好き。自分との対比で、神にも匹敵するような天才の気分を味わえるからだ。

どこからともなく、衝動が湧きあがった。マイルズの体に飛びかかりたいという、さっきの衝動と似ている。バカさかげんも似ているのは間違いないけど……それでも。

マクラウド兄弟はマイルズにポーキーへの質問を禁じたけど、おバカなシンディは誰にも何も禁止されていない。それに、にっこり笑ってセックスするしか能のない女なら、みんなが驚くような情報をポーキーから引きだせるかもしれない。マクラウドたちは特殊な能力も経験も備えているけれども、シンディには男にはないものがある。胸でゆれるふたつの山。そしてそれを称える声や口笛。これの使い方ならよくわかっている。ほかの何よりも熟練していることだ。もちろん、サックスはべつにして。

シンディは次の角を曲がって、リンデン・ストリートに入った。ヴィクトリアン様式の上品な屋敷が並ぶこの一角で、ポーキーの家は異様にけばけばしいことで有名だ。シンディは腕時計をちらりと見て、興奮で胸をはずませた。寄り道しても、今夜の〈ルーマーズ〉のライブのためにおしゃれする時間はある。今夜はパラマウントで、ボニー・ブレアの講演のオープニングを務める。めちゃくちゃ大事なライブだ。シンディは魅惑の美女にならなければいけないし、その準備には多少の時間がかかる。

準備といえば……シンディは露出度の高い服を見おろし、このちょっとした冒険には打ってつけの装いだと判断した。

芝生に接した石の壁に自転車をもたせかけ、胃ではためく緊張を無視して、庭を突っ切った。ヒスパニック系で五十代くらいのきれいな女性が、お手伝いさん風のいでたちで、呼び鈴に応えた。シンディを上から下までじろじろとながめ、〝デス・スター〟級の冷たい視線をよこした。「何か?」

「ベック教授はご在宅ですか?」シンディは親しみのある笑顔を試みた。

お手伝いさんは不快そうに唇をゆがめた。「ご用件は?」

「わたし、以前の生徒なんです」シンディは説明した。「いま取りかかっている研究課題のことで相談に乗っていただきたくて」

「ここでお待ちを」シンディの顔の目の前で、素早くドアが閉まった。

シンディは内心で肩をすくめた。ここでいらいらしても仕方がない。地獄の売春婦みたいな格好をしているから、地獄の売春婦として対応される。当然だ。

またドアが開いて、シンディははっとした。今度はポーキーがドアの向こうに立っていた。最初の当惑の表情はすぐに卑しいにやつきに変わったけれど、シンディの顔を覚えているようすは見せなかった。

そうでしょうとも。シンディとしても、あのときのDプラスの成績を思いだしてほしいわけではない。

シンディがバカ女ならではのまばゆい笑みを投げかけると、ポーキーは手振りでなかに入るよう示した。ぶよぶよの腕をシンディの肩にまわし、指先をそれとなく下のほうに移動させながら、数々の豪華な部屋の奥に導く。この家からは金の匂いがぷんぷんとするのに、どうしてこんなに醜悪なんだろう。温かみがなく、プロの手にかかったものだという雰囲気がした。コーディネーターの高尚なセンスがそのまま形になったもので、人が住んでいる感じがしない。高級弁護士の事務所のロビーみたいだ。

ポーキーは幅広の大理石の短い階段にうながし、少し低くなったところに広がるリヴィングに案内して、シンディをクリーム色の革張りのソファに座らせた。ソファはいくつもあって、背の低い黒檀《こくたん》のテーブルを囲んでいる。テーブルは黒く輝き、その大きさはクイーンサイズのベッドよりも大きかった。真っ赤なとげとげしい花のアレンジメントが、ちょうど真ん中に飾られている。

「さてと、お嬢さん、どんなご用件かな？　それにぼくの記憶を呼び覚ましてもらえるかね？　数多くの学生を教えてきたものでね。もちろん、きみの顔は覚えておるよ。これほどの美人は忘れられない」

「わたしはシンディ・リッグズです」つやめくまつげ、乳房を強調するような胸郭のライン、そして、思わせぶりに組み換える脚。シャロン・ストーンと名乗ってもいいくらいだ。「この六月に卒業したばかりです。教授の授業は二年前に受けていました。本当にすばらしい講義でした」シンディはとうとうとしゃべりたてた。「わたし、理系は苦手なんですが、教授のおかげで興味が持てました。化学の美しさを知ったというか。バカみたいな言い方に思われるでしょうけど、ほかにどう表現していいかわからなくて」

「ありがとう」ポーキーはシンディと脚がふれるくらい近くに座った。「しかし、お世辞を言うためにここに来たわけではないだろう？」

シンディはクスクスと笑った。「ええ、はい。わたしの個人的な研究のことで来ました」

ポーキーの膝がシンディの膝にふれた。「個人的な研究はいいものだ」本能的な欲望の下に、学者としての興味の光が輝いた。

「ほかのかたに質問してもよかったんですけど、でも、最初に教授をお訪ねすることにしたんです」流し目を送った。「教授は、ほら、親しみのあるかたですから」

ポーキーの腕がぴくりと動いて、シンディの肩の肌にふれた。「そう聞いて、ぼくがどれほど嬉しいかわからないだろうね、シンディ」

このあたりで鞭《むち》をおろすことにした。「最近、本を書いているんです。伝記のようなものを書くことに夢中になっていて。その、この土地の人物の伝記を出版できたらいいなと思っています」

ポーキーは眉をひそめた。「歴史上の人物かね？」

シンディは首を振った。「いいえ、現代の人です」

「それはすばらしい。しかし、ぼくの専門外だ」残念そうに言う。「そうそう、芸術センターで開かれている〝ヤング・ライターズ・ワークショップ〟の主事が親しい友人だ。きみのように魅力的で、上品なお嬢さんならば、喜んで紹介しよう」

「ありがとうございます！」シンディは勢いこんで言った。「こんなに嬉しいことはありません！　でもじつは、文章の書き方を知りたいんじゃないんです。お訊きしたいのは、わたしが書こうとしている人物のこと。教授は彼とお知り合いだったようですから」

ポーキーは目を丸くした。「まさか。その謎の男は誰だね？」

いよいよだ。プールの一番底へ。シンディは深呼吸して、飛びこんだ。「ケヴィン・マクラウドです」

何もかもが一変した。部屋の温度が急にさがった。ポーキーの笑顔は冷凍庫に入った肉のように凍りついた。

ふいに、ポーキーの指はシンディの鎖骨をくだろうとすることをやめた。ソファの背に腕を置く。膝と膝はたっぷり五センチも離れた。学者としての興味の表情も、それを彩《いろど》っていた欲望も、跡形もなく消え失せた。目は完全にうつろだった。

シンディは怖気づいた。余計なことに首を突っこんだ自分が、ことさらに幼く、ことさらに頼りなく、そして、ことさらに愚かに思えた。

ポーキーは咳払いをした。「ぼくがその人物を知っているというのは、きみの勘違いではないかな、シンディ。その名前にはまったく聞き覚えがない」

へええ。嘘つき、あわてふためいた嘘つきだ。車のクラクションみたいな警報音がシンディの頭のなかで鳴り響いている。シンディは目を見開いてみせた。「知り合いだったと聞いたんです」熱をこめて言う。「たしか、教授がワシントン大学で研究なさっていたころだと思います。彼は少しのあいだ、教授にかわって、講師として授業を受け持っていました」

ポーキーは目をそらした。「ああ、つまり、大昔の話をしているのだね？　しかし、どちらかと言えばよくある名前……いや、待てよ。もしかして、精神に問題をかかえていた気の毒な青年のことを言っているのかね？　何年も前に自ら命を断った若者のことか？」

「ええ、その人です！」純粋な仔犬のように目をクリクリさせた。「そう、あれは、たいへんな悲劇でしたよね？　彼のことはやっぱりご存知だったんですね？」

「ああ、まあ」ポーキーは顔をしかめた。「しかし、あれは痛ましい話だ。将来ある若者が命を粗末にするとは……過去は過去としてそっとしておくのがいいだろう。掘り返すものではない。あの人物にどんな興味を持ったんだね？」

シンディはにっと笑いかけて、歯を食いしばった。まずい。これを訊かれるのを恐れていたのに、うまい言い訳はまだ思い浮かばない。だから、マイルズが電話でコナーに言っていたことを拝借することにした。

「じつは、彼の研究ノートを見つけたんです」シンディは言った。「いま、それを調べています。驚くべきものです。彼はまさに天才でしたよね？」

「そのとおりだ」ポーキーはつぶやいた。

「ともかく、そのノートに真実があるかもしれないと思っています」シンディは続けて言った。「なぜ彼が命を絶ったのか調べるつもりです」

「いや、しかし、がっかりさせたくはないのだが、真実は明らかで、悲しいものだ。ぼくとしては、彼は自分の尋常ならざる知性に苦しめられていたのではないかと思う。悲しいことに、多くの天才が同じ憂き目を見てきた。歴史がそれを証明している」

ポーキーは肩の力を抜き、また調子を取り戻した。口のすべりもよくなっている。

「まあ、では、彼のことはよく覚えていらっしゃるんですね？」シンディは満面に笑みをたたえた。

ポーキーはしきりにまばたきをした。「ああ、うん、思いだしてきたよ。ほら、ひとつ記憶を引きだすと、関連した記憶も引っぱりだされてくるものだろう？」

無邪気な、期待に満ちた目つき。「でしたら、いくつか質問に答えてくださいます？」

ポーキーの笑みにたじろぎの色がちらついた。「きれいなお嬢さんの願いなら叶えてあげたいが、残念ながら、これ以上話せることはない。亡くなってからもうずいぶんたつ」

「ええ、でも、ノートのなかにいくつか不可解な記述があるんです」シンディは言った。両手を合わせ、〝かわいい女の子が宿題の暗唱をする〟ポーズを取った。「コールファックス・ビルでおこなわれていた実験のことが書かれていました」

ポーキーはいかにもうしろめたそうに眉をよせた。「そ、そうか。しかし……ぼくは授業を受け持っていないときの彼が何をしていたのか、知らないのだよ」

「〝ミッドナイト・プロジェクト〟と呼ばれるものに心当たりはありませんか？」

ポーキーの喉仏が上下に動いた。「いや、うん、たしか神経学にかかわる研究だったかな。ずいぶん前にたち消えになったと思う。研究の資金が打ち切りになって。コールファックス・ビルはいま、大学のものだ」

「ええ、知ってます。この夏はあそこに通ってるんです」シンディは本当のことを言った。「音楽のワークショップで。子どもたちにサックスを教えています」

「本当に？」ポーキーは相づちを打って、弱々しくほほ笑んだ。「つまり、きみは作家でもあり、音楽家でもあるんだな。多才な若き女性。まぶしいものだ」

シンディは喜んだり照れたりしてみせ、それをできるだけ引き伸ばしてから、最後にもう一度だけ踏ん張った。「例の研究に資金を出していたのが誰かご存知ですか？」

「すまないね、シンディ。知らないんだ」ポーキーはベルトに引っかけていた何かの装置をつかみ、ボタンを押した。「エミリアーナ？　アイスティーとお手製のペカン・クッキーを頼むよ」

装置をベルトに戻し、落ち着かないようすで咳払いをしている。シンディは部屋を見まわし、このじいさんが何かおかしなことをしでかす前に、沈黙を埋めるおしゃべりのネタを探した。「すてきなお宅ですね」おずおずと口を開いた。「豪華で。大きくて」

ポーキーは初めて目にするかのように部屋を見まわした。「ああ、うん」

ヒスパニック系の女性が、先ほどと同じく、口もとをこわばらせた顔で現われた。水滴が浮かんだアイスティーのピッチャーとグラスがふたつとクッキーの皿が載ったトレイを持っている。ポーキーは邪魔が入って嬉しそうだった。「うん、ありがとう」シンディに皿を差しだす。「エミリアーナが来てくれるようになってから、まだ日が浅くてね。前の人が引退したばかりなんだが、辞める前に、申し分のない後任者を紹介してくれた。そういう横のつながりに頼れば、紹介所ではけっして見つからない人材に恵まれるんだ。ペカン・クッキーを食べてごらん。きみにはダイエットの必要はなさそうだ」

クッキーは最高で、アイスティーは甘く冷たくておいしかった。ポーキーはくどいくらいにお世辞を並べたてていたけれど、心がそこにないことはありありと見て取れた。シンディがいとまを告げたときには、喜びで飛びあがらんばかりだった。玄関まで丁重に見送るあいだ、シンディに指一本ふれなかった。

シンディは自転車に乗って、大学のほうに向かった。これで何かを探れたのだろうか。ケヴィン・マクラウドの名前を出したとたん、ポーキーが緊張したのはわかった。シンディに色目を使うのをやめたほどだ。極度の緊張と言っていい。ふむ。

コールファックスによった。サックスを取りに練習室に向かったとき、誰かに名前を呼ばれて振り返った。ボリヴァだった。ジャヴィアのおじさんで、コールファックスの用務員だ。大きな笑顔を見せていた。

「ジャヴィアがついさっきここに来たんだよ。あの子のデモ演奏を録音するのに手を貸してくれたらしいね」ボリヴァは言った。「もう送ってきたと言っていた」

「よかった」シンディは言った。「合格を祈りましょ。奨学金を手に入れるビッグチャンスですもの。ジャヴィアにはきっとすばらしい経験になるわ」

ボリヴァはさらに相好《そうごう》を崩した。「音楽は、あの子のためになる。おかげでずいぶん安定した。いい子なんだよ、ジャヴィアは」いったん言葉を切る。「あの子の力になってくれてありがとう」

シンディは頬を染めた。「いいんです。たいしたことじゃないし、ほんとに――」

「あの子のサックスを調達してくれた。時間外に無料でレッスンしてくれている。一度のレッスンが二時間に及ぶこともあると、あの子が言っていた。運のいい子だ。そしてあんたはとてもいい人だ」ボリヴァは、反論があるなら言ってみろとばかりに、力強く断言した。

いい人というのは誰もが使う褒め言葉だけど、それでも、そう言ってもらえるのは嬉しかった。ボリヴァがきびすを返し、廊下に向かいかけたとき、シンディの頭にひとつのことがひらめいた。ポーキーはエミリアーナの話の途中で、横のつながりがどうとか言っていた。

「あの、ボリヴァ?」

振り返ったボリヴァの顔には、まだ笑みが浮かんでいた。「んん?」

「おかしな話だと思うかもしれないけど、もしかして、十五年前にこのビルで用務員をしていた人を知らないかしら? 十五年前の八月ごろ」

ボリヴァの笑みが消えた。「なぜそんなことを知りたいかによるね」

「あら、その人とちょっと話がしたいだけ」シンディは安心させるように言った。

ボリヴァの目には強い警戒心が現われていた。「それは例の呪いと関係があるのかい?」

シンディの胃がねじれた。「呪い?」

「この仕事に就くとき、ここは呪われてるとみんなに言われた。だが、ジャヴィアを歯医者にやりたかったし、あの子の母親は身重だった。だから、呪いを心配している時間はなかったんだ。知りたくもなかった。いまも、知りたくない」

背筋がぞっとして、寒気が上へ下へと走りまわる。「やっぱりいいです」シンディは言った。「迷惑をかけたくは――」

「みんなに聞いてみよう」ボリヴァは言った。「ずいぶん前のことだが」

いやなことをむりやりさせるようで、シンディは罪悪感を覚えた。でも、呪い？ ポケットに手を入れ、はしの折れた名刺を取りだした。名前と、サックスを演奏中のセクシーな写真と、携帯の番号が載っているだけのシンプルなものだ。マイルズが写真を撮ってくれた。レイアウトとプリントをしてくれたのもマイルズだ。

「何かわかったら電話をください」シンディは言った。

ボリヴァはうなずき、名刺をポケットにしまった。シンディは跳ねるように走って練習室に向かった。せっかく探偵ごっこをしたんだから、何か目に見える成果があればいいのに。収穫は、印象と雰囲気と噂《うわさ》だけ。そして、首筋の鳥肌。

もどかしい。もしかすると、現実の探偵というのはこういうものかもしれない。シンディなら頭がおかしくなってしまうだろう。ミュージシャンでよかった。

今夜のライブがうまくいきますように。今日の不安を吹き飛ばすには、最高のグルーヴを生むしかなさそうだ。

19

シドニー・ベック教授は窓ガラスから外をのぞき、男たらしの美しい尻が自転車に乗って遠ざかっていくのを見つめた。

それから、足を引きずるようにしてリヴィングに戻った。どさりと腰をおろす。アイスティーを数杯飲んだ。ペカン・クッキーの残りを食べ、機械的に口を動かした。最後のアイスティーをグラスにそそいで、半分ほど満たし、バーカウンターに持っていってラムを足した。すべて飲み干すころには、多少気分が落ち着いていた。

生理的欲求がせっぱつまってきたので、バスルームに入り、用を足した。脈拍は速いが、鼓動は弱々しく、今にも消え入りそうに遠くから聞こえている。ネズミのちょこまかとした足音みたいだ。軽い心臓の動きに比べて、脳みそと手足は鉛のように重かった。

鏡で、でっぷりとした顔を見た。二重あご。赤らんだ頬。エミリアーナのペカン・クッキーが腐食性硫酸スラッジに変わって、胃をかきまわし、泡だて、燃やしているかのようだ。

マクラウド。十五年前に死んでなお、あの男のことを考えると、自分がいかに堕落して、凡庸で、欺瞞《ぎまん》的かという現実をいやでも突きつけられる。直接そうなじられたわけではない。ケヴィンは自分の才能をけっしてひけらかさなかった。何せ、そんなことをする必要がまったくない。自分より能力の低い者を見くだそうなどとは、想像したことすらなかっただろう。なぜなら、他人は誰も彼も自分より能力の低い者だったから。稀有《けう》の才能、穏やかな自信、若さ、そのうえ、精悍《せいかん》な容貌まで持ち合わせていた。殺してやりたいほど嫉妬したものだ。

殺したも同然かもしれない。

いや、違う。そんな責め苦を負う必要はない。ただ、ケヴィンにオスターマンの電話番号を渡し、オスターマンが興味深い研究をおこなっていると言っただけだ。金になるかもしれないとも言った。ごく短い拘束時間で。ベックの責任はそこまでだ。そのあと何が起こるかは知らなかった。

ケヴィンに電話を強要したわけではない。むりに巻きこんだわけでも、害を与えようとしたわけでもない。

事実、オスターマンの要望には、知能が高くて家庭環境に恵まれない若者という具体的な条件がついていたが、選ばれた若者がよからぬことに利用されるとは、ベックには推察できなかった。当然だろう？

まさかここまで胸の悪くなるような事態に展開するとは、まるで予想できなかった。地位、屋敷、ヘリックス社の株、遊興、道楽、大きなバスタブに浸かってほほ笑む美女たち――これだけのものが、口に出せない秘密のまわりに築きあげられた。秘密が壊れたら、すべてが壊れる。

何にせよ、いまさら言ってもあとの祭りだ。もう引き返せない。どのみち地獄に堕ちるなら、命のあるうちに楽しんで何が悪い？

自分の顔はうつろに見えた。たるんでいる。老けている。まだ五十代に入ったばかりだというのに。よろめきながら、書斎に行った。この部屋からはエンディコット川がながめられる。窓を開けば、滝の音も聞こえる。

しかし、川のながめも水の音も楽しむ余裕はなかった。すぐにパソコンをたちあげて、受話器を取りあげ、電話をかけた。

「学部学生課です」はきはきとした女の声が応えた。

「もしもし、アイリーン？　シドニー・ベックだ」できるだけ親しみのある、陽気な口調で言った。「楽しい夏をすごしているだろうね？」

「こんにちは、教授！　ええ、おかげさまで。何かお役にたてることがありますか？」

「うん、頼みがあるんだ。ぼくが教えたことがある卒業生の成績証明書をメールで送ってもらえるかな？　ぼくの友人が、その子から求職の申しこみを受けたんだ」

「ええ、お送りできます、教授。学生の名前は？」

「シンディ・リッグズだ」ベックは言った。

「少々お待ちください」ベックは保留の音楽を聞きながら、無意識のうちに足で床をこつこつと叩いて待った。

アイリーンが回線に戻ってきた。「教授？　お問い合わせの学生にお間違いはありませんか？　その女子学生の専攻は音楽です。それに、記録によりますと、教授の授業での成績は及第点ぎりぎりです」

「ええと、じつは、ぼくの友人というのが、ミュージシャンなんだ」

「ああ、なるほど。では、メールで成績証明書をお送りします。写真も必要ですか？」

ベックは虚をつかれた。「写真があるのか？」

「学生全員の写真を記録に残してあります。お送りしますか？」

「ああ、うん、そうだな」うわの空で言った。「送ってもらおう」

ほどなくメールが届いた。ベックは写真のファイルを開き、シンディのかわいらしい顔を見つめた。この子の肌が温かかったことを考えた。二、三日のうちに、あの温かい肌が石のように冷たくなることを。

あのしなやかで、ほっそりとした体が、検死官の前にさらされることを。

ベックはどうせ地獄に堕ちるのだ。あとどれだけ罪を重ねようが関係ない。そうでなくても、誰もあの愚かな女の子にバカな質問をしろとは頼んでいない。ベックは何もしていない。あの女の子の自業自得だ。

ベックはもう一本電話をかけた。相手はすぐに出た。「ベックか？」

「はい！　オスターマン博士？　お元気ですか？　ずいぶんご無沙汰していますが――」

「用件に入れ、ベック」オスターマンは言った。「わたしは忙しい」

ベックはこの男の偉そうな態度に対する怒りを抑えた。「あー、はい」咳払いをして、神経質な笑い声をたてた。「不審な人物が訪ねてきたので、お知らせしておいたほうがいいかと思いまして。ぼくの以前の学生なんですが、ケヴィン・マクラウドのことを訊いてきたんです」

オスターマンはしばし間を置いてから言った。「どんな質問だ？　そいつは何者だ？　単刀直入に話せ」

「〝ミッドナイト・プロジェクト〟のことを訊かれました」核心が口をついて出た。

オスターマンの沈黙の性質が変わった。ベックはうしろめたい気持ちになった。自分が厄介ごとを引き起こしたとでもいうように。「ケヴィンのノートを見つけたと言っていました」ベックはまた笑った。「その問題の人物というのは若い女でしてね、さほど奥の深い興味を持っているとも思えません」べらべらとしゃべりたてた。「頭脳明晰とは言いがたい。もっとも、そのぶん――」

「名前だ、ベック。わたしの時間を無駄にするな」

ベックは女の明るい笑顔を見つめ、業火にまた何歩か近づく決意を固めた。「シンディ・リッグズ。コールファックス・ビルでおこなわれている音楽ワークショップに参加しています。夏期限定で学生寮に滞在しているかもしれません。その……写真もあります」

「送れ。ほかには？」

ベックは書類を確かめた。「成績証明書、両親の住所――」

「すべて送信したまえ」オスターマンは満足そうに気取った口調で言った。「慎重を期することがいかに大切か、あらためて言うまでもないな？」

ベックはファイルを添付し、指定のアドレスにメール送って、苦い思いをのみこんだ。

「はい」しゃがれ声で言った。

オスターマンはベックの心の葛藤《かっとう》を感じ取って、一瞬考えるように間を置いた。「きみは、人類の進化にかかわるきわめて重大な研究に貢献している。ときには辛い決断もなさねばならない」戒めるように言う。

「おっしゃるとおりです」喉がつまったような声だった。

「きみは安定した生活を享受しているだろう？　安定した地位。安定した収入」

「それこそ、言われるまでもありません」ベックは笑い声をあげようとした。「感謝の気持ちは常々——」

「よろしい。ごきげんよう、教授」

電話が切れた。ベックは放心したように座ったまま、これから死ぬ女の子の笑顔をいつまでもいつまでも見つめつづけた。

ベックの心の奥から、かすかに、女の子の悲鳴が聞こえていた。


オスターマンはしばし写真を見つめ、それから書類に目を通した。心が浮きたっていた。あの脂肪のかたまりにはずいぶんと無駄な金をかけてきたが、ここに来て、それが曲がりなりにも役にたった。

つまり、この女が例のノートを持っているということだ。コールファックス・ビル、ミッドナイト・プロジェクトとくれば、それがあの有名な失われたノートであることは間違いないが、問題はほかに誰の目にふれたかだ。そして、この女は何者だ？　マクラウドのノートが、なぜどこの誰ともわからない女の手に落ちた？　不可解だ。

インターネットでの調査は、いつもならジャレドに電話して任せるところだが、いまは待ちきれなかった。女の名前を検察エンジンにかけ、引っかかったページを調べていった。音楽評論サイトの〈スピン〉には「……三曲目の『ワイルドカード』ではサックスのシンディ・リッグズのソロが光り、リードギターをあざやかに迎え撃つ形で……」〈フォークミュージック・トゥデイ〉には「……とりわけ、シンディ・リッグズ作曲でアルバムタイトルと同名曲の『フォーリング・アウェイ』は、この鮮烈なデビューアルバムのなかでもひときわ輝きを放ち……〈ヴィシャス・ルーマーズ〉は今後目の離せないバンドとして……」

なるほど、なるほど。ベックは確かに音楽がどうとか言っていた。オスターマンはそのあとも音楽関連のサイトをいくつかめぐり、〈ラパインタ・フォーク・フェスティバル〉のページで写真を見つけた。クリックで拡大する。

ステージで演奏中のバンドの写真だった。ベックが送ってきた写真の女と同一人物なのはすぐにわかった。楽器を吹いている姿には、まるでセックスに陶酔しているかのような色気がある。

ほう。ゴードンもこの仕事には大喜びだろう。

次に開いたサイトがオスターマンの目を引いた。エンディコット・フォールズの地元紙、〈センティネル〉の去年の記事だ。読み進めるうちに、心臓が高鳴りだした。

「……新婦はエリン・リッグズ、両親はシアトル出身のエドワード・リッグズとバーバラ・リッグズ、新郎はコナー・マクラウド、両親はエンディコット・フォールズ出身のエイモン・マクラウドとジーニー・マクラウド。ブライドメイドは新婦の妹のシンディ・リッグズ……」

オスターマンは記事にそえられていた写真をクリックして、笑いはじめた。

シンディを太らせ、年を取らせたら、写真の新婦になる。

そして、にやついた顔で新婦にべったりとくっついている男は、ケヴィン・マクラウドにそっくりだ。つまり、シンディはケヴィンの義理の姉の妹。ということは、最初に恐れたほど収集のつかない事態にはなっていないのかもしれない。

それでも、シンディ・リッグズが〝ミッドナイト・プロジェクト〟のことをそこらでしゃべりまくるのを、放っておくことはできない。消えてもらわなければならない。それに、もしあらゆることが失敗に終わったとしても、シンディは本当の目当てを釣るための餌になる。ショーン・マクラウドという大きな魚を。

オスターマンはゴードンに電話をかけた。本人が出た。「なんだよ?」怒鳴るように言う。

「そう嚙みつくな、ゴードン」オスターマンは猫なで声で言った。「うまい肉を投げてやろう。おまえに打ってつけの仕事がある」

証拠のビデオテープはEFPVにある。HCで鳥を数えてB六三の裏を探せ。

リヴは頭を柔らかく、感受性を鋭くするように意識した。肩の力を抜いて創造力を働かせ、ふとひらめきが得られるような境地を目指した。ケヴィンの絵の一枚をながめた。アヒルが泳ぐ池の絵だ。

まわりから聞こえていた男たちの低い話し声がぼやけていく。ひとりひとりの言葉は聞き取れなくなった。リヴは諦めの気持ちと闘った。何しろ、マクラウド家の男たちが何カ月もかけて熱心に調べたものだ。ケヴィンのことを生まれたときから知っている人間が。しかも、この兄弟は全員頭がいい。それでもどうにもできなかったことを、どうしてリヴが成し遂げられるだろう。

それでも、ほかにできることがある？　手を貸せるとしたら、これだけだった。この場の全員が、リヴ以外は、特殊部隊の隊員にも劣らない戦士なのだから。

リヴは目を休め、崖を見おろす大きな窓をながめた。霧がたちこめていて、ここは雲に浮いているみたいだ。真っ白な霧から突きでた山々の深い緑にも、細いもやが吹き散らされたようにかかっている。

部屋のドアが勢いよく開いた。タマラがつかつかと入ってきて、腰にこぶしを当てる。男たちがソファや椅子にどっかり腰をおろして、コーヒーを飲んだり、話し合ったりしているさまを、険しい目つきでにらみつけた。

「奥さまがたがお見えよ」大声で言う。「わたしの許可なしに、わたしの隠れ家にほかに招待した人はいる？　ケータリングサービスを頼むべきかしら？」

セスが思いきり顔をしかめて立ちあがった。「今日は島にいろって言ったんだ！」

コナーはばったりとソファの背にもたれた。「壁に話すようなものだったな」

タマラは口のなかで何かをつぶやきながら、また猛然と出ていった。

ショーンがリヴの戸惑いの表情に目を留めた。「大丈夫」ショーンは言った。「タマラはレインもマーゴットもエリンも気に入っている。ある意味では、おれたち男衆のことよりも。建前として、口うるさく言っているだけだ。タマラのことは気にするな」

「え、ええ」タマラのことを気にせずにいるのはかなり難しい。「まあ、そうできれば」

「おいで」ショーンはリヴの腰に手をまわした。「おれたちも出迎えに行こう。きみを紹介

したい」

結局、全員で玄関ホールにつめかけると、タマラはセキュリティ警報装置を解除している

ところだった。宇宙時代のドアが開く。縦長のガレージの向こうで、正方形の枠のなかの緑

がゆれる。小型のスポーツタイプで、シルバーのフォルクスワーゲンが入ってきた。

三人の女性がおりた。黒みがかった髪のきれいな女性は、どう見ても身重だ。それから、

豊満な体に派手な赤毛、かわいらしいそばかすの美人。もうひとりは、ほっそりとして、淡

いブロンドのふわふわの髪をうしろでゆるやかに編んでる女性。三人とも、好奇心で目を輝

かせてリヴを見つめている。三人がこちらを目がけるように小さな部屋に入ってきたので、

リヴは思わず身構えた。

「尾行は？　ちゃんと確認した？　それくらいは頭を使ったでしょうね？」タマラは、先頭

に立つ長身の赤毛の女性にがなりたてた。

女性は満面に笑みをたたえ、タマラにがばっと抱きついた。タマラは身をこわばらせ、手

のやり場がないとでもいうように、両腕を広げた。

「久しぶりね、タマラ。会いたかったわ」眉をひそめ、両手を開いてタマラのウエストをつ

かむ。「細くなった。どうしたの？　具合が悪いの？」

「そう言われるのにうんざりして、具合が悪くなりそうなのは確かね」タマラは相手の厳し

い視線を見返して、目をすがめた。「マーゴット。あなた、妊娠している」

マーゴットは目を見開いた。「でもまだはっきりしていないのよ」

「はっきりしている」

「どうして？」マーゴットは問いただした。「デイビーが何か言った？」

「いいえ。デイビーから何も聞かなくてもわかる。あなたの体じゅうにはっきり書いてあるわよ。ネオンみたいにね」

リヴは赤毛の女性のゴージャスな体を上から下までながめたけれども、ネオンみたいなものはまったく見えなかった。堂々として、あでやかなだけだ。ブルネットの女性が、きっとエリンだろう。やはりタマラをつかみ、同じく恐れを見せずに抱きしめる。

タマラはまたいくらか体をこわばらせたけれども、一応、抱き返した。「おなかの子はどう？」丸いおなかを、割れ物でも扱うような手つきで撫でた。

エリンの笑みは満ち足りていた。「牛みたいな気分。でも幸せ。男の子よ」

タマラは自分のひたいをぴしりと打った。「この世にはまだマクラウドの男が足りないとでもいうのかしらね」ブロンドの女性に向き合い、おとなしく三度目の抱擁に耐えた。「あなたはまだ孕《はら》んでいないわね？　そうだと言って」

ブロンドの女性の顔に辛そうな笑みがよぎった。「ええ。まだよ」

タマラは目つきを鋭くして、ブロンドの女性をながめた。「はん」ひとり言のようにつぶやく。「子作りの過程が足りないわけではなさそうね」くるりと振り返り、仰々しく腕をあげてリヴを示した。「さて、奥さまがた、こちらがお目当ての彼女よ。本日のメーンイベント。温厚な司書にして、獰猛《どうもう》な悪人をほうほうのていで追い払った女性。わたしたちの同類ね。かわいいでしょう？」

「ええ、本当に」マーゴットは目を嬉しそうにきらめかせて、ショーンを見あげた。「お見事。すてきな人だわ」

「じつのところは違うんです。その、敵を追い払ったっていうのは」リヴはあわてて訂正した。「あれはなんていうか、運がよかっただけ」

女たちは目を見交わした。「それが何よりものを言うのよ」エリンが重々しく言った。

三人は仲間うちのジョークを聞いたかのように爆笑して、それからショーンににっと笑い、一列になって廊下に向かった。通りしなそれぞれがショーンの尻をぽんとはたいた。ショーンはこの受難に耐え、あとからついてキッチンのほうに行った。

マーゴットがリヴの肩を抱いた。「邪魔してごめんなさいね。わたしたち、好奇心でうずうずしてしまったの。悪漢をこてんぱんにした女性ならたいしたタマを持っているに違いないって。それでわざわざ見とれに来たっていうわけ」

リヴは顔を赤らめた。「ショーンからいままでの話を聞いたから、わたしのほうこそ見とれてしまうわ」

「あら、ショーンは大げさなのよ」エリンが陽気に言った。「聞き流して」

タマラが振り返り、一行の歩みをさえぎった。「エリン。新作を完成させたばかりなの」高らかに告げる。「あなたの名前から名づけたいと思う。いい？」

エリンは目を見開いた。「わたしの名前でよければ。驚いた。見せてもらえる？」

タマラは猫みたいに満足そうな笑みを浮かべた。「もちろん。こっちよ」先に立ってべつの廊下に入り、八角形の塔をのぼって、仕事場に案内した。焦げ茶色の鏡板の壁があしらわれたこの部屋は、がらんとしているようにも雑然としているようにも見えた。

すべての壁が小さなデザイン画でおおわれている。強力な電灯が高い天井から何列もさがっている。見たこともない機械類ががっしりした作業台に取りつけてある。悪夢を形にしたようなゆがんだ金属の動く彫像《モビール》が、窓辺で風にゆられている。雲から頭を突きだした木々の香りとともに、金属と薬品の匂いが漂い、崖の下で砕ける波の音とあいまって、古代の錬金術師の隠れ家みたいな雰囲気をかもしだしていた。

「完成品はこっちよ」タマラは黒いベルベットがかかったテーブルにみんなをうながした。テーブルは専用の明かりで照らされている。光沢のある木の箱がいくつか置いてあった。タマラはそのひとつを開き、エリンに差しだした。

リヴの息は止まった。そう、息をのむばかりの品なのに、あらためて見ると、デザインはシンプルだ。ホワイトゴールドをねじって作った首飾り《トーク》で、本体よりわずかに色の濃い金が糸のように何重にも巻きついている。首につけたとき、胸もとの位置に来るのは金を緻密《ちみつ》に編んだ細工物で、燃えたつような赤い石がはめこまれている。

「これはノヴァクのトークに似ている」エリンは言った。「でも……別物。ああ、タマラ。華麗だわ」

タマラは嬉しそうだ。親指でさっとトークの掛け金をはずす。そして、エリンの首にかけた。「気をつけて。もしも、いつか困ったことになったら、ガーネットを押せばいいわ。ここにレバーが出てくる。そして、ほら」細工物がはずれ、じつは曲線状の小さな刃の豪華な柄だったことがわかった。

「すごい」エリンは奇妙な形のナイフを見つめた。「光栄だわ」

「そう思ってもらいたいわね」タマラは言った。「売り値は二十万ドルよ」

リヴは目を見はった。「そんな大金を払える人がいるの？」

「大勢いるわ」タマラはポケットから名刺を取って、皆に配った。**デッドリー・ビューティー装飾型兵器。タマラ・スティール。**「この目新しい宝石に大金を投じる人のほとんどはとても心配性なの。たとえばマフィアの女ボスがいて、その人の恋人はライバルのマフィアによっていつ殺されてもおかしくないという状況を想像して。こういう品を身につけていると、少しは安心できるのね。たとえその安心感がまやかしにすぎなくても」

「世の中にはマフィアの女ボスが大勢いるの？」リヴは尋ねた。

「そりゃもうたくさん。マフィアの奥さんもね。暗黒街にはお金も恐怖もうなっているの。〈デッドリー・ビューティー〉にはうってつけの市場。こちらのシリーズの名前は〝マーゴット〟にするわ。もちろん、許可があれば」

ひとそろいの髪飾りに、みんなが息をのんだ。閉じこめられた光が鼓動しているかのようだ。デザインはひどく官能的だった。曲線美と大胆なカット。簡素さと徹底的な複雑さが共存している。

「こういう技術をどこで身につけたの？」レインが尋ねた。

「父が金細工職人だったのよ。わたしは十五のときまで父の見習いだったから」

驚きの沈黙が流れた。リヴはほかの女たちが目を見交わすようすを見て、タマラが謎に包まれた過去を自分から明かすのは、以前からの知り合いにとっても初めてなのだと気づいた。

「十五のときに何かあったの？」エリンが尋ねた。

タマラは臭い匂いを払うように手を振って、過去を吹き飛ばした。「父が死んだ」そっけなく言う。「わたしはべつの人の見習いについた。これを見て」べつのヘアピンを手に取った。「みんなが大好きな例のスプレー噴射モデルを下敷きにしたものだけど、このトパーズを押せば……」掲げて見せる。目に見えないほど細い針がきらめいていた。「毒でも鎮静剤でも、お好みのものを塗って。それから、こちらは定番ね」角の形の髪飾りを取って、底をひねり、短剣を引きだした。「自分で自分の急所や動脈を切らずに、ぶすりとやれる自信があるなら、こちらにも毒を塗れるわ」

「わざわざこんな薄気味悪い展覧会をしなきゃならないのか？」ショーンはリヴに不安そうな視線をよこした。「ぞっとするよ」

「胃が弱いなら、部屋から出ていなさい」タマラは言った。

「そいつの刃渡りは十センチ以上なのか？」開いたドアの戸口からコナーの声が聞こえてきた。「それ以上なら、隠し持ってなきゃならないぞ」

「言うまでもなく十センチ以上よ。バカなことを訊かないで、コナー。きっちり十センチと一ミリ」得々として言う。「主義の問題よ」

ほかの男たちもコナーを押しのけてタマラの工房に入ってきた。魅了されながらも警戒の表情で見まわしている。

「今日は島にいるはずだっただろう」セスが不平を漏らした。

レインが詫びるように肩をすくめたものの、そのようすは楽しそうだった。

「本当のことを言うと、わたしがあなたをつかまえに来たのよ」エリンがコナーに言った。「シンディから電話があって、今日のパラマウントでのライブに招待してくれるって言うの。例の暴漢がうろついているときにステージにあがるなら、あの子から目を離したくないのよ。ライブのあとはうちに泊めるわ。ママは旅行で留守にしているから、あの家にひとりにしたくない」

コナーはうめいた。「そのライブは中止にしろって言えないのか?」

「言ってはみたのよ」とエリン。「そんなことを言うなんてどうかしてるって返された」

「だが、今夜はマイルズにうちに泊まれって言ってあるんだよ」コナーはこぼした。「シンディも一緒だとわかったら、激怒するぞ」

エリンは取り合わなかった。「マイルズには我慢してもらうしかないわ」

タマラが咳払いした。「他人には関係のない家庭内の話でわたしたちを退屈させるのはそろそろ終わりかしら? そう、ならいいわ。救われた。それで、これが〝レイン〟よ」

タマラは箱を開けた。女性陣は一様にほうっと息をついた。たいらな卵ほどの大きさがある楕円のペンダントは見事だった。深い青緑色の炎を宿したオパールが、金のすかし細工を織り合わせたような台座に収まっている。

そろいのピアスもあった。耳たぶを通す金の輪から、やはり金色の細い編み紐がさがり、その下にペンダントの小型版がついている。

「〈ドリームチェイサー〉に似ている」レインがつぶやいた。「でも……」

「でも」タマラが言った。チェーンがついているところのつまみをひねった。手のなかでオパールが開き、ワイヤーや回路、灰色の粘土のようなものが、ひとかたまりになって入っていることがわかった。

ショーンが大きく喘いだ。「それはおれが考えているとおりのものかい？」

「爆弾」タマラは誇らしげに言った。「爆破範囲はそれほど広くないけれど、殺傷能力は高いわ。性交後、標的がいびきをかいているあいだに、これを枕もとに置いて、自分は隣の部屋に行き、ピアスを取って、ひねる……」宝石を引っぱる振りをした。「ほうら、出てきた」小さなボタンを見せた。「これが起爆装置。ボカーン。あなたの人生の無駄が消えるわ」

セスが無作法な音をたてた。「ほいほい消されるほど悪くない男と寝ている女もいるかもしれないって、少しは考えないのか？」

タマラは肩をすくめた。「時間は移ろうもの」タマラは言った。「男には飽きが来るもの」

セスはスペイン語で何かをつぶやいた。侮蔑的な言葉のようだ。

「そんなにきれいなものを爆破させるのはもったいないわ」リヴは意見を言った。

「そこが考えどころね」タマラは同意した。「だから、毒を仕込めるもっと単純な作品があるのよ。無味無臭の毒薬。毒殺初心者でも相手の体重と時間調整に基づいて、正しい投薬量を決められる手引書付き。でも、わたしの小型爆弾を買う人もいるでしょうね。わたしの経験から言って、人生には、ひとりの男の死と引き換えに何百万ドル級の宝石を犠牲にしなければならないこともあるものよ」

T－レックスの血に飢えた笑みがリヴの頭によぎり、吐き気と寒気をもたらした。「全面的に賛成するわ」リヴは言った。

エリン、マーゴット、レインもうなずいた。

タマラは金色の目を細めてリヴを見つめた。「さてと、〝オリヴィア〟にはどんな作品がぴったりかしらね？」

リヴは手首のまわりのかさぶたを見つめた。「たとえ両手を縛られていても、ロープやビニールを切れるもの」リヴは言った。

タマラは目を輝かせた。「ちょうどいいものがあるわ」べつの箱を取って、開いた。指輪がいくつか入っている。金のワイヤーをより合わせた指輪や、もっとシンプルに波の模様や縞《しま》の模様をつけただけの指輪に、それぞれ輝く宝石がついている。タマラはシンプルなデザインのものからひとつを選んだ。光を受けてさまざまな色に変化する金の指輪が、巻きつくように、スクエアカットのメノウを支えている。

「そのレバーをたちあげて、石を押して」タマラが指示した。「この仕掛けには苦労したわ。オペラの幕開けで拍手しているときに、刃が出てきてしまっては困るから。ショーン、試してみる？」

ショーンは迷いを見せた。「その刃には毒が塗ってある？」

「あなたを殺したいのなら、とっくの昔に殺してる」タマラはぴしゃりと言った。

ショーンはタマラの指示どおりに実演した。小さいながらも切れ味がよさそうな刃が飛びだした。刃渡りは二センチ半もないものの、下のほうはギザギザのノコギリ状になっている。

「自分の指を切りかねないな」デイビーが述べた。

「ええ、そうよ。意表をつくための便利な秘密兵器ですもの」タマラは言った。「それに、絶体絶命のピンチには、これで血路を開くことができる」

一瞬、気まずい沈黙が落ちたあと、すぐにショーンがうなるように言った。「そんなことがしたければ、おれの死骸を乗り越えてするんだな」

「そういうことよ」タマラは穏やかに言った。「まさにそういう場合のためのもの」

リヴは身震いした。大きな金色の猫みたいな目を見つめ、やがて、その瞳にとらわれた。タマラの茶化すような笑みが消えた。そこを陰鬱な影が占める。言葉を越えた、静かな理解。昨日、T－レックスがリヴを引きずりこもうとしたところに、タマラはいたことがある。死が慈悲となり得るところに。リヴにもよくわかった。

どれだけ時間がたとうと、心の一部はけっしてそこから戻ってこられないのだ。

リヴはショーンの手から指輪を取って、小さな刃を調べた。そう、これが昨日あったらどんなに助かっただろう。メノウの石を力いっぱい押した。シュッという音とともに刃が引っこんだ。

何十万ドルも費やせるほどお金がないのが残念だ。

タマラに差しだした。「すばらしい作品だわ」リヴは心から言った。「美しくて、実用的で。才能があるのね」

タマラはリヴの人差し指に指輪をはめた。サイズはぴったりだった。「あなたのものよ」

リヴはぎょっとして、指輪を引き抜き、タマラに返そうとした。「そんな、だめよ。こんなに高価なもの」

「お金持ちの特権はいろいろあるけれど、そのうちのひとつは、センチメンタルな衝動に駆られたとき、思うままに行動できることなの」タマラはリヴに指輪をはめ直した。「わたしがセンチメンタルな衝動に駆られることはめったにないんだから、無駄にしないで。それにあなたの男はまだ特別な指輪を贈っていないんでしょう？　安っぽい男ね」

「おい、いまのには怒るぞ」ショーンはすぐに反論した。「手に手を取って、頭のおかしな悪党から命からがら逃げる途中で、宝石屋による暇がなくて悪かったな！」

「言い訳、言い訳」タマラは鼻先で笑った。リヴの手を取り、甲にキスをした。「出し抜いてやったかと思うとうきうきするわ。それに、宝石となったら、男を当てにしてはだめ。たいていは、最悪のセンスですからね」

ショーンのあごがこわばった。「あんたは地獄の猫ビッチだよ」

「あらあら、わたしの小さなとげが、ナイーブなところに突き刺さったのね」タマラはあざけった。「あなたは勝負の楽しみ方を知っているわ、ショーン。前からそこが気に入っているの」

レインが咳払いをした。「ええと、タマラ？　どうしてセスと組んで発信機付きのジュエリーを開発しないの？」

タマラは首を振った。「わたしの哲学に反するから。それに、発信機は、自分の生死を気にする人がいることを前提としている。それはわたしの経験にはなかったことよ。もうひとつ、わたしは自分の居場所を隠しておきたいし、わたしの客のほとんどが同じね。最後に、喉にナイフを突きつけられたとき、発信機は役にたたない。装飾型兵器はそういう場合のためにあるもの。追いつめられて、人の助けを期待できないときの特別手段よ」

「どんどん気が滅入ってくる」デイビーが言った。

「薬を飲みなさい」タマラは言った。「いまはいい精神安定剤があるわよ」

ショーンは指輪を見おろし、リヴにぎこちない視線を投げた。「おれとベッドに入るときには、この指輪をはずしてくれることを願うよ」

「不安になる？」タマラは箱をのぞきこみ、リヴに贈ったのと似たような指輪をみっつ選んだ。エリンの手をつかみ、次にマーゴット、それからレインと続けて、それぞれに授ける。

「わたしの敬意のしるしよ」タマラは言って、意地の悪い笑みを浮かべた。「それに、わたしは男を困らせるチャンスは逃さないの」

20

マイルズは書斎のソファベッドでしきりに寝返りを打っていた。体が熱くて、汗ばんでいて、いらいらしていた。最悪の悪夢が現実になったみたいだ。シンディ・リッグズと同じ屋根の下で眠っている。シンディはすぐ上の階にいて、きっとそろいのキャミソールとパンティしか身につけていない。本当にアソコの毛はハート型に剃ってあるんだろうか。マイルズはシンディの部屋に忍びこんで、むりにでも確かめることを想像した。自分のも見せる。それが公平ってもんだ。

だめだ。シンディは出ていけと言うだろう。その時点で、マイルズは奈落の底に落ち、死んでしまう。

もっと悪い可能性もある。あの小悪魔みたいな目つきで、マイルズを怖がらせ、興奮させ、パンティをおろすように仕向け……そして、ハート型を見せつける。

だが、それからどうなる？　マイルズの心は恐怖の壁を駆けのぼっていった。

シンディとセックスしたら天にものぼる心地になるだろう。そして、当然の結果として、地獄に落とされるのだ。わかってる。考えるまでもなくわかる。

目を閉じるたびに、シンディがほっそりとした体をマイルズに絡ませ、身悶えする光景が目に浮かんだ。そして、マイルズが驚くほど柔らかな乳房にむしゃぶりついているあいだに、絶頂を迎える。女の子をイかせるのがこんなに簡単だとは、思いもよらなかった。

演技をしていなければだが。しかし、演技をしてなんになる？　いまから哀れな童貞のプライドを気にかけてくれるはずがない。

それに、演技には思えなかった。シンディの体の震えのひとつひとつが、マイルズの体に反響していた。喘ぎのひとつ、長い爪が食いこむ感触のひとつまでも。

それから、マイルズを口で奪った。ああ、なんてことだ。

マイルズをこんな状況に追いこむのだから、コナーは卑劣なやつだ。マイルズはあの危険な小悪魔から離れよう離れようとしているのに、どこへ行っても、なぜかそこにいる。マイルズの前で胸をゆらして。

マイルズはうめき、ソファベッドのはしに転がった。これほどそわそわと落ち着かない気分でいるうちは、眠ろうとしても無駄だろう。どうせなら何か役にたつことをしたほうがいい。マイルズはノートパソコンを立ちあげ、クリックをくり返して、ミーナとジャレドが入り浸《びた》っているチャットルームに入った。

誰かいる？　すごく退屈。マイルズは打ちこんだ。

数人から反応があった。ありきたりな会話を交わして、時間をやり過ごした。シンディのハート型の陰毛のことを考えないようにしながら。しばらくして、ジャレドが現われた。ありがたい。

マインドメルド６６６：やあ、ミーナ、２ショットチャットに移ろう。

ふたりきりで話せるチャットルームに移動した。ジャレドはいきなり本題に入った。きみを招待する権限を得た。

どこに？

特別な場所。“安息の地”だ。噂を聞いたことは？

ある。迷信めいた秘密の場所で、脳をコントロールする驚くべき技術を学べるそうだ。マイルズはSF好きの空想の産物だとみなしていた。サイバースペースではとんでもなくばかげた話が数多く飛び交っている。

詳しく教えて。

チャットでは話したくない。ジャレドはそう返してきた。顔を合わせて話をしたいが、きみが怖がっているうちは、どうしようもない。ぼくの仕事はきみのような人材をスカウトすることなんだけどね。

過大評価だわ。マイルズは恥ずかしがり屋の性格らしく書いた。

いいや。ここに来る人間の大半は大金を払っている。きみのような特別な人のことはこちらで選別する。ぼくを雇っている男は天才だよ。体験してみなければ、信じられないだろうが。

その人は何者？

しばしの間があいた。それを教える権限はないんだ。まだ実際に会っていないから、きみが自分で名乗るとおりの人間だと確認できないだろう？

そのとおりね。それがわたしの問題でもあるの。

お互いの問題を解決する方法はひとつしかない。会うかい？

質問は横にすべるように現われ、明るいスクリーンのなかで返答を待っている。

書斎のドアにノックが響き、マイルズはまたたく間に取り乱した。

あああああ。どうする？　ベッドの下に隠れる？　息を止めて、死んだふりをする？　どうする？

「起きてるか？」ドアの向こうから聞こえてきたのは、コナーのしわがれ声だった。

シンディじゃない。安堵と落胆の両方に意気をくじかれ、マイルズは椅子からすべり落ちそうになった。「一応ね」マイルズは答えた。

コナーはドアを開けた。きちんと服を着て、シグの銃を手にしていた。

「たったいま連絡が入った。エリンの母親の家に設置した〈セイフガード〉の警報装置が作動した。ハワイに旅行中でよかったよ。警察には知らせたが、おれもようすを見に行く。おまえにはここの見張りを頼みたい。こいつの扱い方はわかるか？」

冗談だろ？　ぼくは何も知らないまぬけにすぎないんだ。マイルズはそう叫びたかったが、これまで鍛えあげてきたことが功を奏し、ひとりでにつばを飲み、うなずいていた。

「ショーンとデイビーと一緒に何時間か射撃場で練習したことがある。これだけ終わらせるから」マイルズはパソコンにかがみこんで、キーボードを打った。

用事ができたわ。二時間後にまた来るけど、いる？

ずいぶんじらすね。マインドメルド666が打った。**二時間後に来るよ。じゃあ、また。**

マイルズはコナーについて一階におり、銃を受け取った。

「頼むぞ」コナーは言った。「なるべく早く戻る」

マイルズは玄関をうろうろした。頭のなかは蜂の大群が押しよせたかのようになりをあげている。家のなかは薄暗く、街灯のオレンジ色の明かりが窓から差しこんでいるだけだ。銃は重く、エイリアンみたいに得体の知れないもののような感じがした。

「ここにいたの」小さな声がマイルズの心臓を飛び跳ねさせた。「探していたのよ」

マイルズは振り返った。キッチンの入口で、無限に広がる灰色の闇のなか、シンディの体がぼんやりと浮かびあがっていた。想像どおりの姿だ。ぴっちりとしたタンクトップ。パンティではないが、股上が浅く、丈が短いショートパンツは、パンティよりましとは言えない。

「寝てろよ」マイルズは言った。

「眠れないの」シンディの声はとげとげしかった。「ライブで興奮してしまって。今夜は熱かった。あなたに来てもらえなかったのはほんとに残念。やだ、ちょっと、マイルズ。銃なんか持って何してるの？」

「見張り番だよ」マイルズは答えた。「コナーはきみのママの家を調べに行った。誰かが警報を鳴らしたらしいんだ」

シンディはくいっと頭を振って、髪をうしろに払い、色っぽくゆらした。「わたしたち、誰かに牙だらけのモンスターから守ってもらわなきゃならないのね？」

嫌みを言われるのはごめんだ。「このモンスターは現実のものだよ、シンディ」

「マクラウドの悪影響よ」シンディは蜜とバニラの香りが嗅げるほど近づいてきた。薄闇のなかでも、体の細部が見て取れるようになった。マイルズはつばを飲み、窓の外に目をやった。

「一瞬だけ銃を持たせてくれる?」からかうような口調。

「だめだ」マイルズは言った。

シンディはおなかをかかえるように腕を組み、壁にもたれた。「わたしから性的暴行を受けるのが怖いとかそういうこと?」

「コナーから頼まれたんだよ。自分が帰るまでこの家を守れって」マイルズはぶっきらぼうに言った。「だから、そうする。邪魔しないでくれ」

シンディは壁に背をつけたまますずるずるとすべり落ち、床に座りこみ、胸もとに膝をよせてきつくかかえた。「どうしてもわたしを嫌うのをやめてくれないのね、マイルズ」

マイルズは長々と息を吐きだし、いまの発言に対してなしうる一万もの矛盾した答えのなかからひとつを選ぼうとした。「嫌ってないよ、シンディ。ただ、きみといるときの自分の感情が気に入らないんだ。きみがろくでなしの恋人からろくでもない扱いを受けているあいだ、せっせと働き蟻《あり》の役目を果たすのもいやだ。あれにはもう本当にうんざりだ」

「いまはろくでなしの恋人なんかいないわ」シンディは言いたてた。

マイルズは肩をすくめた。「時間の問題だ。きみが次のろくでなしを追いまわすあいだ、きみの小間使いでいるよりも、もっとましな生き方があると思ったんだよ」

シンディは両手で顔をおおった。「そういうことをしろって、誰かが強制したわけじゃないわ」シンディの声は消え入りそうだった。「断ることもできたはずでしょ」

「そのとおり。だから、そうしてるんだ、シンディ。いま、断ってる」

シンディは鼻をぐずつかせた。「今朝のことで、なおさら嫌いになったのね？」

ああ、そうだとも。マイルズはヒステリックな笑いをあげそうになった。「いいや、シンディ。言っただろ。嫌いじゃない。きみの幸せを祈ってる。最高の幸せを。本当だ」

シンディはその言葉を嚙みしめた。「幸せを祈る」くり返して言う。「わたしは大おばのマーサおばさんの幸せを祈ってる。世界じゅうのかわいそうな子どもたちの幸せを祈ってる。ザトウクジラの幸せも、ハクトウワシの幸せも、パンダの幸せも祈ってる」

マイルズは首を振った。「ぼくはクジラやワシやパンダ、それにマーサおばさんにも反感は持っていない。きみにも反感はない」

シンディはまた両手に顔をうずめた。くすんくすんと泣く声を聞くと、やはり動揺してしまう。マイルズは歯を食いしばった。「何が聞きたいんだ？　きみを愛してる？　ぼくは言わないぞ。そりゃ、きみに片思いをしていたが、もう乗り越えたんだ。ぼくはもうきみに踏みつけにされたくない」

「してない」シンディは言った。「もうしない」

「何を？」マイルズの声は険しくなっていた。

「あなたを踏みつけること」目から涙をぬぐい、鼻をぐすぐすいわせる。「そんなことをしたんだったら、ごめんなさい。そういうつもりじゃなかったの」

しおらしい声の誘惑が、マイルズの心を散り散りに引き裂いた。この瞬間をどんなに待ち望んでいたことか。夢に見たシンディ。こうなってほしいと願ったそのままの姿だ。大人になり、落ち着きを得て、地に足をつける。そして、マイルズを望んでいる。

だが、夢は夢だ。いまこの場のキーワードは〝夢〟だ。

マイルズはそこに立ちつくし、恐れと痛みで喉を凍りつかせていた。投げられた問いは、ふたりの沈黙のなかで、冷たく無慈悲な答えへと変貌した。

シンディは震える息を吐いて、軽やかに立ちあがり、そっとキッチンの向こうに行った。階段の手前で立ち止まる。「マイルズ？」

マイルズは身構えた。「何？」

「わたしも、あなたの幸せを祈ってる」シンディは言った。「本当に、心から、願ってる」

シンディの声には、これまで聞いたことがないような響きがあった。気の利いたことを言おうとしているわけじゃない。自分の思いどおりになるまで、まわりをかきまわそうともしていない。

シンディの声は悲しそうで、飾り気がなかった。現実に目を向けている。真剣に取り組もうとしている。

マイルズは気を変えそうになった。まっすぐな姿勢で現実を見たシンディと付き合うことは、この宇宙のなかでマイルズが何よりも求めていることだった。

しかし、シンディはもう階段の上に消えていた。つかの間の望みは失われた。どのみち想像の産物だったのかもしれない。シンディのこととなれば、頭のなかがぐちゃぐちゃに乱れるのは自分でもよくわかっている。

マイルズは白んできた空を見た。心は沈んでいる。手に持った銃と同じようにずしりと重く、そして、喉は引き絞られるようだった。誰かに強く引っぱられ、縛られでもしたみたいに。

マイルズが見張りに立っているうちに、この家を襲う人間がいるなら、哀れとしか言いようがない。いまのマイルズなら、なんの迷いもなく、そいつを蜂の巣にするだろう。

「コナーにそっくりなの」エリンの声は得意然としていた。

シンディはまだゆうべのマスカラでおおわれた目を凝らし、またコーヒーをごくりと飲み、ぼんやりとした超音波写真から小さな甥《おい》っ子の姿をつかもうとした。「どこをどう見ていいか、いまいちわからないみたい」

「あごの下あたりから、まっすぐ上を見てしまっているんじゃないかしら」エリンが説明した。「ほら、ここが唇、ここが小さなお鼻……ね？」

ようやくひとつの像がつかめた。命の不思議を目の当たりにして、心が躍った。

「うん、なるほどね、見えた！」もう一度まじまじと見つめた。「コナーに似てる？ このちいちゃな男の子はどこもかしこも丸いわよ、エリン。コナーには丸いところなんてどこにもないでしょ。人類の一員らしくなってきたのは認めるけど、コナーには似てない」

「もう、しょうのない子ね」エリンは腰をあげ、フライパンからフレンチトーストをすくって、皿に載せ、妹の前に叩きつけるように置いた。

「わたしを太らせようとしているのね」いつもの癖で言っていた。

「いいから食べなさい」エリンは叱りつけた。さらにバターとシロップをシンディの前に力強く置いて、態度で意思を示した。「マイルズ？ フレンチトーストは何枚食べる？」

「おなかがすいてないんだ」マイルズの声は遠くからキッチンに漂ってきた。

エリンはシンディに目で探りを入れた。シンディは目をそらした。なぜかわからないけど、顔が赤くなっていた。ゆうべはマイルズに何もしていない。シンディをはっきりと拒絶する機会をまた与えただけ。そしてマイルズはその機会をとらえ、拒絶した。完膚《かんぷ》なきまでに、ようやくシンディにも察しがつけられるくらいに。誘惑も、泣き落としも、セックスさえも効かなかった。いつもならうまくいくことが、何をやってもだめ。どうやら困難なことに取り組まなければならなそうだ。品位を身につけるとか何か。

玄関から男数人の話し声が聞こえて、それからコナーがキッチンの戸口に現われた。疲れたようすで、暗い顔をしている。

「どうだった？」エリンが尋ねた。

「ろくでもないことばかりだ」コナーは答えた。エリンを引きよせ、キスをする。

それから、エリンがついだコーヒーを受け取り、感謝のため息を漏らした。椅子にどさりと腰をおろし、脚を撫でる。「あちらには警察の直後に到着した。裏の路地に車を停めたとき、犯人が飛びだしてきた。もう少しで逃げ道をふさいでやれたのに」

エリンは顔をしかめた。「追いかけたの？」

コナーは目を合わせなかった。コーヒーをすする。

「男らしいのもいいかげんにして！」エリンは声を荒らげた。「一週間は脚の痛みがひどくなるわよ！」

コナーはため息をついた。「自分を止められなかったんだよ」陰気な口調で言った。「それだけ近かった。だが、犯人はサイズモア家のフェンスを飛び越して、そこでおれは付いていけなくなった」脚を撫でつづけている。「おれが悪党を追いまわす時代は終わったな」

「それで、犯人を見たの？」シンディは尋ねた。「ショーンの敵だった？」

コナーは肩をすくめた。「そうかもしれないし、そうじゃないかもしれない。でかくて、黒ずくめ。不法侵入をやらかす犯罪者の特徴としてはありきたりだ」

「何を盗まれたのかしら？」エリンが尋ねた。「ママの宝石を盗られた？」

「いや、そこが心配なんだ」コナーはエリンの目を見つめた。「何も盗まれていない。犯人は古いほうの警報装置のアラームを切っていたが、〈セイフガード〉のほうには気づかなかったんだな。侵入していた時間は二十分。そして、何も盗んでいない。家のなかに潜んでいたんだと思う。誰かが帰ってくるのを待っていたんだ」

エリンは身震いして、丸いおなかをかばうように身を乗りだし、両手でコーヒーカップを包んだ。「ショーンの敵なら、どうしてママを狙うの？　どうして、たとえば、わたしたちじゃないの？　それか、デイビーとマーゴットじゃないの？」

コナーは首を振った。「狙いやすかったんだろう」

シンディは昨日、ポーキーを訪ねるという冒険をしたことを思いだして、身じろぎした。そのとき、携帯電話が鳴った。シンディは電話に出た。「もしもし？」

「ああ、シンディか？　ボリヴァだ」

「まあ！　おはよう、ボリヴァ」シンディはリヴィングに移動し、ペンと紙を探しまわった。

「何かわかったの？」

「いいかい、これから教えることは、誰にも言ってほしくない。いいね？　ここでは何かよからぬことが起こっていたようだが、かかわりたくないんだ」訛《なま》りのある早口でしゃべるので、何を言っているのか聞き取るのもひと苦労だった。

「ええ、わかったわ」シンディは言った。「誰にも言わない」

「あの夏、ここには三人の用務員がいた。ひとりはフレッド・エアーズ。七月に心臓発作で死んだ。もうひとりはパット・ハモンド、アル中だ。交通事故で死んだ。三人目はベトナム人で、チュンという男。この男はビルが一度閉鎖されたときに辞めて、海沿いの町に引っ越した。ガーネットという町だ。彼の娘がそこで雑貨店を開いている。この件は、人には言わないように。いいね？」

シンディはポストイットにメモを取った。「もちろん」シンディは言った。「絶対に迷惑はかけたくないもの。ありがとう、ボリヴァ」

電話を切り、四角い紙を見つめた。胃がよじれるようだ。何もかも白状するときが来た。すんなり流してもらえるはずはない。ひとり残らずものすごい剣幕で怒るだろう。シンディに向かって。

話し声のするキッチンのほうに戻って、戸口で足を止め、気持ちを落ち着けた。しばらくして、全員が口をつぐんだ。

「何を持ってる？」コナーはポストイットを指差した。

シンディはつばを飲んだ。「手がかり」

コナーはぽかんとした。「あ？」

「コールファックス・ビルの用務員さんからの電話だったの。わたし、その人の甥にサックスを教えているから。その、ケヴィンが死んだ夏にコールファックス・ビルで用務員をしていた人がわかるかどうか尋ねたの。そしたら、まわりの人に訊いてくれて。その夏のうちにふたりが死んでる。これだけでも奇妙よね。三人目のこの男性は」ポストイットを差しだした。「まだ生きてる。ガーネットの町にいるって」

コナーはポストイットを受け取り、眉をひそめた。

「ボリヴァの話では、用務員の仕事に就いたとき、何人かの人からあの場所は呪われてるって言われたらしいわ」シンディは言った。「わたし、その呪いっていうのが、ケヴィンに起こったことと何か関係しているんじゃないかと思う」

コナーは小さな紙をシロップの容器にたてかけた。「こりゃ驚いた。なぜこんなことをしようと思った？」

来た。シンディの苦難の道が始まる。シンディは椅子に浅く腰かけ、深呼吸して、胃が引きつるのを抑えようとした。「わたし、その、ポーキーに会いに行ったあとに考えたの。ポーキーの家のお手伝いさんは――」

ガチャッ。マイルズがフレンチプレスのコーヒーポットにカップを落とした。カップは大きなかけらに割れて、熱いコーヒーがタイルの床にこぼれた。

「何をしたって？」マイルズはうわずった声で尋ねた。

「ポーキーって誰だ？」コナーはシンディとマイルズを交互に見た。

「ベック教授」シンディは小声で打ち明けた。唇を噛み、両手で自分のおなかを抱きしめ、身構えた。

マイルズは何も聞こえていないかのように口をつぐみ、床にしゃがんで、割れたカップのかけらを拾っている。キッチンのスクリーンドアを蹴って開き、庭に出ていった。金属のごみバケツのふたを膝で押し開ける。

カップのかけらを高く掲げ、空っぽのバケツに力いっぱい投げつけた。ガッシャン！

シンディは小さく悲鳴をあげ、また唇を嚙み、血が出るのではないかと思うほど力を入れた。どうしよう。ここまでひどいことになるなんて。しかも、これからどんどんひどくなる。

マイルズは足を踏み鳴らしてキッチンに戻ってきた。シンディの前に立って、身を乗りだし、シンディは椅子に座ったままじりじりと後退した。「ゆうべきみとセックスしなくてよかった」マイルズは言った。「ヤってたら、いまよりもっと怒っているところだった」

驚愕《きようがく》の沈黙が落ちた。コナーとエリンはそれぞれ目を丸くして、顔を見合わせている。

シンディはわななく唇を結んだ。

コナーは視線をマイルズに向け、にらみつけた。「仕事のことをべらべらしゃべるなんて、おまえは何を考えてるんだ？」強い口調で言う。

「違うの」シンディは小声で言った。「マイルズはしゃべってない。電話で話しているのをわたしが立ち聞きしたの。それでわたし、考えて……ポーキーなら知ってるから……だから、わたしが行って、ケヴィンのことを訊いてみようって。〝ミッドナイト・プロジェクト〟のことも」

「勘弁してくれ」マイルズはキッチンから飛びだしていった。書斎のドアがばたんと閉まる。

コナーは片手で目をおおった。「なんてことをしてくれたんだ。信じられない。開いた口がふさがらない」

エリンはコーヒーカップを握りしめ、しゃべるのを怖がるようにコーヒーを見つめている。シンディと目を合わせようとはしない。精神的な支えはなし。どんな支えもなかった。そして、責められるべきはシンディただひとり。いつものように。

「自分がどんなにとんでもないことをしたのか、わかるか？」コナーの声はすでにぼろぼろの神経を切り裂き、シンディを飛びあがらせた。「今度はなんだ、退屈だったのか？　いたずらのつもりだったのか？」

「違う」シンディは言った。「ただ……わたし、ポーキーのことはよく知ってるから。女の胸を見たとたん、脳みそが溶けるようなスケベじじいだから、わたしの考えでは――」

「考える？　きみが？」コナーの笑いは辛辣な皮肉に満ちていた。「まず初めに、そういうスケベじじいの家にひとりで行って、胸を武器に迫ろうというのは、性的暴行を受けるにはおあつらえむきの状況だと思わないのか？」

「でも、あのポーキーがそこまでするとは思わなかったし……あの男は基本的には害がないから、わたしは――」

「害がない？　そうか？　今朝、きみたちのママの家に不可解な訪問者が来たのに？　それでも害がない？」

シンディは心底震えあがった。「まさか」声がかすれていた。「そのことと関係あるはずが――」

「ベックは大学の記録からきみのママの家の住所を入手することができる。ベックにどこまで話した？　どれだけボロを出した？」

「その――ただ、ケヴィンのことを本に書きたいって言っただけ」シンディは口ごもった。

「ケヴィンの昔のノートを見つけたからって」

「ノート？」コナーは傷痕のある手で顔をおおった。「よりによってケヴィンのノートを持っていると言ったのか？　狙われたのも当然だ。自分が何をしでかしたかわかるか？」

「ええと……まるっきり」今度は声が軋《きし》んでいた。

コナーは手を落とした。険しい視線は、シンディを椅子の奥のほうに退かせた。「自分から、殺し屋の殺害者リストに名を記したんだ。ただでさえごちゃごちゃしている事態をさらに複雑にしてくれたよ。なんなんだ、シンディ？　もっと注目してもらいたいのか？　おれたちに苦労が足りないとでも思ってるのか？」

シンディは首を振った。「いいえ。ごめんなさい」

コナーは傷のある手をテーブルに叩きつけた。食器が飛びあがり、ガチャンと音をたてる。

「いつもこうだ。謝ればすむと思うか？」

「コナー。落ち着いて」エリンが口を挟んだ。「言いすぎよ」

「まさかシンディの味方に――」

「誰の味方にもついていないわ」エリンの声はとげとげしかった。「ただ、あなたが癇癪《かんしゃく》を起こしているのにも耐えられないの」

「これが癇癪だって？」コナーは怒鳴った。

エリンは夫をにらみつけ、柔らかな唇をきっと結び、突きでたおなかをかかえるように腕を組んだ。「ええ」ハサミで切るように歯切れよく言う。

コナーはすっくと立ちあがり、勝手口に歩いていき、ふたりに背を向けて裏庭を見つめた。背の高い体の全身がこわばり、震えている。怒りがたちのぼっている。

エリンは咳払いした。「さてと、そうね、シンディ。やってしまったことは仕方がないわ。その男に何を話したのか、すべて教えて」

「ああ、シンディ、教えてほしいね」マイルズの冷たく辛辣な声が戸口から飛んできた。「きみの胸にどんなことができたのか、知りたくてうずうずしてるよ」

「へえ、でもあなたはもう知っていると思うけど」シンディは言い返した。

マイルズの顔は真っ赤になった。とりあえず黙らせることはできた。シンディは両手を組み、関節が白くなるほど強く握りしめた。「ええと、そう、あまりたくさんは聞きだせなかったの。ケヴィンのことはよく知らないって言われた。〝ミッドナイト・プロジェクト〟は神経学にかかわる研究だったけど、研究資金がつきて、たち消えになったって。資金の提供者が誰だったかは知らないそうよ。それだけ。ただ……」自分が感じた印象を話すことに意味があるかどうか、シンディはためらった。

エリンがしびれを切らして先をうながした。「ただ、何?」

「収穫は、ベックから聞いたことよりも、ベックの雰囲気のほうが大きかったと思う」シンディはおずおずと切りだした。「最初にわたしを見たときは、いまにも襲いかかってきそうなようす――」

「シンディ！」マイルズが叫んだ。「気でもふれたのか？」

「いいえ、ただ尻軽なだけよ」シンディは甘い声で言った。

「脱線させるな」コナーがどやした。「口を閉じてろ、マイルズ。それで？　先を続けろ。迫られそうになって、そのあとは？」

「わたしがケヴィン・マクラウドの名前を口にしたとたん」一瞬シンディは口ごもった。「その、スイッチが切り替わったの。なんていうか、電気が消えたみたいに。いきなり部屋の温度がさがったかと思ったのよ。ベックはいちゃつこうとするのをやめて、わたしの胸を見るのをやめて、わたしにお世辞を言うのをやめた。何もかも……止まったみたいだった。パチッ。はい、おしまいっていう感じ」

コナーはまだスクリーンドアを見つめながら、首を振っている。

シンディは辛抱強く話を続けた。「それで、不思議に思わずにいられなかった。その気になっていた男のスイッチをいきなり切るのは何？」

「恐怖心」エリンが静かな口調で言った。「罪悪感」

コナーはうなずいた。「もう一度ベックを訪ねる必要があるな。早急に」

その口ぶりにシンディは寒気を覚えた。たまに、この義理の兄を恐ろしく思うことがある。

「ガーネットにいるっていう元用務員が何を知っているのか気になるわ」シンディは言った。

「結果を知るのはずっと先のことだ」コナーが言った。「ハワイに行って、ママと合流しろ。これから何本か電話をかけて、あちらにいるあいだの二十四時間態勢のボディガードを手配する。ふたりそれぞれにつける」

シンディの口が勝手にしゃべりはじめた。「でも、ワークショップがまだ終わっていないし、今週末は〈ルーマーズ〉で結婚式の演奏をすることになっているし、それに――」

「ワークショップは忘れろ。〈ルーマーズ〉は忘れろ。予定帳に書いてあることはすべて忘れろ。何もかもキャンセルしろ。何せ、母親の家の住所を殺し屋に提供したんだからな。マイルズ、パソコンをたちあげろ。いますぐだ」

「ちょっと待ってくれよ。いまちょうどミーナがマインドメルドに話しかけようとしているところで――」

「マインドメルドのことは忘れろ」コナーは怒鳴った。「こっちの件に全力をそそぐ。おれたち全員がだ。殺人者がおれの家族の首を狙いつづけるのにはもううんざりだ。神経がささくれだって仕方ない」

コナーの声ににじむ野蛮な響きを聞いて、シンディはますます椅子の奥で縮こまった。自分がちっぽけで、つまらない人間になった気がした。「ごめんなさい」ささやくように言った。

そう口に出したのは間違いだった。コナーが食ってかかってきた。

「ふたつだけ、喜んでいいことがある。ひとつは、母親がハワイにいたこと。そうでなければ、いまごろは死んでいた。ふたつ、自分がゆうべここに泊まったこと。そうでなければ、いまごろは死んでいた。あるいは、頼むからもう殺してくれと頼んでいた」

コナーは地下のトレーニングルームにつながるドアを力任せに開けて、どすどすと階段をおりていった。

マイルズは戸口に立った。おそらくは続けて捨て台詞《ぜりふ》を吐きたかったのだろうけれども、コナーに敵《かな》うものを思いつかなかったらしく、無言で階段に飛びこんだ。シンディとエリンだけが残った。

シンディは姉の目を見ることができなかった。この場でいますぐ崩れ落ちてしまいたかった。エリンは一度もこんな厄介な事態を引き起こしたことはない。厄介な事態があったときも、巻きこまれただけで、自分の責任ではなかった。エリンは頭がよくて、勇敢で、分別がある。そのすべてが、〝おバカなウサギちゃん〟の妹が持ち合わせていないものだ。

シンディはかわいい子、エリンは賢い子。ママがよくそう言っていたけれど、シンディはごく幼いころからこの言葉の偽りを見抜いていた。エリンはエリンでかわいいのだから。ママの言葉は、姉に比べておつむの弱いシンディが、劣等感を持たないようにするためのものだ。何はなくとも美人さんなんだから、という慰めだ。

いまはなんの慰めにもならない。シンディは両手に顔をうずめた。

エリンは控え目に咳払いをした。「シンディ？　あの――」

「お願い、やめて。また一から叱ってもらわなくてもいい。悪かったのはよくわかってる」

エリンが椅子を引く音がした。席を立って、キッチンから出ていく。シンディがひとりで反省するように。

ママを危険な目にあわせるところだった？　ああ、嘘だと思いたい。ポーキーじいさんにちょっと色目を使っただけで、これだけの大混乱を引き起こしたの？

シンディが黙って消えたら、きっとみんながほっとするだろう。

シンディは立ちあがった。頭の片すみで、バスルームに行きたいと考えていた。さっきのフレンチトーストが胃のなかで暴れ、外に出たがっているようだ。

書斎の前を通って、マイルズがゆうべ寝たソファベッドとくしゃくしゃの寝具を見た。ふらりとなかに入って、ベッドを見つめた。ゆうべもここに来た。何かをもくろむというよりは、尻軽女の気まぐれで、どうしてもこの狭いベッドにもぐりこみたくなって。あの硬い筋肉と、毛の生えた脚の感触を確かめ、自分の脚と絡ませたくて。マイルズがなんて言うか試したかった。マイルズがどうするか試したかった。

でも、マイルズはここにいなかった。ノートパソコンの画面だけが、暗闇のなかで光っていた。

シンディは机の前に座った。もっとましな人間になりたかった。もっと頭がよくて、こんなに自己中心的じゃない人間に。マイルズの気持ちをあんなに傷つけなければよかった。コナーにも一目置かれるような人間になりたかった。多少は好かれるようならもっといい。

パソコンの画面を見て、まばたきをした。文字が勝手に入力されていく。怪奇現象でも見たように身震いしたけれども、やがて、チャットが開いているのだと気づいた。誰かがマイルズに話しかけている。

マインドメルド666：ミーナ、まだいるかな？　ぼくと会って、〝安息の地〟を見てみたくなったかい？

シンディは画面に目を走らせ、スクロールして、その前の会話の記録を読んだ。あの〝安息の地〟のことだ。この不思議な場所の噂は聞いたことがある。〝X－MEN〟の映画に出てくるミュータントの学校みたいなものらしい。荒唐無稽な話だ。

ふとひらめいた。ここは、シンディが解き放った殺し屋には見つけられない場所だ。家族にも誰にも見つからない。シンディには〝安息の地〟がどこにあるのかわからないし、マインドメルドにはシンディの正体がわからない。居所も身元も両方隠せる。いまの状況にぴったりだ。

義理の兄のことはずいぶん長いあいだ悩ませてきたけれども、ようやく肩の荷をおろしてあげられる。あの渋面ともお説教とも非難のまなざしともさよならだ。

それに、ひょっとしてひょっとしたら、〝安息の地〟で少しは自分を改善できるかもしれない。

シンディの心は高鳴った。この男に会って、〝安息の地〟に連れていってもらって、まずは雰囲気を確かめる。よくないことに巻きこまれそうだったら、マイルズにSOSを送り、運を天に任せ、一か八《ばち》か賭ける。ほかの大人たちだって、リスクの高いことに身を投じるときはそうしている。パパは命を賭けて悪人を捕まえてきた。あの大悪党のレイザーにかかわるまでは。パパは悪いこともしたけれど、いいことだってしてきた。もちろん、それで悪いほうが帳消しになるわけじゃないけれども、もしかしたら、最後には、どちらかを比重にかけたらいいほうに傾くかもしれない。

シンディも悪いことばかりでなく、いいことをしたかった。せめて、努力はしたい。みんなは心配するだろうし、怒りもするだろう。でも、それはいつものことでしょ？

シンディがこの地上から消えたって、世界が終わることはない。ママとエリンのことは悲しませてしまう。マイルズはほっとさせてあげられる。〈ルーマーズ〉にはべつのサックス奏者を見つけてもらうしかない。それでも地球はまわっている、だ。

もしも、マインドメルドと〝安息の地〟が、マインドメルド本人の言うとおりの場所なら、これこそめぐり合わせだ。〝安息の地〟では、まだ眠っている脳の潜在能力を引きだしてくれるらしい。そう、シンディの脳は眠りっぱなしだ。どうなるかわからないでしょ？　何かを学べるかもしれない。この世には、もっとおかしなことだって起こるんだから。

シンディは腕を伸ばし、キーボードに手を乗せた。少しだけ、ためらった。

ただいま。決めたわ。あなたと会うことにする。場所は？

21

「お願いだからスピードを落として」リヴがこう頼むのは四度目だ。

ショーンはデイビーが借りてくれた車のアクセルから足を離そうとしない。時速百五十キロ以上は出さないというご立派な制限だけは守っている。

「おれの運転が気に入らないんなら」ショーンは言った。「タマラのところに残ればよかったんだ。あそこなら安全だ」

「陶器のお人形みたいに棚に座っていたくないもの」リヴは言った。「そんなふうにしていたら、わたしたちの問題を解決するのにまるっきり貢献できないでしょう。言うまでもなく、あなたにセックスの奉仕をすること以外はね」

ショーンは横目でリヴを見て、その瞳にからかうようなきらめきがあるのをとらえた。

「文句を言うような苦役じゃないわよ」リヴは言い足した。「とっても楽しいわ。それでも、この件の調査中にずっと脚を開いているだけなのはいやなの」

ショーンが口を開きかけたけれども、リヴはさえぎった。「ええ、そりゃあ、あなたは無数の言語を操る天才戦士だけど、わたしの頭でも少しは役だつ」

「そうじゃないとは言ってないよ」ガーネットの町に入って、ショーンは速度を落とした。

「きみは才媛だ。だからこそ、ケヴィンの絵の謎を解くほうにまわってほしい。おれは十五年前、うわ言を口走るようになるくらい、あのとぼけた絵を見つめつづけた。もうひらめきも枯れている。きみなら新しい視点で見られるかもしれないだろ」

「お望みどおり、いくらでも調べるわよ。あなたに惑わされなければ、ひと晩じゅうでも調べるわ」

「おれに惑わされる？　婉曲《えんきょく》な言いまわしは多々あるが、それは初めて聞いたね。事実、人を惑わすのはきみのほうだ。おれが仰向けに横たわっていたとき、不遜なセックスの女神に乗られて、なすがままにされたことはよく覚えてるよ」

「なすがままだったなんて、とんでもない。それにあれは、たっぷり一時間以上、あなたに惑わされたあとのことよ、ショーン」リヴは指摘した。「でも、この話はここでやめておいたほうがよさそう。道が悪いし、もうすぐ到着よ」

「そこの森にちょっとよってもいいじゃないか」ショーンは期待をこめて言った。「木の幹にきみを押さえつけて、惑わしたい。それか、後部座席で試してもいい」

「わたしはチュンっていう人と話をしたいし、それはあなたも同じでしょう」リヴは言った。「集中、集中」

ショーンはリヴが雰囲気を軽くしようと心がけてくれることはありがたく思ったが、どうしても気は重くなった。どこからどう狙われてもおかしくない場所で、リヴが自分の隣にいるのはよくないことに思えてならなかった。せめて特殊部隊の兵士たちが一団となってリヴの両わきを固めてくれるなら、まだましなのだが。

それに、この恐怖をどうやりすごせばいいかもわからない。危険に立ち向かうとき、いつもなら、どうとでもなれという態度でいられる。死ぬことをさほど恐れていないからこそだが、リヴの死は怖くてたまらない。恐怖に取りつかれている自分に腹がたつ。

いまも、のら猫みたいにびくびくして、しょっちゅうバックミラーに目を走らせていた。空にも目を向け、ヘリコプターが襲いかかってこないかどうか確認する始末だ。男が人の命を気にかけるようになると、こうして百八十度変わってしまうものだ。頭に霞《かすみ》がかかって、自分がバカで、のろまで、能無しの男になった気がした。

「安全じゃないんだ」ショーンは言った。「おれは集中できない。そのせいでふたりとも死ぬことになるかもしれない」

リヴは腕を伸ばし、ショーンの腿《もも》に手を置いた。「わたしは、あなたといるときが一番安心できるわ」

ショーンの喉に熱いこぶしのようなものがこみあげた。「頼むから、そんなことは言うな」どうにか言葉を絞りだした。「弱みにつけこむな」

「それで神経が高ぶってしまうなら、申し訳ないけど、でも、わたしたちはこの事件に一緒に巻きこまれたんだから、一緒に解決しなければだめよ」

ショーンは、〝ショーンを元気づけるための感動的な言葉〟の続きが始まる前に、コナーからのメールをリヴの膝に放った。「道順を読みあげてくれ」

「あら、どうして？　写真記憶術はどうしたの？」

「役にたちたいって言わなかったか？　なら、役にたってくれ」ショーンは低くうなるように言った。

うらぶれた外見の雑貨店の前で車を停めた。ショーンはエンジンを切り、外に出て、ゆっくりと三百六十度回転してあたりのようすを確かめた。リヴの腕を取り、急いで店のなかに入った。開けた場所でリヴをさらしたくなかった。ブロンドのかつらで変装しているとはいえ、それでも。

にきび面の十代の少年が店番をしていた。ショーンは愛想よくほほ笑んだ。「ミスター・チュンという人物を探しているんだが」

少年はじっとたたずみ、目を丸くしている。ふいに、あわてたように店の奥に入っていった。

これには警戒させられた。ショーンはリヴの腰を抱いて、待った。リヴは柔らかくて、温かくて、震えていた。その感触で、ショーンの息は乱れ、心臓は締めつけられた。リヴの体を強く意識して、股間がうずいている。どれだけ神経をとがらせていても。ひと晩じゅうリヴのそばにいたという事実があっても。いくらでもほしかった。ふたりが体を重ねているときに入りこむ官能の夢の世界に、ずっと留まっていたかった。リヴと一緒に、あの世界で永遠に暮らしたい。

中年のベトナム系男性が、四十代くらいの女性を引き連れて出てきた。ふたりとも、毒ヘビを見るような目でショーンとリヴをじっと見つめる。

女性のほうが、機械的な口調で話しはじめた。何度も練習したようなしゃべり方だ。「わたしはヘレン・チュンです。こちらは夫のジョン。父はここにはいません。半年前にベトナムに帰りました。こちらに戻ってくる予定はありません」

ショーンはこの夫婦ののっぺりした壁のような無表情な顔をながめ、リヴを抱いた腕に力をこめ、直感に従うことにした。「十五年前、ミスター・チュンを脅した人間どもがいたと確信しています」ショーンは言った。「その同じやつらがおれの弟を殺し、いま、おれと彼女を脅かしています」リヴのほうにうなずく。「そいつらを見つけたいんです」

夫婦は顔を見合わせた。女のほうが向き直る。「父はいません。こちらに戻ってくる予定はありません」同じ言葉をくり返した。

ショーンは沈黙が代弁してくれるに任せ、無言で待った。

女は怒ったように、ベトナム語で何かをぶつぶつと言いはじめた。ショーンはベトナム語の記憶を掘り起こした。エイモンがショーンと兄弟たちに植えつけたものだ。戦中、エイモンが四度在任し、そして心を壊した土地の言葉。

「もしその男たちのことを知ってるなら、どうか力を貸してください」ショーンはたどたどしいベトナム語で話しかけた。「妻はその男たちに命を狙われています。あなたがた家族を危険な目にあわせるつもりはありません。本当です」

夫婦は目を丸くしている。ショーンはとっさにリヴを妻として紹介したことに驚いていた。〝ガールフレンド〟では軽薄な気がしたからだ。どのみちベトナム語でなんと言えばいいかわからなかった。何せ、父が死んだ十二のころから使っていないし、どの国の言葉にせよ、当時のショーンには〝ガールフレンド〟は頻繁に使う語彙《ごい》ではなかった。

妻という言葉には特別な重みがあった。〝妻〟と言うだけで、リヴの幸せも安全も自分のものになった気がした。それを守ることは神に定められた務めだ。そう思うとショーンの気持ちは浮きたった。

諦めて帰ろうとしたとき、痰《たん》がからんだような声が、店と奥の部屋を仕切るカーテンの向こうから聞こえた。

「わしのところに連れてこい」誰かがベトナム語で言った。

ショーンとリヴは女のあとについて、カーテンの先に進み、雑然とした廊下を抜けて、狭いキッチンに入った。さっと見まわしてわかったのは、店内を監視できるマジックミラーがあることと、六十代後半くらいの痩せてしわだらけの男がテーブルの前に座り、煙草をふかしていることだった。値踏みするような目をちらりとリヴに向けてから、ショーンにひたと視線をそそぐ。

ショーンは老人のほうから口を切るのを辛抱強く待った。

「おまえさんは殺されたのかと思っておったが」ゆっくりと話しはじめた。

ショーンは興奮ではやる心を抑えつけた。「双子の弟と勘違いしていらっしゃるようです」ショーンは言った。「弟は殺されました。十五年前に。その犯人を見つけて、かたきを討ちたいんです」

チュンは顔をゆがめた。「おまえさんはカイン・フン村の大おばさんみたいな話し方をするな」ぜいぜいと言う。笑いで喉をつまらせ、ひとしきり咳きこんだ。娘に命令をくだし、命じられたほうの娘は急いで新しい煙草のパックを取ってきた。こちらも、笑いをこらえるような表情だ。

リヴはショーンを小突いた。「何がおかしいの？」

「おれだと思う」ショーンは情けなさそうに言った。「おれの田舎訛《なま》りだ」

「死に興味を持つ者は、知りたくもないことまで知るはめになるぞ」チュンは不思議な抑揚をつけて言った。頭には煙草の煙が渦を巻いている。

「それならそれでかまいません」ショーンは静かに応じた。

娘は父親の耳もとで猛然と何かをささやいた。父親は首を振った。「座んなさい」ショーンに言って、テーブルを指した。

椅子はひとつしかなかったので、ショーンはリヴに座るよう身振りでしめした。娘は癇癪を起こすように何ごとかをつぶやき、部屋から消え、折りたたみの椅子を持って戻ってきた。狭い空間で、全員がテーブルにつけるように並べる。

「コーヒー」チュンは娘に言った。

老人はテーブルに肘をつき、節くれだった指のあいだから煙がたちのぼっていくようすをながめている「わしに会ったことは、忘れてもらう」ゆっくりと言った。

「承知しました」ショーンは安心させるような視線をリヴに送った。通訳できればいいのだが、この会話に全神経を集中させたかった。

「本当に弟のほうかと思った」チュンは言った。「あの子はわしと顔を合わせると、いつも丁重に、わしの国の言葉で話しかけてきてくれた。いい子だった。心根がよくて、礼儀正しくて。わしが見たことをおまえさんに話すのは、あの子のためだ」

「ありがとうございます」ショーンは言って、頭をさげた。

「あのビルでわしが働いていたのは三週間だった」チュンは話しはじめた。「ある日、ビルの部屋のひとつに入ると、テーブルが壊れて、椅子が床に倒れていた。そこらじゅうが割れたガラスの破片だらけだ。何が起こったのか、誰も何も話さなかった。わしも訊かなかった。そもそもあのビルを使う人間はめったに見かけなかった。だから、そこで何がおこなわれているかもわからなかった」煙草を一本吸い終えた。「ある朝、わしは早めに仕事に出かけた」

老人は言葉を切り、遠くを見るような目つきをした。煙草を手探りする。

ショーンは煙草をテーブルの向こうまで押しやり、手もとに近づけてやった。

チュンは箱を振ってまた一本取りだし、火を点けた。指先は細かく震えつづけている。

「廊下を歩いていった」話を再開する。「部屋のひとつに明かりが点いていた。わしは、ゆうべ消し忘れたのだろうと思った。その部屋の戸を開けた」

ひと呼吸置く。「男がひとりいた」言葉を継いだ。「大きな男だ。両手は真っ赤だった。床には死体が転がっていた。男はその死体をビニールの袋に入れようとしているところだった。床血のあとは床のほうまで続いていたから、わしが来る前に、べつな死体を引きずったのだと思った」煙が指に絡みつく。「男は言った。『そこにいるならちょうどいいから、手を貸せ』その死体は重かったんだろう」

部屋は数秒間、沈黙に包まれた。

「わしは手を貸した」チュンの声は抑揚を失っていた。「その男とふたりで死体をヴァンまで引きずっていった。ヴァンにはほかにも死体が積まれていた。それから、男はわしの頭に銃を突きつけ、部屋を片付けろと言った。手の震えがひどくて、掃除どころではなかったが」両手を掲げた。「あの日から、震えが止まらない」

「辛い話をさせてすみません」ショーンは言った。「そのあとは？」

老人はため息をつき、薄いまぶたをはためかせた。「その男から、目にナイフを突きつけられた。男は言った。『この街から失せろ。誰かに話したら、おまえの家族のなかで最も幼い人間の肝臓を引きずりだして、おまえの目の前で食ってやる。それからおまえの目をえぐり、舌を切り取る』そして、わしの目の下を切った」うっすらと残った傷痕は、目の下の皮膚を引きつらせていた。「そのころ、わしの孫は二歳だった。家族全員で翌日に街を出た」

「その男はベトナム語を話しましたか？」ショーンは尋ねた。

チュンは唇をゆがめた。「いいや、話さなかった」英語で答えた。

ショーンはうなずいた。ベトナム語から英語に切り替わってほっとしていた。「ほかの仲間は目撃しましたか？　そいつらの名前は？」

チュンの笑みが消えた。「以前は好奇心を持つ理由がなかった。いまは好奇心を持つべきではない理由が山ほどある」

「その男をもう一度見たら、そいつだとわかりますか？」

老人はまた咳きこんだ。ヘレン・チュンが水をコップについできた。老人は水を飲み、震える手で口をぬぐった。「わからんね、バカ者が。わしが話したことを聞いていなかったのか？」

「もし証言を求められることになったら、きちんと保護を受けられますよ」

チュンはテーブルに身を乗りだし、太くて黄ばんだ指で、ショーンのひたいについたかさぶたにふれた。リヴのあごについた傷痕を指差す。「もし、あの男たちがおまえさんのような男と奥さんをいたぶれるなら、娘はどんな目にあうと思う？」ヘレンのほうを示す。「あの子は？」戸口でこちらのようすをうかがっている十代の少年を指した。少年はさっと頭を引っこめた。「おまえさんはまだ身が軽い。妻を守ればいいだけだ。さあ、そろそろ帰ってほしいね。戻ってくるんじゃないよ。もうこれ以上は誰からもわずらわされたくない」

その言い方で、ショーンははっとした。「待ってください。この件を尋ねに来たのはおれが最初じゃないんですか？」

チュンはぐいとひねるように肩をすくめて、怒りをあらわにした。「ここに越してすぐ、記者だという男が来た。例の場所で消えた少年たちについて記事を書きたいと言っておった。わしは何も話さなかった」

「弟のために、おれたちに話してくださったことには感謝しています」ショーンは言った。「しかし、その記者というのは何者です？」

老人はショーンのしつこさに辟易《へきえき》したように眉をよせた。「覚えておらんよ。大手新聞社の記者だったとは思う。もしかすると〈ワシントニアン〉か。名をあげたかったのだろう」

「その記者が訪ねてきたのは、正確にはいつですか？」リヴが尋ねた。

チュンは驚いたような視線をリヴに送った。「覚えておらんな」

「手土産にカボチャを持ってきていました」ヘレン・チュンが口を挟んだ。「ハロウィンの装飾用です」テーブルのほうに来て、コーヒーのカップを片付けはじめる。

ショーンは老人に礼を言い、娘と孫にうなずいた。

ショーンとリヴは店のおもてに出て、大きく息をついた。ショーンはリヴを急いで車に乗せた。心の目には、大きな口のようにドアを開いたヴァンと、その内部に積んであるビニールで包まれた死体が映っていた。リヴが何かしゃべっていたので、ショーンは身の毛のよだつ白昼夢を振り払った。「んん？」

リヴはいらいらとした口調で言った。「だから、次の手は明らかねって言ったの」

その言葉で、ショーンは生まれてこのかた何かが明らかになったことなどないという思いに駆られた。「ええと、そうか？　具体的には？」

リヴの笑顔はいかにも得意気だった。「図書館に行くのよ」

最初に見つけた〝そこそこの規模の図書館〟で車を停めた。リヴは司書らしく張りきって図書館の専門的な話をくり広げ、それからふたりはすぐに、ほかにひと気のないマイクロフィルムの部屋で身を落ち着けることになった。ショーンは喜んでリヴに采配を任せた。ショーンの頭はうまく働かなくなっていた。

新聞も古い年代のものはデジタル化されていない。つまり、地道に調査しなければならないということだ。しかしリヴはマイクロフィルムをショーンの目に涙がにじむほどの速さでスクロールしていく。ショーンはといえば、その軽い音に耳を傾け、参加している気になっているだけだ。

「……十月十五日から十一月十五日まで調べて、そこで当たらなかったら、範囲を広げるわ。でも、十月中旬より前にカボチャの装飾を作る人がいるとは思えないのよね」

「ああ、うん」ショーンはうわの空で相づちを打った。

まともに機能するマイクロフィルム・リーダーは一台だけだった。ショーンにとっては好都合だ。いまのショーンにできることは胃の痛みに折り合いをつけようとすることだけだから。ほんの数日だけセックスをした女性を見つめるときに覚える胃の痛みと似ているが、それでいてまったく違う。いつもなら、いまごろはすみやかに関係を解消するために、なるべく優しく、なるべく相手を傷つけない別れ方を考えているところだ。もっとも、現実には、優しい別れ方などないのはわかっている。かならず傷つくものだ。

しかし、マイクロフィルム・リーダーに座るリヴの優美なうしろ姿を見ているうちに、この痛みの理由はいつもとまったく逆だと気づいた。ショーンはリヴに手錠をかけて、自分の体につないでしまいたかった。それほどリヴの身を案じていた。それほど失敗を恐れていた。

いままでの実績は最低だ。誰かを助けるのに間に合った試しがない。母が死んだときは、まだ幼すぎた。あのときの怒りはまだよく覚えている。何か勇敢なことをして母を助ける夢をよく見たものだ。そして現実ではないと気づき、泣きながら目を覚ます。

父親がつぶれた豆畑に倒れ、空を見あげているのを見つけたのもショーンだった。エイモンのなきがらはまだ温かかった。

ケヴィンは、ショーンが救出に駆けつけているとき、すでに燃えて灰になっていた。兄たちが災厄に見舞われたときも、ショーンが助けの手を差し伸べるのは遅かった。ありがたいことに、兄たちはそれぞれ自力で生還した。ショーンの手柄ではない。

「ショーン」リヴの声は興奮でうわずっていた。「これを見て」

ショーンは飛びあがり、リヴの肩越しにスクリーンを見た。十一月二日の日付けで、ジェレミー・アイヴァースという記者が書いた記事が映っている。

神童の神隠し：若き秀才たちの失踪事件

ミッキー・ホイーラーは戸惑いを隠せなかった。日曜の早朝、まばゆい一日の始まりに、仲のよいクラスメートで、ワシントン大学応用物理学博士課程のヒース・フランケルが登山の約束に現われなかったからだ。留守電に伝言を残しても電話はかかってこない。アパートメントはもぬけの殻。ミッキーは、ヒースの唯一の近親者であるサンディエゴ在住のおじに連絡を取ろうとしたが、出張中だった。何日も心配したあと、ミッキーは警察に出向き、失踪届を出した。

同じ日、ミッキーはべつの知り合いで、ワシントン大学コンピューター工学専攻の学生クレイグ・オールデンの噂を知る。オールデンのガールフレンドによると、オールデンもヒースと同じころに行方がわからなくなったようだ。偶然、オールデンにも、失踪を騒ぎたてるような家族や近親者がいなかった。友人のひとりはこう言う。「オールデンは天才だが、遊び好き。いまごろリノのホテルで飲みすぎて寝ているかもね」

ショーンは残りを読み飛ばして、携帯を取りだし、デイビーに電話をかけた。

「どうだ？」デイビーはすぐに問いただした。「元用務員はなんと言っていた？」

「死体と血を見て、犯人の男から、孫の肝臓を食うぞと脅されたそうだ。かかわりを拒否している。だが、そこからジェレミー・アイヴァースという男につながった。記者だ。十五年前に〈ワシントニアン〉で記事を書いている。ニックに頼んで、いまから言う失踪者の現状を調べてもらってくれ。ヒース・フランケルとクレイグ・オールデン」デイビーががみがみ言いだす前に通話を切った。

リヴはまばたきをしてショーンを見つめた。「それで、このあとは？」

「これからデイビーが魔法の杖を振って、この記者を見つけてくれる」

リヴはまつげの下から見あげる。「そのあいだに昼食を取るっていうごくありふれたことはできないんでしょうね？」

ショーンがそのとおりだと言いかけたとき、腹の虫が鳴った。

リヴが選んだシーフード・レストランは海のながめがすばらしかった。女性とレストランに来て、料理をオーダーしているのは、どこか非現実的だった。ふつうの恋人ごっこをしているみたいだ。

盛り合わせの料理を食べ終えたあとは、だいぶ地に足がついたような感じが戻ってきた。ロブスターの溶かしバター、エビのバーベキュー、カキフライ、メカジキのグリル、ヒラメのフライ、付け合わせはベイクドポテトとシーザーサラダ。

食事のあと、リヴはショーンを海岸に引っぱって行こうとしたが、ショーンはそこで線を引いた。「絶対にだめだ」ショーンは言った。「低地は狙われやすい」

「そんな、大丈夫よ」リヴはショーンをなだめようとした。「ビーチを散歩中のなんの変哲もない恋人同士。わたしたちがここにいることは誰も知らない。わたしたちだって、ここに来るとは知らなかったのよ」

それが目に入ったのはそのときだった。もっとよく見ようとして、骨を折りかねない勢いで首をまわしていた。スポーツカイト。強風の日には不注意な男が凧《たこ》ごと吹き飛ばされ、死亡事故につながることもあるという種類のものだ。ショーン自身もいくつか持っているが、いま目にしているものは、ショーンの心臓を胸から飛びださせた。あの曼荼羅《まんだら》の絵はよく知っている。父が死んだ年に、ケヴィンが睡眠効果を考えてデザインし、ふたりの寝室の天井に描いてくれたものだ。

ショーンは砂を蹴り、リヴを引きずるようにして、凧を追いかけた。鉄の手錠をかけるかのように、リヴの細い手首をがっちりとつかんでいた。

「ショーン？　ショーン！」リヴは声をあげた。「ねえ！　痛い！　どこに行くの？」

ショーンは答えられなかった。心臓は手榴弾《しゅりゅうだん》みたいに爆発しそうだ。凧を飛ばしている男はヤギひげをたくわえていた。絞り染めのシャツと粗布のショートパンツという服装だ。男はショーンが突進してくるのに気づいた。目を丸くする。

「その凧をどこで手に入れた？」ショーンは息を切らして尋ねた。

男はむっとしたように口もとをこわばらせた。「盗んだものじゃない――」

「そんなことは言ってない」いがむような口調を抑えられなかった。「誰から手に入れたのか教えてくれ」

男は凧を宙に留めるためにじりじりと後退しながら答えた。「ええと……サンフランシスコのスポーツショップだよ。あの店はとくに――」

「デザインしたのは？」大声をあげていた。

凧が降下して、男はたるんだ糸を張ろうとあわててうしろにさがった。「さあね。箱を見ればわかるかもしれないが。たぶんベイエリアのデザイン集団だろ。なあ、おれは風をとらえたいんだよ。じゃあな」

男はちらちらと振り返って不審の目を向けながら、逃げるように離れていった。

ショーンは男のうしろ姿を見つめた。心臓が激しく打っている。リヴが何か言っているが、なだめるような口調だということしかわからなかった。荒々しく抱きしめた。

「大丈夫、大丈夫よ」リヴはくり返しつぶやいた。

ショーンは首を振った。大丈夫なものか。すっかりわれを失ってしまった。

「……なんだったの？」リヴがやんわりと尋ねている。

深呼吸をしたあと、口から飛びだしたのは掛け値なしの真実だった。「あの凧」疲れきった気分で言った。「あの黒とオレンジのデザイン。あれはケヴィンのものだ。子どものころ、おれたちの寝室の天井にケヴィンが描いたものだ」

「まあ」リヴの腕に力がこもった。温かく柔らかい唇をショーンの肩につける。「つまり、どういうことだと考え――」

「いや」ショーンはぶっきらぼうにさえぎった。「おれは何も考えていない。ケヴィンが死んで十五年だ。なのにおれはいまだに考えていない。な？　これがおれの悪いところだよ。何も考えない」

「いいえ」穏やかながらも、頑《かたくな》な口調だった。「あなたに悪いところはない。いいところばかりよ。ただ……人とは違う考え方をするっていうだけ。それどころか、才気にあふれているわ」

喉ではじけた笑いは、ひりひりとした痛みをもたらした。「才気。きみを守っていなければならないときに、爪ひとつで取り乱すのが？　ああ、たいしたもんだ。天才だよ」

ショーンは、黒い縁取りの灰色の瞳を見つめた。手に汗がにじむような飢餓《きが》感に襲われ、駆りたてられた。アドレナリンは欲望に形を変えていた。

リヴはそれを感じ取り、身をこわばらせた。「そんな目で見ないで。あなたがいくらセックスに取りつかれていようとも、わたしとは、公共のビーチで真昼間からするのは無理ですからね。そんな考えは捨ててちょうだい」

目の前に解決策があった。おあつらえむきに、リヴのうしろにそびえている。

「それで、これからどこに行くの？」リヴが尋ねた。

ショーンはリヴの背後の建物にあごをしゃくった。「あのホテルだ」

ホテルの部屋で、リヴは思わずあとずさりしてよろめいた。ショーンが迫ってくる。リヴはベッドの向こう側にまわり、ふたりをベッドで隔てた。ショーンはカーテンをつかみ、力任せに閉めた。薄闇のなかで見つめ合う。

ショーンの目にこの捕食者の表情が宿ると、リヴはおののく処女の気分になってしまう。これからわが身に何が待ち受けているのか、皆目わからないとでもいうように。胸は高鳴り、胃はよじれ、息もできない。自分の唇、乳房、そしてショーンの股間、そのすべてがうずき、うなりをあげるかのようだ。よく笑い、冗談が好きで、陽気なはずのショーンはどこにもいない。いつものように、甘い言葉を巧みにあやつって、リヴをセックスに誘おうとすることもない。

いま目の前にいる男は、誘いなどかけていない。ほしいものをほしいままに奪おうとしている。

リヴは圧倒されて、言葉を失い、ぼうっと見入っていた。大きくてたくましい体、怪我を負っていてもなお美しい精悍な顔だち。そして、この目。熱っぽいまなざしひとつで、リヴの体に火を点け、欲望の炎をたちのぼらせる。

そして、こうした力は、無言でじっと待っているときのほうが強かった。

ショーンは今朝買ったばかりの服を、はぎ取るように脱いだ。鍛《きた》え抜かれたしなやかな体は非の打ちどころがなく、何度見ても、ただただ目を見張るばかりだ。

「そのドレスの下には、例のセクシーな下着をどれかつけているんだろ？」挑発的なかすれ声が、手触りのいい毛皮みたいにリヴの全身の肌を撫でていく。

リヴは答えようとしたけれども、もう言葉も出ないほど息が乱れていた。喉に何かがつかえたような甲高い声が漏れた。しゃべるのを諦《あきら》めて、短くうなずいた。

「ドレスを脱ぐんだ」ショーンは低い声で言った。「見せてくれ」

リヴはかがんで、細いストラップを足首からはずそうとした。

「違う」ショーンは言った。「靴は履いたままだ」

リヴは背を伸ばし、モデルのように体の曲線に手を這わせて、肌をぴったりと包むようなドレスをショーンに見せた。レンガ色とオレンジ色と茶色が混じったようなドレスは、セクシーで、着心地がよかった。袖にさがっていた九百ドルの値札は、露骨な挑発だ。「このドレス、どう？」リヴは震える声で尋ねた。「気に入ってくれているといいけど。このドレスに大金を払ったのはあなたですもの」

「ドレスはドレスでいいが」ショーンはうなるように言った。「脱げ」

リヴは脚にまとわりつくスカートをゆっくりと引きあげた。わざと時間をかけて、小出しにするように、今朝つけた下着をショーンの目にさらしていった。腿までの茶色のストッキング。茶色と金のレースで縁取られていて、どんな魔法がかかっているのか、いままでずり落ちてくることはなかった。シフォンのパンティ。薄く透けて体に張りつくようなシュミーズ。ハーフカップのブラジャー。やはり透ける生地で、乳房を記録的な高さに押しあげるくせに、なぜか品のよさは失っていない。

リヴはウィッグが取れないように気をつけて、ドレスを頭から脱いだ。頭を振り、見慣れない色のゆるやかな巻き毛を肩に落とす。

「ウィッグをはずせ」ショーンが命じた。

リヴは巻き毛に指を走らせた。「これ、気に入っているのに。変装って解放感があるのね。わたしはどことも知れないホテルにいる誰ともわからないブロンド女。どこで何をしようと誰にもわからないってことでしょう？」

「おれはあらゆるホテルの部屋で、大勢の誰ともわからないブロンド女と寝てきた」ショーンは言った。「もう飽き飽きだ。おれはきみを抱きたい。ウィッグをはずせ。いますぐ」

リヴはぶつぶつ言いながら、たくさんのヘアピンを抜いてウィッグをはずし、くしゃくしゃになった地毛を振った。もとの髪はもつれ、癖がついたまま背中に落ちた。リヴはつんとあごをあげた。「ご満足?」

「まだだ」ショーンはかすれた声で言った。「だが、もうすぐ満足できる」

リヴはまたあとずさりして、ドレッサーのところまでさがった。ショーンはすぐそばに来てそびえ立ち、すべての酸素を奪い、光をさえぎっている。リヴのお尻がニス塗りのドレッサーに当たった。ショーンは足でリヴの脚を開かせ、そのあいだに立った。粗い手のひらで柔らかなシフォンをさする。

ショーンは目の前で膝をつき、大きな温かい手の両方でリヴの片脚を撫でまわしてから、肩にかけさせた。

「パンティをずらして」ショーンは命じた。「あそこを見せてくれ」

リヴは目のくらみそうな高ぶりで身を震わせ、濡れたシフォンを食いこませるように引っぱった。あそこは早くも物欲しそうに膨らんで、ピンク色に濡れていた。

ショーンは長々と喜びの息を吐いた。「ああ、つややかで、きれいな色だ。輝くようだよ。自分で指をなかに入れるんだ。どれくらい濡れているのか、おれに見せてくれ」

リヴは唇を噛み、体の震えを抑えられないまま、ひだを開き、指を入れた。ストリップのように扇情的にしたかったけれども、本気で感じてしまって、演技はできなかった。

指を出した。ショーンはその手を取って、指を口に入れた。強く指を吸われて、リヴの体に熱いさざ波が走る。ショーンは口から指を引き抜いた。

「おれが魔法のジュースを飲むあいだ、パンティを押さえてろ」ショーンは命令した。

リヴはしゃべることも、息をすることもできなかった。ショーンを見つめることしかできない。片方の腕をドレッサーについて体を支え、もう片方の手でパンティの股を横によせて、ショーンの器用で貪欲《どんよく》な舌に場所を明け渡した。

ショーンはリヴの腰をつかみ、舌を上下にゆらし、濡れたひだをかき分け、舐めまわし、奥まで舌を入れ、小刻みに震わせる。服従的な体勢なのに、屈するようなところはどこにもない。逆にリヴをわがものとして余すところなく奪い、当然のようにリヴから喜びを引きだす。より多くを引きだすたびに、より深く、より広くを明け渡させる。

リヴは容赦ない攻めに息を切らし、みずからショーンの顔に腰を突きだした。背に当たった鏡は冷たく、ドレッサーの角はお尻に食いこんでいるけれど、もはや重力がどちらを向いているのかもわからなかった。わかるのは、むさぼるようなショーンの唇によって、強烈な絶頂に押しあげられ――

とろりと熱い喜びの波が次から次へとリヴを襲って、体のすみずみまで洗っていった。

まだ足に力が入らない状態のうちに、ショーンはリヴを立たせ、回転させ、ふたりとも鏡と向かい合う格好を取らせた。鏡には、ドレッサーのはしに両手をつき、頬を染め、赤い唇を開いて口で息をするリヴの姿と、ジーンズを脱ぎ飛ばすショーンの姿が映っている。一糸まとわぬ姿は、大きくてたくましい。

「鏡は大好きだ」ショーンは言った。「おれがヤっているあいだ、自分の顔を見ていてほしい。きみが切なげな声をあげてイくところが、どれほど色っぽいか、自分の目で見てほしい。

パンティをおろせ、リヴ」

リヴは首を振った。「こんなふうに、立ったままなんてできないわ」息を切らして言った。

「無理よ。わたし……立っていられない。倒れそう。できない」

「いいや、できるさ」魔性の笑みがショーンの口もとに浮かんだ。「無理なこともするはず。きみはおれが望むことはなんでもする。無理強いされるのが好きだからだ。そういうおれが好きなんだ」

不遜な言葉が頭にきたけれども、鼻先で首筋の髪をかき分けられ、パンティを腿のなかばまでおろされているときに、できることは何もなかった。

「お、おかしなこと言わないで」リヴはどうにか声を出した。

「おかしいもんか」リヴの腕を引きよせ、肘を折らせる。「ドレッサーに肘をついて。そうやって尻を突きだしている姿が好きだ。きみの下の唇がおれのモノにキスするところが見たい。きみの脚がわななくさまを見たい。きみがそのハイヒールでくずおれるまでヤりたい」うなじにキスをする。肌と肌がふれたところの焼けつくような感覚に、リヴは大きく喘いだ。

「きみを震わせるのが好きだ」ショーンは小声で言った。「骨なしにするのも、ぐしょ濡れにするのも好きだ」催眠術で眠りを誘うような口調だ。「喘がせ、悶えさせるのが好きだ」太いペニスの先をリヴに押しつけ、舌に見たてて舐めるように、ひだのあいだを撫でさする。

「ペニスを押し入れて、声をあげさせるのが好きだ」

その言葉のとおりに、リヴを貫き、喘ぐような声をあげさせた。そのまま動かず、リヴが子宮でショーンの鼓動を感じられるようになるまで待つ。リヴが自分から動いて、腰をくねらせ、もっと奥までほしいとせがむのを待っている、ショーンはそっと息を吐いた。リヴは、ショーンがリヴを傷つけまいとして息を止めていたことに気づいた。男らしさを強調した原始人ごっこを認めたわけではない。この精悍な顔から自信満々の表情を払ってやりたかったけれど、リヴは事実、熱いもので貫かれること、精気で満たされることを強く求めていた。深く、奥まで突かれると、ことさらに女らしく、ことさらに生き生きと感じることができた。鏡のなかで、ふたりはしっかりと目を合わせている。ショーンはリヴの股間の前に手をやって、クリトリスを撫でまわしながら、ゆっくりと、熟練の技を駆使して縦横無尽に腰を振った。

何度も、何度も。そして、リヴは耐えがたいほどの快感に体を締めつけられた。顔をあげたとき、ショーンはリヴの震える体から退き、大きな手で硬い分身を撫でて待っていた。リヴのおなかに手をまわし、体を回転させて自分と向き合わせ、汗に濡れたひたいをひたいにつける。勃起したものは、より多くを求めるように、リヴの太腿をつついている。

「イかせてくれ」ショーンは乞うように言った。

リヴはひざまずき、お尻をつかんで、ショーンを口に含んだ。奥までしゃぶり、張りだしたところを舌で舐めまわした。ここまでできるとは自分でも夢にも思わなかったほど深く、奥まで奪い、たっぷりと搾《しぼ》り取るように、何度か頭を上下させた。

ショーンは爆発した。塩気のある男のエキスをリヴの口のなかに放った。

膝をつき、リブを両腕に抱きしめる。リヴもまた、へなへなと崩れないように、ショーンにしがみついた。

数分後、ショーンは身じろぎして、ベッドを手探りしはじめた。体を起こし、リヴの体を上に乗せて、ベッドに横たわる。リヴはまだ靴とストッキングを身につけたままだった。パンティは腿のあたりに留まっている。

そのまま寝てしまったに違いない。目を覚ましたとき、一瞬、自分がどこにいるのかわからなかった。世界の基準点はただひとつ、リヴをしっかりと抱きしめるショーンの強靭《きょうじん》な体だ。安心感と安らぎはこのうえなく大きかった。でも、生理的欲求は我慢できるものではない。

起きあがるとき、まだ半分眠っているショーンから引きとめられたけれども、リヴはなだめるようなことをつぶやいて、ベッドから出た。サンダルを脱ぎ、はだしでバスルームに入り、用を足して、それから長いあいだ、鏡のなかの自分に目を凝らした。見知らぬ女をながめるような気持ちだった。化粧は落ちて、髪はぼさぼさにもつれている。娼婦がつけるようなランジェリーに身を包んでいる。酷使された秘所はどくどくとして熱く、濡れている。すぐにでも洗ったほうがいい。

リヴはバスタブに湯を流し、下着を脱いだ。パンティはもう使い物にならない。もう一度穿くことはできないだろう。

ベッドに戻って、ショーンの腕を引っぱった。「お風呂を入れているの」リヴは言った。「行きましょう」

ショーンはおとなしくついてきて、バスタブに入った。リヴは勢いよく出ていたお湯を止め、石けんを泡だて、手でショーンを洗いはじめた。広い胸、たくましい腕、長い指と男らしい手。濃いブロンドの体毛が泡と湯にまみれて、縞や渦を描き、なめらかに光るさまが愛しかった。さわって、撫でたくなる。キスしたくなる。

ペニスはまたそそり立っていた。リヴは感じ入って、見つめた。ショーンは肩をすくめ、〝おれにどうしろっていうんだよ〟と言いたげな視線をよこしてから、目を閉じた。あら、そう。ショーンが目をくれずにいられるなら、リヴにもできるはず。

リヴもバスタブに入って、お湯に身を沈め、ショーンに脚を巻きつけた。「それで、心のなかからごちゃごちゃを追いだせた？ 少しは気分が落ち着いた？」

ショーンは目を開けた。「きみを抱いたあとは確かに心が落ち着く」穏やかに言う。「その、ごちゃごちゃっていうのは、おれが取りつかれているって意味か？ おれにはわからないよ、リヴ。あの爪のデザインは盗作だ。神に誓って、まったく同じデザインだった」

「信じるわ。でも、ケヴィンがそのデザインをどこかで見たって可能性はないの？」

「親父はおれたちをあの場所から出さなかった。例外は、近所に日用品を買いに行くときだけだ」ショーンは言った。「ケヴィンがあのデザインをどこかで見た可能性はないと思う」

「あの爪をケヴィンと結びつけて考えるのは現実的じゃないわ」リヴはやんわりと言った。「それはわかるでしょう？」返事を待った。「ね？」

「ああ」ショーンは両手で目をおおった。「これを止められたらいいのにと思う」

「何を止めるの？」

「感覚みたいなものだ」ショーンは首を振った。「双子特有のものだよ。おれたちのひとりに困ったことが起こると、もう片方にもそれがわかる。頭のなかがむずむずするような感覚だ。アリが神経を突つきながら這《は》いまわっているような感じ」

「うーん」リヴはうめいた。「それは辛そうだわ」

「ああ。だから、ケヴィンが死んだら、この感覚も死んでもよさそうなものだろ？」

リヴの全身が総毛だった。「まさか……消えていないの？」

ショーンはまた目を閉じて、首を振った。「いつも感じている。いまは初めのころよりはひどくないが。最初の数年は本当に頭がおかしくなりそうだった。気をそらすためには、飛行機から飛びおりるとか、ビルを爆破するとか、敵の将軍に拷問されるとか、とにかく常軌を逸した状況に自分を追いこまなければならなかった。だから、そうした」ショーンはバスタブにもたれて、天井を見あげた。「手足を失った人は、失った手足の痛みを感じるそうだ。幻《げん》肢《し》痛《つう》というやつだ。おれの感覚もそれに似たようなものなんじゃないかと思う」

「辛い思いをしているのになんだけど、うらやましくもあるわ。いくら仲のいい友だちでも、わたしは誰ともそこまで近い関係になったことがないから」

ショーンは眉に軽くしわをよせた。「それがさ、もうなってるんだよ」

リヴは目をぱちくりさせてショーンを見た。「んん？」

「おれがどうやってきみを追いかけたと思う？　ぐっすり眠りこんできたのに、T－レックスがきみの車を停めた直後に、アドレナリンの放出で目を覚ました」

リヴは口を開き、閉じ、また開いた。「ええと——わたし——」

「慣れてもらうしかないね」ショーンの目には独占欲が光っていた。「きみはおれからは何も隠せない」

「隠しごとなんかないわよ」リヴは言った。「あなたにはね。こう言ったらまたぴりぴりさせてしまうかもしれないけど、わたしはあなたといるときが一番……安心できる」

予想どおり、ショーンの笑みが消えた。「いや、だめだ、縁起の悪いことを言わないでくれ」

「どうしてこのことにはそんなに神経質なの？」リヴはすねたように言った。「あなたほど頼りがいがあって、隙がなくて、勇ましい人はほかにはいないと思う」

「おれの親父もそうだった」ショーンは言った。「だが、お袋は親父と一緒にいても、安全じゃなかった」

「詳しく話して」

「親父が暴力を振るったわけじゃない。それだけは確かだ。親父は、女を殴るくらいなら川に身を投げたほうがましだと思うような男だった。それにお袋は親父のすべてだった。だが、守れなかった。山の家に閉じこめていたんだ。身重で、真冬だったのに。道路は雪で埋まっていた。お袋の命が犠牲になった」

リヴの目に涙がこみあげた。リヴはまばたきしてこらえた。「とても悲しいことだけど、わたしたちとどう関係があるのかはわからないわ」おそるおそる言った。

「考えてみろよ、リヴ。おれは、親父がお袋にしたのと同じことをきみにしようとしている。きみをさらって、隠した。きみを守れるのはこの世でおれひとりだと決めこんで。どこかで聞いた話じゃないか？」

リヴは首を振った。「いいえ。そういうことじゃない」

ショーンは肩をすくめた。「きみを家族のところに帰したら、今回の犯人どもの毒牙にかかってしまうんじゃないかと、それが怖くて仕方ない。警察にもきみを守る手だてがあるとは思えない。やつらの包囲網は穴だらけで、T-レックスみたいに狙いを一点に集中させてるやつは捕らえられないんだ。ここまでがおれの直感だが、その直感すら信用できない。親父に何が起こったか考えるとね」

「お父さまに起こったことを、そこまで背負いこまなくてもいいと思う」リヴは言った。「お母さまはどう思ってらしたの？　お母さまには意見はなかったの？」

ショーンは肩をすくめて気持ちを表わした。「きみは親父を知らないんだ」

「ええ、でも、あなたのことは知ってる。それに、いまはわたしもあなたに責任があるのよ」

ショーンは目を見開いた。「責任なんかクソ食らえだ。兄貴たちに訊いてみればいい」

「手のかかる人ね」リヴはからかった。「フェラーリみたい。それか、戦闘機」

「手がかかるといえば……」ショーンは身をかがめ、リヴの腰をつかんで引きよせ、自分にまたがらせた。ペニスの頭を押しつけ、リヴの体を少し落として、内側からショーンを包みこませた。

リヴはショーンの腕のなかで悶え、小さな笑いを漏らした。「でも、わたし、くたくたよ」

「休んでいればいい」物憂い笑みがショーンの口もとにえくぼを刻む。「きみは何もしなくていい。ただ、これ以上だらだらと思い出話をしたり、秘密の打ち明けっこをしたいなら、いますぐにペニスをもっと奥まで入れてから、話を続ける」

リヴは体をくねらせた。「こんな状態で話しができるの？」

「最高の状態だよ。お姫さまの締まったあそこでキスされ、抱きしめられている。信じられないくらい気持ちいい」

「わたしはこんな状態じゃまともに考えられないわ」リヴは身を震わせて告白した。

「なら、考えなければいい」さらにリヴを引き落として、乳房を自分の顔の前に持ってくる。リヴの髪が香りのいいベールのようにふたりのあいだに垂れた。ショーンは口に入った髪を吹き飛ばした。「こうなったのは、きみのせいだよ」

熱い息にくすぐられて、リヴは小さく笑った。「そう？　どうして？」

「嬉しくなるようなことばかり言うからいけないんだ」乳首を口に含み、舌で転がす。「そのせいで、股間が硬くなった」

「まさか。わたしが泣きわめきながらあなたに襲いかかっても、同じように硬くなるくせに」

ショーンはそのことに頭をめぐらした。「まいったな、本当だ」新たな事実にびっくりしているような口ぶりだった。「驚いたね。大発見だ。体をこっちに向けて、クリトリスがおれのモノをこするように……そう。それだ。完璧。ああっ」

リヴは快感に屈して、ショーンの上で腰を振った。ふたつの性感帯のあいだで、体がとろけていくようだ。ひとつは、ショーンが貪欲にむさぼっている乳房。もうひとつは太い男根がゆっくりと、思うままに突きあげて、内側からマッサージしているところ。リヴの髪は泡のお湯がたてる湯気の上に広がっている。ふたりは無言だった。聞こえるのは、お湯が波を打つピチャピチャという音と、ショーンの口がリヴの乳房を舐める湿った音と、リヴの喘ぎ声だけだ。

絶頂は、いつまでも続く洪水のように、リヴを彼方へとさらった。

何度かまばたきをして目を開けたとたん、ショーンにバスタブのなかから引きだされ、両腕でかかえあげられた。リヴは短く叫んで、ショーンの肩にしがみついた。こんなふうにひょいと持ちあげられることには、どうしても慣れない。

ショーンはリヴを部屋に運び、水滴の垂れる体を、乱れたベッドに寝かせた。リヴの脚を開かせて、濡れて顔に張りついた髪を撫でるように払う。「なかに放って、きみを満たしたい」

リヴはしゃべろうとした。しゃっくりのような音が出て、全身に響いた。

「いやなら、首を横に振ってくれればいい」ショーンの声はざらついていた。

リヴはショーンの顔をそっと撫でた。ショーンは粗い声をあげて、本能に身をゆだねた。ああっ。猛々しいショーンが好き。理性を失い、首筋をたてて、強く深くリヴを突きあげ、原始的で獰猛《どうもう》な欲求をなだめようとしているショーンが好き。

命を与えるという喜びがはじけ、ふたりをひとつに溶かした。

まわりのことに意識を向けられるようになったとき、リヴはショーンが指先で何かをもてあそんでいることに気づいた。何かきらきらしているもの。

リヴは目を凝らした。「ピアスね。はずれちゃったの？」

ショーンはそれをリヴに差しだした。「きみのものだ」

リヴはたじろいだ。「そんな、だめよ。そのピアスをつけていないあなたを見たことがないもの」

ショーンは首を振った。「いや。最初からきみのものだった。きみに贈ろうと思って、十五年前に買ったものだ」

リヴは大きく息をのんだ。言おうと思っていた断りの言葉は蒸発した。

「あの夏に稼いだ金は、残らずこれにつぎこんだ」ショーンは言った。「買えるもののなかで、一番大きいのを買った。宝石だけしか買えなかった。あの時点で台座をつけようにも、豆粒程度のものしか手に入れられなかっただろうな」目をそらす。「たいして大きな石じゃないのはわかっているが、質はいい」リヴの濡れた髪を押しのけて、耳たぶにつけた。

リヴの喉に、質問がいくつもせりあがっていた。でも声に出すのは怖かった。これは婚約指輪みたいなものなの？ それとも、セックスのあとの高揚感で衝動を覚えただけ？

我慢できずに口を開き、問いかけようとしたとき、ショーンの携帯電話が鳴った。

ショーンはすぐに出て、大声で言った。「何かつかんだか？ ……グリソム？ ああ、わかる。住所は？ ……すぐに向かう。じゃあな」

電話を切り、携帯を閉じた。ショーンの目つきは冷静で、研ぎ澄まされていた。

「服を着な、お姫さま」ショーンは言った。「デイビーが例の記者の居所をつかんだ」

22

ジャーナリズム業界でのジェレミー・アイヴァースはあまり羽振りがよくなかったようだ。それが、金網のフェンスの前で車を停めたショーンの第一印象だった。フェンスで囲まれたハウストレーラーは細長く、みすぼらしかった。

獰猛なピットブル二頭が、庭の真ん中の鉄の柱に鎖でつながれていた。ショーンとリヴが車から出てくるのを見て、うなりをあげ、飛びかかろうとしてくる。ごみバケツはずいぶん前から倒れたままのようで、その中身は芝生の一部になっている。芝生といっても、そこらじゅうが掘り返されて、茶色っぽい黄色の枯れ草がところどころに残っているだけだ。

犬の凶暴性と鎖の長さによって、そうそう玄関のドアには近づけないようになっているが、二頭の犬が充分にドアベルの役目を果たしている。だから、ショーンはリヴの手を握り、指を絡ませて、待った。まだ濡れている髪をひと房持ちあげて、ダイヤモンドの輝きに目を細めた。よく似合っている。リヴをもっとたくさんの宝石で飾りたくなった。

リヴがこの石をつけているのを見るのは嬉しかった。頃合も何もないが、やっと渡せた。

家のスクリーンドアが軋んだ。出てきた男は痩せていて、目のまわりはくぼみ、赤らんでいる。頭に乗っている髪らしき代物は、べたついて、ぼさぼさだ。ジーンズは腰からずり落ち、くたびれたTシャツは染みがついて、黄ばんでいる。男はあごをあげ、つばを吐いた。

「なんの用だ?」

「あんたがジェレミー・アイヴァース?」ショーンは尋ねた。「記者の?」

男の目が飛びでた。「だったらなんだ?」

「おれはショーン・マクラウド。あんたが十五年前に〈ワシントニアン〉紙に書いた記事について、訊きたいことがある」

ジェレミー・アイヴァースはショーンがしゃべり終わる前から首を振りはじめていた。亀が甲羅のなかに首を縮めるように、ドアの向こうに頭を引っこめた。「記事なんか書いたことはない」アイヴァースは言った。「人違いだよ。おれは記者じゃない。何を言っているのかもわからない。帰れ」

ドアが閉まりかけて、犬たちは鎖を引きちぎりそうな勢いでこちらに飛びつこうとして、けたたましくがなるような虚勢の声で吠えまくった。

ショーンはその鳴き声に負けじと声を張りあげた。「おれはあの人食い鬼どもを殺してやるぜ」

ドアの動きが止まった。また軋みながら開く。アイヴァーの目が現われた。「人食い鬼ってなんだ?」

「あんたをこんな目に合わせたやつらだよ」ショーンは手振りで庭と犬とごみを示した。この場所に染みついている、うんざりするほどの絶望感を。

アイヴァースはドアを開いて、傾いた小さなポーチに出てきた。「おれがどんな目にあったのか、おまえに何がわかる?」

ショーンは悪夢のことを考えた。十五年間、毎日毎日、午前四時になると目を覚まし、大きな穴のあいた胃をかかえて天井を見つめつづけてきたことを。あの日、牢屋でリヴにしなければならなかったことを。「おれも同じ目にあったんだよ」

アイヴァースはショーンをゆっくりとながめ、鼻を鳴らした。「ああ、そのようだな」

「だから、あの人食い鬼どもの手足を引きちぎって、その償いをさせる」ショーンは男の視線をとらえた。「だが、そうするにはあんたの助けが必要だ」

アイヴァースは無精ひげの生えた頬を撫でた。途方に暮れているようだ。「助けになんかなれないね。おれはもう誰の役にもたたない人間だ」

「確かめてみよう」ショーンは言った。「頼むよ。なかで話をさせてくれ」

アイヴァースは肩をすくめた。「やれやれだ」短い段をおりて、犬二頭の首輪をつかんだ。「入りな。家のなかに入るまでこいつらを押さえておく」

家のなかも、外と似たりよったりだった。薄汚れて、悪臭が漂い、リサイクル店で買ったようなぼろぼろの家具が並んでいる。家全体が、雑多なごみのかたまりといった雰囲気だ。どこを見ても、表面は油っぽい埃とすすでおおわれている。ビールがすえたような甘ったるい臭いと、犬の小便の臭いと、マリファナの臭いがした。

リヴは、一番きれいそうに見えるソファを選んで、ダイレクトメールの山をおずおずとした手つきで奥にやり、はしっこにちょこんと腰かけた。ショーンはその隣に座った。

アイヴァースは足を引きずるように入ってきて、一瞬、自宅のソファにエイリアンが二体座っているとでもいうような目つきで、ふたりをながめた。「あー、ビールは?」

ふたりが断ると、自分のぶんだけ取ってきて、ソファに山積みの崩れかけた雑誌の上に、ガサガサと音をたてながら座った。ビールを開け、半分ほどを一気に飲みくだして、口をぬぐう。「さてと。どういうわけで、おれが役だつなんて勘違いをしているんだ?」

「この記事を書いたのはあんただろう。十五年前に」ショーンは記事のコピーを掲げた。

「このあと、何が起こったか話してほしい」

アイヴァースは目を閉じて、首を振った。無精ひげの伸びた細い首で、喉仏が上下する。

「なあ、まずはわかってもらわなきゃならない。おれだけなら、あいつらに何をされてもかまわない。でも、当時からおれには子どもたちがいた」

「あんたの子どもは、絶対に危険にさらさない」ショーンは静かな声で約束した。

アイヴァースは、わななく湿った唇をぬぐった。「おれは追いかけ記事を書こうとしていた」アイヴァースは話しはじめた。「あちこち嗅ぎまわって、行方不明者があとふたりいることを突き止めた。ひとりはワシントン州出身の若者、もうひとりはエヴァーグリーン出身だ」

「そもそもコールファックス・ビルのことを知ったのはどういういきさつだ?」

「ああ、それは運命のいたずらだ」アイヴァースは笑った。「幸運か悪運かは見方によるが。もしもパミーと話すことがなければ、おれにもまだ家族がいたかもしれない。まだ人間だったかもしれない。腐ったごみじゃなくてね」

「パミーのことを教えてくれ」ショーンは優しい口調で水を向けた。いかれた父親をどうにかあしらおうと何年も苦労してきたかいがあって、精神的に苦しんでいる人間を堂々めぐりの思考からそっと方向転換させてやることには慣れている。

「消えた少年たちのひとり、クレイグ・オールデンと付き合っていた女の子だ。パミーの話では、オールデンはドラッグの被験者として金をもらっていたようだ。一回で三百ドル。パミーもそういう幻覚剤のたぐいにはまっていたから、オールデンはパミーをコールファックス・ビルに連れていった。ふたりで契約して、倍の金をもらおうというわけだ。パミーのほかのドラッグ代をまかなうためだったと思うが」

「それで？」リヴは続きをうながした。「契約したの？　ふたりとも？」

「いや」アイヴァースは言った。「実験を仕切っていた科学者はパミーをほしがらなかった。パミーが言うには、その男はクレイグがパミーを連れてきたことにかんかんだったらしい。まあ、わかるよ。何せ麻薬常用者だ。おれだって、断っただろう」

「パミーはその科学者の名前を覚えていた？」ショーンは尋ねた。

アイヴァースはあざ笑うように鼻を鳴らした。「そんな簡単にいくもんじゃないんだよ。パミーが覚えていたのは、そいつの背が高くて、髪が黒くて、顔がハンサムだったってことだけ。有益だろ？」

ショーンは肩をすくめた。「多少なりとも範囲が狭まるよ。話を続けてくれ」

「それから二週間後、クレイグが家に帰ってこなくなった。パミーはクレイグが自分に飽きて、ほかの女と逃げたのだろうと思った。この時点でおれは興味を引かれていたから、調査に乗りだした。例のビルはもう閉まっていた。おれはビルで働いていた用務員を追ったが、そいつは何も知らなかった。おれは調べつづけ、あのビルがフラクソン・インダストリーズの所有だったと突き止めた。地元の大きな製薬会社だ。そこで、この会社の代表者を追った。そいつは、自分の知る限りでは、その手の治験は一度も行ったことがないと言った。だから、おれはパミーが幻覚でも見たんだろうと思った。だが、あの晩……」言葉を切って、口をぬぐった。「なんてこった」アイヴァースはつぶやいた。「おれは自分で自分の喉をかき切ろうとしている」

「いいや、そんなことはない」ショーンは辛抱強く言った。「その晩、何があった？」

アイヴァースは両目をおおった。「目を覚ましたら」しゃがれた声で言った。「マスクをかぶった男が女房の喉にナイフを突きつけていた。そいつは、おれが記事を書くのをやめ、嗅ぎまわるのをやめなければ、おれの目の前で女房の喉を切り裂くと言った。それから、子どもたちに手をかけようとした。おれが従わなかった場合、どうなるかわからせるためだ。三歳と五歳の子どもに。べつの部屋ですやすやと眠っていた、なんの罪もないかわいい子どもたちに」

リヴは前に乗りだして、アイヴァースの腕に手をかけたが、結果的にはアイヴァースを飛びあがらせてしまった。「気持ちはよくわかるわ」リヴは言った。

アイヴァースは腕を振り払った。「何がわかるっていうんだ？」

「おととい、わたしは同じ人間からナイフを首に突きつけられたのよ」ショーンに向かってうなずく。「この人に助けてもらったの。そうじゃなかったら、いまごろわたしは地中深くに埋まっていたわ」

アイヴァースの甲高い笑い声にはとげがあった。「大活劇だったってわけだな、お嬢さん。でかくてたくましい男がいてよかったじゃないか。え？　おれの女房はそんなにラッキーじゃなかった。ひと月足らずで出ていったよ。子どもたちを連れて。タマなし男にさよならってわけだ」

「ごめんなさい」リヴは小さな声で言った。

「女房は再婚した」物憂げに言う。「子どもたちは新しい父親の名を名乗っている。おれにできるのは、近づかないでいることだけだ。子どもたちにはもう十年も会っていない」アイヴァースは背を丸め、両手に顔をうずめた。

ショーンは、酔ってめそめそしている男が自制心を取り戻すのを待ってから、質問を続けた。「フラクソン社の代表者の名前は？」

アイヴァースは顔を拭き、喘ぐように洟をすすった。「チャールズ・パリッシュだ。しかし、訪ねていくのはお勧めしないね。真夜中にゴジラの訪問を受けることになるぞ」

ショーンは鼓動ふたつぶんだけ、ためらった。「待ち遠しいよ」

アイヴァースはショーンを見つめた。「バカか。そりゃ、あの汚いやからを懲らしめてはほしい。それでも、バカとしか言いようがない」リヴにちらりと目をやる。「悪く取らないでくれ」

「ちっとも」リヴは言った。

アイヴァースは立ちあがり、ドアを引きあけた。「そろそろ男性ホルモンに従って突き進む時間だぞ。自滅の道だろうがな」アイヴァースは言った。「犬を押さえておく」

ショーンは気を悪くすることなく、うなずいた。この男の屈辱と怒りは、わがことのようによくわかる。ショーンはリヴと連れだって門の外に出たが、車に乗る直前に、ふと足を止めた。「おい」ショーンは言った。「もし運よく、あいつらを仕留められたら、あんたにも連絡するよ。警報解除の知らせだ。子どもたちに会いに行けるぞ」

アイヴァースはショーンを見つめ、口の両端をさげた。「遅すぎる」アイヴァースは言った。「おれは抜け殻だ。何もかも破綻《はたん》している。あの子たちは、おれがいないほうが幸せだ」

「遅すぎることはない」ショーンは内心で、自分の声の激しさはどこから来るのだろうかと驚嘆していた。「あの悪党どもは、あんたを十五年間苦しめた。ここで屈して、やつらにまた同じことをさせるな。遅すぎるなんてことはありえない」

ショーンは車に乗りこみ、エンジンをかけた。犬たちが歯を鳴らし、チェーンをゆするなかで、アイヴァースは彫像のように立ちつくしていた。くぼんだ大きな目で、ショーンたちの車が走り去る姿を見送っていた。

タマラの家に戻り、キッチンに入ったとき、リヴはショーンの兄のデイビーと一緒にニックがいるのを見て驚いた。

「なんでニックが一緒なんだ？」ショーンがタマラに尋ねた。「まさかまだ熱探知カメラを取りつけていないのか？」

タマラは苦りきった顔で言った。「住みかはもう知られた。これを挽回する唯一の方法は、ニックを木材チップ用の粉砕機にかけてブタの餌にすること」

ニックは呆れ顔を見せた。「ブタなんか飼っていないだろ。粉砕機もない。それから、あんたはその理不尽な敵愾心《てきがいしん》をどうにかしたほうがいい」

「コナーはどこだ？」ショーンは、怒ったタマラが痛烈な返答を投げ返す前に、口を挟んだ。

デイビーがうんざりした口調で言った。「シンディを捜しまわっている。コナーはあの子が捜査に首をつっこんだことに対して、怒鳴りつけたそうだ。それでシンディの感情が傷ついたってわけだ。携帯電話から発信機を取りはずして、行方をくらませた」

「そりゃまた」ショーンは顔をしかめた。「いいタイミングを選んでくれるよ」

デイビーは首を振った。「あの不良娘の子守りをするのが、おれの仕事じゃなくてありがたい。コナーもとんだ貧乏くじを引いたもんだ。それで、おまえたちはこの一日何をしていたんだ？」

「答えは簡単」タマラが割って入った。「彼女は今朝、ブロンドのウィッグと、不注意なパンティラインをつけて出かけていった。Tバックにしなさいって言おうと思っていたのに、つい忘れてしまって」リヴの乱れた髪をひと房、持ちあげる。「ところが、帰ってきたときには、マスカラをにじませて、無精ひげがこすれたような赤ら顔をしている。ウィッグはずれ、パンティラインは消えている」タマラはウィンクをした。「さあ、みんな、計算はできるわね」

ショーンはうなった。といっても、アイヴァースの庭につながれた犬たちのうなり声とは、似ても似つかない。リヴは顔を真っ赤に染め、デイビーは毒々しい口ぶりで、何か聞き取れない言葉を吐いた。

「ショーン、ほんの少しでいいから、下半身に集まった血液を頭に戻してくれないか？」デイビーはいがんだ。「おまえの対処メカニズムの第一にセックスが来るのはわかっているが、しかし――」

「うるさいな」ショーンがさえぎった。「用務員と記者の話を聞きたくないのか？　それとも、お説教で時間を無駄にする気か？」

デイビーは引きさがり、眉間にしわをよせて、ショーンが会ってきたふたりの話に耳を傾けた。ショーンは記事のコピーを兄に渡した。タマラとニックがデイビーの背中からのぞきこむ。

「おれはこの学生たちの名前を、行方不明者のデータベースで検索した」ニックが言った。「アイヴァースの言ったとおりだったよ。全員が男性で、年は十九から二十三のあいだ。誰も見つかっていない。家族に縁の薄い者ばかりだ。行方不明になってから失踪届が出されるまで数週間かかってるやつもいる。行方がわからないっていうのに、家賃の支払いが滞《とどこお》るまで誰も気づかない。それから、例のベレッタからは指紋を検出できなかった。彼女の指紋とおまえの指紋だけだ。犯人が拭き取ったんだろう」

「革の手袋をしていたわ」リヴは言った。

ぞっとするような沈黙が走った。ショーンは深く息をつき、体をゆすった。「それで」低い声で言う。「次の手は？」

デイビーは両の手のひらを合わせた。「もう一度、ベックを締めあげる。コナーの話では、シンディがケヴィンの名前を出して、ゆさぶりをかけたそうだ。おれたちが行って、またゆさぶるしかないだろう。今度はもっと強く。それで何が落ちてくるか見てみよう」

「ベック？　それって化学の教授か？　ケヴィンがそいつの代理で――」

「授業を受け持っていた。そう、そいつだ。おれたちは十五年前にも話を聞きに行った。おまえはまだトラ箱にぶちこまれていたが」デイビーは言った。「あいつは役にたたないどころじゃなかった。まったくのゼロ。あれでなぜ理学部の学部長になれたのか不思議でならない。ちゃんと機能した脳が必要不可欠だと思うのがふつうだろう」うっすらと笑う。「どうやって出世をしたのか訊きに行こうじゃないか」

「チャールズ・パリッシュのほうも追わないと」ショーンが言った。「アイヴァースが殺し屋の襲撃を受けたのは、パリッシュと連絡を取ったのがきっかけだ」

「今夜のうちに、エンディコット・フォールズに向かいましょうよ」リヴは言った。「そうしたら、明日の朝一にはその男に会えるわ」

ショーンが向き直った。「向かいましょうよ？　『ましょう』ってなんだ？　きみはここに残る。お互いそれで納得したものだと思っていたが」

「あら、いいえ」リヴはやんわりと言った。「わたしは一緒に――」

「きみはここに残る。なんと言われようとこれが最終決定だ」

全員が凍りついた。デイビーが咳払いをした。「その件に関しては、ふたりだけでよく話し合ったらどうだ？」

「絶対にだめだ、リヴ」ショーンは兄を完全に無視して、リヴの目から目を離さずに言った。

「首を引っこめてろ」

ニックが割りこんだ。「理系の若者ばかりっていうのがおかしいよな。しかも全員が、家族に恵まれていない。この世にひとりぼっちとは悲しいものだ」

「犯人はケヴィンを見つけたとき、舌なめずりしただろう」デイビーが言った。「才能はあり余るほどあって、両親はいない、金はない。だが、おれたちのことを計算に入れなかったようだ。もしかするとケヴィンは兄弟がいることを黙っていたのかもしれない」

「おれたちを計算に入れたらどうだって言うんだよ？」ショーンが言った。「マクラウド兄弟なんか簡単なもんだろ。弟の頭がおかしくなったと言われても、すんなり信じるんだから。はい、そうです。たしかに、そうです。なんでもおっしゃるとおりです」

「おい」デイビーの顔が怒りでこわばった。「頭を冷やせ」

「冷やしていた」ショーンは苦々しい口調で応じた。「以前は頭を冷やして諦めたが、大間違いだったよ、デイビー。直感を信じればよかった。熱くなったままでいればよかった」

「それで何が変わる？」デイビーは怒鳴った。「ことを正すのがいまだろうと昔だろうと何が変わる？　ケヴィンは死んだ。死んだ人間に時間は関係ない」

「だが、おれは死んでいない」ショーンも怒声で言い返した。「なのにこの十五年間は死んでいるようなものだった。死人の状態にはうんざりしてるんだ」

デイビーがいきなり立ちあがった。ニックは安全な距離を取るように、カウンターからあとずさりする。「ちょっと、ここで始めないでよ」タマラが小声で威嚇《いかく》する。

「ふたりとも、いますぐやめなさい」リヴの声は大きくなかったけれども、その水晶のような険しさは、部屋に満ちていた赤いもやを切り裂いた。

全員が驚いて口をつぐみ、リヴを見つめた。リヴはショーンをにらみつけた。
「こんなことで騒いでも、役にたたないわ」リヴはきっぱりと言った。「ケヴィンにとっても、あなたにとってもね。自制して」

ショーンはたじろいだ。立ちあがり、足を踏み鳴らして部屋から出ていった。

デイビーがまじまじとリヴを見つめている。「おれはあいつが生まれたときから、そのことを教えようとしてきたんだ」デイビーは言った。「なのに一度としてこういう結果を引きだせない。おれには何が足りないんだ？」
「女の武器」タマラが喉を鳴らすように言った。

ニックが鼻から吹きだして、くぐもった笑い声をたてた。タマラは琥珀《こはく》色の目をすがめてリヴを見た。「こっちの話し合いは終わったわ。わたしがあなただったら、ショーンを追いかけて、パンティを穿《は》いていないことを思いださせてあげるわね。お互い熱くなっているときのセックスは、怒鳴り合いより楽しい。それに、射精直後の男は、その前とは比べ物にならないほど道理をわきまえるものよ。試してみて」

リヴの首筋の毛が逆だった。「口がすぎるわよ、タマラ」

タマラの笑い声は深く、ハスキーだった。「それはわたしにとっては褒め言葉ね」

リヴは部屋から出て、ドアを叩きつけるように閉めた。ショーンのあとを追いながらも、自分の行動に驚いていた。ショーンを叱りつけたことも驚きだったけれども。リヴは生まれてこのかた、ドアを叩きつけたことなどなかった。

ショーンは北の塔にいた。黄昏《たそがれ》の最後の光が空に消えていくさまをながめていた。抑えた感情が、体からたちのぼるかのようだ。

リヴは怖気《おじけ》づき、ためらったものの、気力を振り絞って背筋を伸ばした。どれほど頭に血がのぼりやすい性格だろうと、相手は自分の男だ。ならば、怯えた少女のように顔色をうかがうのはごめんだ。そんなふうには生きられない。

リヴはうしろからショーンの腰に腕をまわした。「ショーン――」

「きみはここに残るんだ」ショーンは激しい口調で言った。

「ええ、そうね」リヴはつぶやいた。「ここに。ヴァディム・ゾグロとパパ・ノヴァクが돌《た》丸挟《ま》み機を手に、この家のとげだらけの女主人を追って、地球全体をしらみつぶしに捜しているときに。とっても安全ね、ショーン」

リヴの手の下で、ショーンの筋肉がこわばった。「おれが知る限り、ここが一番だ」

「わたしを参加させてくれないなら、警察が動いてくれるかどうかに賭けてみる。わたしたちが何をしているか知りたがっていることは確かですもの」

ショーンは身を振りほどくように回転して、リヴに向き合った。「今日のことは警察には言えない。アイヴァースやチュンの家族の死亡記事を読みたいならべつだが。おれは誰にも言わないと約束した」

「わかったわ」リヴは静かに言った。「わたしも誰にも言わない。ただ、わたしも一緒に連れていってほしいだけ。わたしだって今日は手を貸せたんだから、また力になれるかもしれない」

「ああ、たしかに手を貸してもらったよ。おれの妄想をひとつ現実にしてくれた。エンディコット家の大切な人形が、ひざまずいて、おれのモノをしゃぶることだ」

リヴは凍りついた。痛みで心は曇ったけれども、そのうしろで、何かをささやく声が絶え間なく流れていた。それが、愛を交わすときのショーンのまなざしをリヴに思いださせた。耳のダイヤモンドを。思いもよらなかった絆《きずな》を。ショーンがいくら煙幕を張ってごまかそうとしても、リヴはその向こうにある真実を見抜いた。

「好きなだけ、底意地の悪いまねをすればいいわ」リヴの声は小さいけれども、ゆるぎはなかった。「騙《だま》されないわ。二度は騙されない」

「へえ？」

「ええ。あなたの考えていることはお見通しよ。わたしに嘘はつけない。あなたのことはよくわかっているわ、ショーン」

「そう思う？」ショーンはリヴを壁に追いつめた。リヴは毛足の長い絨毯《じゅうたん》にハイヒールのかかとを取られてよろめいた。背が壁に当たった。

「おれのことをわかってると思う？」押し殺した声で脅しをかける。「きみは、おれがいままでどれほどひどいことをしてきたか知らない。どれほど大勢の人間を殺してきたか。どれほど大勢の女とヤってきたか。金をもらってどんなことをしてきたか。めちゃくちゃにセックスしたからって、おれのことがわかるとでも？　めちゃくちゃにセックスした相手なんか数えきれないほどいる。おれの本当の姿がわかったら、その全員が悲鳴をあげて逃げだすさ」

リヴは首を振った。「脅しは利かない。べらべらと虚勢を張っているようにしか聞こえなわ。ただの癇癪《かんしゃく》。思いどおりにならないから、いらいらしているだけ」

ショーンはリヴの言葉を買わずに、首を振った。「思いどおりにならない、か」くり返して言う。「それで、どうするつもりだ、リヴ？　おれの口を閉じさせるためにキャンディを与える？」

「それが、タマラのアドバイスよ」

「タマラのアドバイスを聞いた日は、災厄の日になると覚悟しておいたほうがいい」

「災厄の日には慣れてきたわ。それが日常になりそう」リヴはスカートをつかみ、たぐりあげて、パンティを穿いていないところを見せた。腿のあいだの毛がむきだしになっている。

「キャンディがほしい？」

ショーンはリヴの体を見つめている。手が伸びてくる。それ自体が意思を持っているように。リヴの股を包み、なめらかな巻き毛の奥に指を押しつけて、湿った感触を確かめる。

「効果はあるかもしれないな」ショーンはしゃがれた声で言って、恥骨をつかむように指を曲げた。「だが、じらすようなまねはするなよ。おれのユーモアのセンスは出払っている」

「なら、呼び戻さないほうがいいわよ」リヴは切り返した。「いつもふざけたことばかり言っているんだから」

リヴの高ぶりの証拠がショーンの手を濡らしていた。指をなかに入れられたとき、ショーンのうなり声が体で響いた。「いいだろう」リヴの喉に熱い息がかかる。ショーンはジーンズの前を開けて、リヴを壁に押しつけたまま持ちあげた。「気に入らなくても、泣きついてくるなよ。きみが求めたことだ。きみがおれをたきつけたんだ」

「わたしは求めたいことを求めるし、したいことをする。どうしてもほしいものがあれば、どうやってでも手に入れる」

ショーンが押し入ってきた。ショーンの心の一部がリヴを罰したがっていることは、リヴにもわかったけれども、ショーンの体はそれを許さなかった。突き入れ、引き抜くたびに、ふたりは同じ快感を分かち合った。ショーンは脅しを実行に移せなかった。リヴを喜ばせることしかしていない。リヴは両腕でショーンに抱きついた。

天と地がいっせいに崩れるようだ。

リヴはショーンにしがみつき、肩に爪を食いこませた。激しいリズムは暴力的と言ってもいいほどだけど、それこそリヴの体が求めているものだった。境界線を消して、嘘が意味を成さなくなる魔法の場所まで駆りたててほしかった。リヴはショーンの欲求とせっぱつまった思いと恐怖を感じた。ショーンをなぐさめ、癒してあげたいのに、リヴにできるのは、ショーンにしがみつき、すべてを受け入れると示すことだけだ。

絶頂はショーンをものみこんだ。リヴには自分の喜びとショーンの喜びを区別することはできなかった。涙の堤防が壊れた。ショーンはリヴが泣いていることに気づき、次の瞬間、涙の意味を読み違えた。そのようすがリヴにはありありとわかった。

ショーンはリヴのなかから退き、一歩さがった。リヴは壁に背をつけたままずるずるとすべり落ち、床に座りこんだ。ストッキングに包まれた脚は大きく開いていた。リヴは脚を閉じて、膝をかかえた。

リヴは感情の大きさに打ちのめされていた。この思いにとらわれた自分が、いかに小さいかを痛感していた。リヴの幸せは、今にも切れそうな糸にぶらさがっているだけだ。

ショーンはリヴの顔をあげさせた。「おれが犯人たちを捕まえて、八つ裂きにしたら、好きに出ていっていい。それまでは、おれが決めたところにいろ。わかったら、うなずけ」

リヴはうなずいた。ショーンは体を起こし、ドアに向かった。

「わたし、お、お人形じゃないわ」リヴは震える声を絞りだした。

ショーンは足を止めた。「だからといって、壊れないわけじゃない」

ドアが閉まった。足音は階段の下に消えていった。

23

「もう一回初めから説明してくれ」ショーンはコンソールの肘掛けを指で打って、高速のスタッカートを鳴らしながら言った。

「よく聞いとけ。バカみたいに同じ話を何度もくり返させるな」デイビーはうめいた。「それから、指を打つのをやめろ。いらいらする」

「どうせ彼女と喧嘩でもしたんだろ」マイルズが言い当てた。

「十二時間以上セックスしてないんじゃないか」コナーが言った。「彼女はゆうべタマラのアドバイスに従って、毛むくじゃらの仔猫ちゃんを見せなかったのか？」

ショーンはぱっと腕を伸ばし、コナーの首に関節技をかけて、頭を車の窓にたたきつけた。

「おい！　なんだよ、ショーン！」

「今度、彼女のことをそんなふうに言ったら、悪いほうの脚を折ってやる。もう一回」

コナーは目をぱちくりさせた。「ゆうべシアトルを車で駆けずりまわって、ひと晩じゅう、エリンのおバカな妹を捜していた哀れな男にそんなことをするのか？」

「試してみろよ」ショーンは容赦なく言った。

ショーンは腕をはずした。兄たちが口笛を吹いたり、目を見交わしたりしているのには取り合わなかった。自分の首筋を揉《も》んだ。首が痛むのは、あざや打ち身ばかりでなく、ゆうべ安いモーテルのベッドで寝たせいでもある。

「すまん」コナーはさらりと言った。「しかし、驚いたね。いままではおまえの〝本日のお相手〟のことをどう言おうともまったく気にしなかったのに――」

「彼女は〝本日のお相手〟じゃない。おれの女性問題のことは話したくない。聞きたいのは、この捜査のことだよ。とっとと話せ」

「ふん。口ぶりが親父に似てきたぞ。〝しゃれが通じない症候群〟だ」

「言ってろ」とショーン。「チャールズ・パリッシュのことを教えてくれ」

マイルズが口を開いた。「ゆうべ、ぼくに調べがついたのは、パリッシュがフラクソン・インダストリーズでたった数年のうちにスピード出世を果たし、それから会社を辞めて、ヘリックス・グループを設立したってことだけだ。事業内容は、製薬、バイオテクノロジー、ナノテクノロジーといったところだね」

「本社はオリンピアにある。まずはベックを締めあげてから、そちらに向かう」デイビーが言った。「正午に面会の約束を入れてある」

「面会？」ショーンは意表をつかれた。「口が達者なことだ。今日のおれたちは何者だ？投資先を探している大金持ちか？」

デイビーはにっと笑った。「おれが大金持ちだ。おまえたちはただの取巻き。ベックの尋問が終わったら、めかしこむぞ。マイルズをおまえのコンドミニアムにやって、気取ったスーツを全員ぶん取ってこさせた」

「それで思いだした」マイルズは口を挟んだ。「何者かがあんたのコンドミニアムを家捜ししたようだ。ハードディスクがなくなっていた」

デイビーは振り返り、ショーンに目を向けた。「パスワードはかけてあったんだろ?」

「あー……まあね」ショーンは言った。

ショーンの口ぶりを聞いて、デイビーは目をすがめた。「待て、言うな。当ててやる。誰にでもわかるマヌケなパスワードだな。オリヴィアとか?」

ショーンは無言で顔を赤くした。マイルズが代わりに答えた。「正解」

「なんにしても、いまはほかに心配することが山ほどある」コナーが言った。

「心配といえば、誰が女たちの警護についてる?」ショーンは尋ねた。

「セスだよ」デイビーが言った。「あいつは今日、三人の送り迎えでシアトルじゅうを車で走りまわることになっている。とんだ羽目になったとこぼしていた」

「ストーン・アイランドに閉じこもっていたほうがいい」ショーンは顔をしかめて言った。

「ああ、だが、シンディが行方不明中で、エリンはシンディが見つかるまで街を離れたがらない」コナーが言った。「それに、マーゴットは大きな企画の持ちこみをしなきゃならないし、エリンは〈レイザー貿易〉の重役連と会議の予定だ」

「着いたぞ」デイビーは言って、高級住宅街の並木道に車を停めた。

全員が車をおりて、屋敷を見つめた。

「これほど目障りな家もめずらしいな」コナーが感想を述べた。

「金だけはどっさりかかってるな」デイビーが言った。「学者がこんなに儲《もう》かるとは誰が思う？」

玄関で応対に出てきた制服姿の南米系の女性は、男たち四人を不審の目で見た。「ご用件は？」

「ベック教授と話がしたい」ショーンが言った。

女性は黒い目をすがめた。「どちらさまでしょう？」

デイビーが答えようと口を開いたが、ショーンは割りこんだ。「過去からの亡霊」衝動的に言っていた。「そう伝えてくれ」

ドアは勢いよく閉まった。デイビー、コナー、マイルズは口をぽかんと開けて、ショーンを見つめている。「それじゃ通してくれるわけないだろ」デイビーが険しい口調で言う。

ショーンはごてごてと彫刻を施した奇怪な扉を見た。「いいや、通してもらう」穏やかに言った。「たとえ蝶番《ちょうつがい》をはずすことになってもね」

コナーが目でショーンをたしなめる。「いつものように脳みそを溶かすにはまだ日が高いぞ。落ち着け」

ドアはまた開いたものの、チェーンがかかったままだった。女性はその隙間から顔をのぞかせて言った。「すみませんが、教授は亡霊と話すことに興味がないそうです。では、さようなら」

「ドアのそばから離れろ」ショーンは言った。

そのざらついた声色に恐れをなしたのか、女性は飛びすさった。ショーンは回転して脚を振り、強烈なまわし蹴りでチェーンを壊した。ドアはばっと開いて、横の壁にぶち当たった。

女は悲鳴をあげて、反対側の壁に張りついた。デイビーとコナーは諦め顔で目を見合わせ、ショーンのあとに続いてなかに入った。

「なんの騒ぎだ？」でっぷりと太って、禿げかかった男が玄関の奥から現われた。怒りで顔を真っ赤にしている。

ショーンが進みでて、これから抱きつこうとしているかのように、両腕を広げた。「やあ、教授。おれを覚えてるかい？」

男はよろめいて数歩あとずさり、喉もとに手を当てた。顔は土気色だ。ひたいに汗が噴きだしている。「どうして……誰が……」

「ええ？」ショーンはわざと傷ついた表情をしてみせた。「あの世からの来訪は気に入らない？　おれに会えて嬉しくない？」

ベックは喉を絞められたような音を漏らした。壁に手をついて体を支える。

「いいかげんにしろ、ショーン」デイビーが小声で言った。「こいつが恐怖でくたばったら、何も聞きだせない」

ベックの目がふたりのあいだを行ったり来たりした。肩から力が抜ける。「ショーン？　ああ、なるほど」

「そうだ」ショーンは言った。「ケヴィンの双子の兄。死ぬほどむかついていて、死ぬほどいらいらしている双子の兄だ。会うのは初めてだよ、ベック」

「教授、わたしが警察を呼びます」南米系の女の声が響いた。片手に電話の受話器を、もう片方の手に暖炉の火かき棒を握りしめている。

おやおや。胆の据わった女だ。ベックにはもったいない。

ショーンはベックに向き直った。「彼女を止めたほうがいいと思うね。おれが警察から尋問を受けたら、ケヴィン・マクラウド殺しや〝ミッドナイト・プロジェクト〟について知っていることを、洗いざらい吐かされるから。そうなったら、あんたは転落だ。真っ逆さまに」

大きな賭けだったが、シドニー・ベックは視線を泳がせていた。震える唇を舌で湿らす。「その、電話はしなくていい、エミリアーナ。この男たちとぼくで、ちょっと話をしなければならないだけだ」

エミリアーナはその言葉を信じず、眉をひそめた。「それでも、警察に電話します」

「だめだ！　警察の貴重な時間を無駄にしたくないし、本当になんでもないんだ。今日このあとは休みを取ったらどうだね？　今日のぶんの給料はいつもの二倍半にしておくよ。不愉快な思いをさせたお詫びとして」

エミリアーナはスペイン語で何かをつぶやき、壁に作りつけのクローゼットを荒々しく開いて、エナメル革の大きなバッグとセーターを取りだした。

マイルズとコナーのあいだを、穏やかとは言いがたいそぶりで押し分け、玄関のドアを力任せに引いておもてに出ると、屋敷じゅうに響き渡るような音をたてて閉めた。

ベックは胸もとで腕を組み、しきりにまばたきをしていた。「さて、〝ミッドナイト・プロジェクト〟とやらのことで、きみたちに嘘を吹きこんだのは誰だね？」

「誰でもない」ショーンは穏やかに言った。「あんたが関係しているという証拠は何ひとつなかった。いまのいままでは。さっきのはただのはったりだ。効いたようだな？」

ベックの目はさらに激しくまたたく。

ショーンは一歩前に出た。「単刀直入にいこう。すべて話せ」

「いや、でも、何を？」ベックは壁伝いにじりじりと移動しようとした。

デイビーが行く手をさえぎった。「ケヴィン、〝ミッドナイト・プロジェクト〟、コールファックス・ビル、人体実験。フラクソン社。チャールズ・パリッシュ。ヘリックス社。消えた大学生たち。死体袋」

ベックは首を振った。「知らない。どれもこれも知らないことばかりだ。誓う」

「そう？　ならなぜエミリアーナが警察を呼ぶのを止めた？」ショーンは身を乗りだして、匂いを嗅いだ。息が酒臭かった。「まだ明るいうちから、酒をやってるのか？　悪魔に売った魂を静めるためか？」

ベックの目に涙がにじんだ。「なんの話をしているのかさっぱりわからない。頼むから、離れてくれないか」

コトン、バサッという音がして、郵便用のふたが開き、太陽の光が細く入ってきた。郵便物の束が差しこまれる。郵便物はマイルズの足もとに落ちて、散らばった。マイルズはそれを拾いあげ、差出人を調べていった。「大当たり」興奮に声を震わせて言う。「これはヘリックス・グループからのものだ」

デイビーがマイルズの手から封筒をもぎ取り、封を破いて開けた。

「おい！　それはぼく個人宛ての書簡だぞ！」ベックは悲鳴に近い声をあげた。

デイビーは書類をめくっていった。「ヘリックス社のことを何も知らない男にしては、ずいぶん大量の株を持ってるな」

「ぼくがどこにどう投資しようと勝手だろう！」ベックはどなった。

「そこからこれだけの金をもらってるのか？　ヘリックスから？」コナーはぶらぶらと廊下の奥に進み、隣の部屋をのぞいた。「へえ。このサンルームを見てみろよ。十メートルの板ガラス。たいした金のかけ方だ」

「ああ。こういう金の出所は？　好奇心がうずくよ、ベック」ショーンは言った。「遺産でもあるのか？　それともヘリックスの金か？」

「ヘリックスはきみの弟とはなんの関係もない」ベックの声はわなないていた。「ヘリックス社はまだ設立から十年しかたっていないし、広く知られるようになったのはこの八年ほどだ。かわいそうなケヴィンが亡くなったのは……どれくらい前だ？」

「十五年と五日とおよそ六時間」ショーンは答えた。

ベックは口ごもった。「え、あ、そうか。ご家族を亡くされたことは気の毒に思うが、ミスター・マクラウド、しかし、この件に関してはぼくではなく、精神治療学の専門家と話をすることをお勧めする。お役にたてなくて申し訳ないが——」

「この金はどこから来るんだ、ベック？」コナーがまた尋ねた。サンルームから戻ってきていた。「こいつは五百万ドルクラスの家だぞ」

「そういうぶしつけな質問に答えるつもりは——んんん！」

ショーンは男の喉をつかみ、壁に押しつけていた。窒息させるほどの力ではないが、黙らせるだけの力はこめて。

「ぶしつけ？」押し殺した声で言う。「そうだな。しかし、殺し屋、闇に葬られた人体実験、金の山にあぐらをかいている利己的なデブ、双子の弟の黒焦げの死体——こういうことに、おれはぶち切れているんだ。だから、話せ。関係者の名前、身元、住所を教えろ。さもないと……」ショーンは喉を絞めあげ、ベックは軋るような音を漏らした。「やり方を変える。プランBだ」

ベックは口をぱくぱくさせたが、声は出てこなかった。ショーンは力をゆるめた。「楽になったか？」

ベックは咳きこんだ。涙が流れ落ちる。「ぼくが知っているのは……名前だけだ。本名かどうかもわからない。それに、この件とは無関係かもしれない」

「吐けよ、ベック」

「その男の電話番号をケヴィンに教えたんだ」ベックはしゃべりだした。「研究対象として、頭のいい人間が必要だと言われたから。謝礼も出るということだった。ケヴィンが金に困っているのは知っていたから、ケヴィンの名前を出した。それだけだ。ぼくがしたことは、本当にそれだけだ」

「人がばたばたと死にはじめたときに口をつぐんでいることをのぞいて？」ショーンはつめよった。「そのあと十年以上もがっぽりと大金をせしめていることをのぞいて？　あんたは手足のついたクソだよ、ベック。胸が悪くなる」

「名前だ、ベック」コナーが話を戻した。

ベックは泣きじゃくりはじめた。「オ、オ、オスターマン」つっかえながら言った。

「そいつの居所は？」デイビーが尋ねた。

ベックは必死にかぶりを振った。「神に誓って、まったく知らない。最後に連絡を取ってから十五年もたつし、それにぼくは――」

「嘘をつくな。あんたはそいつとおととい話した。おれの妻の妹に殺し屋をけしかけるために。そのときにかけた電話番号を教えろ」コナーが言った。

ベックは首を振りつづけている。嗚咽《おえつ》で体がゆれている。靴の片方のまわりに小便が流れ、黄金に輝く寄木の床に水たまりを作っていた。

ショーンはため息をつき、ベックの首から手を離した。男は熟れすぎた果実のように、どすんと床に落ちた。両手で顔をおおい、騒々しく泣きはじめた。

「こいつからはもう何も出てこないだろう」ショーンは疲れた声で言った。「行こう」

デイビーはSUVのギアを入れて、ベックの家の前から急発進させた。

「やれやれ。いまのは気が滅入ったよ」コナーがつぶやいた。

デイビーは怒気を含んだ目をショーンに向けた。「おまえがあいつを押しすぎたんだ。力加減を覚えろ。重警備の刑務所に放りこまれたときのために訓練しているというんじゃなければ」

ショーンは考えにふけっていて、嫌みに反応することもできなかった。「朝の九時から飲んでやがった」ひとりごとのようにつぶやいた。「恐怖の匂いを撒《ま》き散らしていた。おれも相当びびらせたが、あいつはそれでも口を割らなかった。つまり、オスターマンという男のほうがもっと恐ろしいってことだ」

マイルズが目をぱっちりと開いて、振り返った。「プランBって何さ?」

ショーンはぽかんとしてマイルズを見返した。「ん?」

「あんたがベックに、関係者の名前を言わなきゃプランBに移るって言ったんだよ。何をするつもりだった?」

ショーンは顔をしかめた。脅迫というのは気が張るうえに、後味が悪い。本当はそんなことはしたくなかった。「知るもんか」低くぼやいた。「プランBどころかプランAだって考えていなかったよ。さて、おめかしして、パリッシュに会いに行こうぜ」

シンディはコーヒーをごくりと飲みくだし、もう一度、記事に目を通そうとした。平面波を解とした音波の方程式に関する記事は、〈サウンド・スペクトル・ジャーナル〉に掲載されているものだ。これは〝金の卵〟クラス専用の雑誌で、シンディは今日まで表紙を見たこともなかった。雑誌のほかに、秀才っぽく見えるようなべっ甲の眼鏡まで買ったけれども、シンディが本気でほしかったのは〈マリ・クレール〉だ。見出しがシンディの目を引いた。〝彼が許してくれないとき——許されざる罪を犯した女たちの体験談〟。ふん。この女たちだって、シンディにはきっと敵わない。

シンディはドキドキして、ビクビクして、カフェインの影響で興奮しているのか、へんにワクワクもしていた。でも、ここでしくじったら、マイルズが念入りに築きあげたものを無にしてしまう。勝手にこんなことをするのは、とんでもなく浅はかかもしれないけれど、どうしても成果をあげたかった。命を賭けているのだから、なおさらだ。

冷や汗が背中を伝う。自分ではなかなか嘘がうまいつもりだけど、この頭のなかにマイルズの脳みそが入っていないことを、いつまでごまかせる？

ここにいることがマイルズにばれたら、どんなに怒られるだろうかと考えた。マイルズを誘惑できればよかったのに。せめて一度だけでも。せめて……そう、これから何が起こるにしても、それが現実になる前に。

こういうときにはひどく感傷的になるものだ。自らおとりになって、殺人鬼を捕まえようというとき――しかも、援護はないし、安全策もないし、バッグのなかには、携帯電話とスイッチを切った発信機とリップグロス以外には何も入っていない。

男がひとり、スターバックスに入ってきた。誰かと待ち合わせをしているようすできょろきょろしている。シンディはざっと男の姿をあらためた。

地味だけど、悪くない。ただ、シンディの好みからすると、鼻が小さすぎるし、細すぎる。シンディは大きな鷲鼻が好きだ。茶色の髪にしても同じだった。短すぎる。オタクっぽい見た目にしては体はいい線いってる。

顔もまあまあだけど、やっぱり好みではなく、悪名高いシリアルキラー、テッド・バンディに似ているのはいただけない。

男はこちらに視線をすべらせた。シンディは雑誌に目を戻した。ああ、こっちに向かってくる。どうしよう。この人だ。いよいよだ。

パパがいてくれたらと思うと、泣き叫びたくなった。パパなら、こんなバカなことはするなと止めてくれただろう。もしパパが人生を台無しにせず、投獄されていなかったら、シンディはいまごろ自分の部屋でふてくされているはずだ。シンディは息をつこうとした。めまいを起こしそう。

「ミーナ?」男が尋ねた。

シンディは顔をあげて、誠実そうな褐色の目を見つめた。そこに、怒りの炎がくすぶっていることはなかった。鳥肌ものの雰囲気もしない。爪のあいだに血がこびりついているわけでもない。青いボタンダウンのシャツとジーンズを着たごくふつうの男。オーディオ店の店長みたいだ。「ジャレド?」シンディも尋ねた。

男はほほ笑んだ。爽やかな笑顔だ。『スパイダーマン』のグリーゴブリンみたいな気味の悪い笑顔じゃない。

反対側の席にするりと腰かけ、〈サウンド・スペクトル〉誌の表紙をのぞきこむ。「それ、気軽に読めていいよね。たまにぼくも暇つぶしに買うよ。風呂に入りながら読むのにちょうどいいんだ」

シンディは笑おうとした。目の前で黒い点が躍っている。

「ええ、そうね」自分の声はうつろだった。「同感だわ」

リヴは大きな窓が並ぶ部屋で絨毯にあぐらをかいていた。身を乗りだし、腰をのばす。それから、壁に頭を打ちつけた。いまだにデイビーがうまく喩《たと》えたのと同じ状態だ。

謎解きは好きではない。人と人とが意思を交わすのは、理想的な環境においても難しいというのがリヴの意見だ。

言うまでもなく、今回の場合、ケヴィンには言葉を謎で包まなければならない理由があったのだけれど。

静かすぎて気が滅入った。タマラはとっくに〝あなたの男のつまらない些事〟に飽きて、仕事場の塔に引っこんでしまった。残されたリヴはひとり寂しく、自分だけの脳を搾ることになった。タマラのことは責められない。これは本当にストレスが溜まる。

ひと筋縄ではいかないこの謎解きに貢献したいという気持ちは大きかった。ショーンの首にぶらさがったお荷物以外のものになりたい。言い換えれば、女としてショーンを慰める以外のことでも役にたちたい。そもそも、慰み物の役割にはなかなか慣れなかった。

そういうタイプの人間ではないからだ。リヴは真面目で、独立心が強く、働くのが好きで、ゆったりとした服と綿のレギンスとぺたんこの靴を好む女性だ。ところがいまや、脚をきれいに剃《そ》り、化粧をして、着飾って、香水までつけている。下着はひらひらの緑のブラジャーと、それにおそろいのパンティ。この下着姿をショーンが見たらどうするだろうかと、悶々としている。たいした変わりようだ。

大事なことに目を向けなさい。リヴは内心で自分を叱《しか》った。集中して。

リヴはショーンがざっと書いてくれた暗号解読の鍵を見つめた。たいして難しくないとショーンは言っていた。ケヴィンは片言の赤ちゃんのころから、この暗号を使っていたのだからと。ショーンはまずZから逆並びにアルファベットを書き、そのひとつひとつに、マクラウド家の家族の名前のスペルを割り当てていった。ただし、同じ文字は重複させない。ジーニー、デイビー、コナー、ケヴィン、ショーン・マクラウド。Ｊｅａｎｎｉｅ、Ｄａｖｙ……はＪＥＡＮＩＤＶＹＣＯＲＫＳＭＬＵとなる。ここで使用されなかった残り十文字は、アルファベットの逆並び順でうしろに付け足す。つまり、ＺをＪ、ＹをＥ、ＸをＡに置き換えて暗号化するということだ。オリヴィア・エンディコットの名前を、この置き換えのアルファベットで書くと、ＫＬＦＩＦＺ・ＱＳＴＦＷＫＶＶになる。

単純明快。一目瞭然。さあ、がんばれ。きみも頭をかかえてくれ。

ふん。マクラウド兄弟は〝赤ちゃんでもわかる暗号〟なんて、目をつぶってでも使えるんでしょうけど、こっちは頭をかかえるどころか、おかしくなりそう。

証拠のビデオテープはＥＦＰＶにある。ＨＣで鳥を数えてＢ六三の裏を探せ。

マクラウドの男たちのひねくれ方が頭に来る。ＥＦはエンディコット・フォールズの略で間違いない。でも、ＰＶ？　なんのことかまったくわからない。暗号文のかすれて乱雑な文字に、せっぱつまったようすが現われていて、リヴは不安と悲しみを覚えた。

鳥を数えろ。スケッチの一枚目に描かれていたのは、湖とその上を飛ぶ九羽のガンの絵。次は、枝にとまっている二羽のワシ。その次は滝の絵で、鳥の姿はなかったけれども、リヴはゼロとして数えることにした。岩山の絵、鳥はゼロ。フクロウが七羽。海岸のカモメは九羽。池のアヒルは七羽。九二〇〇七九七。はい、数えました。それから？　誰か意見のある人は？　それにＨＣって何？　Ｂ六三は？

何か大事な情報が欠けている。頭が破裂しそうだ。

リヴはいらだちのため息をついて立ちあがり、絨毯の上をうろうろと歩きはじめた。気づくと、大きな一枚ガラスの窓の前に立って、波が白い泡で砂を洗うさまを見おろしていた。雲は高く、空は銀白に輝いている。リヴはメモを窓ガラスに当てて、破られた紙のはしを伸ばした。十五年前、たたんでブラのなかに隠すために、リヴがこのページを半分にやぶいた。光に当てると、破ったところの紙の繊維が裂けて、薄くなっているのがわかった。思ったよりも薄くなっているところが広く、暗号文の文字にかかりかけている。窓ガラスからはずし、真上から見てみた。それほど薄くなっていることはわからなくなった。

ふたたび窓ガラスに当てた。薄いところを見つめるうちに、胃が縮こまっていった。フォルダを開き、水の染みがついたスケッチブックの表紙を取りだした。ぼろぼろの厚紙のあいだには、ケヴィンが重大な伝言を書いたページの残り半分が挟まっている。リヴがふたつに裂いた紙の残りが。

リヴはその紙を取って、破れ目の繊維をのばした。虫眼鏡がほしかった。でも、ふたつに裂かれた紙を合わせたとき、虫眼鏡など必要ないことを悟った。細かい繊維にインクがついていることは肉眼でもわかった。心臓が強打している。

留学中、リヴはヨーロッパの図書館で、紙の修復の仕事を学んだ。見る目はついているし、扱い方も心得ている。

二枚を合わせて、羽毛のように丸まった部分を丁寧に撫でつけ、そこにもともとの文字が見えることを期待して、目を凝らした。インクがにじんでいたところは、ＱＰＲＩの部分に対応していた。先ほどの解読方法で読めば、ＥＦＰＶだ。

Ｉの文字の下に、うっすらとした線が見えた。というよりも、これはＩではない。Ｌだ。十五年前に、リヴはケヴィンが書いたＬの文字をちぎってしまったのだ。ショーンが書いてくれた暗号解読の鍵を指でなぞりながら、リヴは叫びだしたくなった。暗号のＬは、偶然にも、アルファベットのＬにそのまま対応していた。つまり、ＥＦＰＶではない。ＥＦＰＬだ。

　この略語は知っている。脳がむずむずして、おかしくなってしまいそうだ。これは、まぶたの裏にしっかりと刻みこまれている。目を閉じれば、すぐそこに見える。インクと紙の匂いを嗅ぐことができる。日付けのスタンプを押すときのカシャンという音が聞こえる。日付けのスタンプでいっぱいのカードが見える。

　図書館の本に挟まれている貸出票だ。ケヴィンは図書館の外でリヴを呼びとめた。エンディコット・フォールズ公共図書館《パブリック・ライブラリー》。ＥＦＰＬ。なんてこと。

　リヴは両手で口をおおって、わっと泣きだした。

　鳥を数えろ。あの七桁の数字が何を意味するのか、何通りも考えた。住所、電話番号、貸し金庫の番号？　でも、ＥＦＰＬが図書館なら、ケヴィンが伝えたかったのは、図書整理番号だ。九二〇．〇七九七。ＨＣは歴史《ヒストリー》コレクションのこと。ケヴィンが示した本はかなり古いものだろう。このコレクションには、オーガスタス・エンディコットが死んだとき、街に寄付された蔵書をそっくりそのまま収めてある。そして、Ｂ六三は、昔の分類法〝カッター記号〟の表示だと考えれば、完璧に筋が通る。そうに決まっている。

　ああ、どうして。こんなに簡単で、月並みなものだったのに。嬉しいけれど、いたたまれない。これだけ長い年月、あれだけ辛い思いをさせたのは、わずかな紙切れが失われたせいだ。わたし、どうしてこれに気づかなかったの？　どうして見逃していたの？

リヴは消えてしまいたいくらい恥じ入っていた。

リヴは両手で口をおおったけれども、勝利の叫びと、それに続いた号泣はくぐもった音で漏れていた。ショーンがくれた携帯電話をつかみ、ショーンの番号にかけた。圏外。悲鳴をあげたくなった。

一気に事態が進展しそうなほどの大発見なのに、この沸きたつような高揚感を伝える相手がいない。リヴは叫んだり、飛んだり跳ねたりしながら部屋をうろついた。電話をつかんだまま、息をつこうとした。こういう成功の喜びを分かち合えるような家族がいればいいのに。それで思いだした。最後に家族に連絡を取ってからもう三日もたっている。これは少々残酷だろう。それに、突破口を開いたことで意気揚々としていて、世界に自分の姿をさらしたいような気分だった。

リヴは金切り声でお説教されることを覚悟して、電話をかけた。

「エンディコットです」母の声が応えた。

「お母さん？　わたしよ」リヴは言った。「無事だって知らせたくて――」

「ああっ、リヴ。もう連絡をくれないのかと思っていたわ」母の声が崩れ、すすり泣きに変わった。

「お母さん、わたしは元気よ」リヴは力強く言った。「前回の電話で説明したとおり、身を潜めていようと――」

「お父さまが大変なのよ、リヴ」母は唐突に言った。

恐怖が氷のようにリヴを切り裂いた。膝ががくがくして、リヴはソファに腰をおろした。

「お父さんがどうしたの?」

「心臓発作を起こしたのよ。あなたが消えた翌日に」母は言葉を切り、むせびながらも、深く息を吸いこんだ。「お父さまには……ショックが大きすぎたのですよ。お父さまの体がよくないことはあなたも知っているでしょうに。あれがとどめだったわ、リヴ。とどめを刺されたの」

「お父さんの容態は?」強い調子で尋ねた。「意識はあるの?」

「わたしは昼も夜も付きそっているの」母は弱々しく言った。「食欲がないし、眠れないわ。家に帰ってきたのは、あなたから連絡があったかどうか確かめるため」

「お母さん?」リヴはさらに語気を強めた。「お父さんは? 教えて。いまはどうなの?」

「ブレアが付きそっているわ」母のほうはさらに力のない声で言う。「ブレアだけが頼り。頼みの綱です」

「お父さんの容態はどうなの?」リヴは必死に問いかけた。

「帰っていらっしゃい。お願いよ、リヴ」母は声をつまらせる。「頭をさげてお願いするわ。お父さまの意識はときどき戻る程度だけど、あなたのことばかり訊くの」

リヴは腰を曲げ、がっくりとうなだれた。「わかったわ」小声で言った。「帰る。今日じゅうに帰れるかどうかはわからないけど——」

「それでは間に合わないわね。あなたにとっては家族よりも……例の人のほうが大切なのはわかるけれども、お父さまは危篤なのですよ、リヴ」

リヴの頭のなかで思考が空まわりしている。「かならず帰るわ」約束は口をついて出ていた。「できるだけ急ぐ。お父さんはどこにいるの？」

「チェンバレン病院の集中治療室よ。北棟の二階。いつ来られるの、リヴ？　お父さまに教えてあげたいわ」

「たぶん四時間以上はかかる。お母さん、よく聞いて。わたしは誰かに追われているの。命を狙われている。ショーンがそいつらの正体と目的を調べてくれているし、おかげで解決のきざしは見えてきたけど、でも――」

「リヴ。あなたこそよく聞きなさい。こういうときにまで、自分のことしか考えられないなんて、信じられないわ。わたしが、わたしが、わたしが。お父さまは生命維持装置で命をつないでいるというのに」

「お願い、お母さん」リヴは忍耐力をかき集めて言った。「最後まで聞いて。どうにかして病院に行くけど、そちらで警察の警護を受けられるように手配してほしいの。お願いだから、真剣に受け止めて。お願い」

母はわざとらしく咳払いをした。「警察を説得するのは難しくないでしょうね」当てつけがましく言う。「あなたと話すことには大いに関心を持っているはずよ」

「じゃあ、あとでね、お母さん。なるべく早く着くようにするから」

「リヴ！　待ちなさい！　せめて、いまどこにいるのか――」

リヴは電話を切って、体を前後にゆらした。どうする？　どうする？

タマラは仕事に没頭しているから、こっそり抜けだしても気づかないだろう。とはいえ、警報装置を解除して、あの入口を開けることがリヴにできると仮定すればの話だ。さらに、ショーンが車の鍵を差しっぱなしにしていて、ガソリンが満タンか、あるいは半分でも入っていれば。そして、リヴがいくらかでも現金を調達できれば。つまり、楽天的な仮定が山ほどあって初めて成りたつことだ。

免許証、身分証、クレジットカード、キャッシュカード、ガソリン用のプリペイドカード、小切手、すべて失くしてしまった。衣服一式で千ドルぶんも身につけているのに、お金は一セントも持っていないのだから、滑稽《こっけい》だ。

財布を失った人間がこれほど頼りないものだとは思わなかった。

リヴは目に涙をためて、よろめきながら北の塔に向かった。お父さんは昔から無愛想なくせに思いやりはあって、了見が狭く、頭は固いくせに、心だけは優しい人だった。胸をつかんで苦しむしぐさを武器として使うようになったのは、もう十年も前からだ。最初のうちは騙されたものだけど、やがてリヴにも知恵がつき、演技には厳しい態度を取るようになった。厳しすぎたかもしれない。父の〝症状〟を無視してきた自分が、人間のくずのように感じた。もしお別れを言う前に父が死んでしまったら――

だめ。最終的にそれを受け入れるしかないとわかるまでは、諦めない。

リヴは部屋のあちこちをあさった。ショーンの泥だらけのカーゴパンツから三十ドル見つけた。車のガソリンが満タンなら、これで病院までいける。髪をまとめ、ブロンドのウィッグをかぶって、サングラスをかけた。

そして、ショーン。次はショーンだ。携帯電話にメールを打った。

テープはＥＦ公共図書館にあると思う。

歴史コレクションの部屋。

九二〇．〇七九七、Ｂ六三の番号がついた本のうしろ。

かかえきれないほどの愛をこめて。リヴ。

父のことを言っても仕方がない。リヴがひとりで病院に行くと知ったら、ショーンは大騒ぎするだろう。ショーンが見つけてくれた避難所から出るのは、申し訳ないと思うものの、じっとしてはいられない。

危険を冒してでも、最後のお別れを言いたい。

それに、危険性はそれほど大きくないだろう。あの車をリヴが使うことは誰も知らない。どの道を走るのかは誰も知らない。病院では人目もあるし、明るいうちに着けるし、あちらでは警察の護衛を受けるし、家族も一緒だ。いつもとは違うセクシーなデザイナーものの服に身を包んでいる。おまけに、ブロンド。

母親だって、ひと目でリヴとはわかるまい。

24

控え目ながらもあか抜けたヘリックス社の受付で、応対を待つあいだ、ショーンはマイルズと兄たちに賞賛のまなざしを投げた。

悪くない。うまくめかしこんだものだ。ショーンのフェラガモのスーツは、コナーにはやや肩幅が広すぎるが、それに気づくのはゲイぐらいなものだ。自前のブルックス・ブラザーズに身を包んだデイビーは、〝おれになめたまねをしたら、株式ポートフォリオで痛い目を見せてやる〟という雰囲気をまとい、ショーンの灰色のアルマーニを着たマイルズは、野心的で将来有望な男に見える。こうしてジェルで髪をうしろに撫でつけ、ミラーサングラスをかけていると、羽振りのいいギャングと人間スポーツカーを足して二で割ったかのようだ。

神経がささくれだつことばかりだが、やはりビッときめるのは気分がよかった。このきらびやかなメンズ・ファッションショーを唯一損なうものは、ショーン自身の顔についたあざだろう。

ジャケットのポケットに入れた携帯電話が小さくさえずった。ショーンは携帯を取りだして、確認した。リヴからのメールだ。本文を開いて読んだ。目を皿のようにして見つめた。

「なんだって！」大きな、よく通る声で言った。

「シーッ」デイビーがたしなめ、受付嬢は蔑むような視線をちらりとよこした。

「どうした？」コナーは小声で言った。

「リヴが暗号を解いた。ケヴィンのテープの場所がわかった」声は低く、喉に引っかかるように感じた。「公共図書館にあるらしい」

全員が藤色の絨毯に向かってあごを落とした。

呆然とした沈黙のなか、受付嬢が口を開いた。「ミスター・アーネス？　パリッシュがみなさまにお目にかかります。マータがご案内いたします」

いかにもな容貌の美人秘書が現われた。当然ながらブロンドで、まばゆいばかりの笑みを浮かべて、どうぞと手振りで示し、先に立ってオフィスのほうに案内する。内装は豪華なものだった。ふかふかの絨毯、大きな窓、アロマテラピー。ここはモザイク風で飾り、そこは風水を取り入れ、壁のアルコーブには人工の滝が流れている。

淡い藤色とクリーム色の色合いは、人の気分を落ち着かせる。

ブロンドの秘書はきゅっと引き締まったお尻をタイトスカートに包み、腰をくねらせるように歩いている。ショーンはくいっくいっとゆれる尻に視線を合わせ、リヴの桃みたいな尻のことを考えた。あの尻をつかんで、腿のあいだの天国に身を沈めるのがどれほど好きか。おまけにリヴはダイナマイト級の体ばかりでなく、天才的な頭脳まで持っている。あの謎を解いた。すごい。すばらしい女性だ。

ショーンははっとしてわれに返った。秘書はゲームショーのコンパニオンが新製品を紹介するかのように、廊下の角の大きなオフィスに手を向けていた。

チャールズ・パリッシュは白髪で、風格のある男だった。デイビーと握手をしてから、コナー、マイルズの順に手を取った。ショーンは一歩さがって、ぎりぎりまでこの男と目を合わせないようにしていた。自分が握手をする番になって初めて、パリッシュの手を握り、目を見つめた。「どうも、ミスター・パリッシュ。おれを覚えているかな?」

顔色が変わったことはすぐにわかった。笑顔はこわばり、まぶたがひくつき、唇が青くなる。とっさに手を引っこめようとする。ショーンは手を離してやった。知りたいことはもうわかった。

「きみたちは……」パリッシュは当惑の表情で、ショーンのほかの面々に視線を移していった。「どこかでお会いしたことが? 申し訳ないが、覚えがない。ミスター……? お名前をなんとおっしゃったかね?」

ショーンはため息をついた。ここにも、心にやましいことのある嘘つきがひとり。

「おれの名前はマクラウド。連れも同じ名だ」兄たちのほうにあごをしゃくった。「あんたはおれの双子の弟のケヴィンに会ったことがあるはず。フラクソン社の代表を務めていたころだ。弟が強い印象を残したことは、あんたの表情でわかったよ。あんたが弟に会ったときのことを詳しく知りたい」

パリッシュはあとずさりして、机の向こう側に行こうとした。

デイビーはパリッシュの手首をつかんだ。「セキュリティを呼ぶには及ばない。打ち解けた話をしたいだけだ、ミスター・パリッシュ。大企業に喧嘩を売るつもりはない。おれたちの弟のことを話してもらえればそれでいい」

パリッシュはあごをこわばらせた。首をめぐらせ、ひとりひとりの顔を見ていく。「ああ、確かに、そういったこともあった。きみたちが言っているのが大昔のことならだが。しかし、わたしは何も知らない——」

「いいから話せ」ショーンの口調は険しくなっていた。

「わかった。精神を病んだ男がフラクソンのレントン支社のセキュリティを破って押し入り、わたしを襲った。恐ろしい経験だったよ」

「弟はおまえに何を言った？」コナーが静かな声で尋ねた。

「わけのわからないことをわめいていたんだ」パリッシュは弁解がましく言った。「マッド・サイエンティストが不法な実験をしていると信じこんでいてね。フラクソン社所有のビルで人を殺しているとかなんとか。ばかばかしい話ばかりだった」

ショーンは鳥肌をたてていた。「なるほど」ゆっくりと言った。「それで、あんたはどうしたんだ？」

パリッシュは両手をあげた。「どうもこうもないだろう？　誰だってすることをしただけだ！　助けを求めた。セキュリティを呼んで、引き渡したとも！」

「それから？」

パリッシュは怪訝《けげん》な顔で眉をひそめた。「〝それから〟とはどういう意味だね？」

「弟はどうなった？」デイビーが低い声で尋ねた。

パリッシュは肩をすくめた。「あとのことはフラクソン社のセキュリティに任せた」

「つまり、弟を追っているやつらの手に戻したってことだな。弟はそいつらから逃げていたのに」ショーンの口調は抑揚を欠いていた。「あいつはすべてを賭けてあんたに会いに来て、やつらの所業を訴えた。あんたは弟を売った」

「その見返りはなんだ、パリッシュ？」コナーが尋ねた。「地位か？」

「彼の話が本当だと信じる理由などなかった！　それにわたしは……」パリッシュの声は消え入るようにしぼんだ。「なんということだ、きみたちも彼と同じように病んでいるんだな」

ショーンはにっこりとほほ笑んだ。「そう、そのとおり。それ以上かもしれない」

パリッシュはまたあとずさりを始めた。

「ヘリックス社には二十五億ドルの価値がある」マイルズが解説した。

「へえ」ショーンは言った。「おもしろい。ケヴィンを売ったやつらはここに来てずいぶん潤っているようだ。あの世の弟も首をかしげているだろう。因果応報の憂き目にはまだ合っていないんだろうが、わかったもんじゃないだろ？　報いを受けるときはすぐそこまで迫っている。みんなはどう思う？」

「おまえが正しい。おれにも、間近に迫っているのがわかる」コナーは穏やかに言った。

デイビーは何も言わず、最小限の笑みで最大限の脅しをかけた。格式ばったスーツ姿でこの笑顔を浮かべると、なおのこと迫力がある。パリッシュは壁のほうに退却していく。

「何が望みだ？」虚勢を張って問いただす。

「関係者ひとりの名前はわかっている」ショーンは言った。「オスターマン。この男は何者だ？」

「そんな名前には聞き覚えも――」

ドンッ。パリッシュは壁に押しつけられた。高価なスーツのジャケットの襟首をねじり、片手で壁に留めているのはショーンだ。耳の下の敏感な神経が集まっているところに、指を食いこませた。パリッシュは悲鳴をあげた。

「気をつけろ、ショーン」デイビーが感情を排した低い声で警告した。子どもの時分から、ショーンが理性を失うたびに使ってきた口調だ。

ショーンは兄を無視した。「よく聞け、意地汚いブタ野郎」小声で脅しをかけた。「あんたはおれの弟を売った。あんたの言い訳に耳を貸すつもりはない。何もかも暴いてやるからな。弟をあんな目にあわせた蛆虫《うじむし》どもを一匹残らずあぶりだして、全員のはらわたを引き裂く。そのリストの筆頭にのぼりたいかどうか、いますぐ決めろ」

耳の下に食いこませた指の力をわずかに強めた。

パリッシュは手をばたつかせ、もがき、弱々しい声をあげた。「頼む」小さく訴える。

ショーンは力を抜いた。「役にたつ話を思いだしたか?」

パリッシュはかすかにうなずいた。ショーンは手を離した。「聞かせてもらおうか」

解放された男は耳の下に手をやり、血が出ていないことに驚いたような顔をした。乱れた息を何度も吸いこむ。「わたしは――わたしは、まさかあんなことになるとは知らず――」

「もちろん、そうだろうとも」コナーが言った。「で、何を知らなかったんだ?」

「オスターマンだ」いくらかゆっくりと呼吸を整えた。「彼は……研究者だ。わたしは夢にも……彼は、非常に有能な科学者だ。才能は突出している。いまだに信じられないのだが……〝安息の地〟はまっとうな研究機関だと思っていた。たしかにひどく閉鎖的で――」

「〝安息の地〟だって？」マイルズが目を丸くして口を挟んだ。「冗談だろ！」

ショーンは首をまわした。「なんだ？　〝安息の地〟ってなんだ？」

「ぼくをスカウトしようとしている男がいるんだよ」マイルズは言った。「マインドメルド666。そいつが〝安息の地〟の一員なんだ。つまり、このオスターマンは——」

「例の連続殺人犯だ」コナーは静かな声で締めくくった。

みなが唖然として言葉を失うなか、パリッシュの息遣いだけが荒く響いていた。

「〝安息の地〟はどこにある？」ショーンは尋ねた。

「知らない」パリッシュは答えた。ショーンが手をあげたのを見て、壁に張りつく。「本当だ！　やめてくれ。本当なんだ。研究所はしょっちゅう場所を移している。唯一、その場所を知っているのは、脳の潜在能力の研究に携わっている人間だけだ。研究者たちは製品開発に従事して、うちの専門チームがそれを商品化する。わたしの娘も数年前に潜在能力を引きだすプログラムを受けた。その成果は目を見張るばかりで——」

「宣伝文句は聞きたくない。おれが聞きたいのは、その殺人鬼がどこにいるかだ」ショーンはどなった。「知らないとは思えないね。あんたがケヴィンの話を確認しなかったとも思えない。あんたはこの件に最初から噛んでいたんだろう、パリッシュ？」

「違う！　何を言うかと思えば、ばかばかしいにもほどがある！」パリッシュは必死の形相を見せはじめた。「頭のおかしな男の妄想だと思ったんだ！　何日も閉じこめられて、拷問を受けたと言っていたが、そんな目にあったわりにはぴんぴんとして、セキュリティのひとりを持ちあげ、窓ガラスに投げ飛ばしたんだぞ！　三十針も縫う大怪我を負わせた！」

ショーンの意識はひとつの情報に引っかかり、とらわれて、パリッシュのわめき声も耳に入らなくなった。「黙れ」ショーンはパリッシュの言い訳をさえぎった。

パリッシュは唐突に口をつぐんだ。「え？」

「ひとつはっきりさせてくれ」ショーンは言った。「ケヴィンが、何日も拷問されていたとあんたに言った？　だが、ケヴィンは何日も行方不明になっていたわけじゃない。八月十七日の朝におれはケヴィンに会った。おれがブタ箱に放りこまれる直前だ」

デイビーとコナーは驚いた表情で顔を見合わせた。

「どういうことだ？」デイビーは落ち着いた声で尋ねた。

「あんたがケヴィンに会ったのは何日だ？」ショーンは引かなかった。

パリッシュはしきりにまばたいた。「覚えていない」

ドンッ。パリッシュの背はまたも壁に叩きつけられた。耳の下ですでにあざになっているところに、ショーンの指がふたたび食いこむ。

「よく考えたほうがいい」わざと甘い声でうながした。

パリッシュは息を吸った。「ああ……か、考えてみる。彼が来た日、わたしはオフィスに娘のプレゼントの自転車を置いていた。娘の十一歳の誕生日だったからだ」

「娘の誕生日はいつだ？」デイビーが尋ねた。

「は、八月二十三日。明日だ」

ショーンはふいにパリッシュを放した。パリッシュはよろめき、膝をついた。マイルズがこの男の肘を取り、立ちあがるのに手を貸してやった。こんなときにも親切な男。誰かがこいつを引っぱたいて、ものの道理を教えてやらなければならないが、マクラウドの男たちにはいまその役目をこなすことはできない。

　そんな考えやほかの思考がショーンの頭のなかを飛び交い、その一方で全身を麻痺させるほどのショックに襲われていた。八月二十三日？　ケヴィンが好きだった小さな滝のそばの丘に、遺体を埋葬したのは八月二十日だ。二十三日？　これはどういうことだ？

　ショーンは両手を膝につき、いくらかでも頭に血を戻そうとした。パリッシュの前でばったりと気絶したら、〝強面《こわもて》で相手を死ぬほど脅かす機能〟は失われたも同然だ。

　ありがたいことに、コナーとデイビーの〝強面で相手を死ぬほど脅かす機能〟はうまく働いているようだ。ショーンは意識を失わないでいることだけに集中した。

　しばらくあとで、肩甲骨のあいだを強く小突かれ、ショーンはうながされるままに廊下に出た。誘いを待つような目をしたブロンド美人の前を通りすぎた。セキュリティに呼び止められることもなく、おもてで警察が待っていることもなかった。パリッシュはどちら側に転んだほうが得なのか、ようすを見るつもりだろう。ずる賢いやつめ。

　駐車場に着いたとき、ショーンはデイビーに胸ぐらをつかまれ、ＳＵＶに叩きつけられた。痛みで泣き叫びそうになるほど強く。

「暴力には訴えるなと言っただろう」デイビーはショーンの顔に怒鳴りつけた。「なのに、おまえは守らなかった。二回ともだ。そういうたぐいの面倒は起こしたくない。それくらいの我慢もできないのなら、おまえを縛り、猿ぐつわをかませて、トランクに放りこむぞ」

ショーンはコナーを味方につけようとして視線を送ったが、コナーは唇をゆがめ、肩をすくめた。「兄貴がおまえを縛るあいだ、おれが押さえつけておいてやるよ」コナーが言った。

ショーンはマイルズを見たが、こちらも〝ぼくにどうしろって言うんだよ〟という視線を返してきただけだ。ショーンはうめき、もがいた。まあいい。まだ心が麻痺していて、感情が傷ついた気もしない。頭のこぶをさすりながら、車に乗りこんだ。「八月二十三日」ぽつりとつぶやく。

デイビーは駐車場から車を出した。「それで理性を失ったのはわかっている」重々しい口調で言う。「だが、十五年も前のことだ。あの男はいくらでも嘘をつける。単純に記憶違いということもある」

「そうじゃなかったら？」ショーンは言った。「おれたちは八月二十日に遺体を埋めた。あいつがケヴィンに会ったのが本当に二十三日だったとしたら……」

「あの丘に埋まっているのは誰か？」コナーが言葉を引き取った。

石のように重い沈黙が車内に落ち、全員がその可能性を頭にめぐらせた。

「あのさ……その……歯科治療の記録はないの？」マイルズが口ごもりながら尋ねた。

コナーは首を振った。「おれたちは大人になるまで歯医者にかかったことがない。そんなところに行ったら、歯に発信機を埋めこまれると親父は信じていたからね」

「ああ、うん、そっか」マイルズはつぶやいた。「じゃあ、DNAは？」

「もういい」デイビーはきっぱりと言った。「何があろうが関係ない。ケヴィンは死んだ。そうでなければ、おれたちに連絡をしてこない理由がつかない。あいつらにやられたんだ。

現実を見て、受け入れろ。この先ずっとこんなふうに生きていくことはできないぞ」
ショーンは首を振った。

「やれやれ」デイビーは暗澹《あんたん》とした声で言った。「また取りつかれるものが増えたってことか？」

ショーンはフロントミラー越しに、兄の怒りの目をとらえ、黙ったままじっと見つめた。何も言葉にする必要はなかった。

コナーはうんざりとして、心配そうな顔つきをしている。悪いほうの脚をさすった。

「勝手にしろ」デイビーはつぶやいた。「それで、次は？」

ショーンは肩をすくめた。「決まってるだろ。図書館に行く」

「まずはいくつかテストをして、きみの学習方法を見極める。O博士は個人に合わせてプログラムを組むんだ」ジャレドは高速道路に入ってから、そう説明した。「このテストが少したいへんだけどね、最初の二日くらいで終わるから。そのあとはお楽しみだ」

シンディは目を丸くして、フロントガラスの先を見つめた。テスト？　寒気がする。鳥肌はぼこぼこにたっている。「へえ」首を絞められたような声が出た。「すっごくクール」

ジャレドは何か前向きで、聡明で、知的な言葉がシンディの口から出るのを待っているようだけど、これ以上何かしゃべったら、頭が空っぽのバカ女だということがばれてしまう。語るに落ちるだけだ。そして、一巻の終わり。

「うん、そうだね」ジャレドは果敢にもまた口を開いた。「きみが描いた抽象画はよかった。

雑音下での聴覚モデルによって、フォルマント周波数の弁別特性を予測したやつ。O博士にも見せたんだ。それで考えたのは、比較的小さな周波数の範囲内で速度情報と時間情報を組み合わせられれば、ぼくたちでそれを――」

「ねえ、専門的な話はまたにしない？」シンディは汗ばんだ手をジーンズでぬぐった。「人と知り合うときは、その、ほら、ほかの話のほうがいいわ。ふつうの話」

「いいよ」ジャレドは怪訝そうな顔をしている。「ふつうってどんな？」

「ふつうはふつうよ。日常的なこと。映画とか、最近の出来事とか。ファッションとか。話題は幅広いほうがいいと思うの。一日じゅう、電磁波の問題を考えてもいられないでしょ？ほかのことにも余地を残しておかなくちゃ。赤いカウボーイブーツとか、エスプレッソ風味のブラウニーとか、〈ハウリング・ファーボールズ〉のこととか」

ジャレドは眉をひそめた。「〈ハウリング・ファーボールズ〉ってなんだい？」

「アシッド・パンクのバンドで、音楽以外にもいろいろなことを取り入れているの」シンディは説明した。「音はぶっ飛んでるし、それだけじゃなくて、たとえばエンジニアの出した信号によって、演奏者がリアルタイムで音と光を融合させて、幻覚的なショーを見せられるようにしたり」

「うん、なるほどね。おもしろそうだ」ジャレドはまだ当惑ぎみだ。気まずい沈黙が落ちた。シンディはその間を埋めたくて仕方がなかったものの、調子に乗るのは怖かった。そのとき、ジャレドがまた口を開いた。

「ここにいるのがあんまり嬉しそうじゃないようだけど」ジャレドは言った。

大正解。「わたしの立場になってみてよ」シンディは言った。「さっき初めて会った男とふたりきりでいて、ネットの噂でしか知らないところに行こうとしているのよ。誰だって、わたしの頭がおかしくなったんじゃないかって言うと思う」とりあえず、シンディの身内は全員がそう言っている。

「そんなことはない」ジャレドが言った。「以前ひどい目にあったことは知っているけどね」

そうなの？　ああもうっ。ミーナとジャレドのチャットの過去ログは読んでいないから、自分のバックグラウンドさえわからない。最悪。

でも、ジャレドは熱っぽい口調でしゃべりつづけていた。シンディは話に意識を集中させた。

「……だから、きみの気持ちはよくわかるって伝えたかったんだよ」ジャレドが言った。

「ぼくも孤児だ。七つのときに里親に引き取られた」

「えっ？」シンディは目を丸くしてジャレドを見た。「本当？」

「高校はディア・クリークだった」

シンディはまばたきをした。「それって、少年院よね？」

「ドラッグだよ」ジャレドは打ち明けた。「里親の家の納屋を覚せい剤の製造所にしたんだ。ぼくひとりで作った。中学生のころだ。O博士はそれを聞きつけて、ぼくに会いに来てくれた。博士は、十三の年でそこまでの問題を起こせるのは潜在能力の高い証拠だと考えたんだ」

「すごい。夢みたいな話ね」シンディは弱々しく言った。

「出所したあとは、〝安息の地〟に誘ってもらえた」いったん言葉を切ってから、言い足した。「生まれてこのかた、本当の家と呼べるのはあそこだけだ」

「すごい」シンディはくり返して言ったものの、まるで感情をこめられなかった。

「もしかしたら、きみにも可能性があるかも。ほら、きみにとっても、あそこが家になるかもしれないよ」

シンディはほほ笑もうとした。ジャレドはどうやら本当にいい人みたいだ。しかし、シンディは口の両はしにおもりをぶらさげているような気分だった。

「それで、結局のところ、〝安息の地〟はどこにあるの?」

ジャレドは喉の奥で笑った。「教えてもいいけど、そのあとにきみを殺さなきゃならないなぁ」

シンディの胃が氷の塊と化し、ずしんと落ちた音が聞こえたに違いない。ジャレドはすぐさまシンディの顔に視線を飛ばした。「冗談だよ」ジャレドは言った。「ジョークだってわかるよね? ハハハ? ほら、おもしろいだろ? ちょっと皮肉が利いてるしさ?」

「ハハハ」シンディは薄っぺらな声で笑うまねをした。「おもしろいわ、ジャレド」

「怖がらせるつもりじゃなかったんだよ。新人には、〝安息の地〟に着くまで場所を教えないことになっている。あそこが謎に包まれているのは、そういうわけでもあるんだ。行けばわかる」

「そうね」シンディはつぶやいた。「待ちきれない」

身長百九十センチの男がベルサーチのスーツを着て、目のまわりにあざをつけている姿は、今日のショーンにとっては必要以上の注目を浴びてしまう。ショーンは図書館のなかをうろつきながら、考えをめぐらせた。コナーとデイビーはなかに入るのはひとりだけだと決めて、その役目にマイルズを押したが、この瞬間はショーンの人生のターニングポイントだ。ショーンは絶対に自分が行くと言って譲らなかった。

司書がふたり、ショーンを目で追っていた。年かさのほうの女はハトのような体形を灰色の服で包み、遠近両用の眼鏡越しに不審の目を向けている。若いほうは、明るい赤毛をボブに整えたかわいい女で、年かさのほうが背を向けるたびに、ショーンに熱い視線を送ってきている。

ショーンは内心でため息をついた。誰にも気づかれずにそっと入って、出ていくことは無理というわけだ。赤毛の目をごまかすために、のんびりと本を物色するふりをしなければならない。

わざと目だつように、カード式の図書目録を大げさにめくった。それから、ゆうゆうと奥に進み、雑誌や地元の新聞のコーナーで足を止めたあと、何気ないようすを精一杯つくろって、歴史コレクションの部屋に向かった。

ガラスのドアを開けて、板張りの部屋に入った。破けた革のソファや真鍮《しんちゆう》の読書ランプ、アルコーヴなどでごたごたしている。リヴとショーンがまさに歴史的な逢引きを果たしたのはこの部屋だ。あのとき初めて、リヴをイかせた。

ふいに胸騒ぎを感じた。リヴのことを考えるといつも起こる欲望のうねりとともに、悪い予感がショーンに押しよせる。顔が引きつり、タマがぞわぞわしている。早く行け、早く、早くと急きたてるような感覚だ。

ケヴィンのことじゃない。リヴに何か起こった。確固とした予感が頭のなかで飛びまわっている。早くここの用をすませて、リヴがどうしているか確かめなくては。急げ。

デイビーのブリーフケースの留め金を開き、棚に並んだ本の整理番号を見ていった。古い本の独特の匂いが鼻にまとわりつくようだ。不安に急きたてられる気持ちはさらに強くなった。急げ、急げ。早く行け、早く、早く。

もうすぐ……番号が近づいてきた……よし、あった。九二〇．〇七九七、B六三。分厚い学術書で、赤い革張りに金の縁が施されている。ショーンは震える手を伸ばし——

「何かお探しですか？」

ショーンは驚きで本当に飛びあがりかけた。息をのんで振り返った。

赤毛の女がうしろに立って、ほほ笑みかけていた。「こんにちは」

ショーンは息を吐き、ほほ笑み返した。「ふうっ。びっくりしたよ」

「ごめんなさい」女はすまなそうに言った。「何かお探しならお手伝いしましょうか？」

「いや、いいんだ。その、あれこれのぞいているだけだから」ショーンは力なく言った。

「歴史のあるものが好きでね」

女の笑みのワット数が何段階かあがった。「歴史がお好きなんですか？　偶然ですね。わたしもなんです。エンディコット・フォールズには由緒ある場所がたくさんあります。こちらにはご旅行で？」

「うん、まあ、そんなものかな」ショーンは言った。

「もしお時間があるなら、街をご案内しましょうか。四時にあがりなんです。この土地に詳しい人間が一緒なら、たくさんの場所を見てまわれますよ」

ショーンはつばを飲んだ。「ええと、その、心を惹かれるが、このあとは用事があるんだ」

ショーンは言葉を重ねた。「婚約者の家族と食事会の予定でね」仕方ないんだというように肩をすくめた。

赤毛は言外の意味をよくのみこんだ。一瞬の気まずい沈黙のうちに、こわばった笑顔で一歩うしろにさがった。「そうですか。なら、また機会があれば。読書のお邪魔をしてはいけませんね。何かわからないことがあったら、お尋ねください」

ハイヒールを響かせてドアのほうに歩いていった。ドアが軋む音と、ガシャンと閉まる小さな音がして、ショーンはまたひとりきりになった。

へなへなとしゃがみこみそうだ。アドレナリンが噴出したせいでもあり、思ったよりも簡単に追い払えたことの安堵のせいでもあるが、何よりも大きいのは、かわいい女を目の前にした自分の態度に、絶句するほどショックを受けたせいだ。

これまで、かわいい女の子の誘いを断ったことは一度もない。そのとき自分の人生に何が起こっていようとも。ふたり、三人、あるいは四人の予約が入っていようとも。いつでも、絶対に、どうにかして全員をこなしてきた。

びっくりだ。いまの子からは電話番号すら聞かなかった。

とっさに口から出た言い訳には笑うしかない。婚約者の家族と食事だって？　希望的にもほどがある。あの家族はショーンの姿を見たとたんに撃ち殺し、死体はごみ捨て場に放り捨てるだろう。

ショーンは大きな本をつかみ、棚から取りだして、その奥をのぞきこんだ。何もない。胸が締めつけられた。なかを手探りした。やはり何もない。心臓が強く打ちつけ、胃がねじれる。もっと手を伸ばし、指で奥の壁を引っかいた。

壁に隙間がある。何かがそこに押しこまれている。

ショーンは埃っぽいビデオテープを二本引きだした。心の目には、ケヴィンが拍手する姿が映っている。**そろそろ見つけると思っていたよ、アインシュタイン。勲章ものだぞ。**

八月二十三日だって、ケヴィン？　何がどういうわけで……。

いや、だめだ。一度にひとつずつ。いまここでケヴィンの死後の復活のことを考えたら、頭のヒューズが飛んでしまう。ショーンはテープをブリーフケースにしまって、運命の番号を持つ本を手に取り、念のためにぱらぱらとめくってみた。タイトルは『エンディコット・フォールズの創始者――未開の荒野から、われらがすばらしき街を造りあげた勇敢なる名士たちの真実の年代記』。作者はジョセフ・イズキール・ブリーカー。

ふん。学者気取りのおべっか使いが、オーガスタスじいさんから点を稼ごうとしたのだろう。おそらくはじいさんの娘と結婚したくて。

分厚い本をもとの位置に戻し、急いで部屋を出た。

リヴに電話をかけて、テープを見つけたことを教えなければ。天才のリヴ、女神のリヴに感謝を捧げたい。ショーンなどあのすばらしい脚を舐める価値もないことを伝え、とんまのくせに偉そうな態度ばかり取ったことを謝りたい。

そして、リヴを愛していることを。気がふれるほど、この世の時間がつきるまで。なぜゆうべ、虚勢を張って怒鳴り散らすかわりに、そう言わなかった？

赤毛の女性はさり気なく背を向けて、ショーンの詫びるような笑みをさえぎった。品のある女性だ。気づかいがありがたかった。

正面玄関のドアを開ける前から携帯電話を取りだしていた。リヴの携帯の呼出音はいつまでも、いつまでも鳴っている。デイビーのSUVに乗りこみ、ブリーフケースをコナーの膝に放り、質問の雨を払って、タマラの番号にかけた。

タマラはすぐに出た。「ショーン」強い調子で言う。「気をしっかり持ちなさい」

「なぜ？」ショーンは叫んだ。「何があった？　リヴはどこだ？」

「まったくわからない。彼女は警報装置を解除して、車に乗って出ていった」

「いつ？　嘘だと言ってくれ。いつだ？」

「わたしの耳もとで怒鳴るのはやめて。警報装置は四時間前に解除されていた。ヘッドフォンをつけた隙だらけのわたしを仕事場に残して。彼女にはひとこと言ってやらなければならないわ」

「あんたはリヴに目を光らせているはずだっただろ！」ショーンはわめいた。

タマラは鼻を鳴らした。「わたしは彼女をもてなしているの。見張っているわけじゃない。もし、閉じこめておけと頼まれたとしたら、くだらないことを言うなと叱ったでしょうね」

「あんたのごたくを聞いてる暇はないんだ。タマラ――」

「なら、この番号にかけてこないで。どうせゆうべは、主人風を吹かせたんでしょう。彼女の言うことには断固として耳を貸さなかったわね？　リヴは生身の女性よ。クラブで踊っているセックス人形じゃないの。生身の女には意思がある。慣れることね」

ショーンは電話を切って、もう一度リヴの携帯にかけた。出ない。「くそっ」は吐きだすように言った。

「こういうのは本当にたまらないよな？」コナーは肩越しに同情の視線をよこした。

デイビーのうめき声は雄弁だった。「まったくだ」

しかし、ショーンに必要なのは同情ではなかった。リヴに会いたい。どやしつけて死ぬほど怖がらせ、それからリヴが気絶するまでキスしたい。

「彼女は発信機をつけてるか？」デイビーが尋ねた。

「携帯にひとつついてる」ショーンは指でコンソールを叩きながら、歯を食いしばるようにして言った。「X線スペクトルプログラムが備わっている場所で、ここから一番近いのはどこだ？」

「セスがおもちゃとしてくれた古い型なら、うちの実家の地下室にあるよ」マイルズが言った。「起動させられると思う。ソフトウェアも持ってるから、インストールできる」

「よし」ショーンはぶっきらぼうに言った。「行くぞ」

25

善良な市民として、駐車禁止区域に車を停めるのは気が引けたものの、いまは父親が生命維持装置で命をつないでいて、自分は殺し屋に狙われ、焦りを募らせて何十キロも車を飛ばしてきたところだ。リヴがここまでたどり着けたのは奇跡的だった。

結局、ガラスの自動ドアの前に停めて、車から飛びだした。レッカー移動されたら、違反金を払えばすむことだ。そう、そのとおり。でも、どうやって払う？

駐車違反の罰金のことでまた悩むようになるなんて、夢のようだ。リヴは混み合ったロビーに急いで入り、北棟をしめす案内を探した。こうしているあいだにもお父さんは……だめ。考えてはだめ。

一度にひとつずつ。頭のなかで考えることも、一度にひとつ。

リヴは歩きだし、すぐに不安に駆られて小走りになり、まっすぐに伸びた廊下に出たあとには全力疾走で走りはじめていた。

ブロンドの女が肌もあらわな赤いホルターネックのドレスを着て、スパイクヒールで廊下を走っているのを見て、誰もが飛びのいた。リヴにはエレベーターを待つ心の余裕はなかった。階段を駆けあがった。ナースステーションの前で急ブレーキをかけたのは、シアトルのかかりつけの医師、ホースト先生の姿が目に入ったからだ。ああ、どうしよう。先生がわざわざここまで来たということが、いい兆しのはずはない。

「ホースト先生？」リヴは息を切らして声をかけた。

先生はリヴだと気づかず、怪訝そうな顔をしている。リヴはセレブ気取りのサングラスをはずした。「わたしです。リヴです。お父さんの容態は？　まさか――まさか――」

「リヴ。久しぶりだ」先生はリヴのそばまで来て、抱擁してくれた。先生の厳粛な面持ちに、リヴは震えあがった。

「すぐに教えてください」リヴは頼みこんだ。「もしも悪い知らせなら、早く言ってくださ い」

「こちらにおいで」先生は言った。「気を落ち着けて。話をしよう」小さな待合室のほうにリヴを引っぱっていく。

「お願いです、もし父が……」リヴの声が途切れた。

父が目の前に立っている。きちんと服を着て、いつもとまったく変わらないようすで。生命維持装置も、点滴も、酸素マスクもつけずに。元気そうだ。ただし、顔にはそわそわとしたばつの悪そうな表情が張りついていた。

母はそのかたわらに立っていた。胸を突きだし、あごをあげて、顔を上気させている。ブレアもいた。こちらも相変わらず尊大な顔つきだ。

「お母さん？」リヴは三人を見まわした。「お父さん？　どういうこと？」

「なんですか」アメリア・エンディコットは言った。「そのけばけばしいウィッグをかぶっているると、娼婦みたいに見えますよ」

父は口のなかでなにかをつぶやき、足もとに目を落とした。

「こんなことになって残念だけれども、リヴ、ここまでさせたのはあなたですからね」母が言った。

怒りで全身がかっとなった。「わたしのせい？　だから、たいした理由もなく娘を危険にさらしてもいい？　お父さんが死んだらどうしようって何時間も悩ませてもいい？　そんな言い訳が通ると本気で思っているの？」

「落ち着きなさい、リヴ」ホースト先生がなだめた。「お母さんは本当にきみのためを思ってこうなさったんだ」

「どうかしら」リヴはまわりに首をめぐらせた。「警察が来ていない。わたしの言ったことを真剣に受け取ってくれなかったのね。あら、あんまり驚きじゃないのはなぜかしら？」

「リヴ、頼むよ」ホースト先生がやんわりと言う。「わたしたちが用意した場所は、完全に、究極的に安全だと約束する」

「用意した場所？」頭のなかで警報が鳴り響いている。リヴはあとずさりした。「まさか。わたしはそんな場所には行かない」

「辛い体験をしたことはわかっているのよ、リヴ。でも、もう終わったこと。これからは、あたくしたちがしっかり監督して、あなたに必要な助けが得られるようにしますからね」母が言った。リヴの手首をつかみ、ただならない力で真っ赤な長い爪を食いこませる。

「わたしの言葉をひと言も聞いていないのね！」リヴは泣き叫んでいた。「わたしは四日前に襲われたの！　何者かがわたしを殺そうとしているのよ！　ショーンが助けてくれた！」

「あたくしが申したとおりでしょう？」母親は目を見開いて、すがるようにホースト先生を見つめた。「ストックホルム症候群のようなものですわね。精神がまいっているせいで、虐待者にすりこまれるまま、情を感じているのでしょう。ほら、リヴ、自分の姿をごらんなさい。腕にも顔にもあざができている。あなたは暴力を受けたのですよ！」

「お母さん、何度も言ったけど――ちょっと！　何をしているの？」

「おっしゃるとおりです」ホースト先生がリヴの腕をつかみ、怪我を見て眉をひそめていた。「ロープで縛られた跡、ナイフの切り傷、血腫《けっしゅ》。告訴に備えて、こうした性的暴行の証拠はすべて記録に残しておかなければなりません」

「ああっ、なんてこと」母親は芝居がかった苦悩の嗚咽を漏らした。

「告発？　誰を？」リヴはきょろきょろとまわりを見た。

「いいかげんになさい」母は言った。「何者かに襲われたなどという話を本気で信じているなんて言わないで。ただの妄想ですよ。あの恐ろしい男に対する不健康な執着心を正当化するための妄想」

　リヴはあんぐりと口を開けた。「つまり、お母さんはまだショーンが犯人だと思っているの？　でも、そうじゃないって、わたしが言っているのよ。お母さん、聞いて――」

「それは何？」母はブロンドの巻き毛を首から払い、息をのんだ。「まあ！　いやだ！　リヴ？　あの男に何をされたの？」

「人間の嚙み傷ですな」ホーストは嫌悪感もあらわに唇をゆがめた。「あなたは正しいことをなさいましたよ、ミセス・エンディコット。娘さんを取り戻すのがあと少しでも遅かったら、どうなっていたことか」

「待って。違う。ショーンじゃない。この傷をつけたのはショーンじゃないのよ。みんな、どうかしている」リヴはドアに向かった。「こんなくだらないことに付き合っていられないわ。帰ります」

リヴはブレアにぶつかった。いつの間にか、うしろにまわりこまれていた。太い腕でリヴの体をかかえ、腕の自由を奪う。

「リヴ」アメリアが言った。「警察はマクラウドのコンドミニアムを家宅捜索したの。何が見つかったと思う？　これをごらんなさい。見ればわかるわ」

「放して！」リヴは金切り声をあげ、身をよじったけれども、ブレアの腕の力は強かった。

母はフォルダを持ってきて、リヴの前で広げた。

「見なさい」勝ち誇ったように言う。「あなたの写真が何百枚もあったのよ、リヴ。期間は十年以上にも及ぶわ！　あの男は十年間もあなたをストーキングしていたのですよ」

リヴはフォルダを見つめた。母が手早くページをめくって、何枚も連なる写真を見せてくれた。大学時代のリヴ。ニューヨークのリヴ。バルティモアにいたころ、勤め先の図書館の外にいるリヴ。マディソンに住んでいたころ、アパートメントの外にいるリヴ。リヴは言葉を失い、写真に見入った。

「わかったわね？」母が言った。「あの男は変質者よ。現実を見なさい」

いいえ。写真には意表をつかれたものの、近頃のリヴはショックに免疫ができかかっている。リヴに対するショーンの情熱は激しく、一般的とは言えないけれども、犯罪的でも暴力的でもない。変質者とは違う。Tｰレックスとは違う。リヴにはその違いがわかる。

リヴは首を振った。「わたしを襲った男はショーンじゃないわ、お母さん。お願いだから信じて。わたしの頭はおかしくない。それはショーンも同じ」

母は悲しげな目でホースト先生を見あげ、首を振った。

ブレアの腕の締めつけがきつくなる。「すまない、リヴ。ぼくが友だちだということは覚えておいてくれ」

リヴはパニックに陥って、もがいた。「友だちなんかじゃない。わたしにこんなことはできないわよ！　違法行為なんだから！」

「残念ね、それはあなたの考え違いよ」アメリアの声はあざけりの色を帯びていた。「あたくしたちは、あなたが誘拐され、洗脳されたことを証明できます。肉体的、性的に暴行されたことも。あなたはいま自分自身とまわりの人間にとって危険な存在なの。必要書類ももうすぐそろいます。あたくしたちもとても辛いけれども、あなたのためになることをしなければなりません。残る仕事は、例の人を刑務所に入れること。そもそも鉄格子の向こうにいるべきやからです」

「バカなこと言わないで！」リヴは悲鳴まじりに叫んだ。「ショーンはわたしを誘拐していない！　わたしを助けてくれたのよ！　放して！」体を前後左右に振り、足を踏み鳴らし、ブレアの股間に膝蹴りを食らわそうとした。

腕に何かが刺さった。ホースト先生が注射を打っていた。効果は瞬時に現われ、必死の思いはふっつりと途絶えた。糸が切れて、ふわふわと漂っているみたいだ。どうして膝を閉じていなければいけないのか思いだせなかったから、力を抜いた。

ブレアがリヴを胸に持たせて支えているけれど、かなりの重労働だろう。

「車椅子に座らせなさい」ホースト先生が指示を出した。「リヴは診察室で休ませて、そのあいだに、あちらで申請書類の細部をつめてしまいましょう。夕方にはベルヴェデーレに収容できます」

ベルヴェデーレ？　うつ病患者や麻薬中毒者向けのリハビリ施設のこと？　大金持ちの雌犬専用の精神病院？　リヴの一部はけたたましく笑いだしたくなったけれども、その運動機能をつかさどるのはべつの部分だった。

ブレアはリヴを車椅子に乗せ、だらりと傾いた首をまっすぐに直した。リヴはブレアの目を見つめ、無言で懇願した。ブレアは偽物のブロンドの髪をすくいあげ、T−レックスの嚙み傷を見た。首を振り、立ち去った。

薬の影響で、壁がどんどん大きくなっていくように見える。リヴは、壁が空の大きさになるまで見つめつづけた。

リヴは青空に浮かんでいた。誰かに会いたくてたまらないのに、その人の名前を思いだせない。でも、顔はわかった。なんてまぶしい人。

廊下に続くドアは開いていて、外の明かりとざわめきが流れてくる。リネン運搬用のキャンバス地の袋を積んだ大きなカートが、車輪を軋《きし》ませてなかに入ってきた。リヴには、大きなものが近づいているということしかわからなかった。目を開き、口を閉じているのもひと苦労で、そちらに首をめぐらせることは難しい。

でも、臭いでわかった――Tーレックス。鼻をつまみたくなるような悪臭。リヴの胸で恐怖が咲き乱れた。夢を見ているようだけど、恐怖は現実のものだ。悲しみも。ショーン。名前が思い浮かんだ。リヴはその名前に無我夢中ですがりついた。

悲しい。ショーンが果敢に骨を折ってくれたことがすべて無になってしまった。リヴが愚かで、軽率だったからだ。化け物が迫ってきていて、リヴはショーンに感謝の言葉を残すこともできない。ショーンの勇気に、熱い思いに、優しさに。偽りのない、光り輝く心に。

病院の洗濯係の服を着た化け物がかがみこんだ。むっとする息がリヴの顔にかかる。怪物はさらに身を近づけて、分厚く赤い舌でべっとりと顔を舐める。リヴの体は麻痺《まひ》していて、顔をそむけることもできなかった。

「オリヴィア。会えて嬉しいよ」ざらついたささやき声。

化け物はリヴを車椅子からすくいあげた。汚れたシーツで半分ほど埋まった袋に、さかさまに放り、手足をたたませた。

頭の下で車輪が軋む音が、最後に聞こえた音だった。よどんだ空気のなかに生き埋めにされて、リヴの意識は薄れていった。


マイルズのスペクトルプログラムで、リヴの携帯電話がチェンバレン病院にあることがわかった。予想外の場所だったが、比較的安全な公共の建物にいることは喜ばしい。アイコンがどこかのどぶを示すところでみじめに点滅しているよりはずっといい。「車の鍵をくれ」

ショーンはデイビーに言った。

デイビーは迷いを見せた。「ことがいつもどおりに運ぶなら、おまえは警察にしょっ引かれる。おれはおまえの役にもたたないケツに保釈金を積まなければ、車を取り返せなくなる。ビデオテープを見たくないのか？」

「十五年も待ったんだ。あと半時間くらい待てるさ。鍵をよこせ」ショーンはいらいらと指を振った。

デイビーはため息をついて、鍵を放った。ショーンは鍵をキャッチして、地下室から階段を駆けあがり、マイルズの母親がショーンを呼び止めてサンドウィッチを食べさせようとするのをうまくよけた。

市街に車を飛ばしながら、何度もリヴに念を送った。リヴの携帯にかけた。神経を引っかきまわされているようで、叫びださずにいるのが精一杯だ。

応えてくれ。ショーンはリヴに念を送った。頼む。おれに哀れみをかけてくれ。

人の声が応じたとき、ショーンは驚いて、危うく前の車に衝突しかけたが、すんでのところで急ブレーキを踏んだ。

「リヴ？」大声で叫んだ。「いったいどこにいる？」

一瞬の間があいて、とげとげしい声が答えた。「あの子は本来いるべき場所にいます、ミスター・マクラウド。家族と一緒で、あなたからは離れた安全な場所です」

「おまえ、誰だ？」ショーンはとっさに怒鳴ってから、鉄床《かなとこ》で顔を殴られたようにはっと気づいた。「いや、待て、答えなくていい。リヴの母親だな？」

「ええ、あたくしはオリヴィアの母親です。もう二度と娘に近づかないでください。警察はあなたを取り押さえようとしています」

「信じられない」ショーンは引きつった声で言った。「どんな手を使った？　家族の誰かが病気だとでも言っておびきよせたのか？　だからリヴは病院にいるのか？」

「あたくしの夫の体が弱いことは、あなたには関係ありません」

「体が弱いだなんてよく言うよ。リヴがまんまと騙《だま》されたなんて信じられないが、リヴはいつでも家族のことを気にかけていたもんな。あんたたちには誰ひとり、そんな価値はないのに。リヴを電話に出してくれ。話がしたい」

「お断りします」母親は勝ち誇って言った。「娘は休んでいます。恐ろしい体験をしたのですから。あなたには娘と話などさせません。もう二度と」

「どうやってリヴを引き止めるつもりだ？」ショーンは尋ねた。「リヴは三十二だぞ」

「ええ、ですが、精神的にとても脆《もろ》い子です。だから、威圧的な人物の言いなりになってしまうのです」

トップレスで叫びながら森を駆け、T－レックスにベレッタを向けて弾がなくなるまで撃ちまくるリヴの姿が脳裏によぎった。「へえ。なるほどね」ショーンはつぶやいた。

「お待ちなさい。すみません、ホースト先生、いま例の人物と電話で話していて、先生にも……はい？　リヴがなんですって？」

カシャッ。電話が床に落ちた。

ショーンの胃で恐怖の穴が広がっていく。まだ回線の切れていない電話に耳をすませた。

何人かが叫び合う遠い声が聞こえる。アメリアは悲鳴をあげていた。

またただ。またへまをした。一瞬たりともリヴのそばから離れるべきではなかったのだ。アメリアは電話に向かって金切り声をあげた。「娘をどうしたのです？　あの子はどこ？」

「ミスター・マクラウド？」

安堵《あんど》で目がくらんだ。T-レックスはリヴをさらった。すぐに殺しはしなかった。ならば、まだチャンスはある。ショーンはアクセルを踏んだ。

「何もしていない」ショーンは言った。「言われなくてもわかる。リヴは消えたんだな？　何者かに誘拐された。まさか驚いてるのか？　あんたたち、この四週間、どこに目をつけていたんだ？　頼むよ！　目を覚ませ！」

「そんなはずがありません！　あの子が――あなたではないなんて――」

「おれは犯人じゃない！」ショーンは叫んだ。「もちろんリヴはあんたたちにそう言おうとしたよな？　だが、あんたたちは耳を貸さなかった。リヴの言うことをまともに聞いてやったことがないんだから」

取り乱した母親の返答がふいにしぼんだ。「ミスター・マクラウド？」男のしわがれ声が言った。「娘をどこに連れていった？」

「どこでもない」ショーンは怒鳴った。「おれはリヴの命を助けようとしているのに、あんたとあんたのまぬけな奥さんは邪魔ばかりする。リヴが消えてからどれくらいたつ？」

「十五分前にはそこにいたのに――」

「病院からつながる道はすべて閉鎖するよう警察に伝えろ。病院から出ようとするやつは全員足留めさせろ」ショーンは電話を切って、エンジンをふかした。

すぐにも警察が躍起になってショーンを捕まえようとするだろう。警察に捕まる前に、Tーレックスをとらえなくてはならない。考えろ。考えろ。

ハンドルを叩いた。もし自分が誘拐犯だったら、薬でもうろうとした女をさらい、病院から連れだして車に乗せるには……。

地下。洗濯。裏口。これだ。

ぎりぎりのところでハンドルを左に切り、病院の裏口と職員用の駐車場に続く道に入った。駐車場の外で急停止して、エンジンをかけたまま車をおり、壁づたいに裏口に向かった。

道を閉鎖するよう警察に伝えろとは言ったものの、エンディコット家の石頭たちのことはまったく当てにできない。だから、入口をのぞき、なかにすべりこみながら、ショーンは携帯電話を出して、自分で警察にかけた。駐車場の奥で、一台のヘッドライトがついた。心臓が飛び跳ね、胃がぐるぐるとまわる。ヘッドライトはゆっくりとこちらに向かってくる。

ショーンはコナーに渡されたシグを取りだし、腿の裏に隠すように持った。運転席に座っている人間の顔が見えない。ショーンはまだ外から入ったばかりのところにいた。向かってくるのは白いヴァンだ。病院関係の業者らしく、車体の横に何か文字が書いてある。指先がチリチリする。エンジン音が轟いた。あれはTーレックスか？　わからない。

耳に当てた電話で、警察が応答した。「エンディコット・フォールズ署」

あのヴァンに乗っているのがTーレックスなら、いますぐ正面に飛びでて、運転者を撃つしかない。だが、顔が見えなかった。そこまでの賭けには出られない。

ヴァンはスピードをあげ、急転回した。ショーンを狙ってドアが開く。ショーンは飛びのき、体をひねった。多少はかわしたものの、背骨が折れるほどの痛みが、焼けつくような痛みに軽減された程度だ。ショーンは横向きに倒れ、床に叩きつけられた。

病院の洗濯係の服に身を包んだ、見覚えのある巨漢がヴァンからおりてきた。ショーンは奇跡的にまだ手に収まっていた銃で狙いをつけた。

プシュッ。閃光《せんこう》とともに、上腕に硬い衝撃を受けた。血の気が引くような感覚は、忘れたくても忘れられないものだ。体から力が抜けていく。

T-レックスはラテックスの手袋をはめた手で、ショーンが落としたシグを拾ってから、みぞおちに蹴《け》りをぶちこんだ。痛みがはじける。

「もっと骨のある男かと思ったが」T-レックスはしゃがんで、ブタのような目をショーンに据えた。「女のせいだろ？　男を弱くするんだよ。昼も夜もヤりまくってたんだろ？　だから、股間もおめえもぐったりしてもう使いものにならねえ。おれはこうしてあとを引き継げるんだから、ラッキーだよな？」

返答する力はなかった。ショーンはじっと耐えて、反撃のチャンスを待った。

「おめえの脳みそは壊しちゃいけないことになってるんだ。クリスが遊び終わるまではな」T-レックスは続けて言った。「だが、そのあとにまだ息があるようなら、おれが家に連れて帰って遊んでやる。オリヴィアもだ。おめえを捕まえたら、オリヴィアはおれのおもちゃにしていいってクリスが約束してくれたからな」にんまりと笑う。「うちのガレージには肉を吊るすためのフックがある。オリヴィアを犯すのに飽きたら、肋骨のあいだに鉤《かぎ》を刺して吊るす。人間サンドバッグだ。おめえにも見せてやるよ」

Ｔ－レックスは体を起こし、またみぞおちを蹴りあげようとして足を引いた。ショーンのいいほうの腕がバネのように伸びて、Ｔ－レックスのタマを二本の指で突き刺した。Ｔ－レックスは虚をつかれ、一瞬の間をあけてから、苦痛のうめき声を漏らした。ショーンは壁に片足をつき、もう片方の足を振りまわして、Ｔ－レックスに払いをかけて転ばせた。倒れてくる男を避ける時間はなく、五百キロにも感じるほどの肉のかたまりが落ちてきた。

それから、腿に刺すような熱い痛みが走った。やばい。死ぬほどやばい。

Ｔ－レックスは転がりおりた。ショーンの腿には皮下注射の針が刺さっていた。

「おい！　何ごとだ？　リヴをどこにやった？」男の大きな声が響いた。ショーンは首をめぐらせた。ブレア・マッデンが駐車場のドアのところに立っていた。ショーンは口を開き、「逃げろ」と叫ぼうとした。大きく口を開いた。そして、さらに大きく。ショーンの口は巨大でうつろな穴と化し、そのなかでは舌は小さすぎて見つからなかった。Ｔ－レックスはショーンから奪ったシグをマッデンに向けた。スローモーションのように見える。銃声はいつまでも鳴りやまなかった。

マッデンは目を見開き、喉もとに手を当てて、そこから噴きだすどす黒い血を指でかいた。膝をつき、首を傾ける。大きな目で、まっすぐにショーンを見つめている。死ぬのが信じられないという表情だ。

Ｔ－レックスはショーンの血がついた手をつかみ、指を引き金に通して、握らせた。巨漢に似合わず、軽い笑い声をあげる。「こういうハプニングはたまらねえよな。おれは天才だ。

そうだろ？」

おまえの頭は腐っている。ショーンはそう言いたかった。宇宙のケツにできた吹き出物だ。しかし、意識は遠く、そこから声を発することはできなかった。T‐レックスはショーンをかかえ、ヴァンに放りこんだ。

ショーンは柔らかな女の体の上に落ちた。女性の香りを嗅ぐことができた。胸が締めつけられたが、それでも、一条の光のように、心のよりどころが生まれたことは嬉しかった。しかし、光はどんどん細くなり、ショーンはより遠くに漂いはじめ、ついに光が途絶えて、何もかも消えた。

マイルズは前時代の遺物のようなビデオプレイヤーをコンセントにつないだ。デイビーとコナーに振り返った。ふたりともテーブルにもたれ、同じように不安の表情を顔に張りつけている。「心の準備は？」マイルズは尋ねた。

ふたりはそろって、ふざけたことをぬかすなというように鼻を鳴らした。マイルズは再生ボタンを押した。

ビデオレコーダーは植木のうしろに隠されていたようだ。白い線に見えるのは壁で、斜めにかかっているのは観葉植物の葉だろう。そのまま数分が過ぎた。マイルズは爪を嚙んだ。ケヴィンとは一度も会ったことはないが、この件にかかわってから、マイルズにとってもケヴィンは長年行方不明の兄弟のような存在になっていた。早送りしようかと言いかけたとき、声が聞こえた。画面で何かが動いた。全員、身を乗りだした。マイルズはボリュームをあげた。

「……気を楽にして」低く、柔らかな声が言った。

また画面に動きがあって、今度は顔が映った。白衣を着た黒髪の男。それから、ニキビ面の若い男。もじゃもじゃの髪。鼻から落ちそうな眼鏡。ただし、どちらの顔も下半分しか見えない。

「時間はどれくらいかかるんです？」若い男が尋ねた。

「いやいや、そんなにはかからんよ」黒髪の男が答える。「三十分、長くても四十五分だ。渡した薬は飲んだかね？」

「言われたとおり、朝十時ちょうどに」

「よろしい。かけてくれたまえ。食事は取っていないね？」

「ゆうべから食べていません」若い男は座った。「いまなら馬一頭でもぺろりといけますよ」

「あと少しの辛抱だ。終わったらステーキをご馳走しよう」白衣の男は言った。

ケヴィンは、あの椅子に座った人間の顔が映るようにビデオレコーダーをセットしていた。白衣がかがみこむ。若い男にヘルメットをかぶせているところで顔全体が映った。白衣の男は目と目の間隔が狭く、黒い瞳をしていることがわかった。「手首をここに乗せて」

若い男は指示に従い、手首を拘束されるのを見て、目をぱちくりさせた。「あの」口を開く。「何をしているんですか？」

「こういう手順なものでね」白衣はなだめるように言った。「頭を動かさないように、クレイグ。センサーを調整する」おとなしく座る若い男のヘルメットをかぶせ直す。白衣のほうがオスターマンだろう。何本ものケーブルを機械につなぐあいだ、静かに数分が過ぎた。クレイグは何度かおしゃべりをしようと水を向けたが、オスターマンは生返事をするばかりで取り合わなかった。

　オスターマンは同じようなヘルメットを自分の頭にもかぶせた。「わたしもこれをかぶる。これで、きみが感じることはすべてわたしも感じるられるようになる。なに、不快なものではない」クレイグの袖をまくり、点滴のラックを近づけた。

　クレイグは困惑の表情を浮かべた。「ぼく、もう薬は飲みましたよね？」

「いや、あれは軽い催眠剤で、下地を作るためのものだ。本当の薬はこちらだよ。Ｘ－Ｃｏｇ－３。相互作用を生みだす薬だ」オスターマンは点滴の針を刺してテープで留め、ウィンクをした。「不思議の国へようこそ」

　クレイグの目はゆっくりと生気を失っていったが、オスターマンは笑顔のままだった。顔に笑みを張りつけたことを忘れているかのようだ。数分後、クレイグの顔の前で指を鳴らした。「わたしの声が聞こえるか？」

「はい」クレイグの声は小さく、うつろだった。

「落ち着いて、何か衝動を感じたら、そのまま従いなさい」

　少しあとで、クレイグは縛られた手首のそばに置いてあったペンを手探りした。クレイグの手つきはぎこちなく、ペンは指先から転がった。オスターマンがペンをクレイグの手のなかに戻した。「いい子だ」ねぎらうように言う。「思いつくままに行動しなさい」

　クレイグはぎくしゃくと文字を書きはじめた。ペンを落とし、泣きそうな声を出す。

「きみはよくやっている」オスターマンはクレイグをおだてた。「もうひとつ試してみよう」クレイグは左右に頭を振った。「いやだ、いやだ、いやだ、いやだ」

「もうひとつ試すぞ、クレイグ」オスターマンは引かなかった。「わたしを見なさい」クレイグは顔をあげた。目に涙がたまっている。口からはよだれが垂れていた。力なく首を振る。「いやだ、いやだ、いやだ」

オスターマンは点滴の量を調整して、つまみをいくつかまわした。「もう一度だ、クレイグ。なんでも思いついたことを言ってみなさい。衝動に従うのだ」

クレイグの指が肘掛けをかきむしる。クレイグは戸惑っているようだ。「は、八十と七年前、われわれの父祖はこの大陸に新たなる国家を築きあげた」不明瞭な声で言った。

「いいぞ、クレイグ」オスターマンは喉を鳴らすように言った。「たいへんよろしい。続けて」

「初めに言葉ありき」クレイグの声ははっきりと響いた。「言葉は……闇はし、し、深淵のふちに……」言葉が絡まり、途切れる。「闇!」クレイグは甲高い声で叫んだ。「闇!闇!」

オスターマンは舌打ちをして、つまみを調整した。

クレイグは身をよじり、泣き叫んでいる。オスターマンはクレイグにかがんで、なだめようとした。クレイグは悲鳴をあげた。クレイグの顔は隠れているが、肘掛けに留められた腕をぴんと突っぱり、クレイグは椅子をがたがたとゆらすようすは映っている。オスターマンは肘を張って何かをしているが、それがなんなのかは見えなかった。それから体を起こし、手を伸ばす。

マイルズも悲鳴をあげる寸前だった。

クレイグは両目からも鼻からも血を流していた。金切り声をあげ、身悶えしている。オスターマンはクレイグの上腕に注射針を刺した。クレイグの体は前に飛びだし、血に縁取られた目から表情が消えた。血と鼻水が混じったものが、口からもあごからも垂れている。オスターマンは血まみれの白衣を脱いで、床に落とした。クレイグのぐしゃぐしゃの顔を背景に、すねたしぐさを見せているのが不気味だった。

画面の外から何か尋ねる声が飛んできた。オスターマンは肩をすくめた。「機械はどこもおかしくない」質問に答える。「インターフェースは完璧だ。クレイグはわたしの運動インパルスに反応した。まだ仕上がっていないのは薬だ」

くぐもった声がまた何か言った。

「被験者は副作用に耐えられなかった」オスターマンは声をとがらせた。「まだ耐えられる被験者が現われない」クレイグの手首にふれる。「心臓が止まった。アドレナリンの過剰放出のせいだな。わたしはシャワーを浴びる。ここを片付けておけ。一時間後に次の被験者が来る。臭いを消しておきたい」

足音、ドアが閉まる音。あのおぞましいヘルメットをかぶったまま、クレイグの頭はだらりと傾いている。マイルズは手で口を押さえて、画面を見つめていた。

マイルズはテレビのアクションシーンに慣れている。いまのテレビは視聴者が飽きてチャンネルを変えるのを恐れ、過剰なまでの暴力的なシーンを次々にくりだすものだ。しかし、このビデオは観る者のことなど気にかけていない。一切の手心を加えず、レンズの前の光景を映すだけ。レンズは死んだ若者を見つめつづける。あごからしたたる血の流れが遅くなり……やがて止まった。

画面に影がかかった。画面はちらつき、そして真っ白になった。

マイルズは取り乱すまいとこらえた。コナーとデイビーの前で泣くわけにはいかない。吐くのもまずい。自分は冷静だ。対処できる。マイルズがようやく目を開けたとき、コナーは両手に顔をうずめていた。肩が震えている。

デイビーは背を向けていたが、身じろぎひとつしない広い背中は、コナーの涙にも劣らず雄弁だった。

マイルズはビデオテープを取りだし、テーブルに載せた。傷ついた生き物を扱うように、そっと。もう一本のテープを手に取り、腫れてつまった喉を通すように咳払いした。「ふたりとも、その、もう一本を見る覚悟はできたかな?」

コナーの喉から漏れた音は、笑いとも嗚咽ともつかないものだった。「やれやれだな」

「再生しろ」デイビーの声はざらついていた。「とっとと終わらそう」

マイルズはテープを押し入れ、再生ボタンを押して、身構えた。

森だ。まだらな緑と太陽。手に持ったカメラが、一歩ごとにゆれる。カメラがぐるりとまわって、半円形の橋を映しだした。

「コーベット坑道。あれはコーベット橋だ」マイルズは言った。

カメラは左にまわり、岩の断層をとらえた。さらにまわってから、有刺鉄線沿いに森のなかに入った。

「場所を教えようとしている」デイビーが言った。

カメラを持っている人間は斜面をくだって、腹のあたりまで伸びた草をかき分けていく。しばらくして、立ち止まり、レンズをズームアップさせる。木々のあいだに黒いヴァンが停まっていた。うしろのドアが大きく開いている。大柄な男が、分厚い胸板にぴっちりと張りつくTシャツを着て、穴を掘っていた。髪は海兵隊員みたいに短く、つんつんと立っている。男は地面にシャベルを刺し、ヴァンに向かった。黒いビニール袋に包まれた死体をおろし、足をつかんで、頭が石に当たって跳ねるのもかまわずに引きずっていった。穴に放りこむ。次の死体を取りに戻った。男が背を向けたとき、カメラが動いた。じりじりと近づく。

「くそっ、ケヴィンのやつ」デイビーがつぶやいた。「バカめ。もうとらえているだろう」

すぐに画面は安定して、男がべつの死体を墓穴に捨てる姿を映しだした。死体が地に落ちるときのどすんという音も聞こえた。レンズが男の顔にズームインして、角ばったあごと青い目までもはっきりとわかった。男はシャベルを取ろうとしてかがんだ。はっと凍りつき、カメラのほうにまっすぐに目を据える。「おい！」大声で叫んだ。ジーンズのうしろから銃を引き抜く。

画面はまわり、ゆれ、跳ねた。緑と空と地面、叫び声と足音がぐしゃぐしゃに混じり……ここでテープは終わりだった。

三人は数分のあいだ無言のまま、それぞれの胸で渦巻く思いにとらわれていた。

「ベック教授にもう一度話を聞きに行く」デイビーが言った。「ショーンがちゃんとおれの車で戻ってくれればだが」携帯をつかみ、電話をかける。「早く出ろよ」ひとりごちた。「ショーン？　いまどこにいる――」ふいに口をつぐみ、耳を傾ける。ふたたび口を開いたとき、デイビーの声色は変わっていた。

「ええ、はい、こちらはデイビー・マクラウド、その電話の持ち主の兄です。本人はそこにいますか？　話をしたいんですが」

また耳を傾ける。デイビーの唇が真っ青になった。「どれくらい前に？」

電話の向こうの返答は大声で、怒鳴りつけるような調子なのがマイルズとコナーにも聞こえた。

「なるほど」デイビーが言った。「それはよくわかります。できるだけ早くそちらに行きます」電話の相手の男がもう一度命令を怒鳴りはじめたので、デイビーは耳から電話を離した。「できるだけ早く行きます」デイビーもくり返して言った。電話を切り、携帯を閉じた。

「ウォレス刑事だ」デイビーは言った。「ショーンの携帯を血の海で発見したそうだ。殺人現場で」

「殺人現場？」コナーの声は引きつっていた。「誰が殺された？」

「ブレア・マッデン」デイビーは答えた。「駐車場で、喉を撃たれた。ショーンは消えた。リヴも消えた。例の暴漢にしてやられたな」

一瞬、信じられないという思いで全員が口をつぐみ、マイルズはくるりと振り返ってモニターを確認した。「ちょっと待って。リヴの現在地はまだ発信機でわかるんじゃないの？」

リヴのアイコンは点滅しているが、位置は変わっていなかった。「リヴの発信機は携帯に仕込んであるだけだ」デイビーが言った。「身にはつけていない」

「どっちを絞める？」コナーが険しい口調で言った。「パリッシュ？　それともベック？」

「ベックのほうが近い」デイビーが言った。「それに絞めやすい。街からとんずらしていなければいいが」

マイルズの母親が、いつものように、ここぞというタイミングで飛びこんできた。「サンドウィッチを作ってきたのよ」三人の顔を見て、笑みがしぼんでいった。「何かあったのかしら？」

マイルズはトレイを受け取り、テーブルに置いて、衝動的に母親の頰にキスをした。「ママ、新しい車を貸してほしいんだ」

26

「あなたがそれほどお辛い思いをなさったとは、わたしの胸も痛みます」オスターマンは文字どおりひれ伏すように述べたが、それでもヘリックス社のCEO、チャールズ・パリッシュをなだめるには足りなかった。パリッシュは錯乱寸前だった。

「なぜ、わたしとおまえのつながりがわかった？　胸に手を当ててよく考えろ！　わたしはあの凶暴な男たちに襲われたんだぞ！　あざができた！」怒りのあまり声が引きつっている。

「申し訳ございません。しかし、こうして話しているあいだにも、このちょっとした問題を解決すべく手を打って――」

「ちょっとした問題だと？　どの口がそうぬかす？」

オスターマンはたじろいだ。「深刻な被害を受けられたことは重々承知しておりますが――」

「こういう問題に対しておまえが不適切な対処法を取ったせいで、いまこんな事態に陥っているのだ！」パリッシュは声を張りあげた。「おまえが不正をおこなうたびにヘリックス社は悪評の危機にさらされ、下手をすれば株主たちに何億ドルもの損失をこうむらせることになるんだぞ！」

「おっしゃるとおりですが、言い訳をさせていただければ、わたしの――」

「言い訳は許さん」パリッシュはがなった。「おまえには莫大な研究費が許されていることを忘れていないだろうな。ゼロか一かだ、オスターマン。あと一度でも違法行為が判明したら、われわれはおまえの首を切る。その後どんな悪事が発覚しようと、すべておまえの責任だ。われわれは大きな衝撃と悲しみを受けるだろう」

「ミスター・パリッシュ、わたしは――」

「おまえの研究は合法なものだと思っていた！　おまえを信じていたんだ、オスターマン！　わたしは自分の娘をおまえのプログラムに参加させたのだぞ！　それがいまになって、暴力的な犯罪者に娘をゆだねたことがわかっただと？」

「嘘です」オスターマンは言いたてた。「マクラウド家の人間は弟の死をわたしのせいにしようとしています。わたしの身を滅ぼそうと――」

「薄汚い事情など知りたくない」

通話が切れた。

オスターマンは受話器を叩きつけた。あんな口の利き方をするとは、パリッシュは何さまのつもりだ？　ヘリックス社に何十億ドルかの価値があるというなら、それはオスターマンの功績だ。麻痺や脊髄《せきずい》損傷、脳損傷の最先端治療や、兵器への応用で莫大な利益をあげられたのは、オスターマンの途方もない努力と犠牲があってこそだ。自分の道義心をどこにおくか、その重責を負えるのはオスターマンただひとりだ。人類の大いなる進化のために。未来の世代への遺産を生みだすために。

そのオスターマンに小言を食らわすとは！

つまり、パリッシュは、オスターマンのプログラムに大事な娘を参加させたことに震えあがったのか？　あの娘、エディのことはよく覚えている。痩せた体、潤んだ瞳。芸術家気質。超心理的な素質があり、家族はそれを心配していた。

そう、エディの脳と回路をつないだら、何が生みだされるか、どれほど試してみたかったことか。しかし、エディはパリッシュの愛娘だった。あの脳には立ち入り禁止の札がかかっていた。

それでも、よくあることだが、エディへの興味をきっかけに、研究の新たな道が開けた。オスターマンは数学や科学の天才ばかりでなく、芸術的な才能がある人間も実験の対象として考えるようになり、おかげで被験者の範囲がぐっと広がった。まだ公表できる段階ではないが、結果はなかなかに興味深いものだ。あれ以来、エディと同じタイプの才能があり、エディとは違って金持ちの保護者がいない女の子たちを大勢扱ってきたものだ。エディとの出会いを転機として、女の子の被験者を好むようになったのは事実だ。

それに、被験者に若い女が増えて、ゴードンはご機嫌だった。ゴードンの機嫌を損ねずにおくことはおろそかにできない。もっとも、シンディを好きにできると思うとオスターマンの心も躍った。ゴードンが獲物を持って帰ってくるのが待ちきれないほどだ。インターネットで調べた音楽評を信じるなら、シンディの才能はたいしたものだ。音楽の才能がある人間にX－Ｃｏｇを試したことはまだ一度もない。

オスターマンはX－Ｃｏｇの装置をエディ・パリッシュにかぶせることをまざまざと思い

描いていた。オスターマンの前にひざまずかせ、子羊みたいに従順な態度でフェラチオをさせる。

もちろん、チャールズ・パリッシュには見物させる。縛りつけ、猿ぐつわをかませて。似たような実験は何度もおこなってきたが、被験者に奉仕させるのはオスターマン自身ではなく、ゴードンだった。X－Cogの操作には集中力が要求される。性的快感を受けてしまっては、気が散るのだ。数回試してみたが、興奮よりもいらだちのほうが大きかった。だが、パリッシュとなれば、話はべつだ。いくらでも努力しようではないか。

シンディは豪華な大理石のトイレの個室にこもって、マイルズにメールを打った。〈安息の地〉は、アーケイディアという小さな町にあり、木々におおわれた丘の裏に隠れていることがわかった。

シンディはポケットから発信機を取りだして、説明書のコピーを見ながら、手順に従って起動させた。電池は二日分だ。

こんな茶番を二日も続けられるはずはないけれども、仕方がない。誰もこんなことをしろとシンディに頼んだわけではないのだから。気が向けば、助けに来てもらえるだろう。来てくれなければ、シンディがひどい目にあうだけ。みんな、ほかの悪漢を追うのに忙しくて、シンディどころではないかもしれないけれど、そうだったとしても責める気持ちはない。

そう覚悟を決めて、シンディは発信機の識別コードを打ちこみ、送信した。緊張してトイレが近くなっていると言ってきたものの、ぽたりぽたりと二滴ほどしか落ちず、ほかにジャレドのところに戻らずにすむ言い訳はなかった。

ラウンジには本棚とソファとパソコンが並んでいた。ジャレドはシンディの姿を見てにっこりとほほ笑み、ちょうどそのとき白衣をはためかせて部屋を通り抜けようとした初老のダンディな男を呼び止めた。

「あ！　博士！　紹介したい人が――」

「あとにしろ、ジャレド。いまは忙しい」

「でも、先日お話した新しい人なんです」ジャレドは引かなかった。「連れてきたら、すぐに会いたいとおっしゃっていたじゃないですか！」

振り返ったO博士は、ジャレドの首を食いちぎりそうなほど険しい顔をしていた――シンディを見るまでは。そこで、ぽかんと穴の開いたような顔に変わった。それから、笑みが広がった。

シンディの首筋が粟《あわ》だった。男から笑みを向けられることには慣れているけれども、これはいつもと感じが違う。そして、大またでこちらに歩いてくるときの、歯をむきだしにした笑顔には安心感をまったく覚えなかった。なんて大きな歯をしているの。

「それで、こちらのかわいいお嬢さんの名前は……？」博士が尋ねた。

シンディは差しだされた手を取った。温かい手で力強く握られる。心のこもった、男らしい握手なのに、シンディは突然またトイレに行きたくなった。「ええと……ミーナです」

「ようこそ、ミーナ。ジャレドに失礼はなかっただろうね」

「いえ、とてもよくしていただきました」シンディは言った。

「テスト期間があることは説明しておきました」ジャレドが口を挟んだ。「今日は遅いですから、もう夕食にして、明日から始めることになりますよね」

「いや、ジャレド。今日から始める」O博士は言った。

ジャレドは戸惑いの表情を浮かべた。「でも、彼女はまだなんの――」

「予備検査は必要ない」O博士がさえぎった。「きみは音響学が専門だったね？　携帯電話はジャレドに預けてくれたまえ、ミーナ」

シンディは目をしばたたいた。「え？」

博士の笑顔は魅力的だったけれども、有無を言わせないところがあった。「ここの決まりでね。集中力を高めるためだ。毎日三十分間、メールや電話の時間を設けてある。心配しなくていい。きみの携帯電話はジャレドがきちんと保管する」

シンディは震える手で携帯を渡した。これで最後の望みが消えた。

「ではこちらへ、ミーナ。施設を案内しよう。ジャレド、きみとはまた夕食のときに」O博士が言った。

ジャレドはお役ごめんを言い渡されて、目をぱちくりさせたものの、きびすを返し、足早に去っていった。シンディは胸を押しつぶされる気分でジャレドの背を見送った。携帯電話も遠ざかっていくのを。頼みの綱ふたつがなくなった。

O博士にうながされ、屋根付きの渡り廊下に出て、そびえる木々のあいだを抜け、べつの棟に向かった。そこから階段をくだったところに、丘の斜面から掘られた地下施設があった。博士とシンディは地下の施設に入った。廊下は果てしなく長く感じた。

無言のなか、足音だけが響く。O博士はカードを通し、機械に目を当てた。赤い光の線が博士の目を差した。

シュッ、カチャッ、と音がして、ドアが開いた。博士はシンディを窓のない大きな部屋に差し招き、ドアを閉めてから、また網膜スキャンなんとか機をのぞきこんだ。分厚いドアに太いボルトがかかる。ガシャン。

「わたしの秘密基地だ」博士は冗談めかして言った。

シンディはほほ笑もうとした。「ええと、その、すごいところですね」

博士はテーブルのはしに腰かけた。「〈安息の地〉にようこそ、シンディ」

その言葉の意味が頭に染みこむ。シンディは気を失わないように耐えなければならなかった。

デイビーはベックの家のドアをノックする手間をかけなかった。車から取ってきたティッシュを使って、いきなりノブをつかみ、押し開けた。

マイルズは鍵がかかっていないことをおかしいと思ったが、マクラウドのふたりは気にするそぶりも見せず、家のなかに入っていった。マイルズはあわててあとを追った。デイビーが立ち止まり、振り返って、マイルズにおもてで待っていろと手振りで示す。冗談じゃない。ここまで来たのに、はじかれてたまるもんか。マイルズはデイビーの険しい目つきも、激しいジェスチャーも無視して、コナーに続き、壁沿いに家の奥へと進んだ。

廊下の角を曲がった。大理石の段をおりると、淡いベージュの海が広がり、そこにソファや椅子の島が浮いていた。本島は焦げ茶の巨大なテーブルだ。そこで花瓶が倒れ、尖《とが》った赤い花が薄い色のラグに散らばり――嘘だろ。まさか。

テーブルの向こうから足が突きでてきた。はだしで、青白い。

三人はまったくの無言でテーブルをまわり、かつてベック教授だったものを見おろした。頭半分と顔の一部が吹き飛んでいた。血と脳みそが、きれいな扇形に広がっている。

コナーがゆっくりと静かに息を吐いた。「これは、歓迎できないな」

「ああ」デイビーが相づちを打った。「事態はこれ以上悪くなりようがない」

マイルズはよろめいた。えげつない殺され方をした人間を見たのは、今日二回目だ。最初はビデオだったが、あれでもかなり胸が悪くなった。

だが、ビデオでは臭いがしないのが救いだった。

胃がよじれる。マイルズはふらつく足で部屋から飛びだした。玄関から出て、芝を走り抜け、転ぶように膝をつき、きれいに刈りこまれた灌木《かんぼく》の根元に、コーヒー味の胃液を吐きだした。

ようやく胃のわななきが収まったとき、マイルズは震え、目に涙をため、そして恥じ入っていた。力の抜けた足で立ちあがって、ショーンのアルマーニの袖で目と鼻をぬぐった。ポケットのなかで携帯が鳴った。マイルズは携帯を取りだして、メールを読んだ。

ミーナとしてマインドメルドに会いに行ったの。ごめんなさい。

〈安息の地〉はアーケイディアにある。発信機をつけたわ。コードは42BB84。

気が向いたら、パンくずをたどってきて。

わたしが秀才のふりを続けられるように祈ってね。

じゃあね。シンディ。


言葉がぐるぐるとまわる。心が闇に塗りたくられる。

そのとき肩に手を置かれて、マイルズはギャッと叫んで飛びあがった。

「DNAのデータをベックの芝生に残し終わったなら、ずらかるぞ」コナーが言った。「捕まる前にな」

マイルズは背を伸ばして、携帯を掲げた。「デイビー。事態はこれ以上悪くなりようがないって？」

デイビーの目が懸念に曇った。「ああ？」

マイルズは携帯を渡した。「見当違いだね」


痛い、痛い、死ぬほど痛い。熱いナイフがバターに突き刺さるような痛みが、ショーンを貫いている。ショーンは椅子のようなものに縛りつけられていた。体じゅう痛いが、痛みの中心は右肩だ。血まみれの白衣を着た男がメスとハサミを持っている。そいつがショーンの肩に何かをしている。肉をそぎ、ちぎっている。

ショーンは困惑して、男を見つめた。「おれは死んで、地獄に落ちたのか？」

男はにっと笑った。「まだだ。わたしがその予告を見せてやるものと思ってくれてもいいが」横にのいて、わざとらしく部屋を示した。

ショーンの胸が引きつり、心臓を押しつぶしそうになった。リヴがぐったりと横たわっていた。両手と足首が台車付きの寝台のようなものに革のストラップで縛られている。

T－レックスがそのすぐそばに立って、リヴの体をさわっていた。太腿の内側に手を這わせ、唇を舐める。「いいね」T－レックスは言った。「温かくて、柔らかい」

「まだ待て、ゴードン」白衣の男がいさめた。「その女にはほかに使い道がある。もうひとりは好きにしていい。もちろん、するべきことが終わってからだ」

もうひとり？ なんの話だ？ ショーンはどうにか首をまわし、ほっそりとした女の子が床で体を丸めている姿を見ることができた。両手はラジエイターに縛りつけられ、髪は顔にかかっている。顔をあげた。

シンディ。いかに浅はかな女の子とはいえ、これはかわいそうだ。新たな悲しみがショーンの胸にこみあげた。「ああ、ため息ものだな。こんなところで会うことになって、どれほど残念か、とても言葉では言い表わせないよ」

「わ、わたしもよ」シンディはもつれる舌で言った。「ほんとに、同感」

ショーンは縛られた体に力を入れ、椅子をゆらした。「ということは、あんたがオスターマンだな。弟を殺した蛆虫《うじ》」

オスターマンは大きな瓶から、脱脂綿にアルコール消毒液をたっぷり垂らし、そのびしょ濡れのものでショーンの腕をささっとぬぐった。ショーンは唐突な痛みに体を震わせた。

「そう、わたしがオスターマンだ」白衣の男は言った。「傷口を縫《ぬ》うあいだ、じっとしていたまえ」

ショーンは抵抗した。「わざわざ傷を縫ってなんになる？」

「おまえのことはまだ殺さない」オスターマンは説明した。「できる限り長く生かしておきたい。感染症ぐらいで死んでもらっては困る」

この言葉は不吉だった。「何が望みだ？」

「おまえの脳だ」オスターマンは裂けた肉に針を通した。「ケヴィンで実験したあと、X－Cogにかなりの改良を加えることができた。言うまでもないだろうが、ケヴィンは並はずれた人間だった。わたしを困らせるためだけに、即席で新たな神経回路を生みだし、誘導バイパスを作ったほどだ。驚くべき能力だ」

ショーンは苦痛のうめきを漏らした。「あいつを殺す前の話か？」

オスターマンはまたショーンの肩の傷に針を刺した。「あれと同一の反応はいまだに得られない。そこでおまえの出番だ。ケヴィン・マクラウドと同じ遺伝子を持つ男。もっとも、遺伝子の現われ方はだいぶ違ったらしいな。双子の弟に比べれば、おまえは落ちこぼれも同然だと聞いた」

また容赦なく針で刺されて、ショーンは唇を噛んだ。「それは……み、見方による。生きているのはおれのほうだろ？　ともかくもいままでは」

オスターマンは喉の奥で笑った。「そのとおりかもしれない。ケヴィンにはなかったずる賢さがあるということかな」

「ほかの若者たちはどうしたんだ？」ショーンは質問を重ねた。痛みで吐き気がするし、冗談を言う気にならないほど怖気《おぞけ》をふるってもいたが、好奇心は抑えられなかった。

オスターマンは血で汚れたラテックスの手袋をはずした。「心理療法に新しい治療を取り入れることを思いついたのは、もう何年も前だ。脳の特定の回路における電気的刺激をコントロールする方法だ。X-Cogシリーズと名づけた薬によって、相互作用を生みだす」銀色のヘルメットをかぶった。「これが主人用のヘルメット。おまえがかぶっているのは奴隷用のヘルメットだ」

ショーンは自分もヘルメットをかぶっていることに気づいた。頭がむずむずする。

「これによって、おまえの脳の一部、運動インパルスをつかさどるところを制御し、わたしの脳からおまえの体に直接命令をくだす。わたしはおまえにどんなことでもさせられる。おまえの意識は残るし、自分の行動を見ることもできるが、なすすべはない。ハイジャックされるのと同じだ」いったん言葉を切り、何かを期待するような顔を見せた。ショーンがオスターマンの才能に賞賛の声をあげるのを待っているかのようだ。ショーンは言葉を失って、ただただ目の前の男を見つめていた。胸に恐怖が宿り、怪物のように膨れあがっていった。

「まあいい。見ればわかる」オスターマンは点滴のラックを引いて、ショーンの手の甲に針を刺した。「では、始めよう」

「何を？」知りたくはなかったが、訊かずにはいられなかった。

「最初は、ミス・エンディコットを支配して、ゴードンの性奴隷でも演じさせようかと思っていたのだが、ありきたりだし、何せ、セックスには時間がかかるだろう？」

「クリスは体より心を犯すほうが好きなんだよな」T-レックスが言った。

オスターマンの笑顔が凍りついた。「もったいぶったコメントは胸に収めておけ」

「おれはどうされてもかまわない」ショーンは言った。「ただし、彼女は傷つけるな」

「いやいや、わたしは手をくださない」オスターマンの顔にいかにも嬉しそうな笑みがはじけた。「おまえが手をかける」

ショーンは声を絞りだした。「おれがなんだって？」

「おまえだよ、ミスター・マクラウド。彼女を傷つけるのはおまえだ。X－Cogの働きを試すのにこれ以上の方法はあるか？　おまえをどこまで支配できるのか、限界を知りたい。罪の意識や道義心の境界を越えられるのかどうか。おまえが必死に抵抗することを強要させられたら、そこからどれだけの応用が利くか想像してみたまえ。これは初めての試みだ」

ショーンはかぶりを振ろうとしたが、頭はしっかりと固定されていた。「やめろ」小さくつぶやいた。

ゴードンのベルトにさがっていた携帯電話が鳴った。ゴードンは電話に出た。「ああ、おれが確かめにいく」電話を切る。「ブライスがケツを拭くのに手を貸してほしいとさ。車が一台スカイラー道に入ったのに、出てこないそうだ」シンディのそばを通り、髪をつかんで引っぱった。「すぐに戻るからな。逃げようなんて思うなよ」カードを通し、網膜スキャンの機械をのぞき、出ていった。

オスターマンはリヴの頰をピタピタと叩いた。「これ以上は待ちきれない」

「ああ、そうかい。車を借りるとか、パソコンを直させるとか、そういうときにはぼくは便利だけど、いよいよ大事なことが起こるとなったら、指をくわえてクローゼットに隠れてろ、安全なときまで出てくるな、マイルズ、ってわけだな」

「こんなことを言い争っている時間はない」コナーが言った。「おまえは銃の一丁も持っていないだろ。それに、おれたちが戻らなかったら、援軍を呼んでもらわなきゃならない」

「そうなるまでぼくは役にたたないのかよ」マイルズはうなるように言った。「そのときには全員がくたばっていて、援軍を呼んだってなんにもならない。最高だね。感謝するよ」

「ここで聞き分けて、実際におれたちとシンディの役にたつか、いまぼこぼこにされてトランクに閉じこめられるかどちらかだ」デイビーの声は頑としていた。「二択だ。どちらかすぐに選べ」

マイルズはヒマラヤスギの幹にドスンと体を叩きつけるように座りこみ、引きさがった。マクラウドのふたりは携帯用の受信モニターを片手に、シンディの携帯から発信される信号を追って森の奥に消えていった。一方でマイルズは指をしゃぶってここに座っているだけ。どれだけ努力しても何も変わらない。いくら鍛えても、同等に扱ってもらえない。おまけにマイルズがぐだっているあいだに、シンディは連続殺人犯とおしゃべりしているのだ。頭に羽の生えた、かわいいシンディが。

マイルズは鎖でつながれた犬のように吠えたくなった。

地面を見つめた。シンディの携帯の発信機は動かず、研究施設のはしのほうから信号を発信していた。自分だけここに隠れていなければならないなんて、まったく筋が通らない。とにかくにも、施設にもっと近づくべきだろう。

施設は生け垣で囲まれていた。人目につかないようになっている。ショーンからは何度となく、直感に従うことの重要性を聞かされた。いま、マイルズの直感は鋭く尖った歯でケツをかじり、行け、行け、行けと駆りたてていた。

怪物が迫ってくる。血まみれで、牙をむきだしにして、真っ黒で空っぽの眼窩《がんか》に赤い炎を燃やして。

誰かが頬を叩いていた。リヴはまばたきして、涙を払った。目の前の顔はりりしく、笑みをたたえた人間のものだったけれども、白衣が血で汚れているところは同じだ。「目を覚ましてくれて嬉しいよ」白衣の男が言った。

リヴはズキズキする頭をあげようとした。記憶が戻ってきた。病院。母親のあざけるような声。注射。怪物。リヴはあたりをうかがった。「T－レックスはどこ？」かすれたささやき声で尋ねた。

男はきょとんとした。「ゴードンのことか？　すぐに戻る。ゴードンはわたしの助手のようなものでね。実験に参加させてやるかわりに、わたしが散らかしたものを片付けさせているのだよ。完璧な共存関係だ」

「どうして……わたしの居場所がわかったの？」

「おまえの両親を監視していたからだ」男は説明した。「ゴードンがおまえの母親のバッグに盗聴器を仕掛けていた。家族に連絡を取るというへまをしでかしてくれると信じていたよ。おかげで、われわれはこうして簡単におまえを釣りあげることができた。だが、ゴードンが戻るのは待たない。早く始めたくてうずうずしているのでね。ゴードンの遊び相手にはあとでもうひとりの女をあてがう。あいつはそれで満足するだろう」

もうひとりの女？　たしかに、べそをかくような声が聞こえる。リヴは首を伸ばして、部屋の奥の床でほっそりとした体を丸めている女の子を見た。

リヴは男に向き直った。「何を始めるの？」

男は両手をこすり合わせた。「もちろん、実験だ」にこやかに言う。「おまえの恋人を使う。興奮しきりだ」

「ショーン？」リヴは拘束に逆らって、必死に部屋を見まわした。

「やあ。そこのクソ野郎はオスターマン。ケヴィンを殺した男だ」声はうしろのほうから聞こえてきた。リヴは首をのけぞらせ、上下さかさまにショーンの姿を見た。椅子に縛られ、血を流している。

「ああ、ショーン」リヴはささやいた。「本当にごめんなさい」

ショーンの目は悲しみと苦痛で満ちていた。「リヴ？　いいかい？　これから何が起ころうとも……愛してる。それは覚えておいてくれ」

オスターマンと呼ばれた男は笑い声をあげた。「これからおまえにあれやこれやされても、彼女がそれを覚えていられるかどうか、じつに興味深いね」

オスターマンはごたごたと物が載った台車を引いて、寝台のそばにつけた。「うちの台所とガレージから集めてきた拷問道具だ。ペンチ」道具をひとつずつ見せていく。「外科用のメス、ノコギリ。クルミ割りは指を砕くのに使おう。もっと大きな骨には、タイヤレンチ。

それに、これ」オスターマンはブロンズ色の道具を掲げた。それがなんの道具かリヴにもわかったのは、スイッチを入れたときだった。曲線のパイプから青い炎が噴きだす。「噴射式バーナー」オスターマンは誇らしげに言った。

リヴは震えだした。タマラの指輪のことを考えた。絶体絶命のピンチには、これで血路を開くことができる。とはいえ、それは両手がひとつに縛られている場合だ。いま、リヴの手は体の両側で留められている。これでは、親指の腹に穴を開けるのがいいところだ。

オスターマンはショーンの目をのぞきこんだ。「まだ話すことができるかね？」

ショーンは口を動かした。「くたばれ」舌がもつれている。

オスターマンはショーンのヘルメットのつまみを調整した。リヴが乗っている車輪付きの寝台をまわす。「よく見えるようにしてやろう」褒美でも授けるような口調で言った。

ショーンの顔は仮面をかぶったみたいにこわばっていた。オスターマンはその顔を見つめ、唇を舐めた。「この男はわたしのものだ。わたしが脳の中枢神経に命令をくだす。すばらしいだろう？」

「反吐《へど》が出るわ」リヴはつぶやいた。

オスターマンはクックックッと笑った。「ショーン、おまえはこれから特定の本数の指をあげたくなる」リヴにかがみこみ、パーティの余興を楽しむかのような口調で、耳打ちする。「三本と命じた。わたしの脳からショーンの体に、直接に命令を送ったのだ。さあ、見てごらん！」

ショーンの手がぴくっと動き、こぶしを握った。プラスチックのチューブとつながっていてたまらない。

つかりと立っていた。ショーンは震える指を三本立てた。

「たいへんよろしい」オスターマンが言った。

ショーンの手は動きつづけている。人差し指と薬指がわななき、丸まった。中指だけがしっかりと立っていた。

リヴはショーンの必死の抵抗に喝采を送りたくなった。ああ、神さま、ショーンが愛しくてたまらない。

オスターマンは点滴のラックに向かって、薬の量を調節した。「ほとんどの被験者はこの時点で痙攣《けいれん》を起こす。さて、もう一度試してみようか、ショーン」

ショーンの手が震えた。両目から涙があふれる。鼻からは血が流れていた。リヴは唇を嚙んで嗚咽をこらえた。

「頭を支配されて踊るのがどういうことか、薬を強くすれば、おまえにも学べるだろう」オスターマンはしたり顔で言った。「単純なものだと思っているかもしれないが、そうではない。わたしはこの研究に何十年も費やしているのだからな」

リヴは乾いた唇を濡らそうとした。「どうしてショーンを憎むの?」

オスターマンは驚いたようだ。「いや、なんのことだね。わたしは被験者のことは誰も憎らしく思ったことはない。ただ……そういうめぐり合わせだったというだけだ。被験者には、雷に打たれたようなものだと思ってもらいたい。医学の大きな進歩のため、そしてそれをわが国の国防に直接かかわる防衛策へ応用させるため。結果を出したいと思うなら、それなりの犠牲を払わなければならない。その価値がある研究だと心から信じている」

「でも、犠牲を払うのはあなたじゃない」リヴは指摘した。

オスターマンは目をしばたたいて、咳払いした。「うむ、これは一本取られた。しかしながら、恋人から拷問を受けた末に死ぬというおまえの運命は変わらない。それに、わたしにはこのあと人と会う約束がある。後始末の時間が必要だ。さあ、ミスター・マクラウドの出来映えを見ようではないか」

リヴはショーンのほうを見て、思わず声をあげた。ショーンは両方の鼻の穴から血を流していた。口もあごも真っ赤に光っている。

「耐えられるようならよく見ていなさい」オスターマンは学者らしい尊大な口調で言って、ショーンの腕を縛っていたストラップをはずした。「息をするとか、つばを飲むといった不随意の動き以外はまったく筋肉を動かせない状態だ。わたしからの衝動を受けない限りは。さて、ここから注目だ」タイヤレンチを取りあげる。

「いや！」リヴの叫びもかまわず、オスターマンはタイヤレンチをかざし、ショーンの血だらけの肩の傷口に振りおろした。

ショーンは動かなかった。噴きでた血が腕に伝わり、指先から床にしたたる。ショーンの目も血走っていた。

オスターマンはタイヤレンチを落とし、両手を握ったり開いたりした。「わかっただろう？」興奮で声が震えている。「身動きひとつしない。痛みはあるはずだが。感覚神経にはまるで問題がないから」

リヴは悲鳴をあげたかったけれども、一度あげはじめたら、止まらなくなりそうだった。

もしタマラの指輪の刃がもっと長ければ、その使命をまっとうさせるのに。なんのためらいもなく。

オスターマンはショーンを椅子に留めていたストラップを次々にはずしていく。手首、足首、腕、腰のベルト。ショーンは動きはじめた。ゆっくりと立ちあがり、足を引きずって、リヴの寝台に近づいてくる。

「いい子だ」オスターマンは猫なで声を出した。「非常に優秀だ」ちらりとリヴに目を向ける。「防衛技術への応用はずいぶん進みそうだな」

「やめて」リヴの声はかすれていた。「すぐにやめて」

「ほう？　本当に？　やめるべきかね？」オスターマンの唇が両側に広がり、おぞましい笑みをかたどった。目は完全に狂人のそれだ。「わたしはそうは思わないね。バーナーから試してみようか？」

リヴは青くなった。ショーンはぎこちない手つきでバーナーを取りあげた。何度かスイッチをカチカチと鳴らし、ようやく火を点けた。

リヴはショーンの目を見つめた。声をあげようと数回試みたのち、やっと言葉が出てきた。「ショーン。こ、これから何が起こっても……あ、愛してる」

「ああ」オスターマンは息を吐いた。「目に涙が浮かびそうだ。そうだな、目から始めよう」リヴの頬をそっと叩く。「好きなだけ叫んでくれたまえ」むしろ悲鳴をそそのかすように言った。「ここは防音になっている」

ラジエイターにつながれている女の子が声をあげて泣きだした。オスターマンがそちらに振り返る。「黙らないと、おまえを実験台にするぞ」大声で怒鳴る。
女の子は体を丸め、号泣を押し殺して、体をゆらしはじめた。
ショーンの体が引きつり、震える。足をするように一歩前に出す。
リヴはぎゅっと目を閉じて、身をこわばらせた。

27

オスターマンは嘘つきだ。何が予告編なものか。いま、ここが地獄だ。炎に焼かれ、魂は悲鳴をあげ、デビルフォークでつつかれている。体じゅうの筋肉が身を焼くほどの苦悶にとらわれて、オスターマンが送ってくる衝動にあらがおうとしている。

バーナーを手に取り、涙で濡れたリヴの美しい顔をそれで燃やしたいという衝動。

ショーンにはオスターマンのやにさがった喜びが手に取るようにわかった。ショーンを虐げることを楽しんでいる。回路のつながりによって、忌まわしい感情まで共有することになり、ショーンは吐き気を催した。

自分が何者なのか、これから何が起ころうとしているのか、意識を防護の泡にくるんで、恐怖から目をそらしてしまえば……

ショーンは気力で意識をもとに戻した。痛みがあらためて体じゅうでうなりをあげる。あの泡のなかに退いてしまったら、ショーンは生きた屍《しかばね》も同然だ。オスターマンのペットのゾンビだ。

時間はねじ曲がり、引き延ばされているかのようだった。オスターマンが操り人形の糸を引くのを感じながらも、ショーンは体をわななかせ、動くまいとした。部屋がまわる。その真ん中で、ショーンは苦痛の火柱にくべられていた。目の前に、親父が立っていた。面長の顔に失意と悲痛の表情を浮かべている。辛い目にあうのは慣れているといった風情で、末の息子の嘆きを噛みしめている。

試練の道を行け。父はむっつりとした声で助言した。

できることなら、ショーンは笑いだしていただろう。そうだな、親父。で、試練の道ってどこだ？　どこを歩こうとも試練ばかりだ。

エイモンは重々しくうなずいた。**振り向け。**

振り向け？　どうやって？　おれの体は麻痺してるんだぞ！

エイモンは消えた。ショーンはキッチンの板張りの床に座っていた。ブロンドの髪の女性がかたわらに座っている。えくぼがある。美しい緑の瞳。思いがあふれ、胸が飛び跳ねた。お袋？

母は、父がおもてに作った下水管から取ったプラスチックのパイプを持っていた。それをショーンのほうに傾け、何かをなかに入れる。ボールがなかを転がって、ショーンの手のひらに落ちた。幼い子どもの手だ。ぷっくりとして、関節のところにくぼみがついている。指先も爪も汚れている。**振り向いて。送り返して。**

それから、ショーンは自分の部屋の寝台にいて、天井の曼茶羅《まんだら》を見つめていた。その眠りを誘う模様に吸いあげられて、宙に放りだされた。ショーンはあのスポーツカイトと一緒に、砂漠の上空に浮いていた。広大な空はまぶしいほど青く、凧《たこ》の色がどぎついくらいにあざやかに映えている。**振り向け。**

ショーンはより糸をたどり、眼下の人物のほうに近づいていった。長身、くすんだブロンドの髪。髪は短すぎて、灰色がかった茶色にも見える。男が顔をあげた。

ケヴィンだったが、ショーンの覚えているケヴィンではなかった。一度も見たことのないケヴィン。顔の肉が落ちて、しわが刻まれ、険しい雰囲気をのぞかせている。遠くを見るような目。顔の右半分は傷痕で引きつっている。

ショーンは涙のあふれでる目を開いて、台に横たわるリヴを見つめた。

リヴはショーンを愛していると言ってくれた。リヴに向かってバーナーをかざしているときに。**振り向いて。**

母が灰色の長いパイプを差しだしている。

ショーンはパイプを受け取り、目もとに掲げた。もう灰色のパイプではなかった。うごめくような赤いワームホールをのぞいていた。ショーンはありったけの力をかき集めた。

振り向け。

ショーンは飛びこんだ。宇宙の悲鳴を聞きながら、ワームホールを駆け抜け、汚れ切ったところにもぐった。オスターマンの脳だ。

ショーンは意思の鉤爪《かぎづめ》をオスターマンの精神に突き刺し、手ぐりよせた。メスを握っているのはショーンの手ではなかった。わななく筋肉も、体をまっすぐに支える手足も、ショーンのものではなかった。

死んで、腐ったも同然なのに、なぜかまだ動いている心臓も。

乗っ取りは長くは続けられなかった。圧力が大きくなっていく。圧力を逃がすバルブはない。ショーンはつっかえながら言葉を発した。なじみのない声が声帯を振動させた。音の高低も音色も調子はずれで、口も舌もうまく動かなかったが、それでも、言葉は出てきた。オスターマンの口から。

「お別れだ、お姫さま」不明瞭な声で言った。「愛してる」

ショーン兼オスターマンの手が鞭のようにあがり、メスでオスターマンの頸動脈《けいどうみゃく》を深く切り裂いた。その恐ろしい痛みはショーンにも感じられた。熱い血が噴きだし、弧を描いてリヴにかかる。ショーン兼オスターマンの胸を濡らす。ショーンの頭のなかで柔らかな爆発がいくつも起こった。

そして、暗闇がすとんと落ちてきて、ショーンを包んだ。

リヴは手足を縛られたまま、のたうち、もがいた。オスターマンはリヴに倒れていた。死体の重みで肺が押しつぶされそうだ。まだ温かい血が流れ出ていて、リヴのブラウスに染み、肌を舐める。顔は肋骨にぶらさがるように乗っていた。口をぽっかりと開き、正気を失った馬みたいに白目をむいている。

リヴは悲鳴をあげ、無我夢中で体を跳ねさせ、背をのけぞらせて、死体を床に落とした。ショーンはまだ立っていた。顔から表情が消えている。リヴは悲鳴まじりにショーンの名を呼んだけれども、ショーンはもはやリヴを見ていなかった。火の点いたままのバーナーが落ちて、転がった。

ショーンもまた、樹木みたいにまっすぐに体をこわばらせたまま、ばったりと倒れた。間に合わせの拷問道具が載った台車にぶつかった。台は傾き、道具類も床に落ちて散らばった。そして、ふたが開きっぱなしのアルコールの大きな瓶も。

中身がトプトプとこぼれ、タイルの床にアルコールの水たまりが広がる。そこから触手みたいに細い流れが何本も伸びて、床で火を噴くバーナーのほうに這っていく。透明の液体は、青い炎の舌に近づいていた。

シュッ。炎は発火性の液体をとらえ、大きな水たまりのほうに火を逆走させた。ボウッ。アルコールの水たまりは炎と化した。

熱が咆哮《ほうこう》をあげる。空気がゆらめく。

ラジエーターにつながれている女の子が悲鳴をあげはじめた。


シャクナゲの茂みにはギザギザの穴が開いていて、マイルズはそこから男が近づいてくるのを見ることができた。大柄で、筋肉むきむき……あの角ばったあごと、薄い青色の瞳を、どこで見たんだっけ？

例のビデオテープだ。ケヴィンのテープで、墓穴を掘っていた男だ。十五年ぶん年を取り、体はごつくなっているが、間違いない。体をゆするサルみたいな歩き方も同じだ。膝から力が抜けるほどの恐怖がマイルズを貫いた。

男は歩調を落とし、ベルトから無線機をつかんだ。耳もとに当てる。「今度はなんだ？てめえでマスをかくことを覚えろよ、ブライス。いちいちおれをわずらわせるな。おれにはおれの――」言葉が途切れた。「火事？　C棟で？　何ごとだ？」

男はきびすを返し、ものすごい勢いで走りだした。

マイルズはあわてて立ちあがり、あとを追った。あの男が走らなければならないような出来事なら、それがなんだろうと、マイルズにも関係があることだ。あの男を視界にとらえつつ、どうにか自分は見つからないようにしなければ。

武器のひとつも持たず、状況がまったくわからず、おまけにアルマーニを着こんでいる男にとっては、かなりの難題だった。

ああたいへんみんな死んじゃう炎に焼かれて黒焦げになって——

「ちょっと！　ねえ！　そこの子！　口を閉じて、わたしの言うことを聞いて！」鋭い声が、シンディの頭に巣くっていた恐怖をどうにか突き刺した。シンディは髪を払って、寝台につながれている女のほうに顔を向けた。リヴ。エリンが話していた美人だ。頭と肩を寝台から浮かせている。必死の形相で、目をらんらんと輝かせている。

「あなた、死にたくないでしょう？」リヴは強い口調で尋ねた。

シンディは震える息を吸いこんだ。「し、死にたくない！」

「よかった。名前は？」

「シ、シンディ」舌がまわらなかった。

「よく聞いて、シンディ。わたしは特殊な仕掛けのある指輪をつけているの。石を強く押すと、小さなナイフが飛びでてくる。いまのわたしには使えないけれど、あなたなら使える。理解できる？」

シンディはわななく喉でつばを飲もうとしてから、うなずいた。

リヴは縛られたまま、片手の中指と親指で指輪をはずした。「これをあなたに投げる。うまく届くように祈って」

リヴは手首をひねった。金色に輝く小さなものが、長く低い弧を描く。床に当たり、跳ね、もう一度跳ねた。シンディは、ルーレットがまわって止まるのを待つように、息をこらしてそのようすを見つめた。

止まったのは、スニーカーを履いたシンディの足から一メートル離れたところ。

「ああ、どうしよう、ああもう、どうしよう！」シンディは金切り声をあげた。体を投げだし、脚を伸ばし、ゴムの靴底をこすって鳴らし、床をかくように探った。リヴは唇を嚙み、目を閉じて、頭を寝台に戻している。

こんなふうに死ぬわけにはいかない。リヴも。ショーンも。シンディはショーンのことは好きだった。いかめしいマクラウド兄弟のなかで、ショーンは間違いなく一番感じがいい人だ。シンディはスニーカーを蹴り飛ばすように脱いで、ジーンズのはしをつま先でつかみ、引っぱりはじめた。ローライズに感謝。身をよじり、脚を蹴り、ジーンズを途中まで脱いで、デニムの長い筒を上下さかさまに足首に引っかけた。

「急いで」リヴが懇願するように言った。

シンディは足をあげ、ジーンズを足首に引っかけたまま放った。

ウエストの部分は指輪まで数センチ足りないところに落ちた。二度目の試みで指輪に当たったものの、指輪は三十センチほど左にはじかれ、数センチ奥に遠ざかってしまった。

シンディはジーンズをすべて脱いで、裾をつま先で挟んだ。足を持ちあげ、ジーンズを放る。

ジーンズのお尻の部分が指輪の上に着地した。指輪を手ぐりよせるあいだ、祈るような声が聞こえていた。自分の声だった。べそをかきながら、「お願い、神さま、お願い、神さま」と唱えていたのだ。リヴは、急げ、急げと叫んでいる。涙と鼻水でシンディの顔はぐしゃぐしゃだった。シンディはブリッジのような体勢ではだしの足を指輪に伸ばし、少しずつ背の下に引きよせた。手探りで指輪をつかみ、指にはめた。大きすぎたけれども、指輪をまわして、石を押すことができた。

ナイフが飛びだし、シンディの肌に刺さった。手に血が流れても気にせずに、シンディは手首をよじり、ダクトテープを切っていった。ようやく手が自由になった。よろめきながら立ちあがり、おぼつかない足取りで部屋の反対側に急いだ。リヴを留めていたバックルをはずした。リヴは寝台から飛びおり、ショーンのかたわらに膝をついた。ショーンの両わきに手を差し入れて運ぼうとしたものの、ほとんど動かない。シンディははっとしてふたりのそばに駆けつけ、片方の腕を取った。

リヴの足がタイヤレンチに当たった。リヴはレンチを拾った。ドアのところにたどり着くころには、煙が部屋に充満していた。ドアには鍵がかかっている。リヴは体当たりして、叫び、タイヤレンチを叩きつけた。ニスに引っかき傷をつけることすらほとんどできない。シンディはリヴの腕を引っぱった。

「あいつの死体がいる!」咳きこんだ。「目が必要なの!」

「なんですって？」リヴは大声で訊き返した。「なんの話をしているの？」

「あいつの目！」シンディはしわがれ声を張りあげた。「このドアは網膜スキャンなんとかシステムで鍵がかかっているの。カードはあいつのポケットに入ってると思う」

シンディは膝をつき、できるだけ深く息を吸いこんでから、床を張って部屋の奥に戻った。奥の壁は炎に包まれている。精神異常の博士の靴は黒焦げになっていた。シンディは博士の腕をつかんだ。煙のなかからリヴが出てきて、もう片方の腕をつかんだ。どうにかこうにか死体をドアのそばまで運んだ。シンディはポケットをあさって、カードキーを取りだした。

「こいつを立たせないと」あえぎながら言った。シンディとリヴは、血まみれで、首の据わらない男の死体を支え、目の高さまで立たせた。「ああもう、気持ち悪い！　吐きそう」シンディは息を切らして言った。

「あとで」シンディは咳のあいまに言った。「吐くのはあとで」

シンディはカードを通した。機械がビーッと鳴る。博士のまぶたを開かせた。ぬるりとした目玉をスキャナーの位置まであげる。赤い光が差し、緑色に変わった。カチッ。鍵が開いた。

博士の死体はその場でドアの敷居に落とした。それから足でわきにのけ、ショーンを引きずる通り道を作った。よろめき、咳きこみ、つばを吐きながらも、煙に満ちた廊下を抜けた。外のドアを押し開け、甘く新鮮な空気のなかに転がりでた。うしろから煙が噴きだす。

カチッ。銃の弾が装塡《そうてん》された音だった。ふたりはぱっと振り返った。

「どこへ行こうってのかな、お嬢ちゃんたち」ゴードンの耳ざわりな声が響いた。

枝の上でマイルズは足をすべらせた。頭上の大枝をつかんだ。あたりを包む煙で、地面に葉や小枝が落ちた枝が気づかれないことを願った。

マイルズは地下棟の屋根をつたって、その上にかかっていたこの木の枝に移ったのだった。腹這いになって泥や落ち葉にまみれたせいで、スーツはドロドロだ。マイルズの膝も脚も震えていた。心臓の音は一キロ先からでも聞こえるだろう。

墓掘り男のあざけるような声が下から漂ってくる。「……どちらを撃つべきか？ 難しい問題だ。始末する前に、ふたりとも犯したいが、どうやらひとりで我慢しなけりゃならないようだ。ど、ち、ら、に、し、よ、う、か、な。ジーンズを脱いだのはおれのためか？」

小さな空咳。「違う」シンディの声はしゃがれていたが、しっかりしていた。「あんたみたいなビョーキのクソ野郎の相手なんかごめんだわ」

マイルズはじりじりと枝の先のほうに移動していた。いましがみついている枝は細く、マイルズの体重でたわんでいるが、まだT－レックスの頭上には届かない。不意を突かなければ、勝ち目はないだろう。それ以上の策は思い浮かばなかった。

「おっと。汚い言葉を使う悪い子はお仕置きしてやらなきゃならねえな」T－レックスは甘い声を出した。「うしろを向きな、かわい子ちゃん。ケツを見せろ」

「お断り」シンディは言った。声が震えている。

「言い換えてやろう。うしろを向かなければ、撃つ」

マイルズはぐらつきながらもう一歩先に出た。さらにもう一歩。あと少しで……。

バキッ。枝が折れた。マイルズは落ちた。木の半分ほどを道連れに落下しているような気分だった。マイルズは男の真上に落ちた。ドスンと大きな音がした。そして、叫び声と悲鳴。銃声が轟《とどろ》いた。マイルズはおもちゃみたいに吹き飛んでいた。コンクリートに投げ飛ばされ、頭をしたたかに打ちつけた。Tーレックスは怒りの雄たけびをあげながら、こちらに向かってくる。

マイルズは体を九十度に曲げた。スーツに合わせた上品な靴をTーレックスのみぞおちに沈め、巨体を持ちあげ、さかさまに放った。それから横転して、立ちあがった。が、Tーレックスも立ちあがっていた。マイルズは、銃を持っているほうの手をめがけて蹴りをくりだした。それが当たったことには自分でも驚愕した。銃ははじけ、くるくると回転して飛んでいった。マイルズは銃を奪おうと飛びかかったが、Tーレックスの前蹴りが鼻にまともに入った。

鼻血が噴きだした。マイルズは目の前に星を見ながら、うしろによろめいた。ドスッ。またもやきれいな一撃が肋骨に入った。マイルズは倒れ、そのときに銃が目に入って、そちらに手を伸ばし――

Tーレックスは銃を蹴り飛ばし、マイルズの指を巨大なブーツで踏みつけた。「そううまくはいかねえよ、マヌケ」うなるように言う。

パキパキと何かがはじけるような音がした。ブーツですべての指の骨を砕かれて、マイルズは悲鳴をあげた。Tーレックスはマイルズの手首をつかんでから、ブーツをどかした。腕をあげさせ、力任せにうしろにねじる。ゴキッ。激痛。

Ｔ－レックスがうしろによろめいた。シンディが錯乱したサルみたいにＴ－レックスの背にぶらさがり、何か尖ったものでうしろから顔を引っかいている。Ｔ－レックスは吼《ほ》え、シンディを振り払った。シンディは飛ばされ、足をばたつかせて宙を舞い、コンクリートの地面に叩きつけられた。横たわったままぴくりとも動かない。

マイルズは懸命に起きあがって、膝だちになったが、今度はナイフで肺や腕や手を突かれた。このままでは、血だらけの破片に砕け散ってしまいそうだ。

マイルズは防御の構えをとろうとした。脚はわなわなと震えている。

Ｔ－レックスは血まみれの顔をぬぐった。「そのかわいい顔にさよならを言いな」どら声を張りあげ、蹴りを見舞おうと体勢を整える。「てめえの顔をナイフで切り刻んでやるからよ」

そのとき、鈍く湿った音が響いた。Ｔ－レックスの顔に驚きの表情が浮かぶ。前に倒れた。悪臭を放つ肉のかたまりがマイルズにのしかかり、痛めた腕や手が下敷きになった。とにかく痛い。

Ｔ－レックスのうしろには、リヴが立っていた。タイヤレンチを握りしめ、はだしで、呆然として、血でびしょ濡れの真っ赤なホルターネックのドレスを体に張りつけて。

リヴはマイルズがＴ－レックスの巨体から這いでるのを待ってから、よろめく足で前に出てて、Ｔ－レックスの頭にタイヤレンチを突き刺した。これで、今日はもう脅かされることはない。

T－レックスの頭蓋骨には血だらけの穴が開いていた。リヴは口を開き、息を切らして、その穴を見つめた。誇らしい気持ちになってもいいはずだ。勝ったのだから。でも、何も感じなかった。

マイルズがT－レックスの銃を拾って、リヴに何かを言った。リヴにはマイルズの言葉が理解できなかった。言葉というものの意味を忘れてしまった。マイルズは携帯電話を取りだした。応援を呼ぶのだろう。よかった。マイルズの顔は血まみれだけど、きっと大丈夫。あの女の子も。ふたりとも、大丈夫。

大丈夫ではないのはショーンだ。まったく大丈夫じゃない。

リヴはもつれる足でショーンが横たわっているところまで行った。地下への入口からなかば体を出している状態だ。ひざまずき、脈を探った。ショーンの手首は乾きかけた血でべたべたしていた。脈がある。指の下にかすかな脈拍を感じる。

でも、リヴにできることは何もなかった。ショーンに必要なのは医者だ。神経外科の専門チームだ。ショーンがオスターマンの口を通してしゃべったとき、オスターマンの目に浮かんだ恐怖の表情は、いまだにリヴの脳裏に焼きついている。〝お別れだ、お姫さま。愛してる〟

神さま、ショーンはどうやってあんなことをしたんです？　いったいどうやって？

これに心を触発された。感情が戻ってきた。潮が満ちるように。リヴはショーンにかがみこみ、手を取って頬に当て、泣きじゃくった。

シンディは体を起こし、膝をついた。くらくらする。生きているのが驚きだ。いやな臭いのする真っ黒な煙が建物からあふれでてくる。そよ風が木々を抜ける。小鳥たちがさえずっている。リヴはぐったりとしたショーンのかたわらで、うずくまって体を震わせていた。

マイルズはひざまずき、ふらふらの状態で、潰された手をスーツのジャケットから抜こうとしていた。シャツの袖は血で真っ赤に染まっている。シンディはおぼつかない足取りでこちらに向かい、ブラウスをはぎ取った。「たいへん、血だらけよ」泡を食ってしゃべりはじめた。「撃たれたの？　最悪！　誰かに電話しないと！」

「デイビーが来る」マイルズは声を絞りだした。「救急車の手配もデイビーがすませている。こんなの、ただの複雑骨折だよ。たいした怪我じゃない」

「もうっ。たいした怪我に決まってるでしょ」シンディはブラウスを丸めて、血が染みでているところに押しつけた。マイルズは大声をあげた。「いて！」

「ごめん」シンディはささやいた。

「ったく、いやになるほどいつもどおりだ」マイルズの声はかぼそく、息は切れている。「型破りな冒険のたびに、きみは裸をさらす羽目になるんだ。頼むからぼくのジャケットを着てくれ。血だらけだが、そのむきだしのケツは隠せる」

シンディは顔をしかめた。「あんな目にあったばかりなのに、まだわたしの下着に文句をつけられるなんてびっくりだわ」

「下着？」傷口をぐっと押さえつけられて、マイルズはさらに息を荒らげた。「そいつはスケスケのレースに紐《ひも》がついてるだけのものじゃないか。でもまあ、知りたくてたまらなかった謎は解けた」

「へえ?」シンディはマイルズをにらみつけた。「知りたくてたまらなかった謎って何?」

「ハート型に陰毛を整えているっていうのは本当だった」

シンディは笑おうとした。「ええと、そうね、こんなときにも気になるのがわたしの陰毛だけなら、死ぬほどの怪我ではないのかも。でも、気を失う前に、横になってたほうがいいわよ」

デイビーとコナーが丘を転がるように駆けおりてきた。シンディとマイルズのことは目で無事を確認しただけで、ショーンのところに飛んでいく。シンディはマイルズに手を貸して、仰向けに寝かせた。潰れた手は見ないようにした。見たら、叫びだしてしまいそうだ。「助けに来てくれてありがとう」

マイルズの目が開き、何度かまばたく。「んんん」

「わかってるわよ。特別なことじゃないっていうのは。あなたはそのへんで出会ったばかりのクジラやワシやパンダにも同じことをしてあげるんでしょ。それでも。わたしの気持ちがわかる?」

マイルズは目をすがめた。「何?」

シンディはかがんで、キスをした。血も何も気にせずに。

体を起こしたとき、マイルズの目には不思議そうな表情が浮かんでいた。

「ぼくを哀れんでくれなくてもいいんだよ、シンディ」マイルズの声は奇妙な震え方をしていた。「恩なんてこれっぽっちも感じる必要はない。だから、お礼のつもりなら——」

シンディはもう一度キスをして黙らせた。もっと熱をこめて、むさぼるように。「バカなことを言わないで」ささやいた。「そんなこと言われたら、がっかりしちゃう」

ふたりは初めて相手を見るように、じっと見つめ合った。救急隊員が駆けつけて、ふたりを引き離すまで。

28

三カ月後……

ショーンは黒い花崗岩の突起に指をかけようともがいていた。何日も岩を登りつづけているせいで、両手は痺《しび》れ、傷だらけだ。頭がガンガンする。頭痛は標高のせいでもあり、頭蓋《ずがい》骨のなかにしつこく残る血腫のせいでもあった。風を切るような奇妙な音が、頭の奥でいつまでも鳴り響いている。

鎮痛剤は捨てた。抗痙攣《けいれん》剤も。崖にしがみついているときに発作が起こったらどうなるのだろうかと、頭のすみで考えた。

その考えをあざ笑うように、胸がびくっと引きつった。急いだほうがよさそうだ。

夜が明けたばかりだったが、雲がかかっていて、光はあまり差しこまない。ぶらさがった足の下には霧がただよっている。ショーンは小さな突起の下にクモみたいにへばりつき、関節を軋ませ、筋肉を酷使していた。耳もとで風がうなりをあげる。雹《ひょう》が顔に飛んでくる。

最近では考えられないほど落ち着き、安らぎにも近い心境だった。

ショーンは懸命に手を伸ばし、震える五本の指で体重を支え、それから、もう片方の手を伸ばした。二本の手を交互に伸ばして、這いあがる。

脚を振りあげ、崖の上についたときにも、達成感は覚えなかった。仰向けに倒れ、息を切らして空を見つめた。空っぽの心と風を切る音があるだけ。精力を使い果たそうと必死になる必要はない。それでも、またべつの崖にのぼらなければならない。すぐに。頭が働きはじめる前に。心が動きはじめる前に。

最低限の道具だけを携え、ここに来てから一週間がたつ。食べ物もあまり持ってこなかったのは、腹が減ったら狩りをすればいいと踏んだからだ。最初の二日間はそうしたが、厳しい自然にさらされるうちに、食べ物への関心は薄れていった。

医者の勧めに従って、携帯電話は置いてきた。口うるさい家族とのつながりを絶った。説教、叱咤、小言。リヴが何をしているのかという無神経な言葉。リヴが何を言ったのか、リヴがどう思っているのか。

ショーンが会うことを拒んだせいで、リヴがどれほど打ちのめされているか。

ショーンは大きく息をつき、リヴのことを思うといつも感じる痛みを吐きだそうとした。百万回目の言い訳を胸に刻んだ。胸にはすでに言い訳の深い溝ができている。

いや。溝というよりは、小便器に近い。

やるべきことをしただけだ。いまの状態で、リヴと顔を合わせるのは耐えられなかった。オスターマンに心を犯される前でさえ、ショーンはたいした人間ではなかった。そのうえに、悪夢と、リヴを拷問し、殺しかけたというフラッシュバックに悩まされていては……最悪だ。

魂に、けっしてぬぐえない染みがついたようなものだった。そのことに怖気をふるっていた。リヴを傷つけるのではないかという考えに、心が縮みあがっている。

そんな危険は冒せない。リヴは生きていて、元気にやっている。奇跡的だ。これからもそのままでいてほしい。そばにいられなくても仕方ない。どんな代償だろうと払う。

やあ、お姫さま。おれにチャンスをくれるかい？　スリル満点の人生もいいもんだよ。

言えるものか。ショーンは手をあげて、首にかけた紐を探った。その先には、小さな革の袋がお守りみたいにさげてある。ダイヤモンドのピアス。

ショーンが会うのを拒んだあと、リヴはピアスをクッション付きの封筒に入れて、郵送で返してきた。手紙はなかった。それでも、ショーンにはリヴを責められない。

あの牢屋での出来事をふたたびくり返しているようなものだ。いや、もっと悪い。

ショーンは短く刈った髪に手を当て、頭蓋骨のへこみにふれた。医者たちが開き、あれこれいじったところだ。医者がベストをつくしてくれたのはわかっているが、それでも、どろどろのクソのかたまりになったような気分だった。

重い体を起こして、膝をついた。首をめぐらせた。ひと呼吸ごとに、ナイフで胸を刺されるようだ。よろめく足で、頂上にのぼり、一番高いところに立って、一面に広がる灰色の岩を見渡し——

足もとが崩れて、ショーンは落ちた。手足をばたつかせ、何かしっかりしたものをつかもうとしたが、何もかもが動いていて、ショーンは——

岩場から転がり落ち、体を打ちつけ、跳ね飛ばされ、そして、リヴをT－レックスの魔の手から救えず、落ちて、落ちて、恐ろしい運命の一瞬は避けられず、すべての希望を失い

——

しばらくあとで、ショーンはかすかな寒気を感じて意識を取り戻した。顔に手を当てた。汗をかいている。背骨を痛めたのだろうか。

頭のなかの風のうなりが大きくなっている。

ショーンは目をこじ開けた。ゆらめく霞のなかに、リヴが立っていた。

喜びが胸にあふれた。T－レックスに殺されていない。リヴの髪は黒い雲みたいだ。ふれたくてたまらず、指先が痺れるようだった。

「起きて」リヴはほほ笑み、ほっそりとした手を差しだした。

ショーンはその足もとまで這って、リヴをかきいだいた。柔らかな唇の味をむさぼること、かぐわしい息をのみこむこと、この手をリヴの体温で満たすことにどれだけ飢えていたか

——

リヴの目が大きく開き、そのまま凍りついた。喉を絞められたような音が口から漏れ、頰は色を失った。リヴは膝を折り、ショーンは支えようとした。リヴは片側にずるずると倒れていく。ショーンが片手でしか支えていないからだ。

もう片方の手には、たったいまリヴの胸を刺したナイフを握っていた。

切り裂かれた静脈から血が流れるように、真っ赤な恐怖がショーンの心に広がった。

ショーンはリヴを横たえようとしたが、切りたった岩だらけのこの場所には、リヴを寝かせられるところがなかった。オスターマンのあざけりの笑い声が頭のなかでこだまする。それに対抗するように、風のうなりが強くなった。

ようやく気づいた。風の音ではなく、バーナーの炎の音だ。

ショーンの咆哮は濃い霧にのまれた。こけつまろびつ逃げだし、岩につまずき、頭から倒れ、身も世もなく泣き叫び――

バカなまねはやめろ。

ショーンはぎょっとして、体をすべらせたが、それ以上落ちないように、岩の突起を握りしめた。ショーンは顔をあげた。ケヴィンだ。年を取って、顔に傷痕を残し、いかめしい表情をしたケヴィン。以前に見た幻影と同じように目に憂いをたたえている。えくぼは、笑うことのない顔の溝に永遠に埋めこまれてしまった。

「ほっといてくれ」ショーンは力なく言った。「これ以上は耐えられない」

そうだろうとも。おまえはどんなことにも耐えられないんだから。

ショーンはケヴィンのにべもない非難の声にたじろいだ。「おまえに何がわかるっていうんだよ？」切りつけるように言った。「おまえは死んだんだ。批判はやめろ」

ケヴィンの冷静な表情は変わらなかった。**おまえも死にたいなら、とっとと銃を口にくわえればいいだろ。事故の演出はいらないからな。**

「話しかけられてももう答えないぞ。答えるから、おまえが調子に乗る」ショーンは目を閉じて、焼けつくように痛むところを十数え、そのあいだに亡霊が消えてくれることを願った。目を開いたとき、ケヴィンはまだいた。しつこいやつめ。

おまえが正気を失ったら、オスターマンの勝ちだ。ケヴィンの声は険しい。**あいつは地獄で笑っているだろうさ。おまえはあいつのジョークのネタにされたいのか？**

「じゃあ、おれはどうしたらいいんだよ？」ショーンは声を荒らげた。

きつく結んだケヴィンの唇がわずかにゆがんだ。**試練の道を行け。**

これでショーンはぶち切れた。「そうしてるだろ」ショーンは怒鳴った。「おれがここで何をしてると思う？　マスターベーションか？」

ケヴィンは顔色ひとつ変えなかった。**死ぬのはたやすい。生きることは試練だ。**

死んだ男からそう言われても納得できなかったが、言い返す気力はなかった。惨めな気持ちでいっぱいだった。

両腕で頭をかかえた。そのまま少しのあいだ眠ってしまったのだろう。

自分の歯が鳴る音で目が覚めた。風が強くなって、厚い霧を飛ばし、切れ切れのもやだけが漂っている。

ショーンはまばたきして、目の焦点を合わせ……息をのんだ。恐怖で胃がよじれた。

ショーンは崖から落ちかけていた。片脚がぶらさがっている。片腕も。両肩も。ショーンは息を凝らし、何百メートルも下まで広がる空間を見おろした。

まさに薄氷を踏む思いだった。この一週間、死とつかず離れずで戯れてきたものの、死のほうが一歩近づいてきたのはこれが初めてだった。

死にたくない。その強い思いに愕然とした。まるっきり間違っていた。ここでくじけては、何もかも中途半端なままだ。あれだけの努力を払い、あれだけの思いをして、いま死ぬのはあまりにもばかばかしい。死んだら、もう二度とリヴに会えない。二度とふれられない。声も聞けない。その恐れは、氷の刃《やいば》のようにショーンを貫いた。

呪文を解き、崖っぷちから戻ってくるのに永遠の時間がかかった。ごつごつした岩に、腹這いに転がった。手足にはまったく力が入らない。昏睡状態から醒めて以来初めて、ショーンの心は砕け散った。

あらゆることを思って、泣いた。父、ケヴィン、母。リヴ。オスターマンが犠牲者の若者たちに与えた痛み。喪失感、悲嘆、無念。思いはあとからあとから押しよせ、止まることがあるのだろうかといぶかしむほどに長く続いた。

ようやく止まったときには、ショーンは疲れきっていた。ぼろ雑巾のようにぐったりとして、山頂にへばりつき、いまにも崩れそうな灰色の空を背負って。

だが、体を起こしたとき、頭のなかで風を切るような音は消えていた。聞こえるのは、険しい岩山に吹きすさぶ本物の風の音だけだ。

心に光を感じた。清められた。

ショーンは立ちあがろうとした。脚がもつれ、尻もちをついた。

思わず笑っていた。弱った脚で体重を支えられないという理由だけで、いま死んだら、かなりの皮肉だ。

リヴ。ショーンは苦痛を覚えたが、その質が変わっていた。熱く、たおやかな痛み。胸を焦がす痛み。

夜明けの光が目を差すような、せつない痛みだ。

リヴは描きかけの絵から一歩さがった。前回、児童書のコーナーの壁に絵を描くと決めたときは、『青ひげ』をモチーフにしては怖すぎるだろうと思った。いま、リヴはあのときよりも強くなった。偏屈になっただけかもしれないけれど。

〝青ひげ〟の好奇心旺盛な若妻が、隠し部屋の鍵を握り、鉄のドアの前にしゃがんでいる。リヴはドアの奥を描かず、暗闇で塗りつぶした。うん、不気味だ。こうしてよかった。

「すてきな絵じゃないか」

リヴは父の声に飛びあがった。何カ月たっても、まだびくびくする癖が抜けない。リヴは壁にちらりと目を向けた。どう表現しようとも、〝すてき〟はそぐわないだろう。でも、まあ、どうでもいい。

「ありがとう、お父さん」リヴは言った。「ここで何をしているの？」

父はリヴの書店の再建現場に目を走らせ、両手で持った茶封筒を引っくり返した。

「いい本屋になりそうだ」父は空元気《から》を出して言った。「よくがんばったね」

リヴは肩をすくめた。「あと数カ月で店を開けると思う」

気づまりな沈黙が落ちた。父はまばたき、身じろぎした。咳払いをする。「その、あー……ショーン・マクラウドから連絡はあったかね？」

その名前で、凍りついていた胸の痛みが息を吹き返した。リヴはひりひりする喉もとに手を当てた。「いいえ。わたしたちはもう付き合っていないのよ、お父さん。わたしの前でその名前は二度と出さないで」

「そうか。しかし、おかしなものだな。あれだけのことが起こって――」

「ええ、でも、そういうこともあるんだから、もう放っておいて」リヴはとげとげしく言った。「その封筒は何?」

父は視線を落とした。「ああ、おまえ宛だ。配達人が来ていた。ここに入るときに、おもてにいたから、かわりにサインしておいた」

リヴは封筒を受け取ろうと手を差しだして、待った。「お父さん?」うながした。

父は眉をひそめた。「わたしが開けたほうがいいのではないかね。念のために」

「もうっ、やめてよ」リヴは父の手から封筒をもぎ取った。「わたしを傷つけようとしていた人たちは死んだの。もう自分宛の郵便は自分で開けられます」

父は肩をすくめた。「なら、開けてみなさい」

「ひとりになったら」リヴはぴしりと言った。「ねえ、お父さん。言いたいことがあるなら言って。どんなことでも一応は聞くけど、ひとこと言っておくと、わたしはお母さんの――」

「お母さんの言葉を伝えに来たわけではない」父は唐突にさえぎった。「わしは三週間前からコート通りのアパートメントで暮らしている」

リヴは唖然として父親を見つめた。「それって――」

「一時的かどうか? いや、違う」父は娘と目を合わせられないようだ。「もっと前に踏み切るべきだった。他人《ひと》の人生に波風をたてるのがいやだっただけだ。だが、例の事件のあとはよくよく考えさせられた」

「そう」リヴは穏やかに言った。「あのときに考えてくれればもっとよかったのに」

父の顔には後悔のしわが刻まれていた。「おまえの支えになれなかったことは、本当にすまなく思っている」しゃがれ声で言う。「これまでずっと」

これまでずっと？　いまになって、すまないと思う？　リヴの人生が崩れ落ちたあとで？

リヴはいくらか骨を折って、苦々しい思いを退けた。ぞんざいにうなずいてみせた。

「いずれ、夕食でも一緒にどうかと思っているんだが」父はおずおずと言った。「おまえが街に来たときにでも」

リヴは口を手でおおって、立ちつくしていた。声が出てこない。

父はまた咳払いをした。「うん、まあ、そろそろ帰るとしようか」

「もちろん、夕食くらいいつでも」言葉が飛びでてきた。「連絡する」

父はこわばった笑みを浮かべ、娘の肩をぽんと叩いて、足早に出ていった。父は涙に耐えられないたちなのだ。リヴに父を責める気持ちはなかった。

リヴも涙にはいいかげんうんざりしているから。

ぶかぶかのセーターの袖で目もとをぬぐい、封筒を調べた。パソコンで印刷された白いラベルに、リヴの名前だけが記されている。胃が引きつった。リヴはその感情を強く振り払った。

T-レックスはもういない。いまごろは虫の餌になっている。

封筒を開き、何枚もの絵を引きだした。

らせん綴《と》じのスケッチブックからはがされた線画だった。女性のヌードの連作。シンプルで、ミニマルアート風だけど、エロチシズムがみなぎっている。古代中国の書道を思わせるような飾らない気品があった。

リヴはうろたえ、震える手で絵をめくっていった。絵に署名はない。女性の背が描かれた絵を見たときに、ようやくモデルがわかった。このほくろは……リヴの背中のほくろだ。この腕のそばかすは、リヴの腕についているものだ。つま先のすぐ上のほくろは、ショーンがひざまずいてそこにキスしたいと言ったものだ。

心臓をわしづかみにされたような衝撃だった。

リヴは絵を床に払い落とし、怒りに任せて泣き崩れた。よくもまた舞い戻ってこれたものだ。何カ月もリヴの頭を、心を、理解不能のゲームでもてあそんだあとでよくも。

心のねじれたサディスト。

リヴは膝をつき、絵をかきまわして、説明の手紙か何かまじっていないか探してみた。あるわけがない。慎みも、ふつうなところもない。なんだかんだ言っても、ショーンはとらえどころがなく、厄介このうえないマクラウド家の一員なのだから。

リヴは職人たちの好奇の目を浴びて、のしのしと現場を抜け、おもての通りに出た。強い風を受けて、セーターをつかんだ。ショーンがもったいぶった意思表示をしたからには、リヴがそれをどう受け取ったか、見にこないわけがない。いま隠れているところから出てきたら、とっちめてやる。

そのあとは、そう、哀れみもかけるつもりはない。

ショーンは震える手をジーンズのポケットの奥に突っこみ、〈エンディコット・フォールズ・ギフト・ブティック〉の棚にごたごたと並んだレモンカスタードやコケモモの砂糖漬けやキャンディ越しに外をながめた。この店のショーウィンドウから、通りを挟んだ向かいの店、つまりリヴの書店、〈ブックス・アンド・ブルー〉を見つめていた。

店の女の子は、キャンディやジャムに一時間以上も魅入られている男のことをいぶかしんでいるだろう。見た目が恐ろしいから、誰も声をかけてこないだけだ。いまのショーンはまるでフランケンシュタインだった。青白い顔に赤くただれたような傷痕。あとはひたいにボルトをつければ完璧だ。

ショーン自身も恐怖におののいていて、両手は氷のように冷たくなっていた。胃はかき乱れている。

リヴの父親が届け物にサインしたのを見たときは、諦めようかと思った。しかし、バート・エンディコットは数分で飛びだしてきて、車に乗りこみ、走り去った。よし。

長い時間ここに突っ立っているのに、リヴが出てきたとき、まだ心の準備ができていなかった。胃はよじれ、心臓は跳ねあがり、肌の下には野火が広がった。飢えた目で見つめることしかできなかった。

黒髪が風に吹かれている。顔は真っ白だ。ずいぶん痩せた。そして、何よりも、コートを着ていなかった。外は風が強く、ひどい天気なのに、ほっそりとした首があらわになっている。肩もほとんどむきだしだ。たっぷりとした毛糸のワンピース一枚の姿。

あの絵は効果がなかったのかもしれない。まずは言葉以外のアプローチを取って、口論を避けたかったのだが、そううまくはいかないようだ。

ショーンは店のドアを開き、運命に向かって足を踏みだした。夢遊病患者のように通りを渡った。何台もの車が急ブレーキを踏み、憤然とクラクションを鳴らしたが、ショーンは何も目に入らないかのように歩きつづけ、リヴの目の前まで来てようやく足を止めた。できるだけ近くに立った。

「どういうつもりでのこのこ現われたのよ、ショーン」リヴの声はわなないている。「またわたしに残酷なゲームを仕掛けようってわけ？」

ショーンは大きく息を吸いこんだ。そして、しゃっくりの発作を起こしたようにぎこちなく吐きだした。「ゲームじゃない」ショーンは言った。「おれはきみの足もとにひれ伏そうとしている」

リヴは低くうめいた。「あらそう。でも、ひれ伏すなら、どこかほかの場所にしてくれるかしら。ごみ捨て場とか。帰って、ショーン。もう会いたくない。二度と。永遠に。わかった？」

予想どおりだ。もっとひどいことを言われても当然だろう。それでも、リヴの要求はのめなかった。それだけは受け入れられない。ショーンはひざまずいた。リヴは息をのみ、数歩さがった。

「なんなの？」リヴはショーンに向かって手を振りまわした。「やめて！　立って！」

泥がジーンズの膝ににじんだ。ショーンは首を振った。

「信じられない！」リヴの声はかぼそく、息は切れていた。「道化のふりをすれば、またわたしを惑わせると思っているの？　三度踏みつけにされるのを許すとでも？　あんたなんか大嫌いよ、ショーン・マクラウド！」

ショーンはぐっと歯を食いしばった。ふたたび首を振った。「きみにそんな思いをさせるつもりじゃなかった」こわばった声で言った。「本当だ。神に誓う」

リヴは手で口をおおった。ふた筋の涙が頬に流れる。ショーンはそれを受け止めたくなった。その熱を感じたかった。その塩気を味わいたかった。

リヴはポケットを探るようなしぐさを見せたが、毛糸のワンピースにはポケットがついていなかった。「もうっ」いらいらとつぶやく。「肝心なときにないんだから」

ショーンは羊毛のコートのポケットに手を入れ、ティッシュを取って、うやうやしくリヴに差しだした。

リヴはショーンの手からティッシュを引ったくって、一枚引きだし、鼻をかんだ。「芝居じみたまねはやめて、早く立って。その手には乗りませんから」

「話をさせてくれるまでは帰らない」ショーンは静かに言った。

「あなたは相当長い時間、泥にひざまずいていることになるわよ」リヴは忠告した。

「きみはこの騒ぎの理由を、商工会議所で楽しく説明するはめになるだろうね」ショーンは指摘した。

リヴの目に怒りが燃える。「ずる賢さだけはたいしたものね」

「すまない」ショーンはばつが悪い思いで言った。まずい。とっさに言い返すのは我慢しなければ。

先ほどの雑貨店のドアが開いた。「あの、リヴ?」心配そうな女の子の声が呼びかける。

「大丈夫? その、人を呼んだほうがいい?」

「ありがとう、ポリー。大丈夫よ」リヴは落ち着いて答えた。

ショーンは首をめぐらせた。ポリーは、よだれを垂らした獣を見るような視線をショーンに向けていた。「ええと……本当に？」甲高い声で言う。

「本当」リヴは怒りをぶちまけるようにティッシュで鼻をかんだ。「立ちなさい」小声で命じる。「なかに入れたほうがましだわ。早くあなたの言い分を聞けば、早く終わらせられますからね。わたし、忙しいのよ」

ショーンはなかに入れてほっとした。これなら、リヴのピンクに染まった耳や、広く開いた喉もとが風が打ちつけられることはない。ショーンは自分の温かいコートをリヴの肩にかけてあげたかったが、いまの状態で受け入れてもらえるとは思えなかった。

おがくずと石膏、ポリウレタン、ペンキの匂いが鼻をくすぐる。奥へ進むと、職人たちはぽかんとしてふたりをながめたが、ショーンの目はリヴのすっと伸びた背に釘づけだった。ぶかぶかで、ペンキの飛び散った灰色の毛糸のワンピースと、カウボーイブーツというういでたちで、なおも威厳を放っていられるのはリヴだけだ。

リヴは先に立って、修復中のカフェスペースを抜け、小さな事務所に入った。石膏ボードの壁にはまだペンキも塗られていない。リヴは窓辺に行って、そちらに顔を向けた。窓は厚いプラスチックでおおわれ、テープでしっかり留めてあるというのに、その外を見通せるかのようにじっと見つめている。

ショーンは事務所を見渡した。暖房機から温風が吹きでて、ショーンの足首にまとわりつく。書類でいっぱいの机には、ホットプレートや、ティーバッグがぶらさがったままのマグカップも載っていた。安物のソファには寝袋と枕が置いてあった。

「どういうことだ？」ショーンはぎょっとして尋ねた。「ここで寝ているのか？　まさか住む場所がない？」

「住むところはあるわよ」リヴは言った。「たまに時間を忘れてしまうことがあって。遅くなったときはここに泊まるの。夜が更けたあとはまだ……」

「夜道を歩く勇気が出ないことがある？」ショーンは言葉を引き取った。

リヴは眉をひそめた。「あなたには関係ないでしょう」

ショーンはごくりとつばを飲んだ。「ここでひとりで泊まっちゃいけないよ、リヴ。絶対にだめだ」

リヴは鼻を鳴らして、雄弁にあざけりを表わした。「あらそう。でも、居心地はそんなに悪くないわよ」

ショーンは、つやめき、もつれた髪に手を伸ばした。リヴはショーンが近づいてくるのを察して、飛びのいた。「それで？　最近どんな感じ？」

ショーンは途方に暮れた。「え？　どんな感じって？」

「ほら、ご家族は？　エリンは元気？　マーゴットは？」

「ああ、うん、元気だ」話の取っ掛かりをつかみ、ほっとした気持ちで言った。「エリンの予定日はもうすぐだ。あと数週間すれば、おれはおじさんだ。コナーはやきもきしてたいへんだよ。エリンのそばを片時も離れようとしない。エリンは爆発寸前だ」

「なるほど」リヴは苦々しい口調で言った。「それはよかったわね」

ショーンは言葉を重ねた。「それから、マーゴットのほうも順調だ。おなかが目だってきた。先週は赤ん坊が動くのを初めて感じたそうだ。そりゃもう喜んで、みんなに電話をして知らせていた」

「すばらしいわ」リヴはつぶやいた。「マイルズとシンディはどう?」

「元気だよ。マイルズの腕と手はきちんと治った。シンディもうまくやってる。シアトルで音楽を教えはじめたんだ。精力的にライブを重ねているし、新しいアルバムも発表したそうだ。シンディとマイルズは熱々でね。べったりくっついてるよ」

「へえ。すてきね」自嘲気味の声だ。「幸せそうでよかったわ」

くそっ。何を言っても、リヴの怒りの大きさを際だたせるだけだ。

「最後にあなたのお兄さんたちと話したとき、あらためて捜査がおこなわれるって聞いたの」リヴは言った。「鑑定をするって。ケヴィンが……」

「あの丘に埋まっているかどうか?」ショーンは言いづらいことをかわりに口にした。「そう、あの墓に埋まっていたのはクレイグ・アーデンだった。ケヴィンじゃなかったんだ。歯科の記録で判明した」

これにはリヴもぎょっとしたようで、目を見開いて振り返った。「なんてこと」小さくつぶやく。「なら、ケヴィンがどこに埋まっているかはわからないの?」

ショーンは首を振った。「答えを知る人間は誰も生きていない。クレイグはあらためてタコマに埋葬された。家族の墓の近くにね。だが、ケヴィンの墓石はあの丘に残してある」

リヴの喉が上下にゆれた。「まだ生きている可能性はあると思う?」

「知るもんか」ショーンの声はかすれていた。「あいつのためにできることは、もうやりつくした。これから考えなければならないのは、おれがどうやって生きるかだ……ケヴィンの生死を知らないままで」

「そう」リヴはまた背を向けた。「その点に関しては、幸運を祈るわ、ショーン」

ショーンは一歩前に出て、リヴの肩に手を置こうとした。「リヴ――」

「やめて！」リヴは身をよじり、部屋のすみに逃げた。「さわらないで！　三カ月も人を拒んだくせに！　わたしのことなんかどうでもいいでしょう！」

「違う」ショーンも声をあげた。「おれはきみのことしか考えられなかった！」

「じゃあどうして？」リヴの声は悲鳴に近かった。「どうしてあんなことをしたの？」

ショーンは首を振り、身が縮みあがるような恐怖に陥っていたこと、息苦しい自己嫌悪感にとらわれ、底なしの穴にはまっていたことをうまく説明できるような言葉を探した。言葉は見つからなかった。「おれは……怖かったんだ。きみが」ショーンは弱々しく口を開いた。

リヴは目をすがめた。「なんですって？」

「フラッシュバックだ」ショーンはだしぬけに言った。「それに苦しめられていたんだと思う。幻覚だ。身の毛がよだつようなものだった。本当に現実みたいなんだ。きみがあの部屋に入ってきて、おれはきみを抱きしめ、キスをする。気づくときみは死んでいる。殺したのはおれだ。刺したり、撃ったり、いろいろな方法で。きみの顔を見るのも怖かった。また傷つけてしまうんじゃないかと、それが恐ろしかった。たぶんオスターマンが……いまだに……ああ、めちゃくちゃだ」

リヴの両手が口もとにあがった。「ああ、ショーン」

「治そうと努力はした」ショーンはのろのろと言葉を続けた。「だが、よくなるどころか、悪くなっているようだった。おれの頭もとうとういかれたかと思ったよ。親父みたいにね」

「だから、試練の道を行くことにしたの？」

リヴの冷たい口調にショーンはたじろいだ。ショーンはいまだに、終わりの見えない苦痛の世界にいる。歯を食いしばり、うなずいた。

「でしょうね。わたしなら理解できるとでも？」リヴは怒りをぶちまけた。「あなたはひとりにならなければならなかった？　わたしをひとりにしなければならなかった？　その道は間違いよ、ショーン！」

「そうか？　じゃあ、おれになんて言ってほしかったんだ？」ショーンも癇癪《かんしゃく》を起こしていた。「やあ、ベイビー、おれはちょっとした問題を抱えていてね。きみを見るたびに殺しつづけているんだよ。えらく頼もしいだろ？」

「捨てられるよりましよ！」リヴはショーンに向かってきて、手を振りあげた。

ショーンは平手をさえぎり、続けて猛然と飛んできたこぶしもつかみ、リヴの両手を壁に押しつけた。「きみへの愛は止められない」ショーンはしわがれた声で言った。「心が粉々に砕けそうだ」

リヴはかぶりを振った。「手を離して。ティッシュがほしいの」

ショーンは一枚渡してやった。リヴは鼻をかみ、顔を隠した。「帰って、ショーン」

「いやだ」ショーンは言った。「絶対に帰らない」

リヴは両手を落とし、ショーンをにらみつけた。くるんとカールしたまつげは涙できらめいている。リヴは背筋を伸ばした。その音がショーンの耳にも聞こえてきそうだった。美しい瞳に宿った怒りの表情が、ショーンの頭のなかで大きな鐘の音を響かせる。

「何を言っても無駄よ。どんな言葉をかけられたって、もう一度あなたを信用することはできない」リヴはきっぱりと言った。「もう放っておいて!」

「いやだ」ショーンはリヴを抱きあげ、逃げだされる前に高く持ちあげて、壁に背を押しつけ、リヴの両脚で自分の腰を挟ませた。風で乱れた髪に手を差し入れ、唇を奪った。

電線に電気が通ったように、体じゅうで欲求がうなりをあげた。感情も、興奮もほとばしっている。柔らかい女の熱がショーンの股間に押しつけられる。着古したワンピースは腿の上までずりあがっている。リヴは腿でしっかりとショーンを挟み、鼓動と鼓動が響き合うのを感じながらも、身を震わせ、抵抗している。

それでもリヴは乱暴に、飢えたように、唇を求めてきた。ショーンの心臓は高速で打ちつけはじめた。

ショーンはリヴの顔をあげさせた。「きみはおれを愛している」荒々しく言った。「おれはきみをその気にさせることができる。いまのところはそれで充分だ。信用できるかできないかはあとでどうにかしよう」

「強引なことをしないでよ」リヴは嚙みつくように言った。「何か勘違いしてる」

「いいや。きみのことは完璧に理解している」ショーンはリヴを抱きあげ、尻の下を手で支えて、ソファまで運んだ。かがんで、リヴをソファにおろす。「だが、賭けられる手がこれしかないなら、このカードで勝負に出る」

ふたたびキスしようとしたものの、リヴは震える手でショーンの顔を押しのけた。「わかったわよ」リヴが言った。「たしかに、あなたはわたしをその気にさせられる。力も強い。それに、そう、わたしをイかせるのはうまい。でも、それだけ。そこで終わり。ことがすんだら、わたしはまた、帰ってと言うわよ。だから、いますぐ帰って。このまま別れましょう。これ以上傷つきたくない」

「いやだ」ショーンはリヴの手に自分の手を重ね、頬をすりよせた。リヴの手のひらに、指先に、手首に突きでた小さな骨にキスをした。「一度イかせられるなら、二度イかせない手はあるか？　二度、三度、何度でも。きみが気づいたときには、六十五年くらいはたってるね」ワンピースの下から手をすべりこませ、厚いウールの靴下をやりすごして、素肌にふれ、なめらかな太腿のなかばまで這いのぼらせた。

リヴはショーンを小突いた。「やめてよ。セックス、セックスって。それでわたしを永遠に縛りつけるつもりなの？」

「んん、いいね」ショーンは喉を鳴らすように言った。「天国みたいだ」

リヴは激しく体をゆらした。「口の減らない男って最低よ」ぶつぶつとこぼした。

「そうだね」ワンピースはゆったりとしていて、ショーンがさらに上に手を這わせることを邪魔するものはなかった。木綿のパンティ、腿のあいだの温かな潤い、女らしいウェストの曲線。

リヴはあらがうような言葉をつぶやいたが、息は乱れて、頬はピンク色に染まっている。

ショーンの手は温かい肌着のなかにもぐりこみ、小刻みにゆれる大きな乳房に到達した。乳房は綿のブラジャーでがっちりと包まれていたが、乳首はすでに硬くなっていた。

心臓が激しく打ちつけているのが、手のひらから伝わってくる。

ショーンの目に涙があふれた。リヴの胸に顔をつけて隠し、ペンキの飛び散ったセーターに涙を吸わせた。涙を流すほどの感動だった。リヴがどれほど美しいか。どれほどかよわいか。この体は、リヴ・エンディコットの魂という宝石を収める宝箱だ。

ショーンのお姫さま、女王、女帝。ショーンの女神。

パンティをつかみ、木綿をぐっと引きちぎった。巻き毛をさらし、ショーンの愛撫を待つばかりの格好にして、ワンピースを腰の上まで引きあげた。ああ、すばらしい。しっとりとした肌。白い太腿の片方にぶらさがる破れたパンティ。黒い巻き毛からのぞくピンク色の秘所はショーンをいざなっている。

リヴは目を閉じ、もつれた髪をソファのクッションに広げている。埃で汚れた黒いまつげは、涙に濡れた頬によく映えていた。白い頬には、夜明けの光のような赤みが差し、柔らかな下唇に白い歯が食いこんでいる。そのひとつひとつが、ショーンの胸を打った。

女らしく優美な体つきと、分厚いウールの靴下、みすぼらしいスカート、ぼろぼろのブーツの対比が、ひどくエロティックだ。

リヴは身じろぎして、ショーンのシャツをつかみ、堅苦しいジャケットを肩から脱がせた。まだ服を着ていることに腹をたてているような手つきだった。

ショーンは袖から腕を抜こうとぐずついているリヴの手を離させた。ショーンの手は早くリヴの熱い肌にふれたくてうずうずしている。ペニスは、長いあいだ鎖につながれ、餌のおあずけを食らっていた野獣のようだったが、まずはできるだけ、名誉挽回に努めたい。リヴをイかせるというのが、お気に入りの方法だ。安直な手だてで、一時的な解決にしかならないかもしれないが。

それでもかまわなかった。

ショーンはあがめるようにリヴの腿のあいだに指をすべらせ、とろりと熱いところに指を浸した。何カ月も、リヴのジュースを味わいたくてたまらなかった。ショーンはリヴの股間にひれ伏し、舌で情熱と敬意を表した。

ああ、ちっとも変わらない。なめらかで、刺激的で、甘い。至福の味だ。喘ぎ声のひとつ、身悶えのひとつまでも堪能した。リヴが身をくねらせ、腰を浮かせて、ショーンの顔に押しつけるのが好きだ。ショーンのシャツ越しに食いこむ爪の力に、まだ大きな怒りを感じるにしても。

リヴは体をこわばらせ、激しく震えはじめたが、ショーンは本能的に、リヴをイかせるのはまだ早すぎると判断した。

もっと引き伸ばして、待たせたほうがいい。欲求に溺れているいまの状態を、できるだけ長引かせたほうがいい。

そう、ショーンは何時間でも、リヴの脚のあいだで酔っていられる。永遠にでも、この舌で天国を探しながら。

ずる賢いこの男はたっぷりと時間をかけるつもりだ。

ほしくてほしくてたまらい状態にさせておいて、そのまま永遠に苛《さいな》もうとしている。ようやく哀れみをかけられ、いただきの向こうに押しあげられたとき、その快感は途方もなく大きな波となって襲いかかり、リヴは完全にさらわれた。

どうしようもなく泣きじゃくっていた。粉々に砕かれた。これでは威厳も何もない。しかし、ショーンはやにさがってはいなかった。それだけのたしなみはあった。無言でリヴのおなかに顔を当て、鼻でくすぐり、股間に息を吹きかけているだけだ。

リヴは腰をひねり、大柄な男の広い肩に両脚をかけている状態で、できるだけ横を向き、両手で顔を隠した。ショーンはこれに乗じてリヴを抱くつもりだろう。快感はまだ体のすみずみでさざめいている。胸が熱く輝いているように感じた。心はふにゃふにゃだ。体も心もとろけていた。ショーンの熱で、重みで、満たされたかった。鉄みたいな強さを感じたかった。すぐにでものしかかられ、押し入られ、長く硬いもので強く貫かれるものだと思っていた。リヴはその覚悟を決め、息をつめて待った。

でも、ショーンはリヴの股間をもてあそんでいるだけだ。思わずかっとした。

「やめてよ」小声で言った。「くすぐったい」

ショーンは悠然と腿をついばみ、かすかにちくちくするあごをすりつける。喉を鳴らす仔猫を撫でるように、濡れた巻き毛や、雫《しずく》を滴らせる花びらを愛撫する。「いやだね」ショーンはささやいた。

ショーンは痩せて、顔の肉がそぎ落とされたように見えた。これだけ短く髪を刈っていると、別人みたいだ。近寄りがたい雰囲気があった。

リヴは顔をそむけ、涙のにじんだ目で石膏ボードの壁を見つめた。三カ月のあいだに鬱積《うっせき》した苦しみと混乱が、心にふたをしている。悲嘆、喪失感、突き刺すような孤独。もう耐えられない。

「どうして？」言葉が爆発した。「これだけ時間がたったあとで、どうしてあなたがここにいるの？　そういうお告げでもあったとか？」

ショーンは顔をあげたけれども、リヴはあえて目を合わせなかった。魅了されたくない。頭をはっきりさせておきたい。

「そうだと思う」ショーンは静かな口調で言った。「山に登ってきたんだ。そこでいくつかのことに気づいた。ひとつ、もし自分を信じられないなら、おれは死んだも同然だということ。ふたつ、おれは死にたくない。三つ、もし生きつづけるなら、どうしてもきみのそばにいたい。きみがいなければ、おれの人生なんかクソにも劣るからだ」

「もうっ、やあね」涙ながらに笑いがこみあげた。「たいした詩人だわ」

「きみに触発されたんだよ」

リヴは袖で涙をぬぐった。ショーンはリヴの手にティッシュを押しこんだ。リヴの顔を自分のほうに向けさせ、真剣なまなざしを受け止めるまで待った。

「あれ以来、例のフラッシュバックは見ていない」ショーンは穏やかに言った。「だからといって、これからまた見ないとは限らない。おれの頭はそうとうひどくかきまわされたんだ。だが、たぶん最悪の状態は終わったと思う――そう願う。だから、決めてくれ、リヴ。また悪くなる可能性があっても、一緒にいてくれるかどうか。おれがきみにふさわしい状態になるまでは待てない。どれだけ待っても、おれはきみの足もとにも及ばないからだ」

「何を言ってるのよ」リヴはもがき、体を離そうとしたけれども、ショーンはまるで取り合わず、かえってきつく抱きしめた。リヴはティッシュを当てて、いらだたしく鼻を鳴らした。

「それは侮辱的だし、ばかばかしいわ。わたしはあなたが完璧な人間になることなんて、一度も求めていない。でも、苦しいときには必ずわたしを締めだす人とは一緒にいられない」

ショーンの顔がこわばった。「すまなかった。もう二度としないと約束する。絶対だ。神にも、両親の墓にも、おれの名誉にも誓う」いったん言葉を切って、言いよどんだ。「まあ、たいしたもんじゃないが」

「あなたの名誉にはなんの問題もありません」リヴはぴしりと言った。「問題なのは、あなたの常識が欠けているところ」

ショーンはリヴの胸に顔を押し当て、くぐもった笑い声をたて、ちらりと目をあげてリヴを見た。「うん、まあ、さっきも言ったとおり」おずおずと言う。「おれは完璧な人間じゃない。完璧とはほど遠い。だが、長所もある。それに、最大限の努力は約束する」

ショーンは返事を待っている。リヴは答えられなかった。相反する感情にゆれていた。怒り、疑い……そして、狂おしいほどの希望。

喉で声がつまっている。息すらほとんどできなかった。

ショーンはうしろに手を伸ばして、羊毛で縁取られた革のコートのポケットから何かを取りだした。ベルベットの小さな箱を差しだす。

リヴは呆けたようにその箱を見つめた。ショーンはいらだたしげな声を漏らし、リヴの手をつかみ、箱を握らせた。「開けてみてくれ」急きたてる。「頼む」

リヴは箱を開け、なかに入っていた指輪を凝視した。ぽかんと口を開けていた。

ホワイトゴールドの指輪が黒いベルベットを背景にきらめき、光をゆらめかせている。指輪の真ん中からわずかにそれたところで、ダイヤモンドが輝き、そのまわりにはルビー、エメラルド、サファイアが嫣然《えんぜん》と並んで幾何学模様を描いている。モダンにも、アンティーク風にも見えるデザインだった。

思わず目を奪われる美しさ。

「同じダイヤモンドを使ったほうがいいと思ったんだ」ショーンはためらいがちに言った。「だが、もう少し華やかな彩りもほしかった。新たな息吹をそえるというか。気に入ってもらえれば……」ショーンの声はしぼんで消えた。

リヴは声を出そうとして喉をつまらせてから、もう一度口を開いた。「タマラが作ってくれたの？」

ショーンはうなずいた。「伝言だ。きみがおれのたわごとに耳を貸すくらい愚かなら、せめて、ブライドメイドを務めたいってさ」ショーンは恥ずかしそうに言った。「それが家族の伝統になりつつあるな」

リヴは指輪から目を離さずに、わななく唇を手で押さえた。「タマラは指輪を頼まれることを先読みしていたのね？」

ショーンは首を振った。「読みは十五年遅かったというほうが正しいね」

リヴは息をのんだ。ショーンはリヴの手から指輪の箱を取り、うやうやしくキスをした。「きみを抱きたい」声を落として言った。

「知ってるわ」リヴはささやいた。

「だが、そのあとで叩きだされたくはない」ショーンは言った。「どうしたいか言ってもいいか？　おれのなかで何よりも熱くたぎる夢を話しても？」

リヴは肩をすくめた。「あなたを止められる人はいないわ」つぶやいた。

ショーンの目がぎらついた。「まずはこの指輪をきみの指にはめたい」おもむろに話しはじめる。「それから、このソファできみにまたがり、ゆっくり、ゆっくり、その熱く締まったところにおれのモノを沈める。きみの瞳の奥底まで見つめて、キスをしながら、あせらず時間をかけて愛を交わす。何時間でも。何度でもイかせる。きみが燃えるように輝くまで。まばゆくきらめくまで」

リヴは頬を染めて、目をそらした。「もういいわ。よくわかったと思う」

「おれはそんなにわかりやすい？　まだまだこれからだよ。疲れきったら、家に帰る。きみの家だな。そのほうが近いから。一緒に風呂に入る。ワインを開ける。夕食を作る。きみの家を探検して、本棚の本や、ＤＶＤや、写真を見る。一緒にベッドに入る。もう一度愛を交わす。それだけの元気が残っていれば」

リヴはまだ目を合わせられなかった。「あなたには残っているわよ。それはよくわかる」

「かもね」ショーンは相づちを打った。「朝になって、目を覚ましたときには、きみの温かく、かぐわしく、なめらかな裸の体がおれの腕に包まれているのが、どれほどしっくりくるのか確かめたい。そして、また愛を交わす。一緒にシャワーを浴びながら戯れる。きみの体についた水滴はおれが舌でぬぐう。きみの髪をとかす。コーヒーを淹《い》れる。ベーコンエッグか何かを作る」

リヴは眉をあげた。「つまり、コーヒーを淹れたあと、ベーコンエッグを作るまでは、愛を交わす予定はないってことね？」

ショーンの笑みが輝いた。「そこは省略したんだよ。それから、きみを仕事に送る。おれはそのあと一日じゅう、壁に体をぶつけて過ごす。幸せすぎて、ほかにどうしていいかわからないからだ」

リヴの心はまたふにゃふにゃに溶けはじめた。リヴは両手で顔をおおった。

ショーンはそっとその手をどけさせた。「昼も夜も一日じゅうきみと一緒にいたい」ショーンの言葉には心がこもっていた。「きみを守りたい。きみの支えになりたい。きみを敬い、きみの安らぎになりたい。ふたりの子どもがほしい。一緒に年を取りたい。命がつきる日まで」リヴの両の手にキスをする。「きみと連れそいたいんだ、リヴ。永遠に」

ショーンは涙声だったけれども、本当に泣いているのかどうかはわからなかった。リヴの目にも涙があふれていたから。ショーンに手を伸ばし、やみくもにつかみ、両腕で、両脚で、自分のすべてでしがみつき、きつく抱き合った。

もうあらがえなかった。ショーンに髪を巻きつけ、それで自分に縛りつけたかった。二度と離したくなかった。

でも、ショーンはリヴの腕を首から引きはがし、ふたりのあいだでリヴの手を取った。ダイヤモンドの炎の輝きと、色とりどりの宝石のきらめきは、涙に濡れたリヴの目の前で、丸い虹のようにゆらめいている。「いいかい？」ショーンは穏やかに尋ねた。

リヴはキュッと目をつぶった。うなずく。ショーンが指輪をはめた。

サイズは完璧だった。あまりに心地よく、こうして指にはめているのがあまりに自然で、腕の付け根から指輪までが一本の線でつながれているかのように感じた。ショーンはリヴの頬を両手で包み、情熱的な優しいキスで涙をぬぐった。リヴは一輪の花だとでもいうように。あるいは、繊細で小さな陶器だとでもいうように。

リヴは目を開けられなかった。震える唇を結んだ。体は、あふれる思いでわなないている。ああ、どうしよう、爆発しそう。

もう我慢できなかった。リヴは小声で低くうめいて、ショーンの顔を押しのけた。「それはもういいから！」

ショーンはぎょっとしたようだ。「え？　何が？」

「わたしは陶器のお人形ではありません！」リヴは大声で言った。

ショーンは目を見開いた。「ええと、そうだと言ったことはないよ」

「そう？」リヴは指輪をはめたほうの手をあげて、ショーンの目をくらませた。指輪は頭上の蛍光灯の明かりを受けて、燦然《さんぜん》と輝いている。「わたしは誓いを守る。だから、あなたも守ってよ」

「おれの……あー、どの誓い？」ショーンは警戒の表情で、口ごもりながら言った。「いや、誓いを守りたくないっていうんじゃないんだが、ただはっきり確認しておきたいのは――」

「あなた、いろいろと言っていたでしょう？ 甘い言葉で、ものすごくロマンティックなことを並べていたわよね？ 何時間も愛を交わす？ ワイン、シャワー、ベーコンエッグ、永遠？ 覚えてる？ あれはただのおべんちゃらなの？ それとも言葉どおりのことを実行に移すの？」

ショーンは震える息をゆっくりと吐きだした。不安そうな表情が消え、幸せ全開のふにゃけた笑みに変わる。「ああ、もちろん実行するとも。ただ、少しは自制心のあるところ見せて、紳士的で、あか抜けて、感性あふれる行動も取れるってわかってもらったほうがいいかと考えたから——」

「あの絵はすばらしいわ。額に入れて飾りたい。でも、感性はあふれるほどなくてもいい。それから、考えないで」リヴはショーンのベルトのバックルをつかみ、ゆるめ、もどかしい気持ちでジーンズのボタンをはずしていった。「あなたにはするべき仕事があるの。だから、それに取りかかってちょうだい」

ジーンズをおろし、熱く太いものを握り、思わせぶりにさすると、ショーンは息をのむように喘ぎ声を漏らした。リヴはソファに背をつけて寝そべり、ショーンを引っぱって自分の上にまたがらせた。

「んんん、最高だ」ショーンはリヴが広げた脚のあいだに身を落ち着けて、欲求のうめき声をたてた。「コートのポケットにコンドームが入ってるから——」

「あと一秒でもわたしを待たせないで！」

鞭のように鋭い声に、ショーンはびくっとした。ペニスはリヴの手のなかで脈打っている。

「了解、奥さん」ショーンはつぶやいた。

リヴは無我夢中で身をよじり、ショーンを急かした。そして、ようやく大きなペニスの先が入ってきた。リヴの体の奥に、ショーンの一番大事なところがゆっくりと押し入ると、ふたりとも同じように待ち望んでいた喜びの喘ぎを盛大に漏らした。お互いの目を見つめ合う。ふたりはつながれ、鼓動を重ね、ひとつに溶け合っていた。そのまま動かず、息をひそめた。

「わたしに背を向けないで」リヴは言った。

「もう二度と」低く震える声には、神聖な儀式での宣誓の響きがあった。「誓うよ」

リヴはショーンの顔を引きよせ、キスをした。「あなたのすべてがほしい」リヴは言った。「あなたの過去も、あなたの未来も。現在のありのままのあなたも。あなたのすべてを」

「契約成立だ」

ショーンはリヴを腕に抱きしめ、そして、すべてを捧げた。

訳者あとがき

たいへん長らくお待たせせいたしました。マクラウド兄弟シリーズ第四作、『真夜中を過ぎても』をお届けいたします。

今回、満を持してヒーローに取りあげられたのは、末っ子のショーンです。色男ぞろいのマクラウド兄弟のなかでも、一番の美男子。夜ごとベッドの相手を変え、本作中で「フライドポテトを食べるように、二、三人同時に女をつまむ」などと言われるほどの女好きだけど、なぜか憎めない……というよりも、〝愛すべき女たらし〟で、万人の恋人と謳《うた》いたくなるような男です。でも、これまでけっして特定の相手を作らなかったのには理由がありました。長年の想い人がいたのです。

ショーンがずっと忘れられなかった女性は、十五年前にやむなく別れた恋人、リヴ・エンディコット。リヴは由緒《ゆいしょ》ある一族の生まれですが、身勝手な両親から頭を押さえつけられるようにして育ち、ショーンに出会ってはじめて自我に目覚めました。ショーンと別れたあとも自立心を失わず、各地で司書の経験を積み、やがて故郷の街に戻ってきて、書店を開くという夢をかなえます。ところが、それから数週間で書店が放火されてしまいます。そうと知ったショーンは居ても立ってもいられず、リヴに会いに行き、ふたりは再会を果たします。

一方でリヴのほうもショーンへの気持ちをいつまでも断ちきれずにいました。お互いそれほど強い想いを抱いていたのに、なぜ別れなければならなかったのか。そして、書店を燃やし、時を置かずにリヴの命を狙いはじめた男たちは何者なのか。両方のことの発端は、ショーンの双子の弟、ケヴィンの死にありました。暗い過去を持つマクラウド兄弟に、さらなる影を落としているケヴィンの死の謎。マクラウド兄弟のなかでは明るい性格で、ふだんはおちゃらけているショーンも、双子の弟を失ったことでは、誰よりも深い傷を心に負っています。くしくも、ショーンとリヴが再会したのは、ケヴィンの命日。十五年の時を経て、恐ろしい過去がよみがえり、ふたりに襲いかかります。ふたりは十五年の溝を埋められるのでしょうか。そして、ケヴィンの死の真相は……？

本作の読みどころは、ショーンとリヴの愛の行方や十五年来の因縁だけではありません。とりわけ目を引くのはマクラウド兄弟の弟分、マイルズの成長ぶりです。ヴァンパイア風とかオタクっぽいとか、さんざんな言われようだったマイルズですが、本作で変貌をとげ、準主役級の活躍を見せます。また、〝謎の女〟タマラの過去と私生活がわずかに明かされます。そう、タマラの過去についてはまだまだ謎だらけですが、本作ではタマラの自宅……もとい、〝要塞〟をうかがうことができます。個人的な感想で恐縮ですが、はじめてそのくだりを読んだとき、並みの〝お宅拝見〟をはるかにしのぐワクワク感を味わいました。

マッケナといえば……のエロティックなシーンの数々、ハラハラドキドキのサスペンスとアクションも健在です。

本作の邦訳刊行にあたって、著者のシャノン・マッケナから日本の読者の皆さま宛てにメッセージが寄せられました。アメリカはもとより、世界じゅうで人気のマッケナが、日本の読者を大切にしてくれることは、訳者も一ファンとして、とても嬉しく思います。

さて、メッセージにあるとおり、マクラウド兄弟シリーズの第五作目、“EXTREME DANGER”は、コナー・マクラウドの元同僚、ニック・ワードがヒーローの物語です。本シリーズ二作目、『影のなかの恋人』で強敵ノヴァクは倒れました。しかし、ノヴァクの父親と、そのパートナーでロシア・マフィアのヴァディム・ゾグロは法の手を逃れ、いまだに悪行の限りをつくしています。本書のなかでもちらりとふれているように、ニックはゾグロを捕らえることを諦めていません。いよいよ潜入捜査に踏みきったとき、そこでベッカという女性に出会います。ベッカは敵か味方か……。文句なしにホットで、スリル満点の作品です。マクラウド兄弟をはじめ、いままでの主要人物たちが顔をのぞかせるのはもちろんのこと、本シリーズのファンの皆さまには嬉しい場面もありますので、ご期待ください。

六作目については、同メッセージでマッケナ本人が言葉をにごしているため、訳者も多くを明かせません。が、ここでほんの少しだけ、こっそりと。第六作目は、曲者《くせもの》ばかりのマクラウド・ワールドのなかでも、異彩を放つ人物が主人公になるようです（さらにひっそり打ち明けますと、マクラウド兄弟シリーズは六作では終わらないという予感がします。あくまで希望的憶測ですから、はずれた場合にはなにとぞご容赦を……）。

また、本シリーズとはべつに、“RETURN TO ME”の邦訳刊行も決定しています。育ての親であるおじの死の謎を解くため、生まれ故郷に帰ってきた報道写真家のヒーローと、その町でB&Bを切り盛りするヒロインの物語です。愛し合いながらも、ある事情により、長いあいだ離れ離れになっていたふたり。再会したとき、ヒロインは町の資産家のひとり息子と婚約中で……。一度読みはじめたら止まらないと評判の作品です。
不動の人気を築き、ますます好調のマッケナからは今後も目が離せません。ここでご紹介した作品は二見文庫から順次刊行の予定です。どうぞお楽しみに。

二〇〇八年七月

ザ・ミステリ・コレクション

真夜中《まよなか》を過《す》ぎても

著者　シャノン・マッケナ
訳者　松井里弥《まついさとみ》

発行所　株式会社 二見書房
東京都千代田区三崎町2-18-11
電話　03(3515)2311［営業］
03(3515)2313［編集］
振替　00170-4-2639

印刷　株式会社 堀内印刷所
製本　村上製本

ISBN978-4-576-08116-8
http://www.futami.co.jp/